식민주의와 비협력의 저항
-일제말 전시기 일본어 소설선 2-

식민주의와 문화 총서 2

식민주의와 비협력의 저항
―일제말 전시기 일본어 소설선 2―

김재용 · 김미란 · 노혜경 편역

역락

머리말

　일제말 친일 파시즘 문학 연구가 그 동안 제대로 이루어지지 못한 데에는 해방 이후의 정치적 상황을 비롯한 여러 가지 이유가 있겠지만 학계 내적인 이유의 하나로 일본어로 쓰여진 작품에 대한 접근이 어려웠다는 점을 들 수 있을 것이다. 1939년 이후 1945년까지 시기에 많은 조선인 문학자들이 자의에 의해서든 타의에 의해서든 일본어로도 작품을 쓰게 되었는데 해방 이후 이들 작품들은 한꺼번에 친일 파시즘 문학으로 간주되어 한국근대문학 연구자들의 시야에서 사라져버렸다. 그런데 이들 작품에는 식민주의 파시즘에 협력한 문학이 있는가 하면 오히려 식민주의 파시즘 체제에 저항하는 비협력의 작품들도 존재하고 있다. 따라서 이들 일본어로 쓰여진 작품을 발굴하고 더 많은 연구자와 독자를 만날 수 있도록 한글로 번역 소개하는 작업은 친일 파시즘 문학을 연구함에 있어 일차적 중요성을 가진다. 그래서 일제말에 일본어로 쓰여진 작품에 대한 자료 목록을 작성하고 그 중에서 이 시기 문학 연구에서 중요성을 가지는 작가와 작품을 선별 번역하여 이 방면의 연구에 자료로 제공하고자 하였다. 본 권은 식민주의 파시즘에 협력하지 않고 저항하였던 작가들의 작품을 뽑아 번역 수록하였다.

2003년 10월
편역자

한설야

임순득

김남천

김사량

한설야

- 대륙
- 피
- 그림자

▌한설야(1900-1976)

1925년 「그날밤」으로 활동을 시작하여 프롤레타리아 문학의 선두에서 여러 작품을 발표
하였다. 중일전쟁 이후에도 식민주의에 협력하지 않고 작품활동을 하였으며 해방 이후에
는 북의 문학을 주도하였다. 1962년 정치적 이유로 작품활동을 하지 못하다가 1976년에
사망하였다.

대륙

처녀지

1

완만하고 넓은 평야가 끝없이 파도치고 있었다. 변화가 없고 단조로운 낮은 산들이 평야가 끝나는 곳에서 연한 묵화처럼 군데군데 모습을 드러내고 있었다. 하늘은 봄 아지랑이로 덮여 아침 태양에 익은 토마토색을 하고 있었다. 끝없는 넓이와 깊이를 느끼게 하는 대륙적인 전망이었다.

자동차는 용정시를 지나자 속력을 내기 시작했다. 열린 차창으로 차가운 바람이 불어왔다. 길이 너무 나빴다. 눈이 녹아 질퍽거리는 진흙에 발자국이 남은 채로 굳어있는 곳을 마차 바퀴가 깊은 골을 파서 그 부분은 통나무로 메워져 있었다. 차는 끊임없이 덜컹거렸지만 그 것이 오히려 사라지려는 젊음에 반사적인 쾌감을 주고 있었다.

"이봐. 간도(間島)라는 곳이 생각보다 좋군."

오야마 히로시(大山博)는 숨을 크게 들이쉬며 하야시 가즈오(林一夫)를 돌아보았다. 호리호리하고 말쑥하여 근대적인 그는 지금까지의 도회생활에서 해방되어 분방함을 느끼고 있었다.

"좋은 곳이지."

제2의 고향이라고 할만큼 간도에서 자란 하야시는 마치 향토 예찬이라도 들은 것 같아 자기도 모르게 미소를 지었다. 두 사람은 잠시 동안 말없이 창밖의 경치에 빠졌다. 적황색으로 탄 근육질의 하야시는, 루바슈카 위에 거친 갈색의 스코치 양복을 입고 있어 귀공자 같은 오야마에 비해 야성적인 느낌을 주었다.

'타타타타타—.'

갑자기 공중에서 운율적인 폭음이 울려왔다.

"아, 비행기?"

오야마는 중절모를 벗고 머리를 차창 밖으로 내밀었다. 하야시의 숨소리가 바로 등뒤에 들리자 고개도 돌리지 않고,

"저건 여객기인가?"

라고 하야시에게 물었다. 이번 4월부터 용정(龍井), 돈화(敦化), 신경(新京), 봉천(奉天) 간에 여객기가 개통된다는 신문 보도를 읽었던 것이다.

"아냐. 저건 간도 파견군 항공대의 육군기야. 아마 조선호일 거야. 조선에서 낸 헌금으로 구입했다는……."

하야시도 오야마의 어깨를 덮듯이 하고 다가와 차창으로 하늘을 올려다보았다.

"아 저게……."

"그래, 얼마 전에 산 거라는데 간도가 워낙 소란스러운 곳이라 매일처럼 연습 비행을 하는 거야."

"그렇군. 초진의 공명을 기다리고 있는 거군."

"그래, 마적이나 반일 만군도 비행기를 보면 살아있는 것 같지 않을 거야."

비행기는 커다랗게 원을 그리며 용정시의 상공을 동쪽으로 돌아 점이 되어 사라졌다.

"마적 구경을 하고 싶군. 하하하하."

오야마는 묘하게 모험적인 호기심을 느꼈다.

"볼 수 있을 거야. 그러나 요즘 마적은 옛날과 많이 달라. 장학량(張學良)의 정규군이나 왕덕림(王德林) 부대가 밀림지대에 숨어 있다가 마적이 되는 경우가 많거든."

하야시는 최근 만주 정세를 대략적으로 설명해 주었다.

2

부드러운 곡선을 그리며 기복을 이룬 지면의 볼록한 부분까지 경작이 되어 있는 밭고랑이 아름답게 선을 그리고 있었다. 기계기름을 부은 것처럼 검은 지면이 촉촉하게 빛나고 있었다.

"아름답다. 마치 비단 코르덴을 펼쳐놓은 것 같아. 여기 백성들은 대지에 수를 놓는 것이 능숙하군, 내지보다……."

오야마는 열심히 바라보고 있었다.

"여기 곡물이 엄청나. 뿌리와 뿌리가 밀착해 있어 열매가 너무 커서 잘못하면 줄기가 꺾일 정도야."

"그래……."

그러나 오야마는 농사에 대해서는 백지였다.

"그래서 이 곳 사람들은 남의 밭에는 용변도 못 본다. 너무 영양이 많으면 오히려 썩어버리니까. 만주 사람들은 옛날부터 변소 없이 밭에서 일을 보았던 모양이야."

"그래도 저 밭이 여름에는 마적의 소굴이 된다고 하잖아."

"그도 그렇지만 그리 대단한 것은 아냐."

"그렇군. 익숙해지면 마적도 만주 경치의 하나가 되어 없으면 오히려 쓸쓸할지도 모르겠군. 하하하……."

"다 그렇다는 것은 아냐. 철도 연선이나 군대 옆에 있는 우리들은 그렇지만, 깊은 산 속에 사는 백성들은 그렇지도 않은 모양이야. 아직도 만주 산 속을 지배하는 것은 마적이니까. 그래도 한편으로 그런 위험 속에 있으면 오히려 긴장하게 되지. 살고 있는 곳이 기를 준다고 하잖아. 자네도 좀 있어 봐. 무풍지대보다는 여기가 좋아질 거니까."

"벌써 좋아졌어. 그래서 여기까지 왔잖아. 시절이 시절이라 뭔가를 하지 않으면 꼼짝 못할 것 같아서 말이야."

"그러니까 주변의 공기를 곧바로 자신에게 불어넣지 않으면 안 돼. 대기가 벌써 맛이 다르잖아. 더러운 공기에 지친 인간은 모두 대륙으로 모여들지."

"그러나 뭔가 막연해서……."

"그래도 교활한 이론가보다는 괜찮아. 여기서 살겠다는, 살아야겠다는 신념이 중요하지."

하야시는 눈에 강한 신념의 빛을 보이며 말에 힘을 주었다. 그는 간도의 정세를 잘 알고 있었다. 그 만큼 이번 계획에 자신을 가지고 있던 것이다.

하야시는 젖먹이였을 때 부모와 함께 간도로 건너왔다. 당시는 무정부 상태로 마적의 만행이 지금보다 훨씬 심했다. 그때에도 수십만의 가난한 조선인들이 고향을 떠나 간도로 흘러왔다. 이국인인 그들은 위정자들에게 버림받아 악도의 약탈과 폭거에 무력했다. 그러나 이 땅은 그들 유랑민의 피와 땀으로 개척되었다. 하야시의 아버지는 이곳의 거친 파도에 흔들리면서도 개미처럼 땅과 하나가 되어 살고 있는 약자 편에 섰다. 조선옷을 입고 상투를 틀고 20년을 하루같이 그들을 위해 힘썼다. 그리고 용정시에 중학교와 소학교를 세웠다. 그러나 하야시의 아버지는 8년 전 한 푼의 사재도 남기지 않고 저 세상으로 갔다. 하야시가 Y중학교를 마치고 동경의 N대학 예과에 들어간 해였다. 그는 어머니가 보내

오는 얼마 안 되는 생활비와 고향 친구로 동창생인 오야마의 원조로 N 대학을 졸업하고 다시 만주로 건너와 가난한 사람이면 누구나 겪어야 하는 고난과 싸워왔다.

3

"이게 우리 아버지다."

하야시는 수첩에서 사진 한 장 꺼내 오야마에게 보였다.

"정말 조선인 같군."

오야마는 저도 모르게 웃음이 나왔지만 꾹 참고 얼버무리듯이 말했다.

"강건한 눈빛이네. 자네하고 많이 닮았군."

"논리적이지는 않지만……, 그러나 인간으로서 나는 아버지를 존경해. 그의 사업도 사업이지만 그 열의와 인내력이 굉장하다고 생각해."

하야시는 조금 우울하게 말했다.

"물론 당시는 지금과 달랐지. 그 정도의 참을성 없이 아무 것도 할 수 없었을 거야."

"그래도 교육 사업보다는 생활이 먼저라고 생각해. 생업을 일으켜야지. 그 당시는 자본주주의가 유행하던 시대라서 모든 방면에서 개선이 주장되던 때야. 당시처럼 긴박한 상황에서는 문자보다는 빵이 먼저야."

"또 자네의 마키아벨리즘이 등장했군. 하하하……."

오야마는 너그럽게 웃으며 하야시의 말에 동의를 표했다. 이때 갑자기 자동차가 속도를 줄이고 조용히 멈췄다.

"앗—."

운전사는 고개를 갸웃거리며 문을 열고 나가 보닛을 열고 안을 들어다 보며 나사와 선을 만져보기도 하였다.

"고장났나?"

하야시도 내려서 보닛을 들여다보았다. 운전사는 말없이 쿠션 아래 있던 도구 상자를 꺼내서 솜씨 좋게 고장난 곳을 고치기 시작했다. 갑자기 뒤쪽에서 커다란 외침소리가 쫓아왔다.

"이봐!"

불편한 듯이 창문으로 여기저기를 바라보고 있던 오야마가 갑자기 뛰쳐나와 하야시의 어깨를 두드렸다.

"무슨 일이야?"

하야시가 고개를 들자 바로 자동차 뒤에 한 대의 지나(支那) 마차가 멈춰 있었다. 도중에 자동차로 지나치면서 본 마차였지만 그땐 두 사람 모두 마차 위에 있던 사람은 알아보지 못했다. 마차 위에는 젊은 지나 처녀가 단정하게 앉아 있었다. 달걀형의 얼굴이 통통하고 흰 아름다운 여자였다. 머리는 혁명 머리를 하고 꽃무늬가 있는 진한 남색의 지나 옷을 날씬하게 차려입고 있었다. 남방 여자인 모양이었다. 하야시는 멍하니 한참을 바라보았다.

"멋있군."

오야마의 눈도 그렇게 말하고 있었다.

"방해해서 죄송합니다. 하필이면 자동차가 고장이 나서요."

하야시는 유창한 중국말로 그렇게 말하고 그녀에게 고개를 숙였다.

"아닙니다."

마차 위에 있던 미인은 웃으면서 가볍게 고개를 숙였다.

"정말 아름답군."

탐미적으로 말없이 바라만 보고 있던 오야마가 하야시를 돌아보며 찬탄을 했다. 그러나 그 순간 그녀는 대리석처럼 굳어버렸다. 잠시 숨소리도 들리지 않는 침묵이 흘렀다. 길이 좁은 곳이어서 마부는 긴 채찍을 소매에 집어넣고 무표정하게 마차 위에 앉아 자동차가 움직이기를 기다렸다.

4

“니 헌하오칸(아가씨 정말 아름다우시군요).”

오야마는 자기도 모르게 그렇게 중얼거렸다. 그러나 마차 위의 미인은 꼼짝도 하지 않고 대답도 없었다.

“쿠냥(아가씨)……”

“이봐. 화낼 거야.”

그렇게 말하며 하야시가 뭔가 눈치 챈 듯이 오야마의 허벅지를 꼬집었다.

“아야! 아가씨, 실례지만 이 자동차에 타시지 않겠습니까? 춥지요?”

오야마는 힘들여 말을 해 보았지만 그녀는 집요하게 입을 다물고 있었다. 쌍꺼풀이 없는 동그란 눈과 꼭 다문 입이 범하기 어려운 엄격함을 나타내고 있었다. 티없이 맑은 냉정함이 분노 이상의 위압을 주고 있었다. 그러나 오야마는 오히려 그 모습에 매력과 신선함을 느꼈다. 뭔가 말하고 싶은 충동으로 입술이 간지러웠다.

“이봐. 아무 말도 하지 마. 화났잖아.”

하야시는 그렇게 말하고 다시 보닛을 들여다보았다. 그는 중국인이라면 여자가 되었든 누가 되었든 가볍게 농을 거는 심리가 일본과 일본인에게 얼마나 많은 해를 가져오는가를 잘 알고 있었다.

자동차의 고장을 좀처럼 고치지 못 하는 것을 보고 마부는 손님을 걸게 하고 밭쪽으로 마차를 몰고 갔다.

오야마는 옷소매를 휘날리며 가볍게 밭이랑을 건너는 그녀의 모습을 계속 눈으로 쫓았다. 칠흑 같은 머리와 하얀 옆모습이 사랑스러운 곡선을 그리며 엑기조스틱한 정서를 띄고 있었다.

“아가씨. 죄송합니다.”

마차가 다시 움직이자 오야마는 커다란 소리로 외쳤다. 그러나 그녀는 고개도 돌리지 않았다.

"그렇게 맘에 들어? 후후후……."

하야시가 오야마를 놀렸다.

"정말 예쁘다……."

오야마는 겨우 이쪽으로 얼굴을 돌리며 웃었다.

"속력을 내서 쫓아갈까요?"

운전사는 얼굴의 땀을 기름 묻은 손으로 훔치면서 오야마를 올려다보고 말했다. 잠시 후에 자동차가 움직이기 시작했다.

두도구(頭道溝)는 바로 코앞이었다. 얼마 후에 두도구의 조집오(趙輯伍) 집에 도착했다. 하야시가 익숙한 솜씨로 대문의 종을 딸랑딸랑 울리자 안에서 나이든 하인이 나왔다.

"조 선생님 계신가? 조 선생님을 만나러 왔는데……."

하야시는 그렇게 말하며 수상하다는 듯이 보고 있는 하인의 코앞에 두 사람의 명함을 국자가(局子街) 경비사령 당(唐)소장의 소개장과 같이 건네며 면회를 청했다. 잠시 후에 두 사람은 응접실로 안내되었다. 응접실이라고 해도 그저 넓은 마루 방 한가운데에 의자 몇 개가 놓여있을 뿐이었다. 햇빛이 들지 않아 방안은 기분이 나쁠 정도로 음침했다. 하인이 가져온 화로를 가운데 놓고, 차를 마시고 담배를 피우며 기다렸지만 조는 좀처럼 나타나지 않았다.

"아직 안 일어났나?"

"지나 사람들의 기상은 지루할 정도로 느리니까."

두 사람은 단조로운 방을 쳐다보는 것도 지쳤다. 10시가 넘어 있었다.

5

그리고 잠시 후에 조가 조용히 들어왔다.

"오래 기다리시게 해서 죄송합니다."

양손을 마주잡고 가볍게 세 번 고개를 숙였다. 그 동작이 대륙인의 기질에 어울리지 않을 정도로 민첩하게 보였지만 좋은 인상이었다.

그는 마르고 눈이 날카로운 사람이었다. 볼이 홀쭉하게 들어갔지만 대륙인 특유의 넓은 이마는 예전의 영화를 짐작하게 하였다. 조 노인은 원세개(遠世凱)의 건아로 중앙 정계에 그 이름을 떨친 적도 있고 원세개의 사후에는 고향에 돌아가 길림성의 대의원을 지내기도 했다. 장학림의 폭정에 불만을 품고 정계에서 은퇴하여 시골에서 청빈한 생활을 하고 있었다.

하야시는 하야시의 아버지와 친했던 국자가 경비사령 당 소장의 소개로 두도구의 길림성 보병 제3여단 제1영장 오연명(吳連明)을 만날 예정이었지만 당 소장은 먼저 오의 고문 격인 조 노인을 방문하여 그의 의견을 들어보라고 했던 것이다. 하야시는 수인사를 나누고 바로 용건을 말했다.

"실은 토산자(土山子) 토지를 매수하고 싶어 국자가의 당 소장 님에게 말했더니 먼저 선생님과 상담을 해 보라고 해서 이렇게 찾아뵈었습니다."

그렇게 말해도 조 노인은 영문을 모르겠다는 듯 말없이 앉아 있어 하야시는 계속해서 말을 했다.

삼도구(三道溝) 토산자의 사금광을 이미 길림성 실업국에 신청을 했지만 그 곳의 토호들이 반대해서 곤란하다는 것, 광업령으로 누구의 토지가 되었건 당연하게 개발할 수 있지만 만주의 실정이 그렇게 법대로 되지 않으니 적당한 가격으로 지주들에게 매수를 하고 싶다는 것, 토산자 일대의 광구는 장래 만주국 국유지가 된다는 소문도 있지만 만일 그게 사실일 경우에는 길림성 실업국에 요청할 것이라는 것, 길림성 실업국장은 조 노인의 오랜 친구로 누구보다도 조 노인의 알선이 필요하다는 것, 실지 조사에 착수하면 치안 면에서 그 곳의 오 영장의 원조를 받지 않으면 안 된다는 것, 이런 점을 잘 부탁한다는 것 등을 이야기했다.

“그러나 나는……”

조 노인은 조용히 입을 열었다.

“나는 돈을 버는 것에는 백지라서…….”

냉정한 얼굴이었다. 하야시는 그가 자신의 진의를 충분히 이해하지 못한 거라고 생각했다.

“절대 돈을 버는 일만은 아닙니다.”

하야시는 자기도 모르게 강하게 말을 했다. 그리고 말을 계속 이었다.

“아시는 바와 같이 지금은 일만(日滿) 양국 간에 국가적 차원에서 대륙 경제를 세우고 있습니다만 그런 사업을 국가 차원에만 맡기고 싶지 않습니다. 그런 건 좋은 것을 얻을 수 있는 성질이 아니고 대륙 경제에는 우리 민간의 자각이 토대가 되지 않으면 안 된다고 생각합니다.”

그동안 오야마는 하야시의 유창한 중국말을 경청하고 있었다. 물론 내용은 알 수 없었지만 외국어가 그를 긴장시켰다.

“쉽게 말해서 우리들은 군대나 권력에 의존하는 이민이 되고 싶지 않습니다. 우리 자신의 힘으로 일어설 수 있는 새로운 토지를 만들고 싶습니다. 먼저 이 대륙의 일각에서 시작하려고 합니다. 토산자라는 오지를 가장 먼저 물색한 것도 이런 이유에서입니다.”

그때였다. 누가 조용히 문을 열고 들어왔다. 생각 없이 그 쪽을 본 오야마와 하야시는 동시에 ‘앗!’ 하고 눈을 동그랗게 떴다.

아까 도중에서 만난 마차 위의 미인이었다.

6

그녀도 의외였던 모양으로 얼굴색이 변했지만 여자다운 침착함으로 바로 이를 감추며 말했다.

"아버지, 오 영장님에게서 전화가 왔어요."

오야마는 부끄러워 외면했다. 그리고 아까 질리게 봤던 액자와 가구 등을 열심히 바라보는 것이었다. 그렇지만 바로 그녀에게 시선이 가는 것은 어쩔 수 없었다.

"오 영장에게서?"

"예, 아버지 계시면 바꿔 달라고……."

"그래야지. 잠깐 실례하겠습니다."

조 선생은 그렇게 말하며 일어나 두 사람에게 고개를 숙이고 문 쪽으로 걸어갔다. 물이 끓고 있는 주전자를 확인하고 그녀도 나가려고 했다. 순간 하야시는 뭔가 말해야 한다고 생각했다. 오야마를 위해서라도 그렇게 해야겠다는 생각이 들었다. '끽—' 하고 무거운 문소리가 나자 조 노인의 모습이 사라졌다. 하야시는 나가는 조 노인의 큰 지나 신발소리보다 낮은 소리로 그녀에게 속삭였다.

"아가씨, 아까는 죄송했습니다. 나쁘게 생각하지 마세요."

하야시는 그녀에게 그렇게 말하면서도 궁지에서 벗어난 것처럼 앉은 자세를 고치는 오야마의 모습을 놓치지 않았다.

"천만에요."

그녀도 낮은 소리로 말했다.

"조 선생님의 따님이라는 것은 전혀 몰랐어요."

하야시가 이번에는 조금 소리를 높여 말하자 오야마도 용기를 내어 서툰 만주어로 사과했다.

"정말 실례 많았습니다."

"아뇨. 저야말로……."

그녀도 환한 얼굴이 되었다. 위로 말린 기다란 속눈썹이 촉촉이 젖어 신비하게 빛나고 있었다.

"앞으로 자주 뵐 테니까 잘 부탁드립니다."

하야시는 친한 사람을 대하듯이 웃으며 그렇게 말했다. 그리고 마음속으로 '오야마군을 위해서'라고 변명을 하며 씩 웃었다.

"저야말로 실례했습니다. 저희 집에 오시는 길이라는 것도 모르고……."

"아뇨……. 저는 어쩐지 조 선생님 따님이 아닐까라는 생각이 들었어요."

오야마가 문득 떠오른 생각대로 말을 했다. 그렇게 말을 하고 보니 정말 그런 생각을 한 것만 같았다. 그러나 왠지 불안했다. 그는 조끼 겨드랑이에 엄지손가락을 넣고 어깨로 숨을 쉬었다. 뭔가 말하고 싶은데 말이 나오지 않았다. 오야마는 결코 내성적인 사람이 아니었다. 여성을 만나 이렇게 어색한 적은 한 번도 없었다. 유키코의 경우를 생각해도 그런 경험은 없었다. 유키코는 그의 약혼자였다.(3행 판독 불가)

"실례하겠습니다. 그럼 천천히……."

그렇게 말하고 그녀는 빠른 걸음으로 방에서 나갔다.

"마려! 수박씨와 과자 좀 내오너라."

조 노인이 문 밖에서 딸에게 말하는 소리가 들려왔다.

"오래 기다리셨습니다."

"아닙니다. 바쁘신데 죄송합니다.

7

하야시는 아까 자신의 말이 서툴렀다는 것을 깨닫고 자신의 심경을 절실하게 말했다.

"오해를 하셨을 지도 모르지만 저는 결코 투기심이나 사행심으로 토지 개간이나 금산(金山)에 손을 대고자 하는 것은 아닙니다. 이유는 아주 간단하고 분명합니다. 저희들은 무엇보다도 생업이 없어 곤란을 겪고 있는 사람들에게 일자리를 제공하는 의미에서 토지를 생각한 것입니다."

하야시의 말투가 점차 열을 띠었다.

"장래에는 논밭이나 미개척지를 매입하려고 생각합니다. 물론 국가의 힘이 아닌 자유 이민의 정신 아래 노력 하나로 이루려고 생각하고 있습니다."

"그건 굉장히 좋은 생각입니다. 그러나 만주라는 곳은 당신네 나라와 사정이 달라서……."

조 노인은 사색적인 인간이 가지고 있는 냉정함을 잃지 않고 있었다.

"물론 그것도 생각하고 있습니다. 그러나 만주 사람도, 일본 사람도, 조선 사람도 삶을 원하는 인간적인 본능은 누구나 같다고 생각합니다. 저는 어려서부터 만주에서 자라 만주 사람이나 조선 사람들 틈에서 오랫동안 생활했기 때문에 이 땅의 공기는 잘 알고 있다고 자부하고 있습니다."

"아― 그래요. 그래서 만주어를 잘 하시는군요. 아주 잘 되었군요. 외국에서 가장 큰 자본은 바로 그것이니까요. 먼저 외국을 이해하고 생활하고 가능하다면 그 나라 사람이 되는 것이지요."

"알고 계시듯이 지금 토산자 부근의 벽지에는 저희 일본인은 한 사람도 없습니다. 그러니 거기에 살고 있는 조선인이나 만주인과 더불어 살아가지 안 됩니다. 그 속에서 저희들의 욕심과 폭리를 위해 불법적인 일을 한다면 단 하루도 견디지 못할 것입니다. 우리들을 둘러싸고 있는 그들 백성이나 노동자는 저희들에게 법이고 권력입니다. 저희들의 불법에 제재를 가할 것이기 때문입니다. 민심은 하늘의 뜻이니까……. 만고의 진리지요."

"최근 신문을 보니 일본인의 자유이민이 성공적으로 이루어지고 있다고 하더군요."

"그렇습니다. 모두 저희들과 같은 인간입니다. 생업을 찾아 온 사람들이니 먼저 선생님과 같은 민간 유력자가 힘을 빌려주세요."

"그러나 저 같은 노인은 관에서나 민에서나 남이라서……."

"아닙니다. 선생님에 대해서는 당 소장님에게 많이 들었습니다. 저희들은 관보다는 민간 유력자의 후원과 편달을 얻고 싶습니다."

그때 마려가 수박씨와 과자 접시를 가지고 들어왔다. 그녀는 조심스럽게 그것을 두 사람 앞에 놓고 가볍게 고개를 숙이며 말했다.

"드세요."

"고맙습니다."

오야마는 아까부터 굳어있어 과자 접시 쪽으로 고개를 숙이고 그녀와 하야시를 쳐다보았다.

'의외로 순진한 남자군!'

하야시는 그렇게 생각하며 오야마를 보고 눈으로 웃었다. 그리고 갑자기 묘한 정서를 느끼며 멍하니 '여자'에 대해 생각했다. 그녀는 차를 따르자 목례를 하고 조용히 나갔다. 오야마는 갑자기 힘이 난 듯이 시력을 총동원하여 그녀의 뒷모습을 뚫어지게 바라보았다.

8

이야기는 처음으로 돌아갔다.

"알고 계시겠지만 금 매장량이 무진장하다는 송화강(松花江) 일대는 이미 일본의 대재벌이 만주국 정부와 같이 운영하고 있다는 소문입니다. 그리고 길림성도……."

하야시는 열을 띠고 점점 더 연설조가 되었다.

"그렇습니다. 그건 저도 들었습니다. 길림성의 천보산(天寶山)과 백초구(百草溝) 광구는 대개 만주국 대관의 소유가 되었다고 들었습니다. 세상 많이 변했어요. 명리에 둔한 사람은 조롱을 당하고 요즘에는 정신이

상자로까지 보니 말입니다. 주위에서 그렇게 보니 저 스스로를 의심하게 됩니다. 후후……."

조 노인은 처음으로 편하게 웃음을 보였다. 오야마는 하야시의 열변이 공을 거둔 거라는 생각이 들었다.

"그러니 대재벌이나 이권을 쫓는 사람들에게 맡겨 보십시오. 그들은 국가 권력까지 이용하여 있는 대로 사욕을 채웁니다. 거기에 비하면 저희들의 일은 정말 평민적이지요. 어디까지나 공존공영입니다. 저희들은 선생님의 힘을 빌리기 위한 방편이 아니라 만천하의 감시 하에 스스로를 내놓을 각오를 하고 있습니다."

"제가 당신을 의심하고 있다는 것은 아닙니다. 그러나 실지로 당하면 여러 가지 난관이 있을 겁니다. 그 곳은 아직도 홍발자(紅髮子)가 나오는 위험한 곳입니다."

"그건 그렇습니다. 저도 그 쪽을 여러 번 가 보았지만 사금이 나오는 탓인지 마적이 끊이지 않더군요. 그러나 광부와 백성이 수백 명 있으니 충분한 자위대책을 세울 수 있다고 생각합니다. 선생님의 소개로 오 영장님의 양해를 구하고 힘을 빌린다면 좋을 것 같습니다만."

"그렇다면……."

"당분간만 군대를 파견하도록 하는 것입니다. 만약 그게 불가능하다면 다른 방법을 찾아야겠지요. 군대의 힘을 빌린다는 것도 당분간입니다. 장래에는 자력으로 자립을 하지 않으면 안 되지요. 백성이나 광부를 훈련시키는 동안은 군대가 필요합니다."

"그래요. 저도 찬성입니다. 언제까지나 남에게 의존하는 것은 피해야 하니까요. 그러나 처음은 그렇게 하지 않으면……."

"그렇습니다. 그래서 부탁입니다만 오 영장님께 소개장을……."

"만나 보시겠습니까? 그래야겠지요. 저도 마침 일이 있어 방문한다고 아까 전화로 말했습니다."

"그럼 부탁을 드리겠습니다."

하야시는 한숨 돌리며 담배에 불을 붙였다.

"그럼 바로 가 볼까요?"

"감사합니다."

모두 자리에서 일어났다.

"그런데 참 재미있는 곳에 착안을 하셨군요. 토산자는 저도 아직 한 번도 가보지 않은 곳입니다."

"저는 만주라면 일본보다 더 잘 알고 있습니다. 만주는 진짜 고향입니다. 아버지 때부터이니까요."

"아버님이 관리셨습니까?"

"아닙니다. 저희 아버지는 관리를 아주 싫어하셨습니다. 조선인의 옷을 입고 조선인 중학교를 세웠습니다. 돌아가셨지만요."

"돌아가셨어요?"

"예. 저도 만주에 뼈를 묻을 생각입니다."

두 사람은 조 노인과 같이 집을 나왔다.

9

오 영장과 회담을 끝내고 영부를 나온 것은 오후 2시경이었다. 오 영장과 조 노인은 친하게 문까지 나와 배웅해 주었다. 처음 들어올 때와는 달리 문 앞에는 나이 어린 위병이 교대를 하여 직립부동, 아니 부자연스럽게 몸이 굳어 받들어 총을 하고 있었다. 외국 손님에게 군국 만주의 의기를 보이려는 죄 없는 배려가 그대로 보여 웃을 수가 없었다. 그 노력에 오야마와 하야시는 가슴이 뭉클했다. 두 사람은 갱생 도상에 있는 만주국의 젊은 군인에게 충분한 존경을 담아 답례를 하고 영부를 나왔다. 두 사람은 오늘 교섭이 잘 이루어진 것을 기뻐하며 이두포(二頭浦)행의 승합차를 탔다.

"자네, 아까 조 노인 집을 나올 때 말이야. 그 아가씨에게 고맙다고 하니까 방긋 웃어줬어. 정말 멋지더군."

오야마는 일부러 천진하게 말했다.

"후후후. 자네 태클을 해보고 싶지? 이상하게 굳어서. 뭔가 딴 마음이 있지?"

하야시도 소리내어 웃었다.

"아냐. 만주의 풍습이 익숙하지 않아서 불편했을 뿐이야. 도중에 그녀에게 실례되는 말을 했고 만주말을 못해서."

마차가 덜컹거려 소변이 마려울 정도로 몸이 흔들렸다. 마부의 기다란 채찍이 바람을 가르고 날아갔다.

"자네도 앞으로 만주어를 더 공부해. 서구어보다는 우선 만주어야."

하야시는 진심으로 권하고 싶었다. 만주를 알고 만주에서 생활하기 전에 먼저 말을 배우지 않으면 안 된다고 생각하고 있었다.

"정말 나도 열심히 할 거야. 자네의 만주어에 반했어. 유창하게 외국어를 말하는 것을 보니 묘하게 매혹적이었어."

"진짜 반한 것은 그 아가씨잖아. 하하하."

"그런 바보 같은……."

그렇게 말하는 오야마는 왠지 부끄러웠다.

"누구 때문에 배우더라도 어쨌든 만주를 알 수 있다면 좋잖아. 실제로 만주에 온 일본 사람들은 만주를 몰라. 기차를 타고, 즉 철도의 레일 안내를 받고 만주를 보았다고 생각하지. 그건 안 돼. 철도 연선의 도시를 보고 만주를 보았다고 생각하는 것은 정말 바보지."

그렇게 말하며 하야시는 묘하게 흥분했다.

"관청 사람들이 자동차나 기차를 타고 지방을 돌아다니면서 민정이 어쩌네 산업이 어쩌네 백성이 어쩌네 하는 것과 마찬가지 논법이야. 그런 마음으로 뭘 할 수 있겠어?"

하야시는 점점 더 흥분했다. 그것이 그의 사상이며 성격이었다. 점차 길이 험해졌다. 용정시에서는 수묵화처럼 흐릿하게 보였던 산들이 눈앞에 검은 괴물과 같은 모습으로 사방을 겹겹이 둘러싸고 있었다. 마차는 그 사이를 달렸다.

"과연. 마적이 있기도 하겠다."

"그러나 겁에 질릴 필요는 없어. 하하하."

하야시가 힘내라는 듯이 그렇게 말했다.

"정말 통쾌하다. 내지의 산과는 전혀 다르군. 마치 음화(陰畵) 같아."

오야마는 탐험가처럼 호기심을 느꼈다.

"작년에 이도구가 마적에게 당했지. 이제 곧 그 흔적을 볼 수 있을 거야. 정신 똑바로 차려."

두 사람은 4시쯤에 이도구 부근에서 마차를 내려 전망이 좋은 봉우리로 올라갔다. 하야시는 수첩에 약도를 그려가며 마적이 습격했던 당시의 모습을 설명해 주었다.

10

저녁 무렵 두 사람은 이도구의 이성천(李聖天)의 집에 도착했다. 이성천은 하야시와 Y중학교 동창으로 졸업 후에는 고학으로 경성의 H전문학교 상과에 입학했지만 학자금 관계로 중도에 포기하고 삼도구로 가서 조그만 가게를 내었다. 처음에는 벽에 구멍을 뚫고 밤 시장에 일용품을 조금 늘어놓았지만 지금은 상당한 규모의 잡화점이 되었다. 하야시가 토산자를 개간할 생각을 한 것도 이성천의 권유가 있었기 때문이었다.

작년에 하야시가 남만주 여기저기를 돌아다니다가 삼도구에 도착하여 치카다비를 사려고 우연히 들렀던 가게가 바로 이성천의 가게였다.

"여—!"

"여—!"

두 사람은 잠시 망연자실하여 할 말도 잊었다. 꼭 7년만이었다. 하야시는 친우의 호의를 거절하지 못하고 그의 집에 당분간 머물기로 했다. 이성천이 일대의 금산을 노리고 있어 두 사람은 바로 의기투합하여 부근의 금산과 석탄광, 미개간지를 실지 답사하였다. 세계적인 금 지대라고 일컬어지는 천보산까지 갈 생각이었지만 그 부근은 아직도 마적이 빈번하게 출몰하고 교통이 불편하였으므로 그 때는 다음으로 미루기로 했다. 그리고 구체적으로 토산자 개척을 하고자 하야시는 자금조달을 위해 멀리 봉천에 있는 오야마를 찾아 간 것이었다. 그리고 벌써 2개월이 지났다. 이성천은 그들을 굉장히 기다린 모양으로 정성을 다해 그들을 향응했다. 닭을 잡고 호골주를 대접했다. 오야마와는 초대면이었지만 술 힘도 있어 바로 오랜 친구처럼 웃으며 터놓고 이야기했다. 하야시와 이성천은 지도를 펼쳐 놓고 오야마에게 설명해 주었다.

—송화강 유역은 세계적인 사금장일 뿐 아니라 비옥한 토지가 천리나 된다는 천혜의 땅이었다. 최근에는 재향군인이 약간 이주하여 있었다. 멀리 관전(寬甸), 액목(額穆), 노야령(老爺嶺) 일대, 가까이에는 왕청현(汪淸縣)의 백초포, 굴륭산(窟隆山), 이대지자(二大地子), 화수포(火水?), 연길현(延吉縣)의 청산(靑山), 금장구(金莊溝), 내피구(來皮溝), 봉밀구(蜂蜜溝) 등등의 모두가 산금지대로 너무 유명했다. 특히 노야령 일대는 지면에서 3척만 파도 금이 무진장하게 매장되어 있다는 소문이었다.

"호—!"

오야마는 계속해서 감탄 소리를 내었다. 만정을 다해 감동을 해도 하야시와 이성천의 이야기가 계속되면 계속될수록 그의 감동은 더욱 비약하기만 했다.

"노야령 이남, 왕청현 이북은 속된 말로 공기가 없다고 할 정도로 험악한 지역으로 빛이 들지 않는 밀림지대다. 지금 거기에는 왕덕림(王德林)

군의 전 적총(敵總) 사령 공헌명(孔憲明)이 6만의 부하를 집결시켜놓고 마적과 대도회(大刀會)에 합류하여 권토중래를 꿈꾸고 있지."

이성천이 지도를 가리키며 설명했다.

"그래서 우리 토벌군은 사방에서 그들을 포위하고 조금씩 진입하고 있어."

하야시는 양손으로 원을 그리면서 적당한 취기로 삼군을 호령하는 명장군이라도 된 듯이 꼿꼿이 몸을 세우고 설명하는 것이었다.

"점점 정세가 재미있어지는군."

오야마가 말했다.

"그렇다. 지도를 보고 있으면 마치 독 안에 든 쥐다. 그러나 관군은 바로 그 곳까지는 좀처럼 쳐들어가지 못해. 토벌해도 남아. 실제로 틈이 너무 많아. 그러니 아무리 붙잡아도 빠져나가는 거지. 하나도 남김없이 붙잡을 수 있는 것은 바로 민이다. 백성이 없이는 결코 틈이 메워지지 않아. 즉 스스로 이 땅을 개척하는 백성 말이다."

11

하야시는 계속했다.

"토벌군은 동북 오참(五站) 방면, 서북 영안(寧安) 방면, 동남의 왕춘 방면, 서남의 국자가(局子街) 방면에서 중앙을 향해 진군중이다. 항공대의 정찰기가 그 부근을 돌고 가자구, 낙타가자(駱駝가子), 소가수구(小架樹溝) 부근에 탄환을 투하하면 마치 거미처럼 도망치는 그들의 모습이 선명하게 보인다고 한다."

"음, 사면초가라는 말이지."

오야마는 지도를 보면서 하야시의 말을 듣고 있자 지금도 마적들이 죽어가는 것만 같았다.

"그러나 도망치는 건 정말 용감해. 아무 것도 먹지 않고도 진격 때보다 몇 배나 빠르게 도망치는 거야. 지리를 잘 아니까 더 잘 도망치는 거지."

하야시는 헛기침을 하고 다시 말을 이었다.

"그래서 토벌군이 조금이라도 멀어지면 다시 모이는 거지. 그래도 군대가 언제까지나 밀림 속에 있을 수도 없고 레일을 일부 점령했다고 해도 뭐가 되는 것도 아니고……. 그러니 역시 여기 공기를 마시는 일반 주민이 여기의 독소를 뽑아 대기로 바꾸지 않으면 안 돼. 민국(民國)도 처음에는 그 힘이 하찮겠지만 넓히고 강화하여 보편화, 지속화하는 것이 지금 무조건 요구되고 있어."

"자네 말에서 붉은 입김이 뿜어져 나오는군. 하하하."

오야마는 부드럽게 웃으며 하야시의 코 앞에 잔을 내밀었다. 모두 상당히 흥분해 있었다. 하야시는 포켓에서 피수톨을 꺼내 만지작거렸다. 그러자 이성천이 생각난 듯이 말했다.

"오야마군, 하야시 군의 사격을 본 적이 있나? 정말 잘 쏴."

"아니 아직 못 보았는데. 정말 그렇게 잘 쏘나?"

"놀랄 정도지. 지난번에도 어랑촌(魚郎村) 산 속에서 두 사람의 마적을 맞추었지."

이성천은 그 당시를 생각하는 듯,

"나도 그런 일은 처음 당해서 등골이 오싹했네. 내가 앞에서 말을 몰고 있었는데 '에잇!'하는 소리가 들렸지. 나는 깜짝 놀라 말 위에 엎드렸는데 '탕!'하는 총성이 들려 고개를 들자 건너편 숲 속에 마적이 뒹굴고 있잖아."

"내가 백 미터 앞에 있었으니까 쉬웠지. 창에 달린 칼이 번쩍이는 것이 숲 속에서 보였어. 죽어라고 도망치려고 했기 때문에 적이라는 것을 알았지."

그리고 하야시는 다시 덧붙였다.

"현장에 가 보니까 이미 죽어있더군. 그래서 왼쪽 귀를 잘라서 삼두구 병영에 가서 40원 받아 왔다. 거짓말 아냐."

이성천이 오야마에게 웃으며 말했다.

"하나 당 20원이란 말이지?"

"아니, 털이라도 난 놈은 값이 달라. 그래도 몸을 들쳐업고 갈 수는 없으니까 왼쪽 귀를 잘라 가는 거야."

"음, 마치 교환권 같군."

"실제로 장학량의 군표보다는 마적의 귀가 확실해."

"이 부근에 아직도 그런 게 있단 말이야? 백주에 나타나다니."

"보통 때는 없어. 적의 본대는 깊은 산중에 있지. 본대에서 떨어진 놈들이 미처 도망치지 못하고 배가 고파 어슬렁거리는 거지. 다리를 절뚝거리며……. 시체를 보니 뼈에 부딪쳐서 더 이상 마를 수 없을 정도로 앙상하게 말라있었어."

하야시는 피곤한 것도 잊고 사격연습과 실전 체험담을 재미있게 들려주었다.

12

그들은 바로 다음날 토산자의 실지 답사를 갔다. 일행으로는 이성천의 친구인 조선인 2명, 지나인 인부가 3명이었다. 하야시와 오야마와 이성천은 등산복에 승마 차림이었다. 군경조차 적은 숫자로는 가지 않는 곳을 하야시와 이성천은 이미 몇 번이나 시찰하였으므로 지리에 밝았다. 그들이 산과 오지 답사에서 늦게 돌아오면 옆집의 조선인들은 그들의 주거를 몰래 훔쳐보며 '살아 돌아왔군요.'라고 말하는 듯한 이상한 얼굴을 하였다. 괴물이 탈을 쓰고 있거나 그렇지 않으면 요술을 부리고 있다고 소곤거리기도 했다. 오늘도 그 사람들은 하야시 일행이 출발하는 것을 불안하게 바라보았다.

오야마는 하야시의 피스톨 주머니의 끈을 어깨에 메고 있었지만 물론 안에는 아무 것도 없었다. 위세를 부리기 위한 하야시의 계략이었다.

"쉿―!"

토산자와 가까운 산에 올라갔을 때 선두의 하야시가 갑자기 손을 들고 뒷사람들에게 신호를 보냈다. 바로 80미터 앞 숲 속에 뭔가 수상한 움직임이 보였다.

"꼼짝 마!"

하야시는 오른 손의 피스톨을 들어올리며 그림자를 향해 소리쳤다. 그러자 그 중 두 사람은 재빨리 산으로 도망쳐 숨어버렸다. 남은 하나도 처음에는 도망쳤지만 바로 이쪽을 향해 서서 무너지듯이 그 자리에 주저앉았다. 상당히 약해진 모양이었다.

"손들어!"

하야시가 소리치자 적은 떨면서 손을 들었다. 무릎을 꿇리고 인부에게 몸을 검사하게 하자 조선부인의 은가락지가 나왔다. 적은 묻지도 않았는데 주웠다고 말하며 머리를 조아렸다.

"넌 누구냐?"

하야시가 소리쳤다.

"저는 백성으로……."

"손을 보여라! 이런 멍청이! 이게 백성 손이냐?"

"다이야, 다이야(大爺)."

하야시가 엄하게 소리치자 적은 머리를 땅에 박으며 살려달라고 애원했다.

"오늘은 토벌대가 산을 뒤질 거야. 너 같은 악당은 죽여야겠지만 앞으로 반성하고 백성이 된다면 특별히 용서해 주지. 어때? 죽고 싶은가?

아니면 백성이 되고 싶은가?”

　“예! 다이야. 백성이 되겠습니다.”

　“그럼 그 창을 이리 내.”

　그리고 일행은 계속해서 앞으로 나갔다.

　“이봐. 하나 당 20원 아닌가…….”

　오야마가 껄껄거리며 웃었다.

　“그러나 겁을 주어 놓아주는 게 좋아. 토벌대도 전부 죽이려고 하지 않을 거야. 진심으로 귀향을 원하는 사람은 기쁘게 보내주는 거지. 오는 사람은 막지 않는 주의니까.”

　바로 얼마 후에 토산자에 도착했다. 이 일대는 5천 정보 정도의 대평야로 그 한 가운데를 동에서 서로 해란강이 흐르고 있었다. 평야 여기저기에는 이 삼십 호에서 육십 호 정도의 조선인 부락이 있었다. 그리고 지나인 부락은 조선인 부락보다 규모가 훨씬 작지만 그 부락에는 ‘타우(大屋)’라는 것이 있어 하나의 광대한 토지 안에 같은 성을 가진 사람들이 열 집 또는 수십 집이 함께 살고 있었다. 그 중에 장가(張家) 타우와 신가(申家) 타우가 가장 세력이 커서 그들은 만주 관헌을 전혀 무서워하지 않았다. 그래서 이 유망한 사금장도 전부 그들 토호 때문에 아무도 손을 데려고 하지 않았던 것이다.

13

　일행은 토산자의 명산평(明山坪)에 있는 조선인 집으로 들어가 좀 쉬고 나서 해란강을 따라 걷기 시작했다.

　“이 일대가 전부 사금장이다.”

　하야시는 갑자기 멈춰 서서 지도를 꺼내 손으로 집어가며 말했다.

"여기가 천보산. 세계적인 금산이지. 이 근방은 지금 만주국 실업청장과 그 외 굉장한 사람들이 권리를 쥐고 있어."

"그럼 다른 사람들은 손도 못 대는 거잖아."

오야마가 말했다.

"아니. 그래도 아직 여지가 남았어. 그리고 그 사람들은 이해관계를 가지고 있어 하루라도 빨리 이 곳 일대가 파헤쳐지기만을 기다리고 있지."

"그러나 정말은 사금보다 산금이 좋다잖아."

"물론 그렇지. 사금은 산금처럼 엄청나게 양이 많다거나 하는 일은 전혀 없어. 그 대신 사금은 경비가 많이 들지 않고 작업이 용이해. 그리고 이 일대의 지면은 거의 사금으로 덮여 있고 금의 질도 좋지. 그래서……."

하야시는 다시 지도에 눈을 떨구며 말을 이었다.

"이 어머니산인 천보산의 산금이 질이 좋아. 그러나 암석이 오랫동안 비바람에 씻겨 무너져 자갈과 모래가 되어 계곡을 타고 여기까지 흘러오는 거야. 그 자갈과 모래는 물에 닦이고 부서지지만 금은 분해되지 않고 그대로 강바닥에 쌓이는 거야. 그래서 천보산이 좋으면 여기가 좋다는 말이지."

"천보산이 내린 선물이 여기에 쌓여 있다는 거군. 하하하하."

"자 그럼 실지를 한번 볼까?"

하야시는 주변에 있던 모래를 손으로 움켜쥐고 체를 물 속에 넣었다. 그리고 익숙한 솜씨로 체를 이리저리 흔들었다. 그러자 모래가 물에 떠 체 위로 흘러갔다.

"아메리카 서부의 황금시대에는 모두가 그런 것을 가지고 나와 자네 흉내를 냈지."

오야마는 수초를 헤치며 열심히 들여다보았다.

"아메리카뿐이 아니지. 일본의 모리오카 명물인 금산 춤은 여기에서 나온 거야. '츠도메테'라는 노래를 부르며 체를 가지고 춤을 추는 거야.
자네는 춤을 잘 추니까 만주 가락을 넣어 오야마류를 창작해 봐. 아마
걸작이 될 거야. 하하하."

"맞아."

"마려 양은 정말 무용가 타입이었지. 이번에 뉴욕의 마천루에 데리고
가야지."

오야마는 갑자기 뭔가를 생각해 낸 듯 말하며 밝게 웃었다.

"흠, 벌써 에로핀테른을 결성하고 싶은 거군."

에로핀테른이라는 것은 에로와 인터내셔널을 붙여 만든 말로 하야시
는 이를 국제 비밀 연애의 의미로 사용하곤 했다.

"아냐. 자네는 지나치게 의식 과민이야. 그거야말로 울트라 링켄이지.
하하하."

"그건 그렇고 이걸 봐. 여기."

하야시는 오야마의 코앞에 체를 내밀었다.

"호, 이게."

채 안쪽에는 희미하게 빛나는 황금색 알갱이가 붙어있었다.

"돌이 많은 조선 쌀을 일어본 사람은 어디서나 할 수 있는 거야. 그러
나 진짜 좋은 곳이 아니면 이렇게 반짝이지 않지만 말이야."

두 사람은 잠시 그걸 바라보고 있었다.

14

"조그맣군."

오야마는 손가락으로 사금을 만져보며 말했다.

"이런 걸 얼마나 모아야 돈이 되지?"

“그렇게 욕심부리지 말아. 한 사람이 하루에 네, 다섯 근씩만 모아 봐.”

“호, 그 정도야? 그럼 한 근……. 그러네.”

“그렇지만 이건 순금이 아니니까 정제를 해야 해. 그래도 그 방법이라는 게 정말 간단하거든.”

“중학교 화학 시간에 배우기는 했지만 다 잊어버렸어.”

“그렇게 억지로 배운 지식이 남아있을 리 없지. 직접 해보면 돼.”

하야시는 그렇게 말하며 설명을 덧붙였다.

“먼저 수은 혼합법이라는 게 있지. 이것은 수은이 금을 먹는 성질을 이용한 것으로 먼저 수은으로 흩어진 사금을 모아 그 수은을 증발시키는 방법이지. 그러나 그 방법을 쓰면 조그만 금가루들이 없어지기 때문에 최근에는 청화법이라는 것이 유행이야. 그건 순화학적인 방법으로 청화가리 용액에 사금을 녹여 순금만을 분해하는 방법이지. 산금은 물론 용해법, 즉 돌을 용광로에 녹여 금을 얻는 방법을 사용해.”

“나도 한번 해 볼까?”

오야마가 그렇게 말하며 나서자 그 때까지 머리를 모아서 하야시의 체를 지켜보고 있던 사람들이 너도나도 각각 체를 찾아 나섰다. 그러나 도시 출신의 오야마는 서툰 정도를 지나 우스꽝스러워 보였다.

“후후. 그렇게 딱딱하게 하지말고 물과 모래를 잘 흔들어 봐. 이렇게, 이렇게 말이야.”

하야시는 오야마에게 흔드는 방법을 보여주면서 말했다.

“쉬운 거 같지만 꽤 어려운 거야. 어느 정도 테크닉이 필요해. 그렇게 그런 식으로…….”

“치어스. 오라이. 보인다!”

오야마는 소리를 지르며 혼자 흥에 겨워했다. 모두 노란 덩어리가 보이자 얼굴색이 변해 정신없이 체를 흔들어 대었다.

“그런데 말이야.”

하야시는 일단 시험이 끝나자 허리를 펴고 주위를 둘러보며 천성적인 여유 만만함으로 덧붙여 말했다.

"저 남쪽이 남동(南洞)이고 북쪽이 오룡동(五龍洞)이다. 저쪽에는 아직 꽤 유망한 석탄광이 있어. 논밭도 있고 금도 있고 연료도 있다는 말이지. 인간이 살기 딱 좋은 데야. 그리고 사금이라는 것은 물이 없으면 안 되는데 다행히 여기 해란강이 있다."

"객관적 정세 100%. 자네의 흉내를 내는 건 아니지만. 하하하하."

"그게 아냐. 마적도 있고 호족도 있어. 문제는 어떻게 이 천혜의 주체적 조건과 객관적 정세를 이용하느냐에 있어."

"또 예의 대중 동원론이 나오는군."

"아니 진짜 그래. 지금은 변증법의 정반합의 합에 와 있지. 합의 과정은 대중의 합의에 의해 처음으로 성취되는 거야."

일행은 조선인 집에 돌아와 물을 끓여 식사를 했다.

"빨리 광업령이 시행되면 좋으련만……."

오야마는 거기에 신경을 쓰고 있었다.

"만주국이 섰기 때문에 문제가 없을 거야. 그것보다도 이 곳 일대는 국광이 된다는 소문이 있으니까 이번에 봉천에 돌아가면 자네 부친이나 형에게 부탁해서 실업청에 교섭을 하도록 해. 길림성의 실업청에도 손을 쓰고."

오야마의 아버지는 봉천 실업계의 원로로 그의 형은 만주사변에서 용맹을 떨친 현역 대위였다. 일행은 저녁 무렵 무사히 삼도구로 돌아왔다.

15

그리고 삼일 후 동이 트기도 전이었다. '땡땡땡!' 하고 조선인 민회의 종이 갑자기 울리기 시작했다. 그 종이 불길한 소식이라는 것을 모르는 사람들은 이 마을에 한 사람도 없었다. 사람들은 갑작스레 새벽 꿈에서 깨어 뛰쳐나갔다. 거리가 순식간에 소란스러워졌다. 여자의 비명소리, 아이들의 울음소리가 들려오기 시작했다.

"어이!"

제일 먼저 일어난 이성천은 하야시와 오야마의 가슴을 찔렀다. 그는 직감했던 것이다. 마적의 습격이다!

"무슨 일이야?"

오야마가 벌떡 일어났다.

"어이, 하야시군!"

이성천이 재촉을 하자 하야시도 이불 속에서 기어 나왔다.

"크……, 큰일났다. 저 종소리가 들리지?"

"뭐?"

하야시는 벌떡 일어나 옷을 입기 시작했다.

"저건 무슨 소리야?"

오야마도 옷을 입으며 이에게 다급하게 물었다.

"무슨 일이 있는 모양이야. 곧 알겠지."

이가 말했다. 하야시는 피스톨을 꺼내 쥐고 그대로 뛰쳐나갔다. 바로 두 사람도 따라 나갔다. 순간 날카로운 긴장이 모두를 덮쳤다. 조선가는 이미 아수라장이었다. 젊은이도 늙은이도 남자도 여자도 생쥐처럼 이리 저리 뛰어 다니며 어른들은 등에 짐을 지고 아이들 손을 꼭 잡고 있었다. 옷 가슴을 풀어헤친 여자들은 머리에 커다란 보퉁이를 이고 유방을 덜렁거리며 등에 업은 아이들이 떨어질 것 같아 울부짖고 있었다. 그래도 피난민들은 소와 돼지까지 끌고 도망치려고 엉덩이에 채찍질을 하며 핏발선 눈으로 살 길을 찾고 있었다. 나이든 여자가 하야시 일행의 앞을 달려가며 남편에게 묻고 있었다.

"당신 솥은?"

아내는 이런 속에서도 얼마 없는 가재도구를 세어보고 있었다. 그들에게 가재도구는 가족들이나 마찬가지였다.

"당신이 안 가져왔어?"

"아이고 잊어버렸어!"

아내는 비명을 지르며 집으로 돌아가려고 했다. 남편이 말리자 미련이 남는 듯이 뭔가를 중얼거리며 달려갔다.

"앗! 이런!"

너무 당황하여 짐을 떨어뜨리기도 하고 쥐가 파먹은 보퉁이 구멍사이로 만주 채소나 고량이 새어나오면 그 걸 주우려다가 다른 사람에게 부딪치기도 했다. 비명이 터져 나왔다. 아이들은 불에 댄 것처럼 울었다.

'땡땡땡! 땡땡땡!'

민회의 종소리는 박자가 빨라지며 계속 울리고 있었다.

"앗, 저거 봐. 저거."

하야시는 피스톨을 쥔 손으로 서북 산기슭에 있는 절의 뒤편을 가리켰다. 여명이 밝아오는 동쪽 구름 사이로 회중전등 불빛이 무슨 신호를 보내고 있었다. 때때로 꺼졌다가 다시 반짝였다. 마치 악마의 반짝임처럼……

"마적의 복수다."

이성천이 말했다. 하야시도 그렇게 생각했다. 마적은 작년 이도구 습격에 일당 백여 명을 잃었던 것이다.

"이도구의 원한을 삼도구에서 갚으려고 온 거군."

삼도구 시가의 반인 조선가는 이미 막다른 골목에 있었다. 그러나 웬일인지 지나가는 평화로웠다.

16

삼도구 시가의 서반부는 지나가이고 동반부가 조선가였다. 호수는 전부가 겨우 천 호 내외였지만 목재나 광물 농산물의 집산지로 번창하는 거리였다. 북쪽에는 산맥이 두개나 뻗어있고 해란강이 그 사이를 흐르고 있었다. 남쪽에는 활 모양의 산이 있어 그 끝이 시가를 위협하고 있었다. 시가에 가까운 서북 산기슭에 절이 있었다. 거기에 마적의 전초(前哨)가 잠입하여 전선을 잘라 버린 것이다. 영사관 경찰이 15분마다 전화 고장을 조사하기 때문에 그들은 전화를 자르자마자 바로 습격을 개시하려고 회중전등으로 신호를 보낸 것이었다.

마적은 대도회(大刀會), 구국군(반만군)을 합해 2천명이 넘었다. 전에 이도구 습격 당시는 거의 전부가 순 마적뿐이었지만, 이번에는 복수전이라 조금이라도 관련이 있는 반만 정규군과 대도회가 가세를 하였던 것이다. 전등 신호에 따라 청두항(青頭港) 방면에 있던 마적은 서쪽에, 서북 방면에 있던 적들은 북쪽에 각각 진을 쳤다. 그리고 서쪽 산꼭대기에 있던 주력부대가 먼저 만주국 공안대와 육군대를 목표로 사격을 개시했다. 공안대와 육군대는 처음에는 응전했지만 얼마 안 있어 백기를 올렸다. 적은 이미 수일 전부터 이 거리에 숨어들어와 공안대나 육군대를 설득한 것이었다. 이도구 습격 당시, 적에 투항한 이도구 만주국 공안대, 육군대, 집사대가 적과 결탁한 것이다. 입을 맞추었으리라는 것은 누구나 알 수 있는 일이었다. 그뿐 아니라 군대 밖의 지나가의 주민들도 그들과 결탁하여 포탄세례를 면했다. 적은 조선가와 영사관 경찰을 향해 맹렬하게 공격하며 지나가로 들어왔다. 영사관 경찰은 과장 이하 스무 명으로 재빨리 무장을 하고 응전하였지만 적의 수가 너무 많고 총알이 적어 성문을 닫고 경기연총과 장총으로 기회를 봐서 조준을 할 수밖에 없었다. 한편 두도구 영사관에 자전거로 조선인 전령을 보냈지만 겨우 천 미터를 갔을 뿐 총탄에 쓰러지고 말았다. 망원경을 움켜쥐고 망루에서 이를 보고 있던 관장은 얼굴이 파랗게 질려 구르듯이 내려왔다.

"적은 높은 곳을 점령했다. 그리고 우리들은 점점 포위되고 있어. 활로는 남산 봉우리밖에 없다. 여기를 버리고라도 지금은 포위를 뚫지 않으면 안 돼.”

그는 아직 조선인 전령의 죽음을 숨기고 있었다. 그러나 적은 바로 성 밑으로 들어와 퇴로를 차단했다. 적은 흩어져 탁류처럼 밀려들고 있었다. 청룡도나 장총을 가진 사람들이 선두에 서서 소리를 지르며 몰려오고 있었다. 벌써 경찰서 정면의 파괴공작을 하고 있었다. 대도회는 총에 맞아도 죽지 않는다는 신념을 가졌다. 총에 맞아 죽는다는 것은 신념을 가지지 못했기 때문이며 죽어도 극락에 갈 거라고 멋대로 믿고 있었기에 저돌적으로 시체를 넘어 공격해 왔다.

“앗!”

그 때 경관 하나가 손을 빨갛게 물들이며 앞으로 고꾸라졌다. 적의 총탄에 맞은 것이었다. 관내는 갑자기 살기등등해졌다.

17

적에게 손가락을 맞은 경관은 화가 났다. 바로 적진돌파를 결행하기로 했다. 그러나 전방은 어쩔 수 없었다. 모두가 피를 튀기며 아직 적의 그림자가 보이지 않는 후방으로 몰려갔다. 부녀자들은 탄환통을 들고 준비하고 있었다. 전원 2대로 나뉘어 후문 양쪽에 몸을 숨기고 때를 봐 문을 여는 것과 동시에 적을 향해 일제 사격을 가했으나 후방도 힘들었다. 격렬한 접전이 잠시 이어졌다. 기관총구의 빛으로 적들이 쓰러지는 모양이 생생하게 보였다.

타타타탕… 탕… 탕탕… 타타타….

차례차례 적이 쓰러졌다. 잠시 후 적진이 흐트러졌다. 그러자 경찰 1대가 맹사격을 하면서 돌파했다. 이어 후대가 돌진하여 활로로 빠져 나올 수 있었다.

‘우와! 우와!’

함성을 지르며 돌풍처럼 밀려나갔다. 잠시 호랑이 굴을 벗어난 경찰대는 엎드려 제방을 지나 남쪽에 있는 남산 봉우리로 올라갔다. 거기까지의 거리는 약 천 미터쯤 되었다. 적진이 환하게 보였다. 일단 지나가로 들어간 적의 부대는 벌써 조선가로 몰려들어 약탈을 하고 있었다. 경찰대를 포위하고 있던 1대도 약탈이 시작된 것을 보자 너도나도 조선가로 밀려들어갔다. 적의 행태는 처음부터 통일성이 없었지만 약탈이 시작되자 점점 더 산만해졌다. 적뿐 아니라 지나가의 상인, 주민까지도 조선가를 약탈하는 데 광란하고 있었다. 조선인 상점의 물건을 훔쳐 자기 창고에 넣기도 하였다. 조선인가 일각에 화재가 발생했다. 미처 도망가지 못한 조선인들은 미친 사람처럼 수라장을 뛰어 다니고 있었다. 어디로 어떻게 도망가야 할지 몰랐기 때문이었다. 적은 부녀자의 손가락을 잡아 반지를 빼기도 하고 아무 데나 어두컴컴한 데로 끌고 가 야욕을 채웠다. 조선가는 완전히 연기에 휩싸여 버렸다. 총성, 함성, 절규……지옥의 귀신도 울지 않을 수 없는 처참한 광경이었다. 화재 연기, 유혈, 물건들이 불에 타면서 독가스 이상의 악취를 내뿜는 와중에 백의의 무리들은 혼도 절명하여 무더기로 쌓여갔다. 동굴에 숨어 있던 조선인 일부는 생매장을 당하고 일부는 화염에 싸였다. 도망칠 수 있었던 사람은 극히 일부에 지나지 않았다. 소도 돼지도 화상으로 신음하며 뒤집혀 있었다. 또는 완전히 굽혀 쓰러지기도 했다. 닭은 화염 속에서 날개짓을 하며 뛰어오르고 있었다. 이런 속에서 적은 소를 끌어내어 전리품을 지나가로 옮기고 있었다. 어떤 놈은 쓰러질 정도로 짐을 짊어져 거의 기어가고 있었다. 조선인이 한 발자국이라도 지나가에 발을 들여놓으면 죽음을 당했다. 그래도 가족과 헤어진 사람들은 가족을 찾아 돌아다니다가 지나가로 들어가 거기에 쌓인 시체를 뒤지는 것이었다. 조선가와 지나가의 경계 일대는 흰옷을 입은 주검이 뒹굴고 있었다. 조선가는 거의 다 타버렸다. 화염은 하늘을 찌를 듯이 솟아오르고 있었다. 빨간 화염이 점점 더 맹렬하게 타오르는 것이었다. 마침 강풍이 불어 검은 연기가 구름처럼 하늘을 가로질러 흐르고 있었다. 지나가 사람들은 경계에 진을 치고 방벽을 쳐 지나가에 불이 번지는 것을 막고 있었다.

18

"앗!"

비행사는 처음에는 자신의 눈을 의심했다. 아무리 봐도 분명했다. 8리 밖의 용정시 상공을 날고 있던 비행사의 눈에 연기가 보일 만큼 삼도구의 화염은 맹렬하였다. 비행사는 누구보다도 심상치 않은 간도의 정세를 잘 알고 있었다. 그곳의 대화재는 마적의 소행이 아닌 것이 없었다. 그래서 용정 상공을 연습비행하고 있던 용정 공군대 동부 소속의 조선호는 전속력으로 그 방향을 향해 날아갔다. 검은 점으로 보일 정도로 상공비행을 하면서 적의 동태를 정찰하다가 비행기는 급히 기수를 돌려 두도구를 거쳐 폭탄을 가지러 본부로 돌아갔다. 조선호의 급보에 의해서 두도구 일본보병부대는 삼기의 도라츠를 날렸다.

펑— 퍼펑— 펑—.

보병대가 삼도구 가까이 갔을 때 그 곳 토성에 숨어있던 적은 보병대를 급습했다. 그 때문에 순식간에 여러 명의 사상자가 나왔다. 맹렬한 교전이 시작되었다. 잠시 후 토성에 숨어있던 2백 명 정도의 적군과 만주인은 많은 사상자를 남기고 도망치기 시작했다. 보병대는 적을 하나도 놓치지 않겠다는 태세로 삼도구로 들어갔다. 그 때였다.

펑!

공기가 굉장한 소리를 내고 폭발했다. 조선호가 먼저 도착했던 것이다.

타다다……! 타다다다……!

보병대와 경찰대가 만나 기관총을 맹사격하며 지나가로 돌진했다. 서산의 주력부대는 어느 틈에 그림자를 감추었지만 약탈을 하기 위해 남아있던 시가의 적병들은 하늘과 땅 양쪽의 추격을 받아 거미처럼 우왕좌왕 도망쳤다. 약탈한 물건을 실은 소의 엉덩이를 때리기도 하고 바늘로 찌르면서 도망치는 놈도 있었다. 간발의 틈도 주지 않는 맹렬한 공격에 혼이 나가 짊어지고 있던 짐을 벗어 던지고 나 살려 라고 도망치는 놈도 있었다. 적은 시가를 벗어나자 해란강 물속으로 숨어들거나 북쪽 계곡으로 숨었다.

펑!

두 번째 폭탄은 평지를 달리고 있던 서북쪽의 계곡으로 몰려든 적의 한 복판에 떨어졌다. 적은 공중으로 거꾸로 올라갔다. 머리와 몸통과 사지가 찢어져 공중에 흩어졌다. 명곡천(明谷川)의 물은 새빨갛게 물들었다. 보병대와 경찰대는 그 동안 완전히 시가를 포위하였다. 퇴로가 끊긴 적들은 지나가에 배수진을 치고 잠복해 있었다. 비행기는 상공에 원을 그리고 있었다. 적은 완전히 독 안에 든 쥐였다. 순식간에 지나가는 포탄 연기로 둘러싸여 맹렬하게 타오르기 시작했다. 보병대와 경찰대는 시가에서 도망치는 적을 경계하고 있었다. 그러나 시가가 다 타버리자 적과 지나가의 사람들이 활로를 찾아 시가를 벗어나는 것이었다. 군경은 이런 사람들에게 탄환을 퍼부어 어떤 사람들은 탄환에 맞고 어떤 사람들은 총검에 찔렸다. 적들은 저항도 반격도 할 수 없었다. 화염을 피해 불이 나지 않은 곳으로 도망가는 사람들도 있었다. 어떻게 빠져나왔는지 이미 조선인이 지나가에 몰려 왔다. 그리고 불길을 신호로 빼앗긴 물건을 되찾아 가는 것이었다.

19

저녁 무렵 적의 잔당 사냥이 시작되었다. 하야시 일행도 거기에 가세하였다.

탕! 타탕!

하야시는 호신용의 13연탄 모젤을 계속해서 쏘았다. 죽을힘을 다해 도망치는 적들이 여기저기 쓰러졌다. 그들은 대개 조선인의 흰옷을 훔쳐 입었다. 그들은 일본군이 온 것을 알자 약탈품에서 조선인의 흰옷을 꺼내 입고 조선인으로 가장했다.

"이봐 하야시! 여기 있다."

이성천과 오야마가 동시에 소리를 질렀다. 하야시 일행은 일본군이 도착하자 이성천의 집에 있던 참호에서 뛰쳐나와 적군 사냥에 나선 것이었다. 적들은 탄환이 떨어지자 기력도 사라져 버렸다.

"여기에 다섯 명이나 있다."

오야마와 이성천의 목소리에 하야시가 뛰어가자 적들은 어두컴컴한 방구석에 조선인의 두루마기와 바지저고리를 걸치고 조선인으로 가장하고 있었다. 깜짝 놀라 죽을상을 하고 있는 그들의 모습이 너무 우스꽝스러웠다. 하야시는 피스톨을 당기려다가 그만 두었다.

"손들어!"

그는 총을 겨눈 채로 소리를 질렀다. 적의 흰자위가 번득였다.

"산 채로 잡아가자."

하야시가 이렇게 말하자 오야마와 이성천은 노끈으로 그들을 꽁꽁 묶었다. 그 때 구석에 희끗한 무엇이 보였다. 자세히 살펴보니 알몸의 조선여자였다. 입과 코, 얼굴 전체가 피투성이였다. 조선 여자의 옷을 둘러쓴 놈, 펄렁펄렁한 바지를 입은 놈, 조그만 저고리를 억지로 어깨에 꿴 놈, 조선 남자의 두건을 쓴 놈, 두루마기를 입은 놈……. 하야시 일

행이 적들을 끌고가자 군경은 그들 포로에게 조선가를 복구하라고 명령
했다. 살기 어린 가운데서도 군경은 '정말 걸작이다'라는 듯이 변장한
적들을 바라보는 것이었다.

지나가는 아직 불타고 있었다. 포로들의 손으로 지나가와 조선가의
경계에는 넓은 공간이 생겼다. 불에 탄 조선가에 다시 불길이 번지는 것
을 막기 위한 것이었다. 살아남은 조선인들은 저녁 무렵까지 거의 돌아
왔다.

"아이고…… 아이고……."

애끓는 듯한 울음소리가 총성이 가라앉은 시가를 메웠다. 자기 아이,
자기 부모, 자기 남편, 자기 아내의 시체를 끌어안고 목이 터져라 울부
짖는 것이었다. 어떤 사람은 울면서 불탄 곳을 열심히 찾는 사람도 있었
다. 죽은 가족의 시체라도 찾아보려는 것이다.

어디선가 새가 날아와 돼지와 닭, 소의 시체를 쪼아먹고 있었다. 조선
가는 한밤중까지 울음소리가 그치지 않았다. 울 정도의 여유가 생기면
다시 울었다. 누군가가 위로하면 그 때까지 더 큰 소리로 울었다. 여자
들은 땅을 치고 넋두리를 하며 울었다. 조선인 민회 사람들과 하야시 일
행이 구호반을 만들어 주먹밥을 만들어 나누어주었지만 처음에는 아무
도 먹으려 하지 않았다. 그러나 아이들이 신기한 하얀 밥에 식욕을 느껴
먹기 시작하자 어른들도 하나 둘씩 먹기 시작했다.

"울지 마라. 울지 마. 지나가 물건들은 전부 당신들 것이 되는 거야.
집도 새로 세워 주지. 먹을 것도 주지. 걱정 없다. 자 먹어, 먹어."

하야시 일행은 밤새도록 돌아다니며 위문을 했다. 마지막에는 결국
밥 지을 사람이 모자라 구호반도 한 숨도 자지 못하고 취사와 배급을
하지 않으면 안 되었다.

20

　적의 시체는 이백, 포로는 백 명 정도였다. 이렇게 계산을 하면 도망친 적이 상당하는 말이 된다. 그 잔당들이 벽지에 사는 조선인을 살상하고 약탈하리라는 것은 자명했다. 이런 이유로 잔당을 쫓아 철저하게 소탕하자는 데 군경 모두 의견의 일치를 보였다. 전깃줄 끊어진 것을 복구하는 공사가 끝나자 바로 두도구 부대에 지원을 요청했다. 그리고 한편으로 각 방면에 걸쳐 퇴각하는 적의 동태를 정찰했다. 그 일대의 지리에 밝은 하야시는 자원해서 그 일을 맡았다. 그에게 이번 사건은 좋은 기회였다. 그가 앞으로 일을 벌이려고 하는 이 일대에 적의 그림자도차 얼씬거리지 못하게 하려는 것은 주민 전체가 다 알고 있는 일이었다. 주민들도 매일매일 적의 동정을 보고해 왔다. 적은 삼도구 북쪽에 해당하는 서북봉을 거쳐 토산자로 도망쳤다는 것이다. 보병대는 승마대와 야포대의 응원을 받아 바로 잔당 토벌작전을 벌이고자 먼저 조선인을 안전지대로 피난하도록 명령했다. 하야시는 그 전령을 가지고 이성천과 오야마와 같이 토산자의 명산평 마을에 몰래 들어갔다. 그 곳에는 조선인 부락이 약 오륙십 호 정도 있었지만 대부분 집을 비우고 어디론가 피난을 가고 없었다. 하야시 일행은 그 일대에 산재해 있는 조선인 부락에 사람을 보내 토벌 당일 아침 일찍 모두 명산평으로 피난을 하도록 전했다. 그리고 식량준비를 해두었다. 적은 토산자의 동쪽에 있는 장가와 신가에 잠복해 있었다. 이번 토벌에 상처를 심하게 입고 휴양을 하고 있었던 것이다. 토벌 당일 야포대는 적이 숨어있는 동쪽에 진을 쳤다. 그리고 천 미터 정도까지 공격하자 적은 완전히 혼란상태에 빠졌다. 적은 머릿수가 많아 추격하면 우왕좌왕 흩어지므로 그렇게 하지 않고 포위사격을 하기로 했다.

　보병대는 조금씩 전진했다. 그 때였다. 어떻게 알았는지 장가 지붕에서 불이 올랐다. 새벽하늘을 무대로 양쪽 총구가 불을 뿜었다. 꽤 오랫동안 이어졌다. 그 동안 적의 요새는 가루가 되어 버렸다. 결국 적은 도망을 치려고 부서진 토성에서 쏟아져 나왔다. 그러나 도망을 치려고 시도한 적이 아무리 용감하더라도 포위망을 돌파할 수는 없었다. 도망은커녕 총알받이가 되지 않으면 안되었다. 그래도 그들은 죽어라고 도망치려고 했다.

타다다……! 타다다……!

기관총은 우박처럼 총탄을 퍼부었다. 적은 거의 전멸해 버렸다.

육군대가 토성에 들어갔을 때에는 이미 응사하는 총성은 들리지 않았다. 집은 아직 불에 타고 있었다. 인간의 소리는 하나도 들리지 않았다. 불에 타고 있던 사슴의 비명소리만이 들릴 뿐이었다.

탕!

갑자기 한 발의 총성이 집 안쪽에서 들려왔다. 보병대의 입성을 지켜보고 있던 장씨의 아들이 어머니의 시체를 끌어안고 자살한 것이었다. 그는 일본의 사립대학을 나와 장학량 일족이라고 자랑이 대단했다. 적의 총참모와 손을 잡고 있었던 모양이었다. 그뿐 아니라 여기의 호족은 대개 마적단과 연결되어 있었다. 그렇게 하지 않으면 이런 벽지에서는 자산을 유지하기가 힘들기 때문이었다.

봄

1

만주의 봄은 아직 차가웠다. 날씨는 계속 맑았지만 바람이 강했다. 모공에 스미는, 속어로 여우조차 눈물을 흘린다는 강한 바람이었다. 지나가의 불에 타 죽은 시체에서 나는 악취가 바람을 타고 몰려왔다. 소와 돼지의 시체는 뼈만 남기고 전부 고기를 발랐다. 실로 처참한 봄이었다. 하야시는 보병에 종군하여 협피구(夾皮溝), 봉밀구(蜂蜜溝) 등을 전전하면서 적의 그림자가 보이지 않는 것을 확인하자 평소 소원의 반은 이루어진 것만 같았다. 멀리 봉천에서 데려온 오야마에게 조금은 체면이 서는 것 같았다.

"이제 우리가 긴급하게 해야하는 활동은 끝났다. 이제 여기에서 판을 벌이는 새로운 사명이 우리를 기다리고 있을 뿐이다."

하야시는 만족스럽게 말했다.

"그럼 바로 봉천으로 돌아가야지. 자금 문제도 있으니까."

오야마는 이곳에서 발 벗고 일하고 싶었다. 그리고 며칠이 지나 그들은 이성천에게 남은 일을 부탁하고 봉천으로 향했다. 도중에 두도구 병영의 오 영장을 찾아가 이번 삼도구 사건을 자세하게 설명하고 앞으로의 일에 대해 부탁을 해두었다. 오 영장은 약속대로 군대를 파견할 것을 다시 한번 굳게 약속해 주었다. 병영을 나와 두 사람은 잠시 말없이 걷고 있다가 하야시가 마려를 생각해내고 심각한 얼굴로 말했다.

"이봐, 오야마군. 조 노인 집에는 다음 돌아갈 때 들르지. 이번 일은 급한 거니까……."

길림성 실업국장에게 보내는 소개장을 부탁하기 위해 조 노인에게 반드시 들르지 않으면 안 되었고 오야마가 꼭 들르고 싶어한다는 것을 알고 있기 때문에 일부러 그렇게 말해 본 것이다.

"그래도 들러야지. 소개장을 받아오지 않으면 안 되고. 그리고 또……."

어젯밤에 정성스레 면도를 한 오야마의 젊은 얼굴이 웃음 밑으로 홍조를 띠었지만 바로 얼버무렸다.

"그리고 자네 때문에 들르지 않으면 안 된다는 생각이 드네."

웃으면서 넘겨짚어 말했다.

"나를 위해?"

"그래. 내게는 자네와 조 노인 집 사이의 밝은 음화가 보이는군. 하하하."

"바보 같은 소리. 그렇게 말하지 않아도 들를 테니까 걱정하지 마."

두 사람은 드디어 조집오의 집에 도착했다. 마려가 나오지 않을까 기대했지만 나이 먹은 하인이 나왔다. 두 사람은 바로 응접실로 안내되었다.

"한 시간쯤 기다리게 할 거야."

오야마가 하릴없이 방을 둘러보고 있자 의외로 마려가 들어왔다.

"어서 오세요."

웃으며 그렇게 말하고 수박씨와 차를 두 사람 앞에 정중하게 놓았다.

"오랜만이군요. 안녕하셨어요?"

오야마가 말했다. 하야시는 그의 만주어가 전보다 훨씬 유창해졌다는 생각이 들었다. 그래서 마음속으로 '음, 시험공부를 했군' 하고 중얼거리며 오야마를 향해 씩 웃었다.

"덕분에 모두 무사하세요. 그동안 삼도구에 계셨나요?"

"그렇습니다. 여러 가지 배웠어요."

"봉천으로 가시는 길이세요?"

"그렇습니다. 이번에 돌아오면 계속 있을 겁니다."

"위험하지 않을까요?"

그녀는 그런 것을 몇 가지 묻고 차를 권한 다음 나갔다.

"우하하하……. 예선은 일단 통과했다."

하야시는 과장스럽게 너털웃음을 터뜨렸다.

"그러면 드디어 사업을 시작하는군요. 좋아요."

조 노인은 삼도구 사건과 그들의 사업계획을 듣고 동정과 호의를 표시했다.

"이번 사건이 오히려 잘 되었어요. 오 영장님과 만나고 왔습니다만 앞으로 저희들 뒤를 봐주시기로 했어요. 모두 선생님 덕분입니다."

"아니, 그런……. 오 영장을 만나고 오셨군요. 크게 한판 벌려 주세요."

"예. 고맙습니다. 그리고 선생님, 굉장히 염치없습니다만 길림성의 실업국장에게 소개장을 써 주시면 고맙겠습니다만……."

"제 소개장은 별로 도움이 안 될 겁니다. 전 세상을 등진 사람이니까요."

"아뇨. 선생님……."

하야시가 그의 도움을 받지 않으면 안 될 사정을 설명했다.

"그럼 이번에 길림에도 들리실 겁니까?"

"예. 지금 문제가 있어서 먼저 봉천에 갔다가 길림으로 갈 작정입니다."

하야시가 그렇게 말하고 있을 때 마려가 뭔가 즐거운 얼굴을 하고 들어왔다.

"아버지, 편지가 왔어요."

"어디에서?"

"봉천에 계시는 숙부님께요."

"숙부?"

조 노인은 조용히 편지를 내려다보았다.

"저 갈 거예요."

"……."

"숙부도 바로 오라고 하잖아요."

"그렇게 서두르지 마라."

조 노인은 가볍게 흘렸다.

"싫어요. 모처럼 좋은 취직자리가 생겼는데……."

"아버지가 알아볼 테니까 좀 기다려."

"아가씨, 봉천에 가세요?"

하야시가 조 노인에게 물었다.

"봉천에 친척이 있어서요."

아버지는 쓸쓸한 얼굴을 했다. 가정 생활에 여생의 즐거움을 가지고 있는 늙은 아버지가 딸을 사랑하는 마음이 느껴졌다.

"어느 쪽인지 모르겠습니다만 취직자리라면 여기 오야마의 아버님께 부탁하면 좋을 텐데요."

"봉천에 관리를 하고 있는 가까운 친척이 있어 오라고 하는데 이 아이가 관청은 싫다고 해서요."

"그렇군요. 저도 관리는 싫어요. 인종이 좀 딱딱하지요. 하하하……. 그런데 지난번 오 영장님에게 들었습니다만 아가씨는 일본의 여자대학을 나오셨다구요? 그럼 일본인 회사가 좋지 않을까요? 실은 여기 오야마 군의 아버님이 만몽모직(滿蒙毛織) 주식회사의 중역입니다."

하야시가 그렇게 말하며 오야마의 약혼자인 유키코의 숙부가 그 회사의 현 사장이라는 것을 말하려고 하자 오야마가 말을 가로챘다.

"괜찮으시면 소개해 드리겠습니다."

"아버지. 저 봉천에 가더라도 한 달에 한 번은 아버지한테 올게요. 아빠……. "

마려가 졸랐다.

"넌 장사하는 데 소질이 없어. 네 봉급과 여비는 수지가 맞지 않아. 하하하."

"아가씨 일이라면 한 달에 한 번씩 비행기를 이용할 수 있도록 저희 아버지께 말씀드려보겠습니다."

오야마가 말했다.

"아버지, 아예 봉천으로 이사 가요."

딸이 그렇게 말하자 조 노인은 확답은 하지 않았지만 거의 승낙하는 뜻으로 "생각해 보자."고 하며 자신을 꺾었다. 오야마와 하야시는 그날 밤 두도구에 머물기로 했다. 조 노인의 '좀 생각해 보자'는 말이 다음날 승낙으로 변하기를 기대했기 때문이다.

2

만몽모직회사의 사장실 테이블에 지도를 펼쳐놓고 하야시와 오야마는 이것저것 설명을 하고 있었다. 이번 실지 답사를 하게 된 경과부터 삼도구 사변과 앞으로의 계획, 가져온 사금 표본 등에 대해 설명했다.

"음. 정말 훌륭하군. 나도 빨리 가보고 싶을 정도야."

고토 사장은 뒤로 기대고 있던 몸을 들썩였다. 눈 끝이 가늘게 쳐져 있었다. 사람 좋은 노인이었다. 오십을 넘었지만 아직도 주름 하나 없이 얼굴이 팽팽했다. 지금도 때로 여자문제로 젊은 사원들의 부러움을 사기도 하고 미움을 받기도 했다.

"이번 사변으로 땅값도 하락했을 거야."

사장은 어디까지나 사업가다운 상상을 하였지만 푹 꺼진 눈은 과거의 수많은 파란을 연상시키기에 충분했다.

"그렇지요? 제일 비싼 때가 일만 리(4천 2백 평)에 70원 정도니까요."

"그러나 조사가 시작되면 지가가 엄청나게 올라."

사장은 입을 한 일자로 꼭 다물고 손을 비비며 앞을 내다보려는 듯이 생각에 잠겼다.

"집단농장도 있으면 좋을 거야. 아편을 전매하게 되면 지정재배를 하는 것도 사업이 될 거야."

어디까지나 긍정적으로 현장에 대해 묻고 이야기했다. 하야시가 손으로 기관총 흉내를 내며 삼도구 사변을 이야기하자 사장은 영웅적인 감상에 젖은 모양으로 통쾌한 기색이었다.

"비행기는 이번 달부터지? 이번에는 나도 한 번 가보고 싶군."

사장은 그렇게 말하며 담배 케이스에서 궐련을 하나 꺼내 불을 붙이고 조끼에 내려뜨린 시계 줄을 찾아 시계를 보았다.

"이런 벌써 네 시가 넘었군. 수고했으니 내가 좋은 데로 안내하지."

"저, 비행기 건으로 하나 더 말씀드릴 것이……."

그렇게 말하며 사장이 일어서는 것을 오야마가 손으로 가볍게 제지하며 마려에 대한 얘기를 꺼냈다.

"봉천에 와 있다고? 그래…… 여자 대학까지 나오고 얼굴도 미인이라고?"

사장이 점점 활기를 띄는 것을 보자 오야마는 더욱 적극적으로 말을 이었다.

"그렇습니다. 영어도 할 줄 알고 세련되고 명랑한 근대 여성입니다."

"아니 그런 산골에? 그거 참 좋은 발굴을 했군."

"아닙니다. 그녀는 북경에서 태어났고 여학교는 상해에서 다녔다고 합니다. 아버지 되는 사람이 원세계 부하였다고 하더군요."

오야마는 그 자리에서 사장의 승낙을 받으려고 열심이었다. 그녀의 취직 건은 오야마가 가장 바라는 것이었다.

"만주 여자라니 정말 의외지만 자네가 그렇게까지 말하니 한 번 데려와 보게. 그러나 한적한 산골에서 즉흥적으로 호감을 느낀 여자를 도시에 데려다 놓으면 생각보다 우습게 보이는 경우가 많아. 하하하."

"아닙니다. 이 사람만은 그렇지 않습니다. 그리고 그녀 아버지는 그 지역의 유력자로 앞으로 도움을 많이 받을 겁니다."

오야마는 그녀와 그녀의 아버지에 대해 자세하게 설명했다.

"그래? 자네의 보는 눈은 인정하지. 어쨌든 한 번 데려오게나."

사장은 이색취미가 발동한 듯 했다.

"자, 자, 나가 볼까?"

그리고 내쉬의 경쾌한 날갯짓이 어떤 요리집 앞에 멈췄다.

3

두 사람은 상당히 취해서 오야마의 집으로 돌아왔다. 오야마는 기분이 꽤 좋은 모양이었다. 마당 쪽으로 난 오야마의 방에 들어서자 하야시는 마치 자기 집인 양 바로 다리를 뻗고 누웠다. 그러나 잠시 후 벌떡 일어나며 말했다.

"이봐 오야마군. 중요한 걸 빠트렸어."

"뭘?"

"뭘…… 그게 아니야. 마려 집에 들르는 걸 잊었어."

"자네 취했어?"

오야마가 말했다.

"음, 좋은 역만 하겠다 이거야? 그러나 그건 인간적이지 못해."

"아주 인간적이야. 즉 초인적이라는 말이야. 만나고 싶은데 만나지 않는 것은 사랑의 밀도를 높이기 위한 자제야. 하하하……. 어때 내 주의가?"

"항복, 항복. 너무 그러지 마. 난 잠이나 자야겠네."

여행에 지친 데다 술이 들어가 하야시는 바로 큰 대자로 드러누웠다. 그때 문을 조용히 열고 오야마의 여동생 마스코가 커피를 가지고 들어왔다.

"실례합니다."

"이런……!"

하야시가 당황하여 일어났다.

"괜찮아요."

마스코는 웃으면서 조용히 잔을 내려놓았다.

"고맙습니다."

하야시는 무뚝뚝하게 머리를 숙였다. 어쩐지 세련된 마스코의 모습, 근대의 명랑한 분위기를 느끼게 하는 스마트한 태도와 단정하고 침착한 모습을 보고 있으면 하야시는 마치 동경에 와 있는 듯한 착각에 빠지는 것이다. 마스코는 작년 봄에 동경의 오차노미즈 여학교를 나왔다.

"오빠, 얼굴이 새빨개. 호호호."

마스코는 무릎을 꿇고 단정하게 앉았다. 하야시는 사양하지 않고 커피를 마시며 훔쳐보았다. 마스코의 옆얼굴, 비둘기의 눈을 생각나게 하는 위로 말려 올라간 속눈썹에 싸인 검은 수정과 같이 맑은 눈이 웃고 있었다.

"오늘은 너무 마셨어."

"그렇게 마시면 몸에 안 좋아. 오빠."

"괜찮아. 앞으로는 많이 마시고 많이 일하는 주의니까. 술만이 아냐. 무엇이든지 적극적인 성격으로 개조할 거야. 원래 나는 애매한 것이 제일 싫어."

오야마는 커피를 단숨에 마셔버렸다.

"한 잔 더 타올까요? 뜨거운 물이 남아있으니까."

마스코는 옆을 돌아보며 일어서려고 했다.

"아닙니다. 괜찮습니다."

"그럼 하야시 오빠……, 실례지만 마적 이야기를 좀 해 주세요."

마스코는 유순하고 성격이 원만했지만 모험담을 좋아했다. 운동경기에도 관심이 많았다. 스포츠맨으로 유도 4단, 복싱으로 유명했던 하야시가 마상에서 오른손에 피스톨을 쥐고 마적과 대적한 이야기를 듣자 그녀는 하야시가 점점 더 좋아져 마음이 설레었다. 그녀 자신은 언제나 예쁘게 옷을 입고 있지만 하야시의 거침없는 태도와 분방한 냉철미가 남성적으로 보여 좋은 것이었다.

"잠깐."

오야마가 어디론가 나갔다. 그러나 그가 나가버리자 두 사람은 굳어버려 말도 없이 묵묵히 있었다. 하야시는 이런 어색한 순간은 태어나서 처음이었다.

4

마려가 만몽모직회사에 취직한 그 주 토요일 오후, 오야마, 하야시, 마려, 마스코 4명은 함께 북릉(北陵)으로 드라이브를 갔다. 북릉은 예전부터 잘 가는 곳이었지만 장학량이 몰락하고부터는 그런 명소 유적에 대한 감회가 새로워 즐거웠다.

일행은 돌아오는 길에 지나가와 조선가에 들러 오야마의 집으로 왔다. 그날 밤, 오야마의 집에서 마려를 주빈으로 조그만 만찬회를 열기로 했던 것이다. 오야마의 방에 들어가자 마스코는 거울을 들여다보며 마려에게 웃으며 말했다.

"그 투피스, 참 잘 어울려요. 색도 무늬도…… 정말 맘에 들어요. 호호호."

하야시는 말없이 오야마를 보고 웃었다. 마려에게 새 옷을 사준 사람이 오야마라는 것을 하야시는 알고 있었던 것이다.

"잘 어울리지요?"

마려는 하야시의 악의 없는 웃음을 보았는지 시치미를 떼었다.

"지나, 아니 만주복도 나쁘지 않아요."

오야마는 마려의 주머니에서 살짝 삐쳐 나온 손수건과 오늘 새로 맨 넥타이가 자신의 선물이라는 것은 모를 거라는 생각에 하야시를 향해 빙글거렸다. 마스코는 순간 뭔가 석연치 않은 느낌을 받았다.

"나도 만주복 입어볼까?"

마스코는 그렇게 말하며 하야시에게 동의를 구하는 듯한 눈빛을 보이고 똑바로 오빠를 바라보았다.

"오빠 하나 사줘."

"그래 사줄게."

잠시 잡담을 하고 있으려니 유모가 조용히 문을 열고 두꺼운 편지봉투를 놓으며 말했다.

"편지가 왔어요."

"어머! 유키코 언니한테서야."

마스코가 뭔가 매력을 느끼는 것처럼 편지 뒷면을 확인하고 오야마에게 건넸다. 그러나 오야마는 침착하게 편지를 뜯었다.

"동경이 그리워지네."

마스코가 혼잣말처럼 중얼거렸다.

"곧 온다고 그러지? 학교도 졸업했으니까."

마스코는 오빠에게 물었다.

"어? 어, 응."

오야마는 고개도 돌리지 않고 무표정하게 대답했다.

"유키코 씨가 누구예요? 마스코 씨의 언니?"

마려가 마스코에게 물었다. 남매의 주의를 독점하고 있는 유키코라는 사람이 묘하게 알고 싶었다.

"그래요."

"진짜 언니?"

"아뇨. 그게……."

마스코가 말끝을 흐렸다. 사장의 조카이고 오빠의 약혼자며 자기 친구이며 동경의 의대를 나온 유키코를 일일이 소개할 여유가 없었다.

"사장님 조카딸이에요."

오야마는 들뜬 마음을 가라앉혔다. 유키코에 대한 것을 마려에게 알리고 싶은 마음과 알리고 싶지 않은 마음이 묘하게 섞인 심리상태였다.

"너한테 안부 전해 달래."

오야마는 마스코에게 그렇게 말하며 거칠게 편지를 호주머니에 구겨 넣었다.

"언제 온대?"

"가까운 시일 안에……. 확실한 건 모른대."

"편지 좀 보여줘. 호호호."

오야마는 잠시 생각하다가 편지를 호주머니에서 꺼내 마스코에게 건네주었다.

5

고토 사장은 한적한 사장실 안락의자에 앉아 잡지의 사진을 보고 있었다. 봄 특별호라 사진이 상당히 많았지만 봄옷을 입은 여자의 사진들이 단연 재미있었다. 사장은 몸을 조금 움직여 궐련에 불을 붙이고 다시 보기 시작했다. 그는 최근에 이상하게 모던 걸이 좋았다. 연회 등에서 흥이 나면 그대로 댄스홀로 직행하기도 했다. 오케스트라 밴드의 감미로운 멜로디와 현란한 회전 조명 아래 정신없이 춤추고 있는 댄서를 보면 가벼운 스텝으로 반주하는 것처럼 다리가 움직이는 것이다. 초점을 여자의 옷 너머에 두고 천천히 얼굴과 다른 부분을 더듬어가며 음미하는 것이 그의 취중 페미니즘이었다. 궐련의 재가 사진 위에 떨어지자 그는 후하고 불고 벨을 눌렀다.

"조마려 양을 불러주게."

급사에게 그렇게 말하고 사장은 다시 사진에 눈을 돌렸다.

"부르셨습니까?"

잠시 후에 마려가 무거운 문을 조용히 열고 들어왔다.

"이거 죄송하군."

사장은 부드럽게 곡선을 그리고 있는 그녀의 가슴을 안경 너머로 보고 마치 여자의 '초점'이라도 발견한 것처럼 그녀를 향해 몸을 돌렸다. 그리고 마음속으로 이 여자는 정말 처녀일까라는 생각을 했다. 그러다가 처녀가 아니라는 검은 선을 멋대로 그려보는 것이었다.

“……."

그녀는 입사한 지 얼마 되지 않았고 유일한 외국인이어서 조심하고 있었다. 사장은 그걸 알기라도 하는 것처럼 그녀에게 마음을 써주었다.

“지나, 아니 만주어는 배우면 배울수록 어렵군.”

사장은 만주어 책을 펼치고 옆의 의자를 가리키며 말했다.

“이쪽으로.”

“고맙습니다.”

“발음도 어려운데 사성까지 있어서 말이야.”

사장은 안절부절못하는 자신의 뒷목을 손으로 눌렀다.

“처음에는 좀 귀찮으실 거예요.”

“매일 귀찮게 해서 미안하군.”

“아닙니다.”

“정말 고마워. 실은 자네의 열성으로 의욕이 생겨.”

“많이 좋아지셨어요.”

“아니, 아니. 정식으로 배우지 않아서 자네가 고쳐주지 않으면 안 돼.”

사장은 이삼일 전부터 정식으로 마려에게 만주어를 배우고 있었다. 선생이 선생이니 입으로는 열심히 한다고 하면서도 속으로는 전혀 열의가 없었다.

“니 초이샹 쵸텐 마이마이.”

마려는 이런 말을 정확한 발음으로 들려주었다. 사장도 몇 번이나 따라 읽었지만 말끝이 이상하게 흐려졌다. 다른 사람이 들으면 무슨 말인지 전혀 모를 정도였다. 마려는 땀이 나는 것을 참고 낭랑하게 반복해서 읽었다. 사장도 따라 했다. 그러나 사장은 그저 아름다운 목소리에 귀를 기울이거나 그녀의 움직이는 입을 멍하니 바라보기만 했다. 사람이 들어오는 것도 몰랐다.

“만주어 연습입니까?”

언제 들어왔는지 오야마의 얼굴이 마려 뒤에서 웃고 있었다.

6

오야마는 새로 맞춘 스프링코트를 한 손에 걸치고 마려의 뒤를 돌아 옆으로 다가왔다.

"앉으세요."

마려는 일어나 자신이 앉았던 의자를 권했다.

"아니, 괜찮습니다."

오야마는 가까이 있던 의자를 그녀 옆으로 가지고 와 앉았다.

"만주어가 너무 어려워서 말이야. 순관화(純官話)는 발음이 굉장히 어려워."

사장은 궐련에 불을 붙이고 수다스럽게 말했다. 청족이 한족을 정복하고 한족의 말을 하기 시작하면서 그 말은 복잡하고 어려운 부분이 없어져서 비교적 간단했다. 그것이 북경의 관화이다. 그러나 만주는 중앙에서 멀리 떨어져 있는 관계로 고래의 복잡한 음이 그대로 남아있는 것이다……. 이런 말을 하는가 싶으면 이번에는 전혀 상관도 없는 말을 하기도 했다. 청족은 힘으로 한족을 이겼지만 문화면에서는 졌다. 그래서 청족이 한족을 정복한 그날 이미 청은 한족에게 정복될 운명이었다. 그래서 청이 멸망하고 중화가 되었다. 그리고 또 이런 말도 했다. 청말에는 청한 양족의 알력이 극에 달해 이토 히로부미는 바로 이것을 노려 전쟁을 일으켰는데 실제로 한족은 청을 도우기는 커녕 멸망을 방관하고 기뻐했다. 이토상은 실로 선견지명이 있어 정확하게 봤다…….

"말할 것도 없이 이토상이 우리 대륙경영에 대해 처음으로 모범을 보인 거지. 그래서 우리들은 그 대륙 경영 및 흥아(興亞)의 대정신을 몸소

실천하고 신흥 만주국에서 열심히 일하지 않으면 안 돼.”

사장은 자랑스럽게 이런 소리를 하고 있다가 갑자기 생각난 듯이 말했다.

“그건 그렇고.”

이번에는 유키코 이야기를 꺼냈다.

“오늘 아침 유키코에게 편지가 왔는데 자네한테도 왔지?”

“예. 막 읽었어요…….”

“난 편지를 잘 쓰지 않으니까 자네가 편지를 좀 쓰게나. 바로 오라고.”

“예.”

“봉천이나 신경에서 개업하게 하고 싶어. 동양 평화를 위해 우방 만주국에 몸과 마음을 바쳐 일하라고 말이야. 지금까지의 섬나라 근성에서 벗어나 대륙적인 영기를 키워야 해. 이제 확고한 세계의 맹주 일본이니까.”

“그러나 국제 연맹에서는 시끄럽게 떠들고 있다고 하던데요.”

“그런 건 상관없어. 국제 연맹이라는 것은 말이야. 불상과 마찬가지야. 빌고 싶은 놈은 빌고, 빌고 싶지 않은 놈은 빌지 않는 거지.”

“일본은 고립할 작정인 모양이지만 12대 1은 좀 겁나잖아요.”

“그게 아냐. 오히려 훌륭하잖아.”

“그러나 경제 단교가 되면 심장의 순환기능에 장애가 일어나는 거나 마찬가지지요. 일본의 경제기구는 젊기는 하지만 신축성이 없으니까요.”

“그러나 경제난은 일본뿐이 아냐. 서로 마찬가지지. 그러니 열심히 일하는 놈과, 고집이 있는 놈이 이기는 거지.”

사장은 그렇게 말하며 마려를 힐끗힐끗 바라보았다.

“자네도 유키코도 사회에 나올 때이니 내 힘닿는 대로 응원하지. 세상에서 말하는 ‘지반’(기반), ‘간반’(간판), ‘소로반’(주판) 세 가지 ‘반’이 전부 갖추어졌으니 걱정할 것 없어. 굉장한 마력일거야. 하하하.”

"저도 그럴 생각입니다. 그래서 열심히 만주어를 배우려고 합니다."

오야마는 그렇게 말하며 마려를 향해 웃으며 말했다.

"어떻습니까? 제 선생님이 되어 주시겠어요?"

"선생님? 그렇게 말씀하시면 거절하겠어요."

그렇게 말하며 마려는 웃으며 눈을 흘겼다. 부드럽게 흐르는 젊은 사람끼리의 마음의 교류가 느껴져 사장은 깜짝 놀랐다.

"마려 양은 너무 바빠서 안 돼."

7

오야마의 아버지, 오야마 겐지는 만몽모직회사 이사회의 회장이었다. 그는 지점 설치 외에 고토 사장과 계획 중인 만주국 군수품 용달 건으로 갑자기 신경에 가게 되었다. 하야시와 오야마도 동행하였다. 자금조달도 끝나고 광업용 기계약품도 구입했으므로 하야시는 하루라도 빨리 간도에 돌아가지 않으면 안 되었지만 광산에 대해 만주국 정부와 교섭할 일이 있어 당분간 신경에 머물게 되었다. 오야마의 부친이 이번 용건으로 실업청장과 만날 일이 있어 하야시의 용건도 함께 부탁을 했다. 오야마의 형 오야마 요시오 대위가 신경에 있고 청장과 친해 일이 쉽게 풀렸다. 예전에 장학량 군대가 일본군에 그 서른 여섯 개의 포문을 열어놓고 신경 상수도에 독약을 풀어 신경에 있는 일본인을 독살하려는 무서운 계획을 세우고 있다는 것을 탐지하여 장학량 군대를 질풍노도와 같이 기습한 수훈자인 오야마 대위의 존재는 혁혁했던 것이다.

오야마 일행이 신경에 도착해서 벌인 이삼일 동안의 청장과의 절충은 예상보다 순조롭게 이루어져, 청장이 오리엔탈 클럽에 오야마 겐지와 오야마 요시오 부자를 초대했다. 그 클럽은 신경에서 제일 큰 댄스홀로 그 설비와 장식은 초현대식으로 꾸며져 있었다. 계단 밑의 큰 홀에서는 스페인풍의 원 스텝 곡이 흘러나오고 있었다. 오야마 부자는 계단 위에 있는 커다란 방에 안내되었다. 흑자색 식탁이 샹젤리에 불빛에 반사되어 신비하게 빛나고 있었다. 화려한 유화와 두꺼운 진녹색의 커튼이 심오한 대륙 분위기를 연상케 하였다. 취기가 돌 때쯤에 귀부인의 품위를 지닌 요염한 중년여성이 들어왔다.

"실례합니다."

유창한 일본어는 아니었지만 영어의 악센트와 품위 있는 기품이 시선을 끌었다.

"이분이 주인공입니다."

청장이 간단하게 소개를 했다.

"잘 부탁드립니다."

미국에서 배운 그녀의 행동 하나하나가 마치 서양부인처럼 보였다.

"자, 한 잔."

청장이 샴페인 잔을 내밀자 그녀는 망설이지 않고 받아 마시고 나서 오야마 겐지에게 잔을 건넸다.

"여러분 앞에서 이런 말씀을 드리면 어떻게 생각하실지 모르겠습니다만 전 일본이 정말 좋아요. 저희 집의 옥호도 일본의 동양 먼로주의를 따라 만든 걸요. 호호호."

유혹하는 듯한 말투였다.

"그렇습니까? 그거 정말……."

겐지는 잔을 돌려주며 그 능숙한 접대에 탄복했다.

"저는 미국에 오랫동안 있었고 유럽보다는 미국을 좋아하지만 미국도 한 물 갔어요. 먼로주의를 버리고 나니 보기 흉한 알몸이 완전히 춘화가 되어 버렸지요. 러시아는 정치기구가 아무리 바뀌어도 역시 음화로 영원히 그 운명에서 벗어나지 못하고 있어요. 그리고 앵글로 색슨도 틀렸고……."

　그녀는 그렇게 말하며 오야마 부자에게 요염하게 등을 보였다.
　"세기의 희망은 일본뿐이에요. 정말 유니크한 존재예요. 전 무엇보다도 일본의 성격, 그 밝은 성격이 좋아요. 강하고 밝고 바르고. 일본을 가장 잘 상징하는 말이지요."
　그렇게 말하며 이번에는 특히 요시오에게 말했다.
　"가끔씩 들러 주세요. 당신의 원대한 포부가 듣고 싶어요. 천하의 바른 길을 걷고 있으니 저 같은 사람에게 하지 못할 말은 없겠지요. 저한테도 들을 의무가 있고요."
　그녀의 정체는 물론, 그 의도가 어디에 있는지는 지금도 모른다.

8

　손님을 보내고 마담 류오락(柳誤落)은 빙긋 웃고는 구불구불한 복도를 조심스럽게 걸어갔다. 막다른 곳에 이르자 사람이 없는 것을 확인하고 살짝 문을 열고 다음 방으로 들어갔다. 그곳은 전등이 하나 켜져 있을 뿐 아무 것도 없었다. 그녀가 익숙한 솜씨로 전등의 스위치를 빙글빙글 돌리자 바로 그 밑의 마루판이 저절로 열리고 그 밑으로 사다리가 흐릿하게 보였다. 그녀는 그곳으로 내려가 암흑 속에서 지하실 문의 단추를 누르고 세 번 노크했다. 문이 열렸다. 지하실에 들어가자 남자 하나가 라디오 수화기를 귀에 대고 뭔가를 받아쓰고 있었다.
　"당(唐), 수고했어요. 여전히 바쁘시군요."
　그녀는 당이라고 부른 남자 앞에 있는 서류를 들여다보면서 의자에 앉았다. 당은 눈인사뿐 뭔가를 열심히 쓰고 있다가 그 일이 끝나자 말을 하며 머리를 긁적였다.
　"북경에 있는 장학림 장군에게서입니다. 만주국이 국제연맹 조사단을 암살할 계획을 꾀한 것처럼 문서를 위조하여 조사단 손에 들어가게 하라고 합니다만…… . 큰일났군요.”

릿튼 조사단이 만주국에 오는 것이다.

“중요한 손님이니까 실수를 하면 장 장군의 특별 상여금이 공중으로 날아가. 호호호.”

그녀는 여장부답게 호탕하게 웃었다.

“그러나 신경은 가까워서 엄중하게 경계하고 있어요.”

“늘 그렇듯이 만주군 병사를 매수해서 돈과 피스톨을 줘 연극을 하죠…… . 그렇군요. 조사단을 저격하는 겁니다.”

“뭘 해도 위험해요. 차라리 외국인 기자를 매수해서 민중의 반일, 반만 기세를 조사단에게 확인시키는 것이 확실하지 않을까요?”

“그래요. 독일인 기자 부르테르스가 얼마 전에 추방되었다고 하는데 이게 바로 반만 선언의 가장 큰 반증이군요.”

“그리고 장 장군이 해륜(海倫)의 마점산(馬占山) 장군에게 몰래 실지 회복을 학수고대하고 있으며 조사단이 북만주를 통과할 때 남만주를 유린하여 어디까지나 국제 연맹의 힘으로 일본의 침입을 방지하겠다는 내용을 전했다고 합니다. 장 장군의 본영에서는 신경에서 밀사를 파견하여 마점산 장군을 격려해 달라고 합니다. 즉 당분간 재건의 전망이 보이지 않으니 마점산 장군이 조사단과 회견하여 일본의 영토침략의 진상을 보고하도록 하라고요.”

당은 때때로 책상 위의 서류를 보면서 그렇게 말했다.

“북만의 나폴레옹, 마점산 장군말이군요. 또 돈을 달라는 거겠지. 어쨌든 빨리 밀사를 보내도록 하세요.”

“알겠습니다. 신경 쪽은 좋은 방법이 없을까요?”

“머무는 곳도 일본 여관이라서…… .”

그녀는 잠시 생각했다.

“그래도 가만히 있으면 이쪽이 손해니까. 이렇게 합시다. 하얼빈은 여

기와 다르니 호텔 보이를 매수하여 조사단의 모든 것을 자세하게 염탐
하게 하여 그들이 버린 종이까지 전부 모으는 거예요. 그리고 댄서들도
매수하여 접근할 기회가 있을 때마다 항일, 반만을 어프로치 하도록. 아
무튼 내일부터 밀사를 물색하여 초스피드로 교육을 시켜 빨리 하얼빈으
로 떠나게 하세요.”

그녀는 이런 말을 하다가 갑자기 무릎을 치면서

“그래, 그래!”

라고 외쳤다.

9

“내일 밤 청장이 오기로 했으니까 미리 복선을 깔아 놓도록. 그게 가
장 첩경이야.”

그녀는 좋은 수단을 생각한 것처럼 즐거워했다. 오락은 오래 전부터
만주국의 관료들을 함정에 빠뜨리려고 노려왔던 것이다. 그 중에서도
청장과 군부의 수뇌인 마 장군을 제일 먼저 노리고 있었던 것이다. 그러
나 마 장군은 좀처럼 넘어오지 않았다. 그러나 청장은 곧 손아귀에 잡힐
것이다. 청장의 세 번째 부인은 미국에서 온 댄스를 좋아하는 모던 마담
으로 때때로 오리엔탈 클럽의 댄서를 자택을 불러 댄스를 배우기도 하
고 화려한 야회를 개최하기도 했다. 오락도 두세 번 야회에 초대되기도
했다. 그런 인연으로 청장도 가끔씩 홀에 얼굴을 보이게 되어 오락은 혹
심을 품으며 더욱 조심스럽게 그를 접해 왔다.

“각하!”

술이 취하자 그녀는 스스럼없이 기댔다. 그러나 한편으로 제왕 앞에
나온 시녀처럼 몸둘 바를 몰라 하는 것도 잊지 않았다.

"일생일대의 기념이군요."

그렇게 말하며 그녀는 처음으로 그를 자기 밀실로 안내했다. 그곳은 외부로부터 철저하게 차단된 사치스러운 방이었다. 그 방은 곧 황홀한 분위기로 채워져 갔다. 거친 심장소리가 원시적인 외침으로 바뀌었다. 그리고 소리 없는 곳에서 가장 엄숙한 명령이 그들을 덮쳤다. 그리고 청장은 자주 홀을 방문했다. 그러나 대외적인 자리에서의 그녀는 언제나 넘기 어려운 완고함을 가지고 대했다. 눈은 다이아몬드처럼 빛났다.

"오늘밤은 천천히 마실까?"

청장은 그렇게 말하며 그녀에게 잔을 내밀었다.

"고맙습니다."

때로는 의식처럼 엄숙한 그녀였다. 함부로 할 수 없는 여왕과 같은 위엄을 지니고 있었다. 그러나 그런 부분이 오히려 청장을 타오르게 했다. 예전에 장학량이 북경에 있을 때 봉천에서 기밀전보를 받고서도 그대로 바지 뒷주머니에 쑤셔놓고 반나절이 넘도록 뜯어보지도 않고 춤만 추었다는 장본인이 바로 그녀였다. 그리고 마점산이 만주국 군정부 총장의 자리를 박차고 반기를 들던 당시, 북경의 장학량의 밀명을 받고 야인 마점산을 멧돼지처럼 도발한 것도 그녀였다. 그녀는 미국과 유럽에 있기도 해서 상당한 학식과 어학의 소양을 지녔다. 외국 영사와 그 측근자들에게도 손을 뻗고 외국 신문기자와 신사, 상인들을 꼼짝 못하게 만드는 화술도 있었다. 산전수전 다 겪은 그녀가 고지식한 학자풍의 청장을 구워삶는 것은 그리 어려운 일이 아니었다. 그러나 그녀는 현재 부리고 있는 강직한 부하들에게도 그런 일을 비밀로 하고 있었다. 남자라는 것은 여자에 대해서는 자신의 지위나 신분을 생각하지 않는 법이다. 그러면서도 때때로 유치한 흉내를 내고 싶어한다. 자신의 부하 중에서 자신이 다른 남자와 이야기하는 것만으로도 신경질적으로 되는 사람이 있을지 몰라 그녀는 자기 베드가 말을 하지 않는 한 그 곳에 드나드는 남자들을 철저하게 숨겼다. 지금은 충실하게 일을 해도 원래 믿을 수 없는 음모의 인간들이었다. '스파이는 본질적으로 매국노이다'라는 나폴레옹의 말을 프랑스에서 주워들은 그녀는 부하들을 경계하는 것을 잊지 않았다. 그래서 그녀는 청장과의 관계도 이용하는 것뿐이라는 평범한 말로 얼버무렸다.

10

"조사단의 비공식 연회를 여기에서 하도록 해야지. 다행히 청장도 여기를 좋아하고 외교관이라는 사람들도 다 풍류를 아는 사람들이고 편한 술자리에서 외교를 절충하는 경우가 많으니까."

그녀의 말투가 확연히 부드러워졌다.

"춤을 잘 추는 댄서를 모아야지. 때로는 지정 호텔에도 가고. 모당(毛唐)은 의외로 여자에게 약하니까. 북경이나 상해에서도 뇌물과 여자가 가장 잘 먹히지. 그러나 다음달 2일이면 겨우 2주일 남았으니까 빨리 준비공작을 하지 않으면 안 되겠네."

그녀는 당에게 말했다.

"그렇다면 마담도 하나……."

"좋지. 클레오파트라가 되는 것도 좋을 거야. 조사단은 장 장군이나 내게는 적장 옥타비안이 아니니까 못할 것도 없지."

"아, 잊고 있었습니다만 하얼빈 사람, 교사, 학생, 농민들이 조사단을 만나 의견을 나누는 건에 대해서인데 그건 다 준비되었다는 보고가 들어왔습니다."

당이 그렇게 말하며 서류 상자 쪽으로 걸어갔다.

"밀사가 가지고 온 건가요?"

"그렇습니다."

그렇게 말하며 수많은 지나인에게 받은 만주국 독립 반대를 주장하는 편지를 꺼내 테이블 위에 놓았다.

"몇 통이나 되지?"

"약 천 통쯤 되는데 이 외에도 하얼빈에서도 상당히 모았다는 보고입니다. 여기 있는 것도 이번에 하얼빈에 보내도록 하지요."

"그게 좋을 거야. 그쪽에서 제출할 수 있도록 말이야."

그녀는 그 편지를 뜯어보며 감탄한 듯 잠시 바라보며 말했다.

"과연 글씨체가 다 다르군."

"정말 고생했어요. 부하들이 실수라도 하면 관헌에게 붙잡히니까요. 그런 일이 없도록 정말 조심했지만 그게 쉬운 일은 아니더군요. 가능한 한 많은 사람들이 쓰는 것이 효과적이니까요."

당이 자랑스럽게 말했다.

"지난 번 붉은 글씨의 포고문은 의외로 간단했는데."

그녀는 일본군이 전 만주를 영구적으로 군사 점령해야 한다는 붉은 글씨의 포고문을 마치 공고라도 한 것처럼 위조하여 이미 장학량에게 보냈고 그 위조문은 장의 손을 거쳐 조사단의 손에 들어가 있었다.

"그 가짜 포고문은 조사단의 손에 들어갔을 거야. 북경은 여기와 달리 당당히 건네줄 수 있으니까……. 일본은 국제관계에서 불리해지는 거지."

"그럼, 영국 공사 심프슨을 내가 알고 있어."

그녀는 득의양양한 얼굴로 말했다.

"그 사람이 요즘 굉장히 분주해. 그리고 미국영사도 외국의 신문기자도 모두 일본과 만주국에는 불리한 존재거든. 독일은 전에 장 장군이 독일에서 산 액자의 수 배나 되는 군수품을 약속했어. 미국에는 만주 철도 시설권을 저당 잡히고 중국 차관의 묵계를 얻었고 영국에는……."

그 때 '따르릉'하며 벨 소리가 들리고 '똑똑똑'하는 세 번의 노크 소리가 들렸다.

11

한 남자가 들어왔다.

"아…… 만(萬), 수고했어. 다 되었어?"

그녀가 손을 내밀었다.

"예."

만이라는 남자는 몇 장의 사진을 그녀에게 건네주었다.

"음, 만점이야. 만점!"

그녀는 사진을 바라보며 만족스럽게 중얼거렸다. 그것은 오야마 부자의 사진이었다. 아까 청장과 마시고 있을 때 몰래 찍은 것이지만 그런 교묘한 장치가 숨어있다는 것을 오야마 부자는 물론 청장도 까맣게 몰랐다.

"이게 오야마 대위입니다. 장춘(長春) 공략의 원흉이지요. 장 장군이 구족을 멸해도 분이 풀리지 않을 정도의 대원수지요."

"예, 아주 큰 겁니다. 그럼 장 장군 각하는 머리 하나에 2만원은 주시겠지요?"

당은 마른침을 퉤, 하고 뱉었다.

"걱정 마. 주실 거니까……. 그리고 이 선생도 내가 함정에 빠뜨릴 거니까. 호호호."

"하하하. 잘 되셨습니까?"

아까 주연의 모양을 엿보았던 만이 웃으며 말했다.

"그럼 잘 되고말고. 청장하고 같이 온 걸 보면 아마 이권운동일 거야. 좋은 찬스야."

그녀는 내일 밤 청장이 오면 어떻게 해서든지 사정을 알아보려고 생각했다. 시계는 벌써 11시를 넘어서고 있었다.

"자 슬슬 나가봐야지? 조사단도 곧 도착할 거고 외국의 간섭과 활동을 빌려야 하니까."

그녀가 반 명령조로 말하며 먼저 일어났다.

"자, 가볼까?"

당이 일어나며 탁자 전등의 스위치를 빙글빙글 돌렸다. 그러자 정면의 벽 한쪽에 겨우 한 사람이 빠져나갈 정도의 구멍이 열렸다. 당과 만은 그녀에게 인사를 하고 구멍을 지나 지하도를 올라가 자동차 차고로 나왔다. 그리고 두 대의 경쾌한 패커드가 바로 상부지(商埠地)에 있는 모국 은행지점 뒷길에 멈췄다. 그 은행 이층의 한 방에는 정교한 무전기가 설치되어 있었다. 그 무전기는 102 킬로와트 발전기 두 대와 29킬로와트 발전기 한 대로 이루어져 있었으며 직류 전기와 자가 발전장치를 가지고 있어 끊임없이 신경과 샌프란시스코 간을 직통 또는 상해 중계로 연락을 주고받고 있었다. 그리고 조금 떨어진 곳에 있는 X국계 석유 지점의 위층에는 그보다 소규모의 라디오 장치가 있어 북경, 남경, 상해, 무한 각지와 무전 연락을 하고 있었다. 그러나 이는 절대 비밀이어서 일반인은 물론이고 행원이나 점원들도 그 존재를 알지 못했다. 여기에 드나드는 인간은 극히 소수였지만 그 밑에서 일하는 스파이는 굉장히 많았다. 러시아인, 독일인, 영국인, 미국인, 지나인, 만주국인 등등의 많은 사람들이 있었다. 그리고 그들은 각각 밀정해 온 사항을 제공하고 자국이나 음모국으로부터 적은 보수를 받고 있었다. 그들은 돈에 눈이 어두워 멋대로 자료를 훼손하기도 하고 스파이끼리 냄새를 맡은 자료를 교환하기도 했다. 또 기밀서류를 위조하여 동료간에 레포의 인치키 매매를 하기도 했다. 그리고 그런 보국(報國)이 그들 스파이를 조종하고 있는 자의 손을 통해 결국 무전실을 통해 각지로 방송되는 것이었다. 류오락도 모은 정보를 이 무전기를 통해 장 장군에게 보고하고 또 각국에 팔기도 했다. 당과 만은 그 때문에 온 것이었다.

12

신경에서의 교섭은 의외로 빨리 끝났다. 토산자의 개광과 개척은 안심해도 좋다는 것이었다. 청장이 길림성 실업국에도 시달을 한 모양이었다. 그래서 하야시는 하루라도 빨리 현장에 돌아가지 않으면 안 되었지만 오야마는 자금조달과 다른 용건으로 당분간 봉천에 가 있기로 했다. 용건을 마친 가벼운 마음으로 내일 하야시를 현장으로 보내는 송별의 의미로 두 사람은 한 잔 하려고 저녁 무렵 집을 나왔다. 운전수는 오리엔탈 홀 앞에 가자 브레이크를 밟아 자동차를 세웠다. 벌써 11시가 넘어 있었다. 호화선 모양의 넓은 홀의 외관에 눈을 휘둥그렇게 뜨고 두 사람은 정면 파라로 들어갔다. 한 가운데에는 커다란 테이블이 있고 그 주변의 소파에 몇몇 손님들이 담배를 피우고 있었다. 왼쪽으로 이어진 프란체 룸은 나체 무용의 목적으로 세워졌으나 그런 무용이 금지되자 지금은 그릴로 되어 있었다. 오른쪽 구석은 보석점으로 그 옆벽에는 두 개의 라이팅 테이블이 놓여있었다.

"한장 써 볼까?"

오야마는 그 테이블 위에 있는 편지지를 만지작거렸다. 취기가 올라오자 마려가 너무 보고 싶어졌기 때문이었다.

"누구 약 올리는 거야?"

하야시는 쌀쌀맞게 말했다.

"댄스 홀의 편지지를 사용하면 오히려 기분 나빠할 거야."

"그녀는 정말 춤을 잘 춰. 옛날 상해의 미국 부인한테 배웠대. 얌전한 것 같으면서 한편으로는 세련된 첨단성을 가지고 있어."

"벌써 거기까지 알아냈어? 정말 빠르네. 후후후후."

두 사람은 안쪽 문을 밀고 복도를 가로질러 홀로 들어갔다. 현란한 분위기가 쏟아져 내리고 있었다. 정면 위는 메인 스테이지로 무겁게 막이 드리워져 있었다. 홀을 둘러싸고 중앙의 댄스홀 보다 높게 객석이 있었다. 왼쪽의 오케스트라 밴드는 비긴 룸바인지 뭔가를 연주하고 있었다. 취했는지 비틀거리는 나쁜 손님들이 그저 상체를 비틀며 고양이가 공을 가지고 노는 것 같은 춤을 자신만만하게 추고 있었다. 바닥의 왁스가 그 모습을 반사하고 있어 신비하고 감미로운 세계를 만들고 있었다. 댄스장의 구석에는 커다란 코코아나무가 놓여있고 그 위에는 실물과 똑같은 모형 원숭이가 매달려 있었다. 전구로 된 눈이 반짝반짝 빛나고 있었다. 간접조명의 효과를 내부 장식에 응용하여 굵은 곡선의 다이나믹한 조화를 빛으로 강조하고 모든 것을 그 안에 녹여내고 있었다. 천장은 쿠펠 홀리존트를 사용하여 은하와 구름이 흐르고 별이 반짝이며 명멸하는 변화와 템포의 통제가 조화를 이뤄 선율적이며 평화로운 빛의 전투를 연상시켰다. 부드러운 암바와 연한 그린 빛이 공간을 편하게 조화시키고 금란을 걸친 댄서를 안고 있는 사람들은 춤에 빠져있었다. 여주인인 류오락은 당과 만을 보내고 지하실에서 나오자 샴페인을 석 잔 정도 마시고 홀로 나왔다. 그리고 메인 스테이지 옆의 객석에 잠깐 앉아 꿈을 좇기라도 하는 것처럼 먼 곳을 바라보았다. 취기가 돌아 기분이 좋았다. 하야시와 오야마가 경이로운 존재를 발견하기라도 한 것처럼 황홀하게 바라보고 있는 것을 그녀는 까맣게 모르고 있었다.

13

오야마와 하야시는 맥주를 마셨다.

"정말 멋지다."

오야마는 계속 건너편 객석의 류오락에게 눈을 빼앗기고 있었다.

순간 그는 그녀와 춤을 추고 싶어졌다. 주위를 둘러봐도 보이가 보이지 않았다. 테이블에는 이쪽 객석에서 저쪽 객석으로 쪽지를 보내는 납으로 된 진공관이 있었지만 몰라서인지 고장인지 아무도 이용하지 않고 있었다.

"보이! 보이!"

오야마가 몸을 들썩이며 보이에게 눈짓을 했다. 일등선실의 보이처럼 멋진 젊은이가 앞에 다가와 정중하게 머리를 숙였다. 오야마는 건너편의 루오락에게 눈을 주고 같이 춤출 수 없겠는지 하고 웃고 '다망(大洋)'을 한 장 쥐어 주었다.

보이는 알았다고 인사를 하고 그 쪽으로 걸어갔다. 오야마가 안절부절하며 건너편을 바라보고 있자 류오락은 보이의 말을 들으며 힐끗 이쪽을 보고 가볍게 고개를 끄덕였다. 오야마는 맥주 네다섯 잔을 연거푸 들이켰다. 댄스는 처음이 아니지만 그녀와 같이 춤을 춘다고 생각하니 이상하게 긴장되었다. 취하기보다는 오히려 정신이 말똥말똥해지고 가슴이 두근거렸다. 보이가 와서 승낙의 표시를 전하자 그는 갑자기 힘이 나 일어섰다. 마침 오케스트라의 음악이 멈췄다. 댄스장의 오른쪽 통로는 가죽을 암페라처럼 꼰 것으로 밑에 스프링이 들어있는지 걸을 때마다 철렁거려 균형을 잡기가 곤란했다.

"뭘 할까요……. 발레?"

그녀는 샌님 같은 오야마를 처음부터 놀리고 있었다. 어떤 인간이라도 한번은 진지하게 놀려보는 그녀였다. 그래서 아직 인생 초년병의 풋풋한 오야마를 그녀는 마치 다크호스라도 되는 것처럼 바라보고 있었던 것이다.

"아뇨. 그게……. 슬로우 폭스로 하지요."

오야마도 웃으며 말했다. 그 얼굴이 꾸밈없고 귀엽게 보인 모양으로 그녀는 부드럽게 자세를 취했다. 드디어 오케스트라의 연주가 울리기 시작했다. 왁스를 바른 바닥이 미끄러웠지만 피겨스케이팅을 할 수 있는 오야마는 오히려 일종의 쾌감까지 느꼈다. 때때로 균형을 잃을 때도 있었지만 익숙한 류오락이 리드를 잘 해주었다. 춤이 끝나자 그는 객석으로 나와 그녀와 마주보고 앉았다. 그리고 보이에게 샴페인을 주문했다.

"오야마 씨."

그녀는 갑자기 그렇게 말을 꺼냈다. 오야마는 의표를 찔렸다. 어디서 만났나 하고 뚫어지게 쳐다보아도 기억이 나지 않았다.

"오야마 대위의 동생이지요?"

그녀는 오야마의 표정에서 그가 오야마라는 것을 믿어 의심치 않았다. 얼굴이 대위하고 꼭 닮았던 것이다.

"오야마 대위를 알고 있어요?"

"물론 알고 있고말고. 아주 좋아해요. 오늘도 여기에 오셨는걸요."

"아…… 그래요?"

"당신 아버님과 청장 각하와 함께 오셨지요. 모두 좋으신 분들이더군요. 호호호."

그녀는 기분 좋게 샴페인을 마셨다. 그리고 오야마 요시오와 청장에 대해 말하는가 싶더니 갑자기 일어나 말하며 아려한 여운을 남기고 가버렸다.

"전 이만 실례하겠습니다. 또 오세요. 형님하고 같이. 호호호호……."

하야시는 그 때까지 자기 자리에서 오야마와 류오락의 모습을 재미있다는 듯이 바라보고 있었다.

14

하야시는 오야마의 배웅을 받으며 간도로 출발했다. 도중에 길림성 실업국에 들러 청장과 조집오의 소개장으로 광산 건과 그 간의 경위를 이야기하고 부탁을 했다. 두도구에서는 이도구에서 마중 나온 이성천이 그가 온 것을 진심으로 기뻐해 주었다. 하야시는 이성천에게 그 동안의 일을 대략 듣고 조집오를 찾아가 마려의 안부를 전하고 바로 오 영장의 영부를 찾아갔다. 오 영장에게 당분간 병사 1소대를 파견 받기로 하고 숙소로 돌아와 한시름 놓고 이와 이런저런 이야기를 했다. 이의 말에 의하면 삼도구의 만주인은 대부분 불에 타 죽고 남은 사람도 전부 어디론가 도망가 오히려 사태가 좋아졌다는 것이었다. 그러나 그를 가장 놀라게 한 것은 부근의 조선인 주민들이 후환이 무서워 여기저기 흩어져 버린 것이었다. 주로 조선인 농부를 사업에 쓰지 않으면 안 되기 때문에 일이 이렇게 되면 모처럼의 사업도 소용이 없어지는 것이었다.

"그럼 토산자에는 조선인이 한사람도 없다는 말인가?"

하야시는 솔직하게 물었다.

"아니, 그렇지는 않아. 있기는 하지만 그게 도망가고 싶어도 도망가지 못한 사람들뿐이야. 마적도 그들은 가만 놔둘 거야. 아무 쓸모가 없거든."

이성천은 잔류 농민들도 나무껍질과 풀뿌리를 먹으며 봄이 올 때까지 겨우 견디고 있다고 했다.

"큰일났군. 그럼 다른 사람들은 모두 어디에 간 걸까? 어디를 가도 마찬가지잖아. 조선으로 돌아간 걸까?"

"아니. 돌아간 사람도 있겠지만 대개는 도회지로 흘러 들어가 방황하고 있지. 여기 민회에도 삼백 명 정도 수용되어 있어. 그냥 놔두면 모두 길거리에서 죽을 게 뻔하니까 일단 수용은 했지만 민회 세대가 갑자기 커져 뭘 어떻게 해 볼 수가 없어. 지금 굉장히 곤란한 상황이지."

그리고 이성천은 그들이 지금 만주조 한 홉으로 하루하루를 연명하고 있다는 것과 병자가 매일 속출하고 있다는 말을 했다.

다음 날 하야시와 이성천은 함께 두도구 조선인 민회에 가서 인사를 했다. 하야시가 피난민을 보여 달라고 하자 젊은 서기가 머리를 긁적이며 곤란한 얼굴을 했다. 바로 방금 전에도 그들이 들어와 고국에 돌아가게 해달라고 떼를 썼던 것이다. 하루에도 몇 번씩 그런 일이 있어 서기도 지친 모양이었다.

"이걸 보세요."

서기는 피난민이 필사적으로 잡았던 윗옷에 묻은 손자국을 보여주었다. 하야시가 가능한 한 빨리 그들의 편의를 봐 주겠다는 말을 하자 서기는 울음 반 웃음 반 기뻐하며 하야시를 안내해 주었다. 창고 같은 곳의 문을 두드리고 안으로 들어간 순간 토할 것 같은 악취가 덮쳐왔다. 땟국물이 흐르는 누더기를 걸친 백의의 조선 농민들이 빼곡히 들어차 흐릿한 눈을 이쪽으로 향했다가 바로 고개를 떨구었다.

"명산평 근처에 살던 사람이 많은 모양이야."

하야시가 조선어로 그렇게 말하자 피난민 몇몇이 고개를 들었지만 다시 눈을 내리깔았다. 피난민은 이제 구경이나 시찰하러 온 인간에게는 눈곱만큼도 기대를 하지 않는 모양으로 의기소침해 있었다. 땅바닥의 짚더미에 그저 누워 있었다. 그때 앙상하게 마른 어머니가 젖꼭지를 뺐는지 갑자기 어린아이의 날카로운 울음소리가 들려왔다.

사선을 넘어서

1

"죽어도 좋으니까 고국 땅에서 죽고 싶다고 하네요."

서기의 말이었다.

"그러나 지금 죽어도 그들 모두가 고국까지 갈 방도가 없어요."

이것도 서기의 말이었다. 실제 이도 저도 어쩔 수 없는 상황에 놓여 있는 것이었다. 조선 농민은 황량한 만주의 처녀지를 개척한 은인이었다. 그러나 장작림 2대에 걸친 학정과 가렴주구는 그들을 오늘날의 참상으로 밀어 넣었다. 지주는 모두 고리대금업을 하여 농민들을 착취하고 박해했다. 봄에 빌려준 돈은 가을에는 7할이나 8할의 고리를 붙여 회수하였다. 그리고 속된 말로 32세(稅)라고 하는 말도 되지 않는 세금을 붙였다. 집사대(輯私隊)라는 사람들이 때때로 와서 민간의 식염 소비량을 조사해서는 "이건 작다. 이 가족이 이렇게 조금 밖에 먹지 않는다는 것은 말이 안 돼. 훔쳤거나 밀수를 한 거야."라며 무고한 죄를 씌워 벌금을 내렸다. 소금은 장 정부의 전매로 그 세입이 엄청났다. 그래서 장 정부는 될 수 있는 대로 많이 팔려고 했지만 너무 비싸서 백성들은 쌀보다 더 절약했다. 그러나 장 정부는 매상 증명제도라는 것을 만들어 살 때마다 판매점에서 증명을 받도록 하고 때때로 집사대를 파견하여 매상을 조사하는 것이었다. 결혼에도 혼인세를 정해 신고하지 않고 결혼하면 그 몇 배나 되는 벌금을 부여했다. 그 뿐이 아니었다. 때로는 풍기를 조사할 필요가 있다고 신부를 데리고 가서는 잠을 못 자게 한 다음 돌려주기 일쑤였다. 봄과 가을의 청결 검사 때엔 "불결하다."라고 억지를 부려 돼지와 닭을 죽이기도 했다. 그러나 대부분 그 순경이 사흘에 한 번도 얼굴을 씻지 않아 오히려 더 불결했다. 관할 경찰서장이 바뀔 때마다 손바닥만한 표찰을 나누어주고는 문패세라고 하여 20전에서 1원 50전까지 세금을 걷어갔다. 그리고 이상하게 가난할수록 문패세가 비쌌다. 장 정부의 지방관은 빈농을 부민(浮民)이라고 불렀다. 즉 언제 자신의 관내에서 다른 지역으로 흘러갈지 알 수 없다는 의미였다. 서장은 그 자리를 얻기까지 쏟아 부은 매관 자금을 관내의 주민들에게 회수하지 않으면 안 되었기 때문에 정착해 살고 있는 사람들을 장래의 버팀목으로 하는 대신에 언제 떠날지 모르는 부민에게는 임관하자마자 먼저 비싼 문패세부터 받는 것이었다. 그리고 그 문패를 잃어버리면 바로 다시 이중으로 세금을 징수했는데 대개 문패를 훔친 범인은 순경이었다.

2

　장 정부의 지방관은 생각나는 대로 법령을 만들어 조선 농민의 소작을 금지하고 그들 전부를 지나 지주의 농노로 만들었다. 그리고 고용인 한 사람 당 연 6원의 고용세를 내게 하는 것이었다. 그 때문에 백성들은 납세기가 되면 가지고 있는 모든 농작물을 팔지 않으면 안 되었다. 그리고 돈이 바닥나도 세금은 끊이지 않았다. 세금 안 내면 끌고 간다? 먼저 그렇게 협박을 하지만 쉽게 끌고 가지는 않았다. 돈도 못 받고 경찰이나 감옥에 데리고 가서 공짜로 먹이는 것은 장 장군의 국가 경제적인 견지에서는 이중으로 손해였다. 그래서 어쩔 수 없이 못 내는 경우에는 샤벨이나 피스톨로 협박을 하고 우선 돌아가는 것이었다. 그럼 그 다음에는 반드시 고리대금업자가 오는 것이었다. "자네, 돈이 필요하지?" 하고 묻고, 다음으로 "넌 부지런하고 정직하니까……." 하고 생각하는 척한다. 그러나 대개는 소나 젊은 아내 또는 젊은 딸이 있는 집에 한한 것이었다.

　"대인! 좀 도와주세요. 바로 전에 관리가 와서 혼났어요."

　백성은 돌부처라도 만난 듯이 머리를 조아리는 것이다.

　"흠, 관리가…… 뭐라고 했는데?"

　"예, 세금을 내지 않으면 안 된다고."

　"그렇군. 그거 큰일났네."

　"주인님, 그 관리가 다시 올까요?"

　"그럼 오지. 오는 것뿐이 아냐. 세금을 내지 않으면 이거야."

　고리대금업자는 손가락으로 자기 목을 자르는 시늉을 하는 것이다.

　"자네 목숨은 하나뿐이야. 죽으면 내지 않아도 되지."

　"주인님, 도와주세요. 그 관리하고 알잖아요."

　"돈을 주지 않으면 안 돼."

　"전 한 푼도 없어요."

"음, 너는 정직하니까 증인을 세우고 빌려주지."

"증인이라뇨? 누가 저 같이 한 푼도 없는 사람의 증인이 되어 준단 말입니까?"

"자네 가족도 괜찮아. 부인이나 딸 말이야."

"딸?"

"그래. 돈을 돌려줄 때까지 우리 집에 두는 거야. 그게 가장 신용이 되니까."

그렇게 말하며 결국 딸을 인질로 데려가는 것이다. 그러면 얼마 안 있어 이번에는 병사가 와서 소리를 친다.

"너 딸을 팔았지? 국법 위반이다."

"아뇨. 아니, 보증을……."

"웃기는 소리. 벌금 30원이다. 빨리 내!"

이상하게 그 금액은 고리대금업자가 빌려준 돈과 일치한다. 삼위 일체의 착취였다. 장 장군이 북경으로 진출하게 되자 더욱 착취의 밀도가 심해졌다. 장이나 그 아내들의 끝없는 유흥비와 외국 사절의 매수를 위한 막대한 자금은 이런 인민의 고혈과 마찬가지인 것이다. 그래서 장 장군의 중앙 진출은 특히 만주 3천만 주민의 궁핍에 더욱 박차를 가할 뿐이었다.

3

"미국이나 영국은 물론 국제 연맹 가맹국이 모두 지나를 응원하고 있어요. 장군도 중앙정부에 합종해서 국제연맹에 출소(出訴)하세요. 중국의 운명은 뭐니뭐니 해도 국제 연맹에 달려 있으니까요."

영국과 미국 영사와 공사들이 이렇게 설득하자 장 장군은 희희낙락하여 그들의 기분을 맞추어 주느라 돈을 뿌렸다. 그리고 한편 만주 천지에는 마적과 비적이 때를 만난 듯이 출몰했다. 홍창회(紅槍會)와 대도회(大刀會) 등 강도 같은 사이비 종교가 모래에 스며드는 물처럼 우민들 사이에 퍼졌다. 실제 조선 농민과 선량한 주민이 이런 정세 밑에 놓여 있었다. 일본의 군대가 레일을 점령하고 지키고 있을 뿐인 시대에 오지의 주민들은 피뢰침 하나 없이 천둥번개 속에 서있는 노목과 마찬가지였다. 그리고 갑자기 대륙에 등장한 만주국이 그들 국민에게 약속한 새로운 봄도 반군과 비적의 도약으로 각지에 피바람을 일으켰다. 아마 상당히 계속될 것이다. 오랫동안의 악의 온상에 갑자기 원군이 등장할리가 없기 때문이었다. 하야시는 현대의 기적을 일으키는 사람이 되려는 것은 결코 아니었다. 오히려 그는 대지에 스며드는 피와 목숨을 이 황량한 대륙에 유용하게 쓰려는 것뿐이었다. 자신에게는 중대한 숙명이 있다고 생각했다. 그는 어둠이 오히려 좋았다. 그래서 그는 피난민 수용소에 안내되어 죽음을 눈앞에 두고 학대받는 사람을 봐도 크게 절망하지 않았다. 죽음보다는 생을 보고 새벽을 보는 것이었다.

피난민은 두도구에만 있는 것이 아니었다. 각지에 수십만이 넘게 살고 있다는 것을 알고 있었다. 그리고 그 사람들을 한꺼번에 구할 수 없다는 것도 잘 알고 있었다. 그러나 그는 비분강개의 열사가 아니었다. 온정과 박애를 구호로 삼는 시인도 아니었다. 그저 벙어리처럼 묵묵히 일을 하는 것이 그의 성격이었다. 그는 용감하게 먼저 두도구 수용소의 피난민을 데리고 토산자로 가기로 했다. 그리고 바로 식량과 피복, 건축용 자재를 사서 무슨 일이 있어도 고향에 돌아가겠다는 사람을 남기고 남은 피난민 전부를 데리고 만주국 군인 1소대의 호위를 받으며 폐허의 토산자로 향했다. 춘경기여서 이를 통해 바로 농경지로 적합한 광대한 토지를 매수하도록 했다. 이 부근은 거의 황무지였다. 주민은 각지로 이산되어 상당한 농경지조차 폐허 상태로 남아있어 땅값이 쌌다.

한편 하야시는 토산자의 명산평 주택을 수리하거나 새로 지었다. 휴

교중의 소학교를 수리하여 그 운동장에 보루 네 곳을 설치하고 벙커를 만들어 병사를 교정 주위에 세워 요새 역할을 할 수 있도록 했다. 그리고 그곳의 숙직실을 수리하고 증축하여 하야시와 이성천의 숙소를 만들었다. 그러자 한 달이 채 못 되어 약 2백 호가 되었다. 집이 부족하여 한 집에 서너 세대가 동거했지만 그래도 오지에서는 드물게 보는 대집단 부락이었다. 주민의 대부분은 농경에 종사하게 하고 일손이 남는 집에서 장정 오십 명 정도를 선발하여 사금 채굴에 종사하도록 했다. 그리고 간단한 군사훈련을 했다.

"하나 둘, 하나 둘."

때때로 운동장에서 이런 소리가 울려왔다. 그러면 주민들이 신기한 듯이 구경하러 왔다.

4

하야시와 손(孫) 상위는 삼사 일에 한번 씩 보위단과 만주국 병사를 데리고 경계를 순찰하였다. 마적은 그치지 않고 출몰했다. 남동(석암의 휴광)에 있는 만주인 집에 마적 몇 명이 와서 조선인 부락에서 금을 다 모아오라는 협박문을 남긴 적도 있었다. 이를 듣고 손과 하야시는 바로 만주 병사들을 데리고 토산자에서 1리 반이나 떨어진 사인반까지 추적했다. 사인반 가까이에서 손은 병사를 제지하고 만주국 경비사령부의 완장을 벗기고 구국단(반군)의 완장을 채워 그 깃발을 높이 세웠다. 사인반에는 인가가 대여섯 채 밖에 없었으나 마루에서 술을 마시고 있던 13명의 만주인이 깜짝 놀라 쳐다보고 있었다. 들고 있던 깃발을 보자 아 구국단이군요 하며 기쁘게 맞아 주었다. 손이 우리들은 왕덕림 장군의 전적총 사령 공연명(孔連明)의 부대라고 소개하자 더 정중하게 그들에게 술을 권하기도 하고 아편을 권하면서 환대했다.

"고맙습니다. 그런데 대도회와 여기에서 만날 약속을 했는데 오지 않았나요?"

손이 물었다.

"예, 이틀 전에 왔었습니다. 대인."

"그런데?"

"조선인 부락에서 70원을 빼앗아…… 그래서 아편을 구할 수 있었지요."

그 자의 말로 그들이 도적과 한패이며 적이 협피구(夾皮溝)의 페이라는 사람의 집에 숨어 있다는 것을 알았다. 손은 병사에게 명령하여 그 자들을 잡아들이고 가택 수사를 하였다. 아편과 피가 묻은 조선인의 옷, 조선 부인의 반지와 비녀, 회중 전등과 단도, 오래 된 장총을 한 자루 압수하고 그들을 앞세워 협피구로 향했다.

비가 내리기 시작하고 산이 험해졌다. 다리도 없는 강과 계곡을 건너느라 솜을 넣은 바지가 무거워 병사들도 많이 지쳤다. 점심 무렵에 협피구 앞의 산중에서 적 칠팔 명을 발견하고 사격했지만 하나도 맞지 않았다. 전진부대는 모두 사격의 명수였지만 웬일인지 정확하게 조준을 하지 못했다. 병사들은 어제까지 자신들의 동료였던 적을 사살하는 것을 별로 내켜하지 않는 것 같았다. 하야시는 바로 알아차렸다. 하야시도 납득할 만한 인정이었지만 그들을 믿고 기회를 잃을 수는 없다고 생각했다. 그는 이때처럼 고독한 적이 없었다. 그리고 이때처럼 보위단의 강화를 통절하게 느낀 적도 없었다. 그날은 어쩔 수 없이 철수하기로 했지만 하야시는 바로 용정 총영사관에 교섭하여 총기를 받아 보위단의 확대와 강화를 해야겠다고 생각했다.

5

자금 조달을 위해 봉천으로 간 오야마가 온다는 소식은 모두를 기쁘게 했다. 특히 오야마의 여동생 마스코가 오빠와 아버지를 따라 같이 온다고 하여 쓸쓸한 산 속이 갑자기 활기로 가득 찼다. 모두 열심히 일했다. 농경도 사금 채굴도 상당히 진전되었다. 야학도 시작하였다. 빼앗겼던 것을 되찾기라도 한 것처럼 아이들은 좋아했다. 야학인데도 아침부터 눈을 비비며 학교에 오기도 했다. 교사가 부족할 정도였다. 밤이 되면 조선 민요와 지나의 노래를 부르며 몰려들었다. 열 살에서 열두 살 정도의 아이들이 긴 의자에 빼곡히 앉았다. 실내는 냄새로 가득했다. 한 번도 이를 닦아본 적이 없는 입에서 나는 입 냄새, 소매와 손등에서 검게 반짝이고 있는 콧물과 때에서 나는 악취, 아기를 업은 등의 오줌 냄새, 가스 냄새 등이 섞여 지독한 냄새를 내고 있었다. 어떤 아이는 볶은 콩을 씹고 있다. 그럼 옆의 아이는 침을 삼키며 앙상한 손을 내밀며 달라고 한다.

"치…… 냄새 나."

"벌레 같은 놈. 콩이나 먹고."

하고 아이들은 코를 쥐며 혀를 차기도 하고 욕을 하기도 했다. 엉덩이를 들썩거리며 상체를 앞으로 내밀고 앞사람과 이야기를 하고 있던 아이가 앉다가 비명을 지르고 벌떡 일어났다.

"이 새끼! 사람 엉덩이를 연필로 찔러?"

순식간에 싸움판이 벌어졌다. 그러면 옆에 있던 아이들은 큰소리로 웃으며 재미있어 했다. 그 때 하야시가 들어왔다. 마지막 시간이었다. 그러나 아이들의 웃음소리는 멈추지 않았다. 어떤 아이는 목에 뭐가 걸린 듯이 발작적으로 얼굴의 근육을 씰룩거리며 커다랗게 재채기를 했다.

"시끄러워! 조용히 해!"

　그렇게 말하고 하야시가 칠판에 뭔가를 쓰면 모두 그걸 보고 옮겨 썼다. 한 자 한 자 연필심에 침을 묻혀가며 썼다. 글씨에 침이 묻어 검게 반짝였다. 틀리면 손가락에 침을 묻혀 지우개 대신 문질렀다. 너무 문지르면 종이에 구멍이 난다. 그럼 쳇, 하고 혀를 차면서 조그만 연필을 엄지손가락과 집게손가락 사이에 끼고 다시 쓰는 것이었다. 하야시는 이런 일에 익숙해져 있었다. 그는 일찍 돌아가신 아버지를 생각했다. 기다란 조선 곰방대를 물고 허물없이 나이든 조선인과 밤늦게 까지 학교 이야기를 하던 그 모습이 선명하게 떠오르는 것이었다. 아버지는 학교가 끝난 방과 후에도 언제나 학생들이 잊고 간 도구를 치우거나 문단속을 하였다. 실습 때에는 몸소 쟁기를 들고 시범을 보였으며 결코 턱으로 사람을 부리지 않았다. 외무성의 보조를 받게 되자 여러 가지 소문이 났다. 학교장은 보조금을 속여 돈을 벌려고 한다느니 사재가 수 만원이 넘는다느니 하는 소문이었다. 더 지독한 것은 위선자라고 하는 것이었지만 아버지는 그런 소문에 전혀 신경 쓰지 않았다. 아버지가 돌아가시고 보니 사재는 한 푼도 남아 있지 않았다. 그걸로 모든 의심은 사라졌다. 하야시는 그 걸 생각하자 갑자기 힘이 나 열심히 아이들을 가르치는 것이었다.

6

　나무에 새싹이 돋을 때의 변덕스러운 날씨는 맑기는 했으나 바람이 강하게 불고 있었다. 오야마 일행이 온 것은 그로부터 며칠 후로, 폭탄 사격연습 때문에 두도구 영부에 갔던 만주 병사들이 돌아온 다음 날이었다. 오야마와 오야마의 아버지 겐지, 마스코 세 명이었다. 오야마의 아버지는 다른 용건으로 바빠 도착한 다음 날 바로 현장을 시찰하였다.

물론 마스코도 같이 갔다. 겐지만 말을 타고 나머지는 도보였다. 조선인 보위단이 10명 정도 따라갔는데 신기한 듯이 조선어로 수다를 떨며 마스코를 바라보았다.

해란강 기슭의 사금 채굴 작업장에 도착하자 겐지는 말에서 내려 하야시의 설명을 들으며 작업상태를 흥미롭게 바라보았다. 하야시가 채를 가지고 익숙한 솜씨로 사금채굴을 시험해 보이자 겐지도 마스코도 재미있어 했다.

"한번 해 볼래?"

하야시가 웃으며 마스코에게 말했다.

"해보고 싶어. 하야시 오빠 정말 잘 하시네요."

마스코는 하야시에게 체를 받아 그를 따라하며 즐거워했다.

"잘 안 되네요."

마스코는 얼굴을 붉혔다. 쉽게 되는 것이 아니었다.

"모래와 물이 흔들리는 것을 맞추어서 모래는 흘려버리고 사금만 남게 하는 겁니다. 이렇게…… 이렇게……."

하야시는 마스코의 양손을 자신의 양손으로 가볍게 덮으며 채를 흔들어 보였다.

"어렵네. 그래도 재미있어요."

마스코는 하야시의 체온을 느끼며 언제까지나 그렇게 있고 싶었다.

"마스코! 옷이 더러워지잖아."

겐지는 마스코보다 하야시를 가볍게 제지하는 것처럼 말했다.

"괜찮아요."

"이제 잘 하는군요. 혼자 해 보세요."

"싫어요. 조금만 더……."

"마스코 씨, 정말 빨리 요령을 터득하네요."

하야시는 자기 손 밑에 있는 조그맣고 솜씨 좋은 손의 움직임을 느끼며 말했다. 일행은 다시 강변을 걸었다. 낮은 산들이 솟아있는 가운데

조그맣게 펼쳐진 오천 정보의 토산자 평야만으로도 겐지의 사업 욕구를
불러일으키기에 충분했다. 일행은 남동 방면에서 오룡동으로 향했다. 하
야시는 여기저기 흩어져 있는 토호들의 타우를 가리키며 마적 토벌에
대해 이야기했다. 타우 안에는 아직도 인간과 사슴의 잔해가 남아있는
모양으로 커다란 만주 까마귀가 마른 가지에 앉아 까악…… 까악……
하고 기분 나쁘게 울고 있었다.

7

　달이 무척 밝은 밤이었다. 마당 구석에 있는 변소에서 나온 하야시는
깜짝 놀라 멈춰 섰다. 마스코 방 옆에 있는 창고 속에서 뭔가 보였다.
달빛으로 확실하게 보였다. '뭘까?' 생각하고 있는 동안 하야시는 불길
한 예감이 들어 등줄기에 소름이 돋았다. 그는 바지 뒤 호주머니에 손을
넣어 피스톨을 쥐자 발소리를 죽이고 다가갔다.
　"뭐야."
　벽 그늘에 숨어 살피고 있던 하야시는 웃음이 터질 뻔했다. 그 그림
자는 분명히 여기에서 사금채굴을 하고 있는 조선인 인부들이었다. 두
사람 모두 착실한 사람이었다. 두 사람은 어두운 곳에 웅크리고 온돌의
연기 창이 되어있는 조그만 창문 틈으로 정신없이 안쪽을 보고 있었다.
　"하하하. 눈도 즐거워야지."
　하야시는 속으로 그렇게 중얼거리며 피해가 의외로 적다고 생각했다.
그들은 틈이 많이 벌어진 곳을 찾으려고 여기저기 머리를 기웃거렸다.
몸집이 큰 쪽이 뭐라고 낮게 속삭이자 당나귀처럼 야윈 쪽이 "응……"
하고 뭔가 알았다는 소리를 했다. 그리고 두 사람은 잠시 보고 있다가
엉덩이를 흔들며 뭔가 의사를 교환했다. 마스코는 그것도 모르고 잘 준

비를 했다. 그녀는 문 쪽을 잠시 바라보았지만 바람이 횡하니 불어 옷을
벗고 잠옷으로 갈아입기 시작했다. 하얗고 아름다운 육체가 전등 빛에
드러났다. 가슴과 다리가 살랑거리며 하늘거리는 잠옷의 파도에 언뜻언
뜻 보였다.

"이봐."

"아, 아파."

"히히……."

"음……."

낮은 신음소리를 내며 두 사람은 자기 무릎을 비비기도 하고 상대방
의 허벅지를 꼬집기도 했다. 그리고 꿀꺽, 마른침을 삼키고 얼굴을 숙이
고 웃기도 했다. 하야시는 두 사람의 엉덩이를 힘껏 차려다가 그만 두었
다. 시끄럽게 하면 마스코가 알게 되어 난처해지는 것이다. 두 사람은
아직도 일어나려고 하지 않았다. 숨죽여 이야기를 주고받으며 웃다가
부스럭거리는 소리에 깜짝 놀라 뒤를 돌아보았다. 거기에 하야시가 서
있었던 것이다. 두 사람은 깜짝 놀라 후두부를 누르며 일어났다. 그리고
머리를 긁적이며 버티고 서있는 하야시의 양옆을 쏜살같이 빠져나갔다.
하야시는 실소를 했다. 그 바로 옆의 자기 방에 들어가자 오야마는 아직
뭔가 열심히 쓰고 있었다. 마려에게 보내는 편지라는 것을 알았지만 하
야시는 아무 말도 하지 않았다.

꿈틀대다

1

다음 날 오후 하야시는 백성들로부터 마적이 몰려온다는 소리를 들었

다. 이 근방의 백성은 대개 신경과민으로 지난번에도 들판에서 돌아오는 백성을 마적으로 잘못 본 적도 있었다. 그런 예가 몇 번이나 있었지만 손님, 특히 여자 손님이 와 있는 때라 하야시도 신경이 쓰였다. 하야시는 손 상위와 이성천에게 토산자의 경비를 맡기고 솜씨 좋은 포병 20명을 데리고 서산으로 출발했다. 그 동안 오야마는 망루 위에 올라가 정세를 살피고 있었는데 1시간도 되지 않아 하야시 일행이 돌아왔다. 그건 마적의 귀순 부대였다.

"귀순 부대라니?"

오야마가 물었다. 마스코도 궁금하다는 듯이 하야시의 말을 기다리고 있었다.

"망원경으로 보면 보일지도 몰라."

하야시는 그렇게 말하고 먼저 망루에 올라갔다. 실제로 보여주고 싶었다.

"저기, 저기…… 보인다."

하야시는 그렇게 말하며 망원경에서 눈을 떼고 오야마를 보았지만 바로 마스코에게 망원경을 넘겼다.

"아무 것도 안 보여요."

"숲 이쪽에 조그만 길이 보이죠? 그 밑에 움푹 들어간 곳을……."

하야시는 마스코 뒤에서 어깨 너머로 두 손을 내밀고 망원경의 각도를 조절했다.

"어머, 어머, 정말 보여요."

마스코는 숨을 죽이고 그 진풍경을 바라보았다. 말을 타고 있는 사람도 있었다. 비틀비틀 다리를 저는 사람도 있었다. 봄인데 밀짚모자나 파나마 모자를 쓴 사람도 있었다. 지나복, 군복, 조선 옷 등 가지가지였다.

"어머. 어디로 가는 거예요?"

마스코가 물었다.

"오늘 두도구에서 일만군(日滿軍) 귀순 선서식을 하고 협피구 주둔을 명령받아 간다고 합니다.”

“위험하군요. 마적처럼 쉽게 배반하는 사람들은 신용할 수 없겠네요.”

“그도 그렇지만 몰살할 수도 없는 노릇이고 가능하다면 유도해서 군에 넣어 변경 경비……라기보다는 비적 회유의 표본을 삼는 겁니다. 물론 엄중하게 감시하지요.”

“마적도 예전과 달리 모두 곤란한 모양이네요.”

“그래요. 그래서 계속해서 귀순을 신청하는 겁니다. 오지 백성은 대개 빈농뿐이라서 약탈을 할래야 할 수 없고 최근에는 일만 군의 공격이 거세졌거든요. 그러나 일단 진심으로 귀순을 하면 피복이나 식량을 나누어줍니다. 저기 말에 실은 것이 보이지요?”

“이상한 사람들이네요. 이렇게 좋은 토지를 버리고…….”

마스코는 언제까지나 바라보고 있었다.

2

고토 사장은 어젯밤 정신없이 마셔 기상이 늦어졌다. 겐지가 토산자에서 돌아와 피곤을 풀라는 뜻에서 술자리를 마련했다. 고토는 술이 취하자 바로 젊은 아가씨와 장난을 하고 어디에서 헤어지고 왔는지도 모를 정도로 만취했다. 아직 날이 밝지 않았을 때 잠깐 눈을 떴지만 물을 벌컥벌컥 마시고 다시 침대에 쓰러졌다. 악몽 속에서 그는 마려를 만났다. 그녀는 친하게 다가와 귀에 대고 속삭이는 것이었다.

“당신, 나 사랑해?”

“응.”

“많이?”

“응.”

"이번에 나한테 물어 봐. 당신을 사랑하는지……."

"날 사랑해?"

"응. 사랑해."

"얼마나?"

"이만큼!"

그 순간 그는 그녀의 뜨거운 입술을 자신의 입술에 느끼고 꿈에서 깨어났다.

"젊은 여자를 만나면 젊어져. 참 묘하지. 생기를 불러일으키기 위해서라도 많이 만나야지."

그는 그렇게 중얼거렸다. 아직 술기운이 남아있었다. 망상은 점점 더 대담해졌다.

"만주 여자들은 털 색이 다르다는데."

이색 취미가 발동했다. 그는 심각하게 그녀에게 접근할 기회와 장소를 생각했다. 만나는 곳은 어떨까? 호텔이 좋을 거라는 생각이 들었다. 그리고 봉천보다는 하얼빈이나 대련으로 그녀를 데리고 여행을 가려는 생각도 했다. 그는 힘차게 일어나 라디오 체조라도 하는 것처럼 팔을 두어 번 휘둘렀다.

"생기가 생기는 것 같군."

그는 서둘러 준비를 하고 아침도 먹는 둥 마는 둥 하고 내쉬의 쿠션에 몸을 묻었다.

"안녕, 마려 양 좀 늦었어."

사장실 문을 열고 들어가자 그녀는 위세 좋게 지나어로 말을 했다.

"안녕하세요?"

마려는 사장실로 발탁되었다. 사장은 언제나처럼 평범한 말을 몇 마디하고 몸을 젖히며 궐련을 피우면서 마려의 매력적인 옆 얼굴을 힐끗 힐끗 훔쳐보았다.

"그런데 마려 양!"

"예?"

마려는 뭔가를 쓰고 있다가 손을 멈추고 사장을 돌아보았다.

"마려 양, 대련에 가지 않겠어요? 좋은 곳이에요."

"예?"

"이번에 만몽 대박람회가 열리는데 우리 회사에서도 출품하려고 생각하고 있거든요."

"그러세요? 잘 되었군요."

"이건 아직 복안이지만 거기에 봉천관을 세우려고. 그럼 똑똑한 사무원이 필요하잖아. 박람회니까. 여사무원을 보내고 싶어. 하하하하. 자네라면 딱 좋겠는데……."

그때 노크 소리가 나고 오야마가 불쑥 들어왔다.

3

"어머, 오야마 씨."

마려는 눈빛을 반짝이며 일어났다.

"어제 돌아왔어요. 어때요? 늦어서 죄송하군요."

오야마는 사장에게 고개를 숙여 인사를 했다.

"잘 있었어요?"

"예, 안녕하셨어요?"

"예, 덕분에."

"하야시도 마려에게 안부를 전해 달래요. 하야시는 야성을 발휘하며 건강하게 잘 있어요."

"편지 잘 받았어요."

마려는 사장 쪽을 힐끗 바라보고 오야마에게 몸을 돌렸다.

"답장을 하려고 했는데 바로 돌아오신다고 하시길래……."

"그런데 마려 양. 결국 마려 양 집에는 못 들렀습니다. 죄송해요."

"아니에요."

"재미있는 이야기가 엄청 많아요. 언제 천천히 이야기나 합시다."

오야마는 사장 앞에 있는 의자에 앉으며

"그런데 마려 양 어제 사장님에게 들었는데 사장실로 승진했다고요."

사장은 갑작스러운 침입자에게 말을 잃고 안경 너머로 그 모습을 보고 있다가 생각난 듯이 테이블 서랍에서 편지를 꺼내 오야마에게 건네며 말했다.

"자네."

"예?"

"유키코가 16일 동경을 출발한다고 하네. 거기 봐. 물론 자네도 오겠지? 하하하."

"예, 알고 있습니다."

"자네들은 정말 행복해. 하하하."

오야마는 갑자기 불쾌해져서 마려를 바라보았지만 그녀는 모르는 체 서류를 보고 있었다.

그날 밤 오야마는 영빈(迎賓) 호텔로 마려를 찾아갔다. 그녀는 봉천성(奉天省) 총무과에 근무하는 친척집에 잠시 있었는데 그 사람이 길림으로 전근을 가게 되어 이쪽으로 이사를 왔다. 오야마는 계단을 올라가 왼쪽으로 꺾어져 긴 복도를 걸어갔다. 마침 그때 8호실의 문이 끽, 하고 열리며 깔끔한 지나 옷을 입은 그녀가 나왔다.

"어디 가세요?"

오야마가 말을 걸었다.

"어디 가는지 맞춰 보세요. 호호호."

그녀는 웃으며 오야마를 뚫어지게 쳐다보았다.

"나가시는데 와서 죄송하군요."

오야마는 그렇게 말했지만 바로 웃으며 물었다.

"좋은 곳?"

"아뇨, 기다리고 있었어요."

"누구를?"

"의외로 인식 부족이군요."

"예!"

오야마는 그렇게 말하며 그녀의 방으로 들어갔다. 방에는 흑자색 테이블과 의자가 놓여 있고 구석에 커다란 거울과 그 밑에 긴 의자가 있었다. 간소해 보였지만 그 배치나 분위기에서 여자의 세심함을 느낄 수 있었다. 베드룸에는 무거운 커튼이 드리워져 있었다. 오야마는 가지고 온 선물을 테이블 위에 놓고 털썩 소파에 앉으며 말했다.

"하찮은 것입니다만."

"이게 뭐예요?"

"아무 것도 아닙니다. 나중에 보세요."

그건 돌아오는 도중에 신경의 형에게 들렀을 때 짬을 내어 오리엔탈 홀의 갤러리에서 사온 서양화였다. 그녀는 재빨리 끈을 풀고 펼쳐보며 말했다.

"어머. 멋져요. 정말 마음에 들어요."

그건 젊은 백성이 마사 위에 서서 아내가 가져온 건초를 높이 쌓아 올리는 그림이었다.

4

그녀는 테이블 위에 그림을 세우고 보고 있다가 갑자기 물었다.

"오야마상. 대련은 좋은 곳이에요?"

낮에 사장이 한 말이 생각난 것이었다.

"왜?"

"아무 것도 아니에요."

"친척이라도 있어요?"

"아뇨."

"그럼 허니문이라도 가시게요? 하하하……."

"그건 그쪽이죠. 전 언제까지나 독신이에요."

"예……? 독신입니까?"

오야마는 가슴이 두근거리는 것을 느꼈지만 애써 밝게 웃으며 얼버무렸다.

"저 대련에 갈래요. 오늘 사장님이 말씀하셨거든요."

"그거 좋겠네요. 저도 같이 갈까요?"

오야마는 물론 사장의 마음이 딴 데 있다는 것을 알 리 없었다.

"정말요? 오야마 씨도 가시게요?"

"가고말고요."

"호호호. 오야마 씨야말로 허니문이군요."

"누구하고?"

유키코와 마려 사이에서 마려에게 기울고 있는 오야마는 두 가지 의미에서 깜짝 놀랐다.

"물론 유키코 씨지요."

"유키코!"

"그래요. 오야마 씨의 베터 하프……."

오야마는 가슴이 덜컹했다. 언젠가는 무대에 올리지 않으면 안 될 문제였지만 그는 지금까지 애써 꺼내지 않았던 것이다. 그는 자신의 약혼이 정략적이라는 것을 알고 있었다. 유키코는 예쁜 편도 아니고 성격도 맞지 않았다. 그런 것이 전적으로 인간을 평가하는 조건이 아니라는 것을 알면서도 그는 점점 더 유키코에게서 멀어지는 자신을 어쩔 수 없었다. 마려도 오야마의 마음을 어느 정도는 알고 있었다. 처음에는 그 말을 들었을 때는 그 이야기를 확인할 유키코가 너무나도 오야마에게 멀리 떨어져 있었다. 그리고 분명히 두 사람의 관계를 알았을 때엔 그 말을 듣는 것에 공포를 느낄 만큼 오야마와 가까워져 있었다. 그러나 오야마에게 다가갈 길은 여전히 삼각 무대였다. 그리고 지금은 세 명 모두 그 위에서 춤추지 않으면 안 되게 되었던 것이다. 그 결과 그녀는 오야마의 마음을 세심하게 읽었다. 그러나 지금 알고 있는 정도로는 만족할 수 없었다. 더 알고 싶었다. 그녀는 집요하게 오야마의 마음을 알고 싶었다. 그러나 그녀는 오야마를 억지로 자신에게 다가오게 하지는 않았다. 오야마 자신이 갈 길을 가주기를 참을성 있게 바랄 뿐이었다. 그녀 자신이 자연스럽게 오야마에게 다가갈 수 있도록 오야마도 그러기를 바랐다. 마려는 왠지 힘이 나는 것을 느꼈다. 오야마도 바로 그 마음을 읽어주었다. 두 사람 모두 언젠가는 밝혀야 할 청춘 행로의 거친 파도를 생각했다. 그러나 그것이 오히려 발랄한 청춘에 반동적인 통쾌함을 느끼게 하는 것이었다. 그들은 나란히 영화를 보러 나갔다.

“이 옷으로 괜찮을까요?”

그녀는 오야마를 위해 만주복 복장으로 갈아입고 싶었다.

“괜찮아요. 그게 좋겠어요.”

오야마는 힘차게 말했다. 일본인은 만주복을 경멸하는 버릇이 있어 오야마는 그걸 보이고 싶지 않았던 것이다.

신시가의 큰길은 역시 넓었다. 자동차와 발동기, 전기 기계류가 늘려 있는 커다란 장식창의 두꺼운 유리창에서 나오는 전광을 받으며 두 사람은 포도를 걸었다. 그때 그들 앞을 지나는 자동차 안에서 고토 사장이 그들을 바라보고 있다는 것을 두 사람은 전혀 모르고 있었다.

5

오야마는 감기에 걸려 삼사일 누워있었다. 거기에 마스코가 들어왔다.

"오빠. 고토 사장님한테서 전화 왔어."

마스코는 의미심장하게 웃었지만 오야마는 그게 불쾌했다.

"사장님한테?"

오야마는 짚이는 게 있어 카렌다를 보았지만 바로 외면하고 쌀쌀맞은 얼굴을 했다.

"유키코 씨가 오늘 여섯 시에 도착한다고 전보가 왔대."

그 때 하녀가 전보를 가지고 왔다. '오늘 6시 도착. 나오기 바람. 유키코'라고 쓰여 있었다.

"그리고 몸이 괜찮으면 회사로 오래."

"여섯 시라고 하는데 지금부터 가라고?"

오야마는 불쾌하게 말했다.

"그래도……."

"알았어."

마스코가 나가자 방은 다시 조용해졌다. 시간을 알리는 시계 소리가 크게 들려왔지만 그게 오히려 정적을 더욱 강조했다. 우울하고 공허한 몇 시간 동안 오야마는 그대로 엎드려 있었다.

"드디어 왔군!"

뭔가 자신에게 중대한 문제가 일어날 것 같은 기분이 들었다. 그는 마음이 내키지 않아 몇 번이나 몸을 뒤척거렸다. 일단 내렸던 열이 다시 오르기라도 하는지 머리가 무거웠다. 빨리 끝났으면 좋겠다고 생각했다. 그리고 하루라도 빨리 가뿐해 지고 싶었다. 그렇지 않으면 자신에게도 손해이고 마려에게도 손해이며 유키코에게도 손해라는 생각이 들었다. 그는 빨리 유키코를 만나고 싶었다. 그리고 자신의 마음을 솔직하게 털어놓는 것이 좋겠다고 생각했다. 그러나 가볍고 기가 세며 이기적인 유키코가 아무 소리하지 않고 자기 말을 들어줄 리가 없었다. 아마 뭔가 있을 것이다. 있어도 크게 있을 것이다. 유키코와 파혼을 하게 되면 아버지와 고토의 관계가 끊어질 지도 몰랐다. 아버지는 유럽 대전 후 재계를 덮친 공황에 수십만 원의 재산을 잃어버리고 고토 사장 덕분에 다시 일어난 것이다. 지금 회사에 중역이 된 것도 전부 고토 사장과 고토 사장의 형인 유키코의 아버지 덕이었다. 아버지의 명예도 사업도 모두 고토 집안 손아귀에 있었다. 그러나 마려는 어떻게 될까? 회사에서 쫓겨나는 것은 말할 것도 없고 오만한 유키코가 어떤 지독한 모욕을 줄지 모른다. 그리고 토산자의 사업도 없어지는 것이다. 출자금도 실은 오야마 아버지의 돈이 아니라 고토 사장의 호주머니에서 나온 것이다. 그 자금은 전부 오야마 부친의 손을 거쳐 히로시에게 건네졌다. 그리고 용정시의 은행에 히로시의 명의로 예금이 되어 있어 히로시가 나쁜 마음을 품으면 어떻게 할 수 없는 노릇이었다. 그는 이런저런 생각을 하다가 시계가 네 시를 울리자 벌떡 일어나 집을 나섰다.

6

오야마가 2층으로 올라가자 마침 마려가 나왔다.

"어머? 감기는 좀 어떠세요?"

그녀는 나흘이나 만나지 못한 반가움으로 얼굴을 장밋빛으로 물들였다.

"고맙습니다. 많이 좋아졌어요. 가시는 길이에요?"

"예."

그렇게 말하고 바로 말을 이었다.

"오늘밤은 안 되겠지요?"

오야마는 그녀 옆으로 가 발코니로 나갔다.

"오늘 사장님한테 혼났어요."

그녀는 오야마를 훔쳐보고 다시 눈을 깔고 뾰족한 구두 끝으로 모래를 팠다.

"뭐 때문에?"

오야마는 의외였지만 한편으로는 묻지 않아도 알 것 같았다.

"지난번 밤에 활동 사진 보러 갔잖아요. 그때 사장님이 자동차 안에서 봤대요."

오야마는 너무 불쾌했다. 자기에 대해 그가 이래라 저래라 할 이유가 없었다.

"사장님 말로는 오야마 씨는 그렇지 않은데 제 태도가 나쁘대요. 오야마 씨는 유키코라는 훌륭한 일본인, 거기다 학사 약혼자가 있다고……. 그리고 이런 저런 설교를 많이 했지만 너무 기분 나빠서 입에 올리지도 못하겠어요."

"괜찮으니까 말해 봐요."

"오야마 씨를 위해 제가 참을게요. 그러니까 묻지 말아요."

"……."

"내일 밤도 안 되겠죠? 바쁘죠?"

"아니…… 그렇지. 오늘밤 아홉 시쯤에 반드시 찾아갈 테니까 기다려요."

"죄송해요. 그럼 전 먼저 가 볼게요."

마려는 눈인사를 하고 계단을 내려갔다. 그 발소리가 아직 사라지지도 않았는데 사장이 불쑥 나타났다.

"여…… 오야마 군."

사장은 시계를 꺼내보며 "좀 이르군." 하고 말하고는 변소로 갔다. 오야마는 말없이 사장실로 들어갔다. 사장은 돌아오자 다소 교훈적인 얼굴로 말도 되지 않는 이야기를 꺼냈다. 유키코를 마중 나갈 것, 곧 결혼식을 올릴 것, 처세와 돈 버는 것, 회사 일, 국가 일……. 이런 말들을 우왕좌왕 두서없이 늘어놓았다.

"정말 머리가 나쁜 남자군."

오야마는 속으로 쓴웃음을 지었다.

"그건 그렇고 난 오늘밤 연회가 있어."

사장은 다시 조끼 호주머니에 손가락을 넣어 튀어나온 배에 걸려 있는 시계를 잡아당겼다.

"그럼 슬슬 가볼까?"

그리고 스틱을 팔에 걸자 거만한 모습과 어울리지 않게 뒤뚱뒤뚱 걸어갔다. 오야마도 뒤를 따라 자동차에 탔다. 역 앞은 벌써 사람들로 넘쳐나 복잡했다. 마부가 손잡이를 머리 위로 들어올리고 손님을 기다리고 있었다. 손님을 부르는 사람들은 출구에 웅성거리고 있었다.

그날 밤 사장은 오랜만에 조카가 와서 연회에 갈 시간을 좀 늦추었지만 친한 게이샤에게서 재촉 전화가 오자 서둘러 나가 버렸다. 봄부터 지병인 류마치스를 앓고 있던 사장의 부인도 바로 침실로 들어갔다. 오야마와 유키코 두 사람만이 남았다.

7

벌써 9시가 가까워져 있었다. 마려와 약속한 시간이었다. 그러나 유키코의 동경 이야기가 좀처럼 끝나지 않았다. 감기가 완전히 낫지 않았는지 오야마는 미열을 느꼈다.

"몸이 많이 안 좋아요?"

"아니."

오야마는 이마에 손을 얹어 보고 머리를 쓸어 내렸다.

"약을 드리는 걸 잊었네요."

그녀는 올 봄에 동경 여의전을 나온 여의였다. 그녀는 가방을 열고 종이봉투를 꺼내 안에 있는 조그만 봉지를 오야마에게 건네며 수상하다는 듯이 오야마를 뚫어지게 바라보았다.

"동경에서 준비해 왔어요."

오야마는 말없이 받아들고 중절모를 집었다. 유키코는 그 모양을 가만히 보고 있다가 물었다.

"가는 거예요?"

오야마는 두 손으로 뒷짐을 지고 가슴을 앞으로 내밀며 가고 싶기도 하고 가고 싶지 않기도 한 애매한 얼굴을 했다. 밖에 분수의 소리가 들려왔다. 잠시 침묵이 이어졌다. 오야마는 털썩 앉아 모자를 무릎 위에 올려놓았다.

"하야시 군에게 편지를 쓰지 않으면 안 되고……."

다시 조용해졌다. 시계 소리가 크게 들렸다. 오야마 자신조차 앞으로 어떻게 되는 건지 어떻게 하면 좋을지 막막했다. 마치 의식이 잠을 자는 것만 같았다. 그는 머리를 숙였다. 마려와 약속한 아홉 시가 걸렸다.

"가시게요?"

그녀는 다시 물었다. 쓸쓸함이 그 눈에 가득 찼다. 그 소리는 미묘하게 떨려 사라지지 않는 여운이 되어 귓가에 맴돌았다. 옆방에서 아홉 시를 알리는 시계 소리가 들려왔다. 오야마는 자기도 모르게 가슴이 덜컹했다.

"그럼 실례."

오야마는 일부러 졸린 눈을 했다.

"안 돼요."

그녀의 소리는 어느 틈에 교성으로 변해 있었다. 순간 흥분이 전신에 흐르고 있었다.

"피곤하실 텐데……."

"괜찮아요."

오야마는 잠시 다른 생각을 했다.

"히로시는 정말 변했군요."

"……너무 감정적이라 큰일입니다."

마려 때문에 숨을 쉴 수 없을 정도로 고통스러워하는 그였다. 그러나 지금 그것이 그녀에게 통할 리가 없었다.

"마적의 소굴인 만주에 오면 인간이 거칠어지죠."

"그게 좋은 거예요."

오야마는 입을 다물어 버렸다. 얼굴이 굳어지는 걸 애써 아무렇지 않게 꾸몄다. 여동생을 먼저 가게 하는 것이 아니었는데……. 여동생이 있으면 두 사람 같이 갈 수 있었는데. 그러나 그는 여동생을 이 집에 오래 두고 싶지 않아 유키코가 오고 삼십 분도 되지 않아 돌려보냈다. 남매가 같이 유키코를 마중 가고 유키코의 잘난 체 하는 거만함, 그것만으로도 남들을 경멸하는 분위기 속에서 여동생을 오래 두고 싶지 않았던 것이다.

"히로시는 동경에 오지 않느냐고 아버지가 말씀하셨어요. 그러니까 동경으로 가서 뭔가 하면 좋을 거예요."

그리고 그녀는 잠시 동경 이야기를 했다. 긴자도 있고 제국 극장도 있다. 아타미(熱海)에도 갈 수 있고 6대학 리그도 볼 수 있으니 동경은 좋은 곳이라는 것이다.

"히로시! 가요."

"난 만주가 좋아요."

"그럼 나도 만주에 있죠."

오야마는 반동적으로 벌떡 일어났다.

책동

1

오야마가 사장실로 들어가니 마려 혼자 있었다. 사장은 식당에 갔다고 한다.

"마침 잘 되었군. 매일 이 시간에 오면 좋겠네."

"그럼 호텔로는 찾아오시지 않는군요."

"아니. 그게 아니에요."

오야마는 그렇게 말하고,

"마려 양, 오늘밤은 대학 동창회가 있어요."

오늘밤 호텔에 갈 수 없다는 뜻이었다.

"그럼 연기?"

"미안하군요."

"내일 밤은 무슨 모임? 유키코 씨와……."

그녀는 토라진 모습을 보이며 카렌다에 눈을 주고 뭔가를 기대하는 듯이 말했다.

"내일은 일요일이군요."

"아뇨. 내일은 아무 것도 없어요."

오야마는 빠르게 말했다. 그때 문을 노크하는 소리가 들리고 누굴까 생각하고 있는 사이에 유키코가 들어왔다.

"어머? 여기 와 있었어요?"

유키코는 보란 듯이 친하게 오야마에게 어깨를 기대었다. 오야마는 아무 말 없이 카렌다를 보고 있다가 마려에게 말했다.

"아, 오늘은 토요일이군요."

그러자 타는 듯한 장밋빛이 그녀의 얼굴을 물들였다. 토요일은 언제나 오야마를 만나기로 했던 것이다. 유키코는 그걸 보고 이유도 없이 마려를 정면에서 내려다보았다.

"미안하지만 잠깐 나가 줄래요?"

그러자 마려는 대답 대신 바로 서류를 치우고 벌떡 일어나 나가 버렸다. 정면으로 우월감을 과시하는 유키코의 태도에 오야마는 불쾌함을 나타냈다. 그러나 유키코에게도 물론 이유가 있었다. 그녀는 숙부인 사장에게 오야마와 마려 사이에 대해 다 듣고 있었던 것이다. 유키코를 앞에 내세워 뒤에서 마려를 손에 넣는 어부지리를 노리려는 사장은 사실을 부풀려 마려에게 이야기했던 것이다.

"히로시, 방해해서 미안하군요."

그녀는 빙긋 웃으며 그의 옆얼굴을 쓰다듬듯이 바라보았다. 그의 꽉 다문 입, 움푹 들어간 날카로운 눈, 진한 눈썹이 그녀에게 매혹적으로 비쳤다. 오야마는 아무 말도 하지 않았다.

"히로시, 당신을 위해서예요. 저런 만주 여자와……."

경멸하는 말투였다. 그래도 오야마는 여전히 입을 다물고 있었다. 민족적 우월감으로 도전하는 유키코를 오야마는 다른 의미로 증오하며 만주인이라는 것으로 경멸을 당하지 않으면 안 되는 마려를 또 다른 의미에서 가엽게 생각했다.

"히로시, 화났어요?"

"저 사람을 불러 주시겠어요?"

"불러오죠……. 불러올 테니까 시내 구경 가요. 드라이브해서……."

바로 그때 사장이 들어와 오야마는 목례를 하고 나갔다. 유키코도 나란히 나갔다. 마려는 발코니에 있었다.

"마려 양. 미안해요. 만주 거리 구경가지 않겠어요?"

유키코가 그녀에게 부드럽게 말했다.

"고맙습니다. 두 분이 다녀오세요."

마려는 뒤도 돌아보지 않고 사장실로 걸어갔다.

2

　오야마는 동창회에서 너무 많이 마셨다. 예쁘장한 여급과 춤까지 췄지만 묘하게 우울하여 오히려 외로워졌다. 뭔가를 말하지 않고는 견딜 수 없는 기분으로 그는 사람들 눈을 피해 빠져 나왔다.

　"이런."

　그는 전신주에 부딪칠뻔 하다가 몸을 피하고는 비틀거리는 걸음걸이에 주의하면서 걸어갔다. 벌써 아홉 시가 넘어 있었다. 그러나 영춘 호텔의 커다란 현관으로 들어가 안내에게 물어보니 마려는 사장의 전화를 받고 회사에 갔다는 것이다. 이상하다고 생각했다. 보이에게 부탁해서 회사에 전화를 걸어 보았지만 아무도 나오지 않았다.

　"도대체 무슨 일이지?"

　그런 생각이 들자 점점 더 이상해졌다. 기름기가 흐르는 사장의 웃는 얼굴이 그의 뇌리를 스쳤다. 그는 가로수 밑을 터벅터벅 걸어 회사로 갔다.

　"오야마 씨, 오야마 씨 아니세요?"

　그런 소리가 들리는 듯해서 눈을 떴다. 풀이 죽은 마려가 저쪽 포도에서 이쪽으로 숨을 헐떡거리며 뛰어오고 있었다.

　"마려, 무슨 일이야?"

　"너무 무서워요."

　그녀는 살았다는 듯이 한숨을 내쉬고 한달음에 오야마의 촉각권으로 뛰어들었다.

　"무, 무슨 일이에요?"

　"오야마 씨는 어디에……? 오야마 씨 호텔로 가요."

　"마려 양."

　오야마는 그녀의 몸을 뚫어지게 훑어보며 의심스럽다는 듯이 물었다.

그 목소리는 힐문에 가까웠다.

그녀는 아무 말도 하지 않고 고개를 숙이고 있었다.

"무슨 일이야?"

"아무 일도 아니에요. 빨리 가요."

두 사람은 말없이 걷기 시작했다. 그녀는 오야마가 눈치 채지 않도록 흐트러진 머리와 옷을 바로 잡고 있었다. 오야마는 그걸 보고 있는 것이 아니었다. 그 태도에 뭔가가 있었다. 순간 그는 불순한 뭔가를 느끼며 반사적으로 그녀의 얼굴을 바라보았다.

"오야마 씨도 술을 드셨군요."

갑자기 그녀가 혼잣말처럼 그런 말을 내뱉었다.

"오야마 씨. 술 마시지 마세요."

그런 말도 했다. 오야마는 여전히 말이 없었다. 불쾌하고 불결해서 견딜 수 없었다. 그녀에게서 어떤 자존심이 사라지는 것만 같은 허망한 생각이 들었다. 호텔에 가서도 두 사람은 잠시 아무 말도 하지 않았다. 그녀는 슬픔을 느껴 울고 싶었지만 꾹 참았다. 말을 해야 할지 말아야 할지 그녀는 오늘밤 일을 어떻게 해야할지 당황스러웠다. 말을 하지 않기에는 너무 화가 나고 말을 하면 순수한 두 사람 사이에 구름을 드리우는 것이 된다. 사장과 오야마는 같은 나라 사람이고 동업자이며 뗄래야 뗄 수 없는 사이였다. 자신은 이국 사람이고 약하며 비문명국 인간이었다. 사랑을 빼고 오야마를 보면 그의 입장은 무한하게 컸다. 그래서 사랑 이외에는 아무 것도 생각하지 않기로 했다.

'아무 말도 하지 말자. 나한테 이기는 거야. 누가 뭐라고 해도 나는 순결해.'

그렇게 생각하자 아무 것도 부끄러울 것이 없었다.

"오야마 씨!"

그러나 오야마는 여전히 묵묵부답이었다.

"오야마 씨! 뭘 생각하세요?"

그때 오야마가 입에 힘을 주었다.

3

"마려!"

오야마는 무겁게 입을 열었다.

"당신만은 그러지 않을 거라고 생각했어요."

그녀는 깜짝 놀랐다.

"그러지 않을 거라뇨?"

"알고 있어요."

"그럼 아무 말도 하지 마세요. 당신을 위해서도. 그리고 가정을 위해서라도."

"나를 위해? 가정을 위해?"

닦달하듯이 말했지만 그녀는 의연한 태도였다.

"저를 위해서라고 하지만 제 태도는 벌써 알고 계셨을 겁니다. 저는 당신을 위해서라면 모든 것을 희생해도 좋다고 생각하고 있어요."

오야마의 말에 그녀는 한없는 사랑을 느끼고 눈시울이 뜨거워졌다. 결국 눈물이 손등으로 떨어졌다.

"돈을 위해, 사업을 위해 사랑하는 사람의 부정한 행위를 묵인하라는 말입니까?"

그러자 그녀는 그 말을 가로막으려는 듯이 젖은 눈을 들었지만 가슴 가득히 밀려드는 격정 때문에 아무 말도 할 수 없었다.

"사랑하니까……. 당신을 사랑하기 때문에 전 절대로 할 수 없습니다."

오야마의 가슴이 작열했다.

"오, 오야마 씨!"

그녀는 그 말 한마디뿐으로 말을 잇지 못했다. 서럽게 입술을 깨물고 고개를 숙였지만 어깨가 떨리는 것을 막을 수가 없었다. 그러나 오야마 는 그녀의 떨리는 어깨를 보자 반사적으로 분노의 감정이 폭발했다. 자 존심을 잃은 몸을 눈물로 덮으려는 교활함으로 비쳤던 것이다.

"저를 위한다면서 당신의 비행을 합리화하는 거 아닙니까?"

"아니에요. 아니에요."

"저를 위해 몸을 판다는 겁니까?"

"오야마 씨! 그게 아니에요."

그러나 오야마는 거칠게 날뛰는 자신의 마음을 막을 수가 없었다. 그 녀의 하얀 뒷목과 부드럽게 파도치는 어깨가 눈에 들어오자 증오가 갈 기갈기 찢어버리고 싶다는 잔인함으로 바뀌어 숨조차 제대로 쉴 수 없 었다.

"간부!"

"오야마 씨. 그건 오해예요. 절대 그런 일 없어요."

그녀는 말을 막으려는 듯이 몸을 일으켜 미친 듯이 외쳤다.

"거짓말. 말해 봐."

"아뇨. 거짓말이 아니에요. 그럼 다 말씀드릴게요. 말할게요."

그녀는 일순 마음이 팽팽하게 긴장하는 것을 느꼈다. 밑바닥에서 힘 이 솟아나왔다. 자신의 힘으로 자신의 몸을 지켜온 그녀였다. 어떤 경우 에도 자신을 잊은 적은 없었다. 그녀는 다시 한번 자신의 몸을 안아 일 으켰다. 이런 경우 자신을 구하는 길은 자기를 밝히는 것밖에 없다는 것 을 깨달았던 것이다. 그녀는 모든 것을 말했다. 밤 여덟 시쯤에 사장에 게 호출되었던 것, 취한 사장이 혀도 돌아가지 않는 소리로 뭔가를 중얼 거리다가 응접실로 그녀를 끌고 가 폭행을 하려고 했던 것. 그녀가 의자 로 사장의 폭행을 막고 청동제의 재떨이를 던지고 도망친 것 등을 상세 하게 말했다.

4

“그럼 왜 처음부터 말하지 않았어요?”

오야마는 아직 흥분해 있었다.

“역시 당신을 위해서요.”

그녀는 말을 계속 이었다.

“당신이나 당신 아버님과 사장과의 관계를 알고 있으니까요. 그리고 유키코 양 일도 있고…….”

“그게 어쨌다는 겁니까?”

“오야마 씨. 제 콤플렉스인지도 모르겠습니다만 이해를 해주세요.”

“그건 저를 믿지 않기 때문입니다.”

“그렇지 않아요.”

그리고 단정하게 자세를 바로 하고 자기 생각을 말했다.

“당신이나 당신 아버님과 사장 사이에는 저와 당신 사이와는 비교할 수 없는 깊은, 무조건적이거나 절대적이라고 할 수 있는 뭔가가 있는 것 같아요. 그래서 사장님 일은 아무한테도 말하고 싶지 않았어요.”

“그럼 그건 경제적인, 즉 사업관계를 말하는 겁니까?”

“아뇨.”

“그러면?”

“뭐라고 해야 할까요? 그러나 제가 일본인이고 당신이 만주인이었다면 저는 당신이 그렇게 화내기 전에 전부 말해 버렸을 거예요. 아니 제가 먼저 말을 꺼냈을 거예요.”

오야마는 갑자기 생각나는 것이 있어 얼굴색이 변했다.

“그건 당신의 콤플렉스입니다.”

오야마는 엄숙하게 그러나 위로하듯이 말했다.

“그럴지도 모르지요. 당신은 역시 제 입장이 아니니까요. 당신은 제 콤플렉스라고 하시지만 저는 저 나름대로 이유가 있어 콤플렉스라는 한 마디로 정리할 수 없어요.”

“그러나……."

오야마는 무슨 말을 하려다가 입을 다물었다. 그는 지금 이 순간만큼 일본인과 만주인을 분명하게 본 적이 없었다. 그녀의 생각을 ‘콤플렉스’ 라고 치워버렸지만 그건 짧은 생각이었다. 인간의 마음과 마음이 같이 녹아내리는 사랑의 과정에서조차도 민족이라는 관념이 강하고 심각하게 작용한다는 것을 그는 처음으로 체험했다. 그녀는 알고 있어도 오야마 에게는 알리고 싶지 않았다는 그녀의 말도 하나의 명백한 진리였다. 일 본인은 민족적 우월감 아래 당연한 인간적 사고를 쉽게 잊어버린다. 오 야마 자신도 그 중의 하나였다.

“마려. 우리들은 서로 래디컬하지 않으면 안 되겠네요. 우리들의 결합 을 사랑 이상의 것으로 만들지 않으면 안 돼요. 그 점에서 내가 마려보 다 좀 모자랐군요. 잘 알았습니다.”

그 순간 오야마는 그녀의 손을 덥석 잡고 말을 계속했다.

“마려, 제가 나빴어요.”

그리고 그는 다시 한번 그녀의 손을 꼭 쥐었다. 그 후 그녀는 회사를 그만 두려고 했지만 사장이 술이 취해서 그랬다고 엎드려 빌고, 일자리 를 버리는 것은 오히려 오야마의 짐을 무겁게 한다는 생각에 마려는 당 분간 그대로 회사에 남기로 했다.

5

오야마가 마려의 호텔에서 그녀와 이야기를 하고 있는데 저녁 무렵 보이가 와서 집에서 전화가 왔다고 급한 일이니 빨리 돌아오라고 한다

고 전했다. 자기가 마려 집에 와 있다는 것을 어떻게 알았을까 이상하게
생각하며 집에 가보니 유키코가 와 있었다. 지나 골동품 화병에 꽃이 꽂
혀 책상 위에 놓여 있었다. 유키코가 가지고 온 모양이었다.

"어머, 미안해요."

기가 센 유키코는 아무렇지도 않게 말했다. 마스코는 오빠의 얼굴을
힐끗 보고 방석을 내줄 뿐 아무 말이 없었다. 오야마는 기분이 나빠 여
동생에게 뭔가 말하려다가 그만 두었다. 유키코가 성화를 부려 전화를
걸었을 거고 오야마의 기분을 누구보다도 잘 알고 있기에 유키코와 오
야마 앞에서는 언제나 안절부절못하는 여동생에게 연민을 느꼈다.

"히로시. 이렇게 불러서 미안하지만 상담할 일이 있어서……."

유키코는 핸드백에서 편지를 하나 꺼내 오야마에게 건넸다. 동경에
있는 그녀의 부친에게서 온 편지였다.

"무슨 일인데요?"

오야마는 편지는 보지도 않고 유키코에게 물었다.

"여기가 재미없으면 동경으로 돌아오라고 하세요."

"그것도 괜찮겠네요."

"히로시도 갈래요?"

"저는 지난번에 말했듯이 여기 남겠습니다."

"그러나 아버지가 같이 오래요."

"그건 당신 아버지가 저를 백수라고 생각하기 때문이지요."

오야마는 거침없이 말했다. 유키코와 그녀 아버지의 간섭이 마음에
들지 않았다. 자기 힘으로는 아무 것도 할 수 없는 무능력자로 생각하고
있는 것만 같았다.

"그럼 어째서 만주에 남겠다는 거죠?"

"어쩔 수 없어요."

"그럼 나와 히로시는?"

유키코가 아양을 떨며 웃으며 말했다.

"아버지한테 편지를 쓸게요. 우리들은 굳은 결심으로 이 땅에서 꽃을 피워 보겠다고."

그 동안 마스코는 자기 방에 가버리고 두 사람만이 남았다.

"그리고 히로시."

유키코는 계속해서 말을 했다.

"말할 만한 것도 못 되지만 소문도 있고……."

하며 말끝을 흐렸다.

"뭡니까?"

"만주 여자 말예요. 말을 하지 않으려고 했지만 말하는 게 좋을 것 같아서요. 서로 격의 없이 지내는 것이 명랑해지는 첩경이니까요."

"마려 말입니까?"

"그래요."

"그 여자 평판이 나빠요."

"아닙니다. 그 사람은 결코 그런 사람이 아니에요. 굉장히 착실하고 총명합니다."

"너무 주관적이네요."

"아뇨. 객관적입니다."

"굉장히 편을 드는군요."

유키코는 딱딱하게 비꼬면서 말을 했다.

"그런 짱꼴라 여자에게 빠지다니 꼴불견이에요."

"유키코. 인간은 말이죠. 인간적으로 보면 나라라거나 가문은 아무 것도 아닙니다. 그게 오히려 꼴불견이죠."

오야마는 전혀 상대하지 않는 얼굴이었다..

"좋아요."

"아뇨. 당신에게 하는 말이 아닙니다. 전 바른 말은 다른 사람에게 하기 전에 먼저 제게 말하죠."

"됐어요."

"실례하겠어요."

유키코는 울 것 같은 얼굴로 일어나 말하며 나가 버렸다.

"마스코."

복도에서 유키코가 일부러 큰 소리로 부르며 말하며 돌아갔다.

"오늘 활동에는 못 가요."

6

다음 날 오전이었다. 바람 사이에 가느다란 빗줄기가 유리창에 부딪치는 소리가 들렸다. 냄새가 좋은 사장의 궐련 연기가 나선형으로 사라지고 있었다. 마려는 사장 테이블 맞은 편 의자에 말없이 앉아 있었다.

"그러니까 마려 양."

사장은 안락의자에서 상체를 일으키며 끈적거리는 말투로 계속했다.

"몇 번 말하지만 히로시와의 교제는 그만 두도록 하세요."

그러나 마려는 아직 아무 말도 하지 않았다. '예. 알았습니다'라는 소리를 듣고자 담판을 짓는 것이었지만 사장의 됨됨이를 경멸하듯이 그저 침묵을 지키고 있었다.

"아까도 말했지만 고토 집안과 오야마 집안은 뗄래야 뗄 수 없는 깊은 인연이 있어요. 그러니까 히로시 군의 일시적인 마음을 당신이 심각하게 받아들이고 기대를 하고 있다 해도 그건 실현될 수 없는 공상이라고 단언합니다. 히로시 군에게는 훌륭한 의사 아내가 있어요. 그리고 일본은 만주나 조선과는 달리 엄격한 일부일처주의니까. 하하하."

사장은 노골적으로 마려를 경멸하는 말투였다. 그러나 마려는 대답하려 하지 않았다.

"히로시 군의 일시적인 호기심은 자신을 버리는 것 뿐 아니라 당신에게도 치명적이 될 겁니다. 당신은 여자예요. 여자는 남자하고 달라요. 특히 윤리도덕을 중시하는 동양의 여자에게는 참기 어려운 고통이고 씻을 수 없는 오점이 되는 겁니다. 그러니까 지금 다 포기하는 것이 좋아요.”

사장은 궐련의 재를 털고 말했다.

“이렇게 말하면 그간의 자세한 사정을 모르는 당신에게는 이상하게 들리겠지만 유키코 없는 히로시는 생각할 수가 없어요. 유키코와 헤어지면 히로시 군의 발 밑은 다 무너질 운명입니다. 히로시 군뿐이 아니죠. 오야마 집안 전부가 그렇게 됩니다. 그러니 마려 양의 결단력이 당신을 구하고 동시에 히로시 군을 구하는 것이 됩니다. 정말이에요.”

순간 그녀는 언젠가 히로시가 한 말이 생각났다. ‘좀 더 대담해지세요.’ 지금도 오야마가 바로 옆에서 속삭이는 것만 같았다.

“사장님. 저는 오야마 씨를 위해서라면 어떤 고통도 참을 수 있어요.”

그녀는 분명하게 말했다. 오야마 씨와 같이 고통을 견디겠다는 의미였다. 그러나 그 말은 사장에게는 다른 의미로 들린 모양이었다.

“그래, 그래. 다른 사람을 위해 고통을 참는다. 히로시 군을 위해 포기한다. 또는 포기하도록 한다. 하하하. 잘 생각했어. 젊은 사람은 말귀를 잘 알아들어서 좋아.”

사장은 상체를 뒤로 젖히며 만족스럽게 담배를 피웠다. 그러다가 갑자기 생각난 듯이 오야마의 부친에게 전화를 했다. 바로 오야마 부친 겐지가 나왔다.

“여보세요? 아, 오야마 씨? 계셨군요. 호, 히로시 군도 있어요. 히로시 군도 세상을 아는 사람이니 일시적인 감정은 바로 잊을 거라고 생각합니다. 저도 마려 양과 이야기를 하고 있습니다만 역시 히로시 군과 같은 심경으로 백지로 돌린다고 합니다. 그렇습니까? 이야기가 끝나는 대로 와주세요. 마려 양도 기다리고 있습니다.”

이렇게 말하며 사장은 전화를 끊었다.

슬픈 입술

1

오야마 부자는 마주 앉은 채로 잠시 말이 끊긴 채 무거운 침묵 속에 잠겨 있었다. 아버지에게도 상당한 이유가 있었지만 아들에게도 아버지에게 동의할 수 없는 사정이 있었다. 바람이 한바탕 빗방울을 몰아왔다. 아버지가 먼저 입을 열었다.

"너, 내 입장을 잘 알고 있을 텐데."

아버지는 감정 없이 말했다. 그 얼굴에는 피곤에 지친 이지적인 그림자가 드리워져 있었다.

"히로시! 내 입장이 되어 봐."

아버지는 이렇게도 말해 보았다.

"그건 마찬가지지요. 아버지도 제 입장이 되어 보세요."

히로시도 방금 전과는 달리 차분했다.

"네 입장이 도대체 뭐냐? 한번 말해 봐."

"저는 유키코가 맘에 들지 않아요. 파혼하겠어요."

"그럼 일단 네 말을 듣기로 하자. 그럼 마려의 어디가 좋으냐?"

"그건 이야기가 달라요. 결코 마려 때문에 유키코와 파혼하려는 게 아닙니다."

"잠깐. 네 말이 점점 더 이상하잖아. 유키코와의 약혼은 너도 동의해서 이루어진 문제야. 그런데 그걸 이제 와서 파혼하겠다니? 마려와 사귀고 나서 갑자기 파혼하려는 거 아냐?"

"아닙니다. 마려가 있거나 없거나 유키코와 파혼하겠습니다."

"네 말을 못 알아듣겠다. 앞뒤가 맞지 않아. 말이 되게 설명하지 않으면 내 입장이 곤란해."

"아버지. 문제는 간단해요. 제 결혼문제는 제 문제입니다. 아무리 아버지라도 유키코가 아니면 안 된다고 할 권리는 없다고 생각합니다."

"권리가 아냐. 난 사정을 설명하고 있는 거야."

"그 사정이 뭡니까?"

"그건 너도 잘 알고 있잖아."

아버지는 노골적으로 대답하는 걸 피했다.

"이렇죠? 고토 집안과의 사업관계나 금전관계, 바꿔 말하면 아버지가 고토 집안의 힘으로 일어났기 때문이지요."

히로시는 답답해서 빨리 끝을 보고 싶었다.

"그렇지 않아. 인사 문제라는 것은 결코 물질로 연결된 것이 아냐. 그 외에 체면도 있고 의리도 있는 거야."

"그러나 절대 안 되는 문제는 빨리 결론을 내는 것이 서로 좋지 않습니까?"

"그러나! 파혼을 하면 저쪽에서 어떻게 나오든 내가 얼굴을 볼 면목이 없어. 사업이고 뭐고 전부 버리지 않으면 안 돼. 혼인관계는 아니지만 네 약혼은 우리가 말을 꺼낸 거야. 이런 경우에는 인간에게 불편하게도 양심이라는 것이 있어."

"그러나 그 두 가지가 겉과 속의 관계라고 하는 것도 좀 이상합니다만 고토 집안과 관계가 끊어진다고 해도 아무 것도 걱정할 것은 없습니다."

"그건 이상에 불과해. 실지를, 사회를 보지 않고 공중에 떠 있는 이상이야. 넌 전혀 내 입장을 생각하지 않고 있어."

"그렇지 않습니다. 그러나 이 문제만은 저한테 맡겨 달라는 겁니다."

히로시는 그렇게 말하고 벌떡 일어났다.

2

"기다려!"

아버지는 그렇게 말하고 잠시 생각에 잠겼다가 반쯤 협박하듯이 말을 했다.

"고토 씨 말로는 유키코가 오늘 아침 갑자기 동경에 가겠다고 한대. 그러면 네 사업이라는 것도 끝나. 나도 물론 회사에서 스스로 물러나지 않으면 안 돼."

"회사에서 물러난다고 해서 사업을 못한다는 법은 없잖아요."

"히로시! 넌 너 자신의 행위에 대해 책임감이 없는 인간이구나. 그 무책임이 나한테 덮친다는 것을 생각해 봐."

아버지는 다시 자제심을 잃었다.

"네 행동은 자멸을 의미하는 것밖에 되지 않아. 유키코에 대한 것도 마려에 대한 것도 전부 자멸 행위다."

"그렇지 않습니다. 이런 걸로 자멸하는 인간이라면 하루라도 빨리 자멸하는 것이 좋습니다."

"그럼 그게 정당하다는 말이냐?"

아버지는 앉은 자세를 바꾸고 입 끝을 씰룩이며 공격적인 자세를 보였다.

"아버지를 말하는 것이 아닙니다. 저도 인간입니다. 성인입니다. 제 일은 제가 헤쳐 나갈 자신이 있습니다. 제 자신을 결코 자멸에 빠트리지 않을 겁니다."

"네 행위가 오야마 집안에 일으키는 결과는 어떻게 하겠다는 거냐?"

"고토 집안이 아니면 일어설 수 없는 오야마를 만들고 싶지 않습니다."

"그게 아냐. 네가 다른 사람도 아닌 이 부모의 명령을 거역하고 하찮은 만주 여자를 데리고 온다면 유서 깊은 오야마 집안은 어떻게 된다는 거냐? 난 절대로 용서할 수 없다.”

“왜 만주 여자는 안 됩니까? 만주인이라고 해서 경멸할 이유가 어디에 있어요?”

히로시는 갑자기 가슴이 뜨거워졌다. 열심히 말을 이었다.

“마려의 경우는 유키코와 다릅니다. 단순하게 사랑이 아닙니다. 모두가 경멸하기 때문에 저는 마려 편을 들겠다는 겁니다.”

히로시는 대륙에서 일본인에게 가장 필요한 것이 바로 이런 정신이라는 생각이 들었다.

“그런 말도 되지 않는 소리는 하지 마라.”

“아뇨. 가만히 있지 않겠습니다. 아버지는 왜 금권을 휘두르는 이기적인 여자 편에 서서 죄 없는 선량한 사람을 경멸하는 겁니까? 만주 여자라고 해서 나쁠 이유가 없어요. 오히려 아버지는 누구보다도 만주 여자를 동정해야 하는 입장 아닙니까?”

히로시도 완전히 흥분했다. 세상은 왜 약한 자를 괴롭히는 걸까? 그런 생각이 들자 고집스럽게 마려를 감싸고 싶었다.

“멋대로 말하지 마. 내 입장은 한낱 여자를 동정하는 것이 아냐.”

아버지도 이성을 잃었다.

“그렇다면 유키코도 한낱 여자에 지나지 않지 않습니까? 말이 되지 않아요.”

히로시는 상대가 아버지라는 것을 잊었다. 그는 분노의 저편에 흐릿한 정의를 보고 있었던 것이다.

“넌 내가 누구라고 생각하는 거냐? 무슨 말을 해도 내가 안 된다고 하면 안 돼.”

“그럼 어쩔 수 없군요.”

히로시는 자리를 박차고 일어났다. 아버지도 바로 고토 사장을 방문하러 나갔다.

3

　오야마 겐지가 들어가자 사장은 옆의 의자를 권하며 말했다.

　"정말 수고하셨습니다."

　그리고 겐지에게 뭔가 낮게 속삭이자 겐지는 말없이 고개를 끄덕였다. 마려는 힐끗 사장의 옆 얼굴을 훔쳐보았다. 느끼하게 웃으며 만족스러운 표정으로 이야기하는 그 모습이 너무나 음모 같아 불쾌했다. 사장과 겐지의 전화 내용으로 추측컨대 히로시도 꺾인 모양이었다. 역시 일본인이었다. 이국인이었다. 나 같은 것을 언제까지나 감싸주리라는 보장은 없었다. 그런 생각이 들자 갑자기 울고 싶어졌다. 더 이상 참지 못하고 조용히 일어났다.

　"저는 실례하겠습니다."

　"아니. 잠깐 기다려."

　사장은 테이블에 손을 짚으며 말렸다.

　"말씀은 잘 알았습니다⋯⋯."

　"아니, 오야마 씨⋯⋯ 히로시 군의 아버지로부터⋯⋯."

　사장이 그렇게 말하자 겐지가 마려 쪽으로 몸을 돌리며 말했다.

　"사장님에게 대충 들었습니다만 당신은 정말 갸륵한 마음씨를 가졌더군요. 당신 생각 하나에 따라 히로시도 원래대로 돌아오리라 생각합니다."

　마려가 말을 하지 않자 사장이 말했다.

　"그 점은 마려 양이 잘 해줘서 걱정할 것 없습니다."

　사장은 멋대로 그녀의 머리 위에 백기를 흔들며 기뻐하고 있었다.

　"당분간 마려 양은 휴양을 하는 것이 좋을 것 같아요⋯⋯. 마침 대련에서 박람회가 열리고 있으니까 마려 양이 가주면 좋겠는데⋯⋯."

　겐지가 말했다. 마려는 사장의 더러운 속마음을 잘 알고 있어 상대를 하지 않았다.

"그렇습니까? 잘 되었군요. 마려 양. 사장님이 그렇게까지 생각해 주
시니 그렇게 하시지요. 이런 사건으로 미안하게 되었지만 당신도 홀가
분한 마음으로 돌아오실 겁니다."

겐지가 말했다.

"마려 양, 적지만 여비로……."

사장은 지갑에서 10원 짜리 지폐를 10장 정도 꺼내 그녀 앞에 놓았
다.

"나중에 상의 드리지요."

"그러지 말고 받아요."

"아뇨, 실례하겠습니다."

그녀는 정중하지만 손가락 하나도 대지 못하겠다는 냉정한 태도로 나
갔다. 회사도 오늘로 그만두려고 했다. 그런 결정을 하고 나니 말이라도
퍼붓고 싶었지만 히로시를 위해 참았다. 그녀는 호텔에 돌아가 울고 싶
은 마음뿐이었다. 무너진 성 속에 혼자 남겨진 것만 같았다. 그러나 자
신을 위해 마지막까지 싸워주는 인간은 역시 자기뿐이었다. 이국인이어
서, 가난해서, 히로시와 헤어져야 하는 자신이 슬펐다.

4

물론 히로시의 마음은 알고 있었다. 무슨 일이 있어도 진심으로 자기
를 멀리하는 것은 아니었다. 그러나 집안 사정과 고토 집안과 회사 관계
로 결국 자기를 꺾은 것이었다. 형세는 마려에게도 히로시에게도 불리
했다. 이를 헤치고 나가기 위해서는 지금 이상의 굳은 심지가 필요했다.
그러나 히로시는 과연 그런 생각을 하고 있을까? 결정적인 순간에 심경

의 변화를 일으키는 건 아닐까? 설사 그렇지 않다 하더라도, 열심히 감싸준다 하더라도 많은 불행이 따라다닐 것이다. 그의 아버지는 회사에서 손을 떼지 않으면 안 되고 히로시의 사업이라는 것도 끝나버릴지 몰랐다. 그리고 결국에는 오야마 집안이 몰락할지도 몰랐다. 집안 전체가 아니더라도 히로시가 궁지에 빠지리라는 것은 충분히 상상할 수 있었다. 자신은 어떤 고통도 히로시와 함께 할 자신이 있었다. 자기보다도 더 어렵고 가난한 입장에 있는 인간도 살아가며 훌륭한 일을 해 내는 것은 부정할 수 없는 사실이었다. 그러나 고난을 이긴다 하더라도 만주인을 아내로 맞은 것 때문에 그리고 가난 때문에 받지 않으면 안 될 세상의 비방과 충돌을 히로시가 어떻게 견딜 것인가? 그리고 히로시가 모든 것을 포기해도 마려 자신은 사랑하는 히로시를 위해, 자기 때문에 히로시를 그런 고통에 빠뜨리고 싶지 않았다. 나만 없어지면 히로시는 내면은 어떨지 몰라도 외면적으로는 행복하게 살 수 있을 것이다. 사랑이 인간의 전부는 아니다. 마음에도 없는 유키코와 결혼한다고 해서 히로시의 모든 행복이 사라지는 것은 아니다. 사랑보다도 세상을 살아가는데 더욱 실질적인 행복을 찾을 지도 모른다. 그러나 헤어지는 것은 너무 가슴 아팠다. 좀 더 대담해지세요. 히로시의 말이 다시 들려왔다. 그러나 그녀는 자신이 만주인이고, 자신이 만주인이기 때문에 히로시가 고통에 빠지고 조소를 받지 않으면 안 된다는 역사와 전통이 그녀의 가슴에 뿌리를 내려 어쩔 수 없는 불쌍한 '콤플렉스'가 되는 것이다.

　마려는 회사를 그만 두었다. 비가 개어 감미로운 며칠 동안 마려는 고통 속에 번민했다. 히로시는 매일처럼 찾아 왔다. 꺾인 것 같지 않았다. 아니 오히려 투지를 불태우고 있다는 것을 알 수 있었다. 그러나 그녀는 수도 없이 그를 멀리하려는 눈물겨운 시도를 했다. 그가 포기하도록 일부러 쌀쌀맞은 태도를 보이려고 했지만 히로시의 순정 앞에서는 물거품처럼 사라지는 것이었다. 그리고 밤이 깊어 혼자 있으면 어쩔 수 없는 정 때문에 울었다. 어쩔 수 없었다. 히로시를 멀리하려는 결심이

서지 않았다. 두 사람이 고난을 이겨내리라는 희망 앞에 한없는 풍파와 조소가 밀려오는 것이다. 왜 나는 만주인으로 태어났을까 라는 생각도 들었다. 히로시를 잊을 수만 있다면 하고 생각했다. 히로시의 어두운 얼굴만 봐도 그녀는 자신 때문이라고 생각했다. 내가 저 사람을 괴롭히고 있다. 불행하게 하고 있다. 나 때문에 회사에서도, 아버지에게도, 어머니에게도, 그리고 형에게도 버림받고 조롱을 당하고 돈에 궁하다고 생각했다. 히로시를 만나도, 만나지 않아도 괴로웠다. 만나지 않고는 견딜 수가 없었다. 그런 날이 며칠이나 계속되었다.

5

그 동안 회사에서는 대련에 가라고 몇 번이나 연락을 해왔다. 사람을 시켜 여비까지 보냈다. 그녀는 집어던지듯이 그 돈을 보내고 안절부절 못했다. 그러나 히로시가 오면 그런 기분을 감추고 밝은 얼굴을 보이는 것이었다.

어느 날 아침 히로시의 아버지가 왔다. 무릎을 꿇고 히로시를 잊어달라, 히로시를 포기해 달라, 잠시동안 대련이나 다른 곳으로 모습을 감춰달라고 끈질기게 말했다. 그리고 여비의 일부라고 10원 지폐 5장을 내밀었다. 그녀는 그의 무례한 행동을 반박하고 싶은 충동을 느꼈으나 지극히 담담한 얼굴로 그 앞에서는 ?알았습니다?라고 말하고 안심시켜 보냈다.

그녀는 언젠가 그 사람이 자기 앞에 눈물을 흘리며 잘못을 빌 날이 올 거라는 굳은 신념이 있었다. 그러나 히로시에게는 그의 아버지가 왔다갔다는 것을 비밀로 했다. 히로시에게 숨기지 않으면 안 될 일들이 점점 많아졌다. 유일한 동지에게도 밝힐 수 없는 사정으로 그녀는 혼자 고민했다. 히로시도 마찬가지였다. 사장과 부친 사이에서 벌어지는 문제를 그녀에게 전부 말할 수 는 없었다. 이렇게 서로의 고통이 날카로운 바늘이 되어 두 사람의 마음을 어둡게 했다.

어느 날이었다. 밤기운조차 신록을 머금고 바람 한 점 없었다. 호텔 안내대에서 호금(胡琴) 소리가 신비하게 들려왔다. 저녁 때 마신 하이볼의 술기운이 돌았다. 그녀는 만주복을 벗고 민소매의 실내복으로 갈아입고 하얀 팔을 드러낸 모습으로 거울 앞에서 루즈를 발랐다. 얼굴이 달아오르는 것을 느꼈다. 그녀는 소파에 몸을 던지고 멍하니 공상에 빠져 있었다. 그리고 히로시가 왔다. 그는 방에 들어서자마자 이상한 느낌을 받았으나 평온을 가장하고 주변을 둘러보았다.

"어디 가세요?"

그러자 그녀는 의자에 다리를 꼬며 요염하게 웃는 것이었다.

"나갈지도 몰라요."

왠지 서늘한 말투였다.

"활동?"

"그건 아니에요."

그녀는 더욱 요염한 표정을 지으며 말했다.

"어딘지 맞춰 보세요."

그러나 히로시는 아무 말 없이 그 모양을 바라보고만 있었다. 그녀의 태도가 수상했다. 그리고 그 수상함은 자신과 깊이 관련되어 있는 것 같았다.

"글쎄요. 모르겠는데요."

히로시는 일부러 심드렁하게 말했다.

"호호호…… 몰라요?"

그리고 그녀는 계속해서 말했다.

"나가면 돌아오지 않을 지도 몰라요. 호호호……."

히로시는 자기도 모르게 눈썹이 찌푸려지는 것을 참고 웃으며 담배를 꺼냈다.

"내가 불을 붙여 드리죠."

그녀는 히로시의 손에서 라이터를 빼앗아 능숙하게 담배에 불을 붙였다.

"고맙군요."

히로시는 점점 더 이상한 생각이 들었다. 한 번도 이런 적이 없었던 것이다.

"히로시."

"호……?"

히로시는 대답 대신 그녀를 가만히 바라보았다.

"갑작스럽지만 저 멀리 가요."

"멀리?"

"예. 어딘지 알겠어요? 호호호……."

그녀는 웃었다.

"모르겠는데요."

그렇게 말하며 히로시도 웃었지만 곧 바로 부자연스러운 그 웃음을 감추기라도 하듯이 심각하게 물었다.

"어디?"

"호호호……. 저도 몰라요."

"몰라?"

"……."

"본인이 모르는 경우가 어디 있어?"

"정말 몰라요."

"……."

"저 지금까지 숨기고 있었지만 이제 전부 말할게요. 히로시 괜찮겠지요?"

"무서운 말이네요. 하하."

히로시는 영문을 몰랐다.

"아뇨. 실은 아버지한테 편지가 왔어요."

"뭐라고?"

"아버지가 드디어 제 청춘을 정리할 생각인 모양이에요. 아버지 마음에 드는 곳으로. 호호호."

히로시는 그녀의 말과 부자연스러운 웃음 속에 감춰져 있는 그 무엇인가를 느끼고 가슴이 덜컹했다.

6

히로시는 계속 말이 없었다. 그러나 그녀는 떠들고 싶은 표정이었다.

"히로시. 더 이상 묻지 말아요."

달콤하게, 아니 뭔가에 억눌린 말투였다.

"갑자기 이상한 소리를 하는군요. 무슨 일입니까? 마려 양."

히로시의 진지한 목소리에 마려는 잠시 고개를 떨구었다.

"아무 일도 아니에요. 그러나 정말이니까 어쩔 수가 없네요."

고개를 들며 말을 흐렸다.

"뭐가 정말이라는 겁니까?"

그러나 마려는 그 말에는 대답하지 않고 쓸쓸하게 말했다.

"히로시. 언젠가 또 만나겠지요. 그런 생각이 들어요. 그렇죠? 히로시."

그리고 이렇게 말하는 것이었다.

"히로시. 내가 있는 곳을 알려 드릴 테니까 가끔 편지 주세요."

마려는 그렇게 자신의 말을 정말인 것처럼 보이려고 했지만 점점 더 부자연스러워질 뿐이었다. 히로시에게 자신을 포기하게 하려고 냉정하게 대하려는 것이었다. 그 간단한 일이, 한마디만 하면 될 그 말이 나오지 않았다.

"마려, 왜 갑자기 그런 뜬금 없는 소리를 하는 거죠?"

히로시가 상상조차 못했던 마려의 태도였다.

"히로시. 그래도 사실이에요."

"뭐가 사실입니까?"

"말 나 멀리 떠나요."

"멀리?"

"그래요. 히로시와 만날 수 없는 곳이에요. 아니 히로시와 만나서는 안될 곳이에요."

"거짓말이에요."

히로시는 흥분하여 심각하게 외쳤다.

"아뇨. 정말이에요. ……히로시, 저 고백할게요. 더 이상 당신을……."

그녀가 거기까지 말하자 눈에 반짝이는 것이 보였다. 머리가 어지러웠지만 해치워 버리겠다는 듯이 굳은 표정을 짓고 이어 말했다.

"히로시. 저를 영원히 잊어 주세요."

"바, 바보 같이. 무슨 소리를 하는 거요?"

마려는 고개를 숙인 채 아무 말도 하지 않았다.

"마려. 정말 왜 그래요? 미쳤어요?"

"아뇨. 전 진심이에요."

"마려. 그런 소리 하지 말고 정직하게 말해 주세요."

"당신을……. 아뇨. 저를 위해서예요. 제발 부탁이니 저를 잊어 주세요."

"무슨 말을 해도 괜찮아요. 그러나 저는 그렇게 말하는 당신의 진정을 알고 싶어요. 마려. 그 저의를 말해 주세요."

"할 말 없어요. 이제 가세요!"

그리고 그녀는 입을 다물어 버렸다. 히로시가 밤늦게까지 진정을 다해 이야기를 했지만 아무런 반응도 없었다. 그러나 히로시는 오늘밤 그녀의 모든 말들이 진심에서 우러나온 소리가 아니라는 것을 믿어 의심치 않았다. 그녀는 지쳐있었다. 히로시는 더 말하고 싶었지만 다음 날 아침 만나기로 하고 나왔다. 히로시의 슬리퍼 소리가 복도에서 사라지기도 전에 마려는 그 자리에 쓰러져 흐느꼈다.

실종

1

편지를 아무리 읽어보아도 히로시는 믿을 수가 없었다. 그는 다시 한번 편지를 읽어보았다.

"히로시. 용서해 주세요. 저는 오늘 봉천을 떠납니다. 당신을 위해서입니다. 당신을 사랑하기 때문입니다. 그러나 뭘 위해 어디로 가야 할지 저 자신도 자신이 없습니다. 더 지독한 세파에 흔들리고 싶은 건지도 모르겠군요. 저를 질책하고 싶은 건지도 모르겠습니다. 그리고 그 속에서 다시 한번 제 발로 설 수 있다면 좋겠습니다. 히로시. 건강하세요. 당신이 제게 보여준 마음속에서 저는 사랑만 보았을까요? 저는 대륙의 아들다운 더 큰마음을 볼 수 있었답니다. 당신의 그 기개가 대륙의 운명을 시사하는 영광이 될 것을 평생 잊지 않을 겁니다. 이것으로 된 겁니다. 저희들의 사랑은 완성된 거나 마찬가지입니다. 우리 사랑의 미완성은 더 큰 뭔가에 의해 완성될 날이 있으리라 믿습니다. 저는 어떤 경우에도 대륙의 운명을 지켜보고 있을 겁니다. 그리고 거기에서 히로시를 볼 겁니다. 그러니 히로시. 저는 히로시와 헤어진 것이 아닙니다. 히로시. 건투를 빕니다. 안녕."

히로시는 묘하게 가슴이 찢어질 것 같았다. 울고 싶은 기분이었다. 그는 보이에게 부탁하여 그녀의 방을 다시 한번 살펴보았지만 그 방에는 아무 것도 없었다. 그러나 눈에 보이지 않는 그녀의 잔상이 방 여기저기에 그대로 남아 속삭이는 것만 같아 문득 눈시울이 뜨거워졌다. 마음에 조금이라도 여유가 있다면 이대로 저 테이블에 엎드려 홀가분하게 이 방을 나가고 싶었다. 그러나 그럴 수가 없었다.

마려는 도대체 어디로 간 걸까? 앞으로 어떻게 되는 걸까??

그는 두 사람의 고독을 느꼈다. 그는 그 방을 나오면서 다시 한번 그녀의 출발시간과 행선지를 물어보았다. 그러나 호텔 보이는 역시 아침 여덟 시 삼십 분에 자동차로 나간 것 외에는 아무 것도 알지 못했다. 벌써 열 시가 넘어 있어 아직 역에 있을 리가 없었다. 그리고 여덟 시와 열한 시 사이에는 신경, 대련, 산해관 방면의 열차가 많아 행선지를 찾는 것도 어려웠다.

"어디 택시던가?"

그는 갑자기 생각이 나서 보이에게 물었다.

"예. 이에라이(悅來) 택시였습니다."

"이에라이 택시……."

그는 그렇게 중얼거리며 바로 나와 택시를 잡았다. 이에라이 택시는 운전사도 많고 많은 손님을 태우니 전부 기억을 할 리도 없고 특정 행선지를 알 리 만무했다. 물어봐도 소용이 없다는 것을 알면서도 시간이 남아 노닥거리고 있는 운전사에게 물어보았다.

"만주복 입은 젊은 아가씨지요?"

그 중의 하나가 수상하다는 듯이 물었다.

"그래요."

아까 호텔 보이에게 복장에 대해 묻는 것을 깜빡 했지만 아마 그럴 거라고 생각했다.

"아마 신경이라고 생각합니다만."

“신경?”

“확실하지는 않습니다만 신경행 열차 시간이었거든요.”

역시 확실하지 않은 대답이었지만 오야마는 그럴 거라고 생각했다. 봉천성 총무과에 근무하던 그녀의 친척이 현재 신경으로 전근을 가 있었다. 아마 그 집에 있지 않더라도 거기에 가면 그녀의 소재를 알 수 있을 것이다. 그는 초조했다. 신경과 봉천이 방 하나로 축소되었으면 하는 터무니없는 생각을 했다. 그는 아무에게도 알리지 않고 그날 밤 신경행 열차를 탔다.

2

마려와 히로시가 동시에 없어지자 고토 가(家)도 오야마 가(家)도 둘이 같이 도망간 걸로 생각했다.

“이거 큰일났군.”

고토 사장은 불쾌한 얼굴을 했다. 히로시와 마려가 고토 가의 위신을 짓밟고 손에 손을 잡고 행방을 감추어 버린 것이다. 사장은 그렇게 생각했다.

겐지는 무거운 책임을 느끼고 아무 말도 하지 않고 콧수염을 비틀고 있었다. 히로시에게 경고를 하면서 잘못되면 하야시와의 사업도 그만둬야 한다고 그렇게 말했건만, 히로시는 아버지의 명을 따르려는 성의를 전혀 보이지 않았다. 그리고 가정도 사업도 유키코도 모든 것을 버리고 만주 여자와 어디론가 가버린 것이다.

정말 복잡했다. 그렇다고 이 문제를 몰라라 할 처지가 아니었다. 아니 문제 수습의 제일 큰 책임자였다.

“저한테 맡겨 주세요.”

겐지는 우선 그렇게 말할 수밖에 없었지만 잘 될 거라는 생각이 들었다.

"아니, 그건 제2의 문제입니다만 지금 와서 생각하니 좀 경솔했던 것 같군요. 요즘 같은 불경기가 아니더라도 큰돈이거든요. 하야시인지 뭔지 어디서 굴러먹은 말 뼈다귀 같은 인간에게 사업을 맡겨서는……."

사장은 그렇게 말하다가 갑자기 안색이 변했다.

"그러나 오야마 군이 실지 조사까지 했으니 걱정은 없겠지만."

책임 소재를 분명히 하려는 말투였다.

"하야시라는 남자는 제가 보증합니다. 절대 틀림없어요. 히로시가 걱정입니다. 자금은 전부 그의 이름으로 용정 은행에 있으니까요. 혹시 모르니까 비행기로 용정에 다녀와야겠어요."

겐지가 그렇게 말하고 항공회사에 전화를 해 예약을 하고 있는데 유키코가 들어왔다. 그녀는 병으로 많이 야위었지만 그게 오히려 얼굴을 부드럽게 했다. 아무 고생도 모르고 귀하게만 큰 그녀가 이번 사건으로 마음속에 상당히 깊은 그늘을 지니게 되었다는 것을 겐지도 짐작할 수 있었다.

"히로시에게서는 아무 연락이 없나요?"

유키코는 겐지에게 물었다. 그러자 겐지가 입을 열기도 전에 사장이 옆에서 크게 웃으며 말했다.

"바로 돌아올 거야. 하하하."

"숙부 말은 믿을 수가 없어요. 언제나 속이기만 하고……."

"유키코. 히로시는 토산자에 갔어요. 걱정할 거 없습니다. 오늘 비행기로 제가 현지에 가면 바로 돌아올 겁니다."

겐지가 진지한 얼굴로 말했다. 유키코는 손으로 가슴을 누르며 가볍게 기침을 했다. 사장도 위로하듯이 말했다.

"실은 만주 여자의 정체가 드러나 히로시 군은 나에게, 아니 너에게 면목이 없어 아무에게도 말하지 않고 현장으로 간 거야. 원래 다른 사람에게 사과하는 걸 싫어하는 성격이라서 말이지. 그러나 부친이 시찰 겸 해서 현장에 가면 바로 올 거다."

"정말 가실 거예요? 저도 가고 싶어요."

"너는 우선 몸이 나아야지. 다음에 내가 데리고 갈게. 그 때는 너도 히로시군과 같이 갈 거야. 유키코 그러자."

사장은 위로하듯이 부드럽게 말했다.

3

그리고 나서 일주일 후였다. 고토 사장이 신문을 읽고 있는데 오랫동안 모습을 보이지 않던 히로시가 불쑥 나타났다. 그는 신경에 가서 마려의 친척과 그 밖에 짐작되는 곳을 찾아보았지만 결국 마려를 찾지 못하고 어제 밤 허탈하게 돌아온 것이다.

"아니 히로시 군, 어쩐 일인가?"

사장은 위엄을 가지고 말했다.

히로시는 초췌하게 마르고 힘이 없었다.

"어디에 갔다 온 건가?"

사장은 히로시와 반대로 득의양양하게 힐문했다. 그러나 히로시는 그 말에는 대답하지 않았다.

"큰일났어요. 아버지가 마적에게 납치되었어요."

"뭐? 마적에게?"

사장은 겁에 질려 소리를 질렀다.

"방금 영사관에서 전화가 와 다녀왔습니다. 오늘 아침 용정 경찰로부터 그런 보고를 받았다고 합니다."

"언제? 며칠에?"

“어젯밤이라고 하니까 여기를 떠난 지 3일 후입니다.”

“음, 그래서…….”

“숙소의 만주인 정원사도 모습을 감추었대요. 아마 마적 일당일 거라고 합니다. 그 만주인이 두도구의 시골 출신이니 아마 그쪽 마적일 거라고……. 그 외에는 아무 것도 알 수가 없다고 합니다.”

“어쨌든 빨리 가 봐.”

“예. 그런데 아까 전화를 해서 물어보았습니다만 오후 2시 비행기는 만원이라고 하니까 오늘 밤 급행으로 출발할까 합니다.”

그리고 잠시 인질의 몸값을 상담하고 있는데 유키코가 들어왔다.

“큰 문제는 없을 겁니다. 결국 돈 문제이니까요.”

“그러나 히로시. 그런 소리하지 말고 경찰과 군대에도…….”

유키코의 생각도 어머니나 여동생과 같았다. 여자들은 눈앞에 일이 닥치면 생각하는 대신에 먼저 의지할 곳을 찾는 모양이었다. 히로시는 그런 생각을 했다.

“그러나 잘못하면 큰 일 나요. 마적이라는 것이 그렇게 단순하지가 않거든요.”

“그럼 어떻게 해요?”

“현장의 하야시 군이 이런 일을 잘 알고 있으니까 상담을 해서 가장 안전한 방법을 찾지 않으면 안 되겠지요. 반감을 사면 큰 일 나니까요.”

“그럼 히로시도 오늘밤 출발해요?”

유키코가 다시 물었다.

“예, 갑니다.”

“내일 아침 항공편으로 가는 건 어때요? 그게 더 빠르지 않아요?”

“아뇨, 신경에 들러 형을 만나야 해요.”

그는 내일 아침 역에서 형을 만나고 여객기로 용정으로 직행할 예정이었다.

“히로시, 저도 같이 가요.”

"당신은 갈 수 없는 곳입니다."

"아뇨, 저도 배웅하러 신경까지 따라 갈게요. 괜찮죠?"

유키코는 고개를 갸웃하며 동의를 구하고 있었다.

"당신은 몸이 아프잖아요."

"괜찮아요. 데려가 주세요."

유키코는 이번 일을 계기로 두 사람 관계에 전기를 만들려고 필사적이었다. 신경까지 꼭 동행하고 싶었다. 사장도 물론 그러기를 권했다. 히로시의 지치고 피곤해 무표정에 가까운 얼굴에 당황한 빛이 스쳤다. 유키코는 히로시의 무언이 동의라고 생각했다.

4

다음날 아침 신경역으로 동생을 마중 나온 형 요시오는 히로시의 말을 듣고 무척 당황했다. 그도 달리 방법이 없었다. 인질을 잡고 있는 이상 돈을 뿌려 구출하는 것 외에 길이 없었던 것이다. 그러나 돈을 얼마나 구해야 하는가가 문제였다. 형도 동생도 잠시 납처럼 무거운 침묵에 갇혀 있었다. 사람이 많이 드나드는 대합실은 하얼빈행의 발차 시간이 되어 손님을 토해내 버리자 비교적 조용해졌다. 요시오는 무슨 말을 하려다가 유키코에게 신경을 쓰고 일어났다.

"히로시."

"응?"

히로시도 일어났다. 유키코도 뾰족한 구두를 또각거리며 따라갔지만 요시오가 목소리를 낮추고 뭔가 속삭이는 것 같아 신문판에서 신경일보를 가지고 와 테이블에 펼쳤다. 요시오는 고개를 숙이고 있는 유키코의 뒷모습을 힐끗 바라보고 개찰구로 나가는 도어 앞에 섰다.

"돈에 대해 고토 씨에게 물어봤나?"

"응. 말했어. 고토 씨도 굉장히 걱정을 하고 있어."

히로시는 그렇게 말하고 잠시 후에 뒤를 돌아보며 말했다.

"천이나 이천 정도의 돈은 어떻게 할 수 있을 거야."

"지금은 그 사람말고는 도와줄 사람이 없으니 내가 다시 한번 부탁해볼게."

"그러나 그 사람도 불경기, 비상시라고 말하며 큰돈에 대해서는 말을 꺼내지 않아."

"그래도 다른 방법이 없잖아."

그렇게 말하고 요시오는 입을 다물었다. 돈과 아버지 문제로 머리가 깨질 것만 같았다. 히로시가 하야시와 마려 아버지의 중개로 유력한 마적 브로커라는 사람을 만나 이야기하는 것이 지금으로서는 가장 유력한 방법이었지만 요시오는 그것만을 믿고 가만히 있을 수만은 없었다.

"그럼 내가 소개장을 써줄게. 영사관과 군에 아는 사람이 있으니까……."

요시오는 그렇게 말하며 명함을 꺼내며 말했다.

"너 편지지 가지고 있지?"

히로시가 가방에서 편지지와 봉투를 꺼내주자 요시오는 만년필로 군인다운 굵은 필체로 편지를 쓰기 시작했다. 유키코는 고개를 숙이고 신문의 소설인지 뭔지를 열심히 읽고 있었다. 히로시는 우르르 하는 발소리에 고개를 들었다. 배웅을 나온 사람들이 흩어지고 있었다.

"앗!"

그는 순간 깜짝 놀랐다. 그 군중 속에 마려하고 꼭 닮은 뒷모습을 보았기 때문이었다. 그는 정신없이 출구 쪽으로 달려갔다. 베레모에 날씬한 원피스를 입은 젊은 여자가 기다리고 있던 자동차에 타려고 하반신에 부드러운 파도를 만들며 한 쪽 발을 올려놓고 있었다.

"마려, 마려 양이죠?"

히로시의 소리에 그녀는 고개를 돌리고 낯빛이 변하며 놀란 듯이 말했다.

"어머?"

역시 마려였다.

"마려 양. 어떻게 된 거예요? 신경에 있었어요?"

히로시는 날아가지 못하도록 그녀 앞에 버티고 섰다. 운전사가 이상하다는 듯이 이쪽을 바라보고 있다가 고개를 돌렸다.

5

"히로시, 어쩐 일이세요?"

그녀는 허를 찔려 정신을 차릴 여유가 없었다. 그저 망연히 히로시를 바라보았다.

"당신 역시 신경에 있었군요."

"아뇨."

그는 매혹적인 추억을 떠올렸다.

"당신 뒤를 쫓아 여기저기 알아보아도 찾을 수가 없었어요."

"저는 하얼빈에 있었어요."

그렇게 말하며 그녀는 쌀쌀맞은 태도로 말했다.

"일이 있어 친구하고 같이 왔는데 그 친구는 방금 기차로 돌아가고 저는 길림에 가려고요."

"길림? 나도 지금 용정에 가는데 길림까지 같이 가지요."

히로시는 자기도 모르게 아버지 일을 꺼낼 뻔했지만 생각을 고쳐먹고 말을 하지 않았다. 마려에게는 달가운 아버지가 아니었다.

"저는 언제 갈지 몰라요."

그렇게 말하며 자동차에 타려는 그녀를 가로막으려는 듯이 히로시가 다급하게 물었다.

"그럼 주소라도……."

유키코가 어느 틈에 두 사람 있는 곳에 와 있었다.

"히로시. 뭐해요? 마려 양, 오랜만이군요. 신경에 계세요?"

유키코는 그렇게 말하며 두 사람 사이로 끼어들었다.

"아뇨."

자동차는 경쾌한 소리를 내며 미끄러져 갔다. 그런 걸 뭐 하러 보나는 듯이 유키코는 몸을 돌려 말했다.

"다시 사이가 좋아졌군요."

그러나 히로시는 가슴이 떨려 아무 말도 하지 못했다. 담배에 불을 붙이고 갑자기 걷기 시작했다. 마려의 태도가 이상했다. 어쩌면 정말일지도 모른다는 생각이 들었다. 그녀는 마음도 몸도 거칠게 변해 있었다. 스스로 변하려고 노력하고 있었던 것이다. 그리고 그녀의 편지에도 쓰여 있던 것처럼 다른 사람이 되어 가고 있었던 것이다. 아니 오히려 지난 과거에도 그녀는 과연 얼마만큼 자신의 것이었을까? 자신은 얼마만큼 마려의 것이었을까? 그녀는 지금도 헤어져 웃을 수 있는 날을 향해 나아가고 있었다. 새로운 인생을 찾은 것이다. 그녀는 이미 내가 아닌, 새롭게 열중할 수 있는 무언가를 찾아, 자신에게 필요한 것을 버린 것이다. 그리고 그녀는 날마다 다른 인간이 될 것이다. 나와 함께 했던 날이 너무도 패기가 없는 창백한 날이었기 때문에 그 반동으로 대담하고 진지하게 내가 모르는 어떤 높은 차원을 향해 나아가는 것일 것이다. 그런 생각이 들자 그의 마음은 지하도를 걷는 것처럼 어두워졌다. 그 때 갑자기 그녀의 편지가 생각났다.

'우리들 사랑의 미완성은 커다란 뭔가에 의해 완성될 날이 있으리라 굳게 믿습니다.'

그는 애써 자신을 채찍질했다. 지금 자신에게 주어진 길을 착실하게 걸어가는 것 이외에 자신이 할 수 있는 일은 없는 것만 같았다. 그는 언젠가 다시 그녀를 만날 수 있으리라는 생각이 들었다.

"히로시, 방해해서 죄송하군요."

유키코가 말했다. 그러나 그런 건 아무래도 좋았다. 히로시는 형에게 소개장을 받아들자 유키코와 나란히 찰캉거리는 군도의 뒤를 따라 비행장으로 가는 자동차를 탔다.

6

오야마는 비행기를 타고 용정에서 내려 점심도 먹지 않고 전세 자동차로 그날 오후 토산자에 도착했다. 토산자에서는 들판과 사금장을 빼고는 모두 최근 용정 영사관으로부터 받은 총기를 가지고 보위단 훈련을 하느라고 바빴다. 그 사이 비가 계속 내려 사금장의 배수로 공사를 해야 했다.

오야마가 도착했을 때에는 모두 현장에 나가 있었다. 오야마가 하야시에게 사람을 보내고 담배를 피우고 있자 햇볕에 검게 탄 하야시가 전보다 훨씬 건강한 모습으로 달려왔다. 하야시는 오야마의 손을 아플 정도로 잡았다. 오야마가 아버지 일을 이야기하자 그는 펄쩍 뛰며 놀랐다. 그의 생각으로는 두도구 방면 지역에 있는 마적 왕쾌퇴의 소행이 분명하다는 것이다.

왕은 이 근방에서는 상당히 유명한 마적 두목이었다. 젊었을 때 개를 쫓기도 하고 생포하기도 하고 이 산에서 저 산으로 뛰어다닐 만큼 달리기를 잘해 쾌퇴(快腿:발이 빠르다는 뜻)라는 별명으로 통한다. 그리고 함부로 민간을 약탈하지 않는 대신에 주로 부자를 인질로 삼는다는 것이었다. 소문으로는 왕은 성격이 호랑이처럼 강직했지만 산사람다운 우둔함이 있어 쉽게 꺾인다고 했다. 상담 결과 강력하게 항의하면 오히려 위험하니 당분간 오야마 형의 소개장은 쓰지 않고 마적을 잘 아는 사람의 중개로 몸값을 조정하기로 했다. 그렇게 손을 쓴 다음 조정액의 일 할이나 이 할을 건넨 후, 나중에 전액 지불하고 바로 사람을 돌려받기로 했다. 그러나 경우에 따라서는 타협이 성립되어도 도로아미타불이 되는 경우가 있고 다시 몸값을 지불하지 않으면 안 될 때도 있으니 계산이 용이하지 않았다. 즉 빨리 교섭 적재를 얻는 것이라고 했다. 하야시의 의견은 오 영장에게 부탁하여 얼마 전에 귀순한 마적 두사해(頭四海)에게 이일을 맡기자는 것이었다. 확실한 건 모르지만 소문으로는 쾌퇴도 사해도 전에 상당히 유명한 토호로 돈도 있고 명예도 있어 젊었을 때는 같이 위관을 지낸 적도 있는 정통 마적이라는 것이었다. 그러니 오 영장과는 면식이 있을 수도 있고 설사 면식이 없더라도 이 일을 위한 사람을 알고 있을지 모르니 가장 좋을 거라는 것이었다.

다음날 하야시와 오야마는 같이 두도구 영부로 오 영장을 찾아갔다. 그 결과 오 영장은 그들의 부탁을 거절하지는 않았지만 사해보다는 마려의 아버지 조 노인이 좋을 거라고 추천했다. 조와 왕의 두 집은 선대로부터 같은 토호로 선친끼리 아주 절친한 사이였다. 나중에 조는 청운의 꿈을 품고 정계에 진출하여 중앙에 나가고 왕은 위관이 되어 녹림에 묻혔다. 그러나 오야마는 조 노인을 볼 면목이 없었다. 마려를 봉천에서 쫓아내고 자신으로부터 떼어놓으려 한 자기 아버지를 구하겠다고 조 노인에게 애원하는 것은 양심이 허락하지 않았다. 그뿐 아니라 조 노인이 그 동안의 사정을 자세히 알고 있어 아버지에게 악감정을 품고 있다면 고의로 사태를 악화시키지야 않겠지만 움직이지 않을지도 몰랐다. 그래서 예정대로 사해를 이용하기로 하고 몸값을 오야마가 지참하기로 했다.

"마적 견학을 하고 오는 거야. 자네는 뒷일도 있고 하니까 여기 남아 있게."

오야마는 하야시에게 나중 일을 부탁하고 혼자 갈 결심을 했다.

인질

1

오 영장이 스파이를 부르고 그 스파이가 왕쾌퇴를 만나 타협을 거듭하는데 열흘이나 걸렸다.

드디어 이천 엔으로 쌍방의 의견이 합의되었기 때문에 히로시는 용정의 조선은행 지점에 가서 예금을 찾아 왔다. 그리고 돌아오는 대로 바로 출발준비를 했다. 스파이의 의견에 따라 왕에게 줄 선물로 중절모자나 양말 그리고 버선 등을 샀다. 그리고 히로시는 만주복을 새로 맞추어 입었다. 일행은 스파이와 그 당번병 다섯 명 그리고 히로시까지 총 일곱 명이었다. 그들은 그날 중으로 돌아오기 위해 새벽에 두도구를 떠났는데 밤이 되어도 돌아오지 않았다. 상대가 상대였기 때문에 다음날부터 오 영장과 하야시는 몹시 걱정을 했다. 계약 성립 축하 파티가 길어지고 있는 게 아닐까 생각했다. 늦어도 이틀째인 내일까지는 틀림없이 돌아올 거라고 했는데 말과는 달리 불길한 예감이 들기 시작했다. 그리고 그 불길한 마음은 점점 더 커져 갔다. 걱정이 되어 마음 편히 잘 수가 없었다. 하룻밤이 지나도 일행은 돌아오지 않았다. 이제 더 이상 의심할 여지가 없었다. 흔히 있는 일이었다. 결박당한 포승줄을 이로 끊고 도망쳤다느니 야밤에 도적의 말을 타고 도망쳤다느니 도적들이 이동할 때 깊은 숲 속에 숨어서 목숨을 건졌다느니 하는 소설 같은 이야기는 흔히 있는 일이었다. 그러나 이제는 그런 기적을 기다리고 있을 때가 아니었다.

그날 오후 하야시는 또 오 영장을 방문했다.

"이제 틀린 것 같습니다. 돈을 요구하는 대로 갖다주었는데도 불구하고 감금하는 것을 보면 도적의 목적은 돈에 있는 것 같지 않습니다."

하야시는 무언가 결의의 뜻을 비추며 단호히 말했다.

"그것도 물론 하나의 견해로 생각할 수 있겠습니다만 대금 이천 엔을 쥐고 나니 더 큰 돈이 가지고 싶어졌는지도 모르겠습니다."

오도 책임을 느끼며 곤란한 표정을 지었다.

"이렇게 된 이상 지금까지 해온 방식대로 밀고 나가면 이쪽이 불리합니다. 적극적으로 그들을 협박하지 않으면 안 됩니다."

"대단한 기세로 공격하지 않으면 안 됩니다만 그렇게 되면 오히려 사태가 악화되지 않는다고 단정지을 수도 없지요."

"그렇지만 너무나도 소극적으로 나왔기 때문에 그 녀석들 대단히 우쭐해져 있습니다. 배후의 힘을 보여 주어서 아무쪼록 억압하는 형세를 취하지 않으면 안될 것 같습니다. 만일 생명에 해를 끼칠 것 같은 일이 조금이라도 있으면 도적은 물론 적지의 초목 한 그루라도 남기지 않을 기세로 위협해야 합니다. 그들은 돈이 필요하고 게다가 궁지에 몰린 쥐처럼 항상 공포를 느끼고 있기 때문에 그렇게 한꺼번에 과감한 일은 못해요."

햇빛에 그을린 하야시의 검은 얼굴에서는 눈이 반짝반짝 빛을 발하고 있었다.

"그래도……."

라고 말하며 오는 그런 일에 관해서 종종 듣고 있는 만큼 가능한 한 원만하게 두 사람을 구해낼 교묘한 방법을 생각하고 있었다.

"그렇군요, 다시 한번 조집오 씨에게 부탁해 보지 않겠습니까?"

"그것도 물론 좋겠지만 어쨌든 먼저 배수진을 쳐 두고 그리고 나서 유력한 인물을 보내기로 합시다. 그렇지 않으면 그들이 의기양양해져서 또 어떤 일을 저지를지 모릅니다. 거듭 미안합니다만 이번에는 특별히 힘이 되어 주시기를 부탁드립니다."

누가 뭐라 해도 역시 군대의 힘이 필요하다고 하야시는 생각했다.

"그것은 저의 책무이기 때문에 말할 필요도 없습니다."

"고맙습니다."

그렇게 말하고 하야시가 일어나려고 하자 오가 가볍게 제지하듯이 말했다.

"저, 그 전에 먼저 적의 정세를 잘 살펴보는 게 어떻겠습니까?"

"아, 스파이는 전부터 보내놓았습니다만 조금 더 보내도록 합시다. 어쨌든 그 건에 대해서는 또 이야기하도록 합시다. 이제부터 다카하시 서장을 만나보고 오겠습니다."

하야시는 시계를 보고 허둥지둥 나갔다

2

오야마 부자 인질 사건은 간도파견군이나 각 영사관 경찰에 통보되어 만주의 전 신문에서 떠들썩하게 다루고 있었다. 만주와 일본 군함이 그 토벌에 출동할 거라는 것도 공공연히 알려졌다. 그 동안 하야시의 활동은 거의 불면불휴라고 해도 될 정도였다.

그는 오나 다카하시 서장과 협의한 다음 먼저 도적의 활동이나 오야마 부자의 안부 게다가 이 사건에 관한 만주 인민들 사이의 세평등을 탐지하고자 도적의 근거지를 중심으로 방사선 모양의 스파이망을 쳤다. 그리고 그 중에서 가장 실력이 뛰어나고 원래 마적이었던 몇 명에게 근거지를 좁혀 내부 사정을 자세하게 조사하도록 시켰다. 하야시 자신도 가끔씩 직접 스파이망에 참가했다. 그리고 시시각각 들어오는 보고를 자세하게 듣고 있었다. 그 보고에 의하면 오야마 부자는 아직 살아 있다는 것은 틀림없었으나 하루에 한 끼로 근근이 명을 잇고 있다는 것이었다. 도적의 목적은 역시 돈으로 이번 달 이십 일까지 일금 이만 원을 가지고 오면 석방시켜 줄 거라는 것이었다. 그러나 이십 일이라면 앞으로 열흘밖에 안 남았다.

히로시의 여동생 마스코한테서도 그런 내용의 편지가 왔다. 오야마 부자가 도적에게 채찍질을 당하면서 쓴 편지가 그 집에 보내진 것이었다. 하야시는 재빨리 마스코에게 답장을 썼다. 그가 마스코 앞으로 편지를 보낸 것은 이번이 처음이었으나 아부나 꾸밈이 없는 그의 문면에는 전체적으로 안심을 주는 언어 이외에 아무런 여운도 없었다. 배수진을 치고 최소한도의 몸값으로 구할 계획을 세워놓고 있었다. 히로시가 다행히 그에게 맡겨 둔 도장이 있었기 때문에 그 금액은 준비해 놓았다. 사장에게도 일단 그 취지를 이해해 달라는 내용을 간결하게 단문식으로 적었다. 편지를 써서 반복해서 읽어보거나 퇴고하는 것을 몹시 싫어하는 그였으나 오늘은 이상하게도 마음이 끌려 다시 읽어보았다. 그다지 좋은 문장은 아니었으나 그대로 우체통에 넣어버렸다. 하야시는 그날 중으로 조 노인의 문을 두드렸다.

조집오는 이전과 별로 다른 낌새를 보이지는 않았으나 완곡하게 그의 이야기를 거절했다. 오 영장으로부터도 그런 이야기는 들었으나 자기로서는 조금도 승산이 없었다. 벌써 왕과 헤어져 각자의 길을 걸어온 지 20년. 이제 완전히 남남간이다. 그렇지만 역시 마려의 일에 대해서는 아무 말도 하지 않았다. 그가 마려로부터 무슨 말을 들었는지 또 그것에 대해 어떻게 생각하고 있는지 전혀 몰랐기 때문에 하야시는 마음에 걸려 무리하게 말하지 않았다. 그렇지만 조집오가 아무리 감정을 없앤 듯한 표정으로 시치미를 떼도 하야시의 눈에는 그렇게 보이지 않았다. 역시 무언가 마음속으로 깊게 생각하고 있는 듯이 보였다.

"역시 일본 군대의 힘을 빌리는 것이 가장 빠르겠죠."

마려의 일로 민족적인 모욕을 당했다고 생각하고 일부러 빈정대는 것처럼 보였으나, 거기에는 일단 동감할 수 있는 부분도 조금은 있는 듯 그는 그 일과 전혀 관계없는 것으로 화제를 돌리며 밝게 웃어 보이기도 했다. 그는 다시 다카하시 서장이나 오 영장과 상담을 해서 그밖에 적당한 인물을 물색할 생각이었다.

3

‘일본인 부자, 인질로 잡히다……’

오후에 잠시 틈을 내서 방에서 방금 전에 온 신문을 혼자 읽고 있었던 마려는 3단으로 뺀 큰 표제를 보고 반은 재미 삼아 읽고 있었다 그러나 자신도 모르게 신문을 들어올려 얼굴에 가까이 대었다. 순간 얼굴색이 확 변했다. 손이 조금 떨고 있었고 신문이 얼굴 쪽으로 점점 더 다가오고 있었다.

“앗! 오야마 씨가.”

하고 놀라는 소리가 목까지 치밀어 올랐으나 억누르는 듯 꾹 삼키고 다시 ‘오야마 겐지’, ‘오야마 히로시’라는 이름과 그 주소를 확인하고 계속해서 마적의 소재지와 우두머리 왕쾌퇴의 이름도 읽어보았다.

“역시, 그 오야마 씨임에 틀림없어!”

그녀는 신문을 떨어뜨리고 양손으로 가볍게 관자놀이 주변을 눌렀다. 그리고 비몽사몽으로 한동안 눈을 동그랗게 뜬 채 가만히 있었다. 드디어 밤이 되자 오리엔탈클럽은 댄서의 토슈즈 소리로 서서히 활기를 띠기 시작했다. 마려는 이 홀의 댄서 모집에 응모를 해서 들어왔는데 마담 류오락에게 인정을 받고 있어서 고참보다도 오히려 대우를 받고 있었다. 그녀는 다시 신문을 들어올려 오야마 부자가 잡힌 일시나 경위를 하나하나 찾아서 읽었다. 잡힌 지점도 그녀에게는 거의 상상이 갔다. 어렸을 때 본 왕쾌퇴의 길게 찢어진 눈매나 엷은 검은빛의 피부색도 어렴풋이 기억이 났다. 철이 들었을 때의 일보다도 그때의 일이 한층 더 기억에 남아 있어서 하나하나 되살아나는 것이었다. 당시 왕은 이미 마흔 살이 넘었지만 높이 뛰기를 하거나 철봉을 하기도 했다. 작은 돌멩이를 주워 발끝으로 차기도 하고 높은 버드나무를 뛰어넘기도 했다. 또 먹을 것을 찾고 있는 쥐를 긴 곰방대로 때려죽이기도 하고 빠찡코로 참새를 맞추

어 떨어뜨리기도 했다. 언젠가 한번은 높은 벽에 앉아 있는 제비를 지나
가는 길에 잡아 올린 적도 있었다. 그녀는 지금도 그것을 생생히 기억하
고 있었다. 그녀가 예닐곱 살에 한번은 어머니를 따라 북경에서 고향으
로 돌아온 적이 있었다. 당시 왕은 아직 위관(尉官)을 수행하고 있었다.
어느 날 왕이 어머니를 방문하였을 때 마려가 아버지가 있는 곳에 가고
싶다고 하자 그는 마려의 양 볼에 억센 양손을 딱 누르고 아버지를 보
여 주겠다며 뒤를 밀어 올렸다.

"보이지?"

"아니오, 안 보여요."

라고 그녀는 그의 가슴에서 발을 동동 구르며 올라가려고 했다.

"아버지는 말이야, 마차를 타고 지금 궁중으로 들어가셨단다. 나오실
때 또 보게 해주마."

왕은 그녀를 내려놓고 싱글벙글 웃고 있었다.

"보여줘, 보여줘, 아저씨."

"애야, 착하지 넌 착한 아이야."

그래도 계속해서 떼를 쓰자 지나가는 과일 행상인을 불러들여 살구를
사주었다. 그녀는 지금까지 그날의 일을 기억하고 있었다. 그러나 그는
마적이 되고 그녀는 고향을 떠나 그 뒤 한번도 만난 적이 없었다. 오야
마 부자를 구하는 데 자기나 아버지가 지금 어떤 힘이 될지는 모르나,
어쨌든 이만 엔이라고 하는 대금이 요구되고 있기 때문에 그리 쉬운 일
은 아니었다. 지금도 겐지에 대한 그녀의 감정은 결코 좋은 것은 아니었
다. 그러나 지금은 그런 것을 생각하고 있을 때가 아니었다. 누가 뭐라
고 해도 생판 모르는 남과 비교하면 오야마 부자는 아직도 자신의 친한
친척처럼 느껴져 어쩔 수가 없었다. 그러나 아버지는 또 그녀와는 입장
이 달랐다. 오야마 부자에 대해 좋은 감정을 가지고 있을 리가 없었다.
그녀가 회사를 그만둔 이유를 아버지는 대충 알고 있었던 것이다. 그녀
는 그런 편지를 낸 것을 후회했으나 되 돌이킬 수 없는 일이었다. 그녀

는 풀이 죽은 듯 고개를 숙이고 있었다.

4

홀의 마담 류오락이 갑자기 그녀의 방에 들어와 그녀의 안색을 보고는 상냥하게 말을 붙였다.

"어머 무슨 일이에요. 마려 씨, 어디 편찮은 데라도 있으세요?"

마려는 깜짝 놀랐다. 이 너구리같은 여자에게는 무엇이든 솔직하게 이야기해서는 안 된다는 것을 마려는 직감하고 있었다.

"아니오. 아무 일도 아니에요."

쓸쓸한 미소를 지었으나 상기된 듯 눈이 조금 불그스레했다.

"뭐해, 신문?"

약고 눈치가 빠른 류오락은 곧 바로 그녀의 이상한 모습을 탐지하기라도 한 듯 신문을 열심히 들여다보았다.

"아니에요. 신문을 읽고 있으면 금방 졸려서……."

라고 마려는 가볍게 눈을 비벼댔다.

"아 그래요? 그렇지만 마려 씨만은 피곤하면 언제든지 자도 좋아요. 호호호."

라고 웃으면서 류오락은 신문을 보았다. 보다가 역시 놀라서 말을 하며 마려의 눈을 응시했다.

"마려 씨, 오야마라는 사람 알고 있어요?"

"아니오."

최근 들어 마담의 정체를 알아차렸기 때문에 그녀는 확실하게 시치미를 떼며 말했다.

"그래?"

"몰라요. 신문에 나와 있나요?"

그녀는 마담의 시선을 피하듯이 신문을 응시했다.

"네, 큰일이에요. 이 사람 봉천 사람인데, 결국 인질로 잡혔다고 하네요."

류오락은 그 기사를 손가락으로 가리키며 말했다.

"이 사람, 알고 있나요?"

"네 알고 있어요. 집에도 오고요."

"언제요?"

마려는 시치미를 떼고 모르는 척했다.

"네, 아주 오래 전이에요."

"그래요? 제가 오고 나서인가요……."

"아니에요, 그렇지만……. 이 사람의 장남은 지금 신경(新京)에 있어요. 군인으로요……."

"군인?"

"그래요. 대위라나 뭐라나 상당히 자랑스럽게 여기고 있어요. 아직 젊은 사람이라는데 신경 점령의 장본인으로 장학량 장군의 패잔부대로부터 대단히 주시를 받고 있대요. 그래서 그 덕으로 머지않아 승진할 거라는 평판이 자자해요. 그리고 그 아저씨는 상당한 실업가이고, 히로시라고 하는 둘째 아드님은 세련된 모던 보이예요."

류오락은 대단히 요염한 미소를 지으며 간지러운 듯한 시늉을 했다.

"나랑 언젠가 한번 춤을 추었지. 너무 귀여워서 팔을 벌려서 안아주었었지."

"응 그거 잘 됐네요."

마려도 봉천의 브로드웨이 주변에서 히로시와 춤을 춘 일이 생각이 나서 갑자기 얼굴이 밝아졌다.

"그런 것은 아무 것도 아닌데, 하지만 역시 알아두면 필요한 경우도 있어요. 인간이라고 하는 것은 어떤 하급관리나 바보일지라도 무언가 하나는 장점이 있는 법이죠.”

류오락은 무의식중에 타고난 음모가적인 색채를 넌지시 비추었다. 마려는 뭔가 섬뜩해서 일부러 증오의 빛을 띠며 말했다.

“그렇지만 일본인 따위는 알고 있다고 해도 재미없어요.”

“그렇지 않아요. 누가 뭐라고 해도 요즘은 일본인의 가치가 가장 비싸지.”

류오락은 그렇게 말하고 뽐내는 듯한 어조로 말하며 쓴웃음을 지었다.

“그렇죠 마려 씨, 테루(중국화폐의 단위, 일본의 일 엔 정도에 해당)가 올라가기도 하고 달러가 올라가기도 하고 진표(일본화)가 올라가기도 하듯이 인간의 값어치가 올라가기도 해요. 그런데 일본인의 가치가 최근 대폭 등이에요. 그래서 왕이라고 하는 마적 두목이 2만 엔이라는 몸값을 요구하고 있는 게 아닐까요?”

5

“그렇지만 불쌍하네요.”

류오락은 일변해서 갑자기 인정미를 보이며 그리운 듯한 표정을 했다.

“호호호, 마려 씨가 이상하게 생각하면 곤란하지만 어쩐 일인지 걱정이 되네요.”

“그럼 마담, 도와주세요. 아는 사이라면서요. 호호호.”

마려도 웃고 있었다. 그러나 히로시의 처지가 떠올라 마음이 어두워졌다.

“호호호, 물론 그런 관계는 아니지만 할 수 있다면 구해주고 싶어요.”

“나라면 구해주겠어요.”

"어머, 이 사람 좀 봐……. 저도 당신도 마찬가지예요. 남남인 걸요."

"그래도 호호호호."

"그래도……. 그런 게 아니에요."

류오락은 영리한 눈동자를 하고 있었다.

"저 두도구는 어디쯤일까요?"

하고 벽에 붙어 있는 만주와 몽고 지도를 눈여겨보았다.

"글쎄요 저 용정의……."

마려는 이야기를 하다 말고 갑자기 멈추었다. '용정에서 동쪽으로 4 리!'라고 하는 말이 목 근처까지 나올 뻔했다. 그래도 마려는 자신의 고향이 북경이라고 거짓말을 하고 있었기 때문에 방금 한 말을 진지하게 돌려서 말했다.

"용정의 어딘가에 있는 시골이겠지요."

"마려 씨, 거기 간 적 없나요? ……그래요? 나도 아직 가 본 적은 없지만 대단히 좋은 곳이죠. 특히 용정이라고 하는 곳은."

류오락은 그렇게 말하고 벽에 붙어 있는 지도를 찾아 테이블 위의 종이 한가운데에다가 한 지역권을 표시하며 '용정'이라고 썼다.

"그리고 여기가 두도구."

이번엔 그 왼쪽의 조금 떨어진 곳에 또 작은 원을 그렸다.

"그러면, Y산이라고 하는 곳은?"

마려가 물었다. 류오락이 하는 일에 흥미를 가지고 있다는 것을 보여 주는 듯한 목소리였다.

"신문에서 보면 이 북쪽인 것 같아요. 저 지도에는 나와 있지 않지만……."

Y산이라고 하는 것은 왕이라고 하는 마적이 있는 곳이었다. 류오락은 '두도구' 위쪽에 'Y산'이라고 써넣고 용정과의 사이에 직선을 그으면서 말을 했다.

"이곳을 곧바로 가면 가까워요. 그런데 이 주위는 산이 많아서 정말로 호랑이도 곰도 흔히 볼 수 있다고 하던데요?”

그리고 할 일이 없어 따분한 듯 물결 모양의 선을 종이에 술술 긋고 있었다. 마려는 입을 다물고 그것을 응시하고 있었다. 그러나 물론 그녀는 지금 류오락의 가슴에 어떤 무서운 책략이 숨겨져 있는지 알 수가 없었다. 만주국의 고관 현직을 주무르기도 하고 밤에는 돌연히 어디론가 모습을 숨기기도 하고 해서 무언가를 하고 있다는 것쯤은 어렴풋이 알고 있었지만 그것이 돈을 벌기 위한 변통이 아닐까 생각해 본 정도였다. 그런 존재는 지금 만주의 여기저기에 있기 때문에 그다지 신경도 쓰지 않았다. 또 같은 민족이라고 하는 오랫동안의 전통적 관념과 그녀 생애의 정직한 성질 탓에 억지로 그것을 찾아서 밝히려고 하는 용기나 엽기성도 보이지 않았다. 그러나 류오락은 마려의 미모나 학식이나 마술적 천분에 마음속으로 은근히 기대하는 것이 많았다. 언젠가는 손에 넣으려고 처음부터 의도적으로 나왔다. 그래서 류오락은 오래된 고참 댄서보다 그녀에게 훨씬 더 친절하고 극진한 대우를 해 주고 있었다.

국제연맹의 릿톤 조사단의 기능이 거의 다 없어지고 장장군이 절실하게 재기를 촉구하고 있는 북만주의 잔인하고 용맹한 마점산도 기동을 못하고 있는 참이라 마려를 새로운 일꾼으로 해서 연기를 하나 꾸며 보려고 류오락은 혼자서 초조해 하고 있었다. 그런데 류오락의 입장에서 볼 때 가장 문제가 되는 것은 의리를 중시하고 정직한 마려의 천성적인 성격이었다. 거짓말도 할 줄 알고 중도에서 일을 내팽개칠 수 있게 되면 더할 나위가 없다고 생각하고 있었다.

6

그날 밤 홀의 지하실에서 부하인 당과 합류하자 류오락은 재빨리 그에게 신문을 보여주었다. 진작부터 오야마 대위를 노리고 있었기 때문에 그 아버지와 남동생이 동시에 인질로 잡혔다고 하는 것은 실로 천재일우의 좋은 기회였다.

"이것을 기회로 오야마 대위를 유인해 내서 생포하는 겁니다. 어때요? 당 씨."

류오락은 굳은 표정을 짓고 있었다.

"그것은 말할 필요도 없죠. 오랫동안 제비뽑기에서 '꽝'만 뽑아왔기 때문에 이번에는 틀림없이 무언가 큰 사냥감이 걸려 들 거라고 생각하고 있었는데 그것이 바로 오야마 대위였군요. 하하하하."

"몸값으로 이만 엔이나 요구받았으니 쉽게 내주지는 않을 것 같습니다. 그리고 아버지와 남동생이 동시에 잡혀 있기 때문에 그 사람이 현지에 가지 않는다고는 볼 수 없습니다."

"그러나 병사를 데리고 가겠죠. 아니, 왕쾌퇴와 총을 겨누는 일 없이 과연 호랑이 굴에 뛰어들 수 있을지 어떨지는 모르겠습니다. 게다가 호위병이 붙어 있으면 달리 잡을 방법도 없고……."

"아니 현지에 가기만 하면 장 장군의 의용군을 이용하는 겁니다. 그쪽 상황은 어떤가요? 아직 의용군이 들어와 있지 않나요?"

"글쎄요. 거기까지 의용군이 들어가 있을 텐데요……."
라고 당은 비밀 지도를 꺼내 펼치며 말했다.

"그렇군요. 의용군 제6군단의 4개단이 동변도(東邊道)일대에 퍼져 있습니다만, 거기에 이어 제5 제6 군단을 편성해서 간도로 좁혀갈 예정입니다. 현재 왕쾌퇴부대와의 거리는 멀어야 이십 리 안팎일 거라고 생각합니다. 게다가 그 중간에는 곳곳에 구국군이나 대도회가 산재되어 있기 때문에 연락이 어려운 일은 아닙니다."

당은 곳곳에 색연필로 표시를 하면서 설명했다.

"그것은 좋은 상황이군요. 그렇지만 왕이라고 하는 사람이 구국군이나 의용군과 연락을 취하고 있을까요."

그녀는 잠시 눈살을 찌푸리면서 말했다.

"최근에는 마적 모두가 아주 약해져 있기 때문에 자주 대도회나 구국군에 요청을 하고 있는 상황입니다. 게다가 무슨 일이 있을 때 안심할 수 있는 큰 나무의 그늘이라고 장 장군 의용군이 있다는 것을 아는 날에는 마치 어머니를 그리워하듯이 그리워합니다. 그리고 한편 의용군은 다른 구국군보다 역사가 짧고 단체가 커서 일본군에게 당하기 쉬워서 활동을 하기 어려운 마적 등을 촉수로 하고 있습니다. 그렇기 때문에 쉽게 연락을 취할 수가 없습니다."

"그러면 재빨리 먼저 의용군에게 밀사를 보내지요. 왕의 부대를 제6군단의 부대로 편성할까, 그렇지 않으면 얼마정도의 돈을 주어서 오야마 부자를 의용군의 손에 인수받도록……."

"오야마 대위까지 넣어서 장 장군 의용군에게 넘기게 된다면 어떻게 될까요. 그것이야말로 큰 소득이군요. 천하에 이것만큼 좋은 소득이 또 있을까요."

"그래서 지금 이와 같은 일을 이야기하고 있는 게 아닌가. 먼저 두 사람을 조용히 의용군에게 빼돌리는 겁니다. 그리고 오야마의 집에서 왕이 있는 곳으로 2만 엔을 가지고 오면 그것을 빼앗은 뒤 또 청구하는 겁니다. 그러면 결국에는 대위 선생님이 군인답게 격앙되어 무력에 호소해 올 것입니다. 그렇게 될 때까지 교묘하게 하는 겁니다. 그리고 나중에 왕과 전쟁을 시작했을 때 의용군이 배후에서 습격을 해서 녀석을 생포하는 겁니다. 왕이라고 하는 마적은 부하를 그다지 많이 데리고 있지 않을 것이기 때문에 오야마씨도 그렇게 대단한 전쟁준비는 하고 있지 않을 겁니다."

그들은 드디어 자신들이 생각하는 함정이 실효를 거두고 있다는 듯이 기뻐하고 있었다.

미끼

1

류오락과 당은 계속해서 전후 책략을 모색했다.

"밀사를 물색하는 것이 제일 시급한 문제군요."

당은 근심스러운 얼굴을 하고 있었다.

"당신이 가장 좋은 적임자입니다만 그것은 안 되고……. 글쎄요. 만 씨에게 부탁해 볼까요?"

만이라고 하는 사람도 류오락의 직속 스파이였다. 지난번에 오야마 겐지나 요시오의 사진을 살짝 찍은 사람이다.

"어쨌든 이 일은 상당히 똑똑한 사람이 아니면 안 됩니다. 무엇보다도 제6군단장의 호씨는 현재 열하와 북평간을 달리고 있고 각 부대에는 아는 사람이 없기 때문에 밀사가 아주 똑똑한 사람이 아니면 잘 수행할 수 없을지도 몰라요."

"그래서 밀사는 신용할 수 있도록 훈령을 많이 가지고 해야 합니다."

"그렇군, 저 북경에서 보내온 장 장군 사령부의 관인과 용전이 있을 것이다. 거기다 적당히 써서 날인을 받읍시다. 저는 그 사이에 만 씨에게 전화를 하고 올 테니까……."

류오락은 그렇게 말하며 조심스럽게 나갔다.

그 동안 당은 '항일구국, 실지회복'이라고 새긴 흰색 비단 천에 "만요조(萬耀祖)를 왕옥진(쾌퇴의 본명)과의 인질 거래 방법이나 그 밖의 일로 동북 의용군 제6군단에 파견한다. 전보다 한층 더 일치협력 합심공제하여 만사에 실수가 없기를 바란다. 인질 오야마 부자가 우리군의 최대 적인 혈족에게 절대로 석방되는 일이 없도록 처음부터 조취를 하며 사후의 논공행상은 물론 군의 규칙에 따라 각각 행동해야 한다. 우리 아군은 육, 해, 공군과 함께 전쟁준비를 하고, 대군운집 용약전선으로 이동하면서 팔십만의 장병인마가 명령 하에 전쟁을 시작할 것을 대기하도록 한다. 외교 방면에서는 여러 나라가 원조해 줄 날을 기다릴 것, 그리고 드디어 실지회복의 때가 되면 인질교섭과 동시에 전투 준비에 착수할 것, 오른쪽의 사항을 훈령한다.”라고 적은 뒤 날인을 하고 그 다음 줄에는 '함인', '교대'라고 쓰고 그 밑에 각각 적당한 이름을 적어 넣었다. 류오락은 돌아와서 그것을 보고 말했다.

 “수고했어요. 훌륭하게 해냈습니다. 만 씨는 지금 집에 없었습니다. 그것은 내일 아침에라도 이야기하도록 하고 급히 북경의 장 장군 사령부에 보고해 주십시오. 가장 증오스러운 적 일족을 잡아서, 그것을 미끼로 오야마 대위를 생포하기로 만반의 책략을 도모하고 이미 백방에 수배중이라는 것을 조금 과장되게 말하십시오. 상황은 말하기에 달려 있기 때문에 운 좋게 이것이 성공할 경우에는 일생 동안 편하게 먹고 자고 생활할 수 있을 정도의 사례금을 받을 수 있을지도 모릅니다. 돈만 많으면 누가 이런 위험한 곳에서 자청해서 한가롭게 지내고 있겠습니까? 빨리 이런 일에서 손을 뗀 뒤 외국에라도 도망가고 싶습니다.”

 “그렇군요. 아주 위험한 곡예이지요. 그래서 이번에는 어떻게 해서든지 감쪽같이 해낼 것입니다.”

 당이 혼잣말로 중얼거리며 무전대를 향해 보고를 했다. 그러는 동안 그녀는 무언가 만족한 듯 표정을 지으며 보고가 끝나기를 가만히 보고만 있었다.

 “끝났어요? 수고했어요. 빨리 보고해 두지 않으면 나중에 동북 의용군 총지휘나 그 부하군단이 자신들이 한 것처럼 해서 상금을 가로챌지도 몰라요. 호호호. 누가 뭐라고 해도 돈이 목적인 걸요.”

 “말할 필요도 없는 일입니다…… 만은…… 아 선생님은 또 술 한잔 하러 나가셨나 보군요. 내일 아침 제가 방문해서 자세하게 이야기를 하겠습니다.”

"그러면 부탁하겠습니다. ……그리고 훈령은 기모노 옆구리 밑이나 어딘가를 찢어서 솜 속에라도 넣어 봉하도록 해 주십시오. 그리고 그 주변 지도도 한 장 넣어주십시오."

"알겠습니다. 어쨌든 출발 전에 자세한 이야기를 해 두겠습니다."

"부탁드리겠습니다."

류오락은 그렇게 말하며 나갔다. 그녀가 나가고 난 뒤 당은 단장을 새로 하였다. 그리고 마지막으로 수염을 붙이고 뒷문으로 나가 홀 쪽으로 돌아갔다.

2

당은 홀의 단골 손님처럼 멋진 호색남으로 변해 있었다. 아무도 그의 정체를 알 수 있는 사람은 없었지만 마려는 그가 보통 사람과 같은 술 책을 쓸 남자가 아니라는 것쯤은 어렴풋이 알고 있었다. 류오락은 홀에서 그 남자를 만나 가볍게 미소를 지었을 뿐 모른 체 하고 시치미를 떼고 있었다. 하지만 그 사이에 무언가 보이지 않는 인연으로 연결되어 있었음을 최근에 와서 느끼게 되었다. 무언가 사련(邪戀)의 관계가 아닌가 하고 생각했다. 류오락이 늦은 시간에 홀에 모습을 드러내면 한참 후에 늘 이 의문의 남자가 멋을 내고 불쑥 홀 안에 들어오는 것이었다. 그는 최근에 점점 홀에 나타나는 횟수가 잦아졌다. 거의 매일 밤 오다시피 했다. 그리고 빠른 스피드로 마려에게 호감을 갖기 시작했다. 마려는 그것을 알아차리고 전보다 더 싫은 느낌이 들었다. 하지만 억지로 그것을 드러내지 않으려고 노력해 평소와 같이 춤 상대가 되어 주었다.

이날 밤 당은 홀에 들어오자마자 익숙한 발걸음으로 성큼성큼 안쪽 객석으로 들어와 의자에 앉은 뒤 맥주와 코키유를 주문했다. 현란한 빛

속에서 감미로운 음률에 맞추어 스무 쌍 정도의 젊은 남녀들이 가볍게 스텝을 밟아 탱고를 추고 있었다. 그 관능의 세계에서 마려를 보자 그는 묘하게 들떠서 무서운 속도로 맥주를 들이켰다. 술을 좋아하는 그는 적당히 취기가 오르자 왠지 상대를 괴롭히고 싶은 충동을 느꼈다. 또 그러한 기분에서 춤을 추는 것이 그의 버릇이기도 했다. 마담 류오락은 조금 떨어진 곳에 점잖게 앉아 있었다. 곡이 끝나자 모두 뿔뿔이 흩어져 각자 자기 의자로 돌아와 앉았다.

"마려 씨!"

당은 허물없이 그녀 옆에 미끄러지듯이 다가왔다. 그는 벌써 많이 취해 있었다.

"오, 궁 씨!"

마려는 가볍게 미소를 지었다. 궁 아무개라고 그녀에게 거짓말을 하고 있었다.

"자 같이 춤을 추지 않겠습니까?"

하고 그는 어깨에 손을 얹었다.

"미안합니다……."

라고 말하며 마려는 가볍게 손을 뺀 뒤 단정히 앉아 있는 산뜻한 청년에게 힐끗 눈길을 보냈다. 그 남자와 선약이 있다고 하는 의미였으나 궁은 그런 것에는 아랑곳하지 않았다.

"그렇게 말하지 마오……. 바쁜데 모처럼 온 거니까……."

"미안하지만 다음에 춥시다."

"거참!"

"궁 씨, 미안합니다."

술에 취해 있는 것을 알고 마려는 진정시키듯이 말을 했다.

"그러면 내일 밤까지라도 기다릴 거요. 하하하."

당은 예의바르고 밝게 웃었으나 마려는 무의식중에 섬뜩해져서 잠자코 있었다.

"기다리고 있겠소."

당은 다시 한번 그렇게 말하고 힐끗 류오락 쪽을 바라보았다. 그녀는 처음부터 모른 체 시치미를 떼고 있었지만 당과 시선이 마주치면 입술을 조금 깨물며 비웃는 듯 바깥쪽을 바라보았다.

"흠!"

하고 당은 큰소리 치면서 자신의 테이블로 돌아가 뚱뚱한 엉덩이를 흔들며 춤을 추는 댄서들을 바라보며 벌컥벌컥 술을 마셨다.

3

곡이 끝나자 마려는 성큼성큼 당이 있는 곳으로 왔다.

"미안합니다."

조용히 앉으면서 가볍게 웃어 보였다. 당은 대단히 많이 취해 있었다.

"잘됐군. 저 사람은 누구지?"

"몰라요. 그냥 단골 손님이에요."

"거짓말, 어서 말해 봐요. 후후후……."

기분 나쁜 웃음소리였다.

"정말이에요 궁 씨."

궁은 벌떡 일어나더니 손을 벌리며 말했다.

"춤 한번 출까?"

또 새로운 곡이 시작되었다.

"상대를 해 드리죠. 호호호……."

그녀는 안기듯이 몸을 가까이 댔다. 당은 비틀비틀 걸을 정도로 취해서 때때로 스텝을 잘못 밟기도 했다.

"궁 씨 정신차려요."

마려는 반은 경계하듯이 춤을 추며 작은 목소리로 말했다.

"좋아요. 좋구말구요……."

당은 그렇게 말하면서 드디어 취기가 올라오자 이상한 곳에 힘을 넣기도 하고 안으며 팔을 조이기도 했다. 그리고 상대를 잡아 찢고 싶은 충동을 느끼는 듯 헉헉 숨을 헐떡이는 것이었다. 그리고 때때로 위험한 발걸음으로 마려의 구두를 밟으려고 해서 휘청휘청 비틀거리는 일도 있었다.

"궁 씨, 많이 취했군요."

"아니. 별로……."

"무언가 좋은 일이라도 있어요? 혼자서 마시다니……."

"있구 말구, 있구 말구."

"어떤 일?"

"음, 많이 있지."

그는 미터기가 너무 올라가서 인질 교섭에 관한 일을 불현듯 떠올림과 동시에 그녀의 환심을 사고자 하는 야심이 작동하기 시작해서 우쭐대며 말했다.

"당신 간도에 간 적 있소? 아주 엄청나게 좋은 돈벌이가 있다오."

마려는 무언가 생각난 듯 깜짝 놀랐다. 오야마 부자의 일과 조금 전에 류오락이 그 주변의 지도를 자세하게 물었던 일 그리고 그가 방금 한 이야기 속에는 무언가 맥락이 통하는 듯한 느낌이 들어 어찌할 바를 몰랐다.

"어떤 일?"

"아니, 아니. 아무 일도 아니오."

그는 취중에도 너무 지나치게 많이 이야기를 한 듯한 느낌이 들었는지 그말 이외에는 전혀 다른 이야기를 하지 않았다. 그럼에도 불구하고 지금 자신의 품안에 중요한 밀서가 있다는 것과 그것이 아주 엄청난 금화와 바꿀 수 있다는 것을 생각하고 시종일관 싱글벙글 웃고 있었다.

"궁 씨, 이야기해 주세요."

"농담이었소."

"거짓말!"

그렇게 말하고 그녀는 여러 가지로 의표를 찌르면서 그의 비밀을 찾아내려고 했으나 그는 더 이상 그 일에 관해 아무 말도 하지 않았다.

밤이 깊어감에 따라 곡목도 계속해서 바뀌어 갔다. 밤 열두 시경에는 이미 마담의 모습은 보이지 않았다.

릿톤 조사단에 대한 공작이 완전히 실패로 끝났기 때문에 그 만회정책으로 장 장군의 비밀 명령을 받아 그녀는 항일 반만군을 소동하고 만주국 요인을 함정에 빠뜨리는 데 힘을 쏟고 있었던 것이었다. 이미 스파이망을 쳐서 약해져 있는 듯한 만주국 군경 방면으로도 손을 뻗치고 있었다.

4

어젯밤 당이 무리하게 술을 권한 탓으로 목이 말라서 눈을 떴다. 아직 어두운 시간이었다. 두꺼운 벽돌 벽과 무거운 문으로 닫혀져 있어 홀은 조용한 상태였다. 물을 마시려고 테이블 위를 보니까 금제품으로 된 컵이 납작하게 눌려 있었다. 어젯밤 당이 뱀처럼 집요하게 달라붙어 종잡을 수 없는 말을 늘어놓으며 난봉을 부렸는데 그때 그녀에게 되밀리면서 대량의 컵을 눌러 버렸던 것이다. 굶주린 야수와 같은 눈을 반짝이면서 얼굴이 벌겋게 된 채 춤을 추던 당의 모습이 떠올랐다. 새삼스러운 말 같지만 철봉으로라도 강하게 내리치고 싶은 충동에 빠진 마려는 잠옷을 입은 채 일어나 수도꼭지를 틀어 그대로 벌컥벌컥 물을 들이켰다. 당이 난봉을 부린 탁자 위와 벽에 걸려 있는, 예전에 히로시에게 받은 유화를 번갈아 보며 그녀는 문손잡이를 돌려 밀어 보았다. 물론 어젯밤 열쇠를 잠가둔 상태 그대로였다. 그녀는 왠지 안심을 하고 침대에 들어가려고 걸어가는데 문득 부스럭하고 발 밑에 무언가가 닿았다가 미끄러지는 소리가 났다. "뭘까!"하고 곧 어젯밤의 일을 떠올려 보았다. 당지로 정성껏 포장된 것이었는데 그 포장방법으로 보아서는 예사로운 물건이 아니었다. 의아하여 포장지를 펼쳐 본 그녀는 순간 깜짝 놀라 자신의 머리를 감쌌다. 한 장의 사진, 그것은 확실히 히로시의 아버지와 그 형의 사진이었다. 오야마 대위도 이미 사진으로 본 적이 있기 때문에 기억하고 있었다. 그녀는 퍼뜩 짐작이 가는 데가 있어서 손을 약간 떨면서 당지로 포장된 접혀진 하얀 비단 천을 펼쳐 보았다. 밝은 불빛에 모든 것이 드러나 버렸다. 그것은 어젯밤 당이 쓴, 동북 의용군 제6군단장 앞으로 보내는 훈령이었다. 그가 장 장군과 밀통하고 있다는 것도 오야마 부자를 장 장군의 의용군의 손으로 빼돌리려고 하는 것도 확실히 알아 버렸다. 그것만 가지고도 그와 마담과의 관계를 보다 확실하게 알게 되었다. 류오락이 어젯밤 신문에서 오야마 부자의 일을 보고 이상하게 눈을 크게 뜬 일과 잡힌 지점에 대해서 무언가 알고 싶어했던 일, 이 비밀 서류 사이에 그어져 있는 검은 선을 보고 그녀는 소스라치게 놀랐다. 이상하게도 그녀는 가슴이 두근거려 한참동안 어떻게 해야할지를 몰랐다. 가져서는 안 될 것을 가지고 있는 것처럼 손이 움츠러드는 것을 느꼈다. 오야마 부자의 목숨을 육박하는 어두운 그림자가 지금 자신을 향해서도 촉수를 뻗쳐 오는 듯 했다.

"앗!"

희미하게 비명을 지를 뻔했으나 드디어 정신을 가다듬고 그 서류를 원래대로 정성껏 포장해서 침대 밑에 두었다. 그리고 도로 침대에 들어가려고 했으나 문득 생각이 나 다시 내려와 구두를 신은 채 두 서너 번 강하게 서류를 밟았다. 그러자 포장지는 깨끗이 접혀져 어젯밤 떨어진 채 아무도 열어 보지 않은 것처럼 보였다. 그러나 그 서류를 본 사실만으로도 자신의 목숨을 누군가가 노리고 있다는 생각이 들었다. 기분 나쁠 정도로 조용한 아침이었다. 창문에 걸려 있는 무거운 비단의 커튼에는 무언가 불길한 소리를 담고 있는 것처럼 깊은 주름이 잡혀 있었다. 드디어 시계가 땡땡땡, 가볍게 여섯 시를 쳤다.

5

그녀는 쫓기는 사람처럼 서둘러 다시 침대 안으로 들어갔다. 얇은 명주 이불을 머리까지 푹 뒤집어썼으나 아무리 해도 잘 수가 없었다.

"아! 그렇지."

하고 그녀는 결국 다시 일어나서 문 열쇠를 열어 두었다. 류오락나당이 와서 이상하게 생각하지 않게끔 가능한 허심탄회하게 자고 있는 척 하고 있는 것이 안전하다고 생각했기 때문이다. 그래도 안심할 수가 없었다. 히로시의 생명은 바람 앞의 등불과도 같은 것이었다. 겐지는 그녀에게 있어서 아무런 존재도 아니었다. 집요하게 자신들의 관계를 갈라놓으려고 한 그 배후에는 또 다른 이유가 있었다고 해도 평소에 겐지가 자신을 민족적으로 경멸하고 있다고 그녀는 생각했다. 만약 자신이 일본인이거나 혹 유키코 이상의 자산가 딸이었으면 겐지는 그 정도로까지 교활하게 나오지 않았을 지도 모른다. 아니 오히려 자기에게 접근해 왔는지도 모른다. 그렇게 생각하자 그가 더욱 미워졌다. 그녀는 회사를 그만 둔 뒤 자신이 회사를 그만 둔 이유가 사장이나 오야마 겐지의 노골적이고 경멸적인 태도에 있었음을 간단하게나마 편지에 적어 아버지에게 보냈던 것이다. 그녀도 그런 것을 말하고 싶지는 않았으나 어쩐 일인지 그 분노만큼은 이성으로 견뎌낼 수 없었다. 그래서 자존심이 강한 아버지는 심하게 분노해서 그녀에게 귀향할 것을 재촉했으나 그녀는 그

밖에 적당한 직업을 찾아 자활의 길을 개척할 거라고 안심을 시켜 두었다. 아버지도 고집스럽게 친척에게 부탁해 만주국민의 회사나 관청에서 근무하게 해서 기가 꺾이지 않도록 해달라는 격려의 말을 써서 건네기도 했다. 그러나 그녀는 홀에다가 본적을 거짓으로 말해 두고 있었다. 그리고 한편 아버지에게는 지금의 직업을 알리지 않으려고 사서함 우편으로 통신을 했기 때문에 아버지는 딸의 불안전한 생활을 상상하며 늘 걱정해 왔다. 그런 만큼 자신의 딸을 꼬셔 내어 결국엔 내쫓아 버린 오야마 부자에 대한 악감을 넌지시 비쳐오는 일도 있었다. 그러나 그것들은 히로시에 대한 그녀의 애정과 동정을 방해하는 것은 아니었다. 히로시는 사랑을 위해서 싸우고 또 민족적 편견과 맞서 투쟁했다. 그리고 그야말로 대륙에 대한 큰 애착 속에서 자신들의 사랑을 키우려고 했고 이번에는 그 사랑 때문에 대륙에 대한 애착의 밀도가 커졌던 것이다. 도리가 아니라도 그를 구해내고 싶었다. 그를 못 본 체 하는 것은 단지 사랑 때문에 참을 수 없는 것이 아니라 대륙에 불기 시작한 가장 아름다운 무엇인가가 죽음을 당할 것 같은 아니 혹은 자신의 손으로 죽여버리는 것 같은 느낌이 들어 견딜 수가 없었다. 아버지가 한 마디만 끄덕거려주면 어떻게든 될 것 같았다. 그녀는 아버지만 들어주면 자기도 그 남자를 위해 몸을 아끼지 않고 열심히 노력하려고 했다. 왕쾌퇴는 유년시절 아저씨처럼 지낸 사람이었기 때문에 자신의 부탁을 딱 잘라 거절하는 일은 없을 것이라고 생각했다. 만약 왕이 들어주지 않고 히로시에게 위해를 끼칠 경우 자신도 목숨을 아끼는 일은 없을 것이라고 생각했다. 그런 씩씩한 마음 한편에는 일단 왕을 만나기만 하면 어떻게든 해서 그를 설득할 자신이 있었다. 그러나 히로시가 일단 의용군의 손으로 넘어가 버리면 발버둥쳐도 더 이상 구해낼 방법이 없는 것이다. 그녀는 히로시의 위급함을 자신의 몸으로 섬뜩하게 느꼈다. 어쨌든 그는 그녀에게 있어 잊을 수 없는 사람이었다. 자기가 일부러 냉정하게 굴어도 주변에서 아무리 박해를 해도 몸과 마음을 바쳐 조금의 격의도 보이지 않았던 그였다. 그를 위해서라고는 하지만 그를 버리고 피해온 자신에게 어떤 거리낌도 받지 않고 너무도 친절하게 해 준 그였다. 어느 날 그녀는 자신의 매정한 행동을 후회했다. 적어도 연락처라도 알려주기를 원했던 그에게 냉소적으로 대했던 그녀였다. 인질로 잡혔다는 것을 알면서도 그 날 밤 여느 때와 같이 타인과 춤을 추면서 술잔을 기울였던 자신이었다.

"아아 도대체 나는 어떻게 된 여자인가!"

6

일곱 시가 넘어도 당은 오지 않았다. 중요한 비밀서류를 떨어뜨렸기 때문에 당연히 찾으러 올 것이다. 하지만 그것이 그녀의 거실에 떨어져 있었던 것을 알면 그는 과연 어떻게 생각할까. 원래 한없이 음험한 인간들이다. 쥐에게조차도 보이지 않으려고 하는 비밀서류를 이곳에 온 지 한 달 남짓 되는 여자, 그것도 특히 신원도 알 수 없는 여자에게 보였다는 것을 알면 그들이 잠자코 있을 리가 없었다. 특별히 어떤 수단을 강구하지 않더라도 뱀과 같은 스파이를 붙여 집요하게 감시할 것임에 틀림없다. 혹은 그들의 계획이 어느 의외의 곳에서 좌절하면 곧바로 그것을 그녀의 탓으로 여겨 복수해 오지 않는다고도 할 수 없을 것이다. 그녀는 점점 더 자신의 신변에 위험을 느꼈다. 그녀는 벌떡 일어나서 먼저 그 서류부터 감추려고 했으나 그대로 두고 자신의 짐부터 정리했다. 이곳을 빠져나가는 데 가방은 귀찮은 짐이 될 뿐더러 발각될 근거가 될지도 모르는 것이었다. 그래서 '모두 그대로 두고 가야지.'하고 생각하면서도 역시 여자다운 섬세함으로 대강 자신의 짐을 챙기지 않을 수 없었다. 북경에서 고향으로, 고향에서 봉천으로, 봉천에서 신경으로, 그 동안 많은 여관이나 댄스 홀에서 자신과 고생을 같이 했던 짐들이다. 그녀는 주인에게 버림받은 주변의 물건들을 보자 역시 엷은 애수에 빠져들었다. '유화라도……' 하고 생각했지만 그것도 할 수 없는 일이었다. 그리고 히로시의 생명을 구하려고 하는 존엄하고 희생적인 각오 앞에 모든 것을 무서운 기세로 떨쳐 버리려고 했다. 그러나 잠옷을 기모노로 갈아입으려는 순간 그녀는 한참동안 주저했다. 어떤 복장이 좋을까, 어떤 것을 입을까 고민하며 옷장을 찾아보고 있었다. 드디어 양장 한 벌을 꺼내 입었다. 그리고 만일의 경우를 대비해서 예비로 만주복 한 벌을 종이에 싸 두었다. 시계를 보니 일곱 시 반이었다. 용정으로 가는 여객기는 열 시 반이었다. 그때까지 기다릴 수만은 없었다. 그래서 여덟시발 도문(圖們) 행 급행을 타고, 길림(吉林)에서 내려 비행기로 갈아타기로 했다. 드디어 출발 직전이 되자 가슴이 두근두근거려서 안정이 되지 않았다. 조용히 주변 소리에 귀를 기울였지만 홀은 아직 조용했다. 새벽 세 시까지 춤을 추고 있었던 댄서는 물론, 밤새도록 어디에선가 교태를 부리고 있었던 오 영장은 아직도 깊은 잠에 빠져 있었다. 그녀는 바닥에서 서류를 살짝 집어 들어 깊숙이 챙겨 넣고 악어 핸드백과 만주복을 겨드랑이에 끼고 발소리를 죽이며 나갔다.

기차에 타고나서야 겨우 안심이 되었으나 이번에는 또 완고한 아버지를 어떻게 설득시킬지가 걱정이었다. 말할 필요도 없이 아버지는 쉽게 받아 들여 주시지 않을 것임에 틀림없었다. '어쨌든 만나보고 나서의 일이야.'라고 그녀는 먼저 아버지의 심금을 울려 부탁을 드려 볼 생각이었다. 인간이라고 하는 평범한 존재도 만일의 경우에는 그 인간 이상의 일을 할 수 있다. 예상할 수 있는 일은 아직 평범 이하의 일이다. 만나서 정면으로 얼굴을 맞대면 그때는 예상하지 않았던 어떤 영감이 움직이기 시작하는 것이다. 그러면 아버지도 안 들어주시지는 않을 것이다. 그녀는 딸로서 아버지를 만나는 자신에게 더욱 큰 사명을 느끼고 스스로 어느 숭고한 느낌에 마음을 울리며 긴 여행을 계속했다.

애증

1

아버지의 감정은 의외로 깊은 곳에 있었다.

"인간에게는 감정이라는 것이 있다. 그 어떤 것이 내 딸을 괴롭혀서라든지 모욕을 해서가 아니다. 그런 심리가 어느 개인에게 작용하는 것이라면 그래도 아직은 괜찮다. 하지만 그것은 단지 너나 이 아버지에게 향해진 성질의 것이 아닌 것이다."

아버지는 또 이렇게도 말했다.

"개개인이 감정 면에서 어긋나거나 의견이 서로 맞지 않는 것은 이국사람이라서가 아니다. 같은 나라 사람이라도 아니 육친간이라고 해도 있는 일이다. 부모에게 등을 돌리거나 자식과 의절하는 것도 그 이유가 보다 높은 곳에 있다고 한다면 나는 당장이라도 인정을 한다. 동시에 개인간의 사정을 버리고 이국사람이나 전혀 모르는 사람과 손을 잡고 간다. 그런 마음을 물론 나는 바라고 있는 것이다. 나는 어디까지나 그런 주의다. 지금의 우리에게는 더욱 더 무조건적으로 그러한 것이 요구되고 있다. 그러나 그들이 그런 편협한 마음을 가지고 우리들을 대할 때는 이후의 본보기가 되기 위해서라도 자진해서 강하게 살아갈 길을 헤쳐 나가지 않으면 안 될 것이다. 일부러 그들에게 울면서 호소할 필요는 없다. 옳은 길로 나아가면 언젠가 반드시 올바른 동지와 만나게 될 것이다. 덕은 반드시 이긴다."

이런 아버지를 설득하는 데 아주 애를 먹었다. 그러나 마려는 그런 아버지의 가슴에서 보다 높고 보다 넓은 마음을 찾아내었다. 그녀는 그 마음에 호소하는 것을 잊지 않았다. 그 마음에 호소하는 것이 무엇보다 효과가 있음을 잘 알고 있었기 때문이다. 가령 서로 사랑하는 사이이고 또 그와 그의 아버지가 지금 왕쾌퇴의 손에서 장학량 의용군의 손으로 넘어가는 위기에 직면하고 있다고 말해도 아버지는 그렇게 쉽게 승복하지 않을 것이다.

"그래도 아버지, 그렇다고 해도 아버지까지 그들을 죽게 내버려두는 일은 아버지답지 않아요. 적을 사랑하라는 말은 저도 물론 바로 동의할 수 없어요. 그래도 보다 높은 사상을 가지고 혹은 그것이 불가능하다면 최후에는 피로써 적을 극복해서 존귀한 아군으로 삼는다고 하는 일도 있잖아요."

마려는 또 이렇게도 말해 보았다.

"아버지, 무언가 보상을 받기 위해서가 아니라 일단 무조건 그들을 구해주는 겁니다. 그런 다음 아버지도 저도 그들과 남이 되는 것입니다. 즉 다시 만나지 않기로 하고 아버지 말씀대로 각자의 길을 가는 것입니다."

이렇게 아버지의 승낙을 얻는 데는 사오 일이나 걸렸다. 그리고 드디어 오 영장이나 하야시와 몇 번이고 협의한 끝에 조 노인은 자신의 속마음을 쓴 밀서를 왕에게 갖다 주게 했다.

밀서를 넘겨주고 하야시는 안심했다. 생각했던 대로 왕에게서 온 대답은 바로 만나도 좋다는 것이었다. 그래서 드디어 출발할 날을 다시 통고하고 그전에 실수가 없도록 준비를 했다. 하야시는 억센 밀정 몇 명을 전선의 도적 속으로 몰래 들어가게 하고 그런 다음 부대에 배치시킨 십여 명의 만주인 밀정과 연락을 취하게 하느라 동분서주했다. 그리고 나서 오 영장의 호의를 입어 주동부대 백 여명으로 하여금 적의 본거지 가까운 산중으로 좁히게 했다. 그리고 백오십여 명의 다른 부대는 적의 본거지와 외부와의 연락을 차단하도록 포위망을 치고 대기 태세를 취하도록 해 두었다. 만약을 위해 하야시는 몸값으로 이천 원을 오야마의 예금에서 꺼내 조 노인에게 맡기고 선물도 전보다 더욱 더 여유 있게 챙겼다. 그리고 조집오와 하야시가 대여섯 명의 부하를 데리고 갈 생각이었으나 마려가 자기도 꼭 가고 싶다고 해서 결국 일행에 끼우기로 했다.

2

왕의 본거지가 가까워져 오자 딸각딸각거리는 말굽소리만이 들릴 뿐으로 아무도 입을 열지 않았다. 마중 나온 사람이 마을 변두리에서 기다리고 있었다. 일행이 말에서 내리자 먼저 조 노인이 정중하게 인사를 했다. 그는 부하들에게 타고 온 말을 건네주고 엄숙하게 걸어갔다. 높은 나무 울타리를 친 집이 이상하게 시선을 끌었다. 그 근처엔 두세 칸마다 총을 손에 든 포병들이 서 있었다. '저기에 감금되어 있는 것이군.'하고 하야시는 생각했으나 아무 것도 말하지 않았다. 칭칭 포승줄로 묶인 오야마 부자의 초췌해진 모습이 그의 눈앞에 생생하게 어른거렸다.

본거지에 도착하자 소두목 같은 녀석이 나와서 하야시와 마려와 부하를 한 곳에 기다리게 해두고 조 노인만을 왕의 밀실에 안내했다.

"저도 가겠어요."

"너는 하야시와 이곳에서 기다리고 있어라."

마려가 아버지에게 바짝 다가가며 말하자 아버지는 한동안 생각한 뒤 타이르는 듯 말하고 안내자를 따라서 뒤쪽으로 돌아갔다.

한 시간 정도 되어서 마려는 왕의 거실로 불려갔다. 인질 거래의 이야기는 벌써 끝나 있었다.

"오, 마려인가."

왕은 위압적인 자세로 자신의 옆 의자를 권했다. 마려는 너무나도 많이 변해버린 그의 모습을 보고는 아버지의 옆에 앉고 싶었으나 그가 격의 없는 친절함을 보여 주었기 때문에 바짝 옆에 다가가 조용히 앉아서 어리광을 부리듯이 살짝 웃으며 말했다.

"아저씨, 정말로 오래간만이군요."

"그렇군, 벌써 십 사오 년 정도 되는군. 길거리에서 우연히 만나서는 알아볼 수가 없겠어. 하하하."

그러고는 가만히 그녀의 얼굴을 바라보는 것이었다.

"하지만 저는 지금도 잘 기억하고 있어요. 아저씨가 박정하신 거죠……. 호호호."

그녀는 그렇게 말하고 그의 강한 시선을 피하기라도 하듯 슬쩍 아버지 쪽으로 시선을 돌렸다.

"아저씨, 제가 언젠가 북경에서 고향으로 돌아오면 아저씨가 저를 들어올려서 서울 구경 아니 아버지를 보여주겠다고 했었어요."

마려는 자신의 귀를 잡아서 들어올리는 시늉을 해 보였다.

"많이 컸군. 전보다 더 미인이 되었는걸."

왕은 혼자서 싱글벙글 웃고 있었다.

"아저씨도 변했어요."

그녀는 그렇게 말하고 문뜩 생각난 듯 말했다.

"아저씨, 옛날처럼 늠름한 군복을 보여 주시지 않겠어요. 저는 그것이 아주 좋아요."

인질에 관해서는 아무도 언급을 하지 않았다. 벌써 용건이 끝나 몸값까지 치른 뒤였기 때문에 조 노인은 돌아가려고 했으나 왕이 다짜고짜 붙잡아 놓고 연회를 베풀어주었다. 밖에 있는 큰방에는 왕, 조집오, 마려, 그리고 왕의 작은 두목 십 여명이 쭉 서 있었다. 하야시도 거기에 안내되어 왔다. 오야마 부자는 포승도 풀리고 눈에 붙어 있던 고약도 떨어져 있었다. 손님으로서 처음으로 큰 방에 안내되어졌으나 옛 모습을 찾아 볼 수 없을 정도로 야위어 있었다. 그들 부자는 한번 좌석을 둘러보고는 잠시 회고와 감사의 눈물을 자아내고 말았다. 마려는 냉정하려고 애써 노력했으나 그런 의지와는 반대로 어떻게 된 일이지 더욱 슬픔이 넘쳐흘러 어떻게 해야 할지를 몰랐다.

연회가 끝나고 귀로에 오른 것은 오후 세 시가 지나서였다. 꽤 취했기 때문에 모두 비틀비틀 걷고 있었으나 구원받은 쪽도 구해준 쪽도 마음은 가벼웠다. 봄의 기운이라고는 거의 느낄 수 없는 대륙의 기후는 겨울에서 한 발자국 성큼 여름이 된 듯 찔 듯이 더웠다. 하늘은 온통 맑았으나 바람과 먼지에 대기가 오염되어 있었다. 나무는 울창하게 우거지고 산은 몇 겹으로 겹쳐 있었기 때문에 구름만 높게 솟아 있었다. 꼬불꼬불한 산길은 산중턱이나 협곡을 꿰매기라도 하듯 올라갔다 내려왔다 했다. 어떤 곳에는 전혀 길이 없었다. 늑대도 쉽게 출몰하지 못할 정도로 매우 험했다. 그래도 높은 하늘, 푸른 나무, 나는 새를 자유롭게 바라볼 수가 있어서 뭐라고 말할 수 없을 정도로 가볍고 기쁜 마음이었다.

3

왕은 조집오나 오야마들의 귀로를 배웅이라도 하듯 수십 명의 부하를 데리고 앞서서 달리고 있었다. 말굽소리가 가볍게 산 속을 메아리쳤다. 아무도 먼저 입을 열지 않았다. 이런 날이 있을 것이라고는 생각지도 않았던 오야마 부자는 마치 꿈을 꾸는 듯한 느낌이었다. 정말로 꿈에서 깨어났는지를 확인이라도 하듯 앞으로 갔다 뒤로 갔다 하며 일행을 교대로 쳐다보았다. 역시 꿈이 아니라는 것을 알자 바로 말의 배를 발뒤꿈치로 차서 행로를 서둘렀다. 중국 절이 있는 곳을 지나쳐 가던 때였다. 말 위에 있던 왕이 돌연 하늘을 향해 권총을 쏘았다.

탕! 탕!

총소리가 절벽을 이루고 있는 산 속의 하늘을 뚫고 지나갔다. 계속해서 두 발, 세 발. 그 때마다 하얀 연기가 확 하늘로 올라갔다. 그것은 화해를 알리는 의례였다. 거기서 비로소 오야마 부자의 신분은 완전히 석방된 것이었다. 왕은 정중하게 작별 인사를 했다. 그리고 이번에는 절대로 오야마 부자의 신변에 위험을 가하는 의리 없는 행동은 하지 않겠다고 다짐했다.

"대단히 고맙습니다."

이쪽도 격의 없이 말을 건넸다. 왕은 그리고 나서 돌아가 버렸다. 일행은 조용하게 나아갔다. 말의 행진도 가벼웠다. 마적의 그림자가 전혀 보이지 않고 산이나 길도 덜 험해지자 모두들 안심한 듯 슬슬 이야기하는 소리가 들려왔다.

"빨리 목욕이라도 하고 싶군요."

오야마가 하야시에게 말했다.

"그렇군."

"한 달 동안 한번도 얼굴을 씻은 적이 없어요. 가끔 조밥을 으깨어서 그것을 얼굴이나 손에 굴려서 때를 벗기는 정도였어요. 하하하."

그리고 계속해서 말했다.

"그러면 그 좁쌀떡이 결국에는 때나 지방을 빨아들여 검고 딱딱해집니다. 식사 후 자유시간에는 그것으로 부처님이나 동물모습을 만들기도 했어요. 드디어 그것으로 장기 알을 만들어서 아버지하고 두었어요. 그것이 그 속에서 가장 재밌는 도락이었어요. 그리고……."

오야마는 선두에 조 노인이나 아버지의 바로 뒤에 따라오고 있는 마려를 가만히 보며 말했다.

"그리고 이를 잡는 것도 하나의 취미였어요. 날이 길어서 어떻게 할 수가 없었어요. 그나마 이라도 잡고 있으면 조금은 그 초조함을 잊어버릴 수가 있었지요. 게다가 몸에서 묘하게 열이 나서 이가 아주 많이 생겨요."

"우엑!"

하야시도 웃었다.

"그리고 새 우는 소리를 들으면 그것을 잡아서 당신들한테 편지를 띄우고 싶어서 그래서 나무 조각을 손톱으로 집어서 그것으로 잇몸을 찔러 피를 냈지요. 그리고 그 피를 잉크 삼아 편지를 쓰기도 했어요. 혈서를요. 하하하!"

"좋은 인생 수업을 했군."

"그래도 보초 서는 녀석들이 오면 눈에 고약을 원래대로 턱 붙이고 모르는 채 시치미를 떼고 있어야만 했어요."

"역시 감방 안에서도 눈에 고약을 붙이고 있었지."

"그래요. 아버지도 체포되자마자 바로 그 장소에서 고약이 붙여졌다고 합니다. 통로나 자신들의 장소를 알리지 않으려고 하는 것과 게다가 또 하나는 심하게 괴롭혀서 빨리 몸값을 가지고 오도록 하려는 속셈이 있어서죠. 그래서 가끔은 끌어내서 채찍을 휘두릅니다. 빨리 돈을 가져오도록 하라고 아버지와 나를 교대로 때리는 겁니다. 그래도 그것은 아직 괜찮은 편입니다만, 지난번에 한번은 아주 위험했어요. 갑자기 비행기가 날아왔는데 그 녀석들은 틀림없이 폭격을 하러 왔다고 생각했던 모양입니다."

"하하하, 그것 참 위험했군요."

"네. 포병 녀석이 총을 겨누고 여차하면 쏠 기세였습니다."

"그래요. 그때는 바로 지나가 버렸기 때문에 아무 일 없었습니다만 하지만 위험했지요."

오야마는 한참동안 의외로 신이 나서 이야기를 계속했다.

4

그날 밤 오야마 부자와 하야시는 조 노인의 호의로 그 집에서 머물기로 했다. 조촐한 만찬회를 열고 오 영장도 왔는데 모두 하나같이 아주 피곤해 있었기 때문에 긴 얘기는 할 수 없었고 오 영장은 먼저 돌아가 버렸다. 겐지와 조 노인이 같은 방에서 자고 하야시와 히로시가 옆방에서 자기로 했다. 오야마는 그날 아침에 석방되었다고 해서 돼지고기를 얻어먹은 데다가 축 늘어질 정도로 피곤한 상태여서 점심때는 많이 졸았지만 정작 밤이 되자 오히려 잠이 오지를 않았다.

"너무 피곤하니까 열이 나서 오히려 잘 수가 없군요."

"음."

하야시는 눈꺼풀이 무거운 듯한 소리를 냈다. 오야마는 계속해서 그동안의 일을 이야기했으나 하야시는 드디어 밀려오는 졸음에 대답을 할 수가 없게 되자 코를 골며 자기 시작했다. 옆방도 조용했다. 오야마는 소리를 죽여 상체를 쑥 일으켰다.

"이봐, 하야시, 하야시 군."

하야시는 꿈쩍도 하지 않았다. 오야마는 그것을 보고 조용히 칸에서 내려와 정원 중앙으로 나왔다. 몽롱한 달밤이었다. 아직 새벽녘이었지만 대륙의 기후는 밤이 되면 차갑고 습했다. 정원 뒤편으로 나오자 한단 정도 높은 담 아래에 있는 화단에 듬성듬성 피어있는 꽃이 달빛에 희미하게 보여 왔다. 단지 방의 장지문 창으로 작은 등불이 비추고 있고 처마 밑의 어둠에 꿈을 띄운 듯한 엷고 산뜻한 색을 띠고 있는 것에 시선이 멈추었다. 순간 그는 세상 눈을 피해온 죄인처럼 가슴이 두근거려서 손으로 가볍게 누르고 있었다. 발소리도 없이 그는 꽃밭에 들어갔다. 거기서 그 방은 정면을 향해 있었다. 그는 목을 길게 빼고 붙박이 유리를 통해 안을 살짝 들여다보았다. 책상을 앞에 두고 램프불빛 아래 엎드려 있는 사랑스러운 마려의 모습이 반 정도 눈에 비쳤다. 쿵, 쿵 하는 소리를 듣고 사람의 인기척인가 하고 귀를 세웠으나 그것은 자신의 고동소리였다. 주변이 너무나 조용했다. 그는 용기를 내서 방 쪽으로 걸어갔다. 그리고 한참동안 가만히 보고 있다가 반 무의식적으로 똑! 똑! 하고 손끝으로 노크를 했다. 그러나 안에선 아무런 반응도 없었다. 자고 있는 건가 하고 허리를 펴서 높은 붙박이 유리 안을 들여다보니 마려는 원래대로 엎드린 채로 있었으나 자고 있는 것은 아니었다.

"마려 씨! 마려 씨!"

창문 틈에 입을 대고 조심스레 저음으로 불렀다. 그래도 대답은 없었다. 만찬 때까지만 해도 너무 기뻐서 천진난만하게 이야기를 하던 그녀였다. 옛날처럼 따뜻한 눈길을 보내 주던 그녀였다. 아니 그것보다 목숨을 걸고 자신들을 구해준 그녀였다. 그는 문을 열고 슬쩍 들어갔다. 그래도 그녀는 뒤도 돌아보지 않고 왼손으로 머리를 받치고 무언가를 열심히 쓰고 있었다. 그래도 그가 들어간 것을 모를 리가 없었다. 그는 문 입구에 선 채 두서너 번 불러 보았다. 그러나 그녀는 몸짓으로조차도 대답하려 하지 않았다. 그는 재빨리 그녀의 뒤로 다가갔다.

"마려 씨!"

그러나 아무런 대답도 없었다. 단지 펜 소리가 쓱쓱 크게 들려올 뿐이었다.

"무엇을 하고 있습니까?"

다정하게 물었으나 단지 높은 벽이 어렴풋이 반향을 일으킬 뿐이었다. 그는 무심코 그녀의 어깨 너머로 눈을 돌려 글씨를 쓰고 있는 종이를 바라보았다. 그러자 그녀는 펜을 잡고 있던 희고 귀여운 손으로 종이를 가려 버렸다.

5

"무엇을 그렇게 열심히 쓰고 있나요?"

몇 번이나 보려고 했으나 그때마다 그녀는 종이를 감추었다. 그리고 오야마의 시선이 다른 데로 돌아갔다는 것을 확인하면 또 쓰기 시작했다. 자기에게 보여서는 안 되는 것이라고 생각하자 오야마는 더욱 더 보고 싶어졌다. 불안과 흥미가 함께 느껴졌다. 그는 일부러 네다섯 발자국 뒤로 물러났다.

"아, 아."

그는 기지개를 켜서 아무 것도 보지 않았음을 가장해 보이려고 했다. 그러자 또 쓱쓱 펜 소리가 들리기 시작했다. 그는 담을 넘듯이 발끝을 세워서 그녀의 펜이 움직이는 것을 지켜보았다. 그녀는 한 자 내지 두 자를 쓰고는 보이지 않도록 신경을 써서 지우곤 했다. 조금이라도 소리가 들리면 바로 머리를 굽혀 손으로 종이를 가리는 것이었다. 한 자, 두 자, 길어야 서너 자를 쓰고는 지우고, 또 쓰고는 지우는 것을 보니 편지는 아니었다. 그러나 단순한 낙서라면 보여주지 않을 리가 없었다. 역시 자기와 관련이 있는 것이라고 그는 생각했다. 그는 점점 더 초조해졌다. 좋은 일이든 나쁜 일이든 그는 그것을 보지 않고는 견딜 수가 없었다. 그는 그곳에 놓여 있는 일본어 신문을 집어들고 그녀에게 조금도 집착하지 않는 척 일부러 소리를 내어 읽고 있었다. 그러나 물론 그녀가 쓰고 있는 것에 주의를 기울이고 있지 않은 것은 아니었다. 오히려 더 주의 깊게 훔쳐볼 수 있는 기회를 엿보고 있었다. 그는 때때로 신문에서 특종이라도 찾아낸 듯 탄성을 지르기도 했으나 그럴 때야말로 그녀의 손에 예민한 시선을 보내고 있는 것이었다. 그녀도 조금은 틈을 주고 있는 듯 했다. '듣고 있어!' 그렇게 생각하면서 그는 읽는 소리를 조금 크게 하고 감탄하는 횟수도 늘려서 신문을 계속해서 읽었다. 그리고 틈을 타 조금씩 그녀의 뒤로 다가갔으나 그 대신 신문은 가능한 한 그녀가 있는 곳에서 더 멀리 뒤쪽으로 빼내어 부스럭 부스럭 소리가 나게 했다. 손과 머리를 반대 방향으로 뺄 수 있을 만큼 빼어 이상한 포즈를 하고 그녀의 뒤에 허리를 굽히고 있던 그는 순간 벌떡 일어섰다. 그 순간에 신문이 부스럭하고 램프의 윗부분에 닿자 그녀도 동시에 책상 위에 엎드려 종이를 감추려 했다. 그렇지만 오야마는 이미 또렷이 보고 말았다.

종이의 절반에 지워진 선과 '유키코', '고토 유키코', '오야마 유키코'라는 글자 여러 개가 큰 자막처럼 그의 눈에 들어왔다. 그리고 그것이 그의 뇌리를 스쳐 지나갔다. 그는 그 뒤로 한 마디도 하지 않았다. 아무 말도 하고 싶지 않았다.

'약한 자여……'

'인간적인 너무나 인간적인……'

셰익스피어와 니체의 유명한 대사가 면도날처럼 날카롭게 머리를 스쳐 지나갔다. 그럼에도 불구하고 사지에서 구해준 직후에 모든 것을 받아들이고 싶었고, 역시 너무나 인간적인 온정 속에서 '유키코' 혹은 '오야마 유키코'라고 계속 쓰고 있었던 그녀의 진심이 읽혀져 가슴이 아팠다.

"마려 씨!"

그는 달래듯이 말했다. 그래도 그녀는 여전히 꿈쩍도 하지 않았다. 고민하면서도 그것을 보이지 말아야지, 이야기하지 말아야지 하고 굳어 있는 듯이 보였다. 그는 간신히 격정을 억눌렀다. 무거운 침묵이 흘렀다.

6

"마려 씨!"

떨리는 듯한 그 목소리는 그 자신에게 얕은 감상을 불러 일으켰다.

"그럼 실례하겠습니다."

그는 자신의 방으로 돌아가려 했다. 그리고 어떤 방해도 받지 않고 자유롭게 혼자서 고민을 하려 했다. 그것이 너무 기뻐서 용기를 내서 말을 하기보다 오히려 마음을 깊게 해서 그 심화의 위력이 어떤 어둠이나 방해도 뚫고 지나 그녀를 감동시킬 것 같았다. 그렇지만 그는 잠시동안 그대로 서 있었다.

"마려 씨! 실례하겠습니다."

다시 한번 말했으나 대답이 없다.

"실례했습니다. 안녕히 주무십시오."

그는 문 쪽으로 걸어갔다. 말려도 억지로 나갈 생각이었다. 그런 그의 마음은 발소리에까지도 전해져 있었다. 그때 그녀는 휙 머리를 들었다.

"안돼요, 안됩니다."

그녀는 오야마 쪽으로 돌아와서 문 앞을 막고 섰다. 그를 쳐다보는 그녀의 눈은 확실히 눈물을 머금은 채 미소를 짓고 있었다.

"앉으세요."

그녀는 의자를 권했다.

"아니에요. 가게 해 주세요."

무언가 터뜨려 버릴 것 같은 목소리였다.

"안돼요. 갈 수 없다니까요."

"아니오. 피곤합니다."

"저도 피곤해요."

오야마는 아무 말도 하지 않고 앉은 채 고개를 숙였다.

"오야마 씨, 화났어요? 화내지 마세요."

오야마는 묘하게 울고 싶어져서 머리를 들 수가 없었다.

"정말로 미안합니다. 용서해 주세요. 오야마 씨."

그녀는 덥수룩한 오야마의 머리를 가만히 바라보고 있었다. 상당히 오랫동안 침묵이 흘렀다.

"마려 씨, 당신의 마음은 잘 알고 있습니다."

오야마는 어렵사리 말문을 열어 정면에서 그녀를 쳐다보며 말했다.

"그러나 그런 마음 씀씀이는 저의 본뜻과는 전혀 다른 것입니다. 유키코라는 사람의 존재 때문에 혹은 주위의 박해 때문에 기죽을 필요는 없다고 생각합니다."

"아니에요. 그렇지 않습니다."

그녀는 불복하듯이 말했다. 그리고 계속해서 말을 이었다.

"저는 타인의 시선이나 평판 때문에 기가 죽거나 겁내하거나 하지는 않아요. 제대로 얘기를 하자면 역시 오야마 씨 때문에 오야마 씨의 행복을 위해서⋯⋯."

"또 그런 말을 하는군요."

오야마가 강하게 말을 막자 추궁을 하듯이 말했다.

"도대체 모든 것이 저의 행복을 위해서라고 말씀하시는데 그것이 무엇입니까?"

"글쎄요. 뭐라고 말할 수는 없습니다만 당신의 사업이기도 하고 가정의 평화이기도 합니다. 그리고⋯⋯."

"그렇습니까? 그러면 나라고 하는 인간은 유키코나 사장이 아니면 또 부모가 아니면 자신의 사업도 가정도 지킬 수 없다는 논법이 되는군요. 다시 말해서 자신이 세운 자신의 생활을 파괴하고 자신이 아닌 다른 것에 의지해야만 한다는 것이군요."

"그렇지 않아요. 그렇지만 그런 경우 당신을 떠나는 것이 역시 당신을 위해서⋯⋯."

"또, 나를 위해서입니까? 그러나 그것은 당신을 이기고 나를 이겼다고 하는 것 이외에 아무 것도 아닙니다."

그는 똑똑히 말하고 잠시 후 계속해서 말했다.

"마려 씨! 이기려고 하는 사람은 먼저 싸웁니다. 그리고 더 강하게 살아가고자 합니다. 싸우기 전부터 도망가는 자에게 승리란 영원히 없습니다. 그러니까 비록 옆에서 방해나 박해를 받아도 오히려 그 역경에 맞서 그것을 이겨내면서 바르게 나아가야만 하지 않을까요? 입센이 말한 대로 바람이 없는 세상에서는 깃발 하나도 생생히 펄럭이지 않습니다. 바람을 맞아서 그것을 헤치려고 하면 자신의 마음속의 깃발은 펄럭이게 되는 것입니다."

"하지만 저에게도 타인을 위해서 일할 용기는 있습니다. 오야마 씨는 물론 유키코를 위해서도요. 즉, 두 사람을 위해서⋯⋯."

"타인을 위해서가 아닙니다. 먼저 자신을 위해서입니다. 그렇지만 여자는 사랑을 받는 것은 알아도 사랑을 주는 것은 모릅니다. 사랑 받고 싶은 자는 역풍을 필요로 하는 범선처럼 좋은 환경만을 바랍니다. 그렇지만 정말로 이 살벌한 대륙에서 사랑을 해 보십시오. 사랑을 하는 한 뿌리치고 갈 수 없습니다. 그것은 즉 환경에 의해 사랑 받는 게 아니라 스스로 나아가서 환경을 사랑하기 때문입니다."

결국 그날 밤 두 사람은 많은 이야기를 하며 날을 새웠다.

태풍

1

다난한 봄이 지나고 오곡이 풍성한 여름과 동시에 토산자는 조금 안도의 기색을 보였다. 이곳은 원래 바람소리에도 마음을 놓을 수 없는 만주의 외진 곳으로, 주민들이 대체로 마음의 준비를 하고 있었다.

초승달이 지려고 하는 어느 날 밤의 일이다. 보초 한 사람이 달려와서 먼 곳에서 이상한 그림자가 보였다고 보고를 했다. 하야시와 오야마 그리고 이삼일 전에 삼도구의 집에서 돌아온 이성천이 큰 방문을 열고 바람을 쐬고 있었는데 그 보고를 듣고 모두 깜짝 놀랐다. 외진 곳치고는 상당히 오랜 기간 동안 아무 일 없이 무사한 곳이었지만 드디어 무언가 일이 터질 것 같은 기분을 이 폭풍지대에 사는 사람들이 막연히 직감하고 있었던 것이었다. 망대에 올라가는 발소리가 조용한 밤하늘의 공기 속을 탁탁 듣기 좋게 흘러갔다. 아무도 말을 꺼내는 사람이 없었다. 이상하게 긴장이 되어서 손에 땀이 났다.

남산과 북산은 원만한 곡선을 그리며 검은 괴수처럼 어둠 속에 웅크리고 있었다. 삼도구로 통하는 도로가 희미한 백선을 그리며 어둠 속으로 사라지고 그 옆에 비가 그친 해란강과 올해 막 개간한 논이 둔탁한 납색으로 빛나고 있었다. 평지나 들판에 풀이 무성한 농촌에는 불빛 하나 비치지 않았다. 백성들은 심하게 지쳐 있었고 달콤한 잠에 빠져 있듯이 주위는 조용했으나 후각이 예민한 개는 드디어 적의 이상한 체취를 맡았는지 멀리서 짖어댔다. 그 소리가 기분 나쁘게 산 속에 울려 퍼졌다.

"음, 도적임에 틀림이 없어!"

하야시는 그렇게 말하면서 망원경을 오야마에게 건넸다. 약 30~40미터 북산의 기슭에 희미하게 비춰진 그들은 언뜻 보기에는 대단한 숫자였다.

"뭐야? 대단하군."

하야시가 말했다. 그 역시 마음속으로는 조금 당황하고 있었다. 그것은 이번 도적의 성질이 어떤 것인지를 대강은 예측하고 있었기 때문이다. 전날 마려의 이야기로 판단한 것인데, 이 습격은 장학량 의용군이 계약금을 노린 것으로 생각되었다. 아니면 이 도적은 왕쾌퇴와 한패일지도 모르는 것이었다. 신경 오리엔탈클럽의 류오락의 밀정이 장학량 제6군단에 오야마 부자 거래 건으로 파견되어 그 군단에서 왕쾌퇴와 교섭을 했을 것이라고 하는 것, 또 그것은 이미 오야마 부자가 석방된 뒤였기 때문에 그가 동분서주한 것이 결국 허사로 끝나버린 것도 충분히 예견할 수 있었다. 그래서 류오락의 밀정도 의용군도 왕(王)도 마찬가지로 멀뚱멀뚱 뻔히 쳐다보면서 손해를 보았다고 분해하고 있을 것이다. 오야마 부자를 지금 잠시 감금해 둔다면 깜짝 놀랄 만큼 큰돈을 쥘 수 있음에 틀림없다. 큰 실수를 저질렀다. 이 무슨 실수인가. 그들이 그렇게 생각하는 것은 당연하다. 그래서 다시 한번 오야마를 납치하려고 왕쾌퇴가 한꺼번에 토산자를 덮쳐온 것일지도 모른다. 그렇다고 한다면 이 습격은 복수전으로 그 목표는 확실히 강탈에 있다. 즉 오야마를 생포하면 돈을 많이 받을 수 있게 되나 만약 그것이 불가능한 경우엔 그 분노를 대포로 푼 뒤 그 위에 약탈을 해 올 속셈인 것이다. 그래서 그 누구의 습격보다도 더 악질이고 집요할 것이라는 것은 대충 상상할 수 있다. 그러나 토산자의 요새도 보위단도 상당히 튼튼하다. 보위단은 그 동안 쉴새없이 신병을 늘려 매일같이 훈련을 해 왔기 때문에 전투력이 충분히 강해져 있었다. 게다가 용정의 영사관에서 지급받은 총기는 장학량의 전성시대에 유럽에서 구입한 것을 만주사변 당시 빼앗은 것으로, 무장을 하면 대부분의 도적들 따위는 그들의 상대가 아니었다. 그렇기 때문에 이런 소부대를 노리고 오는 졸렬한 마적단은 바로 퇴치할 자신이 있었다.

2

부락에 전령을 보내 보위단에 비상소집을 했다. 드디어 영사관 쪽에 일제히 모여서 총기 배포를 하고 각각의 부서에 속해서 대기태세를 취했다. 그와 동시에 한편으로는 부락민을 전부 영사 안에 피난시켜 두었는데 여차하면 이들이 당황해서 뛰쳐나오는 바람에 적지 않은 애를 먹었다. 하야시나 오야마나 이성천 등이 노력해서 조용히 시키려 했으나 하루종일 피난 온 사람들은 모두 각자 자신들이 생각하는 안전지대를 찾고 싶은 듯 왔다갔다 하면서 그곳을 빠져나가려고 하는 것이었다. 그래서 영사관 내는 쉽게 소란스러워졌다. 긴급한 경우에는 이것이 가장 어려운 일이었다.

"조용히, 조용히……."

하야시와 이성천은 힘이 들어간 목소리로 자주 소리를 지르며 돌아다녔으나 그래도 쉽게 소란은 가라앉지 않았다. 드디어 하야시는 권총을 들이 대고 그들을 집안으로 밀어 넣었다.

"여러분, 입을 다물고 가만히 있어 주십시오. 도망가거나 하면 제가 쏘겠습니다."

그는 위협을 해야만 했다. 그래도 위험이 다가온 것을 알자 모두 몹시 참을 수 없는 듯한 표정을 지었다.

"아무리 해도 어쩔 수 없는 사람들이군."

하야시가 소리를 지르며 걸어도 모두들 허망한 눈을 한 채 조금 더 안전한 곳을 찾아 왔다갔다 했다. 부엌에 내려가 아궁이를 들여다보거나 혹은 그 아궁이 안에 들어가는 흉내를 내기도 했다. 어떤 사람은 정원 뒤쪽으로 들어갔다. 노인들은 단지 눈과 입을 딱 벌린 채 휴, 하고 한숨을 내쉬었다. 그 딱 벌린 입에서는 도저히 참을 수 없는 입 냄새가 나서 실내가 푹푹 찌는 찜통과도 같았다. 무지한 자들의 공포라고 하는 것은 실로 측정할 수 없는 것이었다. 그다지 아깝지도 않을 것 같은 목숨이 어째서 저렇게 두려울까 생각하면 하야시는 오히려 웃고 싶어졌다. 물론 그것이 독선적인 생각임을 모르는 바는 아니었다. 자신은 역시 어떤 경우라도 그들의 호위병이어야만 한다고 생각했다. 그는 보위병으로서 그들 피난민이 한 발자국이라도 밖으로 나오지 않도록 감시해야 했다.

서부의 요새를 사령본부로 대치하고 각 요새에 보위병을 세워두었다. 그리고 요새에서 나팔을 불기 전까지는 절대로 사격을 하지 않도록 명령하고 만반의 준비를 하고 적이 가까이 오는 것을 기다리고 있었다. 경기관총이 겨우 2대밖에 없었기 때문에 한대는 서부의 요새에 또 한대는 뒤로부터의 습격에 대비해서 남부 요새에 배치해 두었다. 적의 대부대는 북에서부터 오는 것이었다. 폭풍전의 침묵이 계속되었다.

도적은 계속해서 밀려왔다. 아직 꽤 거리가 있었기 때문에 확실히 보이지는 않았지만, 어둠 속에서도 큰 무더기로 전진해 오는 것만큼은 확실했다. 약 이천 미터 앞 지점에 오자 적은 흩어져서 포위망을 두르기 시작했다. 마적이 흔히 하는 수법이다. 그래도 이쪽은 조금도 움직이지 않았다. 약 천 미터 앞에 임박해 왔을 때는 꽤 분명한 모습으로 적의 그림자가 보였다. 도적은 드디어 발사를 시작했다. 그래도 이쪽의 발사 개시 나팔은 쉽게 울리지 않았다. 적은 언뜻 보아도 이백 명 정도는 족히 되었다. 칼이 하얗게 빛을 발했다. 하야시도 역시 놀라지 않을 수 없었다. 적은 흩어져서 왔기 때문에 그 대응 전에 터무니없이 많은 탄환을 소비했다. 그래서 하야시는 자칫 잘못해서 아까운 기회를 놓쳐버리지 않도록 혼자서 고육책을 짜내고 있었다. 두도구의 군경 부서에 급히 보고해서 지원을 요구할까도 생각했으나 조금 더 형세를 보기로 했다.

3

“저것 봐! 저거! 가장 높게 빛나는 것이 있지?”

하야시가 가까이 오는 적들을 가리키며 말을 하자 모두의 시선이 그의 손가락 끝을 따라 움직였다. 흩어져서 오는 적진의 곳곳에 으스름한 달빛이 반사해서 둔탁하게 빛이 나고 있었다.

“저것이 중위의 지휘도인가?”

“음 중심부대라고 하는 게 저것이군.”

“그래요.”

하야시와 오야마가 요새에서 이런 말을 하고 있는 사이에 적은 벌써 가까이 와있었다. 드디어 밀려들기 시작할 듯이 지휘도가 높게 올라가 있었다.

“지휘자가 쓰러지면 오합지졸은 두려움에 떨고 대개는 혼란에 빠져버린다. 이봐, 나팔수, 탕하고 울림과 동시에 맹렬한 기세로 부는 거다. 기관총은 아직이다.”

하야시는 일심불란으로 총을 장치하고 기다리고 있었다. 인간이라고 하는 것은 역시 다른 동물과 달라서 총구를 대 보면 실제보다 두세 배나 크게 보이는 것이다. 그래서 쏘기 쉽고 맞을 확률이 높은 것이다. 하야시는 의식상으로 날카로움의 한계를 뛰어넘은 살육 앞의 둔중한 통쾌함을 기억하고 있었다.

"좋아! 삼백 미터. 정확하군."

그는 총의 가늠자를 붙이고 힘껏 방아쇠를 당겼다. 탕! 탕! 계속해서 두 발, 세 발. 동시에 나팔도 용맹하게 울리기 시작했다.

달은 벌써 지고 있었다. 적의 장검이 두세 개 공중 제비 하듯이 치며 번쩍번쩍 빛을 발하기 시작했다. 뒤로 젖혀져 무너질 듯한 대단한 얼굴이 포화에 비추어져 플래시백처럼 명멸해 갔다.

혼란함이 잠시 지나고 와하고 돌진해 오는 적의 무리 위에 총탄이 비처럼 맹렬하게 쏟아졌다. 그래도 적은 필사적으로 처참한 소리를 지르면서 뭉치거나 혹은 흩어져서 끊임없이 밀어 닥쳐왔다. 푹푹 쓰러지는 자가 생기자 도적은 급히 활로를 찾아 저쪽으로 눈사태처럼 밀어닥쳤다가 또 이쪽으로 밀려들어 부대행렬은 그 형태가 아주 없어져 버렸다. 그래도 또 그들은 돌진해 왔다. 탄환은 불규칙적이었으나 수가 많은 만큼 싸래기 눈처럼 내려왔다. 정원에 모래먼지가 확 앉고 요새의 돌벽이 파편을 날렸다. 탄환과 모래가루에 시야가 점점 흐려져 갔다. 양쪽 다 꽤 고전을 하며 사격을 계속했다. 적의 함성은 성 아래 가까이까지 좁혀 왔다. 기관총은 그때 비로소 불을 뿜기 시작했다.

다다다다…….

반원을 그리며 도는 기관총 앞에 밀어닥친 도적단이 딱 그치는가 싶더니 곧 큰 물결을 이룬 대열이 뒤로 열을 지어 물러나는 것이었다. 그 물러난 자리에는 시체가 여기저기 겹겹이 굴러다니고 있었다. 그러나 도적은 그것을 밟고 넘거나 밀어붙이는 것이었다. 그때마다 적진은 솎아 내어져 그 수가 줄어들었으나 일보전진 일보후퇴를 몇 번이나 반복해서 상당히 오랫동안 쌍방은 양보하지 않고 응수를 계속했다.

드디어 첫닭이 울었다. 그것은 백성들의 축제시간으로 오전 1시경이다. 도적은 백여 명 가까이 사상자를 내자 돌진 횟수나 열의도 많이 꺾여 있었다. 이쪽도 탄환을 절약하기 위해 감시 사격으로 바꾸었다. 그래도 적은 아직 흩어지려고 하지 않고 계속해서 사격을 했다. 3시가 가까워지자 슬슬 후퇴를 해 부대 상황은 수습이 되는 듯했다. 이쪽도 수십여 명의 중경상자가 나와 치료를 하기 위해 구호실로 바뀐 버린 헛간으로 부상자를 운반해 갔다. 그러나 오야마나 하야시 그리고 이성천은 이런 일에는 신경을 쓸 수가 없었다. 각각 자신의 역할이 있었다. 운반인이나 의료반은 또 별도로 정해져 있었다.

4

날이 새기 전의 조용함 속에서 잠시 총소리도 잠잠해졌다. 가락이 길고 쉰 당나귀의 울음 소리가 들려왔다. 그것은 새벽이 오려는 전조로 거기서 두 시간 정도 되어서 소변을 보러 가야할 것 같으면 벌써 동틀 녘으로 백성들은 슬슬 들로 나가는 것이다. 닭과 당나귀와 소변은 백성들에게 있어서 꽤 정확한 '시계'인 셈이다.

도적은 물러난 채 가만히 있더니 야음을 틈타 슬슬 도망갈 준비를 하고있는 듯했다. 그렇게 생각하자 시시각각 적들이 어둠 속으로 사라지는 것 같아 하야시는 이번에는 추격을 해 보려고 했다. 그때를 가늠해보고 있는데, 돌연 적이 또 세력을 만회해서 공격해 왔다. 또 격전이 펼쳐졌다. 오야마나 이성천은 취사반 일을 하고 있었는데 어디선가에서 혼비백산할 듯한 외침소리가 총소리와 함께 들려왔다. 가슴이 고동쳐왔다. 조금이라도 바깥에 머리를 내밀면 탄환냄새가 풍풍 풍겨와 코를 찔렀다. 노란색 초연으로 희뿌연 속을 총알이 유성과 같이 빛의 꼬리를 달고 날아 들어왔다. 잠시 후 누군가가 급한 발자국 소리를 내며 어두운 정원을 달려 들어왔다.

"이봐, 돼지고기인가?"

오야마는 무심코 외쳤다. 돼지를 잡으러 간 부하가 돼지고기를 가지고 돌아온 것이라고 그는 생각했다. 달려온 자는 온통 선홍색 피투성이로 빛나는 무언가를 끌어안고 있었다. 그러나 그는 취사장 앞까지 와서는 털썩 주저앉고 말았다.

"앗!"

순간 오야마는 눈을 크게 뜨고 혼비백산할 정도로 큰소리를 질렀다. 그 남자가 안고 있는 것은 돼지고기가 아니라 그 자신의 창자였던 것이다. 적에게 찔려 달려오는 동안에 상처에서 빠져 나와버린 것이었다.

오야마가 거의 무의식적으로 그 남자를 끌어 올리려고 할 때였다. 어쩌다 날아든 유탄이 그의 오른쪽 가슴부분에 명중해 버렸다.

"앗!"

오야마는 그 자리에 쓰러져 버렸다. 이성천이 달려 왔을 때는 이미 기절해 있어서 한 마디도 말을 나누지 못했다. 이성천은 상처 난 자리에 손을 대고 필사적으로 출혈을 막고 있었다.

"이봐, 오야마, 오야마……."

이성천은 목메어 울면서 미친 듯이 불렀으나 계속해서 오야마는 대답이 없다. 오야마는 이성천에게 안긴 채 바로 의료소로 실려 갔다. 잠시 후 하야시도 뛰어들어 왔으나 그도 어떻게 할 방법이 없었다. 지혈을 하거나 강심제 주사를 놓아도 보았으나 물론 그것만으로는 살아날 것 같지 않은 중상이었다.

"이군! 그 뿐만 아니라 상당히 많은 사람의 목숨이 버려진 상태로 있기는 하나 구할 수 있는 사람은 구해주고 싶다. 그러나 지금은 일손이 부족하기 때문에 모두를 구하기는 어렵다. 하지만 오야마 군은 중상이기 때문에 적어도 두도구의 의사에게 데려가 보고 싶다. 힘센 병사로 네

다섯 명을 보내주겠소?"

하야시는 슬프기보다는 답답하고 언짢아서 어떻게 해야 좋을지 알 수 없는 기분이었다.

"좋아, 이 일은 내가 하겠소. 나 혼자서도 할 수 있소. 업고라도 가겠소."

이성천도 그 자리에서 결심했다.

"아니, 그것은 위험해요. 게다가 한 사람으로는 힘이 부족해서 빨리 갈 수가 없어요."

하야시의 이야기가 끝나기도 전에 이성천은 쏜살같이 밖으로 나갔다. 주사가 들었는지 오야마는 가끔씩 몸을 움직이기도 하고 매우 고통스러운 기색을 보이기도 했다.

드디어 건장한 젊은이 네 명이 이성천과 함께 왔다. 이성천이 맨 먼저 오야마를 업고 남문을 빠져나갔다. 네 명의 젊은이들이 조용히 그 뒤를 따라갔다. 아직도 밤은 어두웠다.

5

아직 걷히지 않은 탄연을 뚫고 아침햇살이 비추고 있었다. 위험이 없는 때를 틈타 부상자를 차에 싣고 두도구(頭道溝)로 이송했다. 그리고 나서 도적의 위폐물 수집 등 대강의 뒤처리를 했다.

"옛!"

하야시는 피묻은 파 네 다섯 개를 정원에서 주워들었다. 갑자기 가슴이 북받쳐 왔다. 그것은 취사반에 있었던 오야마가 들고 있었던 것임에 틀림없었다. 부엌이나 헛간이나 창고 툇마루 밑에 숨어 있었던 주민들은 어슬렁어슬렁 기어 나왔다. 자신들이 살아 있음을 확인이라도 하듯 다른 사람의 얼굴을 멀뚱멀뚱 보거나 뱃속에서 대변이 타서 입까지 구리다고 하며 퉤퉤, 침을 뱉기도 했다.

하야시는 평소보다 늦게 아침 식탁에 앉았으나 밥을 먹지 못했다. 그렇지만 다른 사람들은 잘 했다는 듯이 바쁘게 젓가락질을 하며 걸신들린 듯 휘젓고 있었다. 그리고 어느 정도 배가 차자 이번엔 이러쿵저러쿵 호들갑을 떨기 시작했다.

"도적 녀석들 말이야. 그 빈 집에서 소나 당나귀나 말을 끌고 나와서 그 한쪽 편에 딱 붙어서 도망가지 뭐야. 아직 어두운 때 말이야. 사람은 잘 안 보이지만 어쩐지 이상했어. 그래서 쫓아가 보았더니 그 모양이지 않겠어. 재빨리 쏘았지, 말에서 툭툭 떨어지지 뭐야. 얼마나 고소하던지."

한 사람이 이런 이야기를 하자 다른 사람이 경멸 섞인 투로 말했다.

"빌어먹을. 바위나 나무 밑에 숨어서 이쪽은 보지도 않고 머리 위에 철포를 밀어 올려서 맹목적으로 쏘지 않겠어. 어디 맞았겠어. 마치 미친 것 같았어. 하하하……."

그러자 계속해서 자기는 칼로 적의 배를 찔렀다느니 자신은 철포 알이 아깝기 때문에 총대로 때려 쓰러뜨렸다느니 자기는 머리를 칼로 가로 쳤다느니 하는 이야기를 오랫동안 계속했다. 그 때 아이를 업고 더러운 옷차림의 한 여인이 숨을 헐떡이며 들어왔다. 미친 듯이 보였다.

"누구, 내 남편 못 봤나요."

그 여인은 불안해서 어찌할 줄을 모르며 그곳에서 만난 사람들의 얼굴을 똑바로 쳐다보았다.

"못 봤어. 어떻게 된 일이지."

"나도 못 봤어."

"아무튼 어두웠잖아."

아무도 아는 자가 없었다.

"죽은 게야. 죽은 게 틀림없어. 그 바보가 적이 오는 앞으로 뛰어 갔으니.”

“어디로?”

“당신 남편은 미친 것 아닙니까?”

“그래요. 자고 일어나는 것도 못하던 사람이 마치 미친 사람처럼 벌떡 일어나 날 것처럼 뛰어 갔어요.”

여자는 그렇게 대답하고 울기 시작했다.

“울지 마세요. 울지 마세요.”

모두 달래 주어도 그 여자는 울음을 그치지 않고 그 주변을 찾기 시작했다. 툇마루 아래나 헛간 안을 들여다보며 넓은 구내를 천천히 둘러보는 것이었다. 비록 죽었다고 해도 시체라도 있을 것이다. 그러나 어디에도 보이지 않자 또 돌아와서는 모두에게 도움을 청하듯이 덧없이 울기 시작했다.

6

모두들 그 남자가 우연한 충동으로 미쳐서 어딘가에 가 버렸을 거라고 생각했다. 지금까지 병이 들어 꼼짝도 못하던 사람이라도 정신에 이상이 오면 멀쩡해지기도 하고 약하던 사람이라도 갑자기 강해진다고 모두들 생각하고 있었다. 또 그런 예는 얼마든지 있다고도 생각하고 있었다.

“그런데 도망갈 때 어떤 행동을 했습니까?”

나이든 한 남자가 그 도망가 버린 남자를 멋대로 미친 사람이라 생각하고 이런 질문을 여자에게 했다.

“아무 말도 하지 않았어요. 소변을 보러 가는 거라고 생각했는데. 뒤도 돌아보지 않고 달려갔어요.”

그 여자는 콧물을 훌쩍이며 말을 했다.

“그것 봐요. 미친 게 틀림없어.”

“미쳐도 살아 있기만 하면 좋겠어요.”

여자는 그렇게 혼잣말을 하고 계속해서 불안에 떨고 있었다. 비록 죽었다고 해도 그 시체라도 찾고 싶다고 혼자서 중얼거리듯 말했다. 말을 더듬는 만큼 그 진심이 강하게 전해져 왔다. 업힌 아이는 밤새 휘둘려서 잠을 못 잔 듯 지금은 등 뒤에서 쌕쌕 코를 골며 자고 있었다. 그녀는 곧 어디론가 가버렸다.

그들은 식후에 곧 하다가만 일을 하기 시작했다. 적들이 의외의 보물이라도 떨어뜨리지 않았을까. 터무니없는 것을 생각하기도 하며 모두들 열심히 일을 하고 있었다. 거기에 총을 지팡이로 짚은 남자가 언제 어디서 왔는지 모르는 사이에 어슬렁어슬렁 나타났다. 언뜻 보아 중환자 같아 보였다.

“아, 당신인가? 조금 전에 당신의 부인이 울면서 당신을 찾았어요. 도대체 어디 갔었던 거지?”

한 사람이 물었다. 그 남자는 대답을 하려고도 집에 가려고도 하지 않고 바짝 마른 몸을 총에 기댄 채 숨을 쉬고 있었다.

“당신 어디에 갔다 온 거지?”

“아무 데도 가지 않았어요.”

그 남자는 실실 웃고 있으면서 말했다.

“바보, 아무 데도 안 갔다니. 미쳐서 뛰어 나가는 것을 내가 확실히 보았어.”

“아니, 저 목재 벌채장에 갔었어요.”

“어 그래. 그건 길 중간에 있지 않나. 그 몸으로 어떻게 이 야밤에 그런 산 속에 갈 수 있었지?”

병자는 단지 히죽히죽 웃고 있었다.

“저 녀석 아직도 제 정신이 아니야.”

누군가가 그렇게 말을 했다. 그렇지만 병자는 그런 말에 신경 쓰지 않는 듯 손에 쥐고 있던 총을 두드려보며 말했다.

"나 말이지, 저기에서 이것을 주웠어."

그러자 모두 그것 참 큰 돈벌이를 했군. 장총은 한 자루에 얼마일까 하고 이야기를 주고받았다. 이에 우쭐해진 그 남자는 허풍을 떨며 말했다.

"적이 아주 많은 총을 내버려두고 도망갔어. 내가 말이야. 쌓인 목재 사이로 그것을 확실히 보았어."

그 총은 돌아오는 길에 거기에서 주운 것이다. 그러자 듣고 있던 사람은 모두 재미있어 했다.

"음 역시, 그 안은 좋군. 탄환이 와도 맞지를 않다니. 하하하."

한사람이 그렇게 말하면서 웃자 나이든 사람이 책망을 하듯이 말했다.

"당신, 빨리 집에 가보게. 당신 부인 지금쯤 아마 미쳐 있을 지도 몰라."

그러자 그 남자는 또 히죽 웃고 총을 지팡이로 사용하며 천천히 걸어갔다. 하야시와 이성천은 사방을 돌아다니면서 일을 감독하고 있었다.

오후에 두도구에서 심부름꾼이 왔다. 오야마나 다른 부상자들 중에 상태가 몹시 좋지 않은 환자가 있다는 것이었다. 그래서 조금 늦은 감은 있지만 하야시가 바로 말을 타고 혼자서 두도구로 향했다.

대륙의 등불

1

입원 중에 죽은 사람을 두도구의 병원에서 토산자로 운반해서 정성껏 묻었다. 다른 부상자들은 대개 모두 이삼 주가 지나면 좋아져서 토산자로 돌아갔다. 그러나 얼마 안 되는 짧은 봄이 지나고 작열하는 태양의 계절 여름이 와도 오야마의 부상은 아직 좋아지지 않았다. 탄환이 오른쪽 가슴의 늑골과 늑골 사이에 맞았지만 다행히 가슴 한복판을 통과하지 않았고 옆으로 삐쳐서 약 4인치 정도 위쪽의 늑골에 스쳐지나간 것이다. 두도구에 있는 의사의 수술로 총알은 바로 꺼냈으나 어찌된 일인지 경과는 호전되지 않았다. 그는 가끔 심한 고통을 호소하고는 너무 고통스러운 나머지 의식을 잃거나 불을 뿜어내듯 고열을 내기도 했다. 아버지 겐지도 와 있었다. 그 동안 봉천에 급한 용무가 있어서 두세 번 왕래를 했지만 아직 회복되지 않았다. 그래서 드디어 용정의 도립 의원으로 옮기기로 했다. 겐지의 친구인 원장 히사도쿠 박사는 권위가 있는 외과 의사로 그의 치료를 받기 위해서였다. 겐지가 용정의 병원으로 히사도쿠 박사를 방문했을 때에는 마침 점심시간으로 박사는 혼자서 태연히 담배를 피우고 있었다. 며칠 전에 만나서 이전을 시키겠다고 이야기를 해 두었기 때문에 그날 환자를 데리고 가자마자 박사는 바로 진찰을 해 주었다. 겐지가 이것저것 병 상태를 알고 싶다며 질문을 하자 박사가 짧게 말했다.

"어쨌든 입원을 시키십시오."

"어차피 수술을 다시 하지 않으면 안 됩니다."

원장은 코 맨 목소리로 가볍게 말하는 편이었으나 역시 전문적인 것을 이야기할 때 침착함을 잃지는 않았다.

"상태가 많이 안 좋습니까?"

그는 정면에서 박사를 올려다보면서 말했다. 상대가 너무나도 과학자다운 냉정한 표정을 하고 있어서 고개를 떨구고 말았다.

"그렇군요. 오후에 다시 한번 진찰을 해봅시다."

"네."

겐지는 한참동안 메마른 목소리로 계속해서 말했다.

"그래도 낫기는 낫겠죠."

"글쎄요. 이런저런 경우가 있기 때문에⋯⋯."

박사는 어디까지나 확실하게 말해 주지는 않았다.

"제발 부탁합니다."

"어쨌든 다시 진찰을 해서 오늘 중으로는 어떻게든 합시다."

"그의 생명을 선생님께 맡길 테니 아무쪼록 부탁합니다."

겐지는 정중히 부탁을 하고 발소리를 내지 않고 나와서 곧바로 히로시의 입원실로 향했다. 문을 살며시 열고 병실에 들어가 유키코나 히로시의 주변으로 다가갔다. 오늘은 의식불명으로 상태가 더 좋지 않았다. 유키코는 벌써 훌륭한 의사가 된 듯 자기 손으로 꼭 히로시를 완쾌시켜 보겠다며 이번에 겐지를 따라 온 것이었다. 그리고 겐지에게 지지 않을 정도로 열심히 간병을 했다. 겐지가 들어와서 환자에게 다가가자 유키코는 '조용히 해주세요'라고 말하듯 눈짓을 했다. 히로시는 방금 전에 주사를 맞고 겨우 잠이 들어 있었다. 겐지는 가만히 히로시의 얼굴을 들여다보았으나 저절로 고개를 떨구고 말았다. 맨 처음 두도구(頭道溝) 병원을 방문해서 병실에 들어갔을 때 혼수 상태에 빠져 아무도 몰라보았던 히로시가 갑자기 눈을 번쩍 떴다. 그 눈은 분명히 아버지를 알아보았던 것이다. 그는 문득 지금 그때의 일을 떠올려 보았다.

2

유키코는 겐지의 뒤에 조용히 의자를 놓고 손짓으로 앉도록 권했다. 그렇지만 겐지는 앉으려고 하지 않았다. 그는 히로시를 구하지 않고는 집에 돌아갈 수 없는 듯한 느낌이 들어서 깊은 생각에 잠겨 있다가 무너지듯이 의자에 앉았다.

"괜찮겠습니까?"

유키코는 조용히 다가가서 겐지에게 속삭였다. 그리고 물었다.

"원장님이 뭐라고 하시던가요?"

"다시 한번 진찰한 뒤 재수술을 해야 한대요……."

겐지가 힘없이 말했다.

"그렇군요. 처음 수술이 좋지 않다고 하시더군요. 저도 처음부터 그렇게 생각하고 있었습니다."

유키코는 우쭐해져서 자신도 모르게 소리를 높여 말했다.

"어쨌든 너무 먼 곳까지 이동한 탓에……."

하야시가 비로소 말을 꺼냈다. 그는 친구의 불운을 걱정하는 마음과 겐지에 대한 미안한 마음으로 가득했다.

"오늘 중으로 제발 수술을 할 수 있게 해 달라고 원장님에게 다시 한 번 부탁드려 보겠어요……."

유키코는 허리를 펴면서 겐지에게 말하고 조심스럽게 걸어 나갔다. 무거운 침묵이 흘렀다. 복도를 지나는 사람의 슬리퍼 울림소리가 어렴풋이 전해질뿐이었다. 병과 죽음 앞에서 인간이라고 하는 존재가 갑자기 아주 작아진 듯한 느낌이 들었다. 꽤 오랜 시간 동안 두 사람은 우수에 젖어 자유를 잃어버린 듯 서로 마주보고 있을 뿐 아무 말도 하지 않았다. 드디어 주사약 효과가 떨어졌는지 지금까지 조용히 자고 있었던 히로시가 때때로 얼굴을 움직여 무언가를 이야기하는 듯이 보였다. 겐지는 또 당황해서 무언가 알 수 없는 손짓을 하면서 가만히 히로시를 쳐다보고 있었다. 그때 저벅저벅 발자국 소리가 가까이 들렸다. 유키코가 먼저 조용히 문을 열자 두 명의 간호사가 익숙한 어조로 휠체어를 끌고 침대 가까이 다가왔다.

"지금부터 해 주신대요."

유키코가 안심한 듯한 얼굴로 말했다. 평소와는 달리 하야시에게 그 얼굴은 아주 믿음직스럽게 보였다.

"원장님이요?"

겐지는 그렇게 말하고 물었다.

"히사도쿠 박사님이요?"

"네 그렇습니다. 저도 몇 번이나 부탁을 드렸습니다. 지금 진찰을 하고 나서 바로 수술을 한다고 합니다."

모두 환자를 휠체어에 옮기는 것을 돕고 간호사는 휠체어 앞과 뒤를 따라갔다.

"아버님! 수술실에는 아버님이 들어가셔야 하지 않을까요. 같이 들어가시지요."

"내가?"

겐지는 조금 당혹스런 표정을 지었다. 수술이라고 하는 것은 육친이 볼 수 있는 것이 아니라고 그는 전부터 생각하고 있었다.

"그렇군. 유키코 씨는 어떤가?"

겐지는 유키코에게 물었다.

"유키코 씨는 의사이기 때문에 좋지 않을까?"

"아니오. 아버님이 들어가셔야만 합니다. 아무 것도 아니에요. 걱정 마세요."

"그렇지만 요즘 아무래도 빈혈 증상이 있어서……."

겐지는 수술 중에 쓰러질 것을 걱정했으나 잠시 후 생각을 고쳐서 결심한 듯 말했다.

"좋아. 내가 들어가 보지. 괜찮겠지."

그리고 성큼성큼 외과 쪽으로 걸어갔다. 하야시는 왠지 편안한 마음이 되어 혼자서 복도를 걷고 있었다. 정원의 빨래터에서 환자의 보호자 같은 여자들이 빨래를 하고 있었다. 창문 밖의 전나무나 백양나무는 무성하게 자라 있었다.

3

　다음날 오후였다. 산뜻한 양장을 가볍게 차려입고 예쁜 꽃다발을 정중하게 든 젊은 여자가 병실 표찰을 보면서 히로시의 병실 앞에 조용히 섰다. 그녀는 잠시 무언가를 생각하며 망설이고 있는 듯 보였다.

　'면회사절' 표찰이 걸려 있었던 것이다. 주변을 휘 둘러보아도 아무도 없었다. 그러자 어디선가 슬리퍼를 끄는 희미한 소리가 들려왔다. 그녀는 그쪽을 향해 더욱 조심스럽게 걸어갔다. 2병동으로 꺾이는 복도에서 간호원을 만났다. 그녀는 꽃다발과 과자상자를 내밀며 말했다.

　"저 미안합니다만, 이것을 1병동의 오야마 히로시 씨라고 하는 분에게 전해 주시겠어요."

　"갖다 드리면 됩니까?"

　"그래요……. 면회사절이라서……."

　"당신은 누구십니까?"

　간호사는 꽃다발을 보면서 알 것 같기도 하고 모를 것 같기도 한 표정으로 물었다.

　"아 여기에……."

　그녀는 꽃다발과 과자상자를 간호원에게 건넸다. 그 상자에는 작은 명함이 꽂혀 있었다. 거기에는 '마려'라고 쓰여 있었다. 두 사람은 1병동 입구까지 같이 걸어 왔다. 마려는 간호원과 헤어지면 재빨리 나올 생각이었으나 발걸음이 무거웠다. 왠지 간호사가 다시 부르러 올 것 같은 느낌이 들었다. 현관에 나왔을 때쯤이었다.

　"마려 씨! 마려 씨 아닌가요?"

　뒤에서 부르는 소리가 들렸다. 분명히 유키코의 목소리였다.

　"아, 유키코 씨."

　그녀도 바로 뒤돌아서 말했다. 그녀는 오야마가 부상당한 사실을 전혀 모르고 있었는데 유키코의 전보로 알게 되었다. 그래서 오늘 온 것이다. 유키코가 그것을 알려준 것도 게다가 빨리 오도록 재촉한 것도 마려에게는 이상한 일이었으나 동시에 고마운 일이기도 했다. 유키코가 그렇게 나올 것은 정말로 꿈에도 생각하지 못했다.

"마려 씨 고마워요. 수고하셨어요. 저쪽으로 가서 천천히 이야기합시다."

유키코는 다시 태어난 듯한 겸손하고 맑은 표정이었다.

"히로시는 상태가 아주 안 좋은가요?"

마려도 예전의 표정은 완전히 찾아볼 수 없었다.

"그래요. 어제 여기에 와서 두 번 째 수술을 받았습니다만……. 맨 처음 수술이 좋지 않았기 때문에……."

"그래서 어떻게 되었나요?"

"아직 혼수상태로 결과가 확실하지 않지만 곧 좋아지겠지요."

"그렇게 몇 번이나 수술을 해도 괜찮나요?"

"괜찮아요. 그렇지만 심하게 약해진 상태예요. 헛소리를 하기도 하고……."

"참 곤란하군요."

두 사람은 조용히 병실에 들어갔다. 마려는 히로시의 얼굴을 쳐다보고 무심코 엄숙해져서 겐지나 히로시에게 정중하게 인사를 했다. 히로시는 아직 혼수상태에 빠져 있었다. 유키코는 빈 약병에 물을 넣고 연꽃을 꽂아 침대 옆의 작은 책상 위에 올려놓았다. 그것을 슬쩍 본 순간 마려는 자신도 모르게 눈물을 흘리고 말았다.

4

마려와 유키코는 어깨를 나란히 하고 복도로 나왔다.

"조금 바람을 좀 쐴까요. 너무 덥군요."

"유키코 씨는 언제 오셨나요?"

"어제 왔어요. 저도 그 동안 아저씨와 대련(大連)쪽에 가 있었기 때문에 그만 늦어졌어요."

"유키코 씨가 의사여서 마침 잘 됐어요."

두 사람은 정원 쪽으로 난 문까지 가서 그곳의 긴 의자에 앉았다. 옆으로 나란히 앉으니 이상한 느낌이 들었지만 두 사람 모두 별로 개의치 않았다. 젊은 혈기에 꽤 심한 파문이 일었던 두 사람 사이였으나 인간의 죽음이라는 큰 불행 앞에 서게 되자 묘하게도 조용한 느낌이 들었다. 원망 같은 기분은 어디에도 찾아 볼 수 있었다.

"마려 씨! 저 정말로 미안해요. 긴 편지를 쓰려고 했습니다만 그것도 좀처럼 보내질 못했군요. 미안합니다."

"아니오, 저야말로……."

"당신이나 당신 아버지의 도움에 대해서는 히로시의 아버지로부터 여러 번 전해 들었습니다. 무슨 무용담을 읽은 듯한 느낌이었어요."

"아니오. 아무 것도 아니에요."

마려는 정말로 그렇게 생각했다. 오야마 부자가 조금이라도 자기나 아버지의 도움을 받았다고 생각하고 싶지 않았다.

"당신 기분은 잘 알고 있습니다. 분명히 그것은 히로시의 뜻과 통하는 것이라고 생각합니다."

유키코는 다시 태어난 듯한 순진한 표정을 지었다. 그녀는 마주 보면서 말했다.

"여러 가지로 당신에게 미안한 일이 많아요. 용서해 주세요. 마려 씨."

"천만예요. 저야말로 미안합니다."

마려는 밝게 웃어 보였다.

"아니에요. 저는 이번에 당신의 기분도 히로시의 기분도 잘 알았어요.

그것을 알게 된 것이 한편으로는 또 저의 진정한 마음을 준비하게 해 주었어요. 정말로 그렇게 생각해요. 그것을 알아주신다면 그것만큼 기쁜 일이 어디 있겠어요. 네 마려 씨, 제 마음을 이해해 주세요."

그러나 마려는 어떻게 해야 할지를 전혀 몰랐다. 유키코의 진의가 무엇인지도 실은 아직 확실히 알 수가 없었다.

"그 사람의 진정한 가치라든지 마음이라고 하는 것은 어느 결정적인 순간이 되어서야 비로소 알게 되는 겁니다. 그런 위험에 처했을 때야말로 당신의 진정한 마음도 나타나는 것이라고 저는 생각합니다. 지금이 되어서야 비로소 그것을 안 것은 부끄러운 일입니다만 역시 그것은 사실이기 때문에 어쩔 수가 없습니다. 게다가 저는 원래 말하고 싶은 것을 노골적으로 말하지 않으면 마음이 개운하지 않은 성격이에요."

"유키코 씨, 아무 것도 아닌 것을 그렇게 큰일처럼 말씀하시면 정말 쑥스럽습니다. 이제 더 이상 아무 말도 하지 마십시오."

마려는 그런 말을 듣는 것이 오히려 괴로울 정도였다. 자기 자신을 잊은 채 한 일이기 때문에 지금 그런 말을 들어도 그다지 좋은 느낌은 아니었다.

"아니에요. 그렇지 않아요. 모든 게 다 당신의 공적이라고 하는 것은 아니에요. 저는 단지 당신의 그 마음을 말씀드리고 싶은 것뿐이에요. 무엇보다도 그 마음이 소중하니까요."

그리고 유키코는 계속해서 말했다.

"그리고 이것은 별로 중요하지 않은 이야기입니다만 이 기회에 제 기분을 말해 두고 싶어요. 즉 당신이 위험을 무릅쓰고 당신의 진정한 마음을 아무 생각 없이 보여 주었듯이 저도 당신의 희생적이고 착한 마음씨에 감동 받아 진정한 자기 자신의 마음을 알게 된 듯한 느낌이 들어요. 당신은 저에게 있어서 존귀한 거울이었는지도 모릅니다. 호호호……."

그리고 계속 말했다.

"그래도 그 거울에 비친 저는 다행히 악인은 아니었어요. 선량한 사

람이었죠. 그래서 마려 씨라고 하는 사람을 진정으로 이해할 수 있었어
요.”

유키코는 재빨리 그렇게 말하고 더욱 더 생기 있는 얼굴 표정을 지었
다. 마려는 고개를 숙인 채 가끔 묵묵히 듣고 있었다.

5

“유키코 씨, 오해하면 안돼요. 무언가 이익을 바라고 한 일은 아니에
요.”

마려는 시간이 조금 지나자 서서히 얼굴을 들고 확실하게 말했다.

“저는 사장님이나 겐지 씨 그리고 히로시에게서 여러 가지 도움을 받
았습니다. 그렇지만 사실 그런 의리 때문만도 아니었습니다. 단지 그 신
문 기사를 읽었을 때 잠시도 참을 수 없었기 때문에 아버지께 부탁을
드려 본 것뿐이었습니다.”

“그렇겠죠. 저도 그 기분을 말하고 있는 거예요. 은혜도 원한도 없
는…… 그런 기분을 말하는 겁니다. 그런 일이 도대체 그 어느 누구에
게 가능하다는 말입니까?”

“하지만 저는 당신이 말한 것 같은 그런 큰일을 했다고는 생각하지
않아요. 이야기를 들으면 들을수록 쑥스러워질 뿐이에요……. 물론 저의
힘으로 구해낸 것은 아니지만 히로시 가 또 저렇게 자유로운 몸이 된
것을 보니 어떻게든 해서 당신이나 히로시의 행복을 빌고 싶은 것도 사
실이에요. 당신의 말을 빌리자면 그것이 진정한 저의 마음이에요. 그러
니까 유키코 씨 제가 영원히 두 사람의 행복을 빌 수 있도록 해주세요.
부탁입니다…….”

“아니오. 그것은 제 마음이 아닙니다. 히로시의 마음도 아닙니다. 저

는 지금 제 자신보다 히로시 본인보다도 더욱 더 당신이나 히로시의 행복을 알고 있습니다.”

“그렇지만 히로시의 행복은 나 같은 사람과는 관계가 없을 거예요.”

“아니오. 그렇지 않아요. 히로시의 행복은 마려 씨 없이는 생각할 수 없습니다. 마려 씨도 아마 그럴 것입니다. 아마도 제가 히로시보다도 당신보다도 더욱 더 잘 알고 있는지도 모릅니다. 호호호. 네, 마려 씨, 히로시는 저렇게 누워 있으면서 괴로운 나머지 언제나 당신의 이름을 중얼거리고 있었습니다. 그래서 제가 서둘러 전보를 친 것입니다. 가능하다면 두 번째 수술에는 당신도 들어가시지 않으시겠습니까?”

“아니에요. 아버님이 계시지 않습니까?”

“그렇지만 그것이 히로시의 뜻이 아니라는 것을 저는 잘 알고 있습니다. 히로시가 의식을 회복해서 그 이야기를 듣는다면 아마 틀림없이 마려 씨를 왜 들어오게 하지 않았느냐고 따질 겁니다.”

“그렇지만 아버님이 계시고 의사인 유키코 씨도 있지 않습니까?”

“그렇지만 공교롭게도 히로시는 벌써 그런 세계에는 인연이 없어요. 호호호.”

“마려 씨! 이제 그 이야기는 그만 합시다. 단지 친한 친구 사이로서 제각기 주어진 일을 힘껏 해 나가도록 합시다. 저는 왠지 믿음직스러워요.”

유키코의 얼굴은 밝았다.

“단지 그 오해를 그대로 가지고 있어서는 언제까지라도 친한 친구사이로 지낼 수가 없어요.”

마려가 말했다. 히로시와 자기의 관계에 대한 해석이 가령 틀리지 않았다고 해도 지금 당장은 그것이 어느 정도 오해에 기반한 것이라고 말해 두고 싶은 심정이었다.

“오해라구요? 저는 결코 오해 따위는 하지 않아요.”

“유키코 씨 너무 놀리지 마세요. 그렇게 강하게 강요하시면 저 도망가 버릴 거예요."

"아니오. 결코 당신을 놀리는 것이 아니에요. 어디까지나 저의 생각이 옳다고 생각하기 때문에 말씀드리는 겁니다. 그래서 그것을 마려 씨에게 강요할 권리도 의무도 가지고 있지 않은 걸요. 호호호호."

유키코는 마려의 손을 찾아서 손을 잡아끌고 복도로 빠져나가며 말했다.

"정말로 예쁘군요. 저 홀딱 반했어요. 자, 그러면 마려 씨. 히로시가 있는 곳으로 가 볼까요?"

'손을 잡고……'라는 말의 느낌 그대로 즐거운 얼굴을 한 두 사람은 서로 어깨를 바짝 대고 걸었다. 그것은 태어나서 처음으로 무언인가를 깊게 생각하게 하는 경험이었다. 두 사람은 친한 자매처럼 나란히 서서 병실로 들어갔다.

6

히로시의 부상은 드디어 호전되어 고통도 꽤 가벼워졌다. 때때로 간단한 말을 주고받을 수 있게 되었고 신문에도 눈을 돌릴 수 있게 되었다. 모두들 안심했다. 그러나 안심을 하자 지금까지 어딘가에 숨어 있기라도 한 듯 급한 일이 계속해서 생겼다. 겐지는 지금 잠깐 쉴 생각으로 사오 일 전에 봉천으로 돌아갔다. 그 뒤에는 하야시와 유키코 그리고 마려가 옆에 붙어서 간병을 했다. 모두 그의 기분을 유쾌하게 해 주려는 듯 생각해 둔 것을 기억해 내서는 병자를 위로하고 자기 스스로를 격려했다. 누가 보아도 새로워진 병실은 하나의 아름다운 세계였다.

"유키코 씨는 어떻게 된 일이지?"

좀처럼 잊어버릴 수 없는 일이 즐거울 때는 태연하게 잊혀지는 일이 가끔 있다. 오늘 이 시간까지 유키코가 없는 것을 하야시는 눈치채지 못하고 있었다. 거의 매일 아침부터 오아먀의 옆에 붙어 간호를 해주던 유키코가 정오가 되었는데도 아직 얼굴을 내밀지 않는 것이었다. 마려만은 아침에 왔다가 사적인 용무로 나갔다.

"무언가 볼일이 있겠지요."

히로시는 한 손으로 가볍게 가슴을 누르며 조용히 말했다.

"그런데 유키코 씨는 참 고마운 분이에요. 마음속 깊이 감사를 드리고 싶습니다."

"그래요. 대단히 쾌활한 사람이라고만 생각하고 있었는데 용의주도하고 너무도 성실히 일을 해주었어요. 어느 정도는 직업의식일지도 모르겠습니다만 어쨌든 조금은 뜻밖이었어요."

하야시는 감탄한 듯한 얼굴 표정이었다.

"아니 제가 말한 것은 그것만이 아닙니다. 그것보다 만주에 와서 반년도 안 되는 사이에 사람이 아주 달라져 버렸습니다. 질투나 제멋대로인 성격, 부유한 가정에서 자라 그런 좋지 않은 성격을 가지고 있다고만 생각했는데……. 자기도 의식했는지 그런 성격을 고친 것 같군요. 어쨌든 고마운 이야기예요."

"물론 그 생각에는 어느 정도 당신의 감정적인 면도 들어 있겠지만. 하하하. 그러나 역시 훌륭한 사람이에요. 미적지근한 인간보다 질투도 하고 제멋대로 하는 그런 인간이 결국은 이깁니다. 늘 생각하지만 일본의 여성은 너무도 약합니다. 약하고 예쁩니다. 그것은 소위 패배의 미입니다."

하야시는 그런 성격의 인간을 좋아하지 않는다. 그가 히로시의 여동생 마스코를 적극적으로 사랑하지 않은 것도 실은 그녀의 너무나 여성적인 성격 때문이었다. 그는 오히려 성격적으로는 유키코를 더 좋아했다.

그때 복도에서 슬리퍼 소리가 들려왔다. 하야시는 유키코라고 생각했다. 유키코가 와준다면 하고 생각했다. 그러나 히로시는 곧바로 유키코가 아닌 것을 알아 차렸다. 그는 극도로 신경이 예민해져서 발소리만 들어도 바로 그 사람의 얼굴을 연상시켰다. 그리고 그것은 거의 틀림이 없었다. 문에서 노크 소리가 들렸다. 하야시가 일어나서 열어주기 전에 문이 작은 소리를 내며 열렸다.

"실례합니다."

마려가 조용히 들어왔다. 히로시는 자기가 생각한 대로여서 혼자서 웃고 있었다.

"대단히 얼굴색이 좋아졌습니다."

히로시는 대답 대신 역시 웃고 있었다.

7

"그렇죠. 하야시 씨?"

이번에는 넘치는 기쁨에 그녀는 하야시를 향해서 말했다.

"그렇군요. 이런 상태라면 다음달 정도에는 신혼여행을 갈 수 있겠군요."

하야시가 꾸밈없는 어조로 말하자 마려는 무심코 얼굴을 붉혔다. 마려는 그 말을 어떤 식으로 이해해야할지 몰랐다. 그것은 물론 히로시와 마려의 일을 말하고 있는 것이었으나 유키코가 있는 이상 마려로서는 스스로 그렇게 생각할 수 없는 일이었다. 원래 그녀는 억지로 그런 것을 생각하는 성격이 아니었다.

"정말로 유키코 씨는 어떻게 된 일일까요?"

마려는 재빠르게 하야시의 말을 받아 유키코에 관한 말을 꺼냈다.

"유키코 씨가 아직도 보이지 않는군요. 어딘가 아픈 게 아닐까요."

"그렇군요. 오랫동안 피곤했는지도 모릅니다."

마려는 그렇게 말하고 이번에는 히로시에게 물었다.

"오야마 씨, 어떻습니까? 그래도 그것이 정말이라면 이제 오야마 씨의 병은 괜찮은가 보군요. 절대 안전하다는 증거예요. 호호호."

히로시의 병과 유키코의 병을 연결해서 생각하고 싶어하는 말투였다.

"어째서인가요?"

오야마는 단지 웃고 있었다.

"어째서라니오. 이제 오야마 씨의 병은 절대로 걱정이 없어요. 거기서 심리적인 여유가 생긴 거죠. 그래서 병이 난 거예요. 호호호……. 즉 처음에 놀란 태도와 최근에 받은 기쁨 사이에서 너무 큰 낙차가 생겨서 그래서 몸 상태에 이변이 생긴 거죠. 어쨌든 그것도 처음부터 평범한 사람이었더라면 병 같은 고등의 감각을 겪지 않고도 끝낼 수 있었는데 호호호."

실은 그녀는 남의 이야기를 하고 있다기보다는 오히려 자기 자신을 어떻게든 무자비하게 고발하고 싶은 심정이었다.

"과연 그럴지도 몰라요. 어쨌든 유키코 씨는 너무 고마웠어요. 조금 전에도 하야시 군과 이야기를 나누었지만 유키코 씨는 대륙에 와서 사람이 완전히 변했어요. 참 고마운 일입니다. 거기에 비하면 저에 대한 호의는 지극히 작은 것에 불과하죠."

그렇게 말하고 오야마는 잠깐 쉰 뒤에 하야시에게 말했다. 그것은 마려에게보다는 하야시에게 해야 할 말이었다.

"유키코 뿐만이 아니라 원래 대륙이 우리에게 고마운 것은 위치가 유리한 곳에 있다는 점만이 아니다. 오히려 그것보다 나는 일본인의 성격 개조를 할 수 있는 새로운 무대나 도장으로서 대륙을 예찬하고 싶다. 확실히 시대는 새로운 성격을 요구하고 있다. 여기에 오면 다른 어디에 있을 때보다 우리들은 일본이라고 하는 것을 확실하게 보게 된다. 확실히 대개조가 필요하다. 호흡이 너무 작고 선이 너무 얇아."

"맞아. 우물 안에 있으면 어디까지나 바깥세상을 모르는 법이지. 우리들 대학시절에는 자네 동급생들까지 우리들을 만주 고로하고 불러 이단자, 아니 심한 녀석은 이국인 취급을 했어. 맹자의 설을 빌려 말하면 남만 격설이지. 우리 만주에서 온 사람들을 말이야.”

“자네, 오늘날에도 섬나라 쇼비니스트들(극단적인 애국주의자들)은 그렇다네.”

“그러나 앞으로의 시대를 짊어질 신일본의 성격은 반드시 대륙을 바탕으로 형성되어야 해.”

“그래. 확실히 지금은 어느 큰 전환기에 서 있지.”

오야마는 그렇게 말하고 입을 다물어 버렸다.

8

오야마는 조금 신열이 있음을 느꼈다. 너무 긴 대화에 지친 듯했다. 그는 사방을 둘러보았다. 머리맡의 책상 위에는 마려가 사온 튤립 봉우리가 막 피려고 하는 중이었다. 그 꽃병 옆에는 유키코가 사온 라이트식 체온계가 있었다.

“마려 씨! 미안합니다만, 그 체온계를 잠시 빌려주시지 않겠습니까?”

히로시가 말했다.

“네.”

마려가 무언가 기쁜 듯이 일어서자 하야시가 힘차게 웃으며 말했다.

“체온계보다 마려 씨 손이 더욱 정확할지도 모르겠군요. 하하하.”

“……”

그녀는 웃으면서 정중하게 체온계를 히로시의 겨드랑이 끼우고 일어서려다가 다시 앉으며 말했다.

“오야마 씨, 유키코 씨에게 전화를 걸어 볼까요?”

“체온계를 보고 나서 가시지요.”

그러자 하야시가 말했다.

“마려 씨, 체온은 제가 봐드릴게요.”

“괜찮아요. 1분 정도니까 바로예요.”

마려는 마음속으로 웃고 있었다.

“제가 심술궂다고요. 하하하. 마려 씨, 저는 당신에게 상당히 원망을 샀겠는데요. 그런데 이상한 것은 저는 여자에게 원망을 사면 오히려 생기를 얻어서 더욱 기분이 좋아집니다.”

“하지만 아무도 하야시 씨를 싫어하는 여자는 없어요. 누구보다도 먼저 유키코 씨나 저, 그리고 마스코 씨도 그래요. 그렇다면 너무나 사랑을 받아서 까다로운 것일지도 모르겠군요.”

“우후후후……. 모든 분들이 이렇게 저를 사랑해 주신다니 정말 황송합니다.”

마려는 체온계를 빼서 들어보았다. 미세한 수은주를 바로 알아볼 수가 없었다.

‘삼십…… 육도…… 구분’이라고 겨우 읽자,

“이제 상당히 좋아졌습니다. 지난번엔 사십도 구분까지 올라갔었지요.”

“저런, 그렇게까지…….”

오야마는 단지 웃고 있었다. 하야시는 아까 했던 농담을 잊어 버렸다는 식으로 태연하게 신문을 읽고 있었다.

“저 전화 걸고 올게요.”

“유키코 씨에게 말입니까?”

“네.”

“정말로 어떻게 된 일일까요?”

“분명히 병이 났을 겁니다.”

“병?”

히로시도 걱정스러운 얼굴을 했다. 마려는 허둥지둥 나갔다가 바로 되돌아 와서는 편지 한 장을 히로시에게 내밀었다. 상당히 두툼한 편지였다.

"유키코 씨로부터요. 간호원한테서 전해 받았어요."

"유키코?"

오야마는 안심했다. 무언가 짐작 가는 데가 있는 듯한 편지 같았다. 그는 그 편지의 겉과 속을 뒤집어 보거나 우체국 날짜 소인을 확인해 보기도 했다. 발신인의 주소도 쓰여 있지 않고 날인도 확실하지 않았다.

"무언가 급한 용무가 생겨서 봉천에 불려간 것이 아닐까?"

마려는 그렇게 생각했다. 그렇게 생각하는 것만으로도 왠지 쓸쓸해졌다.

"그런 일은 없을 거예요. 어젯밤 10시 지나서까지 병원에 있었기 때문에 출발했다고 해도 오늘 아침이었겠죠. 그러니 아무리 급한 용무라 해도 일단 전화라도 했었을 텐데. 게다가 이런 두꺼운 편지를 쓸 시간이 있어야 했기 때문에 급하게 출발했다고는 생각되지 않습니다."

"어쨌든 그 편지 안에 무언가 이유가 쓰여 있겠죠."

마려가 재촉하듯이 그렇게 말했다. 그래도 오야마는 쉽게 봉투를 뜯으려고 하지 않았다. 하야시는 여전히 그런 일에는 개의치 않는다는 듯한 태도로 신문을 읽고 있었다.

9

그 편지는 확실히 유키코의 필체였다. 정성을 다해서 정중하게 쓴 것으로 읽기 전부터 뭔가 옷깃을 여미게 하는 편지였다.

히로시 씨, 용서해 주세요. 실례인 줄 알면서 말씀도 안 드리고 오늘 봉천으로 돌아갑니다. 혼내지 마세요. 저의 진의를 히로시 씨만은 이해해 주시리라고 믿습니다. 혼내기보다 오히려 이전보다 더욱 아니 이전과는 전혀 다른 의미에서 유키코라고 하는 한 인간을 이해해 주실 거라 생각합니다. 이해라고 하는 감정은 인간에게 있어서 사랑보다 더 존귀한 것으로 무엇보다도 우선시 되어야만 한다고 생각합니다. 여기서 확실히 말해 두겠습니다만 저는 이번에 약혼한 히로시 씨에게 마음속으로 '안녕'을 고하고 왔어요. 그래서 그 일로 이제 더 이상 히로시 씨에게 폐를 끼치는 일은 절대로 없을 거라고 생각합니다. 그렇지만 그것은 물론 히로시 씨에 대한 악한 감정 때문이 아닙니다. 글쎄요. 뭐라고 할까요. 뭐라고 표현해야 할지 잘 모르겠습니다만 다시 말하면 히로시 씨를 알고 그리고 가능하다면 저라는 여자에 대해서도 이해를 받기 위해서입니다. 즉 진정한 재회를 위해서 헤어지는 것이라 할 수 있습니다. 그러니 오늘 이 시간 이후로는 단지 인간 히로시 씨를 만나게 되는 겁니다.

히로시 씨, 진심으로 부탁드립니다만 제발 마려 씨와 결혼해 주세요. 마려 씨에게는 벌써 제 뜻을 전했습니다. 물론 그 전에 한번 만나고 싶은 심정일지도 모르겠습니다. 그 심정은 저도 알 것 같습니다. 하지만 솔직히 제 심정을 말씀드리면 이렇습니다. 두 사람이 결혼하고 나서 만나자고. 즉 저와의 재회는 히로시 씨와 마려 씨의 결혼에서 시작되는 것이라고 저는 생각하고 있겠습니다. 저의 기분을 이해해 주십시오.

그리고 쓸데없는 참견일지도 모르겠습니다만 대륙에서 당신들의 일이 더욱 더 정진할 수 있기를 바랍니다. 일생 동안 변함없이 약하고 가난한 사람들을 위해서 일해 주십시오. 당신이나 하야시 씨나 그 밖의 다른 분들의 존귀한 마음은 잘 알고 있습니다. 그래서 저도 뒤에서 기도 드리고 또 힘이 되어드리고자 합니다. 생각해 보면 저도 여러 가지 교훈을 얻었습니다. 무언가 대륙에서 일하는 보람을 느끼는 인간이 되고 싶습니다. 이것은 조금 과장된 말일지도 모릅니다만 저의 진심을 고백하는 것입니다.

히로시 씨! 저 같은 사람도 미흡하지만 대륙에서 일할 수 있도록 계속해서 지도해 주신다는 의미에서라도 하루 빨리 마려 씨와 결혼해 주세요.

물론 그 전이라고 해서 못 만날 것은 없습니다. 다만 두 사람의 문제를 눈앞에 두고 저라고 하는 존재가 제 자신의 의지에 어긋나거나 두 사람에게 조금이라도 누를 끼치는 일이 있어서는 안 된다는 마음에서 그렇게 하고 싶습니다. 너무 깊게까지 참견하는 것이 아닌가 생각됩니다만, 제발 웃지 말아 주세요……. 저는 두도구의 병원에서 당신이나 그 밖의 부상자를 보고 생각했습니다. 당신이 만약 지금 제 의견을 충분히 받아 들여 주신다면 저는 언제 어디서라도 기꺼이 당신들 곁에서 몸을 바쳐 의술로써 불쌍한 사람들을 위해서 일하고 싶습니다. 이것은 그때 잠시의 감격이었을지도 모르겠습니다만 저는 최근 들어 점점 이 감격의 새로움을 기억하고 있습니다. 그것을 오랫동안 기억하며 살아가려고 하고 있습니다. 제발 저로 하여금 일을 하도록 해 주십시오. 그러면 하루라도 빨리 완쾌하시길 바랍니다.

그리고 끝으로 마려 씨나 하야시 씨에게도 안부 인사 부탁드립니다.

유키코로부터

펜으로 조밀하게 쓴 긴 편지를 히로시는 몇 번이나 반복해서 읽어보았다. 왠지 많은 것을 생각케 하는 편지였다.

10

유키코 다운 흔적이 전혀 없는 것은 아니었으나 편지 전체에서는 새로 태어난 듯한 그녀의 청순함을 느낄 수 있었다. 편지의 문구나 문체를 뛰어 넘어 배어 나와 있는 것은 그녀의 '진실'과 '패기'였다. 즉 진정한 의중을 표현한 것으로 인생모색을 통해 무언가 새로운 힘을 얻은 자의 참신한 외침이라고 할까.

그것이 강하게 히로시의 가슴에 와 닿았다. 정말로 인간은 그렇게 살아가야 하는 것이라고 그는 생각했다. 무언가의 차질로 삐뚤어지고 토라지기도 하고 작아지는 세상에서 살아가는 작은 인간에서 해방되어, 인생의 전투장에서 눈앞의 작은 이익에 얽매이지 않고 항상 최후의 성공을 목표로 태연하게 살아갈 수 있는 인간으로, 자기뿐만이 아니라 다른 사람도 그렇게 살아가기를 바라는 마음이다. 소위 칼싸움에서 보듯이 '할복자살 일본인'의 성급함은 이제 싫증이 났다. 겉으로 보아서는 졌지만 결국은 이긴 것이다. 오늘은 불이익이나 내일은 이익이다. 게다가 그런 것들을 아주 자연스럽게 행하는 그런 인간이 되고 싶은 것이다. 그것에 덧붙여서 말하면 대륙은 아주 고마운 존재였다. 자기가 생각하고 있는 것과 대륙과는 확실히 무언가 혈연관계에 있는 것처럼 생각했다. 즉 대륙 없이는 자신이 지금 이런 것을 결코 생각할 수 없었을 것이라고 그는 생각했다. 그는 이번의 패배로 비록 자기가 죽어도 좋다고 생각했다. 그는 자신이 하찮은 존재라는 것을 깨달았다. 그것은 한편 죽음을 두려워하지 않는 마음과도 같은 것으로 자기의 몸이 죽음이라고 하는 극한에까지 몰려도 좋다고 하는 것이었다.

히로시는 아무렇지도 않게 편지를 보여 주었다. 자기에게 보내진 편지로만 생각해서 한번보고 버리기에는 그 편지에는 인간 누구나 가져야만 하는 마음가짐이 잘 나타나 있었다.

"이봐, 하야시 군, 마려 씨와 같이 이 편지를 읽어보지 않겠나?"

그는 그 편지를 하야시에게 건넸다.

"뭐야? 연애편지인가?"

하야시는 퉁명스럽게 읽기 시작했으나 나중엔 점점 더 힘차게 읽어 내려갔다. 마려는 처음부터 조금 흥분을 하고 있었다. 왠지 울고 싶은 표정이 되었다. 무언가 유키코에게 이야기를 하고 싶었다. 편지를 읽어 가는 도중에도 계속해서 만나서 이야기하고 싶은 마음이 들어 견딜 수 없을 정도였다.

그들이 편지를 읽고 있는 동안 히로시는 깊은 생각에 빠져 있었다. 다시 태어난 유키코의 모습이 뇌리를 스치고 지나갔다.

"오야마 군, 이것이 정말인가? 정말이라면 굉장히 유능한 일꾼이 생긴 셈이군. 아무튼 유키코 씨는 의사이고 게다가 이 주변은 의료시설이 거의 없는 형편이 아닌가!"

편지를 다 읽고 나서 하야시가 말했다.

"그 기분은 진심이라고 생각해요. 당신이나 저의 그녀의 대한 태도에 거짓이 있을 리가 없어요. 저는 그렇게 생각해요."

"그러면 이것보다 더 좋은 일이 어디 있겠어요. 생각하건대 한 명의 동지를 얻는 일은 아주 작은 일 같아 보여도 아주 큰일이죠. 아니 지극히 어려운 일이죠. 물론 인간이라고 말할 수 있는 자는 하늘에 있는 별의 수만큼이나 많겠지만 유사시에 그 인간을 선택해 보세요. 사막에서 사리금을 줍는 것과 같은 일일 것입니다."

"그래요. 정말로 그렇습니다. 그러나 결코 단순한 사이가 아닙니다. 그렇지만 물론 곧 토산자까지 나와달라는 것은 무리일지 모릅니다. 적어도 삼도구 주변에라도 대규모의 병원을 하나 짓도록 하는 겁니다. 동경에 계신 그녀의 아버지에게 말하면 자금은 얼마든지 대줄 테니 아주 큰 병원을 세울 수 있을 겁니다. 의사도 많이 고용해서 때때로 그들에게 토산자에 나오도록 하면 되지 않겠습니까?"

"그거 좋은 생각이군요. 안될 것도 없다고 생각해요. 조금 성급한 이야기일지 모르겠습니다만 동경에 있는 가가 변호사의 딸은 조선의 국경 방면에서 목재 채벌 사업뿐만 아니라 개간사업을 하고 있어요. 작년에 시찰차 가보았더니 그녀가 승마를 하는데 솜씨가 어찌나 좋던지 남자 쪽이 무색할 정도였어요. 그것도 조선의 화전민이라고 하는 반원시인을 상대로 말이에요. 하하하."

하야시는 오랜만에 활기를 띄었으나 여느 때와 달리 가라앉아 있었다.

11

"하야시군, 부상자는 모두 퇴원했나요?"

오야마가 갑자기 그런 말을 꺼냈다.

"네."

"모두들 비교적 빠른 편이었죠."

"그럴 겁니다. 당신이나 제가 생각했듯이 그들은 약한 인간이 아니었어요. 비록 칼로 절개를 했어도 바로 나은 사람들이었습니다. 요컨대 우리들의 쓸데없는 걱정보다 인간의 생명이란 확실히 강한 것 같아요."

하야시가 말했다.

"사상자가 많았겠지요."

"비교적 적었어요."

"몇 명 정도였어요?"

"나중에 알 수 있을 거예요."

"사상자는 모두 토산자에 묻었다고 했죠? 저는 무슨 이유에서인지 병이 완쾌된 뒤 가장 먼저 그 곳을 걸어 보고 싶어서 견딜 수 없어요. 사상자가 많았겠죠."

"물론 사상자가 나오긴 많이 나왔습니다. 하지만 사업은 크든 작든 간에 그것에 상응하는 희생을 동반하기 마련입니다. 삶은 죽음에서, 빛은 어둠에서부터 나온다고 하는 말은 낡은 말일지도 모르겠습니다만, 저는 대륙에서 죽음과 어둠을 보기보다는 확실히 삶과 빛을 본 듯한 느낌이 들어요."

"아니, 저도 물론 죽음을 두려워하거나 동경하고 있지는 않아요. 인간이라고 하는 것은 계속해서 새로 태어나는 법이죠. 몇 명 정도가 죽었다고 해서 설마 지구가 멈추는 일은 없을 겁니다."

"그래서 어차피 되돌릴 수 없는 일을 이제 와서 끙끙거리며 고민할 필요가 없습니다. 그런 고민을 하고 있으면 병에 나쁜 영향을 끼칩니다. 그럼 당신의 손해입니다. 당신의 손해는 곧 우리들의 손해로 이어지기도 합니다. 그러니까 무엇보다도 빨리 병이 나아야 합니다. 그리고 또 일을 하는 겁니다.”

“물론 일을 해나갈 겁니다. 당신도 마려 씨도 저도 그 밖의 사람들도 일제히 대륙의 등불을 밝히는 한 방울의 기름이 되고 싶습니다. 그래서 전사자들의 묘지에 서면 점점 더 확실하게 자기 자신의 모습을 보고 그리고 타인의 모습을 볼 수 있을 것 같습니다. 즉 가장 좋은 것은 인간의 묘지에 서서 자기 자신을 되돌아보는 것입니다. 제 마음도 아마 그런 것일 겁니다. 유키코 씨의 경우도 마찬가지이겠지만 모처럼 좋은 염원을 가지고 있으니까 어떻게든 서로 도와 갈 궁리를 해봅시다.”

오야마가 길게 말했다.

“그렇군요. 모두가 힘을 합하면 힘이 두 배 세 배가 될 겁니다.”

마려가 말을 하기 시작했다. 그녀는 마음속으로 유키코를 그리워하고 있었다.

“그래요. 오야마 군의 말대로 모두 대륙을 밝히는 등대가 되는 겁니다. 그리고 강하고 바르고 밝게 비추면 빛나는 만큼 그 빛에 의지해서 많은 중생들이 모여들겠죠. 확실히 그럴 겁니다.”

하야시도 마려에게 그렇게 말했다.

“그것은 어려운 일임에 틀림없어요. 대체로 어떤 해결을 타인에게서 찾을 때 모든 것이 어렵게 됩니다. 그러나 그것을 전환시켜 자기 자신 속에서 찾을 때 그 어려움은 반정도 가벼워지게 됩니다. 그러니까 모든 출발점을 자기 자신에게서 찾아야만 한다고 생각합니다. 그런 각오로 다시 일어서겠습니다. 마려 씨도 찬성해 주시겠죠?”

“네. 찬성합니다.”

그러자 하야시가 오야마에게 말했다.

“어쨌든 저도 생각을 많이 해 보았습니다만, 당신이나 다른 사람의 부상이 적어도 헛된 희생이 아니었음을 알았으며 또 이번 일로 대단히 존귀한 체험을 쌓았습니다. 그만큼 정진한 셈이죠. 이런 새로운 입장에서 앞으로의 준비를 해나가도록 합시다. 현장에서는 모두 애타게 기다리고 있습니다."

그들은 일제히 자기 자신 속에서 대륙을 비추는 광명을 발견한 것 같았다. 그 동안 많은 파란과 희생을 경험했는데 그것으로부터 더욱 분명하게 앞으로 전진해야 할 빛을 발견한 듯했다. 세 사람은 창문 너머 보이는 먼 하늘로 시선을 옮긴 채 오랫동안 아무 말도 하지 않았다.

그리고 나서 한달 후 오야마는 퇴원을 하자 바로 마려를 데리고 토산자에 있는 전사자 묘지를 방문했다.

(원제 : 大陸, 발표지 :『국민신보』 1939년 6월 4일~9월 24일)

피

내가 그림 공부를 위해 동경의 스이후 선생님의 문을 두드리던 시절
이니 벌써 십수 년 전 일이다.

내가 스이후 선생님의 가르침을 받겠다고 결심하게 된 데에는 여러
가지 이유가 있었다. 먼저 친우이며 그림 선배인 K군이 동경에서 편지
를 보내 선생님의 문하에 들어오도록 권하였다. K군의 설에 의하면 우
리들이 조선에서 배워온 동양화 시대는 이미 지났으므로 새로운 시대의
흐름에 따라 새로운 것을 개척하지 않으면 안 된다는 것이었다. 나도 물
론 K군의 설에 동감이었다.

그리고 또 하나는 그 해 선전(鮮展)에 내 작품이 재입선한 것이었다.
그 심사를 맡은 사람이 내가 전부터 화풍을 사숙하고 있던 스이후 선생
님이었다. 오래 전부터 동양화가 성에 차지 않았던 내게 스이후 선생님
의 작품은 야심적인 시사로 가득 차 있는 것만 같았다.

스이후 선생님이 동경으로 돌아갈 때 하다 못해 같은 기차를 타고 동
경에 달려가고 싶었지만 중요한 시기에는 반드시 불행한 사정이 생기는
운명을 타고나기라도 한 것처럼 항상 모처럼의 좋은 기회를 놓치는 나
는 그때도 생각지도 못한 병 때문에 그럴 수 없었던 것이다.

빈한한 집에서 태어난 나는 학자금 관계로 마음대로 움직일 수 없는
입장이었지만 당시의 예술에 대한 정열은 그런 걸 전혀 개의치 않았다.
행상을 하거나 신문배달을 해서라도 고학할 작정이었다. 경성에서도 아

직 자립하지 못하고 처갓집에서 눈칫밥으로 목구멍에 풀칠을 하고 있던 신세였으므로 차라리 동경에서 고학하는 것이 오히려 남자다운 패기가 있어 보였으며 아내도 그런 점을 높이 사 주었던 것이다.

나는 당시 이미 딸을 둔 상태여서 가족에 대한 책임감 같은 것을 강하게 느끼고 있었지만 모든 것이 힘들기 만한 경성에서는 생활의 양식을 구할 수도 없었다. 그러므로 이번 기회에 고학을 하게 되면 처갓집에서도 나의 무능을 그리 탓하지 않을 것이고 나 자신도 구속이 가벼워질 것만 같았다.

그러나 동경으로 출발을 앞두고 시골의 어머니가 병으로 위독하다는 전보를 받았다. 기막힌 운명에 공포를 느끼며 자꾸만 꺾이려는 예술에 대한 정열을 가슴에 품고 5년 만에 고향을 찾았다.

홀어머니는 오랫동안 생활고와 병에 시달려 수척해 있었지만 나를 보자 의외로 또렷한 목소리로,

"덕이냐? 일부러 오지 않아도 될 걸. 난 아직 못 죽는다. 살 거야. 내 앞에는 아직 고생이 산더미처럼 쌓여 있어. 그 고생을 다 하지 않았으니 하느님도 날 데려가시지는 못할 거야."

라고 말하며 자신의 동의도 구하지 않고 나에게 전보를 친 친구를 젊은 주제에 노파심이 많다고 비난하는 것이었다.

그래서 나도 안심을 하고 있었는데 그 강건하던 어머니가 며칠도 못 가서 병세가 악화되어 마치 마른 가지가 뚝 부러지듯 돌아가시고 말았다. 돌아보면 정말 불쌍한 어머니였다. 평생 양지에는 나오지도 못하셨다. 얼마 남지 않은 어머니를 위해 마음껏 효도를 하려고 했던 외아들의 체면도 그것으로 끝이었다.

어머니의 죽음은 내게서 어머니와 함께 고향도 빼앗아 갔다. 슬픔과 가눌 길 없는 억울함으로 가슴이 찢어질 것만 같았다. 어머니가 돌아가신 지 사흘만에 나는 고향 앞으로 뻗어난 가로수 저편 공동묘지의 아버지 옆에 어머니를 묻었다.

그러고는 어머니의 유품을 정리했다. 어머니를 생각하여 곁에 두고 싶은 물건이 전혀 없는 것은 아니었지만 짐만 될 뿐 경성에 가지고 간들 둘 집이 있는 것도 아니어서, 누덕누덕 기운 옷과 이불, 그 외의 세간을 모아 그날 밤 안으로 태워버렸다.

어머니는 내가 예전에 경성에서 써보낸 편지 몇 장과 내가 5년 전 고향을 떠나기 전에 일부러 20리나 떨어진 H읍으로 나가 함께 찍은 사진을 깨끗한 수건으로 싸서 제사 때 쓰는 향과 함께 소중하게 간직하고 있었다. 그것만은 나도 태워버리지 못하고 트렁크 안에 넣었다.

그때는 한여름으로 앞뜰에도 뒷뜰에도 참외와 오이, 가지, 고추가 한창이었다. 어머니께서 손수 키우던 것으로 마을에서 가장 잘 가꾸어졌다고 칭찬이 자자했지만 실제로 열매를 맺은 것은 오이와 가지뿐이었다. 싱싱한 열매 하나 하나에 따뜻한 어머니의 정을 읽을 수 있었지만 나는 하나도 먹고 싶지 않아 전부 마을 사람들에게 나눠주고 트렁크 하나만을 가지고 고향을 떠났다.

고향은 울창한 소나무 숲이 우거진 산으로 겹겹이 싸여있어 K항으로 가는 전마선 부두가 보일 즈음에는 인가가 하나도 보이지 않았다. 아침 안개와 송림의 그림자가 서로 껴안고 있는 듯한 파란 풍경은 마치 전설에 나오는 선경을 떠오르게 했다. 그것은 이미 육체의 고향이 아니라 영혼으로 얻을 수 있는 몽환경처럼 보였다.

어머니가 살아 계실 때의 모습이 내 눈에 어른거려 고향 산천의 모습이 흐릿하게 보였다. 산으로 둘러싸인 짙푸른 바다는 마치 갇혀있는 거울처럼 하얀 구름이 떠가는 청자색 하늘을 비추고 있었다.

어디에서 와서 어디까지 뻗어있는 지도 모르는 긴 전선이 신경질적인 소리를 내며 동쪽에서 서쪽 저 멀리 사라지는 곳에 제비가 날개를 접고 있다가 다시 어딘가로 날아가는 것을 보고 있으려니 회고의 정에 일말의 슬픔이 새롭게 밀려왔다.

내가 아직 철없었던 시절, 어머니는 내 손을 잡고 지나가며 이 전선이 처음으로 생겼을 때 시골에 사는 아버지가 경성에 유학하고 있는 아들에게 구두를 보내려고 전선에 매달자 바로 경성에 있는 아들에게 도착하여 다음날 보니 전선에는 낡은 구두가 매달려 있었다는 얼토당토 않는 이야기를 해 주었다. 죽을 때까지 그 이야기를 진짜로 알고 있던 어머니는 내가 경성에 가 있던 5년 동안 수도 없이 전선을 바라보며 경성에 있는 아들 물건이 전선에 매달려 있지나 않을까 하고 기다렸을 것이다.

그때였다. 전선이 갑자기 윙 하고 울린 그 순간 나는 옛날 깊은 산 속 여승이 있는 절에서 울리던 범종의 소리를 떠올렸다. 그 절은 아직도 산 속에 있을 터이지만 지금 생생하게 떠오른 그 소리가 계곡에 떨어져 속세로 흘러온 것만 같았다. 이 또한 지하에 있는 어머니의 목소리와 닮은 것만 같았다.

나는 전마선에 타는 것도 잊고 트렁크에서 스케치북을 꺼내 고향의 풍경을, 오늘로 영원한 이별이 될 지도 모르는 고향의 모습을 그렸다. 어떤 그림으로 할지는 별로 생각하지도 않았다. 그저 지금의 내 기분, 마음을 비추고 있는 자연과 어머니가 녹아 있는 그림자를 종이에 옮길 뿐이었다.

스케치를 마치고 언덕을 내려갈 때 허리가 기역자로 구부러진 백발 노인을 만났다. 어렸을 때 본 얼굴이었지만 생각이 나지 않았다. 노인이 지나가 버리고 나서도 나는 산 속에 있을 리가 없는 하얀 그림자를 보곤 했다. 그 하얀 그림자가 어머니가 아닐까 하고 놀라는 것이었다. 그리고는 다시 무거운 마음으로 고개를 숙이고 오랫동안 생각에 잠기다가도 갑자기 그런 생각과는 전혀 다른 그림 생각에 몰두하는 것이었다. 아까 그린 그림을 완성할 수 있는 좋은 암시를 받은 듯하여 기분이 밝아졌다. 그러면서도 작품에 대한 정열 뒤에는 아련한 애수의 감미로움이 길게 이어지는 것이었다.

그 후에 한 선배의 도움으로 동경으로 건너가 스이후 선생님의 가르침을 받게 되었지만 가르침이라고 해도 선생님과 직접 접하는 경우는 거의 없었다. 선생님의 문하에는 백 명이 넘는 제자가 있었지만 대부분의 경우에는 항상 선배 격인 이소가이의 지도를 받는 것이었다.

이소가이는 신입생이 들어오면 선생님을 대신하여 여러 가지 주의를 준 다음, 스이후 선생님이 그린 그림을 주고 얇은 종이를 대고 베끼라 하고는 검사를 하며 웃기지도 않는 비평을 가하는 것이었다. 초심자는 그런 이소가이의 설명을 진지하게 듣지만 5년이 넘게 그림을 그려온 내게는 귀를 기울일 가치도 없는 것이었다. 얇은 종이를 대고 그림을 베낀다는 것 자체가 모처럼의 창조적인 충동에 찬 물을 끼얹는 것이었지만 어쩔 수 없이 학원의 방침에 따르기로 했다.

나는 매일 열심히 그렸다. 원래 남이 잔소리하는 것을 싫어하는 성격이어서 구석에 혼자 앉아 묵묵히 내 일을 하였다.

"자네 꽤 열심히 하는군. 처음에는 누구나 열심히 하지."

이소가이는 처음에는 그렇게 말했다. 그렇지만 내가 언제나 말없이 그림에 열중하여 다른 사람이 잡담을 하는 데도 전혀 귀도 기울이지 않고 그림을 그리는 정열에, 아니 오히려 선배인 자기에게 비평을 구하지 않는 나의 우직함에 화가 났는지 어느 날 이소가이는,

"너무 열심히 믿으면 극락에 못 가는 거야. 자네 그림은 그리면 그릴수록 선생님의 그림과는 전혀 닮지 않는군. 그러니까 무작정 많이 그린다고 좋은 게 아냐. 그림의 기본도 되어 있지 않은 주제에 어설프게 자기류를 주장하다니. 이거야말로 호랑이를 그리려다가 고양이를 그리는 격이지. 좀더 정성을 다해서 선생님의 그림을 그대로 베껴. 선생님의 그림은 한 점, 한 획을 함부로 할 수 없는 거야. 그거야 말로 선생님이 선생님인 것이고 그런 선생님의 정신을 배우는 것이 가장 중요하단 말이야. 선생님에게 그림을 배워 선생님의 이름을 더럽히는 경우가 있어서는 안 되니까."

라고 얼토당토 않는 소리를 하는 것이었다.

그러나 나는 원래 임기응변으로 남의 마음에 들려고 하는 사람도 아니고 그 말 때문에 내 태도를 고칠 수 있는 사람도 아니었다.

거기에 선생님의 그림이 하나에서 열까지 전부 좋았던 것도 아니었다. 나는 그림을 알게 되고 산수에 자신을 가지게 되었지만 선생님이 산을 그리는 기법이 불만이었다. 그런데 선생님의 그림을 그대로 베끼다 보니 자연스럽게 나의 창의가 선을 넘어 옮겨진 것처럼 선과 선에 의한 음영에 따라 선생님의 그림과는 전혀 다른 그림이 나오기도 했다. 그래도 나는 내 그림은 중요한 부분에서는 선생님의 그림과 통하는 것이 있다고 생각했다. 그래서 재미없는 공부를 계속하면서도 선생님의 문하를 떠나지 않고 선생님의 화풍을 배우려고 했던 것이다.

어느 날, 선생님은 오랜만에 우리들의 그림을 둘러보며 어떤 그림 앞에서 오랫동안 서 있기도 하셨다. 내 앞에 오셨을 때, 정중하게 인사를 하고 화필을 움직이고 있었는데 선생님은 장내를 한 바퀴 돌아보고 다시 내 앞에 오셔서,

"자네 그림은 선전에서 보았지만 오래 보지 못했군. 최근에 그린 그림이 있으면 보여주겠나?"
라고 말씀하시며, 내지는 조선과는 풍경이 많이 다른데 동경에 와서 스케치해 보았는가라고 물으셨다.

실은 몇 장 스케치한 것이 있었지만 아직 완성된 것은 한 장도 없었다. 그러나 선생님이 그렇게 묻자 내가 준비가 부족한 것이 부끄러워 거짓말을 하였다.

"두세 장 있습니다만 아무래도……."

"아니 괜찮아. 가져와 보게."

그렇게 말하고 선생님이 나가시자 나는 옷소매로 얼굴의 식은땀을 닦았다. 선생님의 한 마디가 얼마나 내게 힘을 주는지, 내 노력이 아직도 선생님의 정에는 미치지 못 한다는 생각이 들었다.

　그래서 그날부터 거의 밤을 새워 열심히 그림을 그렸다. 그 중에서 두 장을 골라 선생님에게 가져가려고 했으나 선배인 이소가이가 요리조리 선생님을 만나게 해 주지 않았다. 이소가이는 그림을 자기에게 주면 선생님이 한가하실 때 전해 주겠다고 했지만 나는 내 작품을 선생님에게 보이기 전에 누군가에게 먼저 보이고 싶지 않았으므로 직접 선생님께 전해드리겠다며 거절하였다. 그 때문에 점점 더 이소가이에게 미움을 사 오랫동안 선생님을 만날 기회조차 주어지지 않았다. 선생님은 정말 다망한 것 같았고 조금 시간이 나면 하코네에 있는 별장에서 정양을 하는 것 같았다.

　그래도 이소가이만은 선생님이 집에 계실 때에는 매일 만날 기회가 있는 듯 했고 이소가이와 특별히 친한 사람은 그의 알선으로 선생님이 계시는 곳에 들어가기도 했다. 그러나 나같이 내지의 예의도 모르는 퉁명스러운 인간은 굳이 이소가이에게 부탁하고 싶지도 않았고 엄숙 그 자체인 안채에 들어가는 것도 무서웠다.

　나는 때때로 복도에서 하녀와 마주치는 것만으로도 이상하게 식은땀이 흐르고는 했다. 나는 처음에는 부인이나 딸, 하녀를 구별할 줄 몰랐고 또 그녀들에게 어떻게 해야 할지도 몰랐다. 그래서 그저 한눈 팔지 않고 그림만 열심히 그리는 것이 가장 좋았다.

　그런데 어느 날, 생각지도 않았는데 갑작스레 선생님이 오셨다. 지난번에 무슨 말을 했는지 기억도 못하시는 것 같았다. 나는 잠시 주저했지만 매일 만날 수 있는 것도 아니어서 이번 기회를 놓치면 안 되겠다는 생각에 선생님께 그림을 가지고 갔다.

　"아, 자네가 그린 그림인가?"

　선생님은 간단히 그렇게 말씀하시고 묵묵히 그림을 바라보다가 아무 말 없이 장내를 한번 도시더니, 점심시간에 다른 사람들을 모두 불러 내 그림을 보이며 주의를 주시는 것이었다. 선생님도 말이 유창한 사람이 아니어서 한 마디 한 마디가 인상에 남는 것은 아니었지만 그 요지는 이러했다.

　- 이걸 봐라. 이것은 멀리 조선에서 온 청년의 그림이다. 더구나 이곳에 입문한 지 1년도 되지 않는 습작이다. 자네들 중에는 10년도 넘게 내게 그림을 배우고 있는 사람도 있지만 아직 작가도 되지 않은 사람도 있다. 크게 분발하지 않으면 안 된다. 김군은 조선에서 상당히 공부를 했는데도 불구하고 여기에 와서 공부하는 모습은 괄목할 만하다. 재능도 있겠지만 이는 노력의 산물이라고 생각한다. 모두 열심히 해 주기 바란다 -

　나는 그런 칭찬에 오히려 몸 둘 바를 모르고 고개를 숙이고 있었지만 주위의 시선이 일제히 내게 향하는 것을 의식할 수 있었다. 어떤 눈은 선망으로 빛나고 어떤 시선은 가시가 있었다는 것, 그리고 그런 시선이 그 사람의 성격과 얼굴이 다르듯이 가지가지였다는 것을 마음 속으로 읽고 있었다.

　그러나 나는 그 칭찬과 질시의 시선을 염두에 두지 않고 오직 내 길에 전념할 것을 다짐하였다.

　그리고 다시 몇 달이 흐른 어느 날, 선생님은 내게 올해 쇼토쿠태자전람회가 있으니 출품해 보라고 말씀하셨다. 이는 5년에 한 번 개최되는 것으로 출품자도 많아 엄선을 하는 것인데 선생님이 내게 권해주셔서 내심 심혈을 기울일 결심을 했다.

　그 순간, 내 머리 속에서 횃불이 환하게 타올랐다. 오랫동안 잊고 있던 고향의 자연이었다. 어머니를 묻고 영원한 이별을 고했던 땅. 그러나 여전히 내 영혼이 살고 있는 몽환의 땅이었다. 아직도 소묘 상태로 있는 고향의 풍경을 완성하려고 결심한 것은 바로 그 순간이었다.

　나는 아무도 알 리 없는 희망에 불타올랐다.

　그러나 한편으로 이소가이 패거리들의 나에 대한 적나라한 반감은 날이 갈수록 심해졌다. 어떤 때는 적개심을 정면으로 쏟아내는 경우도 있었다.

― 멀리 조선 촌구석에서 와서 선생님이 가엾게 보시는 거야. 그러나 아직 갈 길이 멀지.

― 문명인의 오케스트라보다는 남양 원주민의 발가벗은 춤이 평가받는 거야. 원주민은 우리들에게는 희귀한 존재니까.

이런 소리를 쑥덕거리는 것 같았다. 그러나 나는 애써 관심을 가지지 않았다. 선생님의 칭찬에 으쓱거리지도 않았고 다른 사람들의 시기와 질투에도 굴복하지 않았다. 오히려 그러한 칭찬과 질투를 내 안에서 여과시켜 예술에 대한 정열로 바꾸려고 했다.

밤 10시가 넘어서였다. 안채로 통하는 문이 조용히 열리는 소리가 나고 누군가가 발소리를 죽이고 들어왔다.

"아니 김 상, 혼자세요?"

같은 문하의 마사코(眞佐子)였다. 마사코는 마음이 아름답고 얼굴도 예뻤지만 얼굴도 마음도 예쁘기 때문에 오히려 그녀와 가까워질 수 없다고 생각하고 있던 나는 한번도 그녀와 이야기를 나눈 적이 없었다. 단 한 번 차 마시는 모임에서 그녀가 김 상은 차보다는 설탕물을 좋아하지요라고 한 적이 있었다. 그때는 술도 마실 수 있었지만 단 것을 좋아했다. 마사코가 그걸 어떻게 알았을까 신기했다. 그 후부터는 마사코가 관찰력이 날카롭다고 생각하고 있었지만 별로 이야기를 나눌 기회는 없었다.

그러나 내심 그녀가 누구보다도 믿을 만한 여자라고 생각하고 있었다. 검은 눈동자와 연한 푸른빛이 도는 흰자위는 마사코의 심성이 아름답고 깨끗하다는 것을 보여주는 데 충분했다. 흰자위가 노란색이면 은혜를 잊고 배신하는 사람이 많다는 소리를 관상학자에게 들은 후부터 나는 몇 번이나 그 말이 적중한 것을 경험해서 지금도 눈만 보고도 그 사람을 다 알아버린 듯한 느낌이 드는 것이었다.

마사코의 잘 정돈된 얼굴, 나긋나긋하고 투명하게 보이는 몸매, 형태는 있으나 향기 이외에는 아무 것도 가지고 있지 않을 것만 같은 깨끗한 육체는 나같이 미천한 존재에게는 오히려 신기루에 불과했다. 만약 내가 여자의 아름다움을 그림으로 표현하는 숙명적인 노력을 가지고 있지 않았다면 틀림없이 마사코에 대해 이런저런 공상을 했을 것이다.

"이쪽으로 오시지 않겠어요? 뭔가 드시지 않으면 굶어 죽어요."

마사코는 그렇게 말했지만 나는 너무나 의외의 말에 당황하여 괜찮다고 대답했다.

"안쪽에 이미 준비했어요. 죽도 술도……."

"아니, 정말 괜찮아요."

"괜찮지 않아요. 혼자서 외로우시죠? 저와 같이 안쪽으로 들어가세요. 술은 어떠세요?"

나도 오랜만에 술을 한잔 걸치고 싶었다. 언젠가 영화 속에서 따끈한 정종에 초무침을 곁들인 간소한 식탁을 보고 식욕을 느낀 적이 있었는데 그게 생각나 나는 마사코 말을 따라 안쪽으로 들어갔다.

넓은 방에 술과 안주가 놓여 있고 어떤 사람은 이미 혀가 돌아가지 않는 소리로 주정을 하고 있었다. 이소가이도 좀 취한 모양으로 붉은 얼굴을 하고 있었지만 내가 마사코와 같이 들어오는 걸 보자 얼굴을 더 붉혔다.

"이봐 김 군. 자네도 잘 마시지? 지난번 가쿠라사카에 있는 오뎅집에서 혼자 마셨다면서. 술을 혼자 마시는 인간의 심리 — 심리로 마시는 건지 심장으로 마시는 건지 모르겠지만 — 그 심리나 심장을 우리는 이해할 수 없군."

라고 말했다. 그러나 바로,

"그러나 자네는 순하지만 취하면 의외로 본성이 드러나지? 아하하하……."

라고 하는 것이었다.

그러나 나는 대꾸하지 않았다. 이소가이와 나 사이에 껄끄러운 공기가 흐르는 것을 보고 마사코가 중재하는 듯이

"그림 그리는 사람은 모두 술을 잘 하는 것 같아요."

라고 말하며 내게 술을 따라 분위기를 부드럽게 했다.

"그럼 마사코 상도 술을 마실 수 있다는 소리군요. 하하하……."

이소가이가 그렇게 말했다.

나는 도쿠리를 두세 병 비우고는 일어나 밖으로 나왔다.

그리고 이삼 일 후였다. 그 날 이소가이는 웬일인지 나를 보자 지금까지와는 다르게 싱글싱글 웃으며 맞아주었다. 순간 나는 뭔가 이상하다는 느낌이 들었다. 마사코가 환한 얼굴로 이소가이 옆에 오는 걸 보니 그러한 느낌은 더 커져갔다.

"김 군, 고마워."

이소가이가 그렇게 말했던 것이다.

그러나 이소가이에게 고맙다는 소리를 들을 만큼 내가 뭘 한 적도 없는 데다 평상시의 이소가이는 내게 반감을 가지고 있었다. 말주변 없는 내가 뭐라고 대답해야 할지 몰라 우물거리고 있는데 마사코가 옆에서

"김 상, 지난번에 김 상이 부탁한 거 있잖아요. 깜빡 잊고 있다가 어제서야 이소가이 상에게 보냈어요. 죄송해요."

하며 내게 고개를 숙이고 사과를 하는 것이었다. 나는 점점 더 뭐가 뭔지 몰랐지만 친절하게 머리를 숙이는 마사코에게 답례를 하지 않으면 안 되겠다는 생각에 당황하여 머리를 숙이며

"아뇨……."

라고 애매하게 말했다. 마사코에게 말한 것이었는데 이소가이도 웃는 얼굴로 머리를 숙이는 것이었다.

마사코가 큐고메 니시고켄조에 있는 나의 하숙집에 찾아온 것은 그날 밤이었다. 나는 쇼토쿠 태자 전람회에 출품할 '추억'이라는 작품을 그리고 있었는데 마사코는 그 그림을 한 번 보고 굉장히 감탄한 모양으로 이런 소중한 작품 제작을 방해해서 미안하다고 하면서도 실례했다고 돌

아가려는 것도 아닌 듯이 침착하게

"지난번에 김 상에게 말을 못해서 이렇게 찾아뵙게 되었습니다. 너무 탓하지 말아 주세요."

라고 말했다.

그녀의 이야기를 듣고 나서야 오늘 이소가이가 내게 고맙다고 한 이유를 알 수 있었다. 마사코는 이소가이에게 미움을 받고 있는 내가 마음에 걸렸던 모양이었다. 마음에 걸렸다는 것보다는 불쌍하다고 생각했을지도 모르지만 어쨌든 나와 이소가이의 쓸데없는 마찰을 제거하려고 한 것은 사실인 것 같았다. 그래서 담배를 좋아하는 이소가이에게 내 이름으로 시가를 한 상자 사 보냈다는 것이다.

"그런 일이 있었군요. 친절에 감사드립니다."

나는 할 말이 없었다.

"아니에요. 김상에게 감사하다는 말을 들으려고 한 것은 아니에요. 먼저 김 상에게 말을 해야 하는데 쓸데없는 참견을 하는 것 같았고 또 김 상에게 부담을 주는 것 같아서……."

"아뇨. 마사코 상의 마음은 잘 알았습니다. 나 같은 인간이 마사코 상의 동정을 받아도 괜찮은지 그게 마음에 걸리는군요."

"그런 말씀하지 마세요. 저도 처음에 이소가이 상의 기분을 거슬러서 굉장히 고생했어요. 그래서 항상 김 상이 걱정이었어요. 이제 그런 일은 없을 거예요. 이소가이 상도 알고 보면 호탕한 사람이에요."

"나쁜 사람이 아니었다면 서로 이해했겠죠."

"어제 담배를 가지고 가서 김 상이 부탁해서 왔다고 이소가이 상에게 거짓말을 하는 순간, 다른 사람도 있는데 왜 마사코 상에게 부탁을 했어요라고 물을까봐 조마조마했는데, 담배를 받자 이소가이 상은 기분이 좋은 듯이 그런 소리는 하지도 않고 김 상에게 감사하다고만 했어요. 원래 그 사람 그렇게 나쁜 사람 아니에요. 근본은 선량해서 저를 진짜 여동생처럼 생각해 주세요. 앞으로 김 상하고도 사이가 좋아질 거예요."

"고맙습니다."

"아니에요. 이렇게 해서 두 사람 사이에 오해가 풀리면 저도 만족스럽죠. 미워하고 미움을 받는 것은 피곤한 일이라고 생각해요. 그 때문에 조금이라도 김상의 예술에 그늘이 진다면 큰 손해잖아요. 김 상 뿐 아니라 저까지 아니 저희 친구들까지 큰 손해를 입는다는 생각이 들어요. 저는 아무래도 상관이 없지만…… 호호호."

그렇게 말하며 마사코는 얼굴을 살짝 붉히는 것이었다.

"오히려 제가 미안하군요. 마사코 상에게…… 그러나 생각해 보면 난 더 고생을 해야 한다는 생각이 드네요. 저를 이렇게 고생시켜 주신 마사코상에게 감사드립니다."

그리고는 나는 몸도 마음도 오로지 그림에만 열중했다. 그런 심경으로 '추억'을 완성하였다.

내가 쇼토쿠태자전에서 입선했을 때 누구보다도 기뻐해 준 사람은 이소가이와 마사코였다. 이소가이는 마사코의 말처럼 근본은 선량한 사람으로 내 입선이 문하생 전체의 명예라고 말하며 진심으로 축하해 주었다.

그는 나의 사람됨과 그림을 보고 새로운 우정을 느낀 듯했다. 나 자신도 그의 예술가적인 감수성과 선량함에 동감을 느꼈다.

내 입선을 축하하기 위해서 동창들이 요정에서 조촐한 축하연을 벌인 밤, 이소가이는 적당히 취해 내게 갑자기 이런 소리를 했다.

"김 군. 자네 결혼하지 않겠나? 자네만 동의한다면 내가 좋은 데 소개시켜 주지."

"고맙습니다. 그러나……."

나는 내가 이미 결혼을 했다는 것을 솔직하게 말해야 한다고 생각했지만 이소가이의 호의를 무시하는 것 같아서 뒷말을 삼켰다.

"그런 일은 내게 맡기게. 고맙다는 소리는 나중에 하고 지금은 내 말대로 하게."

나는 이미 결혼을 한 몸이었지만 호박이 넝쿨 채 들어오는 소리가 싫지 않았다. 나중에 들통이 나더라도 농담이었다고 하면 남자들의 세계에서는 통용되는 이야기였다. 그런 정도도 이해하지 못하는 촌스러운 남자는 없을 것이었다.

이소가이는 점점 술이 도는 모양으로 돌려 말하는 것이 귀찮은 듯이 솔직하게 내 귀에 대고 속삭이는 것이었다.

"자네 말이야. 아직도 자네 속을 모르겠네. 마사코 상은 어때? 전부터 생각했는데 말이야. 마사코 상의 의중은 여러 가지로 떠보아서 내가 보장하는데 자네를 모르겠어. 자네의 그 알 수 없는 속 때문에 나도 어지간히 지쳤네. 그러지 말고 속 시원히 말해 봐. 말하지 않으면 아무도 모르잖나. 자네도 물론 동감이라고 생각하지만……."

"자네 마사코 상에게 부탁해서 내게 궐련을 보낸 적 있지? 그 때부터 뭔가 있다고 생각했어. 자네 정말로 월하빙인을 잘 택한 거야. 진짜 음모가가 여기 있네. 수단이 아주 좋아. 평범한 사람은 우선 나를 움직여서 말을 넣을 텐데 자네는 오히려 그 반대로 먼저 마사코 상을 월하빙인으로 내세우다니…… 하하하."

그리고 며칠 후 어느 날 밤에 마사코가 내 하숙집으로 왔다. 서점에 소설책을 사러 왔다가 들렀다며 두꺼운 책을 들고 내 방으로 들어왔다.

"김 상! 부탁할 게 있는데 들어주시겠어요?"

라고 말하는 마사코의 양 볼이 장밋빛으로 물들었다.

"무슨 부탁인데요?"

나는 퉁명스럽게 말했으나 눈은 웃고 있었다.

"들어주신다고 약속하세요."

"제가 할 수 있는 일이라면……."

"할 수 있어요. 김상이 가장 잘 하는 일인데……."

"제가 잘 하는 거요?"

"그래요. 김 상에게 그림을 배우고 싶어요. 잘 하시는 거잖아요. 언제까지 그림만 베끼고 있으려니 재미없어요. 김 상이 가르쳐 주세요. 제 멋대로의 생각인지는 모르지만 남에게 그림을 가르치는 것도 공부가 될 거예요. 김 상이 좋다면 내일 밤부터 공부하러 오고 싶어요.”

“아니 같은 선생님의 문하생인데 그런 일을 어떻게…… 마사코 상은 제 선배잖아요. 나이는 그렇다 치고 저보다 먼저 문하생이 되었는데…….”

“그런 말씀하시지 말고…….”

“그리고 선생님이 아시면 파문당해요.”

“왜요? 선배에게 배우는 것이 뭐가 나빠요?”

“전 선배 자격이 없으니까요.”

그렇게 말했지만 결국 마사코의 결심을 꺾을 수가 없어 같이 연구하는 의미로 승낙했다.

그 때부터 마사코는 매일처럼 내 하숙집에 와 열심히 공부했다. 나도 마사코를 위해 더욱 분발했다. 그림에 대한 이론적인 방법이 서툴다는 생각을 하고 있던 차에 이를 기회로 열심히 공부도 했다. 사람을 가르쳐 보니 다른 여러 가지 지식이 필요했던 것이다.

그렇게 몇 달이 흘렀다. 물론 선생님의 다른 문하생에 비하면 마사코와 나의 관계도 여러 가지로 변했다. 만약 마사코도 나도 그림에 대한 수도자와 같은 경건한 마음을 가지고 있지 않았다면 서로의 마음 깊이 흐르는 변화를 의식했을 것이다.

그러나 우리들은 그러한 심경의 변화를 의식하지 않으려고 노력했다. 의식하지 않으려는 이러한 심리가 한편으로 마음의 변화를 흐르는 대로 맡기겠다는 심리와 상통하는 것도 사실이었다.

마사코도 나도 마음의 방황이 차라리 한 곳에 안정되기를 원했다. 그리고 결국 그 곳에 가까이 다가가는 나 자신을 발견했다.

그러나 인간과 예술의 위기를 나 자신이 느끼게 되었다. 그 계기는 너무나 간단하게 찾아왔다. 마사코가 내게 ‘김 상은 결혼 안 하세요’라고 물었던 것이다.

나는 그 찰나 과거에 한번도 경험해 보지 못했던 위기를 느꼈다. 내 눈앞에 '거짓말'이라거나 '예술'이라거나 '인간'이라는 것이 섞여 하나의 무서운 환영이 되어 점멸하는 것이었다.

나는 거짓말의 효용을 알고 있으면서도 진실을 고백하지 않을 수 없었다. 나는 이미 아내가 있고 아이도 있는 몸이라는 것을 처음으로 마사코에게 고백하였다.

고백해 버리자 애매한 짐을 벗어버린 듯 마음이 가벼웠지만 그 때까지만 해도 잠재의식 속에서는 마사코가 내 고백을 듣고도 마음의 행방을 다른 쪽으로 돌리지 않았으면 하고 바랐다. 또한 동시에 마사코를 위해서 나 자신이 이제까지 일궈온 생활을 뿌리 채 바꾸리라는 결심도 있었다.

그러나 내 결심이라는 것이 얼마나 교활하고 불순한 것인가를 마사코의 행동을 통해 확연히 깨달았다. 마사코는 그 후 내 하숙집에도 학원에도 얼굴을 비치지 않았다. 마사코가 보이지 않게 되어서야 나는 그녀의 마음을 확실히 알 것만 같았다. 나는 그녀에게 대해 지금과는 다른 경건한 마음을 품었다. 결단력은 물론이고 그녀는 순결 그 자체였던 것이다.

나는 그녀를 만나 진심으로 사과하고 싶었다. 그녀에게 진심을 다해 머리를 조아리고 싶다는 생각이 가슴을 가득 메웠다. 그럼으로써 나 자신의 마음의 상처를 누를 수 있으리라는 생각이 들었던 것이다. 그녀와 헤어져서 나는 처음으로 그녀에 대한 내 마음을 알았던 것이다. 그것은 내게 감당하기 힘든 무거운 짐이었다.

내가 길거리에서 우연히 마사코를 만난 것은 달포쯤 지나서였다. 내가 왜 학원에 나오지 않는가 묻자 그녀는 고개를 숙이고 분명하게 곧 시골에 내려가 결혼할 거라고 말했다. 내가 말을 잊고 그저 멍하니 서 있는 동안 그럼 안녕히 하고 마사코는 가 버렸다.

나는 사람들 틈에서 반대편으로 그려진 두 사람의 인생항로를 망연하

게 바라보고 있었다. 결코 만나지 않을 두 인생항로의 종점은 '죽음'일
지도 모른다는 생각이 들었다.

  그리고 4년 후, 나는 조선의 온천장 여관에서 우연하게 마사코와 해
후했다. 그녀는 남편과 같이 있었다.
  나는 조선으로 돌아온 지 얼마 되지 않아 아내를 잃었다. 아내는 내
가 돌아오자 어디론가 모습을 감추어 버렸다. 나는 이것이 나에 대한 절
연이며 그 외 많은 의미가 있는 무언의 선고로 받아들였다. 아내가 자신
의 행장을 면밀하게 숨겼음에도 불구하고 그녀가 떠난 다음 그녀가 사
용하던 다듬이 돌 아래에서 연서를 한 장 주웠다. 아내에게 불타는 사랑
을 고백하는 내용이었다.
  그 순간, 나는 모든 것을 정해 버렸다. 그 날 중으로 나는 아내의 집
을 나와 하숙으로 옮겼다. 그럼으로써 나는 세상 천지간에 혼자 몸이 된
것이었다. 다섯 살이 되는 딸아이는 나한테 오려고 하지 않았고 처갓집
에서도 아이를 주려고 하지 않았다.
  "이혼 위자료로 아이를 준거지."
  나는 혼자 그렇게 큰소리를 쳤다.
  견딜 수 없는 슬픔은 오히려 내 몸을 깃털처럼 가볍게 해 주었다. 나
는 한 장의 낙엽처럼 삼베 이불 밑이 되었건 달리는 기차 바퀴 밑이건
아무 데나 자유자재로 갈 수 있을 것만 같았다. 그러나 갑자기 어머니의
말이 생각났다.
  "내 앞에는 아직 고생이 산처럼 쌓여 있어. 그 고생을 다 하지 않았으
니 하느님도 날 데려가시지는 못할 거야."
  그러고는 방랑이 시작되었다. 조선의 북쪽에서 남쪽으로 남쪽에서 북
쪽으로 끊임없이 떠돌아다녔다. 도회지에서는 전람회를 열어 생활비를
약간씩 벌었다. 조선에서는, 특히 시골에서는 그림은 아직 그렇게 돈이
되지 않았지만 언제까지 같은 하숙방에 틀어박혀 있는 것보다는 어차피

고생과 한판 벌여야 할 운명을 타고났다면 새로운 곳을 순례하는 것이 편하고 좋았다.

마사코와 재회할 수 있었던 것도 그런 방랑 덕분이었다. 그녀의 말에 의하면 시골의 부모님에게 결혼을 재촉 받고 학원을 그만두고 시골로 돌아갈 생각을 했을 때는 얼굴도 모르는 남자에게 일생을 맡기기로 결심했다고 한다. 그 사람이 지금의 남편이었다. 그리고 결혼해서 행복하다고 했다. 가정 이외에는 야심이 없다고 했다.

그녀는 또 말했다. 자신은 이미 예술가이기를 포기했다고. 예술은 결코 인생을 행복하게 하지 못한다고. 행복은 인간이 평범해짐으로써 얻어지는 것이라고…….

"그런 의미에서 김 상은 아직 행복하지 못하시군요. 부럽네요. 다시 한번 예술로 돌아가고 싶어요. 그러나 김 상에게 그림이 없었더라면 좋았을 거라는 생각이 드네요."

그녀는 그렇게 말했다. 그리고

"그러나 그림을 그리지 않을 수가 없겠지요. 그러니까 더더욱 그림을 버릴 수 없는 거겠지요."

그녀는 밝게 웃었지만 피곤함과 비슷한 일말의 외로움을 감출 수는 없었다.

"그래서 이번에 조선에 온 김에 김 상의 집을 찾아가려고 생각했어요. 경성에 가서 물어보면 김 상의 집을 쉽게 찾을 수 있으리라 생각했어요. 김 상은 이미 조선 화단에서 최고이니까 누구한테 물어도 알 거라고."

"그렇지 않아요. 나 같은 거 아무도 몰라요. 그리고 항상 이렇게 떠돌아다니는 걸요."

나는 나약해지는 어조에 힘을 주어 말했다.

"부인과 따님은 어떻게 하고요? 이번에 꼭 김 상의 부인을 만나고 싶었어요."

"아내는 없습니다. 딸도 저한테는 오지 않을 거예요."

"왜요?"

"헤어졌어요."

"헤어지다니요? 어떻게요?"

"저도 모르겠어요. 아내가 도망갔어요."

"거짓말!"

마사코는 나의 이혼 소식을 듣고 내가 마사코 자신의 그림자를 흐릿하게 투영하고 있는 것은 아닐까 하는 의혹과 한편으로 남의 비극을 즐거워하는 인간의 본능이 섞인 묘한 표정을 지었다.

"아니 거짓말이 아닙니다. 그렇게 거짓말을 할 수 있었으면 동경에 있을 때 마사코 상에게 했을 거예요. 그러나 지금 생각해 보면 거짓말을 할 줄 모르는 인간은 결국 불행해지는가 봅니다."

"정말로 헤어지셨어요?"

"그렇습니다. 이렇게 헤어질 줄 알았으면 좀 더 빨리 헤어질 걸 그랬어요. 제가 동경에 있을 때……."

그 때 마사코의 얼굴이 싹 변했다.

"다시 찾아뵙도록 하죠. 오늘은 이만 실례하겠습니다."

라고 말하며 자기 방으로 돌아갔다.

마사코가 돌아가자 나는 거의 잊은 줄 알았던 공허를 느꼈다. 많은 생각이 가슴을 후볐지만 아무것도 의식할 수 없었다.

그날 밤, 마사코가 남편을 데리고 다시 내 방을 찾았다. 그녀의 남편은 그 지역에서는 상당히 유명한 실업가로 이번에 일 때문에 조선에 오게 되어 아내를 데리고 왔는데 일이 끝나자마자 온천에 잠시 놀러온 것이라고 했다.

"아내가 여러 가지로 신세를 많이 진 모양인데 다시 한번 감사드립니다. 참 인연이 기묘하군요. 이런 데서 다시 만나다니…… 마사코가 조선에 온 김에 꼭 선생님을 만나고 싶다고 했고 저도……."

그녀의 남편은 나를 그녀의 그림 선생님으로 착각하고 있었다. 내가 그런 사례를 받을 만한 사람이 아니라는 듯이 당황한 표정을 하고 있어도 그녀의 남편은 겸손이라고 여기는 모양으로

"여기서 이삼 일 묵고 경성으로 가려고 합니다."

라고 진지하게 말하는 것이었다. 나는 뭐라고 대답해야 할지 몰라 고맙다는 몸짓을 했다.

"당분간은 여기에 계십니까?"

"글쎄요. 별다른 예정이 있는 것은 아니지만 아마 며칠 더 있을 겁니다."

"그럼 죄송하지만 그림을 한 장 그려주셨으면 합니다만 어떠실지요? 마사코도 그렇게 말하고요. 예전에 선생님 그림을 한 장 받아오는 건데 잊었다고…….."

"선생님 그림은 언젠가 화단에서 화제가 될 거라고 생각해요."

마사코는 나를 정말로 선생님으로 만들고 있었다.

"저는 장사치에 지나지 않습니다만 그림을 좋아해서요."

"두 분이 취미가 같으시군요."

"아니 취미라고 할 것까지는 없고 기념으로 꼭 그림을 가지고 싶습니다만…….."

"별로 잘 그리지도 못하는데. 기념이 될 만한 게 못 됩니다."

"천만의 말씀입니다. 선생님의 소문은 듣고 있어요. 쇼토쿠태자전에서 입선하신 것도, 그리고…….."

"그건 전부 스이후 선생님 덕이었지요. 마사코 상은 알고 계시겠지만 제 그림 같은 건…….."

"겸손이시지요."

남편이 그렇게 말하자 마사코도

"선생님, 이렇게 부탁드립니다."

라고 정중하게 고개를 숙이는 것이었다.

"그럼 부탁을 받고 드리는 것이 아니라 제가 드리고 싶어서 그리는

것으로 하지요. 그 대신 마사코상의 그림을 하나……."

"아뇨. 전 이제 그릴 수 없어요."

나는 그 날 밤 바로 이미지를 잡아 다음날 하루종일 걸려 그림을 하나 완성했다.

그날 밤 마사코와 남편은 다시 내 방에 와서 공손하게 정좌를 하고 완성된 그림을 만족스럽게 바라보다가 가지고 갔다.

그 때는 나도 왠지 기분이 좋아 이 세상에서 다시 마사코와 내가 만나 이렇게 유쾌한 시간을 보내게 해 준 신에게 감사하고 싶은 심정이었다. 잠은 잘 수 없었지만 그 기분은 연애 감정 이상으로 내게는 성스러웠다.

그녀에게 아무런 욕구도 느끼지 않았다. 아니 오히려 그녀와 결혼하지 않은 것이 다행스럽기까지 했다. 결혼하지 않은 것이 그녀를 행복하게 하고 나를 행복하게 한 거라는 생각이 들었다.

아마도 영원히 그녀를 잊을 수는 없을 것이다. 결혼해서 그녀를 잃는 것보다는 삼계까지 그녀를 쫓아갈 수 있는 영혼을 가지고 싶었다.

그 후, 나는 가능한 한 그녀를 피했다. 만나면 반드시 내 그림에 대한 칭찬을 할텐데 그런 의례적인 찬사를 듣고 싶지 않았던 것이다. 이번에 헤어지면 언제 만날지도 모르지만 얼굴을 마주보고 있으면 오히려 형태가 없어질 것 같아 내 마음속에 스며있는 그녀의 모습을 깊은 마음의 눈으로 쫓았다.

그러던 어느 날 아침이었다. 온천장 뒷산을 스케치하려고 조금 일찍 여관을 나서려는데 여관 주인이 두꺼운 편지를 한 통 건넸다. 받아보니 마사코였다. 글씨는 예전보다 좀 서툴러진 것 같았지만 분명히 마사코의 필적이었다.

"오늘 아침 일찍 떠나셨어요. 만나지 못하니 편지를 전해 달라고요."

"아니, 오늘 아침에 떠났어요?"

"예, 그래요."

그러나 한 마디 말도 없이 모르는 사이에 떠난 마사코에게 아무런 불만도 없었다. 아니 그게 마사코답다는 생각을 했다. 나는 편지를 그대로 웃도리 안주머니에 넣고 산 쪽으로 걸어갔다.

산에 들어가자 계곡의 물이 자갈 소리를 내며 떨어지고 있었다. 멀리 보이는 나무들은 파란 물이 떨어질 것만 같은 진초록으로 물들어 있었다. 산정에는 군데군데 기암괴석이 솟아 있고 암석 사이에는 마른 나무가 비스듬히 나와 있었다. 새파란 하늘에 뭉게구름이 조용히 떠다니고 있었다.

나는 계곡의 바위에 앉아 마사코의 편지를 뜯었다. 아까부터 두껍다고 생각했지만 안을 열자 편지지 한 장과 백 원 짜리 지폐가 네다섯 장 들어있었다. 하얀 종이를 꺼내보니 세로로 간단하게 이런 말이 적혀 있었다.

― 용서해 주세요. 이건 당신이 바라는 바가 아니라는 것을 잘 알고 있습니다. 그래서 당신을 만나지 않고 실례하겠습니다.

나는 편지를 바위 위에 떨어트려 버렸다. 처음부터 사례를 받고자 한 것이 아니었다. 마사코도 내 마음을 잘 알고 있었을 것이다. 나는 다시 마사코를 만나면 분명히 이 봉투를 되돌려 주겠지만 다시 마사코를 만날 수 있을지 의문이었다. 그 날 밤의 이별이 평생의 이별일지도 몰랐다.

그녀는 결국 내게 건어낼 수 없는 무거운 마음의 부담을 지우고 자신은 가벼운 마음으로 떠났을 터이다. 내 마음은 언제까지나 납처럼 무겁게 가라앉아 있었다. 마사코는 자신의 이러한 호의가 내게는 고통이라는 것을 몰랐겠지만 결국 이번에도 그녀는 내게 고통 이외에는 아무것도 남기지 않았다. 괜찮다. 평생 고통과 싸우지 않으면 안 될 운명을 타고났으니 어쩔 수 없겠지. 그러나 나의 고통이라는 것은 외부에서 오는 것이 아니라 내 피 속에 있는 것이 아닐까?

나는 파란 하늘을 떠가는 하얀 구름을 한없이 바라보고 있었다.

(원제 : 血, 발표지 :『국민문학』1942년 1월)

그림자

　도대체 몇 년쯤 지났을까요? 가끔씩 치밀어 오르는 힘든 추억 속에서 지금도 어제 일처럼 선명한 서글픈 기억으로 괴로워하기도 합니다.

　그러나 곰곰이 생각해 보면 역시 그 세계는 동화처럼 아름답게 느껴지는 것을…… 벌써 10년 가까운 세월이 흘렀겠군요. 손가락을 꼽아 확실한 햇수를 셀 것 까지는 없겠지만 저는 현재에 가까울수록 저 자신의 생활세계가 괴로운 기억으로 남고 현재와 멀어질수록 아름다운 꿈속의 세계처럼 그립게 기억이 됩니다. 나이 탓인지 아니면 회고 취미인지…….

　그건 그렇고, 생각해 보면 당신이라는 존재가 그 시절의 제 생활세계의 마음자리에도 표현에도 뿌리를 깊이 내리고 꽃을 피웠으니 그렇게 생각되는 것도 사실일 겁니다.

　그러니 설사 그것이 지금부터 1년 전의 일이었다고 해도 일단 당신을 생각하게 되면 꿈의 비단을 걸치지 않고는 그때가 떠오르지 않는 것입니다. 이미 제게는 하나의 꿈이니까요. 그래서 같이 있을 수 없게 된 건지도 모르지요.

　미리 말씀드립니다만 당신은 이 편지를 읽으며 당신이 잊고 있던 것을 발견하실 겁니다. 실제로 있었던 일이 마치 꿈처럼 여겨지거나, 또는 전혀 없었던 일이 꿈속의 세계에서 꽃구름 같은 색깔로 변하는 걸 발견하실지도 모르겠습니다.

　아까도 당신이 제 세계에 꽃을 피웠다고 말씀드렸습니다만 이 말 자체가 좀 과장입니다. 남들이 보면 당신 때문에 쓴 잔을 마신 거니까요.

다시 한번 말씀드리겠습니다만 참고 읽어 주시기 바라겠습니다.

저 자신 이제 와서 당신에게 허구를 쓰지 않겠습니다. 당신 맘에 들도록 말할 필요가 없으니까요.

물론 그 동안 몇 번쯤 당신과 얽히고 싶다는 미련을 버리지 못한 적도 있습니다. 그러나 그것도 이룰 수 없는 꿈, 오랫동안 제 감정을 여과해야 겨우 마음을 비우고서 당신을 바라볼 수 있을 거라는 생각이 드네요.

묘한 변명이지만 제가 당신과 진정 심리적으로나 정신적으로 교감을 가지게 된 것은 당신과 헤어지고 나서부터가 아닐까라는 생각이 듭니다. 그리고 그런 기분 때문에 당신과의 짧은 만남을 심정적으로 사실보다 더 기묘하게 재현한다는 것을 이해해 주신다면 제가 사실을 약간 바꾸거나 과장하고, 있지도 않은 사실 이상의 세세한 환상을 꾸며내는 것을 이해해 주시리라 믿습니다.

그러면 그때와 비교해서 지금의 당신을 생각하는 마음이 크거나 작다는 변명 같은 것은 할 필요가 없겠지요. 이것은 이미 남의 남편이 된 제가 남의 아내가 된 당신에게 이야기하는 것이지, 한 인간으로서의 당신에게 이야기하는 것은 아니라고 생각합니다. 분명히 맹세합니다만 저는 오래 전의 당신에게 이야기를 하는 것입니다. 실제로 현재의 당신 생활에 대해서는 아무 것도 모릅니다. 결혼을 했는지 어떤지도 모르니까요.

그러나 저는 당신이 당신 자신이 아닌 다른 어떤 존재에 의해서 인간의 범주 바깥으로 미끄러졌다고는 생각지 않습니다. 그러니 예전과 같이 믿는 마음으로 제가 인간 치에코에게 이야기를 할 수 있게 해 주세요.

그렇지만 이런 제 마음이라는 것이 넓은 세계를 하나의 조그만 방으로 축소하여 당신과 나, 둘이서만 이야기를 하고 싶다는 뜻은 아닙니다.

역시 있어야 할 만한 장소에 있어야 할 만한 존재로서 넓은 세상 속에, 사람이 사는 어디라도 당신도 나도 자연스럽게 떨궈진 존재로서 많은 사람들 앞에서 당당하게 이야기하고 싶습니다.

그리고 많은 사람들―나는 그런 사람들을 때때로 바보라고 하기도 하고 악당이라고 욕을 하기도 합니다―의 이의 없는 승인을 바라고 있습니다.

이는 결코 세상에 아양을 떠는 것이 아니라 제 자신이 밝고 넓은 마음을 가지고 싶기 때문입니다. 그렇지 않으면 당신과 이야기를 할 수도 없고 설사 이야기를 한다 해도 통하지 않을 것 같습니다.

제가 치에코 상과 알게 된 것은 제가 동경에서 돌아와 B읍에 있는 사립학교의 교원이 되었을 때입니다. 조그만 양조장을 경영하고 있던 당신의 집과 제가 하숙하고 있던 마당 넓은 집이 조그만 사과밭을 사이에 두고 나무 사이로 그윽하게 마주보고 있던 것이 인연이었는지도 모르겠습니다.

처음 하숙을 하면서 조용히 공부를 할 수 있을 거라고 생각한 나는 바로 앞집에 매일 물뿌리개로 화분에 물을 주는 아름다운 여인을 보고도 나와 아무 관계없는 중생의 하나라고 생각했지요. 그 나긋나긋한 동작과 나의 촌스런 무표정이 어떻게 서로 어울릴 수 있었는지 궁금하시겠지요.

저는 당시 헤겔에 열중해 있어 매일 같이 출근 전에 아침 일찍 사과밭의 조그만 사잇길을 걸으며 골몰히 헤겔을 읽었습니다. 제 하루 일과 중 가장 즐거운 일이었지요.

미완성인 채 세상과 인간을 배우면서 평생을 보내고 싶다는 소원을 가지고 있으면서도 본의 아니게 비참한 교원이 되어 커다란 학생들에게 '선생님'이라고 불릴 때마다 뜨거운 것이 가슴에 떨어지는 것만 같은 생활에서 조그만 산책길은 제 마음을 달래주는 피난처였습니다.

그 아침 길은 사람들이 거의 다니지 않고 가끔 나이든 여인 한둘이 커다란 물 항아리를 머리에 이고 우물로 물을 길러 가는 것이 고작이었습니다. 그 뒤로는 강아지가 따라와 처음 보는 저의 바지와 구두 냄새를 맡기도 하였습니다. 그럼 저는 눈곱이 잔뜩 낀 강아지를 쓰다듬고 싶어지곤 했습니다.

사과밭이 끝나면 당신의 집 뒤로 난 조그만 길이 제 산책로와 십자로 교차됩니다. 제가 그 곳에 가까이 가면 다른 길로 가는 여인들은 제 앞을 가로질러 가지 않으려고 모두들 얌전하게 길가에 물러서서 제가 그 십자로를 지나갈 때까지 기다립니다.

그럼 저도 그 여인들에게 내심 경의를 표하고 십자로까지 가지 않고 발길을 돌려 막 왔던 길을 되돌아갑니다. 제가 그 십자로로 가면 여인들의 코앞을 지나게 되니 조심하는 것이지요. 이렇게 서로 조심하면서 결국 먼저 지나치지 못했지요. 아주 사소한 일이지만 당시의 저는 이런 일들에 신경을 많이 썼던 걸로 기억하고 있습니다.

어느 날 아침, 아무도 없어서 저는 안심하고 책을 읽으며 걸어가다가 십자로 가까이에서 돌에 걸려 앞으로 넘어질 뻔 했습니다. 굉장히 꼴사납게 비틀거렸습니다만 아무도 보지 않아 안심하고 있는데 갑자기 어딘가에서 사람의 기척이 났습니다. 웃음을 터트리는 소리였습니다. 고개를 들어 보니 당신이 건너편 정원수 아래 서 있었습니다.

당신은 웃음을 깨물며 고개를 돌리고 있었는데 그 옆얼굴이 장밋빛으로 물들어 있었습니다. 그건 웃음을 참는 얼굴이었습니다.

저도 역시 부끄러워 얼굴을 붉히고 있는데 당신은 갑자기 이쪽으로 얼굴을 돌리다가 시선이 마주치자 무의식적으로 제게 인사를 했습니다. 그것이 처음 인사였습니다.

저는 오히려 미심쩍어 제대로 인사도 하지 못하고 멍하니 그저 예의 바른 표정을 하고 있었습니다만 당신은 그것이 당신의 인사에 대한 저의 최대한의 답례라고 생각한 듯 진지한 표정이었습니다.

당신이 제게 인사를 한 것은 제가 얼굴을 붉힌 것을 보고 당신의 부주의한 웃음을 얼버무리기 위한 순간적인 행동이었을 겁니다.

당신의 세세한 마음의 움직임을 읽으면서 당신에게 감사하고 싶은,

그러나 뭔가 불만을 느낀 저였습니다. 당치도 않게 더 많은 반응을 바라고 있었던 것입니다.

그 전에 당신은 제게 인사를 한 적이 없었습니다. 물론 이웃이니까 당신과 저는 얼굴을 알고 있었습니다. 당신이 B읍에서 제일가는 미인이라는 소문을 듣지 않아도 제 눈으로 보고 알고 있었던 것입니다.

그리고 저는 마음속으로 당신과 인사를 나눌 수 있기를 기다리고 있었습니다. 그러나 당신은 언제나 미인 특유의 냉담함을 보이며 손가락 하나라도 대었다가는 따귀를 맞을 것 같은 쌀쌀한 표정이었습니다. 당신은 역시 품위가 있고 새침하였습니다.

그런데 그날 아침, 제가 멍청하게 비틀거리는 것을 보고 당신은 평상시의 새침함을 풀어버린 것입니다. 그리고 자신도 모르게 제게 인사를 한 것이지요. 그게 당신을 보호하기 위한 행동에 지나지 않았을 테지만 저는 쉽게 당신의 호의를 얻을 수 있었던 것입니다.

그러나 저는 곧 당신이 부주의하게 제게 호의를 나타낸 반동으로 제게 쌀쌀맞은 태도를 보이는 건 아닐까 생각했습니다.

'이번에는 전신주에 부딪쳐서 얼굴에 혹이라도 생기지 않으면 치에코 상은 내게 웃는 얼굴도 보이지 않고 인사도 하지 않을 거야.'
라고 혼자 쓸쓸해 하였습니다. 당신이 보고 있을 때 전신주가 내 앞으로 걸어와 자연스럽게 내가 거기에 얼굴을 부딪치는 경우는 없을까?

그래서 저는 다음 날도 당신의 인사를 기다리는 저 자신의 한심한 마음을 자책하고 싶을 정도였습니다.

그런데 어땠을까요? 당신도 기억하고 계신지요. 그 다음날도 당신은 제게 고개를 숙이며 "안녕하세요?"라고 말해 주셨습니다. 저는 자랑하고 싶었습니다. 어떤 사람 말로는 인간은 유희를 할 때 전인격을 나타낸다 합니다만 저는 비틀거리는 우스꽝스러운 포즈 속에 제 자신의 가장 좋은 것을 보인 건 아닐까 생각했습니다.

'어쨌든 어제 아침 일이 치에코 상에게는 굉장히 유쾌한 구경이었나

보다. 오늘도 관람료로 안녕하세요라고 인사해 주었으니까…….'
라고 생각하면서도 실은 앞으로 어떻게 될지 몰랐습니다. 그러나 그 다
음에도 당신은 여전히 저를 볼 때마다 인사를 해 주셨습니다. 물론 아직
이야기를 나눌 정도는 아니었습니다만…….

　때때로 저는 정원의 나무를 솎아내고 있는 당신의 아버님을 보았는데
체구가 작고 까다로운 얼굴을 하고 계셨습니다. 내가 당신을 너무 좋게
생각해서 그런지 당신과 같은 미인의 아버지라고는 생각되지 않았습니다.

　다른 사람 말로는 당신의 아버지는 군의로 러일전쟁에 나간 적이 있
다고 하더군요. 그런 관계로 유난히 눈을 끌기도 했지만 실제로 보면 볼
수록 험상궂고 무서운 분이었습니다. 왠지 무서웠고 그것만으로 제 세
계에 덮여있는 검은 하늘을 상상하고는 했습니다.

　당신의 아버님이 태양을 가리는 구름처럼 보여 제 머리 위에 덮인 구
름은 언제까지나 걷히지 않을 거라고 생각했습니다. 저는 점점 제가 만
든 공상의 세계에 빠지고 있었고 그 세계에서는 그저 불쌍한 피에로에
지나지 않았습니다. 옆에서 보면 웃기는 존재일지도 모르겠습니다만 저
자신은 아주 심각했습니다.

　어느 날 오후, 학교에서 돌아오는 길에 우연히 당신을 만났습니다. 당
신은 어머님과 함께였습니다. 어머님은 날씬하고 키도 얼굴도 당신과
닮았습니다. 저는 첫눈에 당신의 어머님께 호의를 가졌습니다. 무슨 말
인가를 하고 싶었습니다만 저는 먼저 당신에게 인사를 하며,

　"어디 가세요?"
라고 물었습니다. 이것이 제가 당신에게 처음으로 한 말입니다. 저는 말
을 더 하고 싶었습니다만 이을 말이 없어 초조했습니다. 당신이 그대로
지나쳐 버리면 어쩌나 하는 생각에 귓가에 찬바람이 부는 것만 같았습
니다.

　"가게에 가시는 길이세요?"

저는 다시 물었습니다. 당신이 어머니와 함께 있기에 남동생이 경영하고 있는 '가미야마 상점'에 가는 거라고 생각했습니다. 그러나 당신은,

"아뇨, 잠깐 병원에."

하고 어머니를 돌아보며 말했습니다.

"어디 아프세요?"

"아뇨. 제가 아니에요."

"그럼 어머님이 어디 편찮으십니까?"

"예."

하고 당신은 잠시 주저하다가,

"눈이 좀……."

역시 분명하지 않게 얼버무리는 것이었습니다.

"걱정이 많으시겠네요."

저는 그 이상은 묻지 않았습니다만 그 말을 듣고 보니 어머님은 눈이 굉장히 안 좋은 듯 했습니다. 전혀 보이지 않는 것 같았습니다.

"경성에 가 보는 것이 좋지 않을까요? 여기는 전문의가 없으니까요. 경성에 제 사촌형이 의사를 하고 있습니다만."

당신의 어머님은 아주 정숙하고 마음 씀씀이가 깊으신 분 같았습니다. 어머님은 당신에게 제가 누구인가를 묻고 싶은 얼굴이었고 자신의 병을 걱정해 주는 제 말에 도움을 받고 싶은 표정이었습니다.

저는 그때 당신 어머님의 눈병은 흑내장이 아닐까라는 생각을 했습니다. 그리고 제게 이를 구하는 기적을 달라고 간절히 원했습니다.

저는 매일 아침 산책로를 왔다갔다 하며 책을 읽었는데 이삼 일 동안 당신의 얼굴이 보이지 않았습니다. 어머니의 눈 때문에 경성에 가지 않았나 짐작하면서도 굳이 그걸 확인하고 싶어 학교에서 돌아 올 때 일부러 길을 삥 돌아 당신의 집 앞으로 지나왔습니다. 학교에 올 때도 집에 올 때도 당신의 집 앞을 지나지 않아도 되었습니다만…….

그런데 운 좋게 당신이 막 현관으로 나오고 있었습니다. 그 순간, 저

는 제가 일부러 당신 집 앞으로 지나가는 것을 들켰나 생각하고 얼굴이 붉어졌나 봅니다. 당신은 언젠가의 아침처럼 당황한 듯이, 그러나 아무렇지도 않은 듯이, 장밋빛으로 얼굴을 물들이며,

"집에 가시는 길이에요?"

라고 말을 걸어 주셨습니다.

"예……. 어머님은 좀 어떠십니까?"

"고맙습니다. 잠깐 들어오시지 않겠어요?"

"예? 예, 고맙습니다."

"들어오세요."

그런데도 저는 들어가도 좋을까 잠시 망설였습니다. 그때 제일 먼저 머리를 스친 것은 깐깐한 아버님의 얼굴이었습니다.

그러나 아버님은 보이지 않았습니다. 그래서 주저주저 한 발 한 발 현관 쪽으로 발을 옮겼습니다. 마치 제 발이 아닌 것만 같았습니다.

"치에코. 누구시니?"

안에서 당신 어머님의 목소리가 들렸습니다.

"지난번의 김 상이세요."

당신은 어머님께 대답하며 저를 안내했습니다.

당신의 집은 조선식의 초가집을 내지식으로 바꾸었지만 안에는 온돌이 남아 있어 그 곳에 당신 어머님이 계셨습니다.

"지난번 김 상? 아, 어서 오세요. 치에코, 안내해 드리렴."

당신의 어머님은 현관 쪽으로 얼굴을 돌리고 거의 시력을 잃은 눈으로 이쪽을 바라보았습니다. 광명을 찾는 애절한 얼굴이었고, 저는 그 안타까운 모습에 가슴이 저려왔습니다. 나이와 함께 늙어가는 제 어머니를 생각했습니다.

저는 발소리를 죽이며 조용히 온돌방에 붙어 있는 다다미 방으로 들어갔습니다. 그러나 어머님은 그걸 모르시는 듯이 현관 쪽을 향해,

"어서 들어오세요. 김 상."

하고 고개를 숙이는 것이었습니다. 역시 최근에 눈이 나빠진 모양으로 태어날 때부터 눈이 보이지 않는 사람과 달리 청각이 아직 발달하지 않은 것 같았습니다.

"어머니, 김 상은 벌써 들어오셨어요."

당신이 그렇게 말하자 어머님은 처음으로 저를 향해,

"누추한 곳입니다."

라고 말씀하셨지요.

"천만에요. 갑자기 이렇게 불쑥 찾아와 실례가 아닌지 모르겠군요."

저는 눈이 보이지 않는 당신의 어머님 앞에서 손을 비비며 미안한 표정을 하였습니다.

"이 근처에 사신다면서요?"

"그렇습니다. 과수원 저편에 살고 있어요."

"정말 가깝군요. 가끔씩 놀러 오세요."

"아 예. 고맙습니다."

"치에코가 당신 말을 많이 합니다. 항상 공부를 많이 하시고 이런 시골에 계실 분이 아니라고 하더군요."

"아닙니다. 오히려 시골이 살기 편합니다."

그러자 당신이 갑자기 이렇게 말했지요.

"김 상은 사과밭이 없으면 살기 편한 곳이 전혀 아닐 테지요. 아침 산책도 할 수 없고, 공부도……."

"동경에서 대학을 나오셨다고요."

"아, 다른 사람들 흉내만 내고 온 거지요."

"그래도 이런 시골에서는 평생 동경 구경도 못하고 죽으니까요. 저도 동경의 병원에 가고 싶어요."

"그러세요. 아무래도 동경에는 유명한 전문의가 많이 있을 테니까요."

"당신 사촌형이 경성에 계신다면서요?"

"그렇습니다."

"의사 선생님이라고 하던데 눈도 보시나요?"

"아닙니다. 내과로 지금 대학병원에 있습니다."

"대학병원 좋지요. 시골 도립병원의 열 배는 좋다고 하더군요."

"그렇지요. 한번 경성에 가셔서 검사를 받는 것이 좋을 겁니다. 사촌 형이 안과는 아니지만 여러 가지로 편의를 봐 드릴 겁니다."

그러자 당신의 어머님은 굉장히 좋아하셨습니다. 그리고 눈에 빛이 비치기라도 하는 듯이 얼굴이 환해지셨습니다. 작년에 고향 요츠카시에 있는 안과의 박사에게 치료를 받았지만 별로 효과가 없었다고 하시며 대학병원은 어떨지 하곤 다시 어두운 표정이 되었습니다.

그때 밖에서 당신의 아버님 소리가 들려왔습니다. 신경질적으로 높은 목소리였습니다.

저는 깜짝 놀랐습니다. 물론 저에게 화를 내신 것은 아니지만 그 불 똥이 어디로 튈지 몰랐습니다. 그래서 체구는 조그맣지만 무서운 당신 의 아버님에게 목덜미를 잡혀 내쫓기는 것은 아닐까 숨을 죽이고 있었 는데 알고 보니 부리는 하인인가 누군가를 혼내고 계셨습니다. 저는 겁 이 나서 안절부절 했습니다. 만약 저를 잡아끄는 힘이 없었다면 그대로 뛰쳐나갔을 겁니다.

이러한 제 기분을 눈치라도 챈 것처럼 당신이 조용히 나가 아버님께 뭐라고 속삭였습니다. 그러자 곧 아버님이 의외로 부드러운 목소리로 당신의 말에 대답하는 것이었습니다.

제 아버지도 많은 자식들 중에서 막내딸을 제일 귀여워하셔서 저희들 남자 형제들은 불만이 이만저만이 아니었는데 당신 아버님도 딸인 당신 을 특히 사랑하고 계신다는 걸 알고 흐뭇하여 조금씩 안정이 되었습니다.

저는 그때 문득 당신의 책상 위에 있는 최근 읽은 듯한 책을 집어 들 었습니다. 그것은 하이네 시집이었습니다.

부끄럽지만 저는 아직 하이네나 바이런을 읽은 적이 없어 특별히 흥미를 느낀 것은 아니지만 책장을 넘기자 당신이 빨간 펜으로 밑줄을 친 곳이 보여 그 의미를 잡으려고 그 앞뒤를 읽기도 하였습니다.

역시 달콤한 부분에 당신은 흥미를 가지고 계신 것 같았습니다. 상당히 열렬한 부분도 있었습니다.

물을 빨아들이는 모래처럼 열심히 그런 문장을 건져 올렸을 당신의 하얀 손을 상상하면서 저는 혼자 미소 지었습니다. 그리고 저 자신도 모르게 그 책에 빠져들었습니다.

그러나 저는 시구 그 자체에 흥미가 있었다기보다는 당신이 어떤 곳에 흥미를 가지고 있는가를 찾는 것에 호기심이 동했습니다. 그리고 당신의 흥미 저편의 어떤 남자를 상상해 보자 돌연히 그 남자의 얼굴이 제 얼굴로 변하기도 했습니다. 이러는 저 자신을 꾸짖기라도 하듯이 가벼운 공상이 중단되었습니다.

"어머, 싫어요."

그 말과 동시에 제 손에 있던 시집을 잡아채셨지요.

당신은 분한 얼굴이었습니다. 그 책의 빨간 줄 때문에 당신의 마음을 엿보인 것 같고 당신이 제 손에서 시집을 빼앗아 감으로써 그를 증명한 셈이 되니 이중으로 분했겠지요.

"전부 읽으셨어요?"

당신은 웃으며 그러나 조금 부끄럽다는 듯이 제게 물었습니다.

"예, 거의 다 읽었어요."

저는 진지하게 거짓말을 하였습니다.

"거의?"

"예. 빨간 줄이 쳐진 부분은 거의 다 읽었습니다."

저는 당신이 웃으면서 장밋빛 볼이 홍시로 변하는 것을 지켜보았습니다.

"빨간 줄만요?"

의외로 당신은 아무렇지도 않은 얼굴로 다시 물었습니다. 그 부분만 읽어서 다행이라는 표정이었습니다.

그래서 저는 반사적으로 시집 안에 다른 뭔가가 있다는 것을 깨달았습니다.

"당신은 문학에 취미를 가지고 계시는군요."

"왜요? 시집 한 권 읽었다고 꼭 그렇다고는 할 수 없잖아요?"

"그렇지요."

"그럼 왜요?"

"어쨌든 좋군요. 다른 사람의 시를 읽는 것도 물론 좋지만 한 걸음 더 나아가 독후감을 쓴다거나 즉흥적으로 시를 쓴다거나 하는 것이 더 좋지요."

그러자 당신의 얼굴색이 더욱 빨개졌습니다.

"아유, 전 그런 거 안 써요."

"그런데 어쩌죠? 모두 읽었어요. 좋은 구절이 있더군요."

"어머 싫어요. 이거 헌책방에서 산 거예요. 그러니 누가 써놓은 건지 모르잖아요."

"그래도 안 표지에 있는 당신의 이름은 당신 글씨잖아요. 그 글씨하고 감상문 글씨하고 똑같던데요?"

"이런……."

그렇게 말하며 얼굴을 붉히는 걸 보면 당신이 어딘가에 뭔가를 써 놓은 건 분명했습니다.

그러나 실은 저도 아직 읽지 못했습니다. 유감이었지만 그걸 한번 볼 기회가 있을 것 같다는 망상을 하면서 문자라는 것이 일종의 마법과 같다는 생각을 하고 있었습니다. 즉 독서라는 공통의 기호가 두 사람을 깊은 인연으로 부르는 것만 같았습니다.

그러고 나서부터 저도 문학에 빠져들었습니다. 이 책 저 책 펼쳐보았지만 끝까지 읽는 끈기는 없어 중간중간 골라 읽거나 닥치는 대로 조금씩 읽었습니다.

그 중에서 특히 흥미를 끈 것은 『파우스트』 같은 것이었습니다. 물론 난해한 책이었습니다. 특히 저 같은 문학 초년생에게는 힘든 상대였습니다.

그러나 그래서 더더욱 '정복'하고 싶은 젊은 의욕으로 파우스트에 대한 세상의 평판을 듣고 하나 읽고 반을 아는 식으로 읽기 힘든 것을 참으며 읽어 나갔습니다. 모르는 것은 모르는 대로, 어렵고 복잡한 교향곡을 듣는 것처럼 모르는 것에 대한 매력으로 매달렸습니다.

어느 날 아침, 전 그 책을 들고 산책을 갔습니다. 그리고 정확히 스물세 번을 왔다갔다 했을 때 당신이 집 뒤뜰에 나타났습니다. 당신은 화분에 물을 주는 물뿌리개를 가지고 나오셨습니다.

내심으로는 목이 빠져라 기다리던 저였지만 만나자 쑥스럽기도 하고 속을 들킨 것만 같았습니다. 그러나 실제로는 굉장히 대담해져 있기도 했습니다. 제 힘이 아닌 모르는 힘이 제 몸 속에 휘돌고 있는 것 같았습니다.

"치에코 상."

"왜요?"

"치에코 상에게 부탁이 있습니다만."

"부탁이라니, 무슨……."

"들어주시지 않으면 곤란해요."

"어려운 부탁인 모양이네요. 호호호."

"아뇨, 그렇지 않습니다. 지난번 그 시집 말입니다. 그걸 잠시 빌려주셨으면 해서요."

저는 제 부끄러움을 감추려고 일부러 똑똑히 말했습니다. 저의 진심을 보이고 싶지 않으면서도 한편으로는 제 마음을 알아줬으면 하는 애매한 마음이었습니다.

"그건 헌책방에서 샀어요. 그래서 낙서가 많아요."

그렇게 말하며 당신은 얼굴을 장밋빛으로 물들이며 싱긋 웃었습니다.

“그건 아무렇지도 않아요.”

“그래도…….”

“그래도라뇨? 그 낙서를 당신의 글씨로 잘못 읽기라도 한다는 말씀이
세요?”

“제 글씨를 본 적이 있으세요?”

“지난번 시집에서 봤을 뿐이지만 당신이 줄친 빨간 줄, 신경질적인
떨림이 있는 가는 선까지 기억하고 있어요.”

“어머? 너무해요. 신경질적이라니.”

“그게 아니고.”

저는 저의 지나친 말에 두려워했지만 당신은 화가 난 것은 아니었습
니다.

당신은 바로 아무렇지도 않게 제가 들고 있는 책을 보면서,

“그건 무슨 책이에요? 또 철학?”

말을 걸었습니다.

“아뇨. 이건 괴테입니다.”

“재미있어요?”

“번역으로 이해 안 되는 부분이 매력이라면 매력이겠지요. 치에코 상
은 괴테의 시를 읽어 보셨겠지요?”

“예, 조금은요.”

“제게는 시가 너무 어려워요. 그래도 참고 읽노라면 작가의 광기 어
린 강렬한 개성이 마치 폭풍처럼 휘몰아쳐서 통쾌한 압박감을 느낄 수
있습니다.”

“전 그저 재미있으니까 읽어요. 그러니까 재미없는 것은 안 읽죠.”

“그럼요. 그러셔야죠. 책을 쓰는 사람도 처음부터 끝까지 읽으라는 주
문은 하지 않을 테니까요.”

“그래도 저는 모르는 부분에서 황홀한 재미를 느낄 정도는 아니에요.
그걸 느끼는 것이 철학이겠지만요.”

"아닙니다. 저는 철학 같은 거 잘 몰라요."

"역시, 모르는 것이 바로 철학이라는 거니까요. 호호호."

당신은 전혀 부끄러워하지 않는 솔직한 얼굴이었습니다.

그 때 앞마당 쪽에서 당신 아버님의 목소리가 들려왔습니다. 제가 소심한 탓인지 역시 화가 난 목소리였습니다. 저는 발각이 되면 어쩌나 조마조마하고 있는데 당신은 아무렇지도 않은 얼굴이었습니다. 귀염둥이 딸의 위력을 당신의 얼굴에서 발견할 수 있었습니다.

"지난번에는 아버님께 인사도 못 드리고 갔습니다. 무례하다고 생각하셨을 거예요."

사과를 겸해서 제가 이렇게 말을 꺼냈습니다.

"아니에요. 그렇지 않아요."

"그렇지만 칭찬은 하지 않으셨잖아요."

"마음속으로는 칭찬했을 거예요. 호호호."

"어째서요?"

"어째서라뇨? 굉장히 진지한 철학자잖아요. 게다가."

"너무 진지해서 동방예의의 장내에 흙발로 들어갔지요. 하하하."

그러나 당신의 사심 없는 얼굴은 나의 농담 같은 진담을 바로 받아주셨습니다.

"우리 아버지 정말 이상한 성격이에요. 싫은 사람은 자기 그림자만 밟아도 따귀를 때릴 정도지만 마음에 드는 사람은 어떤 짓을 해도 예쁘게 보는 성격이에요. 고향 사람 중에 재판소 서기를 하고 있으면서 가끔 집에 놀러오는 사토라는 사람이 있는데 그 사람이 아무래도 싫으신 모양인지 말도 못 걸게 해요. 그 사람이 술을 많이 먹는다지만 아버지도 술을 많이 드시거든요."

"그렇지만 아버님께서는 저를 한번도 보지 않으셨잖아요. 좋은지 싫은지도 모르잖습니까."

"아뇨. 한 눈에 알아보세요."

이런 저런 이야기를 하고 있는 사이에 어느 틈에 여름의 아침 햇살이 쨍쨍하게 내리쬐고 있었습니다. 시계를 보니 하숙집에 돌아가야 할 시간이었습니다. 시간이 순식간에 지나가는 것만 같았습니다. 아침 7시 전의 그 잠깐이 하루 중에서 가장 즐거운 시간이라는 걸 깨닫자 하숙집으로 가는 것이 싫어졌습니다.

"여름은 역시 해가 뜨는 한 시간 전후가 제일 좋군요. 치에코 상이 하이네 시집에 자신의 시구를 써 놓는 것도 이 시간이지요? 그런데 매일 아침 이렇게……."

"아뇨. 전 책 같은 거 잘 안 봐요. 책도 읽지 않으면서 김 상의 공부를 방해해서 죄송해요."

"아니에요. 책과 이야기하는 것도 좋지만 여름의 아침은 역시 자연과 이야기하고 싶군요."

그런 잡담을 하면서 당신도 저도 흰구름이 떠 있는 파란 하늘을 올려다보았습니다.

그 뒤로도 여름 내내 저는 매일 아침 산책로에서 당신을 만날 수 있었습니다.

그때까지 당신의 아버님이 가꾸는 분재를 당신이 전부 돌보고 계셨지요. 그리고 그 분재는 산책로에서 보이는 위치로 전부 옮겨졌습니다.

저는 당신에게 분재에 관한 여러 가지를 배웠습니다. 당신이 모르는 것은 당신 아버님께까지 물어서 설명해 주셨지요. 당신 아버님도 때때로 조금 떨어진 곳에서 안 듣는 척 하면서 우리들의 이야기를 듣고 계신 것 같았습니다만 상관없다는 듯한 무관심을 보이셨습니다. 당신이 말씀하신 것처럼 말이 없고 관대한 분이라고 제 견해를 수정하지 않을 수 없었습니다.

정말 즐거운 여름이었습니다.

생각하면 이것이 제 일생에서 딱 한 번의 여름이었는지도 모르겠습니다. 신이 제게 주신 시간 중에서 가장 행복한 시간이었는지도 모르죠.

그러나 즐거운 시간도 다 한 때라는 운명도 모르고 그저 만족하기만 했던 것을 생각하면 울고 싶을 정도로 안타깝습니다. 세상은 나그네와 같은 것을. 즐거움도 슬픔도 순식간에 지나가 버리고 이윽고 또 그것이 순환해 오리라 생각하고 서두르지 않고 초조해 하지도 않고 걸어가야 하겠지만 그때 저는 과연 그 즐거움이 순간의 즐거움이며 언젠가 지나가 버릴 거라고 생각했을까요?

그런 지혜를 저는 가지고 있지 않았습니다. 생각해 보지도 않았던 것입니다.

곧 가을이 되었습니다. 조선의 가을은 스위스보다 아름답다고 합니다만 정말 맑은 날씨가 계속되었습니다. 그 후에도 몇 번인가 가을을 보내고 맞이하였습니다만 그 해 가을 같은 가을은 단 한 번도 없었습니다. 하늘도 물도 두드리면 울릴 것만 같은 금속성의 찬란함을 가지고 있었습니다. 항상 어떤 반향을 원했던 때문일까요. 하늘 저편을 바라보면서도, 천장에 그려 놓은 자신의 환상을 응시하면서도, 항상 스스로에게 묻고 대답을 찾는 저였습니다.

그러던 어느 날 점심시간에 당신의 남동생인 다케시 군이 저를 찾아 왔습니다. 그 당시 몇 번인가 당신에게 물어보려고 생각하면서도 그 때마다 잊어버려 결국 물어볼 수 없었고, 아직도 불가해 하게 생각하고 있습니다만, 다케시 군은 고등소학교를 졸업하자마자 상점을 운영하고 있었습니다. 당신의 남동생으로는 좀 부족하다는 생각이 들었지만 그래도 중학교에 충분히 들어갈 수 있었을 텐데 말못할 사정이 있었겠지요. 가게 사정이 남동생을 중학교에 보내기 어려운 것도 아니었고 오히려 여유 있는 편에 속했으며 당신도 여학교까지 나오셨습니다. 결국 이유도 모른 채 저는 마음속으로 다케시 군을 불쌍하게 생각하고 있었습니다.

그 다케시 군이 갑자기 저를 찾아 온 것입니다. 저는 놀랐지만 친절하게 맞이했습니다. 그러나 마지막까지 찾아온 이유를 들을 수 없었습니다. 처음에는 당신의 전언일 거라고 생각했습니다. 그날 아침 만났을 때는 아무 이야기가 없었는데 갑자기 동생을 보낸 것만으로도 제게는 대사건이었습니다. 거기다 오늘 아침 당신은 고개를 숙이고 뭔가 생각하는 듯한 얼굴이었습니다. 그걸 생각하며 저는 당신의 동생을 바라보며 기다렸습니다.

그러자 다케시 군은 주저주저하며 무슨 말인가를 꺼내려다가 알 수 없는 손짓을 하고 그대로 교무실을 나가는 것이었습니다. 저는 그것이 자기를 따라오라는 의미라는 것을 알았습니다. 저는 앞뒤 가리지 않고 무조건 따라 나갔습니다. 그러자 다케시 군은 현관으로 통하는 복도에서 가슴에서 편지를 한 장 꺼내 제게 주며 사람 눈을 피하듯이 서둘러 가 버렸습니다.

"다케시 군. 수고했네."

그렇게 말하는 제 목소리는 제게 다시 돌아올 뿐이었습니다. 몸 전체가 심장이 되어 뛰고 있었습니다.

　김 상

무례한 부탁인 줄은 알지만 방과 후에 저희 가게에 잠깐 들러 주실 수 있으신지요. 기다리고 있겠습니다.

오늘 아침 만났을 때까지는 언젠가 편지로 자세한 사정을 설명하려고 생각했습니다만 역시 직접 뵙고 말씀드리는 것이 좋을 듯하여 갑자기 편지를 올립니다. 부탁합니다.

　　　　　　　　　　　　　　　　　　　　　　　　　　치에코

편지를 두 번 읽어도 무슨 일인지 알 수가 없었고 저는 아직 온 몸이 심장인 것처럼 정상이 아니었습니다. 그저 멍한 머리로 아침에 뜰 앞에서 울던 까치와 출근 때 멀리 하늘을 날아가던 까마귀의 모습 등을 생각하고 있었습니다.

저는 다른 때보다 일찍 학교에서 나와 바로 이발소로 직행했습니다. 나올 때 현관의 유리창에 비친 제 얼굴을 보고 앞머리가 좀 길다는 생각을 했거든요.

이발을 하고 당신네 가게로 가자 다케시 군이 안쪽 책상에 조그맣게 앉아 있었고 당신은 그 안쪽 온돌방 문을 열고 저를 맞아 주셨습니다.

"무례하게 오시라 해서 죄송합니다. 안으로 들어가세요."

그렇게 말하는 당신의 표정은 생각보다 침착했습니다. 제가 잠재의식 속에서 기대하던 표정은 아니었습니다. 왠지 차가운 냉기가 흘러 꿈이 깨지는 것만 같았습니다.

"꼭 김 상에게 보이고 싶은 것이 있어서요."

그렇게 말하는 당신은 얼마간 조심하고는 있었지만 역시 새초름한 표정이었습니다.

"제게요?"

"말해도 괜찮을까요?"

"아니, 편지를 보내주시겠어요?"

"서투른 제 글씨를 김 상도 보셨지요? 오늘 편지로."

"더 긴 편지를 받아보고 싶었어요. 그 시집에 쓰여 있던 시구가 있지나 않을까 해서요."

"시 운운 할 때가 아니에요. 정말 견딜 수 없는 느낌이에요."

"제가 뭘……."

"아뇨. 그게 아니에요. 제가 언젠가 말했죠? 집에 놀러오는 사토라는 동향 사람이 있다고."

당신은 그 사람에게서 몇 번인가 편지가 왔다는 말을 하고 보자기에 싼 것을 제게 보여 주었습니다. 이중 봉투에 달필로 쓴 편지가 열 통정도 되었습니다.

그러나 저는 그 편지에 손을 대려고도 하지 않았습니다. 그럴 권리가 없다는 생각이 들었습니다. 당신이 자기 앞으로 온 편지를 제게 보여준 것만으로도 당신의 마음을 알 것 같아 이제 와서 사토라는 사람을 미워하거나 당신의 마음을 의심할 필요가 없었던 것입니다. 이미 잡힌 사람을 뒤에서 칼로 내려치는 꼴을 당신에게 보이고 싶지 않았습니다.

저는 웃음거리로 내밀어진 그 편지를 인생의 피투성이 기록이라도 되는 것처럼 오랫동안 바라보았습니다.

"이렇게 많이 왔지만 저는 처음에 온 것 한 통밖에는 뜯어보지도 않았어요. 처음 것까지 안 보면 무슨 편지인지 모르잖아요. 그렇지만 그 뒤에는 볼 필요가 없어서 뜯지 않았어요."

정말 한 통밖에 뜯겨 있지 않았습니다.

"이 편지를 태워 버릴까 생각했지만 그 전에 김 상에게 꼭 보이고 싶었어요. 나중에라도 의심을 할까 봐……."

그리고 당신은 뜯어본 편지를 제게 주었습니다. 당신 손에 태워질 편지에 흥미를 가진 것은 아니었지만 당신의 뜻에 따라 한 통을 읽어보았습니다.

그러나 저는 그 편지에 아무런 흥미를 느끼지 못했습니다. 아니 그렇다기보다는 당신의 그런 마음에 저 자신을 까맣게 잊어버렸습니다. 막연한 기대로 조그만 가슴을 두근대며 애태우던 물새가 망망대해로 비상을 시작하는 듯한 기분이었습니다. 그러나 때때로 몰아치는 큰 파도에 밀려 해안에 부끄러운 몸을 드러내게 되리라는 것을 자신만만한 물새가 생각할 수 있었을까요?

"그러나 또 편지가 올지도 모르잖습니까?"

제가 말했지요. 저 자신 그게 좀 걱정이었습니다.

"아뇨. 이제 오지 않을 거예요. 마지막 편지가 온 지 벌써 반 달이 넘었어요. 그리고 설사 또 온다 해도 이 편지와 같은 운명이에요."

그렇게 말하며 당신은 마지막 편지를 꺼내 날짜를 제게 보여주었습니다. 그 때 왠지 마지막 편지라는 것을 읽고 싶었습니다. 거기에서 멋진 문구를 기대한 것은 아니었습니다. 그저 사토가 꺾이고 지쳐 원망하는 말이나 포기하는 말을 썼는지, 아니면 아직도 사기 왕성하여 난공불락의 성을 공략하려는 기백을 가지고 있는지 알고 싶었습니다.

그러나 읽어보니 원망도 투지도 없이 물에 물 탄 듯한 애매한 문구거나 어디선가 베껴 쓴 달콤한 문구를 어설프게 늘어놓은 것으로 실망이 이만 저만이 아니었습니다.

"당신의 아버님이나 어머님은 알고 계신가요?"

제가 물었습니다.

"어렴풋이 알고 계시지만 원래 이 사람을 싫어하세요. 처음에는 아버지한테 청을 넣은 모양이지만 아버지가 그 자리에서 거절하셨어요."

"당신의 의사도 묻지 않고?"

"아버지는 제 마음을 알고 계시니까요."

"당신 아버님과 어머님 마음에 들 사람은 드물겁니다."

"그래도 아버지나 어머니는 저와 같은 생각이에요."

왠지 저는 안심이 되었습니다.

그러나 그 후부터 오히려 불면의 밤이 계속 되었습니다. 하느님께 감사하면서도 즐거운 고통에 괴로워하는 것이었습니다.

실로 저 자신이 태어나서 처음으로 있어야 할 자리에 있는 듯한 축북받은 모습으로 여겨졌습니다만 가끔씩 깜짝 놀라 잠에서 깨어보면 거기에는 있어야 할 당신이 없는 것이었습니다. 당신이 없을 때 저는 그럴듯해 보이는 것, 있어야 할 장소에서 떨려나서 추락하는 것만 같았습니다. 그리고 일말의 폭풍이 머릿속을 휘젓고 가는 것이었습니다.

어느 날 밤 꿈을 꾸었습니다. 무슨 호숫가였습니다. 거기에서 당신은 저와 헤어졌습니다. 헤어짐은 다시 만나리라는 희망이 있는 한은 아름다운 애태움이었지요.

저는 점점 멀어져 가는 당신의 뒷모습을 바라보고 있었습니다. 당신은 몇 번이나 뒤돌아보며 아쉬움으로 가득한 길에 웃음꽃을 남기면서 떠날 것이고, 저는 당신이 떠난 후 당신이 남겨놓은 그 꽃밭을 거닐 것이라고 혼자서 마음먹어 버렸던 것입니다. 그러나 당신은 한 번도 뒤돌아보지 않고 순간순간 멀어져만 갔습니다. 그 한 발 한 발이 아픈 상처가 되어 저는 숨도 쉴 수가 없었습니다. 당신의 뒷모습은 무서운 운명의 진짜 모습이었습니다. 마지막 모퉁이에서도 당신은 뒤돌아보지 않고 가 버렸습니다.

땅도 하늘도 저를 짓누르는 것만 같았습니다. 그래도 저는 지지 않고 소리치려고 했습니다. 그것이 울음 소리였는지도 모르겠습니다만……. 그러나 결국 소리가 되어 나오지는 않았습니다.

겨우 소리가 나오는 순간에 잠을 깼습니다. 꿈과 현실은 반대라는 속담을 생각한다면 오히려 좋은 꿈이라고 할 수 있겠지만 그런 것일까, 왠지 그 꿈은 어떤 현실이 그대로 나타난 것이 아닐까 라는 생각이 들었습니다. 이러한 예감은 실물이 아닌 물에 비친 그림자와 같은 것이지만 제게는 때때로 선명하게 보이는 것이었습니다.

그리고 이삼 일 후 어느 날 밤이었습니다. 당신과 나는 둘이서 산책을 갔습니다. 막 보름이 지나 이울어져 가는 달빛이 비치자 꿈같은 황금 비늘이 어둠을 물리치고 퍼지기 시작했습니다. 그러자 첩첩이 쌓인 산맥이 굵은 곡선을 그리며 파란 하늘을 촉촉하게 적시고 먼 동네의 가난한 집까지가 금색 향기를 내었습니다. 두 사람은 어느덧 북문 바깥 산 가까운 곳으로 다가갔습니다. 변화가 별로 없는 이쪽의 자연도 달빛에 젖어서 아름답고 평화로운 모습으로 바뀌어 있었습니다.

여울물 줄기는 백금처럼 반짝이며 졸졸 소리를 내고 있었습니다. 그 날 밤에는 특별히 물소리가 유난히 신비감을 주었는데, 그러면서도 한 편으로는 육체적인 친밀감을 느끼게 하는 것이었습니다. 두 사람은 예전부터 좋아하던 물가를 걸었습니다.

두 사람이 무슨 이야기를 했나 기억하지 못합니다. 말이 필요 없는 순간이었을지도 모릅니다. 뭔가를 이야기했겠지만 적어도 그 때만은, 말은 마음의 표면을 미끄러져가는 소리에 지나지 않았을 겁니다.

그냥 마음과 마음이 말하는, 너무 황홀하여 자신을 잊은 시간이었습니다. 어느 사이 두 사람은 산기슭의 소나무를 지나고 있었는데 당신이 갑자기 '앗'하고 쇳소리를 내며 제 가슴으로 달려들었습니다.

"아, 무서워."

그렇게 말하며 당신은 몸을 떨었습니다. 잠자리를 방해받은 산까마귀가 획하고 소나무에서 내려와 당신의 뒤를 스쳐 날아간 것입니다. 당신은 많이 놀란 듯이 제게서 떨어지려고 하지 않았습니다.

"정말 깜짝 놀랐어요."

저는 당신의 손에서 당신의 심장 고동소리를 읽을 수 있었습니다. 그것은 새에 놀라서 뛰는 고동소리만은 아닌 것 같았습니다.

"산새군요. 저기, 저기를 보세요."

"무서워요. 전 여우라도 나온 줄 알았어요."

"그런 거 없어요. 있으면 좋을 텐데."

저는 반농담으로 웃었습니다.

"왜요?"

"있으면 당신은 언제까지 제게서 떨어지지 않을 테니까요."

"그러지 않아도……."

당신은 저와 떨어지려는 척하셨지요. 벌써 산기슭이었습니다.

"산은 무서워요. 뭐가 튀어나올지 모르니까요."

"거짓말, 거짓말. 뭐가 튀어나와도 상관없어요. 나 하나도 안 무서운 걸요?"

그렇게 말하면서도 당신은 제게서 떨어지려고 하지 않았습니다. 두 사람은 꼭 붙어서 잠시 말없이 걸었습니다.

"치에코 상."

"예?"

"어디까지라도 이렇게 같이 걷고 싶군요."

"김상 정말 그렇게 생각……."

"이런 생각이 왠지 불길하군요."

"왜 그런 생각을 해요?"

지금도 선명하게 기억하고 있는데 그때 저는 당신의 향기를 느끼면서도 당신의 체취를 맡을 수는 없었습니다. 당신은 제 후각권에 들어오면서부터 오히려 형태가 사라져 투명한 존재가 되었던 것입니다.

지금도 저는 저의 가장 신성한 그림자는 당신과 함께 걸었던 그 밤의 제게 있었다고 생각합니다. 이제 다시 그 옛날로는 돌아가지 못할 것 같습니다. 그건 제게 허용된 일생 일대 단 한 번의 신에 가까운 모습이었을지도 모르겠습니다. 솔직히 말하면 자기 우리 속으로 뛰어 들어온 어린 양을 놓아 준 늑대의 회한과 비슷한 후회를 하곤 합니다.

그날 밤, 하숙집으로 돌아오자 서쪽으로 난 제 방에는 장지문 틈으로 달빛이 스며들고 있었습니다. 마치 금가루가 흘러내리는 것 같은 빛의 강이었습니다. 저는 심연을 방황하는 심정으로 그 강을 몇 번이나 건넜습니다.

한참을 그러고 있었으나 좀처럼 잠을 잘 수가 없었습니다. 뭔가를 잃어버린 것처럼 외롭기만 했습니다.

내일 아침에는 산책로에서 다시 당신을 만날 테지요. 또 밤에는 같이 산책을 갈지도 모릅니다. 그러나 그 내일 아침이라는 것이 몇 세기 후가 될지는 몰랐던 것입니다. 그 밤은 좀처럼 밝아오지 않고 줄기차게 외로움만이 선명해서 아무리 해도 납득할 수 없는 시간이었습니다.

당신도 잠을 못 이루셨을 겁니다. 저는 당신이 편히 잠들 수 있기를 기도하며 방에 흘러드는 달빛 속에서 당신의 부드럽게 잠자는 얼굴을 그려보았습니다. 그리고 어쩌지 못하고 양손을 가슴에 올린 채 책상 위에 오랫동안 엎드려 있었습니다. 저는 당신의 숨소리가 달빛에 섞여 제 머리 위로 쏟아지는 것을 생생하게 느꼈습니다.

그 후, 몇 번인가 당신과 같이 걸었지요. 그러나 당신은 결국 B읍을 떠나지 않으면 안 되었습니다.

당신은 어머님의 눈 치료를 위해 내지에 가지 않으면 안 되었습니다. 당신은 처음에는 오오사카에 있다가 고향인 요츠카시로 돌아가 다시 동경으로 갔습니다. 처음 두세 번은 당신에게서 편지가 왔습니다.

물론 저도 바로 답장을 했습니다. 그러나 한 번 소식이 끊기자 한 겨울의 눈이 녹아 나무에 새싹이 돋아나기 시작해도 당신의 편지는 오지 않았습니다.

그리고 점점 적막의 깊은 물속으로 가라앉으면서도 물 위에서 숨쉬고자 하는 저의 눈 속에 젖어든 것은 예전부터의 당신의 모습뿐이었습니다.

저는 지난 가을 당신과 산책했을 때처럼 달빛 속에 북문 밖을 걸어 보았습니다. 그러나 밤은 역시 커다란 무관심을 펼쳐 보일 뿐이었습니다.

여울가에서 다시 눈을 틔우는 여린 풀에 매달리고 싶은 심정으로 어린 싹의 끄트머리를 가볍게 잡고서 쪼그리고 앉아 시냇물이 흐르는 것을 한참동안 바라보다가 믿을 수 없는 어린 새싹을 꺾어서 냇물에 던지곤 했습니다. 멍하니 그걸 바라보고 있자 저 자신이 한 일이 뭔가 깊은 의미가 있는 것만 같았습니다. 냇물에 던진 풀잎이 다시 이쪽 물가로 돌아오면 당신에게서도 편지가 올 거라는 생각에 죄 없는 풀만 몇 번이고 뜯고 있었습니다.

저는 기운없이 일어나 보람없이 더해만 가는 그리움을 심호흡으로 얼버무리며 두 손을 머리 뒤로 깍지 끼고서 몸을 젖혔습니다. 그러자 어디선가 이상한 힘이 솟아나 함께 산책하던 때의 당신의 육체를 저의 몸 속에 느낄 수가 있었습니다. 당신은 더 이상 투명한 존재가 아니라 나긋나긋한 자태와 색채을 가진 마녀처럼 생각되었습니다.

그것은 마치 구름을 잡으려는 자가 하늘이 너무 높다고 한탄하고, 정신을 먹어치워 비만해진 육체가 광기 어린 관능에 빠지는 것과 같은 것이었을 것입니다. 육체의 세계에는 뭔가 있을 것 같은 막연한 모색이 당신을 잃은 텅 빈 가슴에 끊임없이 떠오르는 것이었습니다.

저는 멍하니 제 자신의 육체를 증오할 수밖에 없었습니다. 당신이 없었기 때문입니다. 당신이 돌아와 준다면 저는 다시 한번 예전의 소박하고 순수한 나로 돌아갈 수 있었을 텐데…….

그러나 결국 당신은 오지 않았습니다. 당신이 돌아오지 않는다는 공허함이 향기보다는 형태가 있는 모습을 추구하도록 했는지도 모르겠습니다. 감정의 빙산은 한없이 난류를 찾는 것이었습니다.

저는 그 해 가을 학교를 그만두고 B읍을 떠났습니다. 그리고 곧 결혼을 했습니다. 평범한 세월이 흐르는 동안 어느 틈에 세 아이의 아버지가 되었습니다.

이걸로 되었다고 생각합니다. 더 이상의 행복은 원하지 않습니다. 당신도 아마 결혼을 하셨겠지요. 그리고 어머니가 되셨겠지요. 의외로 이게 바로 인간의 모습인지도 모르겠습니다.

만약 제가 당신과 결혼했더라면 어떻게 되었을까요? 틀림없이 지금의 당신이나 저의 아이들과는 얼굴이 다른 아이들이 태어났겠지요. 그리고 얼굴이 다른 것처럼 서로 다른 심리를 가지고 다른 길을 걷고 있겠지요. 인간으로서의 모양은 같겠지만 그 영혼에는 얼마만큼 차이가 있을까 심각하게 생각하곤 합니다.

보이지 않는 곳의 차이를 알고 싶습니다. 형태로 나타나지 않는 것을 위해 인간은 과연 얼마만큼의 노력과 열의를 쏟고 있는 걸까요? 저는 지상에서 꿈틀거리는 사람들의 형상이 거칠고 공허한 것을 보면서 내면에 있을, 형태로는 나타나지 않는 영혼의 빈곤함을 생각하곤 합니다.

그러나 당신은 제게 형태로는 보이지 않는 것을 주셨습니다. 물론 제게 플러스가 되고 재산이 되었다고 생각합니다. 저는 지금도 집요하게 당신과의 그 시절이 없었다면 오늘날 어떻게 되었을까 하고 신도 알지 못하는 것을 추구하고는 합니다. 그것은 어쨌든 당신을 생각할 때 저는 마음속에서 생명의 환호성을 듣습니다.

그렇지만 그 환호성은 당신과는 별개의 것으로 의연히 제 어딘가에 깃들어 있는 것입니다. 당신을 잃어버렸지만 이것만은 제 것입니다.

지금 생각해 보면 당신이 없는 제 결혼생활도 바로 이 생명의 환호성 덕에 이루어지는 건지도 모르겠습니다. 그뿐만 아니라 빈약하지만 제가 걸어온 흔적이라는 것도 마찬가지라고 생각합니다. 다른 사람은 어떻게 말할지 모르겠지만 저는 제가 걸어온 길이 틀리지도 않았고 빈약하지도 않았다고 생각합니다. 그리고 앞으로 다른 길로 들어서려고도 생각하지 않습니다. 요즈음 제 마음에 유일하게 바라는 것은 제가 하나의 형해로 남은 그 순간까지―그 형해도 결국은 사라지겠지만―지금과 같은 발걸음을 계속하고 싶다는 것입니다.

그렇게 할 때만이 제 마음 속 생명의 환호성을 제가 들을 수 있기 때문이다.

(원제 : 影, 발표지 :『국민문학』 1942년 12월)

임순득

- 대모(代母)
- 달밤의 대화

제말에 식민주의에 협력하지 않으면서 줄곧 작품을 발표하였다. 해방 이후 북에서 작품 활동을 하다가 1950년대 중반 정치적 이유로 더 이상 활동을 하지 못하였다.

▌임순득(1916 – ?)

1937년 「일요일」로 활동을 시작하여 여성해방을 주제로 한 작품을 여럿 발표하였다. 일제말에 식민주의에 협력하지 않으면서 줄곧 작품을 발표하였다. 해방 이후 북에서 작품 활동을 하다가 1950년대 중반 정치적 이유로 더 이상 활동을 하지 못하였다.

대모(代母)

만 1년 만에 사촌 동생한테서 받은 편지는 매우 간단한 내용이었다. 곧 아기가 태어나니까 약속대로 아이의 이름을 지어 달라고. 태어날 아이의 성별은 모르니까 남자아이와 여자아이의 이름을 하나씩 지어달라고. 단지 그것뿐이었다.

어린 사촌동생이 벌써 아이 아버지가 된다는 생각에 감개무량하기도 하고 왠지 신기한 생각이 들기도 하고 기쁘기도 했다.

그러나 약속대로 이름을 지어 달라는 그 약속이라는 말에서 거의 잊고 있었던 여러 가지가 생각나는 것이었다.

사촌동생의 결혼식이 있었던 지난 가을, 나는 동경에 있었기 때문에 경성(京城:서울)에서 있었던 결혼식에는 참석할 수 없었다. 축전을 보냈지만 사촌에게 굉장히 미안한 느낌이었으며 나 자신도 뭔가 부족하다는 생각이 들었다.

얼마 후 사촌동생에게서, 간단한 내 축전이 결혼식장에서 읽은 누구의 길다란 축사보다도 기뻤다는 진심 어린 답례를 받자 사촌동생뿐 아니라 그 아내가 되는 사람에게까지 더욱 미안한 기분이었다.

사촌동생은, 남자형제들 틈에서 자란 탓에 자상한 구석도 없는 나를 좋은 사촌누나라고 믿을 정도의 페미니스트였다.

사촌동생은 아주 약하고 소극적인 성격이었지만 좋은 반려자를 만나 아름다운 자신들의 생활을 쌓아갈 만한 성실과 교양을 가지고 있었다.

나는 그런 생각을 하며 사촌의 청춘을 축하하고 싶은 생각과 동시에 그 청춘 뒤로 이어질 그의 인생을 생각하며 새 사촌의 아내가 모든 점에서 좋은 여자이기를 바라지 않을 수 없었다.

나는 신혼의 사촌 부부에게 뭔가 축하를 해 주고 싶었다. 아무리 해도 적당한 것이 생각나지 않아 가마쿠라에 있는 K선생님을 찾아가 상담을 했다. 미술사를 연구하는 K선생님처럼 풍부한 식견을 가진 사람은 나 같은 보통 사람들은 미처 생각하지 못하는 평범한 일상생활 용품 중에서 의외로 좋은 선물을 발견할 것만 같았기 때문이었다.

K선생님은 백발을 끄덕이면서 내가 찾아온 이유를 듣고 있다가,

"그 아내라는 사람은 어떤 사람입니까? 무슨 학문이라거나 음악이나 그림 같은 것에 흥미를 가지고 있는 사람이에요?"
라고 물었다.

나는 그 사람에 대해 전혀 모르고 있다는 것을 말씀드리고,

"좋은 사람이기를 바라고 그렇게 믿고 있습니다."
라고 대답했다.

"좋은 사람이라……. 어렵지만 참 좋은 말이군요. 당신의 말을 듣고 있으려니 좋은 걸 보여주고 싶어지는군."

그렇게 말씀하시며 K선생님은 일어나 장롱 속에서 족자(簇子)를 하나 꺼내 눈앞에 펼쳐 보였다. 탁본한 관음상이었다.

"선이 아름답지요? 이건 대동(大同) 것인데 경주의 그것과는 다른 아름다움이 있는 것 같아요. 이걸 사촌에게 주시지요. 신부가 주로 생활하는 안방에 걸어놓고 아침저녁으로 보며 생활을 하다보면 좋은 2세가 태어나요. 선(善)과 미(美)를 갖춘 2세가……. 그럼 고모가 되는 당신이 이름을 지어주면 되지요."

K선생은 온화한 얼굴로 그렇게 말하며 족자를 내게 건넸다.

나는 몇 번 사양했으나 K선생님은 내게 가져가라고 자꾸 권하셨다.

"당신이 당신 나라에 돌아갈 때 송별 선물로 드리려고 생각했어요.

어차피 당신 거니까 그렇게 사양하지 마세요.”

옆에서 차를 준비하고 계시던 K선생님의 사모님도 그렇게 말씀하셨다.

나는 고맙게 받기로 했다.

이렇게 해서 나는 생각지도 않은 관음상 그림을 사촌동생 부부에게 선물하면서 K선생님의 말대로 이름을 지어주겠다고 덧붙였던 것이다.

그 후에 사촌에게 편지를 받았다. 관음상에 대한 감사 편지라고 생각하고 무심코 읽어보는데,

“……아내는 커피잔 세트를 훨씬 반가워하는 여자여서 귀중한 관음상은 돼지에게 진주격 입니다. 그러나 관음상은 제 서재에 소중히 걸어놓았습니다. 누님을 가까이 느낄 수 있는 것만 같아 너무 좋습니다…….”

편지가 거기서 끝났다면 좋았겠지만 계속 이어져 다음과 같이 쓰여 있었다.

“플로베르는 어렸을 때 좋아하는 여자아이에게 자신의 가슴속에서 두근거리며 고동치는 심장을 주고 싶었다고 했습니다. 제가 플로베르의 흉내를 내는 것은 아니지만 지금 어른이 되어서도 사촌누님께만큼은 제게 가장 중요한 두 귀를 그대로 드리고 싶습니다.”

(말하는 걸 잊었지만 사촌동생은 음악을 하는 사람이었다.)

“관음상에 대한 답례는 되지 않겠지만 제 기억 속에는 어렸을 때 제 귀를 쓰다듬으며 귀여워해 주시던 누님이 아직 그대로 살아있습니다. 이럴 때는 유난히 클로즈업되는군요. 저는 지금도 누님의 그 손을, 그 소리를 느낍니다.

정말 도톰하고 귀여운 귀야. 귓불을 정말 깨물어 먹고 싶어. 아마 오디보다 맛있을 거야. 그런 소리를 하면서 조용한 누님은 언제까지나 제 귀를 쓰다듬는 것이었습니다. 누님은 잊으셨겠지만 저는 지금도 선명히 기억하고 있습니다. 실은 누님이 제 귀를 깨물어 먹어 주길 얼마나 바랐

는지 모릅니다.

　제 귀는 누님께 칭찬을 받았기 때문에 청각이 유난히 발달하게 된 것은 아닐는지요. 그렇다면 제가 음악의 길로 들어선 것도 실은 그 누군가의 덕이지요. 그것만으로도 저는 큰 은혜를 입은 것이며 지금도 그 누군가의 뭔가를 끊임없이 갈구하고 있습니다. 저의 부당한 욕심이라는 것은 잘 알고 있습니다만 저 자신도 어찌할 수 없는 마음입니다.

　이런 제 마음이 영원히 누님으로부터 버림을 받는 원인이 될 수도 있겠지요. 이런 부담을 안고서도 침묵하지 못하는 저를 부디 꾸짖지 말아주세요.

　저는 곧 시골 중학교의 음악교사로 부임합니다만 아내를 가진 제 자신의 생활에 전혀 보람을 느끼지 못하고 있습니다.

　저는 어렸을 때부터 오직 하나 제 인생에 바라는 것이 있었습니다만 이도 어느 틈엔지 묻어버렸습니다.

　요즘 저는 빛이 없다고 할까 뭔가 말할 수 없는 어두운 안타까움에 무기력한 하루하루를 보내고 있습니다. 스물 넷의 젊은 나이에 염세주의자가 되다니 하면서 나름대로 분발해보지만 어찌해 볼 수 없는 상태입니다. 음악이라는 것도 하나의 타성으로 친근감은 느끼지만 음악 그 자체의 경지에 몰입할 정도로 강렬한 예술혼으로는 이어지지 않는군요.

　도대체 저는 어떻게 되는 걸까요?

　누님! 제발 저를 도와주세요. 누님이 계속 지켜보고 그렇게 도와주세요. 그렇지 않다면, 지켜봐 주시는 것만으로는 아무 것도 할 수가 없습니다. 그것만으로는 저는 일어설 수가 없습니다. 제가 일어설 수 있을까요? 저는, 저는……."

　점점 혼란스러워지는 필체로 해서 마지막에는 도저히 알아 볼 수 없을 정도였다.

　나는 그에게 관음상을 보낸 것을 깊이 후회했다. 혹시 그걸 보낸 것이 원인이 되어 젊은 부부 사이에 델리케이트한 심리적인 마찰이 생기지 않았나 상상하는 것이었다.

사촌이 그 결혼을 비관적으로 보게 된 근본적인 원인을 생각해 보았지만 그것은 오히려 나의 마음을 어둡게 할 뿐이었다.

커피세트를 사랑할 줄 아는 여인의 솔직한 생활감정을 어째서 부드럽게 격려하고 높이려고 하지 않는 걸까……. 나는 사촌을 비난할 수는 없었다. 제3자의 입장에서 행하는 일방적인 나의 비난을 견디기에는 사촌이 너무나 이상주의자였기 때문이었다.

나는 어떻게 해야 좋을까? 아무리 세련된 누나가 되어 생각해 보아도 어떻게 해야 할지 당황스러웠다.

그때 내 마음과 가장 가까운 감정은 왠지 K선생님에게 죄송하다는 느낌이었다. K선생님의 아름다운 마음 씀씀이도 그 마음이 일단 현실화하자 이렇게 순수함을 계속 지니지 못하게 되었다. 아니 오히려 사촌 부부가 처한 현실적인 위치를 하나의 불행으로 보여주는 증거 역할밖에 되지 않았다.

나는 사촌에게 침묵할 수밖에 없었다. 그렇지만 사촌끼리의 상식적인 윤리관으로 그를 비난할 마음은 전혀 없었다.

젊은 영혼들이 정상적인 배출구를 찾지 못하고 왜곡된 형태로 어두운 고민에 빠지는 것은 우리 주위에 많이 볼 수 있는 비극이었다. 사촌도 그 중 하나의 희생자라고 한다면 과장일까?

사촌의 음악에 대한 회의가 언젠가는 음악 이외에는 자신의 길이 없다는 것을 깨닫는 하나의 과정이라고 생각하고 싶은 것은 낙관주의도 아니고 역설도 아니었다. 오히려 내게 허용된 사촌에 대한 최대한의 애정이었다. 그러나 나는 그런 의미를 써 보내는 것도 주저했다.

그 후, 사촌이 진주의 중학교에 부임했다는 것을 전해 들었다. 나는 그 해 봄에 건강이 나빠져 고향에 돌아갔지만 사촌의 동정에 대해서는 친척을 통해 가끔씩 전해 들었을 뿐이었다.

얼마 전에 사촌이 그 동안 월급을 저축하여 선배에게 중고 피아노를 샀다는 소식을 전해 들었지만 아내가 임신을 했다는 소식은 없었다.
 그래서 내 스스로 약속했던 바 아이의 대모가 되는 건도 자연히 잊어
버리고 오늘에 이르렀던 것이다.

 나는 하루 종일 사전을 꺼내 여러 가지 한자를 음미하고 이를 두 개
로 조합하여 보기도 하고 발음을 해 보기도 하고 인명이 많이 나오는
중국 책을 이것저것 찾아보기도 하면서 좋은 이름을 지으려고 했지만
좀처럼 쉽지 않았다.
 소용도 없는 한자를 종이에 엄청나게 많이 써놓은 채로 나는 어느 틈
에 다른 생각에 빠지는 것이었다.
 사촌은 어떤 내면생활을 하고 오늘날 아버지가 되려고 하는 걸까?
 나는 사촌에게 소식도 전하지 않고 지낸 1년이 부끄러웠다.
 그런 편지를 보낸 후 내가 이렇게 오랫동안 침묵한 것을 보고 사촌은
젊은 사람답게 수치스러운 감정을 참을 수 없었을 것이다. 그런데도 구
애받지 않고 솔직하게 아이의 명명을 부탁한 것을 보고 오랫동안 보지
못한 사촌이 친근하게 느껴졌다.
 이삼일이 지나도 아이의 이름이 떠오르지 않자 나는 점점 초조해졌
다.
 고민한 끝에, 만나본 적은 없지만 고전에 조예가 깊은 홍명희(洪命熹) 선
생님을 찾아가 작명을 부탁해 볼까라는 생각까지 했지만 차마 그러지도
못하고 있던 어느 날, 고려아(高呂娥)라는 소설을 쓰는 친구가 놀러 왔다.
 이런저런 이야기를 하다가 나는 아기 이름을 짓는 것을 상담해 보았
다. 고려아는 잠시 뭔가를 생각하다가,
 "발자크는 구두 가게 이름을 만드는 데에도 며칠동안 파리 시내의 간
판을 보고 다녔다고 하잖아. 하물며 사람 이름을 짓는 데는 오죽하겠
어?"
 "그러니까 이렇게 부탁하잖아. 소설을 쓰는 사람이니까 나보다는 여

러 가지로 경험이 있을 거 아냐."

"만약 여자아이라면 지금 생각하고 있는 작품의 여주인공 이름을 빌려줄까?"

려아의 그 말에 나는 갑자기 기운이 나서 말했다.

"빌려주다니? 그런 섭섭한 소리하지 말고 그냥 줘."

"그렇지만 맘에 들지 않을지도 모르잖아."

"그렇게 거만 떨지 말고."

"그렇지만……."

려아는 그렇게 말하며 좀처럼 가르쳐 주지 않았다.

"그 여주인공은 행복한 사람이야?"

나는 그렇게 물었다.

"통속적인 의미로?"

"물론."

"행복하지 않아. 좋은 의미로 굉장히 여성스럽지만 거기에 안주하지 못하고 자신의 운명을 뒤집어 놓을 정도니까……."

려아는 마치 살아있는 인간이라도 되듯이 실감나게 말하는 것이었다.

"그렇게 마조키스트야?"

내가 그렇게 말하자 고려아는 한심하다는 듯이 나를 쳐다보는 것이었다. 나는 나의 쓸데없는 말이 부끄러웠다.

"미안해. 농담이야. 네 그 히로인이 살고 있는 시대는?"

"현대."

려아는 솔직하게 대답해 주었다.

"출생지는?"

"네, 조선입니다. 검사님."

"무슨 소리야? 조선의 어디냐고 묻잖아!"

"그녀가 자립하기에 가장 조건이 나쁜 환경입니다."

"흠, 그녀가 자립하기에 가장 조건이 나쁜 환경이라…… 이 검사님은 기억력이 나빠서…… 자, 그럼 그녀의 이름은?”

"호호호…… 유도심문에 넘어갔네…….”

그리고 두 사람은 한참동안 웃었다.

려아는 계속 웃으면서 종이에 '신혜원(愼蕙媛)'이라고 써서 내게 보여주었다.

나는 그 옆에 '임혜원(任蕙媛)'이라고 써 보았다.

"혜원(蕙媛), 임혜원(任蕙媛)."

나는 입 속으로 중얼거리고 려아에게 말했다.

"혜라는 글자는 획수가 많으니 풀 초를 떼면 어떨까?”

그러자 려아는 풀 초를 뗀 '혜(惠)'는 흔하지만 '혜(蕙)'는 『초사(楚辭)』에 나오는 향기로운 풀의 이름으로 굴원(屈原)이 이 풀로써 자신의 절개를 상징화한 것이라고 설명해 주었다.

"혜원, 혜원, 임혜원."

나는 입 속으로 세 번을 중얼거려 보았다.

좋은 이름이라는 생각이 들었다.

그윽하고 향기가 있는 이름 같았다.

"내가 만약 남자라면 이 이름만으로 반 년 정도는 사랑에 빠지겠다.”

내가 농담을 하자,

"겨우 반 년? 나라면 평생이다.”

려아는 소녀처럼 얼굴을 붉히는 것이었다.

"자기 히로인에게 그렇게 반해서 어쩌려고?”

내가 놀리자,

"어쩌자는 게 아냐. 나 자신이 소설 속 인물의 운명을 한 밤중에 생각할 때 혼자 울 때도 있고 때로는 하늘을 나를 것만 같을 때도 있는 걸. 그게 바로 내 생활 속에 녹아들어야 내 일상생활의 모든 동작과 몸의 오르가니즘을 유지하는 데 편리하거든.”

"너는 속 편하겠다.”

"속이 안 편한 사람은 어쩌는데?"

"어쩌기는? 당신 같이 자기 소설에 푹 빠진 사람을 곁에서 보면서 즐기는 거지."

"나쁘다!"

"나쁜 친구라서 미안혀!"

"끝까지 약을 올리네."

"네가 왔으니까 약을 올리지. 그렇지 않으면 하루종일…….."

"하루 종일 어떻게 되는데?"

"한가하게 남산이나 쳐다보고 있지."

"또, 또, 또 얼버무린다. 너는 너에 대해서는 전혀 말하지 않아."

"나에 대해서 말한다는 것은 하소연뿐이야. 그게 지금 내 오르가니즘이니까."

"말 싫다. 오르가니즘이라고 비꼬지 말아."

려아는 내 손끝을 꼬집고는,

"넌 하소연하는 것이 부끄럽지? 하소연은 많이 할수록 좋은 거야. 우리들에게 하소연을 빼 봐. 아니 억제해 봐. 자폭하고 말걸?

친한 친구가 있어 서로 끊임없이 하소연하고 서로 위로하고 위로받는 것에서 바로 불심(佛心)이 생기고 그럼으로써 세상이 살기 좋은 곳이 되는 건지도 몰라."

"호? 하소연 속에서 불심이 생긴다고? 불심은 보리수 그늘에서 생기는 건 줄 알았는데?"

"도대체 언제까지 그렇게 장난만 할 거야? 자 빨리 하소연해 봐. 하소연…….."

고려아는 내게 빨리 하소연을 하라고 재촉했다.

"정말 어쩔 수 없는 사람이네. 하소연해 봤자 소용도 없는 걸…….."

"그렇게 세상 포기한 사람처럼 말하지 말아."

"누가 세상을 포기했다고 그래? 난 너하고 이렇게 수다를 떨지 않을 때에도 즐겁고, 배가 고프면 식욕을 느끼고, 피곤하면 졸립고, 할 수만 있다면 푹신푹신한 솜이불 위에서 자고 싶고, 지금 맛있는 슈크림과 비프스테이크를 먹고 싶고, 순모 스웨터를 입고 싶은, 순하고 착한 민초의 하나야. 세상을 도무지 포기할 수 없는 사람이라고."

우리는 잠시 이런 저런 이야기를 하다가 입을 다물어 버렸다. 말이 없어지자, 특히나 친구하고 둘이 있으면서 할 말이 없어지자 분위기가 무거워졌다.

나는 쓸데없는 소리를 그만 두고 다시 이름짓는 것을 화제로 삼았다.

"이왕 이렇게 된 거, 남자아이 이름도 생각해 주지 않을래?"

"남자 이름은 굉장히 어려워."

려아는 고개를 갸웃거렸다.

"신혜원이라는 네 히로인에게는 형제라거나 사랑하는 사람이라거나 친한 남성이 있을 거 아냐. 그런 사람들 이름은 전부 뭐라고 부르니?"

"그녀는 말이야, 형제도 없고 거의 고아나 다름없는 고독한 사람이야. 그리고 사랑하는 사람이 좀처럼 나타나지 않는 거야. 적어도 신격화되지 않은 모세(毛世)와 거만하지 않은 굴원(屈原)을 반씩 합한 것 같은 성숙한 인격이 아니면 결코 사랑할 수 없는 사람이거든."

"만약 그런 사람이 나타나지 않는다면?"

"타협은 하지 않을 거야."

려아는 아무렇지 않다는 듯이 말했다.

나는 속으로 정말 그런 여자가 실재할까? 라는 것을 생각하면서 종이 위에 모세(毛世)와 굴원(屈原)이라고 쓰고 두 사람의 인물에서 한자씩 빌려 모굴(毛屈)이라고 써서 려아에게 이런 이름은 어떨까 하며 보여주었다.

"호호호…… 아무리 그래도 그렇지. 모굴은 너무 그로테스크하다. 호호호……."

려아는 참지 못하겠다는 듯이 소리를 내며 웃었다.

"그럼 아래 자를 하나씩 빌려서 '세원(世原)'이라고 하자."
라고 내가 말하자 려아는 활자의 아름다움도 없고 발음도 좋지 않다고
까탈을 피웠다.
　난 먹을 갈아 붓에 듬뿍 묻혀 종이 위에 썼다.

　　여아 : 임혜원(任蕙媛)
　　남아 : 임세원(任世原)

　내 글씨이지만 그렇게 나쁘지 않았고 여자아이 이름도 남자아이 이름
도 훌륭해 보였다.
　내가 하는 짓을 옆에서 보고 있던 려아는 종이에 쓰니 남자아이의
'임세원'도 품격이 있어 보인다며 신기하다는 얼굴을 했다.
　"어떻게 할까?"
　그래도 나는 주저했다.
　"그렇게 정하자."
　"성의 없어 보여 좀 마음에 걸려."
　"전혀. 우리들은 좋은 사람만을 염두에 두고 명명을 했잖아. 마음에
거리낄 일 전혀 없어."
　그러나 나는 이삼일 더 생각해 보고 사촌에게 알리기로 했다.
　바로 집에 돌아간다는 려아를 따라 나도 오랜만에 거리로 나갔다.
　어떤 호텔 식당에서 저녁을 먹은 다음 우리들은 멍하니 거리의 불빛
들을 바라보았다. 이럴 때에는 쓸데없는 수다조차 나오지 않았다.
　가을의 밤거리에는 짙은 안개가 끼어 있었다.
　누구의 소설인지 기억도 나지 않지만 이런 밤에는 젊은 여자가 파란
망토를 걸치고 거리를 방황하는 것이 좋을 거라는 생각을 하기도 했다.
여자의 얼굴은 도스토예프스키의 소냐처럼 맑은 천사라도 괜찮고 마리
네 디트리히처럼 퇴폐적인 여자도 좋겠다는 생각이 들었다. 아니 모딜

리아니의 여자가 좋겠다. 우리들도 지나가면서 놀릴 수 있는 건 별로 재미없을 것도 같다. 에섹스를 포기하지 못하는 엘리자베스 여왕이 진한 화장을 지우고 미치광이 노파로 변해 이 동양의 조선의 밤거리를 헤매는 것이 더 재미있을 것 같다……. 그러나 그것도 역시 재미가 없다. 석굴암의 관음보살이 내려와 기다란 가사를 질질 끌며 젊은 조선의 햄릿인 마의태자와 어깨를 나란히 하고 산보한다면 이런 가을밤도 괜찮을 것 같다는 생각을 했다. 그러면 꿈처럼 흐릿하게 보이는 고풍스러운 덕수궁 건물 안에서 우아한 음악소리가 들리는 것이다……. 내가 이런 상상을 하고 있는데,

"인류사에서 사과에 관한 네 가지 이야기가 있어. 알고 있니?"

라며 려아가 갑작스레 엉뚱한 말을 꺼냈다.

그녀는 디저트로 나온 델리셔스를 소중한 듯이 양손으로 감싸고 있었다.

"사과? 사과라면 트로이 전쟁과 관계가 있지. 그리고 뉴턴도. 시대가 시대지만 낙원에서 아담이 쫓겨난 거. 또 있단 말이야? 하나는 뭔데?"

나는 세 손가락밖에 꼽을 수가 없었다.

"또 하나는 말이지 고려아 편찬의 인류사에 상세하게 설명하고 있어. 대략 설명해 줄까?"

려아는 그렇게 말하며 조금 사이를 두었다가,

"스피노자를 좋아하는 사람을 좋아하는 여자가 있었어. 그녀는 그가 극명하게 설명해 준 범신론(汎神論)에 대해서는 거의 잊었지만 다음과 같은 것은 선명하게 기억하고 있는 거야. ……스피노자는 렌즈를 닦았습니다. 죽은 날은 일요일이었습니다. 죽기 전에 그는 하인에게 말해 닭을 한 마리 잡았습니다. ……여자가 사과를 깎고 있을 때 그 옆에서 젊은 철학도가 그런 이야기를 하는 거야. ……스피노자의 생애는 꼭 파란 가을 하늘 같았습니다……."

"그건 아까 그 히로인이니?"

도대체 종잡을 수 없는 려아의 이야기에 흥미를 느끼며 그녀를 뚫어지게 바라보고 있는데 려아는 내 질문에 대답하지 않고

"이런 가을밤에는 슈니츨러(Arthur Schnitzler, 1862~1931)의 소설이라도 읽는 게 좋겠다."

라며 아름다운 속눈썹을 슬프다는 듯이 깜빡거리는 것이었다.

나까지 덩달아 슬퍼졌지만 바로 이어서 그런 나 자신에 대해 혐오감을 느꼈다.

"그만 두는 것이 좋겠다."

나는 려아에게 말했다.

"뭘?"

"여류 작가적인 모든 취미와 제스츄어 말이야!"

"지독한 독설이네."

"그렇잖아. 파란 가을 하늘과 같은 생애라니 너무 웃기잖아. 스피노자를 그렇게 표현한 젊은 철학도의 말을 아름다운 시구라도 되는 것처럼 말하는 너 자신이 소위 여류작가들이 좋아하는 여자 주인공 그대로야.

과연 파란 가을 하늘과 같은 인간의 생애가 있을까? 그렇게 지상성이 없는……. 인간의 생애는 오히려 여름하늘 같잖아. 흐리기도 하고 개이기도 하고 뭉게뭉게 뭉게구름이 피어오르기도 하고 무거운 납처럼 가라앉은 하늘이 되기도 하고……. 우리는 복잡한 인간 세상에 살고 있잖아."

"넌 포에지가 결핍되어 있어."

려아는 좀 기분이 상한 듯이 말했다.

"려아. 너는 지금 억지를 부리고 있어. 나한테 포에지가 있고 없고가 문제가 아니잖아. 난 그저 괜찮은 여자들이 이미 유물이 되어버린 과거의 애정관계에 대해 언제까지나 소중하고 아련한 생각을 품는 바로 그 포즈가 여자 스스로를 비참하게 하는 게 안타까울 뿐이야. 허세라도 좋으니까 어째서 어깨를 펴고 의연하게 여자의 생활을 고집하려고 하지 않는 거야? 흔히 말하는 여자의 프라이드라는 것이 바로 그거 아냐? 내

가 말하고 싶은 건 바로 이거야. 그걸 안다면 포에지의 가을 하늘이라도, 고치 속의 누에라도 상관없어."

잠시 묵묵히 있던 려아는 내 생각 탓인지 얼굴을 붉히며 고개를 숙인 채 이렇게 말했다.

"난 너한테 어리광을 부리고 싶었을 뿐이야. 넌 그걸 미소 지으며 받아들일 아량이 없었던 거야. 결국에는 자기변명이겠지만."

"내가 아니라 너 자신한테 어리광을 부리고 싶었던 거 아냐? 여자는 자신의 슬픔이라거나 그 비슷한 것에 어리광을 부리니까. 이게 여자가 가지고 있는 가장 싫은 속성이야."

"그걸 좀 너그럽게 봐 주면 될 걸……. 가시처럼 찌르는 것만이 전부는 아니잖아. 넌 내 친구잖아."

려아의 목소리는 뭐라 말할 수 없이 가라앉아 있었다.

'넌 내 친구잖아.'라는 려아의 말을 속으로 중얼거리며 지금까지 큰소리 쳤던 내 자신의 독설이 조잡하고 경박하게 느껴졌다. 왠지 부끄러워진 나는 일부러 농담처럼 말했다.

"포에지와 아량이 결핍되어 죄송하군요."

"천만에요."

려아는 부드럽게 나를 바라보았다. 그리고 다시 말을 이었다.

"아까 네 말, 여자가 오만하게 어깨를 편다는 말 말이야. 굉장히 좋은 충고였어. 내 약점을 찌르는 말이어서 오히려 속이 후련했어."

"또 시작이다."

"뭐가?"

"네 십팔번의 마조히즘."

갑자기 려아가 얼굴을 찡그리며,

"나 감시하는 거 그만 해. 난 네 옆에 있으면 유난히 초라해져. 너란 사람은 조용한 것 같으면서도 도무지 틈이 없단 말이야. 하루 종일 남산만 바라볼 수 있는 사람이잖아."

그렇게 말하고는 정말 싫다는 듯이 나를 향해 손사래를 치는 것이었다.

순간 나도 가슴이 찔리는 것만 같았다.

나는 아무렇지도 않은 듯이 식은 커피 잔을 끌어당기며 생각했다.

아무 것도 모르면서 부주의하게 말을 흘리는 것은 수양이 부족하다고 하지만, 젊은 내가 하루 종일 남산을 보아서도 안 되는 것이지만, 상대방에게 초라한 느낌을 주는 것은 뭘까?

결국 내가 부덕해서이다……. 일단 생각이 여기에 미치자 나 자신이 한심해 졌다.

나는 마음속으로 려아에게 사과하면서 그녀와 함께 자리에서 일어났다.

려아와 헤어져 혼자 버스가 끊긴 원남동의 조용한 도로를 지나 큰길로 나왔다.

나는 걸으면서 아까 호텔 식당에서 려아와 했던 말을 다시 반추해 보았다. 그리고 아량이라는 말에서 갑자기 사촌동생에 대해 1년이 넘도록 소식을 전하지 않은 것이 바로 그 증거가 아닐까라는 생각이 들었다. 이러한 반성은 점점 나를 우울하게 하고 사촌 동생의 일을 곰곰이 생각하게 하는 것이었다. 이런 밤, 사촌은 먼 시골 마을의 생활에 쫓기면서 중고로 산 피아노를 향해 번뇌와 슬픔, 분노를 달래기 위해 밤새 키를 두드리고 있을 것만 같았다. 그러자 영화에서 본 불행하고 고독한 가난한 음악가의 모습이 뇌리를 스치는 것이었다.

"그럴 리가 없어. 사촌은 충분히 행복해. 젊은 아내가 있는 가정이 있고, 청소년을 상대하는 음악이라는 일이 있고, 피아노가 있잖아. 이건 내 감상일 뿐이야."

나는 일부러 나 자신의 어두운 상상을 지우려고 했지만 어디선지 피아노 소리가 들려오는 것만 같은 감각에 몇 번이나 내 발걸음 소리에 귀를 기울였던 것이었다.

집에 돌아오자 뜻밖에도 사촌에게서 딸을 낳았다는 전보가 도착해 있었다.

전보를 손에 들자 눈물이 핑 돌았다.

누가 뭐라고 해도 너무 기뻤다.

'임혜원'이라는 이름을 보내야지. 려아에게 배운 것이지만 '혜(蕙)'라는 글자를 자세하게 설명하는 걸 잊지 말고 써 보내야지.

설사 고려아의 히로인처럼 혜원이라는 이름을 가진 사람이 힘든 여자가 되어도 좋다고 생각했다.

아버지가 치는 피아노에 귀를 기울일 줄 아는 총명한 여자아이로 자란다면 좋을 것이다.

나는 사촌에게 1년 만에 긴 편지를 썼다.

어머니가 된 아내에게 아직도 불평을 터트리는 것은 아니냐고 쓰려다가 그만 두었다. 그 대신, 산후의 아내에게 하얀 도라지 백근과 어린 닭 한 마리를 같이 끓여 아이의 이레가 지날 때까지 서너 번 마시게 하라고 썼다. 이런 말을 쓰고 있으려니 왠지 안심이 되었다.

'갑자기 아량이 생겼나?'

나는 서글프게 자조하면서 편지를 봉했다.

밤이 깊어진 모양이었다.

창문을 열고 보니 원뢰(遠雷)를 품고 있는 것 같은 밤하늘에서 비가 떨어지고 있었다.

어두운 창 밖의 빗자국을 바라보면서 나는 혼잣말을 했다.

"……그래. 난 진짜 대모는 아냐. 아이의 대모는 고려아야. 관음상도 K선생님의 선물이고……. 그러고 보니 나는 사촌 동생 부부에게 뭐 하나 나의 머리로 진심을 표현한 적이 없어."

그리고 이런 생각을 했다.

'……혜원이라는 아이의 백일에는 이런 선물을 가지고 진주에 있는 사촌 집에 가야지. 순면으로 진홍과 녹색의 이불을 만들어 네 귀퉁이에

수를 놓아야지. 이거야말로 나의 훌륭한 창안이잖아. ……혜원이는 그 이불을 덮고 착한 아이로 자랄 거야. 그건 그렇고 '혜(蕙)'라는 향초는 어떤 형태를 하고 있을까? 혹시 상상의 풀꽃일 지도 모르지…….'

내일은 빨리 도서관에 가서 식물도감을 찾아봐야지. 돌아오는 길에 사과를 사 가지고 려아에게 들러서 이름을 지어준 것에 감사를 해야겠다는 생각을 했다. 간 김에 려아와 함께 사과를 깎아 먹으면서 스피노자의 이야기를 들어 줘야겠다고 생각했다. 그녀의 슬픔을 들어주지 않으면 왠지 평생동안 책임감을 느낄 것만 같았기 때문이었다.

'넌 내 친구잖아.'

얼마나 정이 넘치는 말인가!

진주에서 돌아와서는 가마쿠라의 K선생님에게 다시 한번 관음상에 대해 감사하다고 전하고 임혜원의 백일기념 사진을 한 장 보내면 어떨까라는 생각이 들었다.

비는 점점 거세졌다.

나는 쏟아지는 빗소리를 들으며 사촌이 아이를 위해 자장가를 작곡하고 있기를 바랬다. 그 말을 추신으로 쓰려고 다시 책상 앞에 앉았다.

나는 그날 밤, 빗소리에 상관없이 잠이 들 수 있다면, 혜초(蕙草) 그늘에서 부드럽게 손짓하는 관음보살의 꿈을 꾸길 바라며 사촌에게 보내는 편지에 펜을 움직였다.

(원제 : 名付親, 발표지 :『문화조선』 1942년 12월)

달밤의 대화

대단하지도 않은 일을 핑계로 순희는 가을이라는 그리운 계절을 좁은 방에서 벗어나 지내고 싶었던 것이다. 그래서 여로에 나섰다.

좁은 땅에서 캔 시골의 가을 수확 중에서 도시에서는 찾기 힘들다는 호두와 찹쌀, 고구마 등을 트렁크에 넣어 달이 환한 밤에 옆집의 순동이라는 소년을 시켜 지게에 짊어지게 하고 2리 정도의 산길을 걸어가고 있었다. 목포에서 11시 몇 분 출발의 상행선 막차를 탈 작정이었다. 사변 전에는 하루에 몇 번이나 이런 벽촌에도 대형 버스가 지나다녔다고 하는데 지금은 이솝우화의 하나가 되어 버렸다.

서리가 내릴 것만 같은 냉기였다.

들국화가 제방 양쪽에 무리 지어 있었다. 이슬을 머금은 데다 차가운 중추의 달빛을 받아 뭐라 형언할 수 없을 만큼 아름다웠다.

순희는 들국화를 꺾어 나프탈렌 냄새가 나는 오버의 칼라 단춧구멍에 끼워 보았다. 걸으면서 그녀는 들국화에게 이야기를 하는 것이었다. ― 경성에 가면 순동이를 내년 봄에 개업한다는 K의 약국에 써 달라고 해 보자―

순동은 소학교가 국민학교가 되던 해 봄에 4학년으로 중퇴를 하고 지금은 가난한 부모의 농사일을 돕기도 하고 나무를 하기도 하고 있었다. 너무너무 공부를 하고 싶어했다. 지금도 밤에는 낡은 교과서를 들고 순희 집에 와서 공부를 하고 있었다. K라면 순동이를 야학에 보내줄 것이다. ―들국화는 순희의 마음을 알기라도 하는 것처럼 흔들리고 있었다.

그럼 들국화에게 k의 이야기를 해 볼까?

순희는 들국화를 향해 계속 이야기를 하는 것이었다.

K는 지금 경성의 큰 병원에서 근무하고 있는 약제사예요. 그녀는 처음에는 의학을 공부하고 있었지요. 졸업을 2년 정도 앞둔 어느 해에 불의의 재난으로 고막이 파열되어 버렸답니다.

젊은 미래의 여의는 청진이 불가능하게 되어 버렸어요.

한 때는 심각한 고민과 절망의 구렁텅이에서 몸부림쳤습니다만 그녀는 약학 공부를 하기로 했지요. K에게는 그 어떤 것에도 꺾이지 않는 불굴의 의지가 있었습니다. 젊어서 과부가 된 불행한 노모의 외동딸인 그녀는 더욱 강해진 것만 같았습니다.

노모는 지금도 K에게 결혼을 바라고 있습니다만 귀가 먼 며느리를 누가 바라겠냐고 쓸쓸하게 웃는 K의 모습이 들국화 당신 위에 겹쳐 보이는군요. ―라고 순희는 이야기를 마쳤다.

들국화는 한 숨처럼 희미한 향기를 순희의 가슴 들판에 퍼지게 하였습니다.

―들국화. 한탄하지 마세요. K는 자기의 슬픔에 지극히 담담하니까.

독일어를 잘하는 그녀는 조제실에서 한스, 그림 동화에 열중하여 킥킥거리며 하얀 가운으로 입을 가리며 즐겁게 페이지를 넘기는 것입니다. 그러니 프로틴이 든 기침약을 눈약으로 실수하기도 하지만 그 것도 어쩌다 있는 실수이니까 괜찮잖아요.

그러나 이런 일도 있었어요.

언젠가 둘이서 베토벤을 보러 갔을 때 폭풍 속에서 포효하는 악성을 보고 "소용없어, 소용없어."라고 혼잣말을 하면서 눈물을 글썽이는 K였습니다.

순희가 다시 이야기를 마치자, 들국화는 이번에는 고개를 좌우로 흔들면서 입을 다물어 버렸다.(들국화, 그렇게 슬퍼하지 마라니까요. 난 그 옛날 친정 나들이를 하는 젊은 며느리보다 즐겁고 그리운 여로에 나선 거니까요—) 언덕 꼭대기에 이르렀을 때는 순동도 하하—하고 거친 숨을 내쉬고 있었다.

두 사람은 말없이 이슬을 머금은 풀 위에 쉬었다.

순동은 안 쪽 포켓에서 조그만 피리를 꺼내 달빛에 비추어 보고 있었다.

"불어 봐."

순동은 피리를 불지 않고 그대로 다시 포켓에 넣었다.

"아까 저녁에 뒤뜰의 대나무를 잘라 만든 거예요. 아직 마르지 않아서 소리가 안 나와요."

순희는 고개를 깊이 끄덕였다.

태어나서 처음이 아닐까 라는 생각이 들 정도로 아름다운 밤에 감동을 한 탓인지 가슴속에 움직이는 뭔가가 느껴졌다.

"어—, 저기 기러기가 날아가고 있네요."

소년이 하늘을 가리켰다.

"어머, 정말로 기러기가 날고 있네."

순희도 하늘을 우러러 봤다. 그러면서 그녀는 기러기의 행방에 잠시 넋을 놓고 무의식 적으로 발을 움직인 모양이었다. "위험해요!"라고 소년이 소리치며 순희의 팔을 잡아끄는 것이었다.

밑을 내려다보니 깊은 계곡이었다. 순희는 갑작스러운 소년의 손에 이상스러운 가슴의 고동을 느끼며 현기증이 나 뒷걸음질을 치면서 밑을 내려다보았다. 계곡에는 눈처럼 하얀 들국화가 무리지어 피어있었다. 순희는 눈을 감은 채 중얼거렸다. "정말 아름다운 달밤의 꽃이야……."

순동은 깊은 계곡을 향해 내려갔다. 겁이 없는 농부의 아들은 꽃을 한아름 안고 절벽과 같은 제방을 기어오르는 것이었다.

순희는 꽃다발을 안고 다시 순동의 뒤를 따라 산길을 걷기 시작했다.

순희는 향기가 진한 꽃다발을 향해서는 조그맣고 초라한 마음 속 이야기를 할 수 없었다.

"달님이 방안까지 비추면 좋겠어요."

무슨 생각을 했는지 순동이 불쑥 말을 꺼냈다.

"달빛이 있으면 밤에 등불이 없어도 좋은데……."

순희가 가만히 있자 이어서 그런 말을 하는 것이었다. 등불로 고생하는 벽촌에 사는 소년은 달빛을 향해 생활을 이야기하는 것이었다.

순희는 못 들은 척하고 아무 말도 하지 않았다.

"폴 베를렌느의 달밤에도 나는 복동이와 같이 새끼를 꼬고 있다……."

―이런 시를 읊은 시인의 감성을 생각해 내고 순희는 가슴이 저려왔다.

잠시 걷다가 순희는 순동에게 뭔가를 말하고 싶어졌다.

"요즘 늑대가 나타난다면서?"

"나타나지 않아요. 이런 달밤에는……."

"그래도 혹시 나올지도 모르잖아."

"그 때는 제가 이 작대기로 때려서 지켜줄게요."

순동은 그렇게 대답하고 순희를 앞세우고 자기가 뒤에서 걷는 것이었다.

이럴 때 순희는 인생이라는 것이 정말 아름답다는 생각에 눈물이 넘치는 것이었다.

역에 도착했을 때에는 아직 열차시간까지 많이 남아있었다.

순희는 역 앞에서 사과와 배를 한 봉지씩 사고 수고비는 아니었지만 종이에 빳빳한 50전짜리 지폐를 3장 싸 순동에게 주었지만 순동은 아무리해도 받으려고 하지 않았다.

순희는 이렇게 좋은 길동무 소년에게 이 같은 교섭을 해야하는 세상이 슬퍼졌다. 특히 순동이 거절을 하자 일종의 수치심까지 느끼는 것이었다. 순희는 마음속으로 죄의식을 느끼면서도 말을 하지 않을 수 없었다.

"그럼 앞으로 내가 부탁을 못 하게 되니까 받아."

"그런…… 언제나 즐겁게 할 거예요. 그럼 이것만 받을게요."

순동은 과일 봉지만 받고 돈 봉투는 한사코 거절하는 것이었다. 순희는 종이 봉투를 핸드백 안에 넣으면서 경성에 가면 순동에게 뭔가를 사줘야겠다고 생각했다.

달이 지기 전에 집에 돌아가라고 순동에게 몇 번이나 말했지만 순동은 "괜찮아요."라고 하면서 순희가 출발하는 걸 보고 가겠다고 했다.

순희는 순동과 역내 벤치에 나란히 앉아 역내의 광경을 멍하니 바라보았다.

땟물이 흐르는 하얀 옷을 입은 사람들이 아이를 업기도 하고 보퉁이에 매단 바가지를 소중하게 안고 있기도 하고, 더러운 보자기에 과일을 싸서 가슴에 품고 있기도 하고, 초라하고 서글픈, 누구도 생각할 수 없는 슬픈 영혼들이 거기에 있었다.

순희는 그들의 짚신에 빨간 흙이 묻어있는 것을 보았다. 저 사람들도 대개 산길을 걸어 왔겠지. 저런 바가지를 매달고 사랑하는 육친의 누군가를 만나러 가는 거겠지. 그것도 기차를 타고! 누군가의 탄식을 나누기 위한 것은 아닐까? 아니면 바가지처럼 진정이 담긴 선물을 받을 때에는 서로 눈물을 흘리며 반가워하는 걸까? 노랗게 시든 바가지는 즐거운 표정을 할 수 없겠지만 그들은 누런 이를 보이며 웃을 수 있는 것이다! 그리고 서툴게 육친의 양손을 마주 잡을 것이다. 순희는 무리들 속에서 순동의 옆얼굴에 눈을 돌렸다. 밝은 전등불 밑에서 보는 순동은 달빛 아래에서 피리를 보고, 기러기를 바라보았던 신비한 소년이 아니었다. 바가지를 매단 사람이 아직 그 고통을 충분히 맛보지 않았을 때의 연령의 차이가 있을 뿐으로 그 표정에는 역시 말할 수 없는 슬픔이 묻어있었다.

"순동아! 너와 내가 함께 깊은 달빛 계곡의 꽃다발 속에 잠을 들 수는 없는 것일까?"

다른 사람은 감상이라고 비웃을지 모르나 순희는 엄숙한 슬픔에 숨이 막힐 것만 같았다. 순희는 더러운 사람들 무리 속으로 들어가 "어디 가세요? 같이 기차에 타요." 라고 말하며 하나하나 어깨를 부드럽게 두드리고 싶은 충동에 벌떡 일어섰다. 그 때였다. 순동은 허리를 굽히고 짚신을 벗어 서너 번 벤치 다리에 두드렸다. 붉은 흙이 떨어졌다. 순동은 짚신의 심이 보이기 시작한 곳을 비틀었다. 순희는 생활의 표정을 적나라하게 본 것만 같았다. 순희는 지금까지 막연하고 관념적인 공황상태에 있던 자신의 철없음을 쓰디쓰게 느끼며 머리를 조용히 좌우로 흔들었다. 점점 얼굴이 붉어졌다. 순희는 순동에게 엄숙함을 느꼈던 것이다.

봄부터 여름 동안 순동은 맨발로 지냈다. 순동만이 아니었다. 마을의 대부분의 아이들도 맨발이었고 어른들도 여름이 되면 맨발이 되는 것도 드문 일이 아니었다. 가을의 신선한 짚이 나오자 순동은 아버지에게 배운 대로 짚신을 삼아 오늘 신고 온 것이다. 그런 신이 순동의 눈으로 보면 도회지에 가는 하이칼라의 짐을 지고 오느라 심이 나와버린 것이다. 순동은 그렇게 생각하지 않을지 몰라도 순희는 그런 책임을 느꼈다. 순희는 순동에게 좋은 신발을 한 켤레 사다 줘야겠다는 생각을 했다. 운동구점에 가서 보면 등산용이나 축구용이나 튼튼한 신발이 있을지 모른다는 생각이 들었다. 그러나 그런 신발을 신어도 어쩔 수 없는 순동의 옷차림을 생각했다. 순동의 가정을 생각했다. 순동이 살고 있는 마을을 생각했다. 순희는 바로 오랜 방황에서 돌아와 살기 시작한 자신의 마을 생활을 생각했다. 그녀가 살고 있는 마을은 조선의 어디에서나 볼 수 있는 여러 가지 불편함만이 가득했다. 해가 뜨는 것으로 생활이 시작되고 일몰과 더불어 생활이 사라지기라도 하는 것처럼 밤이 되면 암흑 속에서 숨을 죽이고 있었다. 순희의 어딘가에 잠재해 있는 낭만성은 평화롭고 목가적인 안식과 쉼터를 생각하는 것이었다. 그러나 마을의 생활은 미소 지을 수 없는 폭풍이었다.

남자들은 일몰이 되면 새끼를 꼬지 않으면 안 되었다.

여자들은 바느질을 하여 가족들의 남루한 옷을 수선하지 않으면 안 되었다.

마을에서는 석유를 구하기가 힘들었다.

램프는 그 모습을 감춘 지 오래되었다. 기름은 더욱 구하기 힘들고 도시의 전기료보다 몇 배나 비싼 값으로 배급되는 한 달 평균 겨우 2파운드의 석유는 새끼를 꼬는 남자들에게 제공할 수밖에 없었다. 할 수 없이 시장에서 가는 선향을 사서 그 연기 나는 불빛 아래에서 옷을 깁거나 실을 잣고 베를 짜면서 농번기 전의 길고 긴 겨울밤을 보내는 것이었다. 그 때문에 봄이 되면 모두 눈병에 걸렸다. 안약 같은 것이 없어도 자연히 낫는 병이었다. 그들은 모두 묵묵히 근면하게 일을 하고 있었다. 고급스러운 자신의 모습을 발견하고 순희는 자기극복의 과정에서 오는 복잡한 감동은 느끼고 오열을 하듯이 자기 반성을 하는 것이었다. 오랫동안 잊고 있던 계몽이라는 진실의 언어가 뛰쳐나왔다. 이러한 말의 열렬한 울림과는 반대로 그 내용은 지나가는 폭풍 속에서 사라져 버렸던 것이다. 순희는 친구에게 마을의 무료시료의 필요성을, 점등 방법의 개선을, 짚신의 해결책에 대해서 자신의 감상을 적어 보낸 적이 있었다. 그 친구는 이렇게 말했다. 눈병을 앓는 사람들은 소금물로 눈을 씻으면 나을 거고, 맨발은 맨발로 좋다. 그런 사람들에게 양말을 신기고 거기에 가죽 구두를 신겨 청진이나 오사카에 보낼 작정이냐? 밤에는 어두워도 상관없지 않느냐. 올빼미나 미네르바의 사자라고 생각하면 더 좋지 않은가. 순희의 소박한 감상을 비웃기라도 하듯이 야유한 것이다. 한 때 순희는 굉장히 화를 냈다. 그녀는 눈두덩이가 뜨거워지는 것을 느꼈다. —이처럼 그녀는 그저 생각만 하고 계절을 보내며 달밤에 여로에 나선 것이었다.—

순희는 개찰이 시작되었는데도 꼼짝하지 않고 가만히 있었다. 순희는 순동이 이상한 얼굴로 바라보고 있는데도 들국화 다발을 트렁크에 넣어 달고는 개찰구와는 반대 방향으로 끌고 나왔다.

거기에서 그녀는 경성으로 가는 기차가 기적을 울리며 역을 떠나 질주하는 것을 바라본 다음 다시 역내로 들어갔다.

순동은 벽에 기대에 피리를 문지르고 있을 뿐으로 순희에게 한 마디도 묻지 않았다.

"자―, 집에 돌아가자."

순희의 말에 순동은 다시 지게를 짊어지고 순희에게 트렁크를 올리라는 눈짓을 했다.

"괜찮아. 내가 들을게."

두 사람은 이번에 좀 돌아가는 길이었지만 넓은 국도로 걸었다.

순희는 집에 가면 날이 밝기를 기다려 K에게 순동의 야학건에 대해 자세하게 편지를 쓸 생각을 하며 걸었다.

그리고 20원 정도 밖에 되지 않는 돈이지만 왕복여비의 유의한 용도에 대해 이것저것 생각하는 것이었다. 순동의 경성행이 실현될 경우 그 여비로 써도 괜찮고 순동의 손이 없어져 힘들 순동의 가족에게 전해도 좋을 것 같았다.

그래도 순동에게 왕복 5리나 되는 밤길을 쓸데없이 걷게 한 것이 부끄러웠다.

달은 많이 기울어서 주위가 마치 백야처럼 느껴졌다.

반듯한 길이 한없이 이어져 있었다. 순희는 먼 이국의 땅을 걷는 듯한 착각에 빠졌다. 추수가 끝난 논이 자작나무 숲처럼 보이기도 하고, 머나먼 별빛이 꿈속으로 손짓하는 것 같은 환각까지…….

이 밤이 새기 전에 마을에 도착하는 것이 순희가 몰래 생각하고 있던 여로의 모습이었다.

하얀 노선이 순희의 아름다운 심금과 공명하는 것만 같았다.

이 세상 것이 아닌 옥저(피리) 소리가 순동의 안 쪽 포켓에서 울리고 있지 않은가!

"순동아, 춥지?"

순희는 자신의 오버를 벗어 순동에게 걸쳐주려 했지만 지게가 방해가 되었다. 아―, 지게가 방해가 되었다…….

(원제 : 月夜の語り, 발표지 :『춘추』 1943년 2월)

김남천

● 어떤 아침

▌김남천(1911 – ?)

1931년 「공장신문」으로 활동을 시작하여 프롤레타리아 문학을 창작하였다. 일제말 '신체제' 수립 이후에도 식민주의에 협력하지 않는 작품을 발표하였다. 해방 이후 남쪽에서 활동하다가 1947년 월북하였다. 1952년 말 이후 정치적 이유로 더 이상 활동을 할 수 없었다.

어떤 아침

　요즘은 젊은 남자가 아내의 초산을 도와 조산부 흉내를 낸다는 말도 있고 남편이 아내가 출산하는 것을 보면 아이의 앞날이 행복하다고 하지만 내 고향에서는 진통이 시작되면 남자는 아이들이라 해도 모두 집에서 나가지 않으면 안 되었다. 내가 어릴 적에도 어머니나 누나들이 아이를 낳을 때 아버지나 친척들과 함께 강이나 산으로 놀러갔던 기억이 있다. 특히 한 겨울에 숙모에게 맡겨져 화로에 약을 달이고 있으면 저녁 무렵에 귀여운 아기가 태어났다는 소식이 전해진다. 그럼 하얀 김이 오르는 따뜻한 냄새를 맡으며 할머니들이 바쁘게 움직이고 있는 뒤뜰로 들어섰던 기억이 지금도 생생하다. 지금도 나는 그런 풍습이 그리워 두 아이를 데리고 아직 날이 밝기도 전 어두컴컴한 현관으로 나가, 단골 여의사를 부르고는 일찌감치 산실로부터 멀리 도망치기로 했다.

　난 벌써 네 아이들의 아버지이고 이번으로 다섯 번째 아이의 탄생을 맞이하지만, 양손에 두 아이의 손을 잡고 청과 가게를 지나 공원으로 향하면서, 파란 만장했던 지난 10여 년의 세월을 떠올리지 않을 수 없었다.

　어떤 때에는 옆방 임산부의 신음소리를 듣지 않으면 안 되었고 또 어떤 때에는 멀리 떨어진 곳에서 아이를 낳았다는 소식을 한 달 후에 듣기도 했다. 또 산욕열로 먼저 아내를 잃기까지 했다. 이러한 생각들이 내 청춘의 과오를, 무모함을, 분별 없음을, 외곬의 정열을, 변해 가는 사회의 흐름과 인간의 인생을 견딜 수 없을 정도로 선명하게 그려주는 것이었다. 그리고 몇 십 년이라는 아득한 과거를 가졌다는 압박감에 헐떡이면서도, 우리가 삼청 공원을 한바퀴 돌고 햇님이 수선화를 비출 때에는 귀여운 아기가 태어났을 거라고 아이들의 천진한 물음에 대답하는 것이었다.

언덕길에 즐비하게 늘어선 커다란 저택 정원에 있는 여러 가지 나무들이 어느 틈에 낙엽이 되어 있는 것을 보고 계절이 성큼 지나갔다는 것, 올해는 가을이 온 것도 간 것도 몰랐다는 것을 생각하며 일로 세월 가는 줄 몰랐다는 것을 새삼 느끼는 것이었다. 이 근처에서 개벽사의 S선생과 자주 만났다는 것을 생각하고 요즘에도 거의 다 벗어진 대머리를 빛내면서 점퍼와 지팡이의 가벼운 차림으로 매일 아침 이 곳을 산보하는 것을 일과로 삼고 있을까 생각했다. 일을 하기 전에는 나도 때때로 다섯 살이 되는 아이를 업고 언덕에 오르곤 했다. 언덕배기에서 S선생과 만나, "안녕하세요, 아드님이시군요."라는 말에 "안녕하세요, 선생님은 빨리 나오셨나 봐요."라고 인사를 하면 노인은 "아침이 빨라 어쩔 수가 없어요."하며 웃곤 했다. 때로는 아이를 등에 업은 내게 내가 쓴 글에 대해 이야기하고는 "그럼 천천히 가세요, 먼저 가겠습니다."라고 말하며 발걸음도 가볍게 지팡이를 흔들며 거리 쪽으로 내려가곤 했다.

S선생님을 처음 만난 것은 언제쯤이었던가? 칠, 팔 년 가까이 될까? 아니 10년쯤 될 지도 몰라. 선생님이 주재하고 있는 『개벽』이라는 잡지는 내가 선생님과 만났을 때 이미 폐간이 된지 오래였다. 그 『개벽』이라는 잡지를 처음으로 본 것은 보통학교에 다닐 때, 신문지국이기도 하고 이발소이기도 하였던 곳에 머리를 자르러 갔을 때였다. 장기판 옆에 높게 쌓여있던 석유 냄새나는 신문지 위에 커다란 문자가 위협이라도 하듯이 버티고 있었다. 이게 무슨 문자입니까? 라고 지국장이기도 하고 이발소 주인이기도 한 사람에게 물었더니 학생이라면서 그것도 못 읽어? 라고 놀림을 받았다. 개벽이라니, 정말 이상한 책도 다 있다고 생각했다.

그 후, 철이 들어 그것이 조선에서 가장 훌륭한 잡지라는 것을 알고는 나도 크면 꼭 그 책에 글을 써야지라고 결심했었다. 그러나 내가 쓴 글이 활자가 될 때쯤에는 그 잡지는 이미 없었다.

이런 일이 있어, 선생님과 처음 만났을 때 굉장히 인상이 깊었을 텐데 지금은 하나도 생각이 나지 않았다. 벌써 치매가 오는지, 내가 신문 기자로 있던 시절, 유원지에서 회사 운동회가 있어 선생님도 객원으로 초대를 받아 오셨을 때, 전동차 안에서 선생님 특유의 해학에 접한 것이 가장 인상에 남았다. 그 때, 선생님은 눈을 다쳐 한쪽 눈에 안대를 하고 계셨는데 간부 한 사람이 선생님은 눈이 하나라서 차창 밖의 저 아름다운 풍경이 잘 보이지 않지요? 라고 놀리자, 당신은 일목요연하다는 말도 모르세요? 라고 받아쳤던 것이다.

오랜 동안 출판과 문필로 고생을 하시던 선생님은 수년 전부터 제약회사의 중역으로 있었다. 작년 어느 날, 출근시간에 제동 사거리에서 우연히 마주쳤다. 선생님은 내게 어디 다니시오? 라고 물었다. 내가 제약소에 다니고 있습니다, 라고 대답하자 바로, 그래요? 하며 특유의 유모어로 늙은 기생의 갈 길은 무슨, 무슨 장사 밖에 없다고 말하며 쿡쿡 웃는 모습이 정말 유쾌해 보였다.

S선생님 생각에 이런 저런 생각을 하다보니 나와 아이들은 어느 틈엔지 완만한 언덕을 넘어 골목으로 들어가고 있었다. 그 시간에는 산보하는 사람들도 많아 여기저기 소나무 숲 사이사이로 소리 훈련을 하는 사람들의 동물의 울부짖는 소리 같은 가성이 메아리치고 있었다. 좋은 아침이다. 영아야 달려보지 않을래? 선이도 정말 착하구나, 한 시간도 넘게 업지도 않고 잘 걸었구나.―그리고 내 앞에서 뒤뚱거리며 달리고 있는 두 아이를 걱정스럽게 바라보며 나는 내심으로 이제 태어났겠지 하는 생각을 하고 있었다. 지금까지 까맣게 잊고 있던 생각에 가슴 속에서 불안이 솟아오르고 있었다. 순산이라면 좋겠지만……. 네 명의 아이를 쉽게 낳았지만 전처를 차녀 출산으로 잃어서 불안이 가시지 않았다.

그러나 남자라는 것은 다 그런 모양으로 그 순간에는 벌써 안암동의 외조부 댁에서 사범학교 부속에 다니는 맏딸을 생각하고 있었다. 맏딸과는 오랫동안 만나지 못했다. 시골에서는 성적이 좋았는데 왜 그런지 요즘에는 오르지 않았다. 역시 나를 닮아 산문적인지도 모른다. 그렇다면 여학교는 어디로 정했는지 담임선생님을 만나 상담해야겠다는 생각이 들었다.—혼잣말처럼 중얼거리고 있는 동안 장녀와 마지막으로 만났을 때가 머릿속에 떠올랐다. 안암동 응접실이었다. 무슨 일인지 불안정한 자세로 털썩하고 장녀가 무너지듯 앉았다. 짧은 스커트가 무릎 위로 말려 올라가자 당황하여 자세를 바르게 하고는 스커트를 무릎 아래로 내리며 힐끗 나를—즉 아버지를 바라보는 것이었다. 눈 쪽이 붉어지며 수치심인지, 어색함인지 나는 그 순간 기민하게 반응하는 딸의 심리를 생각하며 국민학교 5학년이 되는 이 아이가 아버지를 남처럼 대하는 게 쓸쓸하기도 하고 어느 틈에 이렇게 성장한 딸의 모습을 놀란 눈으로 바라보지 않을 수 없었다. 태어나 10년 동안 딸이 내 옆에 있었던 것은 고작 반년 밖에 되지 않아 부녀 사이에 있는 자연스러운 애정보다는 이런 어색함이 있는 것이 당연한지도 모른다고 생각을 바꿨지만…….

역시 연상 작용일까? 나는 만난 지 일년 반이 되는 차녀를 생각하지 않을 수 없었다. 차녀는 태어난 지 9일 만에 엄마를 잃고 그 다음 날 평양의 시골로 옮겨져 모유도 모르고 조모의 손에 연유를 먹으며 자랐다. 그러면서 벌써 크게 자란 것, 병을 앓았을 때, 등등 여러 가지가 생각나 제멋대로인 부성애의 편린 때문에 가슴이 아팠다. 그러나 어디까지나 자기중심적인 나는 아이들의 환영이 아버지의 책임을 문책할 때마다 적당한 위로의 말을 떠올리는 것이었다. 참 잘 컸다. 부모가 없어도 아이들은 잘 크는 모양이다. 나 같은 건달 아버지 밑에서 자라는 것보다 오히려 훌륭하고 마음이 맑은 딸이 되었을 거야—실로 제멋대로의 해석이지만 얼마간 책임감과 감상에서 벗어나—이런 위험해, 그렇게 달리면 넘어져—라고 소리를 지르며 아이들의 뒤를 쫓아갔다. 실은 내 자신이 한심하여 맹목적으로 그저 달리는 것이었다.

달리는 것을 그만두자 작은 아이가 지쳤다고 조르기 시작했다. 그럼 좀 안아줄까ㅡ. 동글동글 털처럼 따뜻한 몸을 안아 올리자 연못가에 있는 나무 둥치에 오른 발을 올리고 나는 수통을 바라보며 생각에 잠겼다. 큰 아이는 내 옆에서 아빠와 마찬가지로 수통을 가만히 바라보고 있다가 재미가 없었는지 바로 돌을 주워 연못에 던지고는 파문을 보며 소리를 지르고 즐거워했다.

그 동안 안고 있던 아이의 소리에 제정신으로 돌아와 아들일까, 딸일까를 생각하는 것이었다. 진통으로 힘들 산부를 생각하고 나의 유치함에 부끄러움을 느꼈다. 실은 오래 전부터 나는 이런 생각에 번민했다. 태어나는 아이가 아들일까, 딸일까?

정말 진부하고 바보 같은 생각이지만 나 자신의 바보스러움에 한심해하고는 태어나면 알 테니까 그런 생각은 말자고 다짐하면서도 이 생각만큼은 이성적으로 처리할 수가 없었다. 뭔가 집요한 본능 같기만 했다. 아들일까, 딸일까 라는 생각도 막연한 궁금증이 아니라 꼭 아들이었으면 좋겠다는 간절한 기원에 그 뿌리를 두고 있었다. 임신이라는 것을 알고부터 계속해서 생각했으니 언제부터 이런 낡은 사상을 가지고 있었는지 그 시작을 밝혀내고 싶은 기분이었다.

왜냐하면 나는 열 서너 살 때부터 남녀 평등론자이었으며, 지금도 남녀 차별을 반대하고 있고 실제로 아이들의 일상생활에도 특별히 차별 같은 것은 하지 않는 편이었다. 그러나 세 명의 누나와 내 밑으로 여동생을 몇이나 두고 있는 나는 상당히 차별대우를 받았다. 나를 그렇게 키운 부모가 지금도 고향에 건재하고 있고 그 차별대우에 대해 불평하면서도 지금도 오랜 관습대로 성인이 된 나를 자신들과 달리 대우를 해주며, 자신의 아이들을 역시 차별대우하는 누나들을 보면 시골이나 도회지나 여자나 남자나 이런 사상에 사로잡혀 있는 사람이 내 주위에도 엄청 많은 것을 알 수 있었다. 과장해서 말하자면 남존여비의 사상이 주위에 가득 찼다고 해도 과언이 아닐 것이다.

이런 환경에 반발하여 인도적인 입장에서 남녀평등론에 공명하고 20년 가까이 이런 인습타파를 위해 노력하고 기회만 있으면 남녀평등을 주장했다. 최근에는 여자도 전문학교를 나올 수 있고 딸이 셋이면 기둥뿌리가 흔들린다는 고약한 속담도 별로 들을 수 없으니 상당한 효과가 있다고 내심 자부하고 있는 내가 어느 틈엔지 내가 전투 대상으로 하고 있던 많은 사람들 속에 내 모습을 잃을 정도가 되었단 말인가? 아니면 남녀차별은 있을 수 없다는 사상도 나의 젊음의 소산으로 청춘의 과오에 지나지 않았단 말인가?

어쨌든 아들만 벌써 넷입니다, 라고 말하는 사람들에게는 호호호 그것 참, 하며 경하의 말을 하고, 자네는 아들이 늦는군― 하며 동정을 받거나, 위로 딸만 둘이니 이번에는 아마 아들일 겁니다―라고 위로를 받으면 초조함과 비슷한 쓸쓸함을 감출 수 없는 것이다. 예를 들어 내 부모의 경우만 보더라도 딸이면 알리고 나서 일주일이 지나야 겨우 산모와 아이가 건강하길 바라고 날씨가 추우니 주의하라는 말과 함께 이름을 XX라고 지어 면사무소에 출생신고를 하였다, 라는 간단한 통지가 오는데 반해, 남자아이일 경우에는 바로 전보로 축하를 하고 문중 모두 기뻐하고 있으며 출생신고는 열흘의 여유가 있으니 명명은 신중하게 하기 위해 사주를 받아 다시 통지를 하겠다, 라는 소식을 접하게 된다. 이러니 아무리 나라도 아들은 이렇게 소중한 거구나 라고 감탄하지 않을 수 없는 것이다. 그리고 서른이 넘자 나도 어느 틈엔지 내 부모와 마찬가지로 아들의 출생을 축하하고 딸만 다섯인 동료를 놀리며 걱정하는 것이다. 내가 남존여비론자가 된 것은 아닌가 걱정이었다. 아니 실은 나 자신이 제멋대로이다.

나와 두 아이는 연못을 뒤로하고 구불구불한 길을 통해 정상 근처의 휴게소로 향했다. 얇은 비단을 펼쳐놓은 듯한 아침 안개를 뚫고 키 큰 소나무의 진녹색에 황금빛의 태양이 비추고 붉게 물든 가지들 사이에서 젖어있던 관목 위에서 새들이 날개 짓하며 지저귀는 소리가 들려왔다. 가을이 깊게 물든 산중의 낙엽이 익어가는 냄새를 가슴 깊이 들이마시자 갑자기 머리가 맑아지고 몸에서 송이버섯 향이 나는 것 같은 이상한 착각에 빠졌다. 뒤따라오는 큰 아이도, 등에 업힌 작은 아이도 아무 말이 없었다. 자연에 압도되어 숨도 쉴 수 없는 모양이었다. 우리들만이 많은 사람들에게 격리되어 있는 것처럼 느껴져 아이들도 이 적막한 분위기에 겁을 먹었는지도 몰랐다. 나는 빨리 산등성이로 나가고 싶었다. 파란 하늘에 등뼈처럼 그려진 한 가닥 빨간 길을 달려갔다.

둥근 시멘트 지붕의 휴게소에는 벌써 아침 해가 비추고 있었다. 여기에서 시내를 내려다 볼 수가 있었다. 발돋움을 해도 경복궁이 보이지 않는 아이들을 높게 안아 올려 보여 주었다. 다른 때라면 다 보여주고 나서 나무 둥치나 시멘트 의자에 앉아 쉬고 있을 참이었다.

그러나 그 날은 그럴 수 없었다. 휴게소에는 손님이 있었던 것이다. 언제나 대여섯 명 정도 같이 다니는 K씨 일행이었다.

K씨라면 모르는 사람이 없을 정도로 유명한 사람이었다. 감상문이나 회고담이 신문에 자주 실리는 사람으로 어제 석간에도 사진과 함께 회고담이라는 것이 실려 있었다. 나와는 사는 동네가 같아 일주일에 두세 번은 반드시 K씨의 차와 마주치지만 처음으로 인사를 나누게 된 것은 역시 이 산, 바로 이곳에서였다. 지금도 선명하게 기억하고 있다. 아마 지나 사변이 일어난 다음 해였을 것이다. 나는 그 당시 작품에 지칠 때면 머리를 시키기 위해 아침 점심 가리지 않고 하루에 몇 번씩 이 산에 올랐다.

그 당시에도 마찬가지였지만 K씨 일행은 남이 보면 매 사냥을 나온 왕족과 비슷했다. 왕은 K씨로 메리야스 위에 양복 상의를 걸치고 뚱뚱한 커다란 몸집에 짧은 골프 바지를 입은 모습으로 일당의 하나가 내민 조그만 방석을 나무둥치에 깔고 앉아 지팡이 위에 양손을 얹고 상석에 버티고 앉아있었다. 그리고 그를 둘러싸고 아랫사람 대여섯 명이 끓어

앉아 왕의 말을 경청하는 듯 했다. 나는 처음에는 어디선가 본 것 같은 사람이라고 생각했을 뿐이었다. 다른 사람 말을 듣고 하는 이야기는 아니지만 그런 장소에서의 잡담이라고 생각하고 가볍게 흘려들었는데 최근에는 기름이 부족하여 골프장에 나가는 것도 미안하여 아침 산보는 처음이라는 소리가 들려왔다.

나는 이 근방에 많은 부르주아지 노인이라는 생각에 반발을 느끼고 그들에게 일부러 등을 돌리는 포즈를 취했다. 골프는 무슨 골프야, 라는 생각이었다. 내가 생각해도 한심하고 경박한 생각이었지만…….

북악 근처의 웅장한 산세를 멍하니 바라보면서 나 자신만의 생각에 잠겨 얼마간의 시간이 흘렀다. 그 일행을 무시하고 휴게소를 내려가려는데 K씨가 동경의 M경시청장과 만난 이야기를 하고 있는 것이 들려왔다. M씨라는 사람은 내게 그리운 기억 속의 사람이었다. 소년시절 학교에서 총독 각하의 이름이 무엇이지? 라는 선생님의 질문에 예, 누구입니다, 라고 대답하곤 했는데 M씨가 바로 그 당시의 정무 총독각하였던 것이다. M씨가 경시청 총감이 된 것은 한참 후였으니 K씨가 M씨와 알게 된 것은 정무총감 시절이 분명했다. 그렇다면 이 노인이 그 방면에 상당히 발이 넓다는 말이었다. 그래서 다시 한번 K씨의 얼굴을 돌아보았다. 과연, 그랬다. K씨였다. 재계, 관계에 유명한 K가 틀림없었다. 둔한 나는 거기에서 처음으로 혼자 고개를 끄덕이며 산을 내려왔던 것이다.

그리고 산에서 자주 만나고, 지나가는 K씨의 차를 비키느라 먼지를 뒤집어쓰기도 하였지만 역시 K씨에 대해서는 좋은 인상을 가질 수 없었다. 그러나 그 날, K씨 일행을 그 장소에서 보니, 높은 사람에게 흔히 있는 뭔가 범접하기 어려운 위엄이 있었다. 이전 차림으로 버티고 있는 모양이 K씨다웠다. 마침 그 때 청년 하나가 떠온 약수를 벌컥벌컥 마시고는 정말 기분이 좋군— 하며 미소짓는 모습이 믿음직스럽고 유쾌해 보였다. 그래서 K씨 일행을 위해 기분 좋게 자리를 양보하고 바로 휴게소에서 내려와 큰길로 나왔다. 조금 더 높은 곳으로 가자고 큰 아이를 재촉하였다. 내 생각인지 모르지만 K씨가 큰 아이의 얼굴을 주의 깊게 살피는 것 같아 조금 부끄럽기도 했다.

새로 생긴 도로를 따라 조금 가자 길이 구부러져 시가 전경이 환히 보였지만 거기에서는 휴게소도 우리들이 지나온 길도 거의 보이지 않았다. 남산 기슭, 창덕궁과 종묘의 숲, 멀리 동대문 밖 그 일대에 아직 엷은 안개가 끼어있어 시가지가 해면으로 감싸여 조용히 젖어 있는 것 같아 수묵화처럼 아름다웠다. 그 위로 얇은 비단으로 베일을 쓴 태양이 둥그런 모습으로 흐릿하게 보였지만 실은 조용히 높게 솟아오르고 있었다. 아침의 대기가 뺨을 차갑게 적셨다.

그 때 나는 휴게소 부근에서 들려오는 노랫소리를 들었다. 대여섯 명의 박자도 맞지 않는 코러스였지만 K씨 일행이 바다에 가면이라는 노래를 부르고 있었다. 나와 아이들은 세 번이나 반복해서 부르는 뒤돌아보지 마라, 뒤돌아보지 마라, 뒤돌아보지 마라, 라는 구절을 조용히 들으며 시가지 풍경을 바라보았다.

노랫소리가 그치자 우리들은 샘가로 내려갔다. 공원에 오면 반드시 여기에 들러가는 것이 아이들과의 약속이었다. 대여섯 명의 산보객이 있었지만 그 사람들 사이를 뚫고 영아가 떠준 약수를 알루미늄 컵으로 돌아가며 마셨다. 나는 컵의 물을 마시며 정말 기분 좋다―라고 말하며 K씨처럼 미소 지었다. 그리고 천천히 계곡 사이의 조그만 길을 따라 올라가 다시 휴게소 옆으로 하여 귀로에 올랐다.

휴게소에 K씨 일행은 보이지 않았지만 40 정도의 메리야스에 짧은 바지를 입은 남자가 네 명의 아이들과 함께 라디오 체조를 하고 있었다. 6학년 정도의 장남이 힘차게 제일 잘 했다. 그 다음이 사 오 학년 정도의 장녀, 그리고 모두 앞에 서서 하나, 둘, 하나, 둘 하고 구령을 하고 있는 아이들의 아버지, 그리고 남은 두 아이 중에서 가장 어린 빨간 재킷을 입은 서너 살 정도의 소녀는 진지한 얼굴로 항상 다른 사람과 반대로 손을 흔들기도 하고 다리를 올리기도 하고 있었다. 바라보고 있으려니 마음이 즐겁고 따뜻해졌다. 나는 아이들과 서둘러 내려가면서 내가 곧 다섯 아이의 아버지가 되니 언젠가 모두 데리고 산에 와서 라디오 체조를 해 봐야겠다고 생각했다. 그 때에는 제일 위인 딸에게 지휘를 하게하고 나와 아내는 그 구령에 따라 다리를 올리기도 하고 팔을 흔들 것이다.

그러나 느긋한 나도 집이 가까워지자 끊임없이 아내가 걱정되기 시작했다. 집에 거의 다다랐을 때에는 아이들을 거의 끌다시피 골목길을 돌았다. 마침 거기에서 집에서 나오는 여의와 마주쳤다. 깜짝 놀랐지만 여의의 표정에 안심하고, "축하합니다, 순산입니다."라는 소리에 기분이 좋아져, "수고하셨습니다."라고 했다. 그 말로 충분했으나 난 다급하게, "저─ 아이는 딸입니까?"라고 두근거리며 물었다. "아뇨, 통통한 아드님입니다."라는 소리에 "아─." 하고 입을 벌리고 나도 모르게 큰소리로 웃었다.

아이들은 내 방으로 보내고, "수고했어."라며 산실 밖에서 말을 건넸다. "밖이 춥지요? 감기 걸려요." 아내의 걱정 소리가 전혀 불안에 떨고 있지 않았다. 즉 아내도 아들을 낳아 지극히 만족하고 있었던 것이다. 나는 눈물을 글썽이며 몸조심해, 라고 말하고 바로 내 방으로 갔다. 아이들 이를 닦아주고 얼굴과 손을 씻긴 후에 마지막으로 나도 얼굴을 씻었다. 미역국과 하얀 쌀밥이 나왔다. 아이들과 같이 아침을 먹고 밖으로 나갔을 때는 보통 때의 출근 시간보다 훨씬 늦은 시각이었다.

러시아워가 지나 거리는 한산했다. 나는 고향의 아버지에게 보낼 전보문을 생각하며 걸었다.

막 국민학교 앞을 지날 때 교문에서 2학년쯤 되는 학생들이 서너 명의 훈도와 2열 종대로 시끄럽게 떠들면서 나오고 있었다. 소풍 행렬이었다. 조그만 룩삭을 짊어지고 두 사람씩 손을 잡고 나오는 아이들의 행렬은 밝고 건강했다.

나는 시간 가는 줄도 모르고 먼지를 일으키며 거리 쪽으로 흘러가는 조그만 국민들의 행렬을 마지막까지 바라보았다. 그리고 다섯 명의 내 아이들이 그 속에 섞여있는 듯한 착각에 빠졌다. 그리고 S선생님의 막내도, K씨의 손자도 저 행렬 속에 있는 것은 아닐까 라고 생각하는 것이었다.

(원제 : 或る朝, 발표지 :『국민문학』1943년 1월)

김사랑

- 천 마
- 기자림
- 물오리섬

▎김사량(1914 - 1950)

1939년 일본어 소설 「빛 속에서」로 활동을 시작하여 일본에 거주하는 조선인의 삶과
식민지하의 조선의 삶을 그린 작품을 발표하였다. 1945년 5월 중국 화북 태항산으로 망
명하여 작품활동을 하였다. 해방 후 고향 평양으로 돌아와 활동하다가 한국전쟁 때 사망
하였다.

천마(天馬)

1

    무거운 구름이 낮게 깔린 어느 날 아침, 경성의 유명한 유곽 신마치 뒷골목의 한 창가에서 초라한 행색을 한 소설가 현룡이 지저분한 골목길로 퉁겨지듯이 나왔다. 그는 몹시 난감한 듯한 동안 문 앞에 서서 혼마치로 나가려면 도대체 어디로 가야할지 생각하더니, 별안간 성큼성큼 앞 쪽 골목으로 들어갔다. 하지만 동네가 동네인 만큼 땅에 엎드려 있는 듯한 집들이 다닥다닥 붙어 있는 복잡한 골목을 어디로 가면 빠져나갈 수 있을지 전혀 짐작이 가지 않는다. 오른 쪽으로 꺾이는가 싶으면 또 왼쪽으로 들어간다. 겨우 왼쪽에서 나가면 다시 길이 두 갈래로 나뉘어 어디로 가야할지 막막해진다. 뭔가 깊은 생각에 잠겨서 그는 터벅터벅 걷다가, 막다른 골목 같은 곳에 이르면 깜짝 놀라 주위를 둘러보곤 하였다. 앞이고 옆이고 할 것 없이 대문에 빨강이나 파랑 페인트가 더덕더덕 칠해져 있고 하나같이 흙벽이 당장에라도 무너질 것 같은 집들뿐이다. 이렇게 또 묵묵히 되돌아가서 여기저기 누비고 다니는 사이에 결국 그는 길을 헤매게 된 것이다. 그렇게 이르지도 않은 시간인데 어느 골목이

나 매우 조용하고 가끔 외박하고 돌아가는 손님이 겸연쩍은 듯 어깨를 움츠리고 어슬렁어슬렁 지나간다. 어딘지도 모르고 헤매고 다니는 소금 장수 영감은 마구잡이로 "소금이요, 소금!" 하고 외치며 돌아다녔다. 현룡은 간신히 세 갈래로 갈라진 곳까지 나오자 느릿느릿 '미도리'를 한 개피 꺼내어 입에 물고 주위를 둘러보며 불쾌한 듯이 뭐라고 중얼거렸다. 도무지 마음에 안 드는 여자를 안았다 싶었더니 돌아가는 길도 이렇게 고생이라고 그는 투덜거리는 것이었다. 하지만 아까부터 그의 마음 한 구석에는 도저히 지워지지 않는 먹구름의 응어리가 있었다. 때때로 그것은 가슴을 세게 조이기조차 하는 것 같다. 그는 정말로 피하려야 피할 수 없는 사정으로 요 이틀 사이에 머리를 깎고 절에 들어가지 않으면 안될 처지였다. 그런 까닭으로 사바세계의 즐거움도 이것으로 마지막인가 생각하니 너무나도 흥분한 나머지 지난 밤 상대 창녀의 뺨을 메론이다 메론이다 하며 덥석 물었는데, 여자는 이런 기상천외한 예술가를 이해하려고는 하지 않고, 깜짝 놀라서 뛰쳐나간 것이다. 그는 그런 불쾌한 일을 떠올리고는 제기랄, 재수 없다고 다시 중얼거리며 어쨌든 일단 좀 높은 곳까지 가보기로 마음을 정하고 약간 경사진 언덕길을 향하여 터벅터벅 걷기 시작했다. 마찬가지로 길이 막히기도 하고 구불구불 굽기도 하면서 겨우 언덕 위 양춘관이라는 그것도 파란 페인트칠을 한 대문 앞에 당도했다. 주위에 수백 수천의 언덕을 이루며 밀집해 있는 조선인 창가의 지붕이 오른쪽에도 왼쪽에도 위에도 아래에도 넘실거린다. 미적지근한 초여름 바람을 받으며 누군가의 시에 있을 것 같은 '나 지금 산 위에 서 있다'라는 모습으로 잠시 서 있자니 찰랑찰랑 밀려오는 풀 길이 없는 쓸쓸함을 어찌할 수가 없었다. 골목마다 빨간 등 파란 등이 줄지어 늘어서고, 남자들은 그 밑을 우왕좌왕하며 창녀들의 간드러지는 소리가 높이 울려 퍼졌던 지난밤의 창가 근방이라고는 생각할 수 없을 정도로 주위는 한적했다. 하지만 이 가득 넘쳐나는 집 들 속에 몇 천이나 되는 젊은 여자들이 막 씻어서 건져놓은 감자처럼 뒹굴거리고 있는데 자기는 이틀만 지나면 어둠침침한 묘광사 안에서 살아야만 하는가. 현룡은 그리고는 두 개비 째 담배를 꺼내어 불을 붙이고 후우 연기를 내뿜었다. 어렴풋한 아지랑이에 부옇게 저기 멀리 서쪽 저편으로 천주교회 탑이 높이 솟은 종각이 보이고 그 주위에 고층 건축이 빙산처럼 무리 지어 있다. 바로 그가 가려고 하는 곳이다. 그렇기는 해도 어디로 내려가야 할지 머리를 굴리고 있자니, 그는 자기도 모르게 킥킥 웃음이 나왔다. 한옥 지붕들 너머로 남쪽 기슭을 바라보았을 때 혼마치 5정목쯤 되는 곳에 검은 변압기를 몇 개나 얹은 이상한 전신주가 문득 눈에 들어왔던 것이다. 그게 언제였을까, 비뇨기과병원을 찾아 헤맸을 때 거기에 어떤 곳의 광고가 매달려 있던 것을 갑자기 떠 올렸기 때문이다. 그래, 그걸 표적으로 해서 내려가면 된다고 그는 자기자신에게 말했다. 하지만 그의 귓가에는 오무라의 목소리가 쩌렁쩌렁 맴돌며 괴롭힌다. "자네 절에 가고 싶지 않다는 말인가. 반성의 기미가 안 보이면 경찰에서 이제 처넣겠다고 한단 말이야!" 그는 도망치듯 언덕을 서둘러 내려갔다. 혼마치라고 하면 경성에서는 제일 번화한 내지인 거리로 기다랗게 동서로 가늘면서도 길게 이어져 있다. 간신히 창가 출구를 찾아내어 혼마치 5정목에 현룡이 구물구물 모습을 보인 것은 벌써 열 시가 지났을 무렵으로 거리에는 사람도 많고 비교적 활기찼다. 그는 문인이든 관리든 누군가 친한 사람을 만났으면 좋겠다고 생각하며 눈을 내리깔고 약간 얼굴을 숙인 채 길 한가운데를 안짱다리로 걷기 시작했다. 어쩌면 그의 말대로 정말로 유도 초단 이상이어서 지나치게 넓을 정도의 어깨가 움푹 꺼진 것인지는 모르겠지만, 안짱다리는 저 묘한 전신주를 알게 된 다음부터였다. 특히 지금 그는 벗어날 길이 없는 고독과 깊은 번민에 사로잡혀 있었다. 결국 명치제과 근처에 올 때까지 끝내 누구 하나 만날 수 없었다. 하지만 문득 이 명치제과에서 열린 어젯밤 회합이 생각났다. "당신이야말로 조선문화의 무서운 진드기이다!"라고 소리치며 접시를 던진 평론가 이명식의 날카로운 얼굴이 불쑥 머리를 스친다. 그는 감회가 깊은 듯 그 입구 앞에 멈춰 서더니 흥, 새파란 풋내기 녀석, 지금쯤 유치장에서 뭔가 깨닫고 있겠지 하며 해죽이 엷은 웃음을 띠었다. 그리고 나서 어디 한 번 들어가 볼까 하는 기분이 된 듯 갑자기 가슴을 펴고 어깨를 으쓱 으스대며 부산하게 문을 밀고 들어갔다. 홀 안은 텅 비어서 구석에 외교관 풍의 남자 두 사람이 마주 앉아 속닥속닥 뭔가 얘기하고 있을 뿐이다. 현룡은 그 한 가운데로 서서히 나가 털썩 앉더니 여자급사를 손으로 불러 한참동안 물끄러미 얼굴을 올려보다가, 여자가 기분 나쁜 듯이 빨개지는 것을 보더니 갑자기 소리질렀다. "커피!" 여자는 깜짝 놀라서 뛰어 갔다. 그러자 그는 아주 만족해서 해죽해죽 웃음을 띠며 엉덩이를 들더니, 이번에는 어쩔 셈인지 주방 쪽으로 개처럼 밀고 들어가자마자 "헤, 미안한데요."라고 만면에 웃음을 짓고 손을 쑥 내밀었다. "물수건 하나……." 이렇게 허물없는 태도를 보면 조리사들이 이미 그를 알고 있으리라 생각하는 거겠지. 과연 그들은 어젯밤 이층에서 일어난 불상사를 알기 때문에 현룡을 기억하고 있었다. 마침 조선문인들의 모임이 있어서 모두 뭔가 열심히 토론하고 있을 때 한 쪽에서 갑자기 현룡이 껄껄거리는가 싶더니 한 젊은 남자한테서 접시가 날아와 머리를 맞고 쓰러졌는데 드러누운 채 여전히 불만스러운 듯 껄껄거리는 것을 멈추지 않았다. 그 자리에서 이명식이라는 그 젊은 남자는 상해죄로 그 곳에 있던 경관에게 연행되어 갔다. 조리사들은 그 자리에서 현룡이 보여준 뻔뻔스러움에 적잖이 놀랐지만, 또 이런 주방같이 엉뚱한 곳에 그가 나타난 것을 보고는 더욱 더 당황하여 의아한 듯 서로 얼굴을 마주 보았다. 누구 하나 웃는 이도 없이 단 한 사람 놀란 듯 머리를 가로 저으며 물수건이 없다는 시늉을 했다. 그러자 그는 옆 눈으로 모두를 한 번 쫙 째려보고는 쥐새끼처럼 수도 쪽으로 냉큼 달려가서 콸콸 수돗물을 틀어놓고 머리를 쑥 내밀고 푸푸 물을 뒤집어쓰면서 얼굴을 씻는 것이었다. 모두 처음부터 어안이 벙벙했지만, 그가 헤헤헤 하며 계면쩍은 듯 웃으며 나왔을 때 "미치광인가." 하며 아까 그 사람이 머리를 갸우뚱거렸다. "아니, 현룡이다, 현룡이라고." "그래, 그게 틀림 없어." "소설가 현룡이야."라고 그들은 제각기 속닥거리면서 배식구 쪽에 모여서 엿보기 시작했다. 보니까 현룡은 이제 자기 자리로 돌아가서 마침 옆에 놓여 있던 조간신문을 움켜쥐고 얼굴과 목 줄기를 닦아내고 있었다. 그는 곁눈질로 조리사들이 모여서 자기를 주시하고 있는 것을 힐끗 보고는 완전히 기가 살아서 새까맣게 젖어서 쭈글쭈글해진 신문지를 느긋하게 툭하고 탁자 위에 던졌다. 그리고 아무렇지도 않게 그것에 눈을 돌렸는데 종이의 주름 한쪽에 커다란 빈대 한 마리가 스멀스멀 기어가는 것을 보고는 눈을 치켜떴다. 그는 무심코 빙그레 웃으며 약간 몸을 앞으로 내밀었다. 빈대는 피를 너무 많이 빨아먹었는지 급하게 도망가려고는 하지만, 빨갛게 너무 부풀어올라서 다리가 말을 듣지 않는 듯 몸을 가누지 못하는 모양이다. 때때로 미끄러져서 굴러 떨어질듯 하면서도 손끝을 대려고 하면 또 허둥거리며 도망친다. 그는 원래 빈대를 좋아한다. 땅바닥에 들러붙어서 기어가는 모습이 마치 자신의 모습 같다고 생각한 것일까. 아니면, 그 뻔뻔스러움이나 교활함이 마음에 들었는지도 모른다. 게다가 아니 이놈은 지금까지 자기 목을 기어다녔음에 틀림없다, 그렇다면 저 메론 뺨 여자한테서 옮아온 놈인가 생각하니 왠지 간지러운 듯한 노여움이 느껴졌다. 그는 갑자기 어깨를 들썩거리며 히히히 웃었다. 그런데, 어럽쇼, 어느 사이엔가 빈대는 풀이 죽어 이번에는 급히 주름 속으로 도망가 숨으려 한다. 그는 재빨리 그 한 쪽 끝을 집어들고 살짝 뒤집어서 재미나듯이 그 행방을 끝까지 집요하게 지켜보았다. 그런데 이 삼 분도 지나지 않는 사이에 갑자기 그는 눈이 휘둥그레 해져서 놀라 일어났다. 빈대는 마침 한 표제어의 위를 지나가면서 한 글자 한 글자 그가 넌지시 읽게 한 것이었다. 정말 뭐랄까. 순간, 이것은 천우라고 할 만한 찬스라고 그는 생각했다. 그리스도가 부활한 것이라고도 생각했다. 비록 학예란 한 구석의 작은 활자이기는 하지만 그와는 그야말로 각별한 친분이 있는 동경문단의 작가 다나까가 만주에 가는

길에 경성에 들러 조선호텔에 투숙하고 있음을 알리고 있었다. "가야
돼." 그는 부르르 몸을 떨며 일어나자, 일단 위엄 있게 어깨를 움츠리고
출구 쪽으로 빈대처럼 움직이기 시작했다. 그에게는 굳게 믿는 바가 있
었던 것이다. 가는 도중에 마침 커피를 들고 오는 여자와 부딪힐 뻔 하
자, 낚아채듯이 찻잔을 집어들고 뜨거운 것도 개의치 않고 꿀꺽 꿀꺽 삼
키고는 어안이 벙벙한 여자나 조리사들은 거들떠보지도 않고 허둥지둥
나가는 것이었다. 혼마치 거리는 아무리 오전 중이라도 명치제과에서
길 출구 쪽까지는 인파로 언제나 넘칠 정도로 북적댔다. 출랑출랑 게다
소리를 내며 걸어가는 내지인과, 입을 딱 벌리고 가게를 구경하는 흰옷
을 걸친 시골사람, 진열창에 내놓은 눈동자가 움직이는 인형을 보고 깜
짝 놀라는 할머니들과, 물건 사러 나온 내지 부인, 벨소리도 요란하게
달려가는 자전거를 탄 꼬마에다가, 불과 십 전의 품삯을 놓고 서로 짐을
맡으려 싸우는 지게꾼까지. 현룡은 이런 인파 사이를 뚫고 나가듯이 바
쁜 걸음으로 빠져서, 조선은행 앞 광장에 나가 멈춰 섰다. 전차가 빈번
히 오가고 자동차가 떼지어 로터리를 돌고 있다. 그는 쩔쩔매며 광장을
가로질러서 반대쪽의 조용한 하세가와마치 쪽으로 들어갔다. 잠시 걸어
가니 오른쪽으로 옛날 풍의 높은 담이 이어지고, 고색 창연한 널찍한 대
문이 나타난다. 그것을 지나 들어가니 넓은 정원 안에 대한제국시대에
어느 나라 공관이었다고 하는 훌륭한 서양식 건물이 있었다. 현룡은 그
곳까지 정신없이 가서는 가슴을 두근거리며 회전문을 밀고 쫓기듯 들어
갔다.

  "다나까 군에게 안내해 주시오."

  하고 그는 카운터로 가자마자 지나칠 정도로 위엄을 갖추어 입을 열
었다.

  "나는 현룡이라고 하오."

  머리를 깔끔하게 빗어 넘긴 보이는 자식 또 왔냐라는 듯한 태도로 그
를 위에서 아래로 쫙 훑어본 다음,

"외출중이십니다만……."

"나갔다?" 자못 의외인 듯 게다가 자신은 그것을 충분히 의외라고 생각해도 좋을 만한 사람이라는 듯이 "대체 누구하고?"

"에에."

보이는 좀 기세에 눌려 움찔했다.

"저어 잘은 모르지만 잡지사 분인가요."

"잡지사 분?" 문득 나쁜 예감에 사로잡혀 다급하게 되묻는 현룡의 얼굴에는 명백하게 낭패한 듯한 초조하고 불안한 그림자가 스쳐 지나갔다. 그건 오무라가 틀림없어. 오무라라면 이거 큰일이라고 생각했다. 그래서 조급히 물었다.

"U지의 오무라, 오무라 군 아니오."

"그건, 모르겠는데요."

하며 이번에는 옆에서 다른 중년의 보이가 마치 화난 듯이 소리쳤다. 실제로 내지 예술계에서 좀 알려진 사람이 오면 별 볼일 없는 문학 패들이 자못 조선문인을 대표하는 듯한 얼굴로 들이닥치기 때문에 보이들은 진절머리 치는 것이었다. 지금도 다나까가 오무라랑 어떤 전문학교 교수와 함께 그런 조선인 문학 패들을 너 댓 명 줄줄이 데리고 나간 뒤이다. 특히 현룡은 이렇게 방문하는 습관이 심해서 매일같이 손님을 찾아오기 때문에 보이들조차도 그를 어지간히 처치 곤란하게 여기는 참이었다. "일일이 그것까지 외우지 못하니까요." "에, 아무렴 그거 참, 에헤헤 그렇겠네요."하고 말하며 현룡은 머리에 손을 대고 비굴하게 웃는 것이었다. 하지만 아무래도 신경이 쓰여서 "……아마 오무라 군은 아닐 거요, 그래요, 틀림없이 그럴 거요"하고 몇 번이나 혼자서 세차게 고개를 끄덕였다. 그리고 나서 갑자기 고개를 쑥 내밀고, 손으로는 안쪽의 로비를 가리키며 "잠깐 소파 좀 빌리지요"하고 말하더니 휙, 등을 돌렸다. 그리고 로비가 사람 기다리는 데 쓸모가 있다는 것을 자기는 이렇게 잘 알고 있다는 듯한 모습으로 어깨를 건들거리며 천천히 로비 쪽으로 걸어갔다. 그러고 보니 그의 소설에는 언제나 호텔이나 로비, 댄스 홀, 살롱, 귀족부인, 검둥이 운전사 같은 것이 잔뜩 등장하곤 했다. 그런데 그는 무슨 생각을 했는지, 갑자기 멈춰 서는가 싶더니 뒤돌아보며 외쳤다.

"다나까 군이 돌아오면 좀 부탁하겠소. 에, 나는 졸려서요."

2

넓찍한 로비 소파에 누워 코고는 소리도 우렁차게 족히 너 댓 시간이나 마음껏 수면을 취한 현룡은 양복의 먼지를 털어 내며 조용히 일어섰다. 로비 안은 벌써 어둑어둑하고 텅 비어 있다. 양손을 벌려 천천히 기지개를 켜며 몇 번이나 하품을 했다. 그러자 갑자기 그는 허기를 느끼며 다나까도 좀처럼 돌아올 것 같지 않으니까 일단 한번 나가 볼까 하고 잠이 덜 깬 듯한 얼굴을 내밀어 카운터 쪽을 엿보았다. 그런데 마침 다행스럽게도 카운터에는 아무도 없었기 때문에 그는 재빨리 달아나는 토끼처럼 밖으로 빠져 나왔다. 벌써 오후 햇살이 어슴푸레 적적하게 큰길에 그늘을 드리우고, 공허한 바람이 여기저기에 흙먼지를 일으키고 있다. 어디서 싸게 식사를 하고 나서 일단 다나까 일행이 가 있을 것 같은 곳을 사방으로 찾아다녀야겠다고 그는 생각했다. 하지만 스스로도 왜 그런지 이유는 알 수 없지만 그는 다시 걸으면서 괘씸하다고 분한 듯이 중얼거렸다. 필경 다나까가 자기에게 조선에 온다는 것을 알리는 엽서 한 장도 보내지 않은 것을 말하는 것이리라. 틀림없이 그는 자기가 조선에 돌아와 지금은 어엿한 대가가 되었다는 둥 터무니없는 말을 몇 번이나 말해줬을 테니까.

우리 경성은 황금통을 경계로 해서 그 이북이 순수한 조선인 거리이다. 하세가와마치(長谷川町)에서부터 황금통으로 가서 다방 리라 앞으로 접어들었을 때 현룡은 잠깐 들여다만 보려고 머리를 들이밀고는 뿌연 담배연기 속을 한 번 훑어보았는데 그 순간 자기도 모르게 싱긋 웃고 말았다. 사람들이 가득 똬리를 틀고 있는 한가운데에 눈도 번쩍 뜨일 만큼 새하얗게 차려입은 여류시인 문소옥이 백합처럼 청초히 앉아있었던 것이다. 그는 갑자기 행복한 기분이 되어 넘어지듯 그 안으로 들어갔다. 유명한 현룡이 나타났기 때문에 사람들은 서로 쿡쿡 찌르기도 하고 웃음을 터뜨리기도 하며 일부러 무시하는 듯 외면했다. 여류시인은 마침 젊은 대학생 연인을 기다리던 참이었는데, 이런 주목의 대상인 소설가가 자기 쪽으로 다가오는 기쁨에 그것을 모조리 까맣게 잊어버리고는 약간 큰 입술을 일그러뜨리며 소리 없는 웃음을 머금은 채 그를 맞았다. "어머나, 현선생님, 웬일이세요.", "에헤헤, 이것 또 재미난 곳에서."하며 다가오더니, 현룡은 그녀의 맞은 편에 털썩 주저앉았다. 주위의 호기심 어린 시선이 이 두 사람에게 쏠렸다. 하긴 그들은 벌써부터 이미 따분해 하던 참이다. 하지만, 따분한 것으로 치자면 매일같이 따분한 패거리뿐이다. 이른바 다방의 그들 또한 현재의 조선사회가 낳은 특별한 종족의 하나이리라. 어느 정도 학문은 있지만 직장은 갖지 못하고, 아무 것도 할 일이 없어서 머리라도 클라크 케이블 식으로 갈라 빗어보려고 하는 패거리라든가, 혹은 어디 제작비를 대줄만한 멍청이 부잣집 도련님은 없을까 하고 머리를 굴리는 코밑수염을 기른 영화나부랭이 하며, 구석에서 소곤소곤 뭔가 꾸미고 있는 금광브로커들, 원고뭉치를 한 손에 들고 있지 않으면 예술가가 아닌 것으로 착각하고 있는 천박한 문학 청년, 그런 놈들뿐이지만, 과연 그들도 두세 시간이나 참고 앉아 있었더니 화젯거리는 동나고 머리도 피곤해졌을 무렵이었기 때문에 갑자기 현룡이 나타나 아름다운 여류시인과 마주하게 된 것은 흥미로운 일임에 틀림없었다. 경성 문화계에서 누구 하나 모르는 이가 없는 두 사람이 우연하게 같이 마주하고 있는 것이다. 게다가 문소옥은 현룡에게 있어서 단순한 여류시인이 아니라는 것도 그들은 잘 알고 있었다.

"오늘은 또 어쩐 일로."

그녀는 수줍은 듯 일부러 입가에 손수건을 댔다.

"실은― 헤노이에 슈타트(신마치)에 다녀왔지요."하고, 현룡은 자못 흥미를 느끼는 듯 히죽거렸다. 물론 여류시인은 그 독일어의 뜻을 알 턱이 없었기 때문에 "네?"하고 눈을 동그랗게 떴다. 그러자 그는 더욱더 의기양양하여 뱃가죽을 뒤틀며 웃는 것이었다. 그리고 또 생각난 듯 우후후 웃었다.

그것을 보고 퇴폐의 그림자를 드리운 그녀의 뺨은 살짝 홍조를 띠고 곱슬곱슬한 앞머리가 흔들리는 것 같이 보였다. 현룡은 갑자기 경련이라도 일어난 듯 굳어져서 파고드는 듯한 눈으로 그녀의 얼굴을 응시했다.

경박한 여류시인 문소옥은 현룡을 더할 나위 없이 존경했다. 그는 적절한 시어와 라틴어와 프랑스어를 알고 있을 뿐만 아니라 그녀가 좋아하는 랭보나 보들레르와도 국적만 다를 뿐 나머지는 다를 바가 없다고 굳게 믿었다. 현룡 스스로도 그렇게 큰 소리 치고 다녔다. 아무튼 그녀는 시인으로서도 랭보의 시를 몇 개 흉내내어 봤을 정도이지만, 그것을 현룡이 이 삼 류의 잡지에서 그녀의 미모와 함께 그 장래성을 칭송한 것이다. 완전히 시인이 된 양 그녀가 남의 출판 기념회 같은 곳에 무슨 일이 있어도 참석하게 된 것도 그 이후의 일이다. 그녀가 눈을 의심할 정도로 아리따운 모습으로 회장에 나타나면, 현룡은 벌떡 일어서서 이쪽으로, 이쪽으로 오라고 하며 자기 쪽으로 데려오는 것이었다. 그녀도 결국은 지금의 조선이 낳은 불행한 여성의 한 사람이라 할 수 있을 것이다. 입을 열기만 하면 봉건타파라는 표어를 외치던 젊디젊은 열정에서 여학교를 나오자마자 결혼문제조차 뿌리치고 동경으로까지 유학을 떠났던 그녀. 하지만, 내지에서 상급학교를 나오는 것과 동시에 일찍이 자신이 타파해야한다고 주장하고 또한 싸웠다고 생각한 봉건성의 복수를 그녀 자신이 제일 먼저 당하지 않으면 안 되었다. 당시는 결혼하려 해도 조혼하는 관습 때문에 유부남이 아닌 총각은 어디에도 없었다. 애석하게도 젊음의 혈기를 주체할 수가 없어서 이렇게 점점 남자들과 접촉하는 사이에 난륜의 길로 빠져버렸다. 하지만 그녀는 자기야말로 구제도에 정면으로 반항하고 새로운 자유연애의 길을 개척할 선구자라고 굳게 믿고 잇달아 자기 쪽에서 남자를 만들어 갔다. 현룡도 다름 아닌 그런 상대 중의 한 사람이다. 단지 다르다고 한다면 현룡하고 만은 둘이서 서로의 광태에 익숙해져서 서로 완전히 만족하고 있는 점이라 할까.

"어젯밤 U지의 오무라 군이 또 우리 집에 왔었어요. 알겠습니까? 오무라 군이 위스키를 들고 왔단 말입니다."하며 현룡은 말을 잇기 시작했다. "오늘 밤 안으로 써주지 않으면 돌아가지 않겠다고 말이지요. 막무가내로 나오는데 나도 완전히 질려버렸어요. 마침 동경에 보낼 원고를 쓰고 있던 참이어서요. 꽤 괜찮은 거라고요. D라는 일류잡지에서 석 달도 더 전부터 졸라대고 있는 거지요."

"기대할게요."

여류시인은 더할 나위 없이 감동하여 작은 눈을 반짝였다. "나는 이제 조선말로 창작하는 것은 진절머리가 나요. 조선말 같은 것은 똥이나 처먹으라고 해요. 그건 망하게 하는 부적이라니까요." 그리고는 어젯밤의 회합을 떠올리며 터무니없는 허세를 부렸다. "나는 동경 문단에서 다시 활약해 볼 생각입니다. 동경 친구들도 다들 열심히 권하고 있고요."

하지만 사실 문소옥 같은 여자는 어젯밤 명치제과에서 정말로 조선의 문학을 떠받치고 있는 진지한 문인들 사이에 회합이 있었던 것을 알 리가 없다. 현룡도 이 문인들의 모임이 있다는 것을 어딘가에서 듣고 모임이 거의 끝날 무렵에 어슬렁어슬렁 나타났던 것이다. 하지만, 거기에는 그를 조선문화의 끔찍한 진드기 같은 존재로 증오하고 배척하는 남녀들이 죽 앉아서 흥분과 긴장의 빛이 넘쳐나는 얼굴로 조선문화의 일반 문제라든가 조선어로 저술하는 문제에 대한 시시비비를 열심히 토론하고 있었다. 그는 헤에 웃으며 겸연쩍은 듯한 쪽 구석에 떨어져서 오도카니 앉아 있었다. 예상대로 그들은 자신들의 손으로 조선의 문화를 건설하고 그 독자성을 신장시켜야 하며 그것은 결국 전일본문화에 기여하는 것이기도 하고, 또 나아가서는 동양문화, 세계문화를 위한 것이기도 하다는 이야기를 하고 있었다. 현룡은 눈을 부라리고 한 사람 한 사람의 얼굴을 훑어보며 마치 깔보는 듯이 히죽히죽 웃고만 있었다. 일순간 젊은 혈기가 넘치는 평론가 이명식의 날카로운 시선과 마주친 것이 생각난다. 그는 그 때 자기도 모르게 움찔했다. 어쩐지 이명식은 신경 하나하나를 부들부들 떨고 있는 듯했다. 이명식은 별안간 흥분한 나머지 목구멍을 꿀꺽거리며 "그건 자명한 일이야."하고 소리쳤다.

"조선어가 아니면 문학을 할 수 없다는 게 아니다. 나는 언어의 예술성 때문에만 그러는 게 아냐."

"그렇지, 우리가 말하는 의미는 아일랜드 예술가가 단순히 언어의 예술성 때문에 켈트어를 주장한 것과는 다르다."하며 한 사람이 동의했다.

모두 조용히 듣고 있었다. 이명식이 말을 이었다.

"몇 백년이란 오랜 세월 동안 고루한 한학의 중압에 눌려 문화의 빛을 보지 못했던 우리가 오늘날에야 아쉬운 대로 조금씩 우리의 귀한 문자문화에 눈뜨고 있지 않는가. 이조 오백년 동안 악정의 그늘에 파묻혔던 문화의 보옥을 발굴하고 그것으로 과거의 전통을 계승하기 위해 과거 삼 십 년간 우리는 얼마나 피나는 노력을 해서 이 정도라도 조선문학을 확립할 수 있었던가. 이 문학의 빛, 문화의 싹을 무슨 이유로 다시 우리 손으로 파묻어야 한다고 그러는가. 하지만 이것 때문에 또 공연히 감상적이 되어 그러는 것도 아닐세. 정말로 중대한 문제는 조선인의 8할이 문맹이고 게다가 글자를 아는 사람의 구십 퍼센트가 조선글자 밖에 모른다는 사실이네!"

"저도 그 점을 강조해야한다고 생각하는데요."하고 누군지 여류작가가 눈시울을 적시며 중얼거렸다.

그 때 현룡이 갑자기 키득키득 웃음소리를 냈다.

"닥쳐라!" "닥치라고!" 하는 소리가 폭풍같이 일었다. "뭐, 괜찮네."

하며 이명식은 눈을 감고 마음을 진정시키려고 노력하면서 신음하듯이 떨리는 목소리로 주장을 폈다.

"조선어로 창작하는 것이 이 사람들에게 문화의 빛을 비춰주기 위해서도 그렇고 또 그들을 즐겁게 해주기 위해서도 절대적으로 필요하다는 것은 두 말할 필요가 없지 않은가. 지금도 엄연히 조선어 3대 신문은 문화의 역할을 훌륭히 다하고 있고, 조선어로 된 잡지나 간행물도 민중의 마음을 풍족하게 하고 있네. 조선어는 큐슈의 방언이나 토호꾸의 방언과는 분명히 다르네. 물론 나는 내지어로 쓰는 것에 반대하는 것도 아니네. 적어도 언어 쇼비니스트가 아니네. 쓸 수 있는 사람은 우리의 생활이나 마음이나 예술을 널리 전하기 위해서 열심히 일해주지 않으면 안되네. 그리고 내지어로 쓰는 것을 좋아하지 않는 자나, 또 실제로 쓰지 못하는 이의 예술을 위해서는 이해심 있는 내지 문화인의 지지와 후원하에 착착 좋은 번역기관이라도 만들어 소개하도록 힘쓰는 게 좋을 것 같네. 내지어가 아니면 붓을 꺾어야 한다는 것은 참으로 언어도단일세."

그리고는 갑자기 탁자를 치며 일어섰다.

"그래서 말인데! 현룡, 자네는 이 문제를 어떻게 생각하나?"

현룡을 노려보는 눈에서는 불이 나오는 것 같았다. 그는 순간 옴짝달싹할 수가 없었다. 실제로 현룡은 겉만 그럴듯한 애국주의라는 미명하에 숨어서 조선어로 창작은커녕 언어 그 자체의 존재조차도 정치적인 무언의 반역이라며 중상을 하고 돌아다니는 자 중의 하나인 것이다. 그렇지 않아도 이런 순수하게 문화적인 창작활동도 조선이라는 특수한 사정 때문에 본래의 예술정신조차도 자칫하면 정치적인 색채를 띤 것으로 당국의 오해를 받기 쉽다. 특히 사변 이후 그런 위기는 더욱 심해진 것이다. 현룡은 그런 점을 이용하여 애국주의를 내세워서 사람들을 매도하며 제멋대로 날뛰고 있는 것이다. 그래서 얼마나 많은 무고한 사람들이 불안과 초조, 고민의 심연 속으로 떨어졌던가. 실제로 이 회합은 현룡 일파의 주장에 대해 비판하는 모임이었던 것이다. 현룡은 그때 몸을 뒤로 젖히며 아주 무시하는 듯이 '조선어라고'라고 한 마디 내뱉더니 푸하고 웃음을 터뜨렸다. 이렇게 해서 결국 이명식은 화가 확 치밀어 접시를 집어들고는 던져 버렸다. 모두 와 하고 떠들어댔다. 하지만 그는 머리를 맞아 뒤로 쓰러지고 나서도 여전히 낄낄 웃어댔고, 이명식이 상해죄로 검거된 것은 이미 알고 있는 바이다. 그는 나중에 회장을 나와 홀로 들떠 가지고 신마치의 유곽에 가서는 어느 싸구려 술집에서 위스키를 몇 잔 들이키자마자 그 길로 창가 문을 들어선 것이다. 그는 그것을 떠올리자 왠지 창피하기도 하고 우습기도 하여 킥킥 웃어버렸다. 그리고 나서 얼버무리듯 황급히 일어나려고 했다.

"몇 시쯤일까요."

"뭐 괜찮지 않아요, 정말 성급하시다니까."

하며 문소옥은 힐끔 손목시계를 보았다.

"아직 여섯 시 전이에요. 이봐요, 커피 빨리 가져오라고요!"

"그럼 토스트도 먹어볼까요."

하고 끌려 들어가듯 현룡은 다시 자리에 앉았다.

"……그래서 말입니다. 어쨌든 사장 오무라 군이 직접 찾아왔으니 말이에요, 결국 나도 항복하고 써주었습니다. 그랬더니 그 작자 기분이 아주 좋아 가지고는 나를 억지로 끌고 가더니 곤드레만드레 취하게 해서 저 노이에슈타트에 데려갔어요. 그런데, 그게 말이죠, 뺨이 메론 같이 노란 여자였어요……."

그리고 나서 이 '메론 같이' 라는 표현이 아주 육감적으로 느껴져서 스스로도 매우 마음에 든 듯 다시 한 번 되풀이하며 강조했다.

"메론 같이 말이죠."

과연 여류시인도 그가 넉살좋게 갔다 왔다고 하는 그 의미를 알아차린 듯 자기도 모르게 얼굴이 달아오르는 것 같았는데, 그래도 자기가 거북해 하는 모습을 보이면 천박하게 보일지도 모른다고 마음을 고쳐먹고 그건 벌써부터 알고 있었다는 태도로 이렇게 응수한 것이다.

"좋았겠어요. ……근사해요. 하지만 현 선생님을 절에 집어넣으려고 하는 분이 잘도 그런 곳에 데려갔네요."

"그러니까 말입니다."하고 소설가는 얼굴의 근육을 실룩거리며 당황한 듯 외쳤다.

"그러니까 관료들의 마음은 도대체 알 수가 없다고 하지요. 일종의 변덕이지요. 요컨대 오무라 군은 나라는 사람을 아직 잘 모르는 것입니다, 결국 평범하지 않은 예술가를 이해하지 못하는 것입니다."

"그러네요."

여류시인은 수심에 잠긴 듯 쓸쓸히 고개를 끄덕이더니 갑자기 오호호호 웃기 시작했다.

"아니 웃을 일이 아닙니다. 랭보나 보들레르가 세상 사람들한테 얼마나 비난받았는지 조금이라도 생각해 보십시오."

현룡은 더욱 더 신이 나서 손을 치켜들었다.

"조선의 예술가는 그 얼마나 불행한 존재입니까. 자연은 황폐하고 민중은 무지하며, 인텔리도 예술의 고귀함을 모릅니다. 나는 여기에서 고골리가 페테르부르크의 화가를 한탄했던 일이 생각납니다. 모든 것이 둔중하고 기쁨도 없고 또 어느 누구도 조선 예술가를 아껴주지 않지요. 버려진 쓰레기 속에서 발버둥치고 있을 뿐이오. 나도 결국 쓰레기 속에 버려진 희생자의 한 사람이오. 정말 나는 누구보다도 오무라 군하고 친하고 어떤 일이라도 상담해 왔는데. 그런데 이제 와서 나에게 절에 가서 좌선하랍디다. 그 사람이 그렇게 말하는 기분은 알겠는데, 그건 예술가에게는 자살을 의미해요. 중이 되라니. 하지만, 생각하는 바가 있어서 좋다고 말했어요. 보들레르도 시에서 오 정밀(靜謐)함이여 정밀(靜謐)함이여, 라고 동경했지요."

그렇지만 그렇게 말을 맺으며 입가에 웃음을 띤 그의 얼굴은 묘하게 경련을 일으킨 것처럼 떨렸다.

"일종의 보호관찰이네요, 사상범은 아니지만……."

"그래요."라고 그는 울상을 지으며 떨리는 목소리를 짜냈다.

"나는 모레까지는 중이 되어 절에 가야해요."

그리고 그는 파르르 떨며 무릎을 앞으로 내밀었다.

"그런데요, 정말 굉장하게도 동경의 작가이자 내 친구이기도 한 다나까 군이 경성에 와 있는 겁니다. 꼭 만나고 싶다고 해서 아까 조선호텔에 갔었는데, 좀 늦었더니 그 작자가 기다리다 지쳐서 오무라 군하고 나간 것 같다네요. 너무 미안해서 지금부터 찾으러 가려는 참이었어요. 괜찮다면 소개해 줄까 하는데, 조선의 죠르주 상드로서, 또 나의 리베로서……."

시인은 눈을 감고 예쁘게 웃었다. 그녀는 결국 젊은 대학생과 만나기로 한 것을 완전히 잊어버렸다.

"네, 고마워요, 소개해 주시지요."

"그렇다면."

현룡은 지그시 그녀의 웃는 얼굴을 바라보고 있었는데 순간, 그래 오늘밤은 오랜만에 이 여자를 데리고 가야겠다고 마음먹고,

"이 얘기 들으면 다나까 군의 여동생이 질투하겠네요, 에헤헤."

"어머, 그랬군요, 동경의 애인이라는 게 그 분의 여동생? 오호호호 그거 재밌네요."

"그래요, 그래."

라고 그는 자기 뜻대로 된 양 매우 유쾌하게 외쳤다.

"내가 동경을 떠날 때 그녀가 따라 온다고 해서 아주 힘들었어요. 어쨌든 다나까 군도 지금은 많이 커서 이미 중견작가요. 어때요, 그 사람하고 우리가 한 번 모일 테니 그 때도 꼭 와주시죠."

"네, 물론 갈게요."

"그런데 사실은 다나까 군하고 오무라 군은 대학 동창으로 아주 친한 사이에요."

라며 뒤로 몸을 홱 젖히고 갑자기 진지한 표정을 지었다. 하지만 그

것에는 비참하다고까지 할 만한 희미한 밝은 그림자가 떠올랐다.

"그래서 나는 다나까군 에게 오무라를 설득하게 하려고요. 다시 말하면 예술가를 이해시키는 것입니다. 그래요, 이것은 확실히 파리 아가씨 안나를 만났던 것 이상으로 중대한 일입니다. 그렇게 하면 반드시 내가 절에 들어가지 않고도 해결이 될 거요."

"그러네요, 그게 좋네요, 그게 좋아요."

여류시인은 어깨를 흔들어 대며 숨도 가쁘게 마음에서 우러나온 기쁨을 나타냈다.

"정말 그렇게 되면 좋겠어요."

사실 소설가 현룡도 그렇게 나쁜 사람이 아니고, 본성은 지극히 약한 겁쟁이로 문학의 재능도 조금은 타고났다. 단지, 오랫동안의 어찌 할 수 없는 궁핍과 고독과 절망이 그의 머리를 휘저어 놓았다. 게다가 지금은 조선이라는 특수한 사회가 그를 더욱 더 혼란에 빠트린 것이다. 일종의 성격파탄 때문에 아버지와 형에게 의절을 당하여 학업을 마치지 못하고 생활비도 마련할 수 없었다. 동경에서 지낸 십오 년간의 생활이란 그야말로 바로 불쌍한 들개 같은 생활 그것이었다. 특히 안 좋은 것은 자기가 아무리 조선인이라는 것을 감추려 해도 그의 골상이나 면모가 틀림없는 조선인으로 생겨서 하숙을 얻으려 해도 제일 먼저 얼굴이 문제이고 게다가 너덜너덜한 바지 차림으로 오니까 손도 못 써보고 거절당하는 것이다. 그래서 그는 문득 신의 계시라도 받은 듯 고육지책으로 갑자기 자기는 조선 귀족의 아들이고 더구나 문학의 천재일 뿐 아니라 조선 문단에서는 일류의 작가라고 떠벌리고 다니기로 했다. 그는 그것으로 조선인이기 때문에 더욱 더 받아야하는 멸시와 거북함도 다소는 완화시키고 생활면에서도 어느 정도 생활 여유를 찾으려고 하는 심산이다. 그런데 기적같이도 그 방법이 완전히 주효하여 잇달아 두세 명의 여자에게 원조를 받을 수 있었다. 이렇게 일이 년이 지나는 사이에 그는 자신을 완전히 진짜 조선의 귀족이고 또한 문학의 천재로 착각해 버렸다. 하지만 문학의 길만은 아무래도 마음대로 되지 않아 고민하다가, 어느 해 여자에게 칼을 휘두른 죄로 강제 송환되어 끝내 될 대로 되라는 심정으로 조선에 나온 것이다. 그리고는 조선어로 기괴함을 과시하는 듯한 혹은 음란함의 극치를 이룬 문장을 써서 저속한 잡지에 사방 팔방으로 팔러 다녔다. 자루에는 언제나 원고를 넣고 메고 다니며, 바나 카페에서 난리를 치다 순사에게 잡혀서 직업이 뭐냐고 물으면 득의양양하게 문사 현룡이라고 떠벌렸다. 초대받지도 않은 모임에 나타나서는 입만 열면 어슴푸레 기억만 하고 있는 프랑스어나 독일어, 라틴어의 단어를 되는 대로 씨부렁거리고, 남 앞에서는 자기는 유도 초단 이상이어서,라고 하며 가슴을 펴 보인다. 그리고 항상 자기가 동경문단에서 굉장한 활약을 한 것처럼 장황하게 자랑을 늘어놓았다. 그게 마치 지금 조선에서의 자기의 위상을 높이는 것으로 생각하듯이. 만사가 이런 식이어서 점점 세상 사람들은 그를 미치광이로 여기고 상대하지 않게 되었는데, 그렇게 되면 될수록 그는 더 바랄 나위 없는 것으로 더욱더 기뻐하며 진정한 천재이기 때문에 속인들은 받아들이지 못하는 것이라고 큰 소리를 쳤다. 하지만 그의 본성이 점차로 드러남에 따라, 마침내 저속한 저널리즘에서조차 그의 문장을 싣지 않게 되고 문화인들은 서로 결속해서 그를 문화권 밖으로 몰아내기로 했다. 이렇게 옴짝달싹 못하게 된 그 때부터 그는 술을 마시면 유도 이야기는 일체 꺼내지 않고, 어느 사이엔가 아무나 붙잡고는 너야말로 감옥에 처넣어야 한다고 엄포를 놓게 되었다. 동시에 어떤 일이라도 저지를 수 있는 사내로서 모든 이가 그를 경원시하기 시작했다. 이런 사내조차 만일 시국적인 이야기로 몰아붙이는 한은 벌벌 떨어야 한다는 것이 조선 문화인들을 위해서는 얼마나 슬픈 일인가. 그럴수록 현룡의 마음도 더욱더 삭막해져서 밖에서 한층 폭행이나 공갈에다가 외설적인 행위를 일삼게 되었는데, 이제는 순사가 검문해도 깔깔거리며 나에 대해서는 오무라 군에게 물어보라고 호통을 치는 것이었다.

　그가 이렇게 남 앞에서 항상 군을 붙여서 부르는 오무라는 실은 조선

민중의 애국사상을 심화하기 위해서 편집되는 시국잡지 U지의 책임자이다. 내지에서 건너온 지 얼마 안 되는 관리 출신으로 아직 조선이나 조선의 문화 사정에 어두운 그는, 제일 먼저 다가온 현룡이야말로 현룡 자신의 말대로 조선문단을 실제로 떠맡고 있는 소설가이고, 또한 그의 성격파탄에 가까운 점들은 그가 비범한 예술가이기 때문이라고 더욱더 굳게 믿어버렸다. 이렇게 해서 절망했던 현룡은 간단히 오무라의 비위를 맞추어서 중용되게 되었다. 그런데 호사다마라고 하던가. 그리고 나서 얼마 지나지 않아 현룡은 어떤 지극히 기묘한 사정으로 스파이 혐의를 받고 헌병대에 붙잡힌 것이다.

마침 어느 화창한 날 오후 그는 늘 가곤 하는 혼마치 거리에서 젊고 요염한 안나라고 하는 한 프랑스 여자를 발견했다. 그는 용기를 내어 보나미라든가 마드모아젤 위메르 씨라든가 하는 말을 더듬더듬 지껄여대며 다가갔다. 파란 눈의 여자도 제법 알아들은 듯 더듬거리는 일본어로 자기는 한가로이 놀러왔는데 헤매고 있다고 하며 살포시 웃었다. 그는 점점 더 기가 살아서 여기저기 그녀를 데리고 다니며 길가는 사람들에게 들으라는 듯 봉주르, 트레비앙, 보걀르송, 스스와르 같은 알고 있는 프랑스어를 죄다 외쳐댔다. 그리고 일부러 헌 책방에 데리고 들어가 자기 프로필이 나와 있는 삼류 잡지를 찾아내어 사진이 실려 있는 면을 펴고는 누군지 알겠느냐고 자랑스럽게 가리켰다. 오, 하고 그녀는 놀라는 시늉을 했다. 그러자 그는 흐뭇해하며 갑자기 남의 눈을 피해가며 그 사진을 뜯어내서 억지로 그녀 핸드백에 쑤셔 넣어 주었다. 그 후 안나는 두만강 국경에서 스파이로 검거되었는데, 그녀에게서 그의 사진이 나왔기 때문에 그는 같은 혐의를 받고 갇혔다. 이렇게 큰일 날 뻔한 것을 오무라가 관청의 힘을 빌어 여기저기 해명하고 쫓아다닌 결과 풀려나게 되었기 때문에 그는 오무라에게는 일생일대의 은혜를 입은 셈이 된 것이다. 그렇지 않아도 이제 조선 사람들에게 들개처럼 버림받은 그는, 오무라에게까지 버림받는다면 길바닥에서 죽을 수밖에 없었다. 하지만 지금은 조선도 애국열이 점점 높아져서 소기의 목적이 거의 달성되어 가는 마당에, 애국주의를 내세워서 사회의 공안을 해치고 가는 곳마다 나쁜 짓을 하는 현룡을 그대로 쓰는 것은 오무라의 위신에도 관계가 되는 문제였다. 사실 또 현룡에 관한 한 사직당국에 대한 비난공격이 심해서 경찰에서도 슬슬 내사를 시작한 것이었다. 그래서 오무라는 차마 현룡을 경찰에는 넘길 수 없다는 마음과 천성으로 남을 잘 믿는 마음으로 현룡에게 절에 들어가 좌선수행을 해서 근신하는 모습이라도 빨리 보이라고 명한 것이다. 사태가 이렇게 되고 보니 현룡은 그 명령에 따르지 않을 수 없었다. 결국 이 2월중에 가지 않으면 안 되었다. 그래서 이 때 동경의 작가로 또한 오무라와 동창이기도 한 다나까가 온 것에 모든 희망을 걸고 자기가 자유롭게 다리를 펼 수 있도록 여러 가지로 그가 오무라를 설득하도록 하려는 것이다. 그렇기 때문에 파리 아가씨 안나를 만난 것 이상으로 중대한 것은 물론이었다.

"나는 지금부터 다나까 군을 찾으러 종로 뒷골목 쪽으로 갑니다. 자, 한 번 나가 볼까요."
라며 현룡은 갑자기 기운이 나서 토스트를 한 번에 두 조각이나 입에 쑤셔 넣으며 엉덩이를 들었다.

"저도 갈래요, ……아, 그건 됐어요."
라며 여류시인은 그의 손에서 계산서를 뺏어들고 일어섰는데, 어찌된 일인지 갑자기 표정이 굳어지며 돌같이 딱딱해졌다. 이윽고 그녀는 조금 주뼛거리기 시작했다. 이상하다 싶어 현룡이 돌아보니 입구 쪽에 사각모자를 깊숙이 눌러쓰고 키가 껑충하게 큰 대학생이 파랗게 질린 얼굴을 하고 버티고 서 있었다. 그리고 현룡을 노려보았다. 그 때 갑자기 관능적인 스페인 민요 레코드가 멈추고 사람들의 시선은 일제히 이 세 사람 쪽으로 향했다. 문소옥은 돌연히 몸을 돌려 허둥지둥 입구 쪽으로 가서 문을 열고는 젊은 대학생을 잡아당기듯이 데리고 밖으로 나갔다. 현룡은 얼어맞은 듯이 멍하니 서서 그것을 바라보았다. 뒤쪽에서는 킥킥대는 소리가 들려온다. 그런데 삼사 분도 지나지 않는 사이에 다시 그녀가 황급히 그 쪽으로 달려와서, "제 사촌동생이에요."라고 헐떡거리며 작은 소리로 외쳤다.

"연극 가려고 약속한 걸 까맣게 잊고 있었어요."

그리고 깜짝 놀라는데

"내일 아침에 갈게요."

라고 귓가에 속삭이고 다시 뛰어나갔다.

"기다려, 기다려!"

라고 뒤에서 다급하게 낭패한 듯 외치며 그는 손을 저으면서 뛰어 나갔다. 하지만, 벌써 밖은 어두운 밤으로 두 사람의 그림자는 어디에 갔는지 이미 묘연히 사라지고 없었다.

3

"제기랄, 재수 없게, 빌어먹을! 두고 보자고."

라고 소설가 현룡은 어깨를 움츠린 채 몇 번이나 투덜거리며 조선인 거리 중 제일 번화한 종로통을 향하여 꽤나 들뜬 듯한 발걸음으로 걸어갔다.

"저 창부 년까지 나를 업신여기는군, 좀 놀고있네." 라고 그는 혼잣소리로 말했다. 왠지 수중의 소중한 보물을 빼앗긴 것 같은 기분이 들어 참을 수가 없었다. 그러자 여느 때처럼 조화스럽지 못하게 긴 허리 아래 붙어있는 이상하리만큼 커다란 그녀의 엉덩이가 눈앞에 아른거리고 그것을 향해 따뜻한 핏줄기가 소용돌이치며 콸콸 흐르는 안타까운 쾌감을 느꼈다. 그는 혼자서 숨이 막혀와 꿀꺽 소리를 내며 마른침을 삼켰다. 그 때 문득 어찌 된 일인지 자기의 귓가에 그녀의 속삭이는 목소리가 들린 듯하여 깜짝 놀라서 돌아보았다. 하지만 물론 거기에 문소옥의 그림자가 있을 리 만무하고, 단지 행인이 한 사람 수상쩍은 듯 멈춰 서서 그의 모습을 바라보고 있었다.

"제기랄 재수 없게." 라고 그는 다시 내뱉었다. 조선인이 경영하는 벽을 하얗게 회칠한 커다란 은행 앞을 지나 어느 사이엔가 종로 네거리 쪽에 가까워졌다. 갑자기 주위는 시끄러워져서 인력거는 달리고 자동차는 흘러 다니며 전차는 답답하다는 듯이 경적을 울려대고 있었다. 화신 백화점과 한청(韓靑)빌딩 같은 고층건물을 기점으로 해서 동대문 쪽을 향하여 대로를 끼고 근사한 건물들이 해협처럼 늘어서 있다. 마침 네거리 모퉁이에 서 있는 구세대의 유물인 종각 앞에 오니, 웅크리고 있던 늙어빠진 거지들이 손을 내밀고 어디서 나타났는지 더러운 거지 아이들이 메뚜기처럼 몰려들었다. 올해는 눈에 띠게 거지가 늘어났다. 그는 손을 거칠게 휘저어서 아이들을 쫓아버렸다. 한청빌딩 앞 근처부터는 보도에 벌써 야간 노점상들이 나와 있고 사람들의 발길이 이어져서 복잡한데 장사꾼들이 지르는 소리가 울려 퍼지고 있었다. 마침 그 노점상이 늘어선 입구 쪽에서는 흰 두건을 두른 농부가 남 구경하기 좋아하는 사람들에게 둘러싸여 술에 곯아떨어진 듯, 손을 저으며 뭔가 목에 걸린 듯한 목소리로 끊임없이 중얼거리고 있었다. 대체 무슨 일인가 하고 고개를 들이밀고 보니, 남자 옆에는 지게가 서 있고 거기에는 커다란 복숭아꽃이 잔뜩 달린 가지들이 얹혀 있었다. 그래서 지게는 꽃다발에 파묻힌 듯한 모습이고 고개를 떨군 꽃들은 너무나도 애처롭게 보였다.

"내가 딸을 얻은 해에 둘이서 이 복숭아나무를 심었는데 말이야, 그 딸년이 죽었다고. 그 딸이 말이요."
라고 농부는 부르짖었다.

"흰 쌀 미음을 먹고 싶다고 하기에 지주님한테 꾸러 간 사이에 죽어버렸다오. 자, 내가 복숭아 가지를 잘라지고 왔으니 사주시오. 한 가지에 이 십 전, 많이는 필요 없소, 이십 전이면 되오."

　모여든 사람들은 재미있다는 듯이 서로 얼굴을 마주 보며 깔깔거렸다. 현룡은 가슴에 손을 넣은 채 사람들을 헤치고 안쪽에 쑥 나타났다. 그리고 잠깐 동안 눈을 내리깔고 아주 감개무량한 듯한 표정으로 찬찬히 복숭아 가지를 바라보았다. 왠지 찌릿찌릿 가슴속을 파고드는 슬픔을 느꼈다. 그는 뭔가에 홀린 듯 성큼성큼 지게 옆으로 다가가서 한 가지를 집어들고 꼼짝 않고 시선을 집중하여 올려다보았다. 한창 만개하여 흐드러지게 피어있는 분홍색 꽃이 스무 송이 정도나 덩굴 모양으로 가지를 뒤덮고 있었다.
　“자, 나으리 사 주시오. 나 이거 싸게 팔아버리고 술 먹고 죽어버릴려구요. 에, 모두들 왜 웃소. 사 주시오, 웃지 말고 사 주시오 ……헤. 정말 고맙소, 고맙소.”
　한 손으로 잔돈을 찾고 있던 현룡이 백동화를 두세 개 꺼내어 툭 던진 것이다. 농부는 기뻐 날뛰며 머리를 땅에 박고 절을 했다. 그것을 거들떠보지도 않고 현룡은 잠자코 복숭아 가지를 어깨에 메고는 사람들을 헤치고 나가 다시 혼잡 속으로 들어갔다. 그 때 그는 자신의 모습에서 문득 이렇다 할 맥락도 없이 십자가를 짊어진 그리스도를 떠올리며 자신도 순교자적인 비통한 운명을 느껴보려 했다. 자기야말로 어떤 의미에서는 조선인의 고통과 비애를 한 몸에 짊어지고 선 듯한 기분이 드는 것이었다. 아무렴, 조선과 같은 현실이니까 그와 같은 인간도 태어나고 또 사회 안을 제멋대로 날뛰고 다닐 수 있었다. 혼돈 속의 조선이 나와 같은 인간을 필요로 하여 만들어 냈고, 그리고 지금은 역할이 끝나니까 십자가를 지우려고 하는 것이다. 그는 그러한 자각에 이르자 슬픔이 점점 더 가슴에 밀려와서 왈칵 통곡하고 싶을 정도였다. 하지만 그것도 잠시, 보도를 가득 메운 사람들이 놀란 듯이 자기의 이상한 모습을 바라보고 있는 것을 알아차리자 오히려 이제는 천연덕스럽게 조금 우쭐거리기조차 하는 것이다. ‘풋내기 시인인 창부년, 네 년이 따라 왔다면 정말로 나의 이 기상천외한 모습을 이해할 수 있었을 텐데, 바보 같은 계집.’이라고 그는 마음속에서 문소옥을 밉살스럽게 매도했다. 노점 앞은 서로 밀치락달치락 하며 붐비고 있었다. 아까부터 거지 아이들이 대여섯 명 재미있는 듯 따라왔다. 그러는 사이에 느닷없이 앞쪽에서 싸움이 시작된 듯 소란스러워졌기 때문에 그는 피하듯이 조금 되돌아와 예수서관 옆에서 꺾어져 어둠침침한 골목으로 들어갔다. 거지 아이들은 이때 다시 한 번 그의 옆으로 달라붙어서 손을 내밀며 "나으리, 한푼 줍쇼." "한푼 줍쇼." 하며 애절한 목소리를 짜냈다. 그는 금방 맥이 풀려서 동전을 대여섯 개 후드득 던져 주었다. 아이들은 이상한 소리를 지르며 어둠 속에서 머리를 서로 부딪치면서 바동거렸다. 현룡은 그것을 돌아보고 히히히 웃었지만 갑자기 눈물이 솟아나서 황급히 팔을 올려 훔쳤다.

뒷골목으로 나가면 거기가 이른바 종로 뒷골목으로, 카페, 바, 선술집, 오뎅집, 마작, 알선해주는 집(周旋屋: 여자를 소개해주는 집), 음식점, 여관 등이 눈을 번뜩이기도 하고 입을 열기도 하며, 꽁무니를 빼기도 하고 땅바닥에 찰싹 달라붙어 있듯이 웅크리고 있기도 했다. 레코드가 사방에서 끽끽 울어대고 양복장이랑 흰 기모노가 서성거리고 있다. 경기가 좋은 상인이나, 총독부쯤에서 일하는 조선인 고용인이나, 직업이 없으면서도 돈이 많은 청년, 모던 보이, 그리고 카페 음악가, 바의 맑시스트 등이 밤에는 자주 이 근처에서 기염을 토하곤 했다. 그 중에는 큰돈을 뿌리러 온 금광부자도 있었다. 드디어 목적지에 왔다고 현룡은 생각했다. 가령 다나까가 오무라의 안내를 받지 않더라도 누군가에 이끌려 조선 분위기를 만끽하러 이 근처에 와 있음에 틀림없었다. 되도록 오무라 군하고 같이 있지 않기를……. 그는 이렇게 염원하면서 술집 하나하나 머리를 들이밀고 조사해 보기로 했다. 그 뒤를 여전히 아이들이 히죽히죽 웃으며 따라온다. 그는 자기를 존경하는 사람이 있어서 아무리 자기를 잡아끌더라도 결코 한눈을 팔지 않으리라 굳게 결심했다. 그래서 카페 종로회관의 문을 열자마자 누군가가 어이, 현룡 하고 불렀을 때도 그는 에헤헤 웃으며 발걸음을 돌렸고, 바 신라 안을 창문을 열고 엿보았을 때 어이,

미치광이, 거지같은 놈! 하고 여러 사람에게 욕을 먹었을 때도 그는 단지 자기가 유도 초단 이상이나 된다는 것을 떠올렸을 뿐, 헤헤 웃으며 자리를 떴다. 무심코 뛰어 든 어떤 곳에서는 한복에 가지각색의 양장을 걸친 여자들이 꽃을 달라며 덤볐는데도 그는 여자들의 엉덩이 한 번 토닥거리지 못하고 꽃을 두세 가지 던져주면서 엉금엉금 기다시피 해서 도망쳤을 뿐이다. 이렇게 그 일대를 서쪽에서 동쪽까지 거의 이 잡듯이 뒤지면서 찾아다녔지만 아무래도 다나까 일행은 보이지 않았다. 그는 더욱 더 초조한 기분에 사로잡혀서 막연한 미움과 분노를 가라앉힐 수가 없었다. 현룡은 다시 이렇다 할 목표도 없이 안짱다리를 무거운 듯 끌면서 찾아 돌아다녔다. 이번에는 군데군데 머리를 들이밀고 여자들에게 물어보기까지 했다. 하지만, 그럭저럭 두 시간 남짓이나 걸어다녔지만 전혀 감을 못 잡고 피곤이 심하게 몰려와서 배고픔을 느낄 뿐이었다. 결국 우미관 뒤 상당히 호젓한 곳까지 왔을 때는 지쳐서 한 걸음도 못 옮길 만큼 녹초가 되어 우선 그 근처의 어느 지저분한 선술집에 들어갔다. 먼지가 많은 가게 안에는 초라한 행색의 사람들이 두세 명씩 모여서 와글와글 떠들어대며 술잔을 주고받고 있었다. 현룡은 복숭아 가지를 어깨에 멘 채 모든 이의 놀라는 시선 속에 한가운데로 어슬렁거리며 나갔다. 앞쪽에 길다란 판자로 만든 카운터가 있었는데 그 맞은편에는 얼굴이 예쁘장한 여자가 오도카니 앉아 있었다. 그는 카운터에 놔둔 커다란 술잔을 들고 여자가 누르스름한 약주를 따라주자마자 한 잔을 꿀꺽 다 마셔버렸다. 그것은 묘하게 신맛이 났다. 고개를 들어 눈을 부라리며 주위를 한 번 둘러보았지만 누구 하나 아는 이가 없다. 다른 이들은 그와 시선이 마주치면 깜짝 놀란 듯 입을 꾹 다물고 고개를 돌렸다. 그래서 현룡은 더욱 기분이 나빠졌고 좀더 옆으로 가 한 쪽에 놓여 있던 망을 씌운 상자 안에서 돼지 족발을 꺼내 와서 게걸스럽게 씹기 시작했다. 그곳은 조선 특유의 싸구려 술집으로 밥 사발 하나 되는 잔에 안주까지 곁들여서 단돈 오전으로 마실 수 있었다. 그는 그 좋아하는 거침없는 음란한 농담 한 마디조차 내뱉을 짬도 없이 연거푸 몇 잔이나 들이켰다. 밖에서 불쑥불쑥 고개를 들이밀며 그가 나올 기색을 엿보고 있던 거지 아이들도 마침내 단념하고 어느새 어디론가 사라져버렸다.

그는 이렇게 마시기 시작하면 귀가 울리고 다리를 못 움직일 때까지 곤드레만드레 취하지 않으면 성이 안 차는 성격이다. 하지만 그가 취하려면 이 약주로는 적어도 육십 잔은 마셔야 했다. 이렇게 한 잔 또 한 잔, 잔을 거듭하는 사이에 나른하게 취기가 온 몸에 돌더니 점차로 가슴이 미어지는 듯한 슬픔이 엄습했다. 오늘 밤 안에 어떻게 해서든 다나까를 붙들어야 한다. 그렇다, 여기서 완전히 엉망진창으로 취해 가지고 다시 한 번 조선호텔에 쳐들어가는 거다. 그리고 다나까한테 도움을 구하면 모두 잘 될 거다. 그렇게 생각하니 왠지 자기가 절에 맡겨진다는 것이 갑자기 비참한 희극처럼 느껴져 견딜 수가 없었다. 자기가 저 바가지 같은 빡빡 머리 중이 되어 몸에 승복을 걸치고, 콧물을 자주 들이마시는 대머리 정각(正覺) 스님 앞에서, 매일 밤마다 염주를 목에 걸고 조신하게 좌선을 해야한다니. 그는 이 비통함을 씻어버리려는 듯 묘하게 목에 걸린 것 같은 새된 소리를 내며 혼자서 웃어보았다. 하지만 그는 자기 웃음소리에 놀라서 당황해하며 어깨에 걸치고 있던 복숭아 가지를 가슴에 껴안고 가만히 숨을 가라앉혔다. 한동안 그러고 있자니 마음은 차분히 가라앉고 온 몸이 녹아버릴 듯 황홀해져서 갑자기 그윽한 빛을 띤 온갖 여자들의 환영이 정신없게 아른아른 움직이는 것같이 보인다. 메론 뺨 여자, 그 그늘에서 여류시인이 히죽 웃고 있다. 입을 살짝 오므리며 내일 아침에 갈게요 라고 속삭이는 것까지 들리는 듯하다. ○○가 공중에 떠오르더니 그게 점점 팔을 벌리고 숨막힐 듯이 뜨거운 숨을 거세게 내뿜으며 자기의 몸을 덮칠 것 같은 착각이 일었다. 그건 그렇고 도대체 다나까는 어디에 있을까. 그가 이렇게 현실과 몽환 사이를 우왕좌왕하고 있는 사이에 이번에는 또 난데없이 다나까의 여동생 아키꼬가 생각났다. 다나까도 그 무렵에는 일개 문학청년으로 고생했었는데 함께 있던 여동생은 여대에 다니는 아름다운 아가씨였다. 당시 그는 온갖 열정을 다하여 그녀를 사랑한다고 생각했지만 다나까도 그녀도 자기에게 좋은 감정을 가지기는커녕 자기를 경멸하기까지 했던 것이다. 그는 자주 1리나 되는 아키꼬의 집까지 걸어가서는 여러 가지 대담하기 이를 데 없는 짓을 했는데 그녀는 그의 뻔뻔스러울 정도로 비정상적인 정열을 업신여길 뿐이었다. 조선의 귀족으로 천재라고 하는 것도 그녀에게는 전혀 효과가 없었다. 이런 식으로 그녀에게 냉대를 받고 돌아가는 밤에는 언젠가 도중에 오래 전부터 알고 지내는 여급의 집에 들러 자곤 했다. 그가 이 여급에게 칼을 들이댄 것은, 결심을 하고 다나까가 없는 틈을 타서 마침내 아키꼬를 덮쳤다가 실패한 그 날 밤의 일이었다. 그 때문에 내지에서 추방되어 조선에 돌아와 가까스로 연줄을 대어 오락 잡지 같은 것에 기고하게 되었는데 그는 공상을 부풀려서 이 젊은 사랑의 경험을 신비화하여 아키꼬라는 아름답고 순수한 아가씨에게 열렬한 사랑을 쏟았다는 등의 내용을 발칸의 지사 인살로프와 러시아의 아가씨 엘레나의 사랑이야기를 모방해서 여기저기에 실었다. 그래서 사람들도 설마 이것만은 거짓이 아니겠지 하고 믿었고, 그것을 몇 번이나 쓰는 사이에 자기도 정말인 것처럼 착각하게 되어 지금은 아름다운 추억이 되어 버렸다. 아, 그 아키꼬는 지금은 어떻게 지낼까. 빨리 다나까를 만나 물어보고 싶다. 모든 것이 지금에 와서는 자신을 슬프게 할 뿐이 아닌가.

갑자기 머리가 어질어질해져서 뭔가 엉뚱한 일이라도 저질러 버릴 것 같은 기분이다. 갑자기 또 아까 만났던 농부의 절망적인 울부짖음이 들려오는 것 같다. 자기야말로 그 농부처럼 헤어날 길이 없는 절망의 구렁텅이에 빠져 발버둥치는 인간임에 틀림없다. 음란한 말도 벌써 다 써버리고 허풍을 쳐도 누구 하나 믿어주지 않는다. 조금 알고 있는 독일어 단어도 이미 몇 번이나 써먹었고 어렴풋이 기억하고 있는 열세 개의 라틴어도 열세 번 이상 지껄였고, 프랑스어는 더 심해서 문장 끝에는 반드시 FIN이라는 글자를 붙였었는데, 이제는 원고 청탁도 들어오지 않게 되어 그것도 안녕 했다. 유도가 초단이상이라고 겁을 줘도 왠지 효력이 없으니 이단 삼단은 말할 것도 없고 겁나는 권투선수까지 우글우글하다. 집도 없다, 아내도 없다, 자식도 없다, 돈도 없다. 그가 최후의 보루로서 생각해 낸 것은 애국주의자라는 미명 아래 숨어서 모두에 대한 복수를 계획하기는커녕 위세 있는 오무라의 비호를 받는 일이었다. 하지만 조선 문인들 사이에서도 시국인식운동의 열기가 높아져서 선명하게 물보라를 일으키며 그들이 자기를 추월해 버린 것이다. 그것을 생각하면 이를 갈 만큼 다른 무리들이 미워서 견딜 수가 없었다. 너를 감옥에 처넣겠다는 공갈도 지금은 못 치게 되어버렸다. 그에게 남아 있는 것은 여기저기 공갈을 치고 다니며 무일푼으로도 술을 마실 수 있는 입뿐이다. 그게 괘씸하다고 오무라는 이 나에게 절에 들어가라고 명령하고 있지 않은가. 이제 오무라에게까지 버림을 받은 이상은 어디에도 갈 곳이 없는 인간인 것이다. 그는 부려먹을 만큼 부려먹더니 이제 와서 새삼스럽게 절에 들어가라고 명하는 오무라가 미워서 견딜 수가 없었다. 하지만 이제는 완전히 기력도 없어져서 덜커덩 복숭아 가지를 바닥에 떨어트리고 눈에 눈물까지 글썽이며 그는 더욱 침울해져서 잔을 기울이기 시작했다.

4

한 열 시쯤 됐을까, 현룡은 그럭저럭 곤드레만드레 취해버렸다. 손님은 쉴새없이 오가고 시끄러웠지만, 문득 뒤쪽에서 또 새로운 손님이 들어오는 기척이 나며 또렷또렷한 내지어가 들려왔다.

"천하태평인 조선인치고는 좀 재미있게 부산한 곳이지요."

어럽쇼, 어디서 들어본 듯한 목소리라고 생각하며 현룡은 잠자코 귀를 기울였다.

"뭐, 내지의 꼬치구이집을 크게 해놓은 것 같다고 할까요. 그 지겨운 조선 놈들에게서 해방된 후련한 기분으로 조선의 술이라도 한 번 마셔보지 않겠습니까? 정말 힘들었지요."

새로 들어온 두 남자는 현룡 옆에 나란히 앉았다. 이렇게 말하는 사내는 지금까지 자신들의 뒤를 졸졸 따라다니며 다나까에게 선생님 선생님 하며 아첨을 했던 조선의 사대적인 문학패들 얘기를 하고 있음에 틀림없었다. 현룡은 경계하듯이 고개를 움츠렸다.

"그래도 뭐 재미있지 않습니까. 그런 사람들하고 만나 이야기해 보는 것도…… 진짜로 대륙 기분이 나서 말이죠."

이 거드름피우는 탁한 목소리는 다나까가 틀림없다고 현룡은 부르르 귓불을 꿈틀거렸다.

"아니 당신은 진심으로 그런 말을 하는 것입니까."

안내를 하는 남자가 상당히 못마땅한 듯 외쳤다.

"당신은 또 묘한 것에 감탄을 하는군요."

"아니, 그 정도는 아니지만……. 그런데 정말로 그 사람들은 자기네들이 말하는 것처럼 문단이나, 극단 등에서 꽤 활약하고 있나요."

"그렇습니다. 그자들이 일류지요." 안내하는 사내가 성급하게 사실을 왜곡하여 말하는 것이었다.

"이번에 번역된 조선 놈들의 작품을 읽고 나는 우선 안심했습니다. 완전히 안심했다고요. 그 정도라면 나 같은 아마추어라도 쓸 수 있어요. 조선의 지방적인 문화도 역시 여기에 와 있는 우리들 손으로 건설해야 합니다. 그건 그렇고 한잔 어떠세요."라며 잔을 들었다.

그때에야 겨우 현룡은 옆에서 겁이 나는 듯이 머리를 내밀고 당황한 듯 몽롱한 눈을 비비고 바라보며 입을 딱 벌렸다. 실로 그것은 틀림없이 동경의 다나까가 어느 관립전문학교 교수인 쯔노이의 안내를 받고 있던 것이다. 잔을 입에 대고 있던 두 사람도 현룡을 알아보고 깜짝 놀랐다.

"야, 다나까, 다나까!"라고 소리지르며 현룡이 큰 손을 펼쳐서 바로 옆의 비실비실한 몸에 매달려 버렸다. 다른 손님이나 여자들은 모두 놀라 눈이 휘둥그레지고 이 괴상한 광경에 넋이 나갔다. 내지인을 그런 식으로 대해도 과연 괜찮은 것인지 기분 나쁘게 생각했다. 다나까는 그게 아까 오무라하고 쯔노이하고 셋이서 화제에 올렸던 현룡이라는 것을 한눈에 알았지만, 너무나도 의외의 장소에서 만났고 생각지도 않은 포옹에 당황했다. 무엇보다도 숨이 막힐 것 같아 괴로웠다. 현룡은 그를 껴안은 채 미친 것처럼 빙글빙글 돈다.

"괘씸해, 괘씸하다고, 유감이야, 정말 유감이라고. 알리지도 않고 오다니 그런 법이 어디 있나."

"미안, 미안하네."

라고 다나까는 살려달라는 듯 희미한 목소리로 중얼거렸다.

"자, 한잔하세, 잔을 들게!"

현룡은 재빨리 비켜서서 잔을 들어올렸다.

"이봐 다나까 군, 나는 자네가 조선에 들려준 것을 감사하고 있다네. 정말로 기쁘군!"

다나까가 오무라와 같이 있지 않은 것이 더욱 기뻤다. 그는 다시 매달리는 듯한 자세로

"역시 자네가 왔군. 이 새로운 조선을 잘 관찰해 달라고. 부탁하네! 자, 한잔 마시게!"

그리고 흥에 겨운 나머지 끝내 도가 지나쳐서 "자, 쯔노이 씨 , 당신도 많이 드시지요!"라고 그의 등을 아플 정도로 두드렸다. 쯔노이는 U지의 모임에서 한두 번 만났을 뿐 이런 사내가 친한 것처럼 행동하면 자기의 품위와 관련이 되는 문제라고 생각했다. 원래 그는 대학의 법과를 나오자마자 조선 구석에 와서 바로 교수가 되었는데 요즘은 예술분야의 모임에까지 활개치고 다니는 것이 내지인 현룡이라고 할 만한 존재였다. 돈벌이하려는 속셈으로 조선에 건너온 일부 학자들에게 두루 있는 폐단이기도 하지만, 그도 또한 입으로는 '내선동인을 주장하면서도

자기는 선택받은 자로서 민족적, 생활적으로 남보다 한층 더 상스러운 우월감을 지니고 있다. 하지만 단 하나 예술분야의 회합에 나가면 자기가 예술적인 일을 조선 문인들처럼 할 수 없다는 것에 열등감을 느끼고 그 반동으로 그들을 못마땅하게까지 생각하고 있었다. 특히 조선의 문인들을 무시하려고 애썼다. 그래서 내지에서 누군가 예술가라도 오면 현룡에 지지 않을 정도의 열정으로 수업까지 쉬며 나가서 본봉보다 많은 지출도 아까워하지 않고 여기저기 끌고 다니며 술을 먹이면서, 사사건건 조선인 욕을 학문적인 말로 늘어놓고 읽지도 않았으면서 입버릇처럼 이것저것을 보고 안심했다고 지껄인다. 오늘밤은 특히 누구보다도 무시할 만한 문인 현룡을 만났기 때문에 점점 그의 자존심은 강해졌다. 그래서 엄청 거만하게 어깨를 들먹거리고 한껏 으르렁거리며 등을 돌려버렸다. 그러나 현룡도 그런 자의 그런 행동은 거들떠보지도 않고 의연하게 다나까를 붙들고는 떠들어대고 있었다.

"이보게 다나까, 나는 말일세. 자네를 찾아다니다가 완전히 녹초가 되어서 엄청 원망하면서 마시고 있던 참이네. 신통하게 만났군. 정말로 6년만이 아닌가, 그래, 동생 아키꼬 상은 잘 있나? 나는 지금도 아키꼬 상을 잊을 수가 없다네."

마음이 약한 다나까는 그가 되는 대로 지껄여대는 이야기에 적당히 응응 하고 고개를 끄덕이면서 입을 오므리고 약주를 조금씩 맛보는 척했다. 쯔노이도 혼자서 마침 두 번째 잔을 입으로 가지고 가려던 참이었는데 아키꼬 이야기가 나와서 웃음을 터트리고 말았다. 그리고 그것만으로는 부족하다고 생각했는지 하하하 소리를 내어 크게 웃었다. 아까 현룡의 이야기가 나왔을 때 그는 다나까한테서 이 사내가 자기의 여동생에게 황당한 짓을 해서 아주 난처했었다는 이야기를 들었기 때문이다. 현룡은 언제나 다나까가 없는 틈을 타서 그녀를 찾아가서는 다나까의 도테라(솜을 넣은 방한복)로 갈아입고 완전히 주인인양 책상 앞에 버티고 앉아 있다가 본인이 돌아오면 마치 손님을 맞이하는 듯한 태도로 이거

오랜만이군 하는 식으로 둘러댔다는 이야기였다. 게다가 어느 날 저녁
에는 다나까가 길에서 우연히 현룡을 만났는데 큰일났다며 다나까가 가
지고 있던 돈을 죄다 빼앗았다는 것이다. 그리고 나중에 집에 돌아가 보
니 현룡이 사과랑 슈크림을 잔뜩 사 가지고 와서 동생에게 억지로 먹이
면서 낄낄낄 기뻐하고 있더라나. 쯔노이는 그것을 떠올린 것이다. 그렇
지만 지금 현룡은 다나까를 만난 것을 생각하면 이미 모든 슬픔도 괴로
움도 사라져버리고 혼자 기뻐서 말도 더 많이 하고 있었다. 더구나 옆에
는 쯔노이도 있고 지금까지 글을 쓸 때마다 잘난 척했던 체면도 있고
하여 눈 딱 감고 과감하게 나갔다.

　"돌아가면 시마자키 선생께도 안부 전해주게나. 그 작자는 내가 조선
에 돌아온 후에도 제법 하는 것 같던데." 혹은 "토꾸다선생은 잘 있나?"
그러고 나서 "B군은 어떻게 지내나? ……D군 부인은?"

　하지만, 공교롭게도 다나까는 시마자키 도오송이나 토꾸다 슈우세와
친하게 지내고 하는 그런 소설가가 아니었기 때문에 적당하게 얼버무렸
다. 그는 요즘 슬럼프에 빠져 통 글을 쓸 수가 없어서 유행인 만주에라
도 가서 좀 돌아다니다 오면 다른 레테르도 붙어서 새로운 분야의 일을
할 수 있을지도 모른다고 생각하여 나왔을 뿐이었다. 그렇지만 떠날 때
에 어느 잡지로부터 '조선의 지식계급'이라는 글을 부탁 받은 상태였기
때문에, 조금 전까지 자기에게 선생님 선생님 하며 친한 것처럼 굴면서
따라 다닌 저급한 문학청년들을 흥미 깊게 관찰하고, 그들과 헤어지고
나서는 오무라와 쯔노이한테 여러 가지 참고가 될만한 의견을 들은 참
이었다. 특히 쯔노이의 지극히 인간적인 설명에 의하면, 조선의 청년이
라고 하는 것은 하나같이 겁쟁이인 주제에 삐딱한 근성이 있고 뻔뻔스
러운데다가 당파심이 강한 족속이라는 것이다. 바른 그 좋은 표본이 다
나까도 동경에서부터 알고 있는 현룡이라고 했다. 그래서 동경의 저명
한 작가 오가타가 경성에 들렀을 때 오무라의 주선으로 조선의 문인 몇
사람과 자리를 같이 한 적이 있는데 그 자리에서 삼십 분도 지나지 않

아 오가타가 현룡에게서 조선인 전부를 보았다고 한 것은 과연 날카로운 예술가의 형안이라고 쯔노이는 찬탄하며 덧붙였다. 오가타가 여기에 조선이 있다고 외치면서 현룡을 가리켰을 때 실로 조선의 문인들은 완전히 아연실색하지 않을 수 없었다. 하지만 정작 당사자 현룡은 매우 득의양양하여 히죽히죽 웃으면서 흐뭇해했다. 다나까는 불과 하루 이틀 머무르고 게다가 술에만 쫓겨 다녀서 제대로 관찰을 할 수 있는 상황이 아니지만, 오가타에게 지지 않을 정도로 신랄하고 독특한 견해를 써 보내야겠다고 막 결심한 터였기 때문에 예전부터 아는 대표적인 조선인으로 쯔노이가 절대 틀림없다고 보증한 현룡과 우연하게 만난 것을 어느 정도는 기뻐했다. 그는 쯔노이의 악의에 찬 말에 조금도 의문을 제기하지 않았다. 드디어 자기의 날카로운 직관을 보여줄 때가 왔다고 기를 쓰며, 이번에는 조선 민족을 조사라도 하는 듯한 태도로 자기가 먼저 입을 열었다.

"자네는 돌아와서는 조선어로 소설을 썼다면서."

"그래, 그렇다고."

현룡은 기다렸다는 듯이 기뻐서 소리쳤다.

"나는 조선에 돌아오자마자 훌륭한 작품을 잇따라 발표했네. 처음에는 조선에도 천재 랭보가 나타났다고 녀석들 눈이 휘둥그레졌지. 하지만 점점 내 독자가 늘어나고 지위도 높아지자 문단 녀석들은 나를 질투해서 매장시키려고까지 했네. 도대체 자네도 보면 알겠지만 조선인이란 구제불능이라네. 알겠는가. 교활한 데다가 겁쟁이여서 당파를 만들고 남이 잘 되려고 하면 밀어 떨어뜨린다네."

그 때 쯔노이는 그것 보란 듯이 다나까를 향하여 얼굴을 치켜올려 보였다. 다나까는 끄덕였다.

"놈들은 내가 동경문단에서 모든 이의 주목을 받으며 활약했다는 것조차 모른다고."

그리고 힐금 쯔노이를 훔쳐보며 "무지하다고, 정말 무지하다고!"

내지인과 마주할 때는 일종의 비굴함으로 조선인 욕을 줄줄이 늘어놓지 않고는 못 배긴다. 그렇게 함으로써 비로소 자기도 내지인과 동등하게 말할 수 있는 거라고 굳게 믿고 있는 그였다. 점점 더 현룡은 불같은 열정이 솟구쳐서 거칠게 숨을 몰아쉬며 외쳤다.

"나는 이런 구제불능인 민족성을 생각하면 슬퍼서 견딜 수가 없다네, 다나까, 이보게 자네는 내 기분을 이해하겠나!"

그는 소리를 내어 한바탕 울어줄까 생각했지만, 단지 손으로 얼굴을 가리고 흐느낄 뿐이다. 다나까는 완전히 감동하여

"알고말고, 알고말고."

라고 하면서 같이 울고 싶은 기분이 되어, 역시 조선에 오기를 잘했다고 생각하는 것이었다. '내지에 틀어박혀 있으면 황국문학밖에 할 수 없다는 것은 정말 맞는 말이다. 여기에 대륙 사람들의 고뇌하는 모습이 있다. 아무짝에도 쓸모가 없는 사내였던 현룡조차도 좀 더 큰 본질적인 것 때문에 온몸을 떨며 번민하고 있는 게 아닌가. 그렇다, 이것이야말로 조선 지식계급의 자기반성이라고 내지에 알리자. 오가타에게 나의 안목이 져서 되겠는가,라고 힘을 주며 절절한 기쁨을 느꼈다. 중국사람은 알 수가 없다고 하는 자들은 어리석기 짝이 없다. 조선인을 불과 이틀에 파악한 이런 페이스라면 나는 나흘 정도에 충분히 알아내 보이리라.'라고 마음속에서 외쳤다. 그러기 위해서는 어쨌든 당연한 이야기지만 현룡을 조선의 대표적인 인텔리라고 써주어야 한다고까지 머릿속에서 빈틈없이 구상을 하고 있었다. 그렇지만 쯔노이 입장에서 보면 현룡이 너무나 우스꽝스러워 끝내 개가를 올리고 싶은 마음에 의미심장하게 그의 쪽을 힐끗 보고 나서

"오무라군 엄청나게 늦는군요, 혼자서 가버렸을까요."

라고 다나까를 향해 말했다. 그는 현룡이 오무라를 벼락과 같이 두려워한다는 것을 알고 있기 때문이다.

"에, 오무라 군?"

과연 현룡은 한번에 술이 깬 듯 눈을 크게 뜨고 벌떡 몸을 일으켰다.

"오무라 군, 오무라 군하고 같이 있었습니까?"

"응, 이 근처에서 뭐 산다고 그랬는데."

의아해하는 표정으로 대답하는 다나까의 이야기를 듣고, 아, 이거 안 되겠다 싶어 당황하며,

"그렇군."

이라고 알 수 없는 소리를 했다.

"그래서 나는 오무라 군하고 힘을 합쳐서 조선민족을 개량하기 위해서 노력하고 있다네. 문제는 간단하네. 조선인 모두가 지금까지의 고루한 사상에서 벗어나, 동아의 새로운 사태를 확인하고 그리고 오로지 야마또 정신의 세례를 받는 것일세. 그 때문에 나는 남들로부터 미치광이라는 소리를 들으면서도 오무라 군의 U지에 언제나 센세이셔널한 논문을 쓴 거라네."

그리고 갑자기 목소리를 죽이고 머리를 내밀더니

"오무라 군이 내 얘기를 하지 않던가."라고 물었다.

"아니 뭐 특별히……."

라고 다나까는 얼버무렸는데, 현룡은 또 갑자기 원래대로 태도가 바뀌어

"오무라 군은 정말로 요즘 세상에 보기 드문 훌륭한 놈이야. 그러니까 나도 민간에서 솔선하여 전력을 다해 돕고 있는 거지. 그런데, 안타깝게도, 오무라 같은 의협심 강한 남자도 예술가를 이해하지 못한단 말이야, 진정한 예술가를…… 그러니까 다나까, 자네 같은 작가가 많이 깨우쳐 주어야한다고 생각하네. 햄릿도 아닌데 나보고 절에 들어가라고 막무가내여서 우습다네. 그게 비구니 절이라면 몰라도 대머리 중에게로 말이라네. 뭐 내가 오필리아인가? 나는 이래봬도 외람된 소리 같지만 머리는 제대로란 말일세!"

쯔노이는 자못 안됐다는 듯이 비웃어 보이면서 내버려두고 나가자는 듯 다나까의 양복 소매를 잡아당겼다. 그런데 묘하게 목구멍에 걸린 듯

한 소리를 질러대며 현룡이 허세를 부리고 있을 때 당사자 오무라가 여유 있게 입구 쪽에서 들어왔다. 사십 가량 되어 보이는 당당하고 근사한 신사였다. 현룡은 완전히 당황해서, 헤! 하고 웃으며 목덜미에 손을 대고 넙죽 고개를 숙였다. 쯔노이는 옆에서 별안간 심술궂은 소리로 케케케 웃었다. 오무라는 거기에 현룡이 있는 것을 보고 갑자기 기분이 언짢아져서 호통쳤다.

"어떻게 된 건가, 자네는 또 이런 곳에 와서 주정부리고 있나."

"아, 오무라 상, 안녕하신가."

현룡은 당황하여 허리를 굽혔다.

"……실은 그게, 다나까 군을 하루종일 찾아다녔어요. 그랬더니 배가 고파져서……그만."

"우물쭈물하지 말고 하루라도 빨리 가라고!"

"네."

하고 현룡은 황공해하며 난처하듯이 주저주저하는 것이었다.

"그건 잘 알고 있죠."

오무라는 쯔노이랑 다나까에게 힐끗 눈짓을 하고 나서 멀리서 온 손님도 있고 하니 자기가 조선에서 얼마나 조선인을 위하고 있는지 몸소 보여줘야겠다고 생각했다.

"빨리 근신하는 모습을 보여주라고! 차마 자네를 경찰 손에 넘길 수가 없어서 훌륭한 스님에게 가서 머리를 고치고 오라는 것이네. 결국 자네 같은 인간들의 영혼을 구하기 위해서일세. 번뇌를 끊어, 번뇌를."

"네, 그래서 저도."

"알겠나, 좋았어."

그리고 우쭐거리며 어깨를 폈다. 손님들은 모두 눈을 크게 뜨고 이 광경을 바라보고 있었는데 다나까는 자못 감개무량한 듯이 눈을 감은 채 듣고 있었다.

"지금이 어떤 때라고 생각하나. 시국을 똑바로 인식해야 하네. 술값을 떼어먹고, 여자를 강탈하고, 남에게 공갈을 치다니 당치도 않네. 자네는 내선일체 내선일체 하며 미치광이처럼 떠들고 돌아다니지만, 조선인은 누구 하나 자네를 상대하지 않는다고 그러지 않나. 좀 더 반성하게나. 제대로 된 인간으로 돌아가란 말일세. 알겠나. 내가 자네를 응원하는 것을 가지고 남의 호의를 이용해 먹다니 절대로 용서할 수 없다고. 그렇게 배은망덕하다니, 나는 처음으로 알았네!”

그러고는 자기 말솜씨에 감동하여 끝내 흥분하고 말았다.

“은혜를 모르는 나쁜 놈! 아직 자네가 나쁘다는 것을 모르겠는가. 내선일체라고 하는 것은 자네 같은 인간의 영혼까지 끌어올려 씻어서 내지인과 다름없이 만들어 주는 것이네.”

“그건 그렇습니다. 그래서 저는 남한테 미치광이라는 말까지 들을 정도의 열정으로 그걸 주장해 왔지요. 그렇고말고요, 실제로 남자 뻘인 일본이 조선에게 손을 내밀고 사이좋게 결혼하자고 하는데 그 손에 침을 뱉을 이유가 없으니까요. 하나의 몸이 됨으로써 비로소 조선 민족도 구원받을 수 있습니다. 저는 감격한 나머지 조선인들에게 오해까지 받고 있습니다. 도대체 조선인들은 시기심이 많은 열등민족이어서 말이죠.”

“잠깐만.”

하고 오무라는 생각이 많은 듯이 손을 들어 중지시켰다.

“조선인 자네들은 너무나 자학적이야. 내 주위에 있는 조선인은 모두 자기 민족의 흉만 보는데 그게 제일 문제라네. 알겠나. 물론 반성해서 자신들의 나쁜 점을 고치는 것은 중요하지. 하지만 스스로를 소중하게 여기기 않으면 안 되네, 소중하게. 그것을 못하는 게 부족한 점이네. 내지인을 보라고! 내지인은 결코 그런 일이 없네.”

“그래요, 정말 그렇지 않습니까.”

현룡은 쩔쩔매며 아무런 관계도 없는 말을 지껄이기 시작했다. 그는 자기가 몇 번인가 써먹은 적이 있는 지극히 학문적인 표현을 생각해내고는 그것으로 머리가 가득 차 있었다.

"적어도 지리적으로 봐도 고고학적으로 봐도 그리고 인류학적으로 봐도, 즉 안트로폴로지적으로 봐도 생물학적으로 봐도……."

이렇게 줄줄이 늘어놓고 있을 때 쯔노이는 문득 학자적인 양심에 부딪쳤기 때문에,

"자네, 그건 안트로폴로지가 아니고 안트로폴로기요."라고 정정했다.

"그래요, 그 안트로폴로기적으로 봐도 또 필로로기적으로 봐도 일본과 조선은 남자와 여자 정도의 차이밖에 없습니다……."

오무라는 그가 현학적으로 허둥대는 모습이 우스워 혼자서 싱글싱글 웃고 있었는데, 문득 그것을 본 현룡은 이제 오무라가 자신의 열정에 기분이 좋아졌다고 생각하고 별안간 온몸을 쑥 앞으로 내밀며

"그런데 오무라 상."

하고 외쳤다.

"다나까군하고 나는 둘도 없는 친구라고요."

그렇지만 오무라는 할만큼 했다는 태도로 다나까와 쯔노이 쪽으로 휙 돌아앉으며 말했다.

"자, 이제 슬슬 가 볼까요. 대체로 어떤지 짐작이 갔지요."

"아 오무라 상 벌써 갑니까."

현룡은 깜짝 놀라서 갑자기 용수철 장치로 퉁긴 것처럼 오무라의 소맷부리에 매달리듯이 뛰쳐나갔다. 하지만, 바로 그 순간 떨어져 있던 복숭아 가지에 발부리가 걸렸기 때문에, 순식간에 그것을 주워서 부둥켜안으며 헐떡거렸다.

"오무라 상, 오무라 상!"

"뭐야 그건 또."

오무라는 수상쩍은 듯이 몸을 젖히며 물끄러미 응시하는가 싶더니

"또 그런 모습으로 돌아 다녔나, 자네 일은 이제 나는 모르네!"

"오무라 상, 오무라 상."

하고 현룡은 갑자기 굽실굽실 기세가 누그러져 슬프게 부르짖었다.

"너무나 꽃이 애처로워서 길에서 농사꾼한테 사 왔을 뿐입니다."

그 때 자기의 술값까지 쯔노이가 내려는 것을 보고 겸연쩍었는지 그는 황급히 다나까 쪽으로 돌아와서 소매를 잡아끌고 안달을 하면서

"다나까군, 다나까군, 실은 자네에게 특별히 할 얘기가 있네."

라고 애원하듯 주절거렸다.

"조금만 더 있어주게, 조금만."

"어, 이거 좋은 꽃이구먼."

하며 다나까는 얼버무리듯이 종잡을 수 없는 말을 했다. 그러자 현룡은 갑자기 의기 양양하듯 기운을 내어 복숭아 가지를 어깨에 메고

"그렇지, 좋은 꽃이지. 복숭아꽃이네, 복숭아꽃이라고."

하며 목청껏 징소리 같은 소리를 지르며 마치 병정놀이를 하는 아이처럼 앞장서서 나갔다. 역시 자기도 이 잘난 분들한테 들러붙어서 함께 돌아다니고 싶었던 것이다. 오무라와 쯔노이, 다나까는 할 수 없다는 듯 웃으며 줄줄이 뒤따라 나왔다. 푸른 달이 두둥실 하늘에 걸려있지만, 골목길은 여전히 어둠침침했다. 그는 복숭아 가지를 짊어진 채 조금 익살스럽게 몸을 흔들면서 삼사 미터 정도 진군하더니 문득 멈춰 서서 가슴을 펴고 하늘을 올려다보며 갑자기 복숭아가지를 가랑이 아래에 끼고 올라타는가 싶더니 하늘에 신호를 보내듯 손을 치켜올리고 한 번 껄껄 웃었다. 다른 세 사람은 모른 척하며 그 옆을 슬슬 지나갔다. 그는 당황해서 소리 높여 외쳤다.

"나는 하늘에 올라간다, 하늘에 올라간다. 현룡이 복숭아꽃을 타고 하늘에 올라간다!"

그리고 흡사 목마를 탄 용사처럼 씩씩하게 그들의 옆을 돌진해 갔다. 기상천외한 이 신비주의자를 봐 달라는 듯. 꽃들은 무참하게 머리가 꺾이고 꽃잎은 더러워져 여기저기 흩어졌다. 그런데 갑자기 생각난 듯 뒤돌아보니, 다나까가 혼자서 어두움 속 쓰레기더미에 소변을 보고 있었다. 그래서 현룡은 이 때다 싶어서 그 옆으로 뛰어가 숨을 헐떡거리며

"다나까 군."

하고 목구멍에 걸린 듯한 목소리로 속삭였다.

"오무라 군에게 날 좀 부탁해 줘. 절에 가지 않게 해줘, 절에."

그 목소리가 너무나도 절망적인 슬픔에 떨리고 있었기 때문에 다나까
는 놀라서 현룡의 얼굴을 쳐다보았다. 소름이 끼칠 만큼 굳어 보이는 형
상이 갑자기 흐트러지며 기분 나쁜 웃음을 띠었다. 그리고 나서 그의 한
쪽 손이 자신의 어깨를 비굴하게 툭 쳤다.

"저 작자는 아무래도 관료라 굽실거리지 않으면 좋아하지 않거든. 예
술가도 이해하지 못한다고……. 내일 호텔에 가겠네."

라고 말을 던지고는 다시 여봐란 듯이 복숭아가지에 올라타고 질질 끌
면서 하늘을 우러러 소리지르기 시작했다.

"현룡이 하늘에 올라간다, 하늘에 올라간다!"

그 때 오무라와 쯔노이는 다나까를 옆골목으로 끌고 가서 대로로 나
가더니 자동차를 잡으려고 손을 들었다. 골목에서는 더욱 더 기가 살아
난 현룡이 떠들어대는 소리가 이어지고 있었다.

5

결국 하늘에는 오를 수 없었다. 다음날 아침 그는 역시 여느 때와 마
찬가지로 좁은 방에서 괴로운 듯 비명을 지르며 잠을 깼다. 누군가에게
밧줄로 목이 졸리는 악몽을 꾼 것이다. 몸은 땀으로 뒤범벅이 되었다.
아무튼 몸을 움직이는 것이 두려운 듯 다시 눈을 감고 숨만 거칠게 내
쉬었다. 정말 목이 괜찮은지 부들부들 떨며 만져보려고 손을 대려는 찰
나 뭔가 투박한 것에 손끝이 닿아 깜짝 놀랐다. 정말이다 싶어서 눈을
감은 채 숨을 꾹 참았다. 완전히 기도하는 것 같은 기분이 되어 이번에

는 주저주저하면서 살짝 반대 쪽 손을 내밀어 조심스레 목덜미에 대어 보려고 했다. 어렵쇼, 그렇지도 않은 것 같네 하고 생각하는 순간 뭔가 손끝에 닿아 섬뜩해서, 그대로 송장처럼 굳어졌다. 이삼 분이나 지났을까, 가까스로 마음을 안정시키고 그게 도대체 뭘까, 다시 한 번 눌러보려고 했다. 기분 탓인지 이번에는 손에 닿은 것이 조금 흔들리는 것 같다. 왠지 이상해서 두 손가락 사이에 껴보기도 하고 잡히는 대로 만지작거리다가 "원, 저런!" 하고 질려버린 듯이 소리지르며 그는 목덜미를 뒤덮고 있는 것을 털어 내고는 벌떡 일어났다. 그것은 부스럭부스럭 소리를 내며 날아가 방바닥 위에서 흔들리고 있었다. 다름 아닌 흙투성이가 된 복숭아 가지였다. 그는 휴우 하고 크게 숨을 내쉬며 목덜미의 땀을 닦다가 갑자기 미친 듯이 낄낄거리기 시작했다. 질그릇 깨진 것 같은 자기 목소리가 조금도 변하지 않았기 때문에 그는 정말로 이제는 괜찮다고 가슴을 쓸어 내렸다. 지저분한 방안이 어두운 것을 보면 아직 이른 아침인 것 같다. 온종일 요만큼도 볕이 들지 않는 움막 같은 방이기는 하지만 그래도 그는 장지문이 밝아오는 정도를 시계 대신으로 삼고 있었다. 뒤켠으로 이어진 부엌 봉당에서는 노파가 오늘도 남편과 싸우는 듯 뭔가 퉁명스럽게 지껄여대면서 아궁이에 불을 지피고 있었다. 봉당에 가득 찬 연기가 장판지의 뜯어진 곳이나 장지 구멍, 벽 틈으로 뭉게뭉게 들어온다. 그는 숨이 막힐 것 같아서 두세 번 괴로운 듯 기침을 하고 얼굴을 험악하게 일그러뜨린 채 언짢은 듯 복숭아 가지를 노려보았다. 이제 꽃은 다 떨어지고 가지 끝도 부러져서 볼품없이 흙에 더러워졌다. 건드리지 않는 게 상책이라고 모든 사내들이 경원시했던 현룡이 그 정도의 꿈에 이건 또 뭐냐 싶어서 부아가 났다. 비참한 잔해를 드러낸 복숭아 가지가 지금의 자신의 모습 같다. 그러자 어젯밤 꽃을 팔던 농부의 불쌍한 모습이 확대되어 나타나고 두 손을 흔들며 절망적으로 부르짖던 소리가 들려온다.

"왜 모두 웃으시오, 웃지 마시오. 죽어버릴 거구먼. 웃지 말라고!"

　방안은 마치 연막을 친 것 같다. 이런 절망적인 목소리로부터 벗어나려고 현룡은 갑자기 팔 사이에 머리를 끼고 귀를 막았다. 그리고 그 자리에 벌렁 누워서 몸부림쳤다. 그래, 나야말로 확실하게 죽어주지! 종로 네거리 길 한가운데서 자동차와 전차 사이에 끼여 폭탄처럼 터져서 죽어주겠다! 사실 그는 어젯밤부터 자신의 죽음만 생각하고 있었다. 죽는 데는 교통 자살이 최고다. 대로에서 끔찍하게 죽어주는 게 최고의 복수라고 생각했다. 그것으로 나도 안심하고 눈을 감겠다. 그러자 그때 방안이 온통 깜깜해지고 천장이고 벽이고 구들장이고 할 것 없이 사방에서 자기의 잔해를 비웃는 군중의 웃음소리가 와하하하 들끓어 올랐다. 그는 참을 수 없어서 쫓아 버리듯이 벌떡 일어나서 악마처럼 "나는 죽지 않는다, 죽지 않는다."고 소리질렀다. 격렬하게 격투라도 하듯이 양손을 마구 휘두르며 허둥댔다. 이제 연기 때문에 눈은 안 보이고 숨조차 쉬기 어려웠다. 그는 끝내 제정신이 아닌 채 빙글빙글 방바닥 위를 기어다녔는데, 무릎이 덜덜 떨렸다. 와하하 와하하 웃는 소리가 앞을 가리고 또 사방에서 시뻘건 불꽃이 활활 타오르며 다가온다. 환영에 사로잡힌 것이다. 그는 더욱더 공포심에 사로잡혀 뭔가 고래고래 소리를 지르며 출구를 찾아 몸부림쳤다. 노파는 이 미친 사내가 또 무슨 일일까 하고 입구 쪽으로 와보고는 부들부들 떨기 시작한다. 그런데 마침 도망가려고 갈팡질팡하던 그의 몸이 장지문을 덮치며 갑자기 밝은 땅바닥에 내던져졌다. 노파는 비명을 지르며 퉁겨나갔다. 숨쉬기도 조금은 편해지고 잠깐 누워 있는 사이에 무서운 환각도 가라앉아서 그는 단지 멍하니 눈만 끔벅거리고 있었다. 하늘에는 구름이 휙휙 지나가고 있었다. 그 때 약속대로 여류시인 문소옥이 상쾌한 차림으로 나타났다. 그녀는 그 광경을 보고 놀라서 멈춰 섰지만 곧 호들갑스럽게 손뼉을 치고 허리를 흔들어대며 깔깔깔 자지러지게 웃고 나서

　"어머나, 어떻게 된 거여요?"

　하며 달려왔다. 그렇지만 현룡은 정신 나간 듯 멀뚱멀뚱 그녀를 신기

한 듯 올려다 볼 뿐이다. 노파는 깜짝 놀랐다는 듯 투덜거리며 부엌 쪽으로 사라졌다. 소옥은 혼자서 당혹해하다가 겨우 정신을 가다듬고 혼신의 힘을 짜내어 그를 안아 일으켰다. 그는 어젯밤 만취해서 돌아오자마자 이부자리에 엎어져서 엉엉 울다가 잠이 들었기 때문에 양복차림인 채였다. 시인은 그의 양복에 붙은 먼지를 털어 주면서

"도대체 어떻게 된 거여요."라고 했다.

"네, 현룡 씨 오늘은 무슨 영감이라도 얻은 것 같네요. 빨리 가요, 이제 곧 시간이 된다고요."

현룡은 바보같이 앉아서 기분 나쁘게 히죽히죽 웃기만 하다가 그 때 아주 희미한 의식이라도 돌아온 걸까, 이상하다는 듯이 고개를 길게 빼고 물었다.

"뭐가?"

"어머나."

그녀는 현룡의 표정을 보고 깜짝 놀라서 뒷걸음질쳐서 머뭇머뭇했다. "오늘은 공휴일이잖아요. 신사에 가는 거여요."

"신사?"

그는 뭔가 어려운 것이라도 떠올리듯 되물었다.

"……그래요?"

그러자 현룡은 갑자기 어찌된 일인지 키득키득 웃기 시작했다. 신사라는 말이 갑자기 거슬렸던 것이다. 신사의 신은 내지 신이라며 아무도 참배하러 가지 않을 때 솔선해서 내지인 무리에 섞여서 신사 입구에 머리를 조아렸던 그 당시의 그는 정말로 중대한 인물이라고 후광까지 비치고 여러 가지 임무도 있었다. 하지만 이제는 그렇지 않다. 오히려 신사로, 신사로 구름같이 몰려가는 조선인들이 미워서 견딜 수 없을 정도였다. 문소옥은 몸에 털이 곤두설 만큼 소름이 끼쳐서 몸을 움츠리는가 싶더니

"갔다 올게요."

하고 희미하게 한 마디 남기고는 살살 도망쳐버렸다. 그것을 보고 현룡은 기분 좋은 듯이 껄껄껄 웃다가 놀란 것처럼 벌떡 일어섰다. 하늘은 점점 더 우중충해지고 구름이 북쪽으로, 북쪽으로 밀려갔다. 그는 갑자기 문소옥의 따뜻하고 촉촉한 몸뚱이에 대한 열정에 사로잡혀 이건 지금에야말로 붙잡아야 한다고 생각한 것이다. 선 걸음으로 황급히 그는 다 쓰려질 것 같은 쪽문을 빠져서 뜰로 뛰어 나갔다. 축축한 골목에 쓰레기통 같은 집들이 서로 아귀다툼을 하고 하수구에는 재나 더러운 것을 버리고 흘려보내기도 해서 악취가 풍풍 풍기며, 세찬 바람에 재와 먼지가 날아다녔다. 멀리 골목길을 빠져서 창황하게 도망가는 여류시인의 모습이 펄럭펄럭 나부껴 보인다. 현룡은 킬킬거리면서 안짱다리를 열심히 움직여서 심술궂게 쫓아가기 시작했다. 도망치다가 뒤를 한 번 돌아본 순간 양손을 저으며 달려오는 현룡을 보고 그녀는 더 한층 놀라서 비명이라도 지를 듯이 되어 달려갔다. 그는 점점 따라붙을수록 더욱더 재미있어서 뭐라고 외치고 소리도 질렀다. 흙담 옆에서 흙장난을 하던 아이들 두세 명이 손뼉을 치며 소리를 질러댔다. 하지만, 아슬아슬한 순간에 넘어지듯이 문소옥은 골목을 빠져나가 황금통 쪽으로 도망쳤다. 마침 그때였다. 현룡이 마지막 골목을 돌려고 하는 순간에 갑자기 한길 쪽에서 나팔 소리가 우렁차게 울려왔다. 현룡은 움찔하며 멈추는가 싶더니 갑자기 부들부들 몸을 떨기 시작했다. 다음 순간 자기 쪽에서 도망가서 숨듯이 옆집의 굴뚝 뒤에 찰싹 몸을 붙이고는 숨을 죽이고 눈을 번뜩거리며 한길쪽을 노려보았다. 악대를 선두로 긴 행렬이 신사 쪽으로 행진하고 있었다. 왠지 그게 자기를 포위하고 쫓아올 것 같았다. 게토르를 감은 중학생과 전문학교 생도들이 가도가도 끝없이 이어지고 뒤쪽에는 국방색 옷을 걸친 선생과 그 밖에 신문 잡지사의 사람이나 안면이 있는 문인들이 줄줄이 따라간다.

행렬이 지나가 버리자 그는 또 갑자기 황급히 출구까지 뛰쳐나갔다. 그늘에 숨어서 숨을 죽이고 흐리멍덩한 눈으로 바라보니 대열은 이미 조용히 멀리 사라져가고 있다. 어딘가 행렬 속에 섞여 들어간 듯 모습을 감춘 여류시인은 벌써 까맣게 잊고 현룡은 행렬이 가는 방향과는 반대쪽으로 누군가에게 쫓기듯이 도망쳤다. 머릿속이 모래를 잔뜩 집어넣은 듯 어질어질 혼란스러웠다. 때때로 호텔, 절이라고 하는 상념이 운모처럼 반짝반짝 빛을 띠고 정면을 가로막지만, 금세 또 세찬 모래바람에 뒤덮여 버린다. 어쩐지 으슬으슬한 날이다. 금방 달이라도 나올 것 같은 아침이라고 그의 마음 한 구석에 다른 사람이 있어서 생각하는 것 같았다. 하지만 달은커녕 가랑비가 부슬부슬 내리기 시작했다. 길을 가는 사람들의 발걸음이 눈에 띠게 바빠진다. 현룡은 전찻길 한가운데를 미친 개처럼 목적도 없이 달려갔다. 이제 헝클어진 머리가 비에 젖어서 소용돌이치고, 어깨는 비로 무거운 듯이 처져 있었다. 자동차가 옆을 스치며 달리고 전차는 뒤에서 세차게 경적을 울린다. 그 소리가 겨우 귀에 들어오면 그는 잠자코 조용하게 비끼는 것이었다. 때로는 비끼면서 뒤를 돌아보며 주먹을 들어올리고 "자식 나를 죽이려고 그래."라고 미친 사람처럼 소리쳤다.

그렇지만 반시간 남짓이나 걸어서 사범학교 앞 근처까지 왔을 때 문득 뭔가에 홀린 듯 오른쪽으로 구부러져서 어두운 골목으로 들어갔다. 신발에 흙이 튀고 신발은 물을 찬다. 그러는 사이에 비가 본격적으로 내리기 시작했다. 골목을 허둥지둥 달리던 사람들은 놀라 멈춰 서서 돌아보며 머리를 가로 저었다. 그는 어디까지라도 골목길이 이어지는 한, 정신없이 왼쪽으로 구부러졌다 오른쪽으로 빠졌다 하면서 누비고 다니는 것이다. 지금 자기는 절을 찾아가는 것이라고 뿔뿔이 흩어진 신경 하나가 먼 곳에서처럼 속삭인다. 그 골목길을 끝까지 올라가면 묘광사가 나온다고 생각했다. 다시 그 신마치 골목의 거미줄 같은 미로에 들어선 것이다. 환각에 빠진 현룡에게는 그것이 정정한 포플러가 서 있는 넓은 가로수 길처럼 보인다. 웅덩이 투성이인 하수는 깨끗하게 물이 맑은 실개천 줄기같이 생각된다. 거기서는 개구리가 입을 모아 맹렬하게 개굴개

굴 울어대는 듯 귀가 먹먹해질 정도의 환청을 들었다. 그 위를 바람이
획 하고 휘몰아쳐서 포플러 가지가 꺾일 것같이 보인다. 이제 발은 비틀
거리기도 하고 넘어지기도 하고 물구덩이에 빠지기도 하였다. 그래도
그는 정신없이 기어 올라간다. 그 때 갑자기 발밑에서 개구리들이

"센징!, 센징!"

하고 떠드는 것처럼 들린다. 그는 겁이 나는 듯 갑자기 귀를 막고 도
망치면서 외쳤다.

"센징이 아냐!, 센징이 아니라고!"

그는 조선인이기 때문에 일어난 오늘의 비극으로부터 몸서리치게 도
망치고 싶었던 것이리라. 그런데 갑자기 그의 고막이 굉음을 내며 폭발
하는 것 같더니 신기하게도 아까 들리던 개구리 소리는 사라지고 무엇
인지 온통 주위에서 이상한 소리가 들리기 시작했다. 그것이 점점 복잡
하게 크고 확실하게 들려온다. 어느 사이엔가 벌써 수천 수만의 사람들
이 함께 합창을 하는 듯한 '남무묘법연화경, 남무묘법연화경'이라는 염
불이 북과 목탁 소리를 타고 바다와 같이 그의 주위에 퍼졌다. 그는 마
치 버둥거리면서 구조를 청하듯이 당황해서 허둥대며 그 속을 헤매고
돌아다녔다. 하지만 미로는 제 맘대로 빙글빙글 제자리로 돌아가곤 하
기 때문에 아무리 걸어도 걸어도 끝이 없다. 혼란상태라고는 해도 현룡
은 극도로 초조해져서, 아 — 중놈들의 독경과 염불이 일제히 나를 저주
하고 쫓아다닌다고 소리지르며 죽을 똥 살 똥 달렸다. 그러다가 발이 걸
려 쾅하고 넘어지기도 한다. 엉금엉금 또 기어오른다. 그리하여 그는 눈
만 시뻘겋게 타올라 미쳐 날뛰는 진흙 투성이 소처럼 무서운 모습이 되
었다. 하지만 사실은 이번에야말로 독경과 염불소리가 감도는 바닷바람
에 실려 두둥실 천상으로 올라갈 것 같은 기분이 되었다. 그런데 그렇지
가 않다. 그의 마음속에서는 확실하게 자기가 사창가 근방에 들어와 있
다는 것을 알고 있었다. 사실은 자기가 잔 적이 있는 집들을 애타게 찾
아다니고 있는 것이다. 하지만 여기도 저기도 똑같이 빨강이나 파란 페

인트를 덕지덕지 바른 집뿐으로 때마침 좍좍 억수같이 내리는 비의 물 안개에 흐려져서 보이지 않는다. 그는 손을 치켜들고 뭔가 두세 마디 소리 높여 외쳤다. 그리고 나서 갑자기 또 살기등등한 단말마의 투우처럼 무서운 기세로 달려서, 한 집 한 집 대문을 두드리고 다니기 시작했다.

"이 내지인을 살려줘, 살려달라고!"

그는 숨을 헐떡거리면서 울부짖는 것이었다. 그리고 또 다른 집으로 뛰어가서 대문을 두들겨 댄다.

"열어 줘, 이 내지인을 들여보내 줘!"

또 뛰기 시작한다. 대문을 두드린다.

"이제 나는 센징이 아냐! 겐노가미 류우노스케다, 류우노스케다! 류우노스케를 들여보내 달라고!"

어디에선가 천둥이 우르르르 으르렁거리고 있었다.

(원제 : 天馬, 발표지 :『문예춘추』 1940년 6월)

기자림(箕子林)

1

기자림 입구 한쪽에 기 초시(箕初試)는 매일 같이 꼼짝 않고 앉아있었다. 색이 바랜 우산으로 텐트를 치고, 멍석 앞에는 채색한 삽화가 들어있는 역서를 펼쳐놓고…….

울울창창한 천년수가 산을 뒤덮은 기자림 기슭에는 교외 전차가 삐거덕거리면서 서성거리고 있었다. 북쪽 촌사람들은 이 전차길을 통해 칠리문을 빠져나가서 비로소 성안으로 들어가게 된다. 그들은 지나는 길에 가끔 숲 입구로 쉬러 와서 그에게 점을 보기도 한다. 초시는 몸이 비대하여 바위같이 위엄이 있고 어눌하고 둔중한 말투는 염불 비슷하여 묘한 신기까지 갖추고 있었다. 그래서 촌사람들은 그한테 홍감스러운 계시를 받으면 겁을 내면서도 만족해서 물러가는 것이었다. 그도 그것을 아주 흐뭇하게 생각했다. 그리고 자신이 기자왕 사천 년을 잇는 자손임을 더욱 자랑스럽게 감사하는 것이었다. 실제로 자신은 기자릉 숲에서 점쟁이의 길을 걸음으로써 조종의 학문을 전하고 있지 않은가.

이윽고 해질 무렵이 되면 종종 성안에서 양복을 입은 남자들이 지팡이를 휘두르며 찾아왔다. 구경거리를 좋아하는 사내는 그의 역서 앞에 발을 멈추고 들여다본다. 하지만 초시는 이런 신식 사내들을 지극히 경멸했기 때문에 점 보는 것을 절대로 권하지 않았다.

"영감, 봐주지 않겠소."라고 어쩌다 양복차림의 남자가 말하는 적이 있다. 초시는 적을 만난 두꺼비처럼 움츠리고 가만히 입을 다물고 있었다. 돌멩이처럼 하고 있으면 적이 스스로 떠나갈 것이라고 두꺼비는 생각하는 것이다. 초시도 적의를 드러낼 때에는 언제나 상대를 올려다보지 않는다.

"어렵쇼 화났나. 진지하게 듣지 않네."

그러면 재빨리 영감은 큰일났다고 생각한다. 그리고 교활하게 조금 눈꺼풀을 들어 올린다.

'이런 패거리들이 돈은 있는데 말이야.'

"그래서 성은?"

한 마디 겁나는 듯이 웅얼거려본다.

"선우요."

그러면 그는 엄숙하게 정색을 했다.

"우리 종씨군. 기자 후손에 세 갈래가 있느니라. 왈 기씨, 왈 선우씨, 왈 한씨로 나는 정계 기씨니라."

양복사내는 싱긋 웃고 담배를 툭 던져버리더니, 껄껄 웃으면서 자리를 떴다.

"그렇군, 종씨라고."

초시는 그 때야 비로소 얼굴을 들고 눈에는 노기를 띠며 연장자에 대한 종씨의 불손한 태도에 분개했다. 그리고 퉤 하고 가래를 뱉었다. 하지만 별일 아니다. 어느 사이엔가 그의 긴 담뱃대가 스르르 뻗어가서 남자가 떨어뜨리고 간 담배꽁초를 조용히 끌어당기는 것이다.

이윽고 해가 기울기 시작하여 숲 속도 점점 어두워졌기 때문에 그는 슬슬 돌아갈 준비를 하기 시작했다. 그래서 역서를 정성스럽게 싸서 매달고 우산을 접어서 어깨에 걸고 멍석은 개어 겨드랑이 쪽에 꼈다. 그러자 그의 뒤쪽에 누워서 여느 때처럼 쉰 목소리로 옛이야기 책을 읽고 있던 세 노인이 몸을 반쯤 일으켜서 전송했다. 그들 세 사람은 매일 거기에 와서 돌려가며 같은 이야기를 함께 읽고 있었다. 게다가 세 사람 모두 가는귀가 먹어서 읽는 사람은 언제나 소리를 질러댔다. 한 사람이 읽고 있는 동안에 두 사람은 누워 있다가 자기 순서가 되면 일어나서 또 그 다음을 읽는다. 그리고 초시가 복채를 이삼십 전만 벌어도 귀가 길에 졸졸 따라와서는 기꺼이 소주대접을 받는 것이었다. 하지만 그 날은 불행히도 초시가 땡전 한푼도 벌지 못한 것을 그들은 알고 있었다.

"돌아가는가."

그 중 한 대머리가 말했다.

"우리도 뒤따라감세."

초시는 잠자코 다리를 절면서 숲을 나간다. 그런데 전찻길 근처까지 왔을 때 그는 머리 위 벼랑에서 갑자기 기기 하고 윙윙거리는 소리가 들려와서 깜짝 놀랐다.

"할배, 오시소." 벼랑의 높은 곳에서 늘 보는 거지 부부가 식사를 하고 있었다. 한 쪽 눈이 먼 험상궂게 생긴 남편은 어느 집에나 싸움을 걸러 가는 것과 마찬가지여서 밥을 받아오는 것은 대개 미친 여편네였다. 그녀는 가끔 운세를 보곤 하기 때문에 어떻게 해서라도 은혜를 갚으려고 영감한테 뭔가 베풀고 싶어하는 버릇이 있었다. 초시는 그것에 항상 자존심이 상한다. 그는 자기가 엄연히 집과 가족이 있음을 떠올렸다.

'괘씸하기는.'

그래서 그는 아무 것도 못들은 척하며 그대로 두꺼운 목을 똑바로 쳐들고 움직인다. 그러자 미친 여자는 불이라도 붙은 듯 다시 머리 위에서 고함쳤다.

"할배야, 할배야, 저녁 자시라니까!"

그래서 비로소 알아들은 듯 하는 수 없이 멈춰 섰다. 하지만, 얼굴은 쳐들지 않고 여전히 앞쪽을 보고 있다.

"나는 말이여, 지금 먹으러 가는 거여."

그러자 헤헤헤헤헤 하고 애꾸눈이가 괴상한 소리로 웃어댔다.

"이 사기꾼! 거짓말 작작 하라고! 처먹고 싶으면 자 던진다. 자 던졌다, 자."

기 초시는 내심 몹시 당황하여 멜대처럼 몸을 흔들어대면서 달리기 시작했다. 밥알을 내던지다니 무슨 추태인가. 게다가 어쩐지 그는 이 험상궂은 사내를 적잖이 두려워하는 듯했다. 목덜미는 완전히 땀에 젖고, 절구 같은 어깨에서는 김이 오르고 있었다. 하지만 한두 간도 못 가서 사소한 실수로 역서 보따리가 미끄러져 떨어지고 말았다. 그래서 주우려고 황급히 허리를 구부린 찰나 이번에는 겨드랑이에 끼고 있던 멍석이 털썩 떨어졌다. 그가 더욱더 눈에 보이게 당황하여 양손을 내밀어 두 개를 다 껴안으려고 했을 때 어깨에 걸치고 있던 우산까지 곤두서면서 펴졌다. 결국 초시는 그 자리에 엉덩이를 붙이고 털썩 주저앉아 버렸다. 애꾸눈이는 벼랑 위에서 이 광경을 바라보면서 점점 득의양양해서 헤헤헤헤헤 하고 비웃었다.

기 초시의 머리 위로 쉰 누런 좁쌀밥알이 비처럼 쏟아졌다.

"여봐, 던졌다, 자."

기 초시는 완전히 해가 저물어서야 집에 도착했다.

성안으로 들어가는 칠성문 서쪽에 만수대라는 조금 높은 언덕이 있었다. 언덕 서쪽 비탈에는 초라한 초가집이 발 들여놓을 틈도 없이 빼곡하게 들어서 있었다. 기슭에는 축축한 저습지가 이어지고, 멀리 남북으로는 실개천 둑 위로 기찻길이 달리고 있다. 그것을 넘으면 눈앞에 넓디넓은 평야가 펼쳐진다. 예전에는 이 언덕 일대에 키 큰 나무가 울창해서 죄인의 목을 베어 높이 매달던 형장으로 사용되던 것이 지금은 유명한 빈민굴로 싹 바뀌어 있었다.

그는 집에 들어가기 전에 언제나 허리를 굽혀서 물끄러미 안을 들여다보는 버릇이 있었다. 누군가 손님이 와 있는 기색이라도 있을 때면 그는 닭처럼 부엌 쪽을 향하여 쏜살같이 달려가는 것이었다. 그리고 한 구석에 쭈그리고 앉아 언제까지나 벽에 머리를 딱 대고 있다. 까마귀처럼 말라비틀어진 할멈이 부엌에 있었다. 할멈은 아마도 술안주 준비에 바쁜 듯 방에서 딸 당실이가 부르는 소리가 날 때마다 날개라도 돋힌 듯이 뛰어 갔다. 그리고 나중에 짬이 나는 틈을 봐서 초시에게도 먹다 남은 것을 조금 준다. 그녀는 역시 늙은 남편에 대한 애정이 있는 것일까.

이러한 장면을 가끔 손님에게 들키는 적이 있다. 주정뱅이는 우쭐해져서 그의 머리를 발로 차 본다.

"허, 돼지를 키우고 있나."

"늘 찾아오는 거지여요."

하며 따라 나온 당실은 당황하여 말한다. 그러면 주정뱅이는 사뭇 놀란 듯 뒷걸음질 쳤다.

"어라, 거지? 내가 거지를 찬 건가. 어라, 몹쓸 짓을 했네, 몹쓸 짓."이라고 말하면서 동전을 그의 머리 위에 흩뿌려 주었다. 그래도 초시는 웅크린 채 숨소리 하나 내지 않았다. 상대를 올려다보지 않는 것을 보면 물론 그는 적의를 나타내고 있는 것이 틀림없다.

"고맙습니다,라고 해야지."

하고 할멈이 그의 상투를 두세 번 쥐어뜯는다. 그리고 손님이 나가기가 무섭게 그의 머리나 어깨 위에서 돈을 주워 들고 자기 품속에 쑤셔 넣었다. 그리고 나서 당실이 눈치채지 않도록 초시 손에도 백동화를 한 잎 정도 쥐어준다.

"입 다물고 있으라고."

하지만 곧바로 그들 노부부는 딸에게 엄격한 주머니 검사를 받는 것이었다.

"망할 놈의 늙은이가, 또 술을 퍼마시려고."

하고 그녀는 초시를 호되게 닦달한다.

"왜 도둑질을 했어, 이 욕심 많은 놈……."

당실은 밀매음을 했다. 거기에는 주머니 사정이 좋은 도박꾼이나, 장물아비, 거지 왕초 같은 패들이 자주 찾아 왔다. 그녀는 두 칸을 이어놓은 오른쪽 후미진 방에서 손님을 맞는다. 할멈은 부엌에 딸린 왼쪽 방에서 기거하고 있었다. 하지만 초시는 역시 부엌의 원래 자리에서 멍석을 뒤집어 쓴 채 밤을 밝히는 것이었다. 그 대신 한 밤중에 멍석 밖으로 손을 내밀어 남은 술을 솜씨 좋게 훔쳐서 마시는 일도 가끔은 생겼다.

물론 기 초시는 할멈이나 딸의 처사를 묵인하기 어려운 것으로 생각한다. 그 때문에 적의를 나타내기 위해서 어쩌면 자기의 돼지 목을 결코 올리지 않는지도 모른다. 하지만 그는 금방 곰곰이 반성한다. 원래 여식(딸)이라고 하는 것은 시집 간 후에는 남과 마찬가지여서 구태여 나무라서는 안 되었다. 왜냐하면 남이란 관계가 없는 사람을 가리키기 때문이다. 게다가 할멈이 그를 박대하는 것도 필경은 다만 딸 당실이의 눈치를 보기 때문이지 그녀에게는 책임이 없는 것이다. 모든 것은 한 집안의 가장으로서 자기가 생활능력이 없기 때문이었다. 그러자 문득 자기의 생각이 수세에 몰리는 경향이 있음을 깨닫고 변명을 한다. 그래, 자기가 또한 금전 운이 없다고 해서 반드시 비난을 받을 만한 것도 아니다. 그는 때마침 영창을 통해서 눈부시게 흘러 들어오는 달빛에 자기의 울퉁불퉁한 손을 비쳐보며 가만히 바라보는 것이었다.

"아무렴, 그렇고말고, 아무튼 손금이 이래서야 말이야."

그는 깊은 한숨을 쉬었다. 손이라고 하는 것은 폭신폭신한 게 두텁고 정맥은 소용돌이 모양으로 똬리를 틀듯이 손등을 말고 있지 않으면 안 되었다. 그런데 그의 손은 그와는 반대로 울퉁불퉁한 게 딱딱하고, 정맥은 제 각각 미끄러지듯이 사방으로 뻗어 있다. 이런 손으로는 재수가 없는 것도 지극히 당연하고, 화는 모두 이 손에 있기에 그의 죄라고는 할 수 없었다. 결국 그는 아주 만족하여 이렇게 생각하는 것이었다.

"붓을 들 손은 것은 원래 가늘고 학자는 청빈한 생활에 만족하는 법이여."

2

애당초 초시가 학자로 자처하는 것은 실은 그들 일가가 북쪽의 먼 산촌에 살았을 때 근처의 아이들을 모아서 천자문을 가르쳤기 때문이었다. 어쩌면 초시라고 하는 존칭이 보여주듯이 한 번 정도는 과거에 응시했을지도 모른다.

어느 해 마을에 심한 기근이 들었다. 가뭄이 이어져서 곡식은 타고 가축은 모조리 죽었다. 남자들은 산으로 풀뿌리를 캐러 나가고, 여자들은 뜰 안을 엉금엉금 기어다니고, 젖이 말라서 아이들은 새카맣게 되어 죽어갔다. 그 때의 일이다. 초시는 기력이 다해서 방안에서 신음하며 풀 캐러 간 사위가 돌아오기를 기다리고 있었다. 할멈이 부엌 쪽에서 이렇게 말을 걸었다.

"고기를 삶았구먼."

놀라서 초시는 휘청거리는 몸을 이끌고 소리가 나는 쪽으로 기어갔다. 하지만 그는 너무 놀라서 눈을 부릅뜨고 그 자리에 털썩 쓰러졌다. 그리하여 할멈은 자기가 당실의 죽은 애기를 삶았다는 것을 알았다. 그리고 그녀는 미치광이가 되었다.

그들의 유랑생활은 그 때 시작되었다. 건장한 사위 바위가 이끄는 대로 그들 일가는 화전을 일구러 깊은 산속으로 들어갔다. 산에 불을 놓고 골짜기에 숨는다. 태풍이 불어서 며칠 밤 며칠 낮 산불이 계속되었다. 새나 꿩, 토끼가 수없이 타죽었다. 그들은 그것을 주워서 먹으면서 화전을 구불구불 일구어 거기에 감자랑 귀리를 심었다. 가을이 되면 높고 험한 산 계곡 가에는 보리이삭이 바람에 물결치고 바위와 나무뿌리 사이에 감자 덩굴이 둥근 뿌리를 만들고 돌아다녔다. 그것을 바라보며 할멈은 점점 제정신으로 돌아왔다.

그러나 그들은 머지않아 또 산을 넘어 옮겨갔다. 화전은 삼 년도 경작하지 못하기 때문이다. 하지만 이번에는 여름도 끝나고 추수가 임박했을 무렵 큰 폭우가 산악지대를 강타하여 천지가 뇌동하고 삼림은 포효했다. 그리고 무너질 듯한 큰물이 눈 깜짝할 사이에 산비탈의 오막살이와 산기슭 밭을 떠내려 보냈다. 초시는 막 두 살이 된 손자를 꽉 부둥켜안은 채 이삼십 간을 물에 휘말려서 떠내려갔다. 아이는 죽었다. 그것을 당실은 지금도 원망하고 있다. 영감은 그 때 발을 삔 후로 다리를 절었다.

그리고 그들은 또 여행길에 올랐다.

거기는 도계를 넘은 묘향산 밀림 속이었다. 몇천 년이나 지난 나무들이 햇빛도 스며들지 않을 만큼 빽빽이 들어서서 대낮에도 맹수가 나타났다. 그들은 바위 동굴을 찾아내어 살면서 불을 질러서 매일 같이 화전을 일구었다. 그런데 어느 날 양복을 입은 두 사내가 화전을 찾아 나타났다. 이 밀림은 원래 대본산 보현사 소유인데 채벌권이 삼십 년 간 채벌권이 미우라 회사 손에 넘어가 있었다. 불길이 하늘 높이 솟은 이래 산림 감독들은 이 화전의 소재를 파악하려고 혈안이 되어 찾아다녔다. 와 보니 검게 타버린 화전이 산 속에 구불구불 몇 정보나 이어졌다. 그들은 사방으로 화전민의 거처를 찾기 시작했다. 결국 한 사내가 초시 일가의 바위굴 앞에 나타났다. 거기에는 할멈과 젊은 아낙이 떨고 있을 뿐 남자의 모습은 하나도 보이지 않았다. 젊은 아낙의 겁먹은 눈이 이상하게 빛나고 치열은 유난히 하얗게 반짝였다. 사내는 감전이라도 된 듯 잠시 멍하니 서 있더니 갑자기 굴속에서 당실의 괴로운 듯한 비명이 들렸다. 그 때이다. 바위 위에 엎드려 있던 한 사내가 손에 도끼를 쥐고 난폭한 곰처럼 뛰어 내려왔으니 그것은 사위 바위였다. 이렇게 해서 산림 감독은 바위의 도끼에 무참히 살해당했다. 그리고 며칠 지나지 않아 그들은 모두 붙잡혀서 지방 경찰에 연행되었다. 그 후 바위 한 사람만 수 갑을 차고 이곳 지방 검사국에 이송되게 되었을 때 당실은 울며불며 떨 어지지 않으려고 하였다. 그래서 초시 일가도 바위 뒤를 쫓아 남자는 지 고 여자는 이고 이십 리나 되는 먼 길을 빌어먹으면서 도착했다. 초시가 지금도 소중하게 가지고 다니는 멍석은 그 때 산에서부터 짊어지고 온 것이었다. 그게 칠 년 전 일이다.

처음에 그들은 만경대 밑에 작은 움막을 지었다. 한창 일할 바위를 십 년 동안이나 감옥에 넣어두어야 한다는 것은 그들에게 커다란 타격 이었다. 노파와 당실은 강가를 돌아다니면서 하루치의 땔감을 모아오기 도 하고 때로는 여울을 건너서 중국인이 재배하는 밭에서 야채를 훔쳐 오기도 하였다.

하지만 단 한 사람 초시는 돈을 벌 길이 없었다. 그는 매일 근처 기자 림에 가서 깜박깜박 졸곤 했다. 얼마 지나지 않아 그는 거기의 늙은 점 쟁이와 친해졌다. 점쟁이는 그가 기씨라고 하는 양반 성을 가졌다는 이 유로 정중하게 대해 주었다. 게다가 때때로 점괘 풀이도 도와주었기 때 문에 더 한층 경의를 표했다. 결국 늙은 점쟁이는 감격한 나머지 역서를 초시에게 전해준 뒤 며칠 지나지 않아서 세상을 떠났다. 이렇게 해서 초 시는 역서를 펼치게 되었고, 그러고 나서는 하루에 오십 전 남짓 버는 날도 있었다. 그래서 좁쌀이라도 팔아서 귀가하는 날에는 그는 대단히 우쭐해서 거들먹거리며 모두에게 마구 화풀이를 해댔다.

하지만 그러는 사이에 딸 당실은 점점 변해갔다. 몸에는 예쁜 옷을 걸치고 얼굴에는 흰 것을 바르고, 이 빈민굴 움막에 사는 여자라고는 생 각할 수 없을 정도로 아름답게 활짝 피기 시작했다. 초시는 이상해서 견 딜 수가 없었다. 늙은 마누라는 딸이 공장에 다닌다고 했다. 그러나 그 녀는 나가서 밤에도 돌아오지 않는 적이 있었다. 어느 날 저녁 기 초시 는 귀가 길에 완전히 술에 곯아떨어져서 어느 여인숙 앞에 쾅하고 쓰러 져 혼자서 끙끙 앓았던 적이 있다. 그는 잔뜩 취하면 평소와는 싹 다르

게 말수가 많아지고 더구나 어리석게도 거드름피우고 싶어하는 버릇이
있었다.

"나는 아무도 겁나지 않아, 어떤 놈이든 덤벼라. 내가 번 돈으로 마셨
다고. 그래, 겁나지 않아."

그리고 스스로에게 다짐하듯이

"겁나지 않아, 겁나지 않아. 아무렴 겁나지 않지."

"정말 시끄러운 녀석이군!"

하고 안에서 험상궂은 장정이 나타났다. 이 사내도 취해 있었다.

"이 늙은이가, 빨리 꺼져버려!"

깜짝 놀란 초시는 두세 번 나뒹굴었다. 지나가던 사람들은 이 광경
을 보고 웃음을 터뜨렸다. 그는 대번에 술이 깨어 옆구리에 멍석을 끼고
우산과 꾸러미를 집어들고 내빼려고 했다. 그러자 사내는 행인들이 재
미있어하는 것에 신이 나서 초시의 목덜미를 덥석 들어올려 울퉁불퉁한
커다란 주먹을 걸어올렸다. 그 때 젊은 여인네가 한 사람 방안에서 황급
히 뛰어 나와 사내 팔에 매달렸다. 그의 딸 당실이었다. 그 날 밤 움막
에 돌아오자 초시는 격분하여 지금까지 한 번도 그런 적이 없을 만큼
큰 소리로 당실이를 몰아세웠다. 그야말로 예삿일이 아니었던 것이다.

"음, 어떻게 된 거냐. 예 가르침에도 충신은 두 임금을 섬기지 않고,
열녀는 두 지아비를 섬기지 않는다고 했다."

그러자 그녀는 풀이 죽어있을 것이라 생각했는데 선수를 쳐서 새파랗
게 질려서 떨며 지금까지 오로지 감추려고만 하던 태도를 표변하여 마
구 욕지거리를 해댔기 때문에 초시는 적잖이 당황했다. 할멈도 딸 편을
들어 통곡을 하면서 땅바닥을 쳤다.

"이게 다 누구 때문이야, 이 절름발이 늙은이. 아이고, 아이고."

이윽고 그들은 언덕을 조금 올라간 곳에 지금의 초가집을 빌어 옮겼
다. 거기에서 당실은 손님을 맞았다. 그 후로 기 초시는 딸과 할멈 앞에
서 전혀 체면이 서지 않았다. 게다가 또한 그도 좁쌀을 팔아 가지도 못

하게 되어서 초시는 이 집을 위해서는 아무런 쓸모도 없는 존재였다. 단 한 달에 한 번씩 고개를 넘어서 커다란 기와집에 지대와 집세를 내러 갈 뿐이다. 흰 수염을 기른 집주인은 유명한 구두쇠였다. 할멈을, 이초시를 보낼 때에는 여러 가지 지혜를 짜서 조금이라도 깎으려고 했지만 당연히 초시는 매번 실패하고 돌아왔다. 그리고 초시가 가지 않게 되면서부터는 집주인이 스스로 찾아왔다. 그 후로는 구두쇠가 나타났을 때 그는 할멈에게 옷을 붙잡힌 채 버둥버둥하면서 끙끙 신음소리를 내기만 하면 됐다. 할멈은 당실의 비위를 맞추고 또 집주인의 독촉을 견제하기 위해서 집주인 앞에서 여봐란 듯이 그를 심하게 모욕하는 것이었다.

"목우 작대기, 집세는 구걸해서 내. 옹고집 목우새끼, 아이고 빨리 나 죽고 너 죽자고⋯⋯."

하지만 이것도 금새 그만두게 되었다. 얼마 지나서 흰 수염의 집주인이 매일 밤 고꾸라지듯이 고개를 넘어 찾아왔기 때문에 할멈도 이제 집세를 걱정하지 않게 되었다.

이렇게 해서 기 초시는 마지막 역할마저 잃고 결국 쓸모 없는 존재가 된 것이다.

3

다음날은 낮부터 비가 내리기 시작했기 때문에 초시도 하는 수 없이 짐을 접어 느릿느릿 숲 속으로 들어갔다. 숲은 나직하게 바삭바삭거리고 푸른 수증기가 가득했다. 그는 축축한 이끼와 솔잎이 쌓인 위를 걷고 검은 물웅덩이를 건너 관목이 우거져 있는 사이를 지났다. 그러자 조금 높은 언덕이 있고 거기에 낡아서 빛이 바랜 전각이 서 있다. 그 뒤쪽에 기다란 돌담이 이어지고 안에 커다란 기자릉이 있었다. 어둠침침한 전각 처마 밑에는 여느 때처럼 노인들이 돗자리를 깔고 옛이야기 책을 읽고 있었다. 애꾸눈 부부도 한 구석에 진을 치고 앉아서 이를 잡고 있었다. 초시는 이번에는 실수로 멍석을 떨어뜨리는 것 같은 짓은 하지 않으리라 힘을 내서 가슴을 뒤로 젖히고 조심조심 다리를 질질 끌었다. 모두들 술렁거리기 시작했다. 드러누워 있던 노인들도 서로 눈짓을 했다. 미친 여편네는 애꾸눈 남편의 소매를 잡아당기면서 말했다.

"점쟁이 영감이 왔구먼."

입을 다문 채 초시는 그들 앞을 달리듯이 절룩거리며 돌담에 가까운 반대쪽 기둥 밑에 오자 풀썩 지장같이 주저앉았다.

그것을 보고 그때까지 낭독하고 있던 노인은 수상쩍은 눈을 초시에서 떼더니 흐응 하면서 다시 돗자리 위에 누웠다. 이번에는 대머리 노인이 주섬주섬 일어서서 안경을 쓰고 책을 높이 펴들고 두세 번 헛기침을 했다.

"그래서 말이지."

하며, 이윽고 노인은 소리에 가락을 붙여서 운을 떼며 읽기 시작한다.

"심청, 아비가 말하는 것을 듣고, 그 날부터 후원을 깨끗하게 하고 황토단을 마련하여 정화수를 바치고 호반에 향을 피우며 무릎을 꿇고 합장하고 빌기를, 일월성신, 제천제불님 굽어살펴 주십시오. 하늘에 달과 해가 있듯이 사람에게 안목이 있으니, 달과 해가 없으면 어찌 분별을 하리오. 소녀의 애비, 무자년에 태어나 어려서부터 눈이 멀어 보지 못하는 고로 소녀, 애비의 업죄를 이 몸이 대신하게……."

초시는 구부린 채 고개를 숙이고 물끄러미 자기 발 밑을 바라본다. 그의 복장은 볼품없게 완전히 너덜너덜해서 다른 한가한 노인이나 거지와 별반 다름이 없었다. 하지만 그는 물론 그들이 안중에도 없었다. 단지 그는 생각했다. 이 자들은 원래 천한 태생으로 한자를 모르기 때문에 언문으로 쓰인 저속한 책이라도 읽으며 학식 있는 척하는 것이라고. 그래서 그는 자못 귀가 더러워지는 척하고 있었다. 하지만 사실 그것을 가만히 훔쳐 들으면서 심청이 같은 효녀가 있으면 얼마나 좋겠냐고 생각했는지. 딸을 뱃사람에게 판 돈으로 부처 앞에 빌어서 눈도 뜨고 나중에는 부귀를 누렸다고 하는 심봉사를 그는 얼마나 부러워했는지 모른다.

그 때 미친 여편네가 "영감." 하고 부르면서 비실비실 그에게로 다가왔다.

"나는 언제 운이 트여 고향이 돌아갈 수 있을까, 한번 봐주쇼."

초시는 겁나는 듯 애꾸눈 쪽을 훔쳐보았다. 사내는 어느새 벌렁 드러누워 자고 있었기 때문에 조금 안심했다.

"우리 집에는 물레방앗간이 있었지. 물레방아는 풍차에 졌어, 그래서 항상 물을 먹는 벌을 받게 됐다는구면. 할배 시골에는 있었소?"

"있었구면."

"저런, 있다고. 여보게들 모두 들으시오. 나는 물레방앗간에서 컸소. 물레방아 귀신이 들러붙은 적도 있구면. 그랬더니 복숭아 가지로 때리면서 미치광이라고 하지 않겠나. 나는 미치광이가 아닌데 말이여."

어쩐지 그녀는 자주 쌀집에 가서 쪼그리고 앉아서 돌을 고르기도 하고 떨어진 쌀을 주워주기도 하였다. 남의 집에 구걸하러 갔을 때도 맷돌을 발견하면 작은 돌을 넣고 찧고는 했다. 그리고 치마를 펼치고는 작을 돌을 그러모으면서 노래하는 것이었다. 누군가가 말리려고 하면

"쌀을 찧지 않고 뭘 먹으려고 그러슈."

라며 그녀는 화를 냈다.

"모두 팔자지. 음양오합의 도는 마음대로 안 되니까."

"네 할배, 나는 언제 돌아갈 수 있겠소 빨리 가르쳐 달라니까."

"저기 여보시오."

하고 책읽기를 잠시 쉬고 있던 대머리 노인이 비웃듯이 광녀를 불렀다.

"그렇게 돌아가서 뭘 하려고 그러슈. 고향에 진짜 남편이 있는 게 틀림없구면."

"내가 한 곡 부르겠소. 물레방앗간에서 목청을 가다듬어 부르지. 송아지 볼은 화해하게 하는 귀신이라는구먼."
그리고 나서 노래부르기 시작했다.

송아지 볼을 꼬챙이구이를 해서
양끝을 입에 물고 춤을 추세
자아 춤춘다 돌아라
물었다 자아 돌아라.

그리고 그녀는 아랑곳하지 않고 물레방아를 밟는 것 같은 모습으로 춤추기 시작했다. 노인들은 이것을 바라보면서 와 하고 웃었다. 애꾸눈 남편이 깜짝 놀라서 일어났다. 그리고 달려와서 미친 여편네의 머리채를 뼈마디가 굵은 거친 손으로 덥석 움켜쥐었다. 입술을 실룩거리면서 초시의 지장 같은 몸을 째려보았다. 하지만 초시는 의연히 자기의 발을 내려다보고 있었다. 퉤 하고 애꾸눈은 마침내 초시의 이마 위에 검고 커다란 가래를 뱉었다. 그리고 미친 여편네를 날치기하듯이 세게 잡아당겨서 숲 속으로 달려갔다. 그녀는 버둥버둥 발버둥치며 외쳤다.
"죽일 놈, 너 대낮에 이게 무슨 짓이냐. 남들이 보지 않느냐. 싫다 싫어."
숲 속에서 끊임없이 꽥꽥 소리를 질렀다. 부슬부슬 비가 계속 내리고 있었다. 노인들은 킬킬거리며 서로 웃었다.
"자, 그 다음을 읽지. 심청 그 때 나타나서, 소녀는 이 마을 사람으로 아비는 눈이 멀어 평생의 한인데 공양미 삼백 석을 부처님께 시주하면 눈을 뜨고 하늘을 보게 된다는 말을 들었으나 집은 지극히 가난하여 생계가 끊기니 제 몸을 팔아서 소원을 빌려고 합니다. 바라건대 소녀의 몸을 사주십시오. 나이 열 다섯으로 찾는 나이에도 맞고 소녀를 바치고 제사를 올리면 물길 만리도 무사하게 인당수의 거친 바닷물도 잠잠해지고 장사도 번영할 터이니……."

　초시는 조용히 돗자리 위에 누웠다. 이마에 묻은 가래를 아무렇지도 않은 듯 닦으면서. 그리고 아주 조금 노한 것 같은 눈을 무겁게 감았다.

　'거지 새끼 두고 보자.'

　그는 아무래도 올해야말로 모든 복이 굴러 들어올 게 틀림없다고 생각되었다. 머지않아 사위 바위가 돌아오고, 그리고 성안에 기와집을 골라서 이사하게 될 것이다. 바위는 충직하고 부지런히 일하는 사내였다. 그만 돌아오면 마누라도 딸도 본받아서 자기를 귀히 여길 것이 틀림없다. 그렇다, 그때 자기는 젊은 첩을 들여서 후사를 보아야한다. 그렇게 되면 저 애꾸는 거지에게도 충분히 잘난 척할 수 있다. 내가 만약 저 놈한테 혼이 나서 버둥버둥해도 바위가 비호같이 달려들어 애꾸눈을 쫓아버릴 것이다. 그렇고말고. 바위는 비호같지. 그리고 그는 자신의 올해 점괘를 떠올리며 더욱더 그런 길한 예언을 확신하는 것이었다. 가을 괘에는 동풍이 겨울을 풀자마자 고복에 봄이 찾아온다, 겨울 괘는 구름은 큰 하늘에 돌아가고 별은 북두에 떨어진다고. 이윽고 그는 완전히 만족해서 새근새근 잠에 빠져들었다.

　어느새 비가 소리도 없이 개었다. 소나무 겨우살이가 울창해서 나무가 휘어지도록 흔들어댄다. 멀리 숲 너머로 명승 을밀대가 학이 날아다니듯이 솟아 보였다. 고담 읽기는 어느새 다른 노인으로 바뀌 있었다. 이야기 책을 높게 펴든 코가 빨간 노인이 슬픈 두세 번 눈을 듯이 끔벅였다.

　"심청, 아버지 앞에 무너지며 소녀는 불효한 여식, 아버님을 속이고 공양미 삼백석으로 남도 뱃사람에게 몸을 팔아 인당수의 제물이 되었습니다. 오늘 배가 떠납니다. 아버님 소녀를 이승에서 마지막으로 보십시오. 심봉사 놀라서, 청아 이게 어찌 된 일이냐, 심청아……."

　노인은 점점 목소리를 떨고 눈물을 글썽이며 목이 메었다. 그리고 한 번 흥 하고 손으로 코를 풀고 주위를 잠깐 돌아보고 나서 코 묻은 손을 옆 기둥에 닦았다. 그리고 다시 마음을 추슬러서 읽으려고 했다. 그 때 그는 비에 붉게 살갗을 드러낸 고개 저편 산길을 커다란 개를 데리고 능지기가 오는 것을 보았다. 그래서 그는 급히 낡은 고무신을 신고 일어서서 두세 번 황급히 헛기침을 했다. 하지만 귀가 먼 두 노인은 졸고 있었기 때문에 그가 흔들어 깨울 때까지는 알아차리지 못했다.

"돌아가세."

"엉?"

"돌아가는 게 좋겠네."

"엉."

"안 들리나, 돌아가는 게 좋겠다니까."

"왜 그러나."

"오고 있네."

두 노인은 깜짝 놀라서 일어났다. 그리고 서둘러 차비를 마치고 돗자리를 들어올려 그 밑에 몸을 움츠렸다. 그러자 돗자리는 여섯 개의 휘청거리는 발을 달고 표표하게 날아가듯이 숲 속으로 사라졌다.

돌담에 둘러싸인 이 능은 원래 고구려 시대의 것이었다. 하지만 후세에 한학이 성행하고 유학자가 중국을 숭배한 나머지 동쪽에서 왔다고 전해지는 이야기에 나오는 태사 기자의 묘로 봉한 것이다. 게다가 기자의 자손에 세 갈래가 있다고 하여 지금은 이 능의 관리나 참솔(제사지내는 사람)같은 영직을 오로지 세 자손 중에서 가장 세력이 있는 선우 씨가 맡고 있었다.

그 때문에 개를 동반한 능지기조차 선우 씨였다. 선우 씨는 털이 북숭북숭한 시커먼 거한이다. 그는 요즘 비가 매일같이 계속 내려서 참배객이 오지 않자 혼자서 뿌루퉁해져서 커다란 몸뚱이가 더욱 커져 있었다. 참배객이 오면 그는 십 전 씩 참배료를 받고 문을 열어주었다. 오늘도 역시 비가 와서 몹시 화가 나 한 번 둘러보고 오니 기 초시가 기분 좋게 뒹굴며 코를 골고 있었다.

"어이, 개참봉 자식."

하고 선우 씨가 고함을 질렀다. 그는 초시를 개참봉이라고 부르곤 했다. 이 영광스런 기자의 후예는 항상 깊은 잠에 빠져서 개가 짖어대지 않는 한 쉽사리 일어나려 하지 않기 때문이다. 물론 개참봉은 아직도 노곤하게 자고 있어서 아무리 고함쳐도 소용없다. 선우 씨는 오만하게 서서 자세를 취하고 숨을 깊이 들이마셨다. 그리고 데려온 개를 천천히 풀어놓았다. 개는 꼬리를 흔들면서 축 늘어져 있는 기초시의 얼굴 쪽으로 다가갔다. 그리고 두세 번 킁킁거리는가 싶더니 혀를 내밀어 그의 이마와 납작코를 날름날름 핥기 시작했다. 거기에는 아까 애꾸눈이 뱉은 검은 가래 찌꺼기가 아직도 조그맣게 작게 소용돌이 치고 있었다.

개참봉은 튀어 올랐다.

"흠."

"흠이 아니여, 꺼져. 꺼져버리라고."

초시는 두세 번 꺼리는 듯한 눈초리로 개를 훔쳐보면서 거슴츠레한 눈으로 겁에 질린 듯이 선우 씨를 올려보았다. 올려보는 이상은 아마 선우 씨는 그의 종씨이기 때문에 적의를 보일 필요도 없는 것이리라.

"돌아가, 돌아가라니까."

"간다고."

초시는 불쾌한 듯 말했다.

"자네는 둘러보러 왔는감?"

"쓸데없는 소리 지껄여대지 말고, 자 가라니까."

선우 씨는 빗자루로 전각 안을 막 쓸어대면서 초조한 듯 호통쳤다.

"아무도 참배하러 안 왔네."

"뭐라고, 빨리 꺼지라니까."

선우 씨는 주먹을 휘둘렀다. 개가 멍멍 짖어댔다.

"간다고. 가고말고."

기 초시는 벌벌 떨면서 서둘러 명석을 접기 시작했다. 그리고 혼잣말처럼 주절주절하면서 일어섰다.

"뭔가 있었군. 왜 그렇게 기분이 나빠."

그는 발을 절면서 돌담을 따라 졸고 있는 것처럼 어슬렁어슬렁 올라갔다. 비는 완전히 그쳤다. 그는 약간 높은 곳까지 오자 조용히 멈춰 서서 물끄러미 담장 안을 들여다보았다. 커다란 귀석비가 앞에 서 있는 능묘에는 이끼가 파랗게 끼어 있고 그게 비 갠 후의 상쾌한 햇살을 받아 눈이 번쩍 뜨일 것 같은 신록이 아름답게 빛나고 있었다. 조용하게 따끈따끈 수증기가 피어나고 있었다. 그는 저녁 해를 온몸에 받으며 두 번 정도 크게 하품을 했다.

숲 너머 먼 하늘에 무지개가 걸려 있었다.

4

그리고 며칠 후였다. 그가 여느 때보다 조금 늦게 기자림에 오니 숲 입구 쪽에 자동차가 여러 대 늘어서 있고 잘 차려입은 사람들이 길게 줄지어 숲 속을 올라간다. 어쩐 일인가 하고 의아스러워서 빠른 걸음으로 가보니 행렬 선두에는 도포에 수놓은 관대를 맨 늙은 참봉들이 양손에 홀을 받쳐들고 무거워 보이는 신발을 아주 엄숙하게 끌고 있다. 오늘은 능묘제로 군하고 그는 생각했다. 그리고 열심히 앞질러서 전각까지 왔다. 거기에는 구경하러 온 사람들이 가득 모여 있었고, 돌담 안에도 참배 와서 의식을 기다리는 노인과 유생들이 넘칠 것 같았다. 털북숭이 능지기 선우 씨는 돌담 입구에 버티고 서서 주위를 노려보고 있었다. 초시는 사람들을 떠밀다시피하여 하여 정신없이 그의 앞에 모습을 드러내고는 갑자기 자는 것처럼 눈을 감고 거칠게 숨을 몰아쉬며 위엄 있게 중얼거렸다.

"여보게 종씨, 오늘은 능묘제로군."

"그렇다."

"나는 전혀 몰랐어."

"알면 어떻게 할 건데."

여전히 능지기는 거들떠보지도 않는다.

"나도 의관을 갖추고 올 텐데. 나는 까맣게 잊고 있었네. 오늘은 참봉들도 보이는군. 헤, 나는 말일세, 잠깐."

하며 그는 안으로 들어가려고 고개를 내밀었다.

"안 돼."

능지기는 커다란 팔로 저지했다.

"잠깐 보기만 할게. 나는 이래봬도 기자님의 정손이라고. 지금은 영락했지만 엄연한 양반학자라네."

"안 돼, 안 된다니까."

"왜 안 되냐."

초시는 어깨를 으쓱해 보였다.

"바칠 것이 없으니까 들어가도 좋을 게 없어."

"뭐라고? 나를 뭘로 보는 게야."

"늙은이가, 꺼지라니까."

선우 씨는 돌아보더니 갑자기 호통을 쳤다.

"구시렁거릴 거 없어. 너는 거지 사기꾼이야. 냉큼 꺼져. 안 꺼질래. 좋아 개를 덤비게 해주지."

하지만 능지기는 그렇게 말하는가 싶더니 그 자리에서 정중하게 굽실거렸다. 행렬의 선두가 도착했기 때문이다. 그래서 초시는 능지기 옆에 서서 공손하게 머리를 숙였다. 그리고 잠시 머뭇머뭇하고 나서 다시 행렬 속에 끼어들려고 숨을 죽이고 커다란 몸을 앞으로 내밀었다. 바로 그 순간 수염이 난 앙상하게 마른 참봉이 그를 밀쳐버렸다. 고꾸라질 듯하면서도 그는 상대의 얼굴을 보았다. 그것은 집주인이었다. 그는 당황해서 자세를 바로 하고 그 자리에서 넙죽 엎드렸다. 그를 밀쳐낸 참봉은 입술을 꽉 물고 비뚤어지고 작은 닭 같은 눈으로 초시를 내려다보면서 유유히 어깨를 거들먹거리며 돌담 안으로 들어간다. 무거워 보이는 신발을 신은 참봉의 행렬이 지나자마자 기 초시는 천천히 몸을 일으켜 선우 씨에게 히죽 웃어 보였다.

"실은 내 사위야."

"바보 같은 소리 작작해. 지금 그 분은 선우 참봉님이라고."

"그렇고말고, 그렇고말고."

하고 초시는 몸을 좌우로 흔들어댔다.

"분명히 선우 참봉이고말고, 그렇지."

"냉큼 안 꺼져, 냉큼."

기다리다 지친 선우씨는 끝내 발을 둥둥 구르며 소리쳤다.

"좋아 망할 놈의 영감. 알게 해주지."

그러고 나서 기둥에 매어놓은 개를 데리러 뛰어갔다.

그것을 보고 개참봉은 놀라서 숲 속으로 도망쳤다. 하지만 기신기신 걸어가는 그의 속마음은 대단히 흐뭇했다. 그는 지금까지 그 완고한 구두쇠 집주인이 참봉같이 명예로운 직책에 있으리라고는 꿈에도 생각하지 못했다. 오히려 그는 당실을 찾아오는 남자들을 경멸했는데, 지금은 딸이 무시할 수 없는 아주 귀한 손님을 맞고 있다는 것을 깨닫고 이유 없이 기뻤던 것이다.

초시는 숲을 나와 그 길로 언제나 들르던 단골 술집으로 갔다. 축축한 늪지에 소달구지를 세워 놓는 곳과 나란히 있는 쓰러질 것 같은 오두막집이었다. 희미한 잿빛 공기 속에서 우산장이와 넝마주이와 이웃 소달구지집 주인이 주모를 둘러싸고 빈대처럼 찰싹 달라붙어서 소주를 마시고 있었다. 애꾸눈은 한 쪽 바닥에 배를 깔고 외눈을 번뜩이고 있다. 그들은 자주 이 기 초시를 웃음거리 삼아 재미있어하곤 했다. 물론 초시는 그들을 상대하지 않았기 때문에 언제나 한 쪽에 웅크리고 앉아

입을 다물고 있었다. 하지만 오늘은 아주 영예스러운 날이라 한잔 걸치자 어지간히 취하면서 노곤하게 몸의 긴장이 풀렸다. 본디 그는 지극히 경제적인 술꾼이긴 하지만—.

"어떻게 된 거야, 오늘은 능묘제가 아닌가."

교활한 우산장이가 묻는다.

"기 씨 귀신이 제사 음식도 먹지 않고 술집에 와도 괜찮은 건가."

"나는 거렁뱅이가 아니니까."

"그렇고말고. 하지만 자네는 기 씨니까. 지금 기 씨는 귀신밖에 없다고 그래서."

모두 유쾌한 소리내어 듯 비웃었다. 초시는 구태여 얼굴빛이 달라지지 않았다. 이 상놈들은 틀림없이 그가 기자님의 자손이라는 것을 시샘하고 있음에 틀림없다고 생각했기 때문이다.

"이봐 네 놈은 능참봉이 아니었나."

이번에는 소달구지 주인이 말참견을 했다.

"분명히 참봉도…… 개……."

기초시는 당황했다.

"실은 내 사위가 참봉이지. 나는 옛날 일이고."

"뭐라고, 네 놈 사위가 그렇다고?"

"그래."

초시는 아주 자랑스럽게 대답했다.

술집 안은 킬킬대는 웃음소리로 들끓었다.

"도대체 영감사위가 누군데?"

주모가 웃으며 묻는다.

"선우 참봉일세."

초시가 말이 끝나기가 무섭게 대답했다.

"아직 모르겠나. 네 놈 바보로군."

"에에."

주모는 완전히 눈이 휘둥그레졌다.

"그 성안 구두쇠가."

"그게 어쨌다는 거야."

지금까지 잠자코 있던 넝마주이가 놀란 듯 몸을 앞으로 내밀었다.

"아무 것도 아냐, 딸이 서방질을 한 것뿐이야."

소달구지주인이 가볍게 응수했다. 다시 모두가 깔깔거렸다. 물론 초시는 가만히 자신의 빈 잔을 노려보고 있을 뿐 개의치 않았다.

"틀림없이 그 구두쇠라면 아무 것도 안 되지."

넝마주이는 온순한 얼굴을 하고 말했다.

"나는 말일세, 예전에 건어물 장사를 한 적이 있네. 매일 그 앞을 지나면서 '명태요, 건어물이요'라고 하며 돌아다녔지. 그래도 저런 대갓집에서 하나도 안 사준다는 것이 이상하지 않나. 그래서 한번은 건어를 저택 안에 던져 넣어 봤어. 그랬더니 어땠겠나. 그 선우 참봉이라는 것이 마침 사과밭을 거닐고 있다가 날아 온 건어를 발견하고는 멈춰 섰지. 그리고 나서 얼굴이 새빨개져 가지고는 화를 냈네. 야, 이 밥 도둑놈하고 고함을 지르는 게 아닌가. 그게 건어에게 말이야. 응 건어에게 말이라고. 네 놈이 남의 밥을 뺏어먹었지.(명태를 찬으로 하면 밥을 쓸데없이 많이 먹게 되니까, 그 꾀에 넘어가지 않겠다는 뜻) 냉큼 꺼져버려라 하며 돌담 밖으로 던져서 되돌려주었다네. 굉장한 구두쇠라네. 그런 것이 새 서방이 되어서는 아무런 도움도 되지 않을 걸세."

"하지만 대단한 부자잖아."

주모가 부러운 듯한 얼굴로 말했다.

"게다가 그 참봉은 아직 후사가 없다고 하니까 따님이 사내아이라도 낳는 날에는 영감님도 돈 가마에 앉게 되는 거지."

기 초시는 그것을 듣고 어깨를 으쓱해 보였다. '암 그렇고말고' 그러고 보니 요즘 어쩐지 갑자기 당실이의 배가 이상하게 부른 것처럼 생각되었다. 그렇게 생각하니 여느 때와 달리 요즘 선우 참봉의 발길이 부쩍

빈번해진 것 같고, 게다가 당실이와 할멈의 기분도 유난히 좋은 것 같이 생각되었다. 분명히 이제 뭔가 길조가 있음에 틀림없다. 그는 머리에 손을 대고 헤 하고 교활하게 웃었다.

"내 딸년은 말이야, 항상 나한테 어떻게 효도할까 걱정하고 있지. 사람의 가르침에는 효도가 제일 우선이니까. 그리고 나는 죽은 다음 장사 지내고 선묘에 향을 피울 후사도 없다며 딸년이 젊은 것을 열심히 찾고 있다고."

구석에서 느닷없이 애꾸눈이 히히히히히 하고 괴상한 소리로 웃기 시작했다. 그것에 놀라서 모두 웃을 수조차 없었다. 거지의 목소리는 공허하게 울려 퍼지고 그 눈은 빨갛게 핏빛을 띄운 채 떨렸다.

"거짓말 작작해, 영감탱이. 네 딸은 화냥년이 아니냐. 밀매음하지 않느냐."

하며 불이 붙은 듯이 소리 질렀다.

"나는 다 알고 있지. 너는 그 부엌의 거렁뱅이잖아. 이 망할 놈의 영감! 거짓말 집어치워!"

기 초시는 두꺼비처럼 다시 목을 움츠렸다.

"화냥이든 밀매음이든 좋지 않아, 그렇지 기자, 효도를 하니까 말이야."

하며 우산장이가 교활하게 받아치자, 소달구지집도 조롱하듯 웃으면서 말했다.

"이래봬도 선우 참봉의 장인이니까."

기 초시도 남몰래 만족했다. 그리고 자신의 불룩 나온 배를 부둥켜안 듯이 해서 한번 바지를 치켜올리고 일어섰다.

'그렇고말고, 그렇고말고.'

이윽고 비실비실 만수대까지 다다르자 넘어질듯이 굴러 들어간 그는, 돗자리와 우산이랑 보따리를 내팽개치고 양팔을 흔들면서 기운차게 취한 목소리로 떠들어대기 시작했다.

"이봐, 이 집은 내 것이여. 이웃도 근처도 내 것이라고. 모두들 뭐 하는 거야. 야, 나는 큰 부자구먼."

놀라서 뛰쳐나온 딸과 할멈은 어리둥절해서 서 있었다. 하지만 할멈은 곧 그를 붙잡으려고 힘을 주었다. 그러자 그는 점점 비틀거리면서 양손을 휘젓고 여기저기로 도망치려고 구르기 시작했다. 결국 커다란 몸을 울타리에 맡기고 아후아후 소리를 지르는가 싶더니 울타리가 찌직 부서지는 소리를 내며 갑자기 쿵하고 뒤쪽으로 넘어갔다. 그 바람에 기초시는 울타리에 등을 기대고 위를 향한 채 뒤쪽 하수구 속에 쳐 박혔다. 숨이 막힐 듯 썩을 대로 썩은 하수구의 물이 사방으로 튀면서 그의 온몸은 진흙 묻은 소처럼 더러워졌다. 하지만 그는 울타리 위에 올라앉아 다리를 버둥거리며 정신이 나간 듯 계속 떠들어댔다.

"이 울타리도 내 것이야. 하수구도 내 것이야. 이봐 어때, 나는 큰 부자라고. 나는 훌륭한 효녀 딸을 두었구먼."

골목 안 사람들이 점점 모여들어서 이 대단한 구경거리를 보며 손뼉을 치고 요란을 떨어댔다. 그러자 초시는 점점 기운이 났다. 할멈은 하수구에 발을 쑤셔 넣은 채 남편의 바위같이 육중한 몸을 안아 일으키려고 계속 안간힘을 썼다. 당실은 그의 한쪽 팔을 잡고 끌어당기면서 외쳤다.

"이 고꾸라져 죽을 놈, 나중에 보자고! 나중에 따끔한 맛을 보여줄 테니까. ……자 ……자 어머니 그걸 붙잡아, 그걸."

세 사람은 하수구 속에서 난리를 쳤다. 간신히 초시의 허리가 휘청거리면서 올라오기 시작했다. 주위는 완전히 썩은 냄새로 진동했다. 모두 환성을 질렀다. 진흙이 그의 보잘 것 없는 상투에까지 튀고 바지는 완전히 진흙탕이고, 더럽혀진 저고리는 젖혀져서 시커멓게 된 커다란 배가 드러났다. 그런데 그는 눈을 휘둥그렇게 뜨고 한 번 투레질을 하더니 갑자기 그대로 딸을 부둥켜안고 말았다. 그리고 음란한 자세로 포효하는 곰처럼 하늘을 우러러 빙글빙글 돌기 시작했다.

"어떠냐, 이것은 내 귀한 딸이구먼. 어, 이쁜 딸이 아닌가. 여보게들 모두 들어보게나. 내 사위가 선우 참봉이라네. 나는 큰 부자라고.”

넘칠 듯이 모여든 남녀는 와 하고 웃기 시작했다. 딸은 손을 휘저으면서 괴로운 듯 발버둥치기 시작했다. 할멈은 초시를 부엌 쪽으로 밀어넣으려고 억지로 밀고 갔다. 하지만 그는 꿈쩍도 하지 않고 당실의 배를 부둥켜안은 채 점점 기분이 좋아져서 춤추며 돌아다녔다. 역시 배가 컸던 것이다.

“거 봐라 배가 둥그렇지. 지금에라도 손자가 태어난다고. 따뜻한 배가 가득하구먼.”

당실은 비명을 질렀다. 구경꾼들은 점점 더 재미있어서 배를 잡고 웃으며 즐거워했다. 하지만 어쩐 일인지 갑자기 소리를 죽이고 킥킥 웃음을 참으면서 그들은 흩어지기 시작했다.

“어떻게 된 것이냐.”

평복으로 갈아입은 선우 참봉이 그 때 언덕을 넘어 나타난 것이다.

“아니 이 늙은이가 무슨 꼴이냐!”

그래서 초시는 제정신으로 돌아와 원래대로 잠든 것 같은 모습이 되었다. 당실은 쓰러져 울면서 자기 방으로 숨어버렸다. 할멈은 그 자리에 엉덩이를 붙이고 주저앉아 땅을 치면서 통곡하기 시작했다.

“에, 영감탱이가 결국 미치광이가 됐네. 왜 울타리까지 쓰러트리고. 아이고 결국 미치광이가 됐구먼.”

초시는 눈을 감고 꿈쩍도 하지 않는다. 완전히 이전의 상태로 돌아온 것이다. 즉 천치나 토우같이 아무런 감정도 통하지 않는 것으로. 그리고 아무 말도 하지 않고 다리를 절며 조용히 부엌 쪽으로 가서 약간 고개를 숙이더니 역시 자는 듯한 모습으로 안에 기어 들어갔다.

선우 참봉은 그것을 지켜보면서 흰 수염을 몇 번이나 쓰다듬고 있었다. 그리고 갑자기 닭 같은 눈을 하고 할멈을 향해 조그맣게 속삭였다.

“배는 아무렇지도 않겠지. 응.”

그리고 할멈이 끄덕이는 것을 보고 완전히 안심이 되자 빙그르 방향을 바꾸어 쓰러진 울타리 쪽으로 다가갔다. 그리고 그것을 일으켜 세우려고 두세 번 머리를 갸우뚱하더니 한쪽 끝을 붙들고 나서 갑자기 밖에 있는 남자들을 향해 호통치기 시작했다.

"빨리 오지 않고 뭘 하나. 자 세워라. 보고 있는 게 아냐. 늘 꾸물꾸물하며 일을 하지 않으니까 가난한 것이야. 자 세우라고, 빨리 오지 않을 텐가."

세 들어 사는 이들은 마지못해 손을 털면서 다가 왔다. 할멈은 혼잣말을 했다.

"이 할망구가 목을 매달아야지."

물론 그 다음날 아침도 초시는 일찍 부엌 한 구석에서 일어났다. 선우 참봉은 아직 당실이 방에서 죽은 듯이 자고 있었다. 초시는 벙어리같이 입을 다물고 굵은 목을 똑바로 한 채 어둠 속을 나갔다. 그리고 언덕을 내려가서 철길을 넘어 강변으로 나갔다. 수풀 위에는 촉촉이 이슬이 내려 있었다. 그는 조용히 흙투성이가 된 저고리를 벗고 씻기 시작했다. 바지는 더 말이 아니게 더러웠지만 있었지만 그는 체면을 아는 사람으로서 벌판에서 알몸이 되는 것을 좋게 여기지 않았다. 그래서 그 후로 그의 바지는 그 후로 가죽으로 만든 것같이 질펀질펀했다.

그 후 얼마 지나지 않아서 산기가 가까워진 당실은 참봉 집에서 지내게 되었다. 할멈도 참봉 댁에 죽치고 있다가 저녁 한 때 정도만 저녁밥을 받아 와서 그 앞에 내밀게 되었다. 하지만 오히려 초시의 마음은 더욱 풍족해지고, 상투밑동이 두둥실 뛰어오를 만큼 행복해졌다.

5

숲 속에는 이미 가을의 숨결이 짙어졌다. 하지만 기 초시는 여전히 전처럼 색 바랜 우산으로 텐트를 치고 같은 장소에서 졸고 있었다. 때때로 센 바람이 한차례 휙 불면 이름 모를 새가 높은 가지에서 부리를 쪼아대면서 두세 번 지저귀기도 한다. 그러다가 숲속은 다시 매우 조용해졌다. 그는 딱히 뭐라고는 할 수 없지만 이리저리 두루 생각하고 있었다.

'마누라나 딸에게 부끄럽지 않은 아비로서의 길을 걸어야한다. 나는 참봉 장인이니까 말이야.'

그는 어떻게 하면 딸의 환심을 살 수 있을까 생각했다. 할멈은 당실이를 귀히 여긴 나머지 자기를 괴롭히는 것일 뿐이니까 딸만 좋아하면 그녀도 다시 상냥해지겠지. 그렇다고 그는 끄덕였다. 당실이는 틀림없이 바로 아기를 낳을 것이다. 아무렴, 빨리 돈을 모아서 불원간 아기 꼬까옷이라도 사서 가야지. 그는 옛날에 산 속에서 딸의 아이가 죽은 것을 떠올리고 더욱더 속죄하기 위해서라도 실행해야 한다고 결심했다. 그러면 딸이 얼마나 고마워하면서 맞아줄까. 그의 눈앞에는 자기가 거드름 피우면서 참봉 집에 드나드는 광경이 뚜렷하게 떠올랐다. 딸이 사내아이라도 낳아주는 날에는 자기도 젠 체하며 젊은 여자를 아내로 맞아서 후사를 볼 수가 있다. 그는 어깨를 들먹거리며 히히히 웃었다.

"뭐 좋은 일이라고 있소."

뒤쪽에서 고담을 읽고 있던 앞니가 빠진 영감이 그 쪽을 돌아보며 의아스러운 듯 물었다.

초시는 경계하듯이 고개를 움츠렸다. 그러자 이번에는 대머리가 담배통으로 이마를 긁적긁적하면서 앞쪽으로 왔다.

"아마 초시 딸이 선우 참봉의 첩으로 들어갔다지. 딸 덕에 영감은 편하게 됐어. 초시, 자네가 부럽군. 정말 가난뱅이한테는 딸이 재산이라니까."

"하지만 말이야, 첩으로 들어갔어도 계집애를 낳으면 그거야말로 큰 일이라던데."

하고 코가 빨간 노인이 드러누워서 심술궂게 중얼거렸다.

"그렇게 되면 초시 딸도 갓난애 업고 쫓겨날게 뻔하니 말일세. 그 선우 참봉이 지독한 놈이어서 첩을 몇 명이나 닭처럼 둥지에 들어 앉혔는데 모두 사내아이를 못 낳는다고 쫓아냈지. 너 같은 갈보의 자식을 내가 알 바가 아니라고 우긴다네. 헤에 그렇게 되는 날에는 영감의 고생이야말로 정말 볼 만하겠어."

"가만히 있지 말고 딸 운세라도 점쳐보지 그래."

앞니가 빠진 늙은이가 화난 듯이 고함쳤다.

초시는 그래도 꿈쩍하지 않는다. 낙낙정정한 장송(長松)이 조용히 그들의 수다에 귀를 기울이다가 때때로 재미있는 듯 바스락바스락 소리를 냈다. 그 때 어딘가 먼 숲 속에서 감정에 복받친 천을 찢는 듯한 노랫소리가 바람 부는 대로 실려왔다. 누가 노래하는 것일까. 그러자 숲은 머리를 흔들며 뭔가를 서로 끄덕였다. 시골 사람들이 두세 명 기자 전각 쪽에서 줄줄이 내려온다. 그들은 초시 앞에 접어들자 멈춰 서서 역서에 그려져 있는 삽화를 재미있게 바라보았다. 대머리는 시골사람들의 얼굴을 올려다보며 권했다.

"점 한번 보지 않겠소. 잘 맞춘다고 아주 유명한 점쟁이요."

남자들은 서로 마주보며 쑥스러운 듯 히 하고 웃더니 언청이 한 사람이 쭈볏쭈볏하면서 얼굴이 새빨개 가지고는 말했다.

"우리야 뭘. 지독하게 나쁠 게 뻔하지."

기 초시는 뭔가에 홀린 듯 부들부들 떨면서 일어섰다. 얼굴은 흙을 먹은 듯 노래지고 입은 딱 벌렸다. 모두 어찌된 일인가 하고 어안이 벙벙하여 그 쪽을 지켜보았다. 숲의 정적을 깨고 노랫소리가 점점 가깝게 들린다. 사람의 폐부를 찌르는 듯 울리고 슬픔에 떨면서. 그는 두세 걸음 노랫소리가 나는 쪽으로 무의식적으로 달려갔다.

에헤라, 슬프네
이십오 현 타는 달밤에

갈대 한 가지 입에 물고
꺾인 날개를 옆구리에 끼고
떨어지는 것은 외기러기

초시는 등을 꿈틀거리며 달리기 시작했다. 이 상처받은 기러기의 노래는 그의 모든 감각을 세찬 힘으로 뒤흔들어 놓았다.

"초시! 초시!"

"어디 가나! 초시!"

하지만 그는 뒤돌아보지도 않고 양손을 저으며 숲 속을 절름거리며 올라간다. 그의 발은 후들후들 떨리고 때때로 걸려서 넘어질 뻔했다. 등은 타 들어가는 것 같았다. 정신없이 중턱까지 오자 어느새 노랫소리가 사라졌다. 그러자 이번에는 노랫소리가 오른쪽 숲에서 울려왔다. 노래하는 사내가 그 쪽으로 움직인 것이리라. 그는 두세 번 빙빙 돌았다. 그리고 다시 소리가 나는 쪽으로 향하여 황망하게 허둥대면서 다리를 질질 끌고 갔다.

일행은 다쳐서
하늘로 돌아간다
달 쪽으로 삿대를 젓고 구름을 헤집으며
은하 근처에 나아가
울어보지만 대답이 없네

초시는 미끄러져 나동그라지면서 헤매다 가까스로 소리가 나는 곳까지 왔는가 싶었는데 기력이 다해서 커다란 소나무 줄기를 껴안고 헉헉 숨을 헐떡거렸다. 어슴푸레한 나무 그늘에 장대한 사내 한 사람이 큰 대자로 누워서 노래를 계속하고 있었다.

"바위가 아닌가."

"……."

"바위 이 사람, 날세, 초시네."

사내는 놀라서 벌떡 일어났다. 굳어진 얼굴 속에 큰 눈이 일순간 빛을 발했다. 어깨가 크고, 손이 길었다. 그것은 틀림없이 밀림 속에서 화전을 일구던 당실이의 남편이었다. 옛날 험한 산에 오두막을 짓고 살던 때에 그는 그 우렁차고 맑은 소리로 이 노래를 부르며 고향에 돌아갈 것을 빌곤 했다. 그리고 오늘 십 년의 형기 중 칠 년 남짓을 마치고 출옥하자 일찍이 그에게 들러붙어서 떨어지지 않으려고 한 아내랑 장인장모의 행방은 어떻게 됐을까. 하는 생각으로 슬픔에 복받쳐 이 천년림에 와서 드러누워 아내가 시중을 들어주었던 옛날의 그리운 숲 속 생활을 떠올리며 이 노래를 가슴아파하고 있었던 것이다. 사내는 한 번 어둠 속에서 소리없이 웃음을 짓는 듯했다. 갑자기 그는 짐승 같은 환성을 지르며 달려내려 온다. 그러자 어찌 된 일인지 초시는 갑자기 두려운 예감에 사로잡혀서 정신없이 뒷걸음질 쳐서 도망치기 시작했다. 그리고 커다란 나무에 부딪쳐서 두세 걸음 앞으로 넘어지더니 쾅하고 쓰러져서 양손을 흔들면서 애원하고 제지하듯이 허둥댔다.

"아버님이세요?"

바위는 초시 몸을 덮치듯이 다가왔다. 그리고 이를 드러내며 코로 웃었다. 초시는 목이 마르고 숨이 가빠서 아무 말도 할 수 없었다. 단지 두세 마디 중얼거렸을 뿐이다.

"바위, 바위."

조이듯이 긴장된 한 순간이 있었다. 바위는 이윽고 흰 이를 모두 드러내고 환희의 정을 얼굴 전체에 나타냈다. 초시는 부들부들 떨면서 엉덩이로 두세 자 기며 몸을 뒤로 젖혔다.

"어디 있수."

바위는 헐떡이듯 쫓아와 덮치며 외쳤다.

"……."

초시는 마른침을 삼키면서 헐떡였다.

"으응."

바위는 몽상하듯이 주절거렸다. 눈 위의 커다란 사마귀가 부들부들 떨렸다.

"당실이도 괜찮은 여자가 됐겠지. 하지만 이제 걱정 없어. 네, 아버님, 걱정 없어요. 내가 감옥에서 이 백 원이나 벌어서 나왔죠, 앞으로 또 열심히 일할 테니까요."

"……."

"히힝."

하고 바위는 또 자못 행복한 듯이 웃었다. 그리고 갑자기 맹수같이 초시에게 달려들어 그의 몸을 흔들어댔다.

"어디 있수, 어디. 아 내가 얼마나 보고 싶었는지 모르겠구먼요."

초시는 축 늘어져서 정신을 놓고 있다가 겨우 더듬더듬 중얼거렸다.

"칠리문 안, 선우 참봉의 선우 참봉……."

바위는 양손을 휘저으며 뛰어올랐다. 그리고 하늘 높이 한 번 껄껄 웃었다. 그 집에 당실이가 하녀로 있다고 생각한 것이다. 주위를 두리번 두리번 둘러보며 느닷없이 숲 속을 달려내려 가기 시작했다. 관목의 작은 가지가 큼직한 몸에 부딪쳐서 우지직 우지직 꺾였다. 땅이 신음하듯이 쿵쿵거린다. 초시는 몸을 떨며 일어났다. 그리고 눈을 크게 뜨고 눈 깜짝할 사이에 다시 안면이 경직됐다. 그는 당황한 듯 아후후후 외치고 손을 저으며 쓰러지듯 앞으로 고꾸라졌다.

"바위, 기다리게, 바위."

그리고 픽 쓰러졌다. 바위의 하얀 그림자는 금새 멀리 사라졌다. 초시는 머리를 땅바닥에 탁 떨군 채 몸은 땀으로 흠뻑 젖어 있었다. 때마침 높은 느릅나무 위에서 까치가 깍깍 날개를 치면서 울고 있었다.

6

　잠시 후에 초시는 허둥지둥 숲 입구로 나왔다. 마치 꿈같았다. 그는 지금까지 뭔가 환영에 홀린 것 같기도 했다. 오랜 동안을 몽상의 힘으로 살아온 어수룩한 그의 경우, 어쩌면 사건은 몽상 속에서만 빛을 발하고 현실에서는 모양을 갖추고 나타나도 믿어지지 않는 것일까. 더군다나 생각지도 않았던 바위가 나타난 것은. 그렇게 바라던 바위의 출현이 지금 그에게는 무서운 일로 밖에 생각되지 않았기 때문이다. 그는 재삼 악몽을 쫓듯이 머리를 흔들었다. 그리고 드디어 지금 일은 꿈이라고 생각했다.

　돌아와 보니 그가 우산을 펼쳐 놓은 장소에는 노인들과 조금 전의 시골 남자들이 역서를 에워싸고 쪼그리고 앉아 있었다. 그 중에 양복을 걸친 코가 높은 서양사람 하나가 역서를 재미있는 듯 만지작거리면서 그가 돌아오기를 기다리고 있었다. 초시는 땀투성이가 된 채 자기 돗자리 위에 조용히 앉았다.

　"양귀자(洋鬼子)네."

　코빨갱이 노인이 수상한 듯 잠깐 초시를 바라보고 나서 차마 보고만 있지는 못하겠다는 듯 초시의 귀에 큰소리로 외쳤다.

　"사려고 하는 것 같애. 비싸게 매기라고."

　양인은 파란 눈으로 초시의 지장 같은 얼굴을 힐끗 보더니 미소 지으며 흰 종이에 한자를 더듬더듬 써 내밀었다.

　'買'

　초시는 정말로 하나에서 열까지 오늘은 꿈같았다. 원래 그는 양인을 야만스럽다고 해서 경멸했기 때문에 구태여 얼굴을 들어 쳐다보지 않지만, 한자를 쓴 것에 조금 놀라 경의를 느꼈다. '초시야, 글자에 지면 안 돼.'라고 뭔가 작은 목소리가 자기를 타일렀다. 그는 주위의 노인과 시골 남자들을 한 번 둘러보았다. 그러자 한자를 이해하는 것이 자기 한 사람뿐이라는 생각에서 의연히 우쭐거리는 마음이 되었다. 그는 이 자랑스런 마음 때문에 이미 모든 것을 잊어버렸을 정도이다.

"팔아 버리겠네."

그는 모두에게 말했다. 그리고 이 노인들이 가는귀가 멀었다는 것을 깨닫고 다시 한 번 소리 높여 대머리에게 고함쳤다.

"팔아버린다고."

노인들은 서로 끄덕였다.

"그럴 거라고 나도 생각했네."

그리고 초시는 팔을 걷어올리더니 붓을 들고 점을 찍으면 고봉투석과 같고 一을 그으면 천리지운이라는 대범함으로 써서 내밀었다.

'不買'

그런데 다 쓰자마자 그 자리에서 후회했다. 그는 딸네 집에 갓난아이용 헝겊조각이라도 사가야 된다는 것을 갑자기 생각해낸 것이다. 바위 일도 문득 환영처럼 떠올랐다. 그는 갑자기 마음이 부들부들 떨리기 시작해서 광기에 벌떡 일어서려고 했다. 그러자 어쩐 일인지 그는 점점 더 팔아버려야 한다고 생각되었다. 그 때 양인이 다시 써 내밀었다.

'買'

초시는 황급히 붓을 들었다. 그리고 이번에는 필법을 논한다면 풍랑뇌전(風浪雷電)이라고 할 만한 기세로 휘갈겨 썼다.

'買'

'二圓錢'

'諾'

그러자 양인은 미소를 띠며 돈을 내고 그의 역서를 가방 속에 쑤셔넣자 어디론가 떠나갔다. 초시는 지폐 두 장을 몇 번이나 확인하고는 띠 사이에 깊숙이 밀어 넣었다. 그는 왠지 어깨가 가벼워지고 마음이 들뜨는 것 같이 홀가분해지는 것을 느꼈다. 이제 그는 지폐를 품에 지니고 있기 때문에 모든 것을 잊고 지금은 오로지 딸을 기쁘게 하러 빨리 가야한다는 일념으로 가득했다. 그 외의 일은 생각할 것도 없고 생각하고 싶지도 않은 기분이었다. 너무나도 크게 놀란 직후였기 때문에 하나의 희망에만 매달리고 싶다는 기분이 무의식적으로 작용한 것이었다. 그래서 그는 몇 번이나 땀을 닦으면서 절름절름 걷기 시작했다. 노인들은 오늘에야말로 마지막으로 향응을 받으리라 기대하고 졸졸 뒤를 따라갔다. 이제 두 번 다시 그가 이 기자림 쪽으로 오지 않으리라고 그들은 생각했다.

"어디에 가는 거여. 술집에 가는 거여?"

"나는 포목점에 가네."

초시가 고개를 똑바로 한 채 말했다.

"딸애가 곧 손자를 낳거든."

"어디 가냐고."

"포목점이라고."

하지만 노인들은 귀가 멀어서 알아듣지를 못했다.

"어디냐고."

"포목점이라니까."

노인들은 놀라서 멈춰 섰다. 그리고 서로 얼굴을 마주보며 끄덕였다. 앞니 빠진 영감이 횡설수설했다.

"미쳤나 보네."

그러자 코빨갱이가 말했다.

"틀림없이 계집애를 낳을 게야."

드디어 초시가 이 원 가까이 되는 돈을 털어서 갓난 아기를 위한 예쁜 천을 사 가지 참봉집 대문을 향해 헐떡거리며 언덕을 올라가고 있을 때의 일이다. 그는 양팔을 저으며 사뭇 상쾌하게 다리를 절었다. 벌써 어둑어둑한 저녁이었다. 그런데 그 대문의 돌계단에 앞으로 넘어질 듯이 다가간 순간 안에서 뜻밖에 내팽개치듯 한 사내가 굴러 떨어졌다. 초시는 깜짝 놀라 뒤로 냉큼 물러섰다. 그것은 바위였다. 몸은 흙투성이가 되어 목덜미와 바지가 시뻘건 피로 물들어 있었다. 몸이 덜덜 떨리고 있다. 초시는 눈앞이 컴컴해지고 발걸음이 휘청휘청 쓰러질 것 같았다. 저택의 높은 담장 안에서는 사나운 개가 미친 듯이 짖어대는 소리가 시끄럽게 울려 퍼지고 있었다. 그는 갑자기 겁을 내며 바위 쪽으로 뛰어가 어깨를 흔들어 대면서 외쳤다.

"바위, 바위야 무슨 짓을 한 거여."

하지만 바위는 괴로운 듯 이를 악물고 신음할 뿐이었다. 사랑하는 아내를 만날 수 있다고 당실이 당실이 하며 정신없이 미친 사람처럼 달려온 것이었다. 선우 참봉이 갑작스런 침입자에 놀라서 개를 부추겨 덤벼들게 했다. 맹견은 바위의 목덜미에 달려들었다. 그는 순식간에 쓰러지면서 개 목 언저리를 부둥켜안았다. 그러자, 개는 괴로운 나머지 맹렬하게 흔들어대며 발버둥쳤다. 두 개의 몸은 두세 번 뒤집혔다. 구르면서도 바위는 당실이를 불렀다. 그 때 당실이는 바위라는 것을 알고 앗 하고 외치면서 정신을 잃고 툇마루에서 아래로 떨어졌다. 선우 참봉이 그 쪽으로 달려갔다. 이 때 바위는 맹견을 땅바닥에 때려눕히자마자 고꾸라지질듯이 대문 밖으로 도망쳤다. 하지만 맹견은 다시 힘을 내어 쫓아와서 그의 발목을 물었다. 그 순간에 그는 대문의 빗장을 풀면서 굴러 떨어진 것이다.

미친개가 닭들을 쫓아 돌아다니는 것일까. 몇십 마리나 될 것 같은 닭이 뛰어다니며 허둥대는 소리가 요란하게 들끓었다. 초시는 이번에는 화다닥 몸을 돌려 대문에 찰싹 들러붙었다. 도대체 무슨 일이 일어났는지 그것이 궁금했던 것이다. 하지만 무엇보다 개가 무서워서 들어갈 수 없었다. 그리고는 자기가 개를 무서워한다는 사실에 점점 더 초조해졌다. 이렇게 몇 분이 흘렀다. 그런데 갑자기 뒤쪽에서 소리가 난 것 같아서 그는 깜짝 놀라 돌아보았다. 그것은 바위가 아니고 뜻밖에도 애꾸눈 거지였다. 바위는 대체 어디로 사라진 것일까. 어느새 거기에는 없었다.

애꾸눈이는 외눈을 번득이며 묘하게 경련이라도 일어난 것처럼 웃었다.

"흥 왜 남의 집을 엿보고 있나."

여느 때 같으면 기 초시는 이번에야말로 이 심술궂은 거지에게 젠 체해 보이려고 어쩌면 대문을 열어 젖이고 들어갔을지도 모른다. 하지만 지금 그는 방금 죽은 듯 쓰러진 바위가 행방불명이 된 것에 놀라서 그런 자존심에 좌우될 만큼 마음의 여유가 없었다. 그는 당황해서 돌계단을 내려가 주위를 둘러보았다. 하지만 벌써 완전히 어두워져서 지척도 분별할 수가 없었다. 그는 이상하다고 생각하며 다리를 절면서 담을 따라 집 뒤쪽으로 돌아서 가기 시작했다. 그러자 애꾸눈이 달려와 조롱하듯이 그의 코끝에 자꾸만 머리를 내밀며 떠들어댔다.

"에, 이건 사위 집이 아니었나? 왜 못 들어가는 거야, 에."

하지만 초시는 조는 듯이 머리를 똑 바로 하고 다리를 절 뿐 아무런 대답도 할 수 없었다.

"흥, 참봉이 무서운 거군."

애꾸눈은 여전히 집요하게 따라온다.

"흥, 개도 무서워서 못 들어가는 거군, 에, 이 개참봉 놈, 이런……."

그 바람에 그는 뭔가에 발부리가 걸려 초시 앞에서 보기 좋게 자빠져 버렸다. 거지는 발끈하여 일어나자마자 장애물로 생각되는 것을 어둠 속에서 쾅하고 걷어찼다. 그러자 뭔가 커다란 육중한 것이 픽하고 나둥그러졌다. 두 사람은 섬뜩하여 홱 비켜섰다. 달그락달르락 쇠붙이가 흔들리는 것 같은 소리가 두세 번 기분 나쁘게 울렸다. 그들 두 사람은 잠시 그 자리에 꼼짝 않고 막대기처럼 꼿꼿하게 서 있다가 겨우 마음을 다 잡고 초시가 떨리는 손으로 더듬거려보았다. 그는 기겁을 하고는 다시 뒤로 물러났다. 아카시아 향이 바람에 실려왔다. 그리고 이제 개 짖는 소리도 그쳤다. 초시는 부들부들 떨리는 손으로 성냥을 그어 주위를 밝게 비추었다. 그 순간 거지가 혼비백산하여 그의 쪽으로 달라붙었다. 마침 거기는 저택 뒷문이었다. 그 문고리를 바위의 검붉게 피투성이가 된 큼직한 손이 꽉 쥔 채 늘어져 있던 것이다.

"바위."

숨이 막히는 듯한 소리를 지르면서 초시는 그 손에 달려들었다. 그것은 얼음장처럼 싸늘했다.

"바위."

그는 울음 섞인 목소리로 다시 한 번 외쳤다.

그러나 답이 없었다.

그리고 이삼 일 후 바위와 당실 부부의 시체는 장수산 공동묘지에 나란히 사이좋게 묻혔다. 당실이도 너무나 큰 충격에 쓰러진 채 정신을 잃고 결국 깨어나지 못한 것이다. 하지만 흰 수염을 기른 구두쇠 선우 참봉은 그녀를 제대로 장사 지내려고는 하지 않았다. 그가 목이 쉬도록 운 것은 이번에도 후사가 태어나지 않은 것이 슬펐기 때문이었다. 어느 날 그녀의 시체는 참봉댁 하인에 의해 장수산 삼등 공동묘지로 운반되었다. 눈물을 흘리면서 그녀의 관 뒤를 따라 온 것은 할멈이었다. 그런데 우연히도 바로 같은 시각에 바위의 처참한 시체도 초시 돗자리에 말려서 부청 인부에 들려 초시의 보호를 받으면서 거기에 온 것이었다. 돌아갈 때 초시와 할멈은 오랜만에 서로 부둥켜안고 슬퍼하면서 산을 내려갔다.

그 후 숲 속에서 옛날이야기를 읽는 노인들의 무리에 기 초시도 끼게 되었다. 그는 이야기꾼으로는 누구보다도 훌륭했지만 전보다는 몰골이 말이 아니게 형편없이 늙어버렸다. 늘 쓰던 색바랜 우산은 술집에서 우산장이한테 십 오전에 팔았기 때문에 지금은 그의 소지품이 하나도 없었다. 저녁이 되어 옛날이야기 읽기가 끝나도 이제 그는 갈 곳이 없었다. 그래서 그는 숲 속에 숨어 있다가 전각에서 파수를 보던 능지기 선우 씨가 개를 데리고 돌아가는 것을 확인하고 나서야 그 처마 밑으로 어슬렁어슬렁 다리를 절며 가는 것이었다. 거기에 그의 늙은 아내가 성 안에서 밥을 얻어 돌아온다. 이미 한쪽 구석에 진을 치고 있는 애꾸눈 부부가 그에게 저녁밥을 권해도 지금은 그다지 고통을 느끼지 않게 되었다. 그리고 그들 노부부도 지금은 옛날처럼 정다운 사이로 돌아갔다.

이윽고 겨울이 되어 기자림에는 겨울 찬바람이 몰아쳤다. 어느 날 할멈은 성안에서 돌라오는 길에 초시더러 쓰라고 길바닥에서 낡은 밀짚모자를 하나 주워왔다. 초시는 대단히 기뻐서 손을 벌벌 떨면서 몇 번이나 몇 번이나 그것을 써보았다. 하지만 그의 머리는 아주 넓적하고 게다가 상투가 있어서 아무래도 들어가지 않았다. 그래서 그는 양손을 탁탁 털더니 콧물을 들이마시며 이렇게 중얼중얼 하는 것이었다.

"나는 아무래도 학자 머리를 하고 있어서 말이야."

할멈이 말했다.

"이것은 여름용이구먼요."

(원제 : 箕子林, 발표지 :『문예수도』 1940년 6월)

물오리섬

제 1 절

완만한 대동강 물줄기를 따라 하루에 한 번 증기선이 썰물을 타고 평양성 연광정 하안에서 강하류의 요포 고봉사 기슭까지 내려간다. 의사에게 전지 요양을 권유받은 량은 같은 값이면 좋아하는 대동강 하류의 어딘가 아름다운 구릉이나 수려한 작은 섬에 가서 살고 싶어서, 먼저 사전 조사를 할 참으로 이 증기선에 몸을 실은 것이다. 어느 사이엔가 배는 포플러 숲이 또렷하게 보이는 반각도를 따라 흐르는 좁은 바다를 기관소리라도 헤아리듯이 조금씩 빠져나가, 평양 옛 성안을 나중에 보게 되었다. 괘이섬(狸岩島)이나 쑥섬 반월도 등 그림 같은 작은 섬들을 바라보며, 평천리의 능수버들에 가려 뿌옇게 보이는 긴 둑 앞을 30분 정도 내려가니 이번에는 오른 쪽 뭍으로 옥별산(玉硯山)과 우비암이 경사와 벼랑을 이루며 드문드문 솔숲이 흩어져 있어서 마치 북종화의 산수병풍이라도 서서히 펼쳐 내는 것 같다.

강줄기 왼쪽에 가늘고 길다란 두루섬(豆老島)이 흐르는 것 같이 가로놓여 있고 박 덩굴에 뒤덮인 누런 지붕들이 논 사이로 군데군데 보인다. 밭에는 흰 옷을 입은 농부들의 구부정한 모습이 보이고 강가의 푸른 초원에는 황소와 송아지가 한가로이 풀을 먹으면서 생각난 듯 때때로 꼬리를 치고 있었다.

물살이 풍부한 것이나 연안이 명미하고 섬들이 아름답기로는 역시 대동강보다 나은 곳이 없다고 그는 새삼스럽게 느꼈다. 갑판 위에 뒤로 기대듯이 서서 그는 시원한 강바람에 셔츠 깃을 젖히면서 이 배로 하는 작은 여행을 더욱더 행복하게 생각했다. 특히 그에게는 어렸을 적 숙모님 댁을 방문하여 하류 베기섬(碧只島:벽지도)에 가서 한 여름씩을 꿈 같이 즐겁게 지내곤 했던 아득하고 아름다운 추억이 있다. 꾸러기들과 강에 뛰어들어 소라를 줍기도 하고 버들피리를 만들어 삐리삐리 불며 해질녘에는 석양을 등에 지고 송아지를 타고 집에 가기도 했다. 밤이 되면 섬 처녀들은 봉구네 사랑에 모여 등잔 밑에서 토끼 새끼처럼 머리를 맞대고는 가지각색의 실로 수를 놓으면서 끝없는 시시껄렁한 이야기에 밤이 깊어 가는 것도 몰랐다. 량은 밤에 그녀들 옆에서 꾸벅꾸벅 졸면서 듣는 이야기에 흠뻑 빠지는 것도 더할 나위 없이 좋아했다. 그녀들이 만든 수예품, 가령 화사한 원앙 모양의 베갯잇이나 아이들의 꽃구르개, 색주머니의 문양 같은 것을 어머니들은 평양이나 촌, 읍의 장날에 가서 돈으로 바꾸고, 일부를 떼어서 싸구려 분이나 거울을 사 가지고 온다. 나머지는 몇 해 동안 모아서 시집보낼 밑천으로 쓰곤 한다.

그 중에서도 자수는 순이가 제일 솜씨가 좋고 빨라서 이 섬에서 누구보다도 시집갈 준비가 잘 되어 있다고들 했다. 한편 그녀들도 량을 마음에 들어 하여 작은 천에 사슴을 수놓아 주기도 하고 그의 세일러복 칼라 끝에 들국화 무늬를 수놓아 주기도 하고 때로는 졸고 있는 것을 깨워서 꼰 실을 쥐게 하고는 재미있어했다. 생각해보면 어떤 의미로는 평양 도련님이라는 이유로 그녀들 사이에서 인기가 있었던 것 같다. 예닐곱 살 적에는 서양풍으로 가르마를 타서 세일러복이나 양복에 반바지를 입고 소학교에 들어갔고 그 뒤로는 양복을 입었다. 그래서 그녀들은 그런 그를 신기하게 여기고 서로 순진한 애무의 정을 다투었던 것 같다. 작은 물고기 같이 반짝거리는 순이의 아름다운 눈길, 갸름한 얼굴에 눈썹이 짙은 칠성네의 살짝 미소짓는 입매, 시선이 마주치면 금방 발개지는 소분네의 동그란 얼굴, 거기에 흰 살결에 통통하게 살이 오른 봉구네가 가끔씩 땅콩을 집어주던 따끈따끈한 손의 감촉, 그런 것들이 눈앞에 어른거리기도하고 핏줄을 타고 전해져서 그는 자기도 모르게 얼굴이 화끈거리는 같아 피어나는 미소를 억눌러 참았다.

언제였을까. 휘영청 밝은 달이 떠있던 날 밤 그 때는 무슨 바람이 불었는지 칠성네가 혀를 쏙 내밀어 보이며

"나 같은 색시감은 평양에는 없을 거야."

하며 머리를 쑥 내밀었다. 그러자, 모두 일제히 깔깔거리며 웃기 시작했는데 민망해서 머쓱해져있는 그를 갑자기 장난치듯이 낚아채듯이 끌어당기며,

"싫어, 내가 가질 거야."

라고 외치면서 볼을 비벼댄 계집애가 있었다. 그게 바로 순이였다. 계집애는 어린 마음에도 묘한 부끄러움에 빨개져서 눈만 깜박거렸다. 그것을 보고 다른 계집애들은 더욱 좋아라 배를 안고 웃으며 떠들어댔다.

"그러면, 미륵이가 울겠네."

봉구네는 웃으며 대꾸하듯이 일어선다.

"미륵이는 내가 대신 가질까."

그러자 순이는 얼굴을 새빨갛게 붉히며 량을 밀쳐 내고는 봉구네를 수틀로 때리며 엉엉 울어대는 것을 쫓아다녔던 광경이 이상할 정도로 지금도 여전히 또렷하게 떠올랐다. 그 때 이후로 순이에 대한 눈부신 인상이 그의 작은 가슴속 어딘지 모르게 새겨진 것일까. 그도 솔직히 순이가 제일 좋았다. 그래서 미륵과 순이의 이야기를 봉구네한테 듣는 순간 괜스레 가슴이 방망이질 쳤던 기억이 난다. 그 때 역시 그의 가슴속에 미륵이라는 존재가 일종의 이상한 울림을 깊이 새겨놓았음에 틀림없었다.

미륵은 숙모 마을에 살고 있는 몸집이 좋고 말이 없는 젊은 남자로, 힘든 일도 아무렇지 않게 다른 이의 두 배를 해낸다고들 했다. 게다가

씨름을 잘 하는 것으로 근처 섬들에 널리 이름이 알려져 있었고 씨름대회에서 상으로 받은 황소를 한 마리 기르고 있었다. 량은 남몰래 그를 두려워하면서도 좋아했다. 대회 때에는 미륵의 팬으로서 열렬한 그가 상대편 장사를 뒤집을 때마다 환호하며 박수를 쳤다. 그럴 때면 순이도 반드시 어딘가 남의 눈을 피하듯이 서서 드러내놓고 기뻐했던 것을 량은 이 계집애들의 소란 속에서 문득 떠올렸다. 그리고 그 후로는 미륵을 한결같이 좋아할 수만은 없었다. 특히 그러고 나서 며칠 후 저녁, 마을 변두리의 집 앞에서 어망을 꿰매고 있던 얼굴이 얽은 이 서방이 지나가던 미륵에게

"자네도 바다에 나가지 않겠나. 젊은 것들은 거의 다 나가지……. 에에, 순이한테 연놈들이 들러붙을 게 겁나는 게지. 아니면 봉구네가 성가시게 따라 다녀서 못 가나."

하고 농담을 했기 때문에 등 짝을 붙잡혀서 대여섯 번 빙글빙글 휘둘린 것을 보고 별 생각 없이 유쾌하게는 생각했지만, 고기잡이도 잘한다는 그가 왜 바다에 가지 않는지, 또 봉구네가 미륵에게 짝사랑을 하고 있는 것 같은 것도 다 알고 나서 량은 적잖이 질투를 느꼈었다. 그런 덧없는 일들을 떠올리며 량은 혼자서 미소인지 쓴웃음인지 모를 웃음을 지었다. 생각해 보면 그러고 나서 그럭저럭 이십 년이나 된다. 그 섬의 그리운 사람들이나 소꿉친구들, 또 순이, 칠성네, 봉구네 등, 모두 어떻게 살고 있을까. 그가 열 살 때 숙모가 북간도로 이주하고 나서는 다시 그 섬에 간 적은 한 번도 없었다. 그 물가에 치솟아 있던 높은 포플러나무는 지금도 여전히 꺾이지 않고 저녁 바람을 맞으며 붉은 하늘 아래를 빗자루처럼 흔들흔들 흔들거리고 있을까.

도중에 두루도 중서리에 들러 한번 손님을 내리고서 증기선은 다도(多島)강이라고 할 만한 곳으로 나아가기 시작했다. 점점이 떠 있는 섬들의 모습도 다양해서 곤유섬, 복도, 혹은 별찬섬, 혹은 추자도, 멀리 장광도, 두단섬, 문발섬, 그리고 이름이 없고 사람도 살지 않는 물새같이 아름다

운 섬들. 오른쪽은 종종 절경을 시로 읊던 만경대 절벽에 위치하여 길게 늘어져 있다. 물줄기는 넓게 혹은 가늘게 몇 갈래로 나뉘어 검을 정도로 퍼렇게 가라앉아 있다. 여러 척의 돛단배가 유유히 오가고, 작은 짐배나 고기잡이배는 증기선이 일으키는 물결을 받아 흔들린다. 옛날에 프랑스 함대가 한국 군대의 공격을 받아 좌초한 것도 이 부근이다. 만경대가 똑바로 내려다보고 있는 곤유섬 해변에는 아마도 두루섬에서 헤엄쳐 왔지 싶은 아이들 너댓 명이 해오라기처럼 물끄러미 게 구멍을 들여다보는가 했더니 갑자기 손을 쑤셔 넣고 버티고 서거나 물구나무를 서기도 하였다.

증기선은 만경대 남단에 다시 한 번 멈추고, 승객을 서너 명 내리고 다시 기관을 울려대며 강 복판으로 나갔다. 두루섬 끝, 낙덕면도 어느 사이엔가 지나가고 유채꽃이 피어있는 넓디넓은 추자도의 전원을 오른쪽에 바라보면서 점점 바다같이 펼쳐지는 대하(大河) 속으로 원을 그리며 백조와 같이 나아간다. 이렇게 또 삼십 분쯤이나 흘러 내려왔을까. 갑자기 오른쪽에 마치 상처 난 앵무새가 깃털 속에 감추고 웅크리고 있듯이, 휘어질 것 같이 풍성한 황철나무로 가장자리를 장식하고, 온 섬이 수양버들과 포플러 숲으로 홀딱 둘러싸인 작은 섬이 확 눈이 뜨일 것 같이 선명하게 나타났다. 오색 영롱한 물방울을 튀기면서 지금이라도 뛰어오를 것 같기도 하고, 작은 물고기처럼 지금이라도 강바닥에 숨어 버릴 것 같기도 하다. 잔 물결이 이는 비단 같은 물은 이 작은 섬을 마치 에메랄드로 감고 있는 것 같다. 어째서인지 소년 시절의 기억 속에 이 섬은 빛을 발하고 있지 않다.

"정말 아름다운 섬이군요."

그는 이 작은 섬의 아름다움에 완전히 매혹되어 무심코 옆 사람에게 중얼거렸다.

"무슨 섬이지요?"

"……물오리섬."이라고 기어 들어가듯이 대답하는 목소리의 주인공은 시골분위기의 키가 큰 중년부부로 세 살 가량의 눈이 크고 햇볕에 탄 어린 아이를 업고 있었다. 그녀는 꺼리기라도 하듯이 몸을 조금 빼고 힐 끗 자기 쪽을 훔쳐보았다. 그러고 보니 왠지 그녀는 아까부터 무슨 사정 이 있는 듯이 자기의 얼굴을 힐끔힐끔 보는 것 같았다. 량은 넌지시 뭔 가에 끌린 것처럼 그녀의 얼굴을 물끄러미 바라보았다. 그녀는 얼굴을 확 붉히며 눈을 내리 깐 채

"물오리가 겨울부터 이른 봄까지 떼지어 놀러 와서……."

"어, 당신은."

그는 갑자기 망망한 망각의 바다에서 기억을 되살리고는 놀라움에 눈 을 휘둥그레 치켜 떴다.

"베기섬(碧只島)." 칠성네 씨 아니세요?"

"댁은 평양의 '꼬마' 씨이시죠."

그 소리도 기어 들어가듯이 희미하기는 했지만, 그녀는 '꼬마'라는 량 의 어릴 적 별명을 엉겁결에 불러버린 것이 멋쩍은 듯 더욱더 새빨개졌 다. 콧등 옆에는 예전에는 없었던 주근깨가 있어서 더욱 인상적이다.

"정말 뜻밖이네요. 거의 이십 년만에 그것도 이런 강 위에서 당신을 만나다니. 저는 옛날의 좋은 추억에 이끌려서 배를 탔습니다. 베기섬의 모습도 꽤 달라졌지요?"

"저도 지금은 겸이포 쪽에서 농사를 짓고 있어서요, 이 대동강을 내 려가는 것이 몇 년 만이에요. 평양에서 돌아오는 길인데 아무래도 이 강 을 타고 집으로 돌아가고 싶어서."

하며 그녀는 살짝 량을 올려다보고 조금 머뭇거리듯이 수줍어하면서

"옛날 순이 기억하시는지?……."

"네, 기억합니다."

량도 왠지 낯간지러운 기분이 들어 미소를 지었다.

"순이 씨는 요즘 어디 사세요?"

"저 물오리섬에……."

칠성네는 손으로 가리켰다.

"미륵과 결혼하여 저기로 갔어요. 아까부터 순이네 집을 찾아보려고 하는데 아무래도 안보이네요. 저도 순이를 요 십 년 정도 못 만났지요. 보이나요? 분명히 한 채 밖에 없는 집인데……."

"허 참 안 보이네요." 량은 점차 뒤로 지나가 버리려고 하는 물오리섬을 발돋움해서 훑어보며,

"역시 순이와 미륵은 같이 사는군요. 하지만, 나무들 사이에 가려서 그런지 인가는 한 채도 안 보이는 것 같네요."

증기선은 오른쪽 추자도의 중간지점 물가에서 두세 명의 남녀가 손을 흔들며 외치는 것을 발견하고, 그 쪽으로 방향을 바꾸어 서서히 다가가기 시작했다. 그래서 물오리섬은 점점 멀어져 갔지만, 량은 아름다운 그 섬을 응시한 채 혼잣말을 중얼거렸다.

"아아, 저 꿈같은 섬에 순이 부부가 살고 있군. 그래, 추자도에서 내려 먼저 저 섬에 작은 배로 가보자."

제 2 절

증기선에 몸을 싣고 떠나가는 칠성네를 잠시 전송하고 나서, 량은 물가에 대어있는 작은 천렵선을 빌어 단신으로 젓기 시작했다. 강 복판으로 나가는 데 따라 물살이 상당히 빠른 듯해서 다시 뱃머리를 돌려서 돌아가는 듯이 하면서 물가를 따라 올라가기를 2정 정도하고 나서 중류를 힘차게 건너기 시작했다. 배는 나뭇잎처럼 흔들리며, 아래쪽으로 쏜살같이 떠밀려가면서도 다가간다. 오후의 햇빛이 수면을 은하처럼 진주로 수놓고, 그것이 수많은 이상한 미소를 만들어낸다. 잔물결은 춤을 추며 배에 장난을 걸었다. 량은 겨우 물오리섬 아래 끝 쪽에 배를 댈 수 있었다. 섬 가장자리를 빙글빙글 둥글게 감싼 황철나무 수풀 아래, 비단

같은 물에 씻기고 있는 해변가는 백사장이었다. 그 위에 닻을 던지고 내려서서 수풀 속을 헤치고 들어가니 갈대가 키만큼 큰길도 없을 정도로 빽빽하게 우거져 있었다. 강물 위를 쓰다듬으며 불어오는 바람이 창날 같은 그 칼끝을 반짝이는 파도처럼 춤추게 했다. 그 때마다 짙은 풀 냄새가 후끈후끈 풍겨온다. 거기를 헤엄치듯이 헤쳐 들어가며 둘러보니, 황철나무 숲에 성처럼 둘러싸인 섬 안은 생각했던 보다 넓게 보인다. 전부 삼만 평 정도는 될까.

　군데군데 포플러나무들이 늘어서 있고 이름 모를 관목이 빽빽이 자라 있었다. 갈대와 참억새 다른 잡초가 아주 무성히 자라 있고, 또 노란 들국화와 풀꽃들 그 밖의 꽃이 여기저기에 꽃 덤불을 이루고 무지개같이 여러 가지 색을 띠고 있다. 지레짐작으로 헤매고 다니면서 둘러보아도 인가는 한 채도 보이지 않고 손바닥만한 경작지도 없는 것을 보면 아무래도 지금은 무인도인 것 같다. 토질을 좀 보려고 가끔 마음내키는 대로 멈춰 서서 발끝으로 땅을 쑤셔 보면, 모래 투성이로 그게 발끝에서 툭툭 떨어졌다. 파리 날개 떠는 소리조차 확실히 들릴 것 같은 고요함 속에서 무료함에 견디다 못해 그는 파란 하늘을 올려다보며 공허하게 휘파람을 불었다. 순이부부는 여기에서 몇 년 동안 천국과 같은 즐거운 생활을 한 후, 지금은 어딘가 다른 곳으로 가서 사는 걸까. 눈부신 자연의 혜택 속에서 단 둘만의 아름다운 생활을 꽃피우고, 모래밭을 개간하여 얼마간의 양식을 거두며 해변가에서는 그물이라도 던져놓고 아주 자연스럽고 소박하게 살았겠지. 얼마나 아름다운 녹색 섬이며 얼마나 아름다운 푸른 하늘이며 얼마나 아름다운 은빛 강인가. 하지만 이제 순이가 여기에 없다고 생각하니 그는 안타까운 실망감을 느끼지 않을 수 없었다.

　그 때 어딘가에서 두세 마리 작은 새들의 은방울 같이 묘한 지저귐이 들려와서 그는 놀란 듯이 주위를 둘러보았다. 포플러 가지 끝에 달린 잎사귀만이 저녁 햇살을 받아 팔랑팔랑 반짝거린다. 그러자 이번에는 뒤편 숲에서 딱따구리가 나무를 쪼는 소리가 들려왔다. 동시에 그의 머리 위로 아름다운 작은 새가 조금 전의 그 굴러가는 듯한 맑은 소리로 지저귀며 동북의 물가 쪽을 향하여 날아갔다. 그는 지저귐에 홀린 듯이 꽃밭을 헤치고 나가 다시 갈대숲을 빠져나가면서 새가 물결 모양으로 선을 그리며 유성처럼 날아가는 것을 지켜보았다. 겨우 물가 가까이에 왔을 때에는 작은 새의 모습도 안 보이고 지저귐도 사라져버렸다. 허망하게 멈춰 서서 살피듯이 주위를 둘러보다가 문득 자기 바로 옆에 있는 나무 위에 열 한두 살 정도의 소녀 둘이 작은 바구니를 안은 채 웅크리고 있는 것을 발견했다. 그건 야생 뽕나무로 소녀들은 보랏빛 작은 열매를 따러 올라가 있었다. 둘 다 입이 뽕열매 색으로 귀엽게 물든 채 소리를 죽이고 이쪽을 내려다보고 있다. 량은 놀란 모습으로 올려보면서 말했다.

"뽕 열매를 따고 있구나. 너희들은 이 섬에 사니?"

"아니오, 저쪽 큰 섬에서 왔어요."

까만 눈동자의 소녀가 대답했다. '에게, 그런 곳에도 또 섬이 있었네.'라고 생각하며

"이 섬에는 아무도 안 사니?"

"네, 예전에 한 채 있었는데 물난리가 나서 떠내려가 버렸어요."

이번에는 빨간 댕기를 늘어뜨린 소녀가 위태위태하게 다른 가지를 붙잡으며 대답한다.

"어? 물난리……. 그래서 그 사람들은 어떻게 되었니?"

"몰라요. 어른들이 말해 주지 않았어요."

게다가 빨간 댕기 소녀가 이렇게 물었다.

"아저씨는 어디에서 왔어요?"

"평양에서 왔어. 너무나도 아름다운 섬이어서 와서 살까 하고, 어때, 아저씨가 와서 살까?"

"아저씨 혼자서 안 무서워?"

까만 눈동자를 한 소녀가 호기심으로 깜박거리며 내려다보았다.

"안 무서워."

"물난리가 나서 집이 떠내려가도 안 무서워?"

그래도 끄덕이는 량의 얼굴을 보고 빨간 댕기 소녀의 눈이 휘둥그레졌다.

"그러면 와서 살아도 괜찮아. 하지만 아저씨는 우리가 여기에 뽕 열매를 따러 와도 돼?"

"응, 좋고말고. 사이좋게 지내자. 자, 아저씨한테도 하나 떨어트려 봐."

"응."

"응."

하며, 소녀들은 서로 경쟁이라도 하듯이 후둑후둑 떨어트리기 시작했다. 그리고 그가 손을 쓰지 않고 빠끔히 열린 입으로 몇 개나 받아내는 것을 보고 재미있다는 듯이 떠들어댔다.

"그리고……."

까만 눈의 소녀가 말했다.

"얘기도 해 줄 거야?"

"응, 언제라도 해줄게. 매일 들으러 올래? 게다가 아저씨는 여기에 포도밭을 만들지도 몰라. 그렇게 되면 집에 갈 때 얼마든지 싸줄게."

"신난다."

하며 둘은 서로 마주보고 웃었다.

"매일 매일 올게. 우리는 우리 힘으로 나룻배를 저을 수 있거든. 어떤 얘기를 해 줄 건데?"

"글쎄."

하며 잠깐 생각에 잠긴 동안 량은 자기가 이 소녀들처럼 어렸을 적에 칠성네나 봉구네나 순이에게 얘기해 달라고 졸랐던 생각이 났다.

"호랑이가 중이 되어 마을에 나온 얘기는 어때?"

"들었는데."

둘은 보랏빛 입을 모아서 말했다. "그러면 돌 신발을 신은 장사 이야기는 어때?"

"그것도 들었어."

"흐응, 뭐든지 전부 들었군."

하며 그는 옛날에 칠성네나 봉구네나 순이한테 들은 얘기가 이 주변 섬들에서 얼마나 많이 되풀이되었는가를 알고, 그 시절의 계집애들에 대한 어쩔 수 없는 추억이 더욱 더 되살아나서 다시 가슴이 뛰는 것을 느꼈다.

"……그러면 소금장수 할아버지가 논둑길에서 괭이를 주운 이야기는?"

"그것도 들었지?"

까만 눈이 댕기 소녀에게 동의를 구했다.

"어, 저기에 서 있는 큰 돛단배의 뚱뚱한 아저씨한테도 들었어."

"흐응. 어디에 돛단배 같은 것이 서 있니?"

"아저씨 있는 데에서는 안 보여? 저기 섬 끝에 포플러 숲이 있죠?"

까만 눈의 소녀가 동북쪽을 가리켰다.

"그 사이에 돛대가 흔들리고 있는 게 보이는데. 거기에서 건너가면 우리 섬인데."

너 댓 걸음 나가서 그 쪽을 주의 깊게 살피니 과연 숲을 향해 높은 돛대가 불쑥불쑥 보였다가 안 보였다가 한다. 왜 저렇게 큰 배가 이런 섬에 닻을 내리고 있는 걸까. 그는 고개를 돌려 올려다보며 물었다.

"저 배는 뭐 하러 와있지?"

"저 배 아저씨는 자주 와요. 한 사람은 무서운 아저씨인데 어쩌면 벙어리일지도 몰라."

빨간 댕기는 무서운 듯이 입을 다물었다.

"한 마디도 말한 적이 없어."

"허어, 아저씨가 한 번 가볼까."

그는 이상한 기분에 사로잡혀서 그 쪽을 향해 걷기 시작했다. 거기는 이 섬에서 어느 정도 높은 지대인 듯 싶은데, 역시 갈대와 참억새가 무성하게 자라있고 그것을 헤치면서 멀리 숲 사이를 통해서 보니, 과연 커다란 돛단배가 한 척 정박해 있는데 그 위에 살찌고 머리가 벗어진 덩치 큰 사내가 쭈그리고 있는 폼이 낚싯대라도 드리고 있는 것 같다. 소녀들에게 소금장수 할아버지 얘기를 해준 것은 저 사람이군, 하고 생각하면서 량은 조금 더 높고 풀도 그다지 자라지 않은 옆을 지나가려 했다. 그 때 어디에선가 향기로운 꽃향기가 저녁바람에 실려 확 풍겨왔다. 정말 좋은 냄새라고 중얼거리며 두세 칸(약 4~5m)정도 나가는데 희한하게도 발부리에 걸리는 큰 돌이 있다. 어라, 어떻게 이런 큰 돌이 있을까 하고 놀라서 보니, 그렇군. 옛날에 순이네가 있었던 집터인 것 같아. 무수히 많은 돌이 세 평 정도 넓이에 이끼가 긴 채 파묻혀 깔려 있다. 뭐라고 말로 형용할 수 없는 감상이 량의 몸 안으로 밀려 들어왔다. 그곳을 둘러싸고 있는 참억새가 바람에 나부끼며 흔들려서 소리를 내는데 그 한 구석에서 한결 짙은 꽃내음이 풍겨난다. 부석을 밟고 건너 그 쪽으로 다가가 보니 그것은 흰 꽃이 엄청나게 많이 피어있는 넝쿨장미로 그의 눈을 놀라게 했는데, 그보다도 한층 량을 놀래 킨 것은 그 꽃 더미 아래에 벌렁 드러누워 자고 있던 흰 옷을 입은 사내가 벌떡 일어선 일이었다. 량은 한눈에 바로 그게 미륵이라는 것을 알아차리고 온 몸이 굳어버렸다. 언뜻 보기에 예전과 조금도 다름이 없이 붉은 구릿빛으로 그을러 콧날은 높고 골격은 장대하여 믿음직스러웠다. 커다란 눈은 깊이 패어 희뿌옇게 빛나고 있었다. 미륵은 물론 량을 알 턱이 없겠지만, 한 번 짝 훑어보고는 그 소녀들이 말한 것처럼 한 마디도 하지 않고 벌렁 몸을 뒤로 젖혔다.

량은 조용히 담배를 꺼내어 입에 물면서 그 남자에게도 한 대 정중하게 내밀었다. 미륵은 잠자코 입을 다문 채 한 번 목례를 하고는 그것을 아무렇지도 않게 받아들었다. 불을 나누면서 량은 조심스럽게 남자에게 입을 열었다.

"댁은 미륵 씨지요. 저는 어릴 적에 베기섬 숙모님 댁에 자주 놀러가곤 해서 기억해요."

그 때 불을 받아 담배에 붙이고 있던 미륵은, 큼직한 손을 흔들어 성냥개비를 던져버리고는 깊이 패인 눈으로 량의 눈을 뚫어지게 바라보았다. 가물가물했던 기억의 안개가 걷히고, 갑자기 량을 생각해낸 것처럼 잠깐 얼굴을 찌푸리는가 싶더니 별안간 적의를 품은 험상궂은 얼굴이 되었다.

"뭐 하러 왔냐. 응, 내 섬에 뭐 하러 왔냐고. 내 섬에는 아무도 들여놓지 않겠다."

이렇게 외치면서 미륵은 씩씩거렸지만, 금새 다시 이루 말할 수 없이 슬픈 빛을 기색을 하고는 풀이 죽어버렸다. 고개를 푹 떨구고 양손을 부들부들 떨고 있다. 어쩌면 옛날에 순이가 어린 량을 귀여워했던 것을 알고 있기 때문에 순이를 열렬히 사랑하는 이 사내는 그를 알아보자마자 갑자가 끔찍할 정도의 질투심에 사로잡히게 된 것일까. 그러나 그렇다고 하기에는 너무나도 한심한 이야기일 것이다. 그렇지 않으면 순이에게 뭔가 좋지 않은 일이라도 생겨서 이제 자기 옆에 그녀가 없다고 생각하면 질투의 맹렬함은 사라지고 슬픔만이 몰려온 것일까.

"증기선을 타고 이 대동강을 내려오다 섬이 너무나도 아름다워서 추자도에서 내려 나룻배를 저어 왔습니다."

하지만 순이가 살고 있다기에 꼭 한 번 와보고 싶었다고는 말할 수 없었다.

"아까 저쪽 뽕나무에 올라가 있던 여자 애들한테 들은 건데 이 섬에 집이 한 채 있었는데 물난리가 나서 떠내려가 버렸다고……. 거기에서 사셨다는 것 같은데요."

"……묻지 말아 주시게."

어쩐 일인지 미륵은 애원하듯이 처량한 목소리로 말했다.

"부탁이네."

그 때 아까 배 쪽에서 낚시를 하던 번들번들한 대머리 노 선장이 두 척이나 되는 큰 물고기를 껴안고 허둥지둥 뛰어오며

"어이 미륵, 미륵, 커다란 숭어가 잡혔어."

라고 고래고래 소리를 질러대다가 문득 량을 발견하자 놀라서 멈춰 섰다. 그리고 금방 두 사람 사이의 어색한 공기를 눈치 챈 듯 헤헤거리면서 다가와서 팔딱팔딱 뛰면서 꼬리와 지느러미로 자기 배를 찰싹찰싹 쳐대는 숭어를 꽉 누르며

"이봐, 이거 안 보여, 이거 안 보이냐고. 흐응, 자네 또 낯선 나리께 화내고 있지."

하고 헐떡거리며 말했다. 그리고 량을 돌아보며 정말이지 곤란한 사내여서라고 말하는 듯 선량한 웃음을 짓고 나서

"나리 너그럽게 봐주십쇼. 이 고집불통은 말입죠, 이 섬에서 누구를 봐도 툴툴거리는 성격입니다요. 복어 귀신이 들러붙은 놈이어서 말입죠, 헤헤헤."

"망할놈의 영감탱이."

퉁명스럽게 쏘아붙쳤다.

"아 좋았어, 좋았어. 가만히 있어라. 이크, 몸부림치네. 그렇다면 냉큼 이놈으로 맛있는 회라도 처먹을까. 그건 그렇고 밥은 다 됐을지도 모르겠군."

하면서 두세 칸 정도 앞쪽으로 터벅터벅 걸어갔다. 과연 거기에는 돌 위에 놓인 냄비가 부글부글 끓고 있다.

"자네 틀림없이 배가 고픈 것 같군. 속이 비면 거기에 바람이 고파서 화가 나는 법이지. 헷헤헤헤, 아무래도 자네는 그거일 거 같애. 지금 이 놈에다가 술이라도 한 잔 곁들여서 배를 든든하게 해주지……."

그리고 고개를 돌려 량에게 눈짓을 했다.

"나리 이쪽으로 오십쇼."

숭어요리를 하던 늙은 사공은, 그가 다가가자 다시 한 번 헤헤 하고 웃어 보였다. 량은 어쩌면 이 노인한테서 미륵 부부의 자세한 이야기를 들을 수 있을 지도 모른다고 생각했다. 하지만 어떻게 얘기를 꺼낼 방법이 없어서 저녁하늘의 새빨간 노을을 바라보면서 혼잣말처럼 중얼거렸다. 물 위를 건너 불어오는 저녁 바람이 꽤 세어서, 금빛으로 반짝이는 갈대와 억새 잎 끝을 춤추듯이 나부끼게 하면서 그의 말을 뒤틀어 끊어놓는다.

"저녁놀이 새 빨갛네요…….."

"네, 그렇고말고요. 바로 여기가 옛날에 부엌이 있던 자리이고…….."

노 사공은 어떻게 잘못 들었는지, 심한 귀머거리로 보일 정도로 엉뚱한 말을 큰 소리로 내뱉기 시작했다.

"저 고집불통은 여기에서 밥 짓고 반찬을 만들지 않으면 못 참지요. 헷헤헤헤, 몸만 큰 애기여요. 예쁜 색시하고 여기서 살았던 옛날이 도저히 잊히지 않아서, 헤헤헤. 그래서 저희들이 대동강을 오르내릴 때에는 꼭 한 번씩 여기에 들러 쉬고 갑니다요…….."

"영감님은 부인은 없습니까."

"엉, 제 자식놈이요? 낳은 자식은 아니지만 저 고집불통을 자식으로 여기고 있읍죠. 헷헤헤헤. 그렇지? 미륵."

사내는 팔속에 고개를 파묻은 채 멍한 모습으로 아무런 대답도 하지 않았다.

"헤헤, 옛날 일을 꿈꾸고 있구면. 색시가 물난리 때 집과 함께 떠내려가서, 지금은 용궁에 가 있지. 옛날에는 여기에 두 칸짜리 집을 아담하게 지어놓고…….."

"아냐, 아니란 말이야."

미륵은 갑자기 벌떡 일어서더니 소리를 질러댔다.

"세 칸, 네 칸이나 되는 근사한 집이었단 말이야."

그게 깜짝 놀랄 만큼 큰 소리였기 때문에 사공도 이번에는 제대로 알

아들은 듯

"아 그렇고말고, 그렇고말고. 세 칸, 네 칸, 다섯 칸이나……. 그게 이 섬에서 임금처럼 무엇하나 아쉽지 않은 생활을 했지. 자네 그 때 이야기라도 들려주지 그래. 나는 말이야, 전에는 어떤 이야기라도 한 귀로 듣고 한 귀로 흘려버렸지만, 지금은 귀가 완전히 절벽 같이 먹어버려서 이번에 듣는 얘기는 절대로 잊어먹지 않을 텐데 말이야. 이리 와서 술이라도 돌리며 이 나리하고도 사이좋게 마셔보세."

하고 권하며 옆에 준비해 놓았던 커다란 술병을 쳐들었다. 미륵은 무뚝뚝하게 일어서서 다가오더니 다시 바위같이 덜커덩 주저앉았다. 석양은 점점 산너머로 기울어 가고, 눈부신 새빨간 노을이 물 위로 잦아 들어가며 빛나고 주위는 시시각각으로 주위는 보라색과 붉은 색으로 물들더니 그게 심해짐에 따라 또한 주위는 점차로 어두워가고, 마지막 잔광이 무지개같이 한 번 번뜩이는가 싶더니 밤의 장막이 먹물을 칠한 것처럼 깔렸다. 그와 동시에 동쪽 하늘에서 열엿샛날 밤의 달이 빠끔히 나와, 섬 전체에 황금빛을 쏟아 부어 나뭇가지 끝을 흔들고 풀들을 춤추게 하더니, 마침내는 넓고 넓은 강에 황금 다리를 놓고 그들의 술자리에 찾아와 세 사람의 얼굴을 창백하게 뭔가에 홀린 사람들처럼 비추었다. 바람은 산들산들 속삭이듯 불어오고 이따금 강을 오가는 배의 노 젓는 소리가 쓸쓸하게 들려온다. 굳게 입을 다물고 있던 미륵은 점차로 취기가 돌자 억누를 수 없는 비통한 감정을 토해내듯 조금씩 조금씩 대략 다음과 같은 이야기를 시작했다.

제 3 절

"아버지는 내가 열 살 되던 해 가을 고기잡이 배를 타고 황해로 나간 채 돌아오지 않았지."

그는 낮은 목소리로 중얼거렸다.

"그 후로 나는 바다한테 완전히 정나미가 떨어져버렸네."

들리는 소식에 의하면 황해 연평도에서 술집여자와 같이 산다는 것이었다. 그 후로 어머니는 그를 데리고 생활고에 빠져 매일 아버지 원망을 하며 나날을 보냈다. 미륵은 어린데도 엄마를 도와 두 사람의 생활을 지켜야한다고 결심하고 매일 아침 일찍 어머니와 함께 일어나서는 들에 나가 어른한테도 지지 않을 만큼 일했다. 그러는 사이에 어른을 능가할 만큼 몸도 우람해지고 소작도 남보다 배로 할 수 있게 되자 아버지가 돌봐 주지 않아도 당신이 버린 아내와 자식은 이만큼 훌륭하게 살 수 있다는 고집스런 자신이 생겼다. 그게 열너댓 살 경일 것이다. 그러나, 어렸을 적부터 그는 간절하게 동경하는 것이 하나 있었다. 소를 한 마리 기를 수 있는 신분이 되어 아침 일찍 물가로 몰고 나가 풀을 먹이고, 해 질 녘에는 다는 사내아이들처럼 소등에 타고 갈피리 같은 것을 불면서 돌아가는 것이었다. 하지만 그것을 바라기에는 너무나도 어려운 살림살이였다. 그래서 이 소년이 생각해낸 것은 그렇다, 훌륭한 씨름꾼이 되어 단오 때에 대회에 나가 소를 상으로 받아오는 일이었다. 그러고는 들일 하는 틈틈이 섬 소년들과, 그리고 마침내는 어른들을 상대로 넷으로 편을 짜서 기술을 연마했다. 이렇게 하여 그가 드디어 2등 상인 송아지를 끌고 집에 돌아오게 된 것은 열아홉 살 단오날 때이다. 이제 쇠등에 탈 만한 나이도 아니고, 또한 소의 몸도 작기는 작았지만, 얼마나 기뻤던지. 그는 어머니와 함께 소를 몰고 돌아오는 도중에 해 저무는 물가에 나가 송아지 몸을 씻기며 말했다.

"오마니, 좋은 소지요. 이제 우리도 원래대로 가족이 셋이 되었지 않아요. 아버지가 없다고 오마니도 울지 마시라요. 좋지요. 나는 내년 단오 때에는 더 큰 놈을 받아 오가시오."

하고는 했지만, 사실은 세 식구는 아니고, 그 때부터 그의 마음속에는 네 식구가 살게 되었다. 왜냐하면 열여섯 살 순이가 씨름대회 이후로 그에게 특별한 호의를 보였기 때문이다. 여하튼 이 외고집의 고독한 소년은 젊은 여자를 싫어하기는 했다. 집으로부터 엄마로부터 자신으로부터 아버지를 빼앗은 자야말로 젊은 여자가 아니었던가. 그는 쉽게 마음을 허락하지 않았다. 해질 녘에 우연히 순이가 어린 아이를 업고 그가 지나가는 길에 멈춰 서서 제대로 쳐다보지도 못하고 얼굴을 붉히고 있었을 때도, 또 조금 낯이 익어 힐끗힐끗 눈을 흘기게 되었을 때도, 그는 한 번 돌아보지도 않고 이랴 이랴 하며 터벅터벅 소만 몰았다. 그런데 어느 달 밝은 밤 늦도록 집 앞에 혼자 우두커니 앉아서 하늘을 올려다보고 있는데, 봉구네 집에서 수를 놓고 돌아가던 그녀가 지나가면서 녹색 천에 빨강 노랑으로 아름다운 꽃을 꿰맨 주머니를 자기 앞에 툭 떨어트렸다. 그때는 그것을 주워서 일어섰지만 어찌된 일인지 불러 세우지도 못하고 머뭇거렸다. 순이는 기다란 머리채를 찰랑거리며 발 빠르게 달아나 버렸다. 그날 밤 그는 이것을 어떻게 할 것인지, 어떤 방법으로 되돌려줄 것인지 고민했다. 그러고 나서 며칠 후 소를 몰고 돌아가는 길에 길가에 있는 뽕나무 잎을 따는 척하고 있는 그녀를 만났지만 말을 꺼내지 못하고 우물쭈물 모른 체하며 지나가려 하자 순이가 뒤에서 길다란 머리채로 철썩 하고 소 엉덩이를 때리고는 끼랴 하고 소리 질렀다. 그 바람에 소가 놀라서 뛰어오르는 것을 보고 그녀는 깔깔거리기 시작했다. 미륵은 홱 돌아보며 진짜로 화가 나 소리쳤다.

"계집애가 뭐 하는 거여."

"소, 소가 뭐야."

순이는 머리로 방아깨비가 방아 찧는 흉내를 내기 시작했다. 미륵은 불끈하며 송아지 고삐를 세게 졸라매고 다가가서 노려보는 사이 똑같이 째려보는 그녀의 맑은 눈매에 맥이 풀려 우물거렸다. 그녀는 또 심술궂게 그의 흉내를 내서

"끼랴, 끼랴가 뭐여."

하며 입을 뾰족 내밀더니 갑자기

"돌아가란 말이야. 남이 보면 어떻게."

하고 말하자마자 몸을 돌려서 나무 아래로 뛰어 내려갔다. 소는 이랴 이랴에 앞으로 가기 시작했지만, 그는 여전히 우두커니 선 채 한 마디도 못하고 멍해 있었다. 이윽고 돌아가려고 발길을 돌렸는데

"응, 생각났어."

하며 다시 멈춰 섰다.

"네가 떨어트린 주머니 돌려준다."

그리고 자기 윗도리 속으로 손을 넣어 끈을 잡아 당겼다. 끈은 소리를 내고 쭉 찢어지며 주머니를 단 채 나왔다. 그는 그것을 어디에 두면 좋을 지 몰라 끈을 달아 가슴에 매어 놓았던 것이었다. 그것을 보고 순이는 더욱더 깔깔 자지러지게 웃으며 뽕밭 사이를 지나 멀리 달아나 버렸다.

그 후 그녀는 그가 얼마나 소를 아낀다는 것을 알아차린 듯 이번에는 그의 집 앞을 지날 때에는 잡초를 한 줌 뽑아 치맛단에 숨겨서 외양간에 다가와 휙 던져놓고 도망가곤 했다. 그것을 보자 미륵은 기쁘고 순이가 매우 고맙게 느껴지기 시작했다. 이렇게 하여 두 사람은 점점 친해졌다. 어머니는 눈에 띄지 않게 두 사람의 사이를 지켜보면서 남몰래 기뻐했다. 순이같이 마을에서 소문 날 정도로 예쁘고 마음씨도 고운 색시를 며느리로 맞을 수 있다면 그보다 좋을 순 없기 때문이다. 그러는 사이에 미륵은 순이가 빨래하러 자주 가는 물가 근처에 자진해서 송아지를 데리고 가게 되었다. 끼랴, 끼낏, 끼료 하는 소리를 들으면 그녀는 바쁜 듯이 빨랫감을 머리에 이고 나온다. 물가로 가는 오솔길까지 오면 미륵은 일부러 송아지 고삐를 느슨하게 풀어 통행을 하지 못하게 해 둔다. 종종 걸음으로 오던 순이는 곤란해 하며 멈춰 서서 머뭇머뭇 옆으로 다가오면서

"안 된다니까, 그런 곳에 소를 풀어놓으면……."

하고 입을 삐쭉거리면서 사방을 둘러보았다.

"그렇게 화내지 말거라. 어차피 이 녀석은 네 것이니까 지금 친해지는 게 좋지."

"빨리 고삐 끌어. 딱 가로막고 있어서 지날 수 가 없잖아."

그녀는 화난 듯이 눈을 흘긴다. 송아지는 길가에 목을 들이밀고 풀을 뜯어먹고 있다가 때때로 그녀 쪽으로 고개를 들고 흔들었다. 순이는 놀라 뒤로 물러섰다.

"그만두라니까, 바보 송아지……."

"그렇게 소를 나무라지마. 끼랴, 소야 비켜라 비켜."

하면서 고삐를 끌어당겨

"자, 지나가도 돼."

순이는 그 틈에 꽃 같은 미소를 지으며 송아지 뒤를 돌아서 쌩쌩 도망갔다. 미륵은 히히히 웃었다. 그녀는 두세 칸 가더니 뒤돌아보며

"하구 아카시아 밑에 부드러운 풀이 많아."

하는 말을 던지고 다시 도망치듯이 물가고 내려가는데, 그럴 때 봉구네는 그늘에 숨어서 지켜본 듯 자주 불쑥 나타나서 눈꼬리를 내리깔고 순이의 뒷모습을 노려보듯이 바라보았다. 그녀의 모습이 보이지 않게 되면 봉구네는 그에게 다가가

"어지간히 뜨겁네."

하얀 이빨을 드러내며 사나운 얼굴로 웃었다. 봉구네는 섬에서도 바람기가 소문난 처녀로 최근에는 그를 짝사랑하고 있었다.

하지만, 그는 획 등을 돌려 손바닥으로 철썩 소를 때리며 끼랴 하고 소리지르고 도망가듯이 소에게 끌려서 달아났다. 봉구네는 그런 행동에 골이 나서 흙덩이를 쥐고 그 쪽으로 냅다 던졌다. 순이가 가르쳐준 곳에 소를 데리고 가보니 과연 말 그대로 좋은 풀이 융단처럼 깔려있었다. 거기에서 소를 풀어 놓고 있으면 뒤에서 순이가 반드시 나타났다. 나무 그늘에 살짝 몸을 숨기고 그녀는 음메 음메 소 울음을 흉내 낸다. 그러면, 송아지는 획 고개를 돌려서 코끝을 쳐들고 하늘을 올려다보면서 음메

하고 화답한다. 풀 위에 주저앉아 있던 미륵은 벌떡 일어서서 두리번두리번 주위를 둘러본다. 그 때 순이는 있는 힘껏 참외를 그 앞에 내던지고 까르르 배꼽이 빠지게 웃으며 나무 그늘에서 나온다. 그러면 이번에는 그가 참외를 들고 쫓아가고 도망가는 그녀를 아카시아 줄기 있는 곳까지 몰아 부치고는 참외 꼭지를 한입 한껏 배어 물고 그걸 그녀 입 앞에 들이밀었다.

"먹어."

이렇게 그들 사이는 점점 가까워져 갔고 어느 사이엔 가 두 사람의 소문은 섬에서 가장 큰 화제가 되었다. 거기에는 봉구네의 입방아도 단단히 한몫 했다. 양가에서도 조금 실랑이가 있은 뒤 그렇다면 가을걷이라도 마치고 두 사람을 결혼시키자는 것까지 정해졌다.

"하지만, 그 가을이 오기 전에 우리에게는 슬픈 일만 생겼지."

하고 중얼거리며, 미륵은 쿵쿵 콧물을 들여 마셨다.

다름 아닌 바로 칠월부터 팔월에 걸쳐 큰 가뭄이 이어져 작물이 모두 타버려서 섬 전체가 말라죽은 풀처럼 시들어버린 것이다. 칠월까지의 상태로 보아 이것은 전혀 예상조차 못한 일로 누구 하나 소작료를 낼 수 없게 되었다. 특히 미륵이네 땅주인은 평양성 내에서도 유명한 고리 대금업자여서, 그가 몇 번이나 찾아가서 연기해 줄 것을 부탁했건만 들어주지 않고 끝내 목숨보다도 소중한 송아지를 사람을 보내어 데리고 갔다. 그때 미륵은 소를 잃은 외양간 여물통 위에 앉아 한참동안 꿈적도 하지 않다가 갑자기 정신나간 것처럼 도끼를 휘둘러 여물통을 두드려 부수고, 견디기 어려운 분노와 슬픔을 참을 수 없어서 발을 동동거리며 외양간 안을 미쳐 날뛰었다. 순이는 그것을 보고 어린애처럼 엉엉 울기 시작하더니 손으로 얼굴을 감싸고 사람들을 부르러 온 마을을 뛰어 다녔다. 마을 남자들 여럿이서 간신히 그를 묶은 뒤 마당의 포플러나무에 동여매고 물을 끼얹어 제정신으로 돌아오게 하려고 했다. 하지만 그는 점점 더 미쳐 날뛰는 귀신처럼 데굴데굴 굴렀다. 어떤 노인이 이것은 틀림없이 미친것이라며 복숭아 가지를 꺾어오라고 하여 그것으로 그가 기력이 다하여 고꾸라질 때까지 마구 쳤다. 그의 어미는 치마를 거꾸로 입고 통곡을 했다. 순이는 차마 보다 못하고 뛰쳐나가 선착장까지 달려갔다. 나룻배가 올 때까지 그녀는 송아지에게 풀을 뜯어 주며 작은 가슴을 떨며 마음 아파했다. 소는 슬픈 듯이 머리를 떨구고 순이가 마지막으로 성심 성의껏 주는 풀을 덥석 덥석 씹으며 가끔 코를 킁킁거렸다. 배에 타고나서 다 건널 때까지 송아지는 여주인이 힘없이 서서 배웅하는 물가 쪽을 바라보며 코를 쳐들고 음메음메 울고 있었다. 그 후 얼마 안 있어 미륵은 그 싫어하던 황해로 돈 벌러 나갔다. 그것 말고는 방법이 없었던 것이다.

그러나 그의 슬픔은 이것으로 끝난 게 아니었다. 춘삼월 배에 돈을 싣고 이번에야말로 순이와 함께 어머니와 셋이서 다시 즐거운 섬 생활을 할 수 있으리라 기뻐하며 힘을 내서 돌아 왔을 때에는 생활고 때문이었을까 아니면 지금까지의 생각이 바뀐 것일까, 순간적인 실수 때문일까, 어머니는 섬으로 조개젓을 팔러온 떠돌이 사내와 함께 행방을 감춘 뒤였다. 옹고집에다가 어머니를 깊이 사랑하고 믿었을 뿐만 아니라 당신이 버린 두 사람은 이렇게 훌륭하게 잘살아 보이겠다고 아버지에 대해서 마음으로부터 힘쓰고 있던 그였던 만큼 발밑의 대지가 무너지고 눈앞이 아찔한 기분이었다. 특히 그는 이번에 바다에 나갔을 때 남조선의 어떤 어장에서 뜻밖에도 아버지를 만난 것이다. 어망을 좁혀가며 무수한 어선들이 서로 밀치락 달치락 하며 구치 떼를 포획하는 소란스러운 한 때였는데, 서로 아슬아슬하게 접근한 상대 쪽 배에서 갑자기 굵은 쉰 목소리가

"너, 베기섬 미륵이 아니냐."

하고 소리친 것이다. 놀라서 미륵은 소리가 나는 쪽을 한두 칸 거리를 두고 뚫어지게 노려보았다. 달밤이었다. 쉰 가량의 남자의 바닷물에 그을린 검고 굳어진 얼굴에 커다란 눈이 고기비늘처럼 빛나고 있다. 그

때 어렸을 적 기억이 그의 뇌리를 불화살처럼 스쳐 지나갔다. 그는 손에
쥐고 있던 그물 한 쪽을 엉겁결에 빠트리고 멍해 있었다. 그러나 곧 그
의 가슴속에 뭉클뭉클 증오의 불길이 타올랐다. 그는 재빨리 노대에 뛰
어올라가 선수를 반대쪽으로 돌렸다. 그리고

"돛을 올려라."

하고 소리쳤다. 같은 배 사람들은 어이없어하고 다른 고기잡이 패거
리들은 제각기 욕지거리를 해대며 한순간 멀어져 가는 미륵의 배를 바
라보았다. 미륵은 또다시 외쳤다.

"돛을 올려라."

아버지가 없어도 나는 이렇게 컸어, 농사꾼으로서 뱃사람으로서도 누
구에게도 지지 않을 만큼 컸다는 강렬한 반발심이 그를 그렇게 시킨 것
이었다. 그런데 지금 그는 유일한 마음의 지주였던 어머니로부터도 버
림받고 진짜 고아가 되어 버린 게 아닌가.

"나는 그 이후 여자라는 것을 도대체 믿을 수 없게 되었다. 이제 남자
도 여자도 나에게는 악마로 밖에 생각되지 않는다. 인간이라는 것이 싫
어져 버렸지."

미륵은 그렇게 말하며 손으로 코를 풀었다. 자기를 낳아준 아비나 어
미조차 자신을 버리고 떠나는데 하물며 다른 누구를 믿을 수 있을까. 그
러나 순이만은 그가 집을 비운 반년 동안 주야로 수를 놓고 천을 짜서
일가의 생계를 도우며 그가 돌아오기를 기다리고 기다렸다. 초봄에 경작
을 앞두고 미륵이 무사하게 돌아왔을 때 그녀는 펄쩍 뛸 만큼 기뻐하며
그를 맞이했고 또 불행하고 고집불통인 이 애인을 진심으로 위로하고 소
중히 여겼다. 그러나 그는 순이도 믿으려 하지 않았다. 그는 말했다.

"네가 나와 정말로 같이 살고 싶으면 어느 놈도 살지 않는 물오리섬
에 가서 사는 거야."

순이는 미륵의 기분을 이해할 수 있었기 때문에 아이처럼 고개를 끄
덕였다. 그가 스물, 그녀가 열 아홉 살 때의 일이었다. 드디어 이렇게 두

사람은 맺어지고 무인도에서 두 사람만의 행복한 생활을 하게 되었다. 그는 소에 대한 보였던 것 같은 열정을 이번에는 이 아름다운 외딴 섬과 순이에게 고스란히 쏟아 부었다. 바다에서 벌어들인 돈으로 샀기 때문에 섬 전체가 완전히 자기 것이고, 그녀도 자기 한 사람만의 것이었기 때문이다. 작은 초가집을

"바로 여기에다 짓고, 순이는 하얗고 빨간 들장미를 찾아 와서는 주위에 심었다."

장미는 바로 꽃을 피워 탐스러운 향기를 방안에 실어왔다. 매일 매일 아침 일찍부터 황소에 괭이를 걸어 그는 뒤에서 괭이자루를 잡고, 아내는 앞에서 소의 고삐를 끌며 꾸불꾸불한 섬 전체를 개간하기 시작했다. 그리고 작은 새들이 노래하는 버드나무 아래에서 점심을 먹고 다시 밭에 돌아오면 멀리 대보산에 석양이 비칠 때까지 진한 흙 냄새를 맡으며 흙과 땀에 뒤범벅이 되었다. 저녁이 되어 시원한 바람이 불어오면 미륵은 투망을 가지고 작은 배를 매어둔 물가에 나갔다. 순이는 순이대로 부엌일에 매달린다. 이따금 작은 어선이 숭어를 잡으러 이 섬 주위에 올 정도로 누구 하나 방문하는 사람이 없는 날이 이렇게 밤낮으로 이어졌다. 밤이 되면 아내는 등잔 밑에서 수를 놓거나, 그밖에 바느질에 늦게까지 힘을 쏟고, 미륵은 또 미륵대로 발을 만들기도 하고 새끼를 꼬기도 하면서 가끔 별이 쏟아질 것 같은 하늘을 바라보고는 정말 좋은 날씨라든가, 구름이 긴걸 보면 내일은 비가 올 것 같다든가 바람이 깨끗하니까 옥수수와 수수가 쑥쑥 자랄 것이라든가 청개구리가 저렇게 울어대는걸 보면 올해는 큰비가 올 것 같다는 이야기를 하며 근심스러워하기도 했다. 바깥세상과의 교섭은 그가 일체 떠맡았다. 섬을 나올 기회가 거의 막혀있는 순이는 그래도 불평하나 늘어놓지 않고 자기들의 섬을 지키고 아름답게 가꾸는 일에만 열중했는데, 어쩐 일인지 그 무렵에는 해마다 홍수가 났다. 첫해는 음력 칠월말경부터 큰비가 내려 강물이 넘쳐서 어디 할 것 없이 물난리가 났는데 그 중에서도 비교적 수위가 낮고 면적

도 작은 이 물오리섬은 통째로 잠겨버려 집만 남겼을 뿐 작물은 고스란히 망쳐버리고 말았다. 그래서 두 사람은 좁쌀 한 톨도 건지지 못하고 그날 그날의 끼니를 잇기에도 곤란하게 되었다. 바다에서 벌어온 돈은 섬을 사는데 전부 써버려 무일푼이 되었던 것이다.

제 4 절

"자, 가세나. 저렇게 달이 높으니까 밀물도 딱 좋을 때일 테고, 이런 바람이라면 단숨에 올라갈 수 있을 게야. 뱃사람은 용왕님에 대한 불평은 늘어놓는 게 아닐세."

하며 늙은 사공은 냄비랑 그릇이랑 술병을 들고 재촉했다.

"나리는 나룻배로 오셨나요. 원래 있던 곳으로 돌려다 놓고 우리 배로 함께 돌아가시죠. 자, 큰 애기도 일어났다. 일어났어."

미륵에 이어 량도 일어나서 이슬이 촉촉이 내린 풀덤불이랑 갈대숲을 헤쳐 나가서 그들 배에 올라탔다. 둥근 달이 동쪽 하늘에 빠끔히 떠올라 섬과 물위에 아름다운 빛의 음악을 들려주고 있었다. 먼 물가나 섬들은 수묵화같이 달빛 속에 희미하고 고요히 가라앉아 있다. 때때로 멀리서 개 짖는 소리가 희미하게 들려온다. 늙은 사공은 돛을 올리고 돛은 바람을 품고 배는 섬에서 떨어져 점점 본류 쪽으로 나가기 시작했다.

"나룻배는 어디 매어 있었지?"

하고 물어봐서 가르쳐주자 배는 그 쪽을 향하여 물가를 따라 미끄러져 간다. 늙은 사공은 배를 조종하면서 걸쭉하면서도 힘찬 목소리로 혼자 노래를 부르기 시작했다. 서쪽 하늘에는 검은 구름이 달빛을 받아 꽃 핀 듯이 뭉게뭉게 움직이고 있다. 잠자코 눈만 반짝거리고 있던 미륵이 다시 입을 열었다.

"바로 이 근처다. 구름이 없고 바람도 없는 달밤에는 순이와 자주 오오리라고 하는 낚시를 하러 왔었지."

그러고는 다시 독백 같은 설명이 이어졌는데 그의 체격이나 성격으로 봐서 이 하류지방에만 있는 오오리라고 하는 독특한 낚시를 제일 좋아했던 것 같다. 그것은 두 개짜리 커다란 낚시 바늘을 대충 만들어 얕은 곳에 던져두고 그 끝에 굵은 끈을 매어 연결시킨 긴 낚싯대를 손에 들고 물가에 서서 수면에 구름의 그림자도 비치지 않고 물결도 일지 않을 정도로 조용할 때 두 척 세척이나 되는 큰 숭어 떼가 끈 위를 지나가는 때를 봐서 낚싯대를 양손으로 번쩍 들어올려 어깨에 매고 쏜살같이 모래밭으로 달려가서 배 언저리에 바늘이 꽂힌 숭어를 원시적으로 잡는 통쾌한 낚시이다. 순이는 멀리서 물보라의 행렬을 발견하면 조용히 뒤를 쫓아 오오리 바늘 쪽으로 몰아간다. 숭어 떼에는 반드시 선두에 큰놈이 있고 좌우 양쪽과 끝 쪽에도 큰 놈이 붙어서 새끼 숭어들을 보호하면서 진군하는 것이었다. 그것들이 몸을 뒤집을 때에는 흰 배가 인광처럼 혹은 그을린 은색으로 번쩍번쩍 번뜩여서 그 장려한 모습은 비할 바가 없을 정도였다. 가끔 네 척이나 되는 놈도 걸리고, 그게 죽을 똥 살 똥 몸부림치는 것을 끌고 달리는 중에 끈이 끊기는 경우도 있었다. 그러면 그는 재빨리 되돌아 가 물속으로 뛰어들어, 숭어 뒤를 쫓으며 끊어진 끈을 붙잡고 서로 물속에서 격투를 하는 것이었다. 그럴 때면 순이는 손뼉을 치고 발을 구르며 응원했다. 또 비가 와서 물이 흐려지면 둘이서 자주 초망을 한 쪽씩 잡고 물이 고여 있는 황철나무 아래로 끌어당겨서 발로 나무 밑둥을 흔들며 입으로 쉿쉿 위협을 해서 망둥이, 은어 같은 것을 넘칠 정도로 잡기도 했다. 그는 이것들을 등에 지고, 순이의 수예품은 가슴에 넣고 평양성내로 팔러 나갔다. 그런데 이런 유쾌하고 아름다운 생활을 한꺼번에 앗아간 것은 저주하고 싶은 그 홍수의 습격이었다.

"그래, 우리가 초망을 끌고 돌아다닌 것은 이 근처지."

하고 중얼거리며 그는 량이 타고 온 배를 발견하자 늙은 사공을 불러

배를 세우고, 막대기로 작은 배의 닻을 집어들어 배 끝에 매어놓았다. 그리고 돛단배는 비스듬히 방향을 잡아 밀물인데도 바람을 잘 이용해서 추자도 쪽으로 내려가기 시작했다. 솔잎을 산더미 같이 실은 배 세척이 중류의 밀물에 실려 기다란 노가 물을 때리는 소리도 한가롭게 평양성으로 향하고 있다. 밤새가 두세 마리 강을 건너며 노래하고 있었다. 이윽고 배가 추자도 하안에 도착하자 미륵은 작은 배의 닻을 모래톱에 던졌다. 그 바람에 작은 배는 뱃머리를 흔들며 물가에 남았다. 그리고 나서 돛단배는 드디어 중류로 돌아와서 곧장 평양을 향해 달리기 시작했는데, 그 사이에 그는 잠자코 아무 말도 하지 않았다. 어느 사이에 만경대 앞을 지나며 솔잎을 쌓은 배들을 추월하기 시작했을 무렵에는 바람도 황금빛을 안고 돛을 있는 힘껏 밀어부쳐 더욱더 속도를 내었다. 달빛은 강물 위에 떨어져 금은 보석 신발을 신고 왁자지껄하게 춤추고 있다. 미륵은 조용히 일어서서 배 밑바닥에 있는 작은 방에 들어가더니 술병과 명태를 들고 왔다. 컵에 가득 술을 따라 단숨에 마셔버리고는 나리도 한 잔 어떠냐 하며 컵을 내밀었다. 량은 잠자코 그것을 손에 들었다.

"자네, 오늘 밤 또 이 늙은이를 괴롭힐 작정이야? 너무 많이 마시면 순이의 넋이 슬퍼하니까 적당히 해대고 자라고."

"시끄럽다니까, 영감탱이."

미륵은 다시 컵에 술을 따르면서 다시 화난 것처럼 큰 소리를 쳤다.

'아아, 순이는 물에 빠져 죽은 걸까.'

"아, 알았어 알았다니까. 조용히 있지. 마음껏 마시고 주정하라고. 나 같이 나이 먹어 늙어빠지면 이제 죄다 잊어버려서 할 말도 없어지니까 말이야."

그리고 흥얼거리기 시작했다.

어허야져 어허야저
대동강 백구십 리

평양성은 칠십 리
임을 그리는 가슴은 세 치라네
어기야저차 어허야저
순풍에 돛 올려라

　"섬이 물난리가 나서 작물이 다 떠내려가니, 우리 부부는 당장 그 날부터 끼니걱정을 하게 되었지. 나는 일을 악물고 생각했네. 송아지를 빼앗긴 한이 뼛속까지 사무쳐 있는 옛 지주에게 다시 빚이라도 내야하나. 그건 죽기보다 싫은 일이었지. 굶어 죽는다 한들 그놈한테 머리를 숙이지 않겠다고 몇 번이나 발걸음이 돌아서는 것을 억지로 재촉하여 저 만경대를 넘어 평천리 외성 옆을 빠져서 대동문안의 지주네 집으로 갔지."

　그리고 그는 눈을 감고 깊은 한숨을 쉬었다. 눈에서 흰 것이 끊임없이 흘러나와 달빛에 구슬같이 빛나며 떨어졌다. 그는 그것을 주먹으로 한 두 번 훔쳐냈다. 이제 노 사공의 노랫소리는 비통하게 울리며 이상하게도 량의 가슴속을 도려내듯이 파고들었다. 미륵은 점점 취기가 돌자 감정도 격앙되어 결국 자신의 슬픈 기분을 주체하지 못하는 듯했다.

　그런데 그가 옛 지주네 사랑에 불려 갔을 때 무엇보다 그의 눈을 놀래 킨 것은 하얗게 염소 수염을 기른 지주 영감 옆에 뜻밖에 베기섬의 어렸을 적 여자 친구 봉구네가 우두커니 앉아 있는 것이었다. 그 큰 가뭄이 들었던 해에 그녀는 이 지주에게 식모살이라는 명목으로 불려와서 지금은 셋째 마누라로 이 노인의 사랑을 한 몸에 받고 있었다. 그녀는 부끄러운 듯 쓸쓸한 미소를 살짝 띄웠다. 섬의 밭이나 소를 빼앗는 것만으로도 만족하지 못하고 여자 친구까지 빼앗아 왔는가 생각하니 미륵은 어쩐지 가슴속이 얼어붙는 것 같은 기분이 들었다. 하지만 한편으로는 또 자기들의 적이라고 할 이 지주의 첩이 되어 비참한 자기 앞에 나타나서 태평스럽게 잘도 얄밉게 웃고 있구나 하고 그녀까지 저주스러워 마음이 떨렸다. 그는 그녀가 자기에 대해서 경멸하는 웃음을 보내고 있다고만 생각되어 놀라움과 분노에 눈을 확 치켜떴다. 하지만, 누가 알리. 봉구네는 지금도 여전히 미륵을 열렬히 사모하고 있었다.

지주와의 담판은 잘 안 됐다. 무일푼에게 담보도 없이 일년 간의 양식과 비료값을 마련해 줄 수는 없다는 것이었다. 그는 이를 벅벅 갈면서도 저 물오리섬 이만 오 천 평이 자기소유라는 얘기를 하고 그것을 저당잡아 겨우 빚을 내기로 했는데 왠지 겁이 나서 몸을 떨었다. 하지만, 어쩔 수 없는 신세. 다시 봄이 올 때까지 물고기 잡는 데에만 전념하자, 그리고 지금부터 조금씩 돈을 모아서 빨리 섬을 되찾자. 빼앗기지만은 않겠다, 절대로 빼앗기지 않겠다고 마음속으로 부르짖으며 사랑을 허둥지둥 뛰쳐나왔는데, 봉구네가 뒤쫓아 나와 마침 포도 울타리 밑까지 왔을 때 그의 소매를 잡아끌었다. 미륵은 지주와 그녀에 대한 증오심에 불타서 소매를 뿌리쳤다.

"그렇게, 화내지마. 내가 전혀 도움이 안 되는 것도 아닐 텐데. 실망할 것도 없어. 네 섬을 되찾을 만한 돈은 얼마든지……."

"필요 없어. 더러운 것."

그는 퉤하고 침을 뱉었다.

"내가 여기 와 있어서 너 화내는 거지. 나도 좋아서 여기 와 있는 거 아냐."

"바보같이. 더러워. 내 소를 빼앗고 섬 사람들한테서 밭과 돈을 전부 약탈하더니 이번에는 내 섬까지 빼앗으려 그러냐. 네 놈들 둘이서 아무리 침을 흘려도 내 섬은 빼앗기지 않을 테다. 알았냐, 안 뺏긴다고."

"너는 소랑 밭이랑 돈만 아깝니? 나까지 빼앗긴 것은 아무렇지도 않아? 아 ,그래."

봉구네는 사납게 눈 꼬리를 치켜올렸다.

"순이는 잘 있어?"

"그게 어쨌냐는 말이야."

미륵은 어깨를 씩씩 들먹였다. "그렇게 무서운 얼굴 하지마. 물어보면 왜 안 돼? 화내는 걸 보면 지금도 사이좋은 거 같네. 내가 뭐 너를 한번이라도 좋아한 적 없으니까 순이한테 안심하라고 그래. 저 늙은이는 저래 뵈도 나한테 폭 빠졌으니까. 그래도 아무렇지도 않아?”

“그게 어쨌냐고.”

미륵은 큰 소리로 화를 내고 휙 등을 돌려 발로 걸어차듯이 하며 대문을 나섰다. 이제부터 죽을 똥 살 똥 일해야 한다는 생각이 그의 가슴속을 사로잡고 있을 뿐이었다. 내년 가을까지 먹고 살 걱정은 없다. 내년에는 어떻게든 하느님이 도와줘서 수확을 허락해준다면 섬은 다시 완전히 내 것이 될 거야. 그들 부부는 다시 제각기 특기를 살려 일하기 시작했다. 그래도 한 밑천 잡으려고 다시 바다에 나가려고는 하지 않았다. 고집스럽고 의심이 많은 그는 역시 아내가 걱정되었기 때문이다. 그러나 자기가 바쁘기 때문에 그녀가 수를 놓은 것을 팔러 평양시에 나가는 정도는 어느 정도 허락하게 되었다. 그는 숭어나 작은 물고기를 잡을 때마다 짊어지고 평양에 와서는 삼, 사 원이라도 돈이 생긴 것을 지주에게 주러갔다. 처음에 지주는 푼돈으로 조금씩 갚는 것을 받아들이지 않았지만, 봉구네가 중간에서 승낙을 받아낸 것이었다. 봉구네는 그가 나타나면 노골적으로 기뻐하며 기회를 봐서 창녀처럼 미륵의 마음을 끌려고 했다. 때때로 주머니에 돈을 쑤셔 넣어주려고도 했다. 미륵은 그것을 뿌리쳤다. 그녀가 자기한테서 소를 빼앗은 지주의 첩이라는 것만으로도 그는 도저히 용납할 수 없었다.

“저 늙은이는 무서운 짐승이야. 나를 구할 수 있는 것은 당신 뿐이야. 나를 어디로든 데려가 줘.”

“바보 같으니, 네 힘으로 도망치라고 도망치란 말이야.”

“어디로 가면 좋아? 금방 뒤쫓아와서 잡힐 텐데. 사실은 나 너를 지금까지 한시도 잊어버린 적이 없다고.”

“짐승은 죽여버리면 되지.”

“네가 도와주면.”

“뭐라고…….”

“너를 단념할 수 가 없어, 응, 나도 그렇게 나쁜 여자가 아냐.”

어깨에 매달리는 봉구네를 미륵은 언제나 박정하게 뿌리쳤다. 그러나 이 우직하고 고집스러운 그의 마음에도 봉구네가 요사스러운 미소를 지을수록 점차로 틈이 생기기 시작한 것을 어찌하랴. 그는 그것을 스스로 확실하게 의식하지는 못했다. 그녀에 대한 남다른 증오심이 이윽고 동정으로 바뀌고 나아가서는 호의로 바뀌어 갔다. 이렇게 겨울도 지나고 봄이 찾아와 여름을 향해 가고 있었다. 그렇지만 그와 봉구네 사이는 선을 넘는 일 없이 변함없이 어려운 가운데에서도 즐거운 생활이 이어졌다. 여름이 되자 수수와 조 감자가 지붕 높이만큼, 혹은 키만큼, 혹은 땅덩이를 덮을 만큼 덩굴을 이루어서 밭 위에 넘쳐나게 되게 되었다. 이번에야 말로 드물게 보는 풍작으로 지금에라도 당장 나머지 비료값도 갚아 섬을 자신들 손에 되돌려 받을 수 있다며 둘은 기뻐서 서로 격려했다. 이 하류지역의 어느 섬에도 기쁨의 빛이 넘쳐 났다.

하지만 슬프게도 우리는 이 시점에서 소화 ××년의 끔찍한 대동강 범람을 떠올리지 않으면 안 된다. 음력 6월도 말경이 되자 짓누르는 듯한 저기압이 이 평남 일대에 들어차서 오륙일 간 계속해서 큰비가 내렸다. 갑자기 섬들은 어두운 우울한 분위기에 휩싸였다. 섬사람들은 비에 젖으며 물가에 나가 물보라를 일으키며 불어나는 강을 멍하니 바라보았다. 이런 상태가 앞으로 삼일 정도 계속되면 작년처럼 또 섬의 농작물들이 떠내려갈 것은 뻔한 일이다. 강은 점점 물이 불어나 섬을 핥아대기 시작했다. 강 복판으로 돼지우리가 떠내려가고 기둥이 떠내려가고 지붕이 떠내려간다. 미륵은 온 몸이 할만큼 두려워졌다. 만약 이번에도 농작물을 모두 잃고 기일까지 빚을 못 갚고 자기들 두 사람의 이 섬을 저 고리대금업자에게 빼앗기면 어떻게 하지 하는 생각이 번갯불처럼 뇌리를 스쳤다. 아아 이 섬을 빼앗기고 다시 소작으로 영락한 다면 이제 평생 헤어나지 못할 것이다. 지금 당장 저 지주한테 가서 일단 기한을 연기해야 한

다. 그는 순이만 섬에 남기고, 이정이나 삼정(町은 거리의 단위, 약 109.1m)
거세게 몰아치는 탁류에 떠내려가며 겨우 건너편 하안에 다다랐다. 그
의 나룻배가 폭우 속을 이리저리 제멋대로 흔들리며 떠내려갈 때, 미친
듯이 물가를 따라 달리면서 빨리 돌아와, 빨리 돌아오라고 죽을 힘을 다
해 소리지르던 순이의 필사적인 모습이 눈앞에 떠오른다.

그는 빗속에 사리나 되는 길을 고꾸라지며 미끄러지며 달리듯이 하여
지주네 집에 도착했다. 지주는 안방에서 봉구네가 부쳐주는 부채 바람
을 쐬며 누워 있었다. 그는 맨발로 골마루까지 뛰어올라갔다.

"나으리, 살려 주십시오."

오만하고 누구한테도 굽실거리며 도움을 청한 적이 없는 미륵은 그렇
게 부르짖었다. 이미 반은 미친 것 같은 그였다.

"기한이 지나도 섬을 빼앗지 않겠다는 약속을 해주십시오."

고리대 영감은 에헴 하고 헛기침을 한 번 하고 나서는

"뭐가 그렇게 급해서 그러냐, 여길 어디라고 맨발로 올라왔느냐."

"나으리 약속해 주십시오! 섬이 떠내려가 돈이 늦어지더라도……."

"섬이 떠내려가? 떠내려갈 것 같은 섬을 담보로 돈을 빌려준 것만으
로도 감지덕지 해야지 돈까지 늦춰달라니 무슨 소리냐. 그런 떠내려갈
것 같은 섬은 네놈도 필요 없지 않느냐!"

그러고는 벌떡 일어섰다.

"나으리! 한 번만 들어주십시오."

그는 방안으로 들이 닥쳤다. 봉구네는 그때 한 마디도 거들지 않고
눈만 번뜩이며 은근히 미소짓고 있는 눈치. 지주 영감은 미륵이 맨발로
뛰어들어오는 것을 보고 재빨리 옆문으로 빠져나가 황망히 모습을 감추
었다. 미륵은 숨을 헐떡이며 이를 악물고, 이를 악문 채 버티고 서 있었
다. 봉구네는 일어나더니 뒤에서 그를 격정적으로 끌어안았다. 그의 손
은 부들부들 떨리고 두터운 입술은 파르르 경련을 일으키고 있었다. 이
상하게도 그때는 빗줄기가 약해지고 있었다.

"미륵이 쫓아가서 때려죽여도 저 짐승은 들어주지 않는다고. 돈이라면 대야 한가득, 아니 쌀가마니에 한가득이라도 내가 마련해줄 테니……."

"놔! 놓으란 말이야!"

그는 아우성치며 그녀를 밀쳐내고 느닷없이 벽에 걸려 있던 긴 거울을 집어들었다. 봉구네는 놀라서 그의 다리를 붙들고 매달렸다.

"진정해, 미륵이. 당장이라도 좋으니까 백 량이라도 만 량이라도 필요한 만큼 내 놓을 테니 섬은 염려 놓으라고."

그녀는 그에게서 거울을 뺏아들고 앞으로 돌아가 껴안으며 애원했다. 그러나 그런 말도 그녀의 필사적인 노력도 그의 타오르는 증오심, 끓어오르는 분노의 불길을 가라앉힐 수는 없었다. 그보다는 지금 빗줄기가 약해지기 시작했다는 사실이 다소나마 그에게 안도의 빛을 던져주었다. 아, 제발 그쳐라, 그쳐. 그러면 나는 이 악마의 돈도 갚을 수 있고 두 번 다시 이런 곳에는 오지 않아도 된다.

"게다가, 미륵이, 지금부터 틀림없이 그칠 거야, 섬이 떠내려가지 않아. 네가 저 영감을 죽인다고 복수한 게 되는 건 아냐. 응, 알겠어? 그러면 너도 반드시 뭔가에 복수 당하게 되어 있는 거야. 그런 거야. 둘이서 도망치자. 나를 구해줄 수 있는 것은 너 밖에 없어, 저 영감은 찰거머리같이 들러붙어서 나를 빨아먹으면서 떨어지려고 하지 않아. 온 몸의 털이 곤두서있는 것 같아 한 시도 있을 수 가 없어, 으응. 내가 마련해 둔 돈이 엄청 많아. 그걸로 네 섬도 되찾을 수 있고 나도 살 수 있어. 알겠어? 빨리 도망쳐, 빨리. 어디 산 속에라도 데리고 가. 비도 약해졌어. 도망가려면 지금이야. 응, 응."

하며 그녀는 그의 목을 껴안고 매달렸다.

여기에서 미륵은 말을 딱 멈추고 갑자기 격렬한 슬픔에 사로잡힌 듯 안면 근육을 실룩거리며 굳어져서 손에 들고 있던 삽을 털썩 떨어트렸다. 신음하는 듯한 소리로 낮게 말했다.

"그 때 내 마음속에 마가 끼었었지."

아리따운 젊은 여인네의 요염한 애원이 이 사내의 마음을 움직였다고 할까. 아니, 그렇지는 않았다. 그의 마음속에는 더욱더 고리대 영감에 대한 복수심이 끓어오른 것이다. 그 순간 그를 사로잡은 복수 방법은 무엇일까? 그렇다! 그는 자기 자신에게 외쳤다. 내가 일찍이 소를 애지중지했듯이 그리고 지금 물오리섬을 사랑하듯이, 저 영감은 이 여자를 끔찍하게 아끼고 있지. 좋아, 그렇다면 이번에야말로 내가 빼앗을 차례다, 라는 생각이 문득 스친 것이다. 뺏아 버려! 계집도 돈도! 그는 갑자기 여자를 와락 있는 힘껏 끌어안고는

"좋아, 돈을 챙겨서 도망치는 거야. 채울 수 있는 만큼 채워."

봉구네는 좋아서 펄쩍 뛰며 안방으로 달려갔다. 그리고 지폐를 산더미같이 주머니 속에 채우고 남자 옷을 두세 벌 꺼내어 보자기에 싸자마자 황급히 그를 잡아끌고 뒷문으로 해서 밖으로 뛰쳐나갔다. 미륵은 이미 실성한 듯 앞뒤 분간도 못하고 이성도 잃어버렸다. 두 사람은 빗속을 헤치며 역으로 정신없이 달려갔다. 그는 봉구네가 시키는 대로 따를 뿐이었다. 그리고 금방 출발하는 진남포행 기차에 올라탔다. 그런데 기차가 출발하자마자 다시 장대같은 비로 바뀌더니 대낮인데도 주위가 비로 어두워졌다. 번개가 줄기차게 번쩍이고 정신이 아득해질 만큼 천둥이 울려댔다. 이 빛, 이 소리에 미륵은 정신이 번쩍 들었다. 그는 깜짝 놀란 듯 벌떡 일어섰다. 나룻배도 없는 섬에 혼자 있는 순이!. 물이 훨씬 불어났을 텐데. 섬을 삼켜 버릴 게다! 아, 나는 뭘 하고 있는 것이지. 그는 두려움으로 굳어지는가 싶더니 갑자기 출구 쪽으로 달려갔다.

봉구네는 비명을 지르며 뒤를 쫓아갔다. 폭풍이 소란스럽게 대지를 때려부술 것 같이 내리는 가운데 멀리 희미하기는 하나 대동강이 범람한 광경이 환영처럼 아른거렸다. 봉구네는 미륵에게 매달리려고 했다. 하지만 눈 깜짝할 사이에 돌진하는 기차 밖으로 팽개쳐지듯 굴러 떨어졌다. 그가 의식을 찾아 다시 일어선 것은 그로부터 이삼십 분 후, 쏟아

붓는 빗속의 밭 한 가운데에서였다. 팔이 부러진 듯 왼손이 말을 듣지 않고 볼은 찢어져서 피가 흘렀다. 비틀비틀 걸어봤지만, 발도 마음대로 말을 듣지 않고 쿡쿡 찌르듯이 아팠다. 그러나 그는 악몽에서 깨어났다. 한시라도 빨리 물오리섬에 가서 순이를 구해내야 한다는 생각이 그를 온통 사로잡았다. 다리를 질질 끌며 선로 위로 올라가 비에 부옇게 된 사방을 바라보니 무엇하나 보고 짐작할 만한 것은 없지만 의외로 만경 대에 가까운 태평역 근처인 듯하다. 1리 정도라고 그는 스스로에게 외쳤다. 경종을 쳐대듯이 마음은 급하고, 불길한 예감이 때때로 그를 질식시킬 것 같지만, 몸은 마음대로 움직이지 않는다. 하지만, 그는 빗속을 기듯이 하여 한 시간 정도 후에 만경대 위에 당도했다. 탁류를 이루며 뭐든지 삼켜버릴 만큼 도도히 소리를 지르며 흐르는 강물. 그것이 비에 피어나는 안개 속에 바다와 같이 펼쳐지며 곤유도, 별찬섬 같이 작은 섬들은 푸른 나무 덤불이 수면위로 아른거릴 뿐 강 복판에는 흰 물거품이 구토처럼 거품을 내고 뗏목에서 잘려나간 목재가 살아있는 것처럼 때때로 머리를 쳐들면서 무수히 떠내려간다. 돼지가 떠내려가며 기분 나쁜 쇳소리로 비명을 지른다. 두루섬의 작은 지붕들은 죽음처럼 침묵을 지키고 있다. 얼굴을 때리는 빗방울을 끊임없이 주먹으로 훔쳐내며 초조한 가슴을 억누르고 자기 섬 쪽을 바라보지만, 물오리섬은 멀기 때문에 비 안개 속으로 사라져서 흔적조차 찾아 볼 수 없을 정도. 아침녘에 그가 섬을 나왔을 때보다는 더 심하게 비는 계속해서 내리고, 또한 상류 쪽은 여기보다도 더욱 연일 폭우가 쏟아진 듯 훨씬 수위가 높아졌다. 그는 그게 다 자신의 실수와 순이에 대한 두려운 죄, 그것에 대한 용왕님의 분노라고 생각했다. 그는 자기야말로 그 분노 속에 몸을 던져 벌을 받아야한다고 느꼈다. 죽음을 무릅쓰고라도 그녀를 구해내고 그리고 자기야말로 죽을 죄를 받아야한다고 생각했다. 다음 순간 그는 산 벼랑을 구르듯이 기어내려 갔다. 마침 근처에 작은 배가 한 척 버드나무 아래에 매여 있어서 그는 그것을 타고 끈을 잡아끌었다. 뚝 끊기는 것과 동시에 배는 뒤집히듯이 떠내려갔다. 왼손이 말을 듣지 않아 그는 혼신의 힘을 다하여 한쪽 손으로 뱃머리를 상류 쪽으로 돌리고 강 복판으로 저어가기 시작했다. 용왕님 살려주십시오. 소리내어 외쳤다. 하지만, 강 복판으로 가로질러 무사히 물오리섬에 도착해야하는데 하고 마음도 팔도 서두르건만 물살은 엄청나게 빨랐다. 이윽고 강 복판으로 접어들었을 때에는 이미 두루섬의 하단 낙덕동의 숲이 빛처럼 사라져 버렸다. 그는 이를 악 물고 더욱더 팔에 온 몸의 힘을 기울여 저으면서 일어섰다. 일어서서 저으면 물을 가르는 힘은 한층 나지만, 때때로 뱃바닥에 급류를 정면으로 받아 뒤집힐 듯 비틀거린다. 더욱더 비는 심하게 퍼부어서 이제는 섬이 보일 만도 한데 지척도 분간이 되지 않는다.

"순이야, 순이야."

그는 목소리를 있는 대로 질러댔지만, 세차게 때리는 빗줄기 속으로 자취도 없이 사라져 버렸다. 그 때 배는 소용돌이 속에 들어간 듯 빙글빙글 돌기 시작했다. 그는 재빨리 등을 구부리고 쭈그리고 앉아 노를 꽉 뒤로 찍어누르며 전신의 힘을 다해 거기에서 벗어나려 했다. 바다다, 이제 바로 거기다! 라고 부르짖었다. 여느 때처럼 물결이 빠른 바다, 물오리섬의 상단, 거기가 홍수로 소용돌이를 치며 콸콸 흐르고 있었다. 다행스럽게도 그는 거기에서 벗어날 수 있었다. 그리고 마지막 힘을 짜내어 물오리섬으로 생각되는 쪽으로 뱃머리를 돌렸다. 여전히 눈앞이 보이지 않는다. 팔로 한 번 눈을 비볐다. 바로 옆을 호박 넝쿨과 두서너 개 잎이랑 열매를 얹은 지붕이 뒤를 이어 쏜살 같이 흘러간다. 그 순간 뱃머리가 뭔가에 스치며 부딪히는 느낌이 들어, 그는 놀라 기뻐하며 손을 내밀어 그것을 만지려했다. 하지만, 그 바람에 쑥 밀려 떠내려가서 손에 버드나무가 두세 가지 쥐어졌을 뿐이다. 아아, 섬 가장자리 황철나무 가지 끝까지 침수된 것이다. 그는 그래도 뭔가 큰 나무라도 붙잡고 섬 위로 올라가려 발버둥치면서

"순이! 순이야!"

하고 외쳤다. 그러나 그와 동시에 배는 어느 사이엔 가 섬을 빠져나 간 듯 다시 탁류 속으로 들어가 버린 것이다.

"순이! 순이야!"

불러대도 공허하게 대답하나 없었다. 비 때리는 소리와 짙은 안개와 뼛속까지 스며드는 추위만이 대기를 가득 채우고 그의 작은 배를 휘감 아 버렸다. 이미 섬 전체를 물이 삼켜버렸음에 틀림없었다. 그리고 순이 는 물에 빠져 떠내려가 버린 것이다. 그는 털썩 그대로 뱃속에 쓰러져 정신을 잃고 물살에 놀아나는 작은 배에 몸을 맡겼다. 그는 남포 바다까 지 떠내려와 거기에서 증기선에 구조되었다. 맥없이 섬에 돌아왔을 때 에는 집도 돼지도 담도 떠내려가고 솥하고 괭이 그리고 집터만이 남아 있었다. 그 이후로 그는 뱃사람이 되어 이 늙은 사공과 함께 돛단배를 타고 평양과 진남포 사이를 소금이나 물고기를 싣고 매달 몇 번씩 오르 내리고 있었다. 그리고 이 물오리섬을 지날 때마다 이 섬에 배를 대고는 옛날을 회상하며 순이의 망령과 잠시 동안 속삭이곤 하는 것이었다. 하 늘은 고리대 영감에게 미륵대신에 복수하여 그 홍수 이후로 물오리섬은 모래로 뒤덮여서 작물 하나 열리지 않게 되었다.

이런 슬픈 얘기가 대충 끝났을 무렵 달도 중천에서 밝게 빛나고 배는 이미 쑥섬을 지나고 있었다. 섬의 아름다운 숲과 잡목 가지와 잎이 불꽃 처럼 달빛을 받아 춤추고 있었다. 물 위에는 작은 고기잡이배 몇 척이 등을 밝히고 닻을 내려 나뭇잎처럼 흔들리고 있었다. 잠시 무거운 침묵 이 흘렀다. 량은 순이의 슬픈 최후와 이 사내의 불쌍한 신세가 더없이 진 정으로 가슴 아프게 느껴졌다. 그는 이제야말로 진짜로 천애고독의 몸이 된 것이었다. 미륵은 또 컵에 술을 따르기 시작했다. 그러려니 생각해서 그런지 그 손은 덜덜 떨리고 술병 아가리가 컵에 닿아 딱딱 울렸다.

"그 후로 어머님은 한 번도 뵙지 않았습니까."

량은 부드럽게 물었다.

"아니."

미륵은 사납게 그를 노려보면서 소리질렀다. 늙은 사공은 난처한 듯 머리를 긁적거렸다.

"나는 안 만나! 어머니도 아버지나 내가 나가는 바다가 그리워 그런 바다 사내와 도망갔을 거야. 하지만 바다는 쓰레기들이 있는 곳이야. 인간쓰레기 말이야. 나는 바다를 저주해! 물을 저주한다고!"

그리고 급히 그 커다란 눈에 확 불을 켜고 저절로 감정이 복 받쳐 오르는 듯 덤비듯이 상반신을 내밀었다.

"어, 나는 당신을 알다마다! 홍, 순이 생각이 나서 왔겠지! 당신 얼굴에 써 있어. 하지만 말이야. 순이는 내 꺼야. 알았어, 내 것이라고! 지금도 나는 순이와 같이 살고 있는 거라니까. 용궁에서 순이가 늘 웃으면서 나를 부르고 있다고! 그리고 이 대동강 위에 항상 순이가 발소리를 내며 나타난다고."

그리고는 금새 고개를 툭 떨구었다. 량은 잠자코 끄덕였다.

늙은 사공은 그 때 용총줄을 잡아당겨 방향을 비스듬하게 잡으며 혼자서 히죽 웃었다.

"자, 벌써 성안이군."

(원제 : ㅿ儿ㅓㅣ島, 발표지 :『국민문학』 1942년 1월)

편역자 **김재용**

　　　연세대학교 대학원
　　　원광대학교 국어국문학과 교수

김미란

　　　동경대학교 대학원
　　　고려대학교 강사

노혜경

　　　쯔쿠바 대학교 대학원
　　　연세대학교 강사

식민주의와 문화 총서 2

식민주의와 비협력의 저항 —일제말 전시기 일본어 소설선 2

초판 발행 2003년 9월 30일
초판 2쇄 2010년 10월 08일
편역자 김재용 김미란 노혜경
펴낸이 이대현
편 집 박선주
펴낸곳 도서출판 역락
　　　서울 서초구 반포4동 577−25 문창빌딩 2층
　　　전화 02−3409−2058(영업부), 2060(편집부)
　　　팩시밀리 02−3409−2059
　　　이메일 youkrack@hanmail.net
　　　등록 1999년 4월 19일 제303−2002−000014호

ISBN 89−5556−243−8 93800
정 가 26,000원

* 잘못된 책은 교환해 드립니다.